藏在《史记》里的
成语故事

俞强◎著

（第一册）

辽宁人民出版社

© 俞强　2024

图书在版编目（ＣＩＰ）数据

藏在《史记》里的成语故事 / 俞强著 . — 沈阳：
辽宁人民出版社，2024.1
ISBN 978-7-205-10839-7

Ⅰ．①藏… Ⅱ．①俞… Ⅲ．①汉语－成语－故事－少
儿读物 Ⅳ．① H136.31-49

中国国家版本馆 CIP 数据核字（2023）第 158397 号

出版发行：辽宁人民出版社
　　　　　地址：沈阳市和平区十一纬路25号　邮编：110003
　　　　　电话：024-23284191（发行部）　024-23284304（办公室）
　　　　　http://www.lnpph.com.cn
印　　　刷：凯德印刷（天津）有限公司
幅面尺寸：185mm×230mm
印　　张：45.5
字　　数：530千字
出版时间：2024年1月第1版
印刷时间：2024年1月第1次印刷
责任编辑：赵维宁
助理编辑：姚　远
封面设计：王玉美
版式设计：谢　博
责任校对：吴艳杰　等
书　　号：ISBN 978-7-205-10839-7
定　　价：168.00元（全三册）

目录

108 个常用成语

+

108 段来自《史记》的成语故事

读故事，记成语

看《史记》，学历史

01 轩辕天子

　　大约 4000 年以前，在中国的黄河流域一带，居住着很多部落，其中有一个部落的名字叫少典，黄帝就是这个部落的首领。因为传说黄帝居住在轩辕之丘，所以人们也称他为轩辕。黄帝一生下来就与众不同，小时候聪明又机灵，长大后博闻广识，能言善辩。部落里的族人都很尊敬他，还推举他做了部落的首领。

　　当时，担任部落联盟首领的是神农氏的后裔，但是神农氏部落的势力已经衰落，其他的部落都不服从他的命令。部落之间为了争夺土地和资源经常发生战争，老百姓深受其苦，但是神农氏的后裔自顾不暇，更没有实力去征讨这些作乱的部落。正所谓乱世出英雄，就在这个时候，黄帝带领的少典部落逐渐强大起来。

　　为了增强部落的实力，黄帝开始鼓励民众发展农业生产，而且派出有才能的人去确定四时节气，丈量全国的土地，教百姓种植各种谷物，让民众安居乐业。在治理好内政的同时，黄帝还带领自己部落的百姓习兵练武，一方面保境安民，抵抗那些来侵扰的部落；另一方面去征伐那些

犯上作乱的部落。慢慢地，各方部落都来归顺黄帝，听从黄帝的号令，不去朝拜神农氏的后裔了。

这个时期，黄河流域还有一个炎帝部落，实力也很强大。炎帝不断地进攻和欺压邻近的其他部落。大家都跑到黄帝这里来诉苦，请黄帝为他们做主。于是，黄帝率领各部落的军队，驱赶着训练好的熊、罴、貔、貅、䝙、虎等猛兽一起出发征讨炎帝部落。在阪泉郊外的田野上，炎、黄两军相遇，反复交战，势均力敌，连着打了好几仗，最终黄帝征服了炎帝部落。

阪泉之战胜利后，南方的九黎族在首领蚩尤的率领下发动叛乱，不再服从黄帝的管治。于是，黄帝又联合其他部落，组成部落联军去征伐蚩尤。两军在涿鹿这个地方展开了大决战。据传，蚩尤请来了天上的风伯和雨神助战，黄帝也赶紧请来了天上的神仙天女帮忙，并发明了指南车，驱散了乌云和浓雾，最后擒获并杀死了蚩尤，平定了叛乱。

就这样，黄帝威震天下，取代了神农氏后裔，成为部落联盟的领袖。四方部落都前来归顺，尊奉他为天子。后世为纪念黄帝取得的伟大功绩，尊奉他为中华民族的人文始祖。

成语释义

　　成语"轩辕天子"的典故见于《史记·五帝本纪》，主要讲的是在中国上古传说中，黄帝通过阪泉大战战胜炎帝部落，后来又在涿鹿镇压了蚩尤的叛乱，天下部落都来归附，尊他为天子。后人多以此来指代远古帝王或远古时代，也用来称赞历史上功勋卓著的帝王。

《史记》原文选读

　　轩辕之时，神农氏世①衰。诸侯相侵伐，暴虐百姓②，而神农氏弗能征。于是轩辕乃习③用干戈，以征不享④，诸侯咸来宾从。而蚩尤最为暴，莫能伐。炎帝欲侵陵⑤诸侯，诸侯咸归轩辕。轩辕乃修德振⑥兵，治五气⑦，蓺五种⑧，抚万民，度四方⑨，教熊罴貔貅䝙虎⑩，以与炎帝战于阪泉之野。三战，然后得其志。蚩尤作乱，不用帝命。于是黄帝乃征师诸侯，与蚩尤战于涿鹿之野，遂禽⑪杀蚩尤。而诸侯咸尊轩辕为天子，代神农氏，是为黄帝。

——《史记·五帝本纪》

注释：

①世：后嗣，后代。

②百姓：指贵族，百官。百姓在战国以前是对贵族的总称，因为当时只有贵族才有姓。

③习：演习，操练。

④享：诸侯向天子进贡朝拜。

⑤侵陵：侵犯欺凌。

⑥振：整顿。

⑦治：研究。五气：五行之气，节气变化。

⑧蓺（yì）：种植。五种：黍、稷、稻、麦、菽等谷物。

⑨度四方：丈量、规划四方的土地。度，量长短。

⑩教（jiào）：训练。熊罴（pí）貔（pí）貅（xiū）䝙（chū）虎：都是猛兽名。可能是六个氏族的图腾。

⑪禽：捕捉，擒获。

历史解读

　　黄帝是中国古代历史传说中的部落联盟领袖，是中华民族历史上"五帝"中的第一位。大概在春秋战国时期，黄帝就开始出现在中国历史经典中。此时，黄帝已被广泛提及，但起初他只是与伏羲、神农等远古帝王并称，还没有被视为中华民族的共同祖先。然而，到司马迁写《史记》时，黄帝已经变成了中华民族的共同祖先。黄帝播种百谷，确定四季，注重发展农业生产，并且创制衣冠、建造舟车、发明指南车、创造文字等，被后人尊奉为"中华

人文始祖"，开启了中华民族的古代文明。

在《史记·五帝本纪》中，司马迁从政治、经济、宗教三个方面阐释了黄帝的形象。在政治上，黄帝修兵振武。经过阪泉之战和涿鹿之战，他打败了炎帝部落和以蚩尤为首的九黎部落，完成了"统一"；在经济上，黄帝重视农业生产的发展，测量土地，播种各种粮食谷物，教导人们区分四季节令，在促进农业和技术进步方面取得了重要成就；在宗教上，黄帝具有明显的神性特征，他是一位集宗教神权和世俗权力于一身的帝王。

实际上，《史记·五帝本纪》中的黄帝形象，是司马迁吸收了不同时代的相关史料，结合思想家们的社会政治理想，塑造出的一个完美的帝王形象。他是中华文明发展初期在许多领域取得重要成就的缩影。

在源远流长的中国历史中，黄帝一直备受历朝历代君王的祀奉。据传，黄帝的生日是农历三月初三。在这一天，世界各地的华人都会祭拜黄帝，寻根祭祖，缅怀中华文化祖先的功德，祈盼中华儿女血脉相连，世代相传。现今，一年一度在河南新郑举行的黄帝故里拜祖大典于 2008 年被国务院确定为第一批国家级非物质文化遗产扩展项目。

02 敬授民时

　　在中国"三皇五帝"的传说中，有一位尧帝。他是轩辕黄帝的后裔。据说尧帝十分仁慈，他的贤德就像天空一样高深。而且他也很有智慧，洞察世间万物。尧帝与百姓非常亲近，人们一走近他，就如沐春风，能感受到太阳般的温暖。虽然尧帝很宽裕，但他从不骄傲；虽然他很高贵，但他并不放纵自己。人们都很敬重他，就像仰望天上的太阳一样崇拜他。平日里，他常常戴着一顶黄色的帽子，穿着一身黑色的衣服，乘坐在一辆朱红色的车子上，驾着白马奔走在民间。在尧帝的辛勤治理下，整个部落的人紧密地团结在一起，就像一家人一样相亲相爱。其他部落也都仰慕他的仁德，推举他做部落联盟的首领。尧帝巡行天下，考察百官，所有官员也都努力工作，政绩

卓著，四方部落和平共处。

尧帝非常注重农业生产。为了让老百姓通晓四时节令，不误农时，更好地安排农事生产，尧帝开始制定历法。他命令官员遵循天意，根据日月星辰出没和位置变化的规律，划分四时节气。尧帝命令羲仲前往郁夷，那里有一个地方叫旸（yáng）谷，就是朝阳升起的地方。羲仲恭恭敬敬地迎接日出，确定时间，制定好春季的节气，来安排春天的播种事宜。在春分那一天，昼夜平分，天气回暖，人们开始走入田野，在田间耕地、播种，鸟兽也开始活跃起来、繁衍生息。尧帝又命令羲叔赶往南交，制定夏季的节气，安排好田

间的农事。在夏至那一天，白天最长，夜晚最短，之后暑气日盛。到了夏天，人们就要搬到山地上去避暑。鸟兽也开始脱毛，羽毛日渐稀疏。接着，尧帝又命令和仲奔赴西方的昧谷，这是夕阳西下的地方。和仲毕恭毕敬地迎接日落，确定时间，制定好秋季的节气，安排秋天的收获事务。在秋分那一天，黑夜和白昼也正好平分，在这个时候，夏天的暑气逐渐退去，人们开始从山地移居到平原，收割田地里的庄稼，庆祝丰收。鸟兽身上也长出了新毛，开始为过冬做准备了。最后，尧帝命令和叔赶往北方，那里有一个地方叫幽都。和叔在那里制定好冬季的节气，精心安排冬天的收藏事宜。在冬至那一天，白天最短，夜晚最长，此后，天气也越来越寒冷。人们把秋天收割的谷物储藏起来，躲在屋子里烤火取暖。此时鸟兽身上的毛也长得丰满了，长而密的皮毛帮助它们抵御严寒。根据尧帝制定的历法，一年有366天。为了使历法更加准确，特别设置了闰月来校正春、夏、秋、冬四时节气。每三年设置一个闰月，使一年的节气与四季的实际气候相一致，方便人们开展农业生产。

在中国历史上，尧帝首次制定历法，确定四时节气，并流传至今，充分体现了古老的中华智慧。

成语释义

成语"敬授民时"的典故见于《史记·五帝本纪》。主要讲的是尧帝派遣官员，根据自然规律制定历法，把四时节气的知识传授给民众，让民众能更好地安排农业生产，不误农时。后世多用来指颁布历法。

《史记》原文选读

乃命羲、和，敬顺昊天[1]，数法日月星辰[2]，**敬授民时**[3]。分命羲仲，居郁夷，曰旸谷。敬道日出[4]，便程东作[5]。

——《史记·五帝本纪》

注释：

①敬：恭谨。昊天：上天。

②数法日月星辰：根据日月星辰的运行规律制定历法。数，历数，这里指推定历数；法，法象，效法，这里指观察。

③敬授民时：慎重教民众农事的季节规律。

④敬道日出：恭敬迎接日出。三春主东，日出东方，即指迎接春季来临。

⑤便程：分别主次，做事有条理。便，通"辨"，分辨。东作：春天的农事。

历史解读

尧帝，名放勋，出身于黄帝世家，是中国古代传说中的"五帝"之一。他团结部族，与邻近的部落联合起来，讨伐四方蛮夷，统一了华夏民族，被推选为部落联盟首领，改变了"万国林立，诸侯侵伐"的混乱局面。

尧帝重视推广农耕，在中国历史上首次制定了比较完备的历法。当时的天文历还很不完善，人们经常因为不清楚四时节气的变化而耽误了农时。为了掌握自然气候的变化规律，尧帝派了四位官员分别前往东南西北四个方向，根据太阳的周期运动，测定了春分、夏至、秋分和冬至四个时节。在二分、二至确定以后，尧帝把一年分为 366 天，并每三年设置一个闰月，来调整历法和节气之间的关系。至此，中国的农耕文化取得了巨大的进步。尧帝创立的历法经过不断改进，在后世得以沿用。根据中国的传统历法，确立了"二十四节气"，这是中华民族智慧的结晶，被誉为中国的第五大发明。2006 年，经国务院批准，"二十四节气"被列入第一批国家级非物质文化遗产代表性项目名录；2016 年，"二十四节气——中国人通过观察太阳周年运动而形成的时间知识体系及其实践"被联合国教科文组织列入人类非物质文化遗产代表作名录。

尧帝最受后人称赞的是他开创了禅让制度，将部落联盟首领的"帝位"禅让给了众人推举的舜，而不是自己的儿子丹朱。丹朱性格顽劣，被尧帝视为"不肖之子"。《史记·五帝本纪》记载，尧帝说："终不以天下之病而利一人。"也就是说，如果把帝位让给舜，天下所有人都会因此而受益，但是如果传给丹朱的话，只有丹朱一人受益，天下百姓都会因此而遭殃。尧帝的政治理想是，不能以天下人受害为代价来成全一己私利，所以尧帝把帝位传给了有仁德贤才的舜。尧舜禅让也成为中国历史上历朝历代儒家传统政治思想的核心。

03 尧舜禅让

在"三皇五帝"的传说中，尧帝把自己部落联盟首领的位置禅让给了舜。尧帝当政的时候，创制历法，发展农业生产，人民安居乐业。后来，尧帝年纪越来越大，想找一位能继承帝位的人。有一次，他召集了四方部落的首领前来商议接班人的事情，大家一致推荐了一位名叫舜的人。那个时候，舜还是尧帝部落里的一个普通的单身汉。于是，尧帝就让大家详细说说民间流传的关于舜的事迹。

大家七嘴八舌地把自己了解到的情况汇报给尧帝。有的说，舜的父亲双目失明，头脑糊涂，人们都叫他瞽叟（gǔ sǒu），就是一个眼盲的老头儿，可是舜从来没有嫌弃他，一直好好地照顾父亲。有的说，舜的生母很早就去世了，父亲又给他找了个继母。继母心肠恶毒，经常虐待他，可是舜从不怀恨在心，一直小心翼翼地侍奉继母。还有的说，这个继母后来又生下了一个孩子，也就是舜的弟弟，名叫象，从小被宠坏了，对舜非常傲慢，但是舜从来不抱怨，对弟弟也很好。尧帝听了心中很高兴，认为舜是一个孝顺谦恭的人，

于是说："世上还有这样的孝子啊，我们可以先试用他，看看他的才能如何。"

尧帝派官员把舜从民间召来，给了他三年的试用期。在接下来的三年里，尧帝对舜进行了各种考察。首先，尧帝把自己的两个女儿娥皇、女英嫁给了舜，考察舜对家庭的管理能力。结果舜让她们放下高人一等的尊贵心态，和自己一起居住在家中，尧的两个女儿谨守妇道，照顾父母，家庭和睦。接着，尧帝又命令舜到山野森林、大河沼泽中去拓荒。在野外的狂风骤雨中，舜从没迷失过方向。后来，尧帝又任命舜去治理百官，舜处理起政事来也是井井有条，官员都很佩服他。尧帝又派他去朝堂的四门接待四方来朝拜的诸侯和远道而来的宾客，在舜的主持下，接待的仪式也是庄严肃穆。

　　在考察期间，尧帝给舜建了一个粮仓，还分给了他许多牛羊。舜的继母和弟弟见了，嫉妒得眼睛都红了，于是他们就和瞽叟一起设计暗害舜，想抢夺他的财产。有一天，瞽叟把舜叫到身边，让舜去修补粮仓的屋顶。看到舜沿着梯子爬上了屋顶，瞽叟就在下面放火，想把舜烧死。眼看火苗就要吞噬屋顶了，舜急忙转身寻找梯子，却发现梯子已经被人偷偷拿走了。幸好舜随

身背着两顶用来遮阳的笠帽。他急中生智，一手拿起一项笠帽，就像鸟儿张开翅膀一样，从屋顶上一跃而下，安然无恙地落在地面上。瞽叟和象心有不甘，又心生毒计，他们叫舜去挖井，舜在腰上绑好绳子下井后，瞽叟和象就从井口向下填土，想把舜埋在井里。没想到，舜下了井后，就在井边挖了一条通道，从通道里钻出来，安全回家了。瞽叟和象大吃一惊，从此再也不敢伤害舜了。舜也当作什么事情都没有发生过，仍然像以前一样和和气气地对待父母和弟弟。

通过对舜各个方面的考察，尧帝认为舜是一个聪明能干的人，于是决定将帝位禅让给舜。尧帝把舜召来，语重心长地对他说："现在三年的考察试用期已经满了，你的表现很好，谋划事情很细致，处理政事周密，政绩显著，果然不负所望，我要把帝位传给你。"舜认为自己的德行还不能胜任，就再三推辞。尧帝不同意舜的推托，坚持要舜登帝位。几年后，尧帝逝世，舜想将部落联盟首领的位置让给尧帝的儿子丹朱，但是遭到众人的一致反对。最后，舜顺应天命，正式登上帝位。

成 语 释 义

　　成语"尧舜禅让"的典故见于《史记·五帝本纪》，主要讲的是尧帝年老时，通过大臣推选，举荐舜作为继承人。后来经过数年的考察，尧帝发现舜在管理家庭、整饬百官、治理国家等方面都有非凡的才能，而且谨行孝悌之道，德行高尚，是个德才兼备、众望所归的人，于是把帝位传给了舜。后世多用来比喻举贤让能，能够重用有才干的人。

《史记》原文选读

　　于是尧妻之二女①，观其德于二女。舜饬下②二女于妫汭③，如④妇礼。尧善之，乃使舜慎和五典⑤，五典能从。乃遍入百官⑥，百官时序⑦。宾⑧于四门，四门穆穆⑨，诸侯远方宾客皆敬。尧使舜入山林川泽，暴风雷雨，舜行不迷。尧以为圣⑩，召舜曰："女谋事至而言可绩⑪，三年矣。女登帝位。"舜让于德不怿⑫。正月上日⑬，舜受终⑭于文祖。文祖者，尧大祖也。

——《史记·五帝本纪》

■ 注释:

①妻之二女: 把两个女儿嫁给他。二女即尧的女儿娥皇和女英。

②饬下: 训诫。

③妫汭: 妫水边上。

④如: 顺, 遵循。

⑤五典: 五常之教, 即父义、母慈、兄友、弟恭、子孝。

⑥遍入百官: 深入地考察百官。

⑦时: 是, 这里是因此、就。序: 有秩序。

⑧宾: 指迎接朝见的诸侯和远方宾客。

⑨穆穆: 庄敬和悦。

⑩圣: 具有最高的智慧与道德。

⑪女(rǔ): 同"汝", 你。至: 成功。绩: 成, 指做到。

⑫让于德: 用德行不够推辞。怿: 悦。

⑬上日: 朔日, 初一。

⑭受终: 接受尧的禅让。终, 指尧终止天子的职责。

历史解读

在中国历史上，尧帝开创了"禅让制"。所谓"禅"，意思是指"把帝位让给别人"，古代的政治思想讲的是顺天承命；所谓"让"，意指"让出帝位"，让顺应天命的人来登帝位。在中国上古传说中，尧舜禅让主要反映了原始社会的一种民主制度。禅让的方式是和平民主的推选，而不是个人权力的私相授受，它主要体现了"以人为本，任人唯贤"的理念。

其实，我们从《史记·五帝本纪》中关于尧舜禅让的记载可以看出，在禅让的过程中，除了民主推选之外，还有一个非常重要的环节，那就是对推荐人选的考察。我们知道，尧帝在确定让位给舜之前，对舜进行了长达数年的多项考察，首先把两个女儿嫁给他，考察舜的家庭生活管理；接着又交派给舜各项工作，去山林沼泽开荒，去整饬百官，去招待远方朝觐的诸侯和宾客，等等。一方面考察他的才干，另一方面也是让他从基层做起，锻炼他的工作能力。多番考察之后，尧帝才做出决定，让位给德才兼备的舜。实际上，这种选才任能的思维和考察任命的方式对现在的官员选拔制度产生了重要影响。

04 劳身焦思

在远古时代，神州大地曾暴发了一场大洪灾。席卷而来的大洪水把整个大地都淹没了，平地上的房屋、庄稼被洪水冲得荡然无存，连低矮的山地也被吞没了。老百姓只能逃到高高的山顶上，他们饥寒交迫，深受水患之苦。当时，尧帝担任部落联盟领袖，下决心率领百姓治理洪水。尧帝召集四岳等大臣前来商议，希望能找到一个治水的能人。大臣们一致推举鲧（gǔn），称赞鲧有才干。尧帝起初心里不同意，因为他听说鲧在族人当中的名声不好，所以不打算任用他。可是，大臣们都劝他说："鲧的才能算是突出的了，没有谁比他强了，不如先试试吧。"尧帝架不住大臣们的劝说，最后任用鲧去治理洪水。

鲧接受了治水任务后，开始修建堤坝来阻挡洪水。传说他去天宫偷了一块息壤。息壤是一块几尺大的黄泥，但它拥有神奇的力量。鲧把它放在地上，说一声"长"，息壤立即开始不断膨胀。洪水慢慢退去，陆地又重新露出水面。逃到山顶的人们高兴地回到了土地上，准备重建家园。然而，很快他偷走息壤的事情就败露了。天帝大发雷霆，派火神祝融夺回息壤。地上的洪水再次泛滥，人们又陷入了洪水之中。鲧花了几年时间治理洪水，但最终还是失败了。后来，尧帝派舜巡视四方。在视察期间，舜看到鲧在治水方面没有任何成绩，就决定惩罚他，把他流放到了羽山，最后鲧就在那里去世了。

直到尧帝去世，洪水也没有治理好。后来，舜继任部落联盟领袖，担负起治理洪水的使命。舜帝也召集大臣，要大家推荐一个能治理洪水的人。大臣们又都举荐鲧的儿子禹，大臣们说："禹是鲧的儿子，在能力上要比他父亲强得多，而且为人谦逊，待人有礼，生活朴素，做事认真。"舜帝没有因为禹是鲧的儿子就看轻他，而是马上把治水的重任交给了他。

禹确实是一个德才兼备的人。他并没有因为舜帝惩罚过自己的父亲就怀恨在心，而是欣然接受了这项重任。他暗暗下定决心："我的父亲没有治好洪水，老百姓还在遭受水患的痛苦。今天，我承担起这个重任，必须要加倍努力才行啊。"禹深感责任重大，丝毫不敢懈怠。他率领伯益、后稷等一帮得力的助手，开始巡视和测量天下的山川河流，一路上跋山涉水，不畏劳苦。最后，他吸取了父亲筑坝堵截，治水失败的教训，采用了一种新的治水方法，

改堵为疏，疏通水道，使水能够顺利地向东流入大海。禹通过实地观测，根据山川地理的情况，把整个中国的山川河流当作一个自然的整体来治理。他率领老百姓疏通了九条河道，筑坝治理了九个大湖，勘测了九座大山。山川河流经过整治以后，河流通畅地奔流入海，大量的土地露出水面，变成了肥沃的农田。

禹每到一个地方，就去发动当地的老百姓一起疏浚河道，兴建水利工程。他与老百姓甘苦与共，在旷野同吃同住，一起劳动。传说禹在治水的过程中，曾经"三过家门而不入"。

大禹花了 13 年时间才治好洪水。他日夜劳苦，辛勤治理，咆哮肆虐的洪水终于平息下来，缓缓地流入了东方的海洋。从此，老百姓又在富饶的土地上安居乐业了。

成 语 释 义

　　成语"劳身焦思"的典故见于《史记·夏本纪》。它主要讲述了在远古时代，中国大地上暴发了一场大洪水，人民深受洪灾之苦。舜帝当政时，任命禹来治水。禹不辞劳苦，认真思索防洪措施。他在外面辛勤治水13年，几次路过家门而不入。后人用这个成语来形容为某事忧心操劳，苦思冥想。通过这个典故，后人还衍生出"三过家门而不入"的成语。

《史记》原文选读

禹乃遂与益、后稷奉帝命，命诸侯百姓兴人徒以傅土①，行山表木②，定③高山大川。禹伤④先人父鲧功之不成受诛，乃**劳身焦思**⑤，居外十三年，过家门不敢入。

——《史记·夏本纪》

■ 注释：

①兴：发动。人徒：指被罚服劳役的人。傅：分，指分治九州土地。一说傅即"付"，指付出。

②表木：立木作表记。表，表记。

③定：指测定。

④伤：悲伤。

⑤劳身：劳累自己的身体。焦思：苦苦思索。

历 史 解 读

　　发生在远古时代的大洪水，是人类历史集体记忆中一个永恒的伤痛。据不完全统计，全世界包括中国、古埃及、古巴比伦、古希腊、北美等多个国家和地区在内的 600 多个民族，都用纪实或神话故事的形式，记述了当时洪水泛滥的惨烈情景。史前大洪水的发生与全球性的气候降温事件在发生时间上相吻合，两者之间存在一定成因上的联系。气候变化会形成季风雨带，使降水量增加或延长降水时间；同时，由气候变化导致的植被覆盖率降低也会引起土壤抗侵蚀力减弱，增加河流中的沙含量，从而增加黄河流域决溢的可能性。在这些气候和地质因素的共同作用下，可能导致史前大洪水的发生。

　　《史记》中的这一记载主要讲述了大禹的治水经历。大禹首先吸取了他父亲鲧的失败教训，改变了"堵"的方法，采用了疏浚河道、疏通洪水的科学方法，充分体现了他的聪明才智；为了治好洪水，大禹为大家，舍小家，"三过家门而不入"。大禹治水体现出来的大公无私和艰苦奋斗的精神是中华民族精神的象征之一。

　　因为治水有功，大禹被舜帝选为接班人，继任部落联盟领袖。随着社会生产力的不断提高、农牧业的进一步发展，剩余产品越来越丰富，社会财富开始集中在一些部落首领手中。原始社会的公有制逐渐解体，私有制开始出现。大禹死后，夏部落的贵族们在丧期完毕后支持禹的儿子启担任部落联盟的首领。从此，打破了"禅让制"，开创了子继父位"家天下"的世袭制度。启建立了夏王朝，这是中国历史上第一个奴隶制国家。

　　大禹死后被安葬在会稽，就在今天的浙江省绍兴市。据说，大约在公元前2059年，大禹的儿子夏王启开始举行大禹祭典。几千年来，守禹陵、祭禹典的活动一直流传着。2006年5月20日，经国务院批准，浙江省绍兴市申报的大禹祭典被列入第一批国家级非物质文化遗产名录。自2007年以来，中国已将公祭大禹陵典礼升级为国家级祭祀活动，增强了中华民族的凝聚力。

05 网开三面

在夏朝末代国王夏桀统治时期，东方的商族部落已经逐渐发展成为一个势力很强的诸侯国。商部落的祖先叫契（xiè）。在大禹治水的时候，契一直跟随帮助大禹，在治水方面作出了卓越的贡献。治水成功后，契受到舜帝的赏识，被封为诸侯，封地就在商这个地方。到了夏朝末年，成汤担任了商部落的首领。带领族人定居在亳。虽然这时候商的国土面积并不大，但是，商部落的首领成汤是一个既有雄心壮志，又有文武韬略的君王。

有一天成汤带着一支队伍出城围追猎物。成汤纵马飞驰，来到一片开阔的原野上，他四处远望，寻找猎物。突然，他发现有一位猎人在原野上四处张网，就下马走了过去，只见猎人跪在地上，口中念念有词地向上天祷告说："上天啊，求你保佑啊，愿天上飞的，地上爬的，还有从四面八方跑到这里来的飞禽走兽，都撞入我的网中吧！"

成汤站在一旁，默默听完这个猎人的祷告后，不禁心生怜悯，感叹地说："啊呀，这样四处布网真是太过分了，难道是想把飞禽走兽都一网打尽吗？"于是，成汤就命令那个张网的猎人撤去网的三面，只留下一面，然后重新向上天祷告说："从四面八方跑来的飞禽走兽啊，你们想要往左边跑的就向左

边跑吧，想要往右边跑的就向右边跑吧，剩下的那些不听从命令又到处乱窜的，就闯到我的网里来好了。"

诸侯们听到这件事情后，深受感动，都赞叹地说："成汤真是个有仁德的君王啊，他的恩德太深厚了，连这些飞禽走兽都受到了他的恩惠，我们要是归顺了他，他当了王之后，对我们肯定要比那个夏桀好啊！"于是，诸侯们纷纷投奔成汤。成汤的势力日渐壮大，有了一举推翻夏桀暴政的实力。

成 语 释 义

　　成语"网开三面"的典故见于《史记·殷本纪》，主要讲的是在夏朝末年，商王成汤有宽厚仁爱之心，施行仁政，宽以待人，收拢人心，诸侯们纷纷归顺，准备推翻夏桀暴政的事。后来这个成语在日常用语中逐渐演变成了"网开一面"，多用来比喻宽大处理，给人改过自新的机会。

《史记》原文选读

汤出，见野张网四面，祝①曰："自天下四方皆入吾网。"汤曰："嘻，尽之矣！"乃去其三面，祝曰："欲左，左②。欲右，右③。不用命④，乃入吾网。"诸侯闻之，曰："汤德至矣，及禽兽。"

——《史记·殷本纪》

■ 注释：

①祝：祝祷，祷告。

②左：这里意思是"向左"。

③右：这里意思是"向右"。

④用命：从命。

历史解读

　　商国的始祖叫作契，传说契的母亲简狄吞食玄鸟的卵而后生下了他，这就是传说中的"玄鸟生商"的神话。实际上，据后世学者考证，玄鸟是指燕子。当时人们认为春天到了，燕子也开始产卵繁殖，所以在野外举行祭祀活动，吞食燕子的卵来求子。这样一来，对这个神话就有了比较科学的解释。后来契追随大禹治水有功，被舜帝分封在商地。

　　据中国的历史文献记载，夏桀是一个不折不扣的暴君。他宠信王后妹喜，终日饮酒作乐，对国家大事不管不问；而且他还不听劝谏，残害忠良，一些敢言的大臣都被他杀害了，所以人心尽失，诸侯离叛。

　　这时东方的商部落崛起，实力日增。商王成汤一方面施行仁政，以宽治民，得到了老百姓和那些苦于夏桀暴政的诸侯们的拥护；另一方面他广泛招聚人才，将伊尹等贤人收至麾下，准备推翻夏桀的残酷统治。据《史记·殷本纪》记载，成汤勤政爱民，收拢民心，鼓励生产，减轻征赋，获得了百姓们的爱戴，并将商国的势力范围扩展到了黄河上游一带。在中国历史上，成汤因其仁德而成为中国明君的象征之一。连孔子都把他与夏禹、周文王同列，赞为"三代之英"。"网开三面"的成语故事就充分展现了成汤仁政爱民的一面。

06 伊尹负鼎

　　商王成汤广罗贤才，天下有识之士纷纷前来投奔。成汤手下最有名的大臣要数伊尹了。在伊尹的辅佐之下，成汤广施德政，发展农业和畜牧业，整顿军队，扩张势力。从此，商部落逐渐繁荣昌盛，实力越来越强。成汤也成为一方诸侯的首领，拥有征讨诸侯的生杀大权。

　　相传，伊尹出生在一个贫穷的家庭中，从小就被卖到了有莘国做奴仆，一位好心的厨师收养了他。伊尹小时候聪明伶俐，虽然出身卑微，但他勤学上进；长大后，伊尹不仅掌握了高超的烹饪技巧，而且还深通治国之道。有一次，成汤的大臣仲虺去给夏桀进贡，路过有莘国。无意中发现给自己送饭菜的奴隶伊尹很有才学。回去之后，仲虺就向成汤推荐了伊尹。当时，成汤求贤若渴，马上派使臣带着厚礼去找伊尹。使臣来到有莘国，费了好大的劲儿，才在郊野的一处低矮的茅草屋里找到了伊尹。使臣见伊尹其貌不扬，看不出有什么出众之处，不由得露出傲慢的神情，没好气地对伊尹说："你

就是伊尹吧，真是撞上了狗屎运。我们商王要见你，你赶快收拾好东西，跟我走！"伊尹被使臣的无礼言行激怒了，头也不抬地答道："我虽然穷困，但至少我能吃饱饭，过着尧舜一样的幸福生活。我为什么要跟你去见商王呢？"使臣吃了闭门羹，只好垂头丧气地回去了。

　　成汤并未就此放弃，随后又派了好几个使臣去请伊尹。这件事情传到了有莘国国君的耳朵里，他怕伊尹被商国请去后对自己不利，于是找了个借口把伊尹抓了起来。成汤得知这个消息后非常焦急。最后，还是仲虺想出了一个好办法，他建议成汤向有莘国的公主求婚，让伊尹作为陪嫁的奴隶来商国。这样一来，不仅能够把伊尹救出来带到商国，而且还

可以打消有莘国国君的疑虑。成汤立即派使臣去有莘国提亲。有莘国国君答应了成汤的请求，于是伊尹作为陪嫁奴隶，背着烹饪用的鼎和砧板，跟随着迎亲的大队人马来到了商国。

伊尹到商国后，成汤马上派人找到了他，任命他做自己的御用厨师。伊尹做出来的饭菜味道特别好，成汤吃得津津有味。有一次，成汤吃完饭，就问伊尹："为什么你做的饭菜这么好吃呢？"伊尹一边谈论烹饪的技巧，一边借此引申出治国理政的道理："要想做出来的饭菜味道好，就得做到五味相调。治理国家也是一样，要想得到老百姓的拥护，就要实行王道，做到中庸与和谐。"听完这番话，成汤对伊尹顿时刮目相看，任命他为商国的尹（相当于后来的丞相），与仲虺一起辅佐成汤管理国政。

就这样，伊尹从一个卑微的奴隶一跃成为商国的尹。

成语释义

　　成语"伊尹负鼎"的典故见于《史记·殷本纪》，主要讲述了身份低微的伊尹为了去商国辅佐成汤治理国家，甘愿充当有莘氏陪嫁的奴隶。伊尹通过谈论烹饪的方法来教导成汤治国之道。后人经常用这个成语来比喻寻找机会来体现自己的价值和能力。

《史记》原文选读

　　伊尹名阿衡。阿衡欲奸汤而无由①，乃为有莘氏媵臣②，负鼎俎③，以滋味说④汤，致⑤于王道。或曰，伊尹处士⑥，汤使人聘迎之，五反然后肯往从汤，言素王⑦及九主⑧之事。汤举任以国政。伊尹去汤适⑨夏。既丑⑩有夏，复归于亳。入自北门，遇女鸠、女房，作《女鸠》《女房》⑪。

——《史记·殷本纪》

■ 注释：

①奸（gān）：求，请求，这里指求见。由：道路，门径。

②媵（yìng）臣：古代贵族女子出嫁时陪嫁的人。汤的妃子是有莘氏的女儿，伊尹愿作有莘氏陪嫁的男仆以便见到汤。

③鼎俎：古代烹饪的器具。鼎，用来煮东西的器具。俎，切肉用的砧板。

④说（shuì）：劝说。

⑤致：送达，进言的意思。

⑥处士：古代有德才而隐居不出、不做官的人。

⑦素王：指远古帝王。一说指没有"王"的名号，德高望重的人。

⑧九主：指三皇、五帝和大禹。

⑨适：到……去。

⑩丑：以为丑，憎恶。

⑪《女鸠》《女房》：《尚书》篇名，已亡佚。

历 史 解 读

　　伊尹是商朝的开国贤相。成汤建立商朝后，他用"调和五味"的和谐之道辅佐成汤治理天下，实行仁政，"以宽治民"，史称"成汤之治"。成汤逝世后，伊尹接连辅佐了外丙、仲壬、太甲、沃丁四代君王，辅政时间共50多年。商王太甲当政时期，暴虐乱德，民不聊生，诸侯纷纷叛乱。于是，伊尹放逐太甲，亲自摄政。伊尹教导太甲要学习成汤，施行德政。三年后，太甲悔过自新，伊尹还政于他，从此太甲勤政爱民，商朝的国力逐渐恢复，诸侯们也都来朝贡亲附。商朝前期繁荣和强盛，伊尹可谓功不可没。

　　伊尹创立的"五味调和说"与"火候论"，是中国烹饪之法的关键原则，在中国烹饪文化史上拥有重要地位。在《吕氏春秋·本味篇》中就记载了伊尹的烹饪理论，他提出要想烹制出美味的食物，首先要了解食材的本性，"水居者腥，肉玃者臊，草食者膻"；然后加以五味的调和，"调合之事，必以甘、酸、苦、辛、咸。先后多少，其齐甚微"，再用恰当的火候进行烹饪，"五味三材，九沸九变，火为之纪"。这可谓世界上最古老的烹饪理论，伊尹因此被尊奉为中华烹饪始祖。

　　相传，伊尹去世后葬在亳，现坐落在河南省商丘市虞城县魏崮（gù）堆村。伊尹墓前建有伊尹祠，他居功至伟，所以受到商朝历代帝王的隆重祭拜，据商朝的甲骨文记载，他不仅与成汤同祭，还单独享祀。现在，为了纪念他，每到农历二月初二、四月初八、九月初九，这个地方都会举行伊尹庙会的民俗活动。1984 年，河南省政府重修了伊尹墓，该墓被列为河南省级文物保护单位。

07 时日曷丧

　　夏朝在统治了中原四百多年后，政治腐败，国势衰微。夏朝最后一位君王夏桀残酷剥削压迫老百姓，过着荒淫奢靡的生活。成汤看到夏桀越来越昏庸无道，便暗下决心，为民请命，推翻夏朝的暴虐统治。但是，成汤的实力还不足以和夏朝抗衡，于是，他表面上装作顺从夏桀，暗地里收拢人心，招聚归顺自己的诸侯，加紧扩充势力，为推翻夏桀做准备。

　　首先，成汤按照伊尹的建议，利用自己手中的攻伐诸侯的权力，逐步消灭了那些忠于夏桀的部落，慢慢剪除了夏桀的羽翼。在商部落的旁边有一个葛部落，违背了夏朝的祭祀制度，被成汤抓住了把柄，他就派人去质问葛部落的首领葛伯为何不按时祭祀，葛伯以部落贫弱，没有足够的牛羊和粮食进行祭祀为借口来搪塞。于是，成汤给葛部落送去了成群的牛羊，还派人去帮助他们耕种。但是，葛伯却以怨报德，不仅不去祭祀，还残杀了成汤派去帮助他们耕种的人。葛伯忘恩负义的行径激起了大家的公愤，成汤乘机出兵把葛部落消灭了。然后，成汤又接连消灭了夏朝联盟中的韦、顾、昆吾等部落。经过十

几次的攻伐，商成为当时最强大的一个部落，天下诸侯纷纷归顺，夏桀眼看成了孤家寡人。

一切准备就绪之后，成汤和伊尹商量讨伐夏桀的计划。夏朝毕竟已经统治中原四百年之久，要想一下子推翻它也不是件容易的事情。于是，成汤在出征前召集士兵们举行了一个誓师大会，鼓舞士气。士兵们披甲执兵，列阵以待。成汤登上检阅台，对将士们喊道："各位将士们，今天我们就要出发去征讨夏桀了。我希望大家能够明白，这不是我敢于兴兵作乱，而是因为夏桀违背天命，犯下了滔天罪行，是上天命令我去惩罚他的。我是畏惧上天的意旨，不敢不去征伐。你们或许还有疑问：'夏桀到底犯了什么罪行，要遭此天谴？'我告诉你们，夏桀大行徭役，耗尽民力；又大肆剥削，抢掠财物。夏国的老百姓苦不堪言，都怨恨地说'上天啊，这个太阳什么时候才能消亡啊，我们宁愿和它一起灭亡！'你们看，夏桀的德行已经坏到这种地步，老百姓都想着与他同归于尽了。现在我要替天行道，带领你们一起去

征讨夏桀。如果成功了，我会重重地奖赏你们。如果你们胆敢违抗我的命令，我就要重重地惩罚你们，绝不饶恕！你们不要怀疑我说的话，我绝不会食言，一定说到做到。"

在誓师大会上，成汤以替天行道的旗号来激励将士，其实将士们心中都巴不得夏桀早点灭亡，因此士气高涨，高歌猛进。夏、商两军在鸣条相遇，商军奋勇作战，夏桀的军队毫无斗志，一触即溃，夏桀见势不妙，逃到南巢去了。成汤率军乘胜追击，消灭了夏朝的残余部队，夏桀被流放到南巢。中国历史上的第一个奴隶制国家——夏就这样灭亡了，取而代之的是成汤建立的商朝。

成语释义

成语"时日曷丧"的典故见于《史记·殷本纪》，主要讲的是夏朝末代君王夏桀施行暴政，荒淫无度，剥削百姓，百姓苦不堪言，在心底里诅咒他，誓不与其共存。夏桀失去民心，最终被成汤打败，夏朝就此灭亡的故事。后人多用此成语来形容痛恨到极点，甚至愿意与其同归于尽。

《史记》原文选读

当是时，夏桀为虐政淫荒，而诸侯昆吾氏①为乱。汤乃兴师率诸侯，伊尹从汤，汤自把钺②以伐昆吾，遂伐桀。汤曰："格③女众庶，来，女悉听朕言。匪台小子敢行举乱④，有夏多罪，予维⑤闻女众言，夏氏有罪。予畏上帝，不敢不正⑥。今夏多罪，天命殛之。今女有众⑦，女曰：'我君不恤我众，舍我啬事而割政⑧。'女其曰：'有罪，其⑨奈何？'夏王率⑩止众力，率夺夏国。有众率怠不和⑪，曰：'是日何时丧？予与女皆亡！'夏德若兹，今朕必往。尔尚⑫及予一人致天之罚，予其大理⑬女。女毋不信，朕不食言。女不从誓言，予则帑僇⑭女，无有攸赦。"以告令师，作《汤誓》⑮。于是汤曰"吾甚武⑯"，号曰武王。

——《史记·殷本纪》

■ 注释：

①昆吾氏：先秦时期的氏族部落，分布在今河南省濮阳西南，一说在许昌一带。

②钺（yuè）：古代兵器，类似大斧。

③格：来。女：通"汝"，你，你们。下同。

④匪：同"非"。台（yí）：我。小子：汤自称。举乱：作乱。

⑤维：通"虽"。

⑥正：通"征"。

⑦有众：众人。有没有实际意义。

⑧啬事：指稼穑相关的事。啬，通"穑"，收割庄稼。割：夺取，一说通"害"。政：通"征"。

⑨其：或许。

⑩率：相率，都。指君臣一起。

⑪不和：指不与夏王合作。和，和洽。

⑫尚：通"倘"，如果。

⑬理：通"赉（lài）"，赏赐。

⑭帑僇：帑，通"奴"，指收为奴隶。一说帑通"孥"，妻子儿女；僇，通"戮"，杀戮。

⑮《汤誓》：《尚书》有此篇。

⑯武：勇武，能征善战。

历史解读

　　夏桀是夏朝的末代君主，他穷奢极欲，暴虐无道，也是中国古代历史上有名的暴君。商国国君成汤在伊尹和仲虺的辅佐和谋划下，暗中积蓄力量，率军征伐夏桀，两军在鸣条大战，夏桀兵败，被流放到南巢。据《史记》记载，成汤在伐桀之前，作《汤誓》，以鼓舞士气，声明夏桀违背天命，天怒人怨，征伐夏桀是奉行上天的旨意——"天命"，替天行道。成汤伐桀是中国历史上第一次用武力改朝换代的事件。在中国古代的政治理念中，一般把改朝换

代比喻为天命的变革，所以也称其为"革命"。

　　夏朝虽然灭亡了，但是也给我们留下了重要的文化遗产。比如说，夏代创设的历法——夏历，就是中国历史上最早的成熟完备的历法。根据中国最早的历书《夏小正》的记载，我们能够了解到夏历的有关知识。夏历依据北斗星旋转斗柄所指的方位来确定月份，每个月中的星象、气候和物候都不一样，人们根据不同的情况来安排相应的农业生产和活动。

　　关于夏朝的历史，没有文字书写的文献资料流传下来，所以我们只能依靠后朝流传下来的文献资料来间接地了解夏朝的政治、经济、军事等方面的情况。另外，随着中国考古事业的发展和"夏商周断代工程"的推进，我们也会逐渐揭开其神秘的面纱。在对河南省洛阳市偃师区二里头遗址的发掘中，我们发现了大型宫殿、作坊、墓葬等遗址，还出土了许多青铜器、陶器和玉器，有不少考古学者认为这处遗址是夏王朝的都城。

08 妖不胜德

　　成汤推翻夏桀的暴虐统治，建立了商朝。成汤去世之后，王位后来传到了他的孙子太甲手里，开国贤相伊尹继续辅佐太甲治理国家。不幸的是，太甲帝执政三年之后，竟然昏乱暴虐，道德败坏，违背了他爷爷成汤的教诲和建立起来的德政。百姓生活困苦，天下诸侯也离心离德，商朝危机不断。这时，贤相伊尹力挽狂澜，以多朝老臣的身份，把这个年轻的国君流放到了他爷爷埋葬的地方，让他好好地守墓并反省自己的过错。此后，伊尹就开始代理政事，主持朝政，管理国家大事。

　　尽管伊尹把太甲帝关押起来，但仍希望他能浪子回头，能够遵守成汤建立的仁政和治国政策。为了教育太甲，伊尹一边代为执政，一边对太甲帝加以训导，教他如何管理国家，如何继承他爷爷成汤制订的仁政。在伊尹的谆谆教导下，太甲帝追思爷爷成汤的功业，并做出了深刻反省，最后悔过自新。伊尹见太甲帝有了改恶从善的表现，就找了个时机亲自迎接他回宫，将王权交还给他，自己仍继续辅佐太甲帝治理国家。太甲帝回宫后从善如流，施行仁政，百姓安居乐业，诸侯也都来归顺了。

　　太甲帝去世后，把王位传给了自己的儿子沃丁。在沃丁执政的时候，贤相伊尹去世了。为了把伊尹的事迹流传后世，教育后人，沃丁命令大臣咎单作了《沃丁》篇，来歌颂伊尹的功绩。沃丁逝世后，又把王位传给自己的弟弟太庚。太庚去世后，又传位给自己的儿子小甲。小甲逝世后，王位又传给了他的弟弟雍己。在这段时期，商朝的国势已经开始慢慢衰弱，有的诸侯甚至不来朝觐了。雍己去世后，王位又传到了他的弟弟太戊手中。太戊帝任命伊陟为相来治理国家。伊陟就是贤相伊尹的儿子，也是商朝的一位贤臣。

在太戊帝执政的时候，国都亳地发生了一件十分奇怪的事情。在王宫的朝堂上，突然长出了一棵桑树和一株楮树，两棵树紧紧地长在了一起，而且一夜之间就长得有两手合抱那么粗了。大臣们都非常惊异，觉得这是个不祥之兆。太戊帝也非常害怕，终日惶恐不安，于是就把宰相伊陟叫来问道："最近王宫发生的这件怪事，您怎么看啊？"伊陟神色自若地说："大王，臣听说过，任何妖魔鬼怪都不能侵害有德行的人。现在王宫出现这种怪事，难道是大王在施政中有什么过失吗？看来大王您还是要好好修养德行，施行仁政啊。"太戊帝听从伊陟的劝谏，反省自己的行为，勤勉治国，施行仁政。那两棵怪树果然很快就枯死，消失不见了。

经过这件事情，太戊帝更加信任伊陟了。就这样，太戊帝在伊陟的辅佐下，励精图治，商朝的国势再度兴盛起来。

成语释义

　　成语"妖不胜德"的典故见于《史记·殷本纪》，主要讲的是在商王太戊执政时期，都城亳地出现了桑榖合抱共生的不祥之兆，商朝开国贤相伊尹之子伊陟告诫太戊，妖魔鬼怪不能战胜有德行的人，劝谏太戊修养德行，施行仁政。后人多用此成语来比喻邪不压正。

《史记》原文选读

　　帝雍己崩，弟太戊立，是为帝太戊。帝太戊立伊陟[1]为相。亳有祥桑榖共生于朝[2]，一暮大拱。帝太戊惧，问伊陟。伊陟曰："臣闻**妖不胜德**[3]，帝之政其有阙[4]与？帝其修德。"太戊从之，而祥桑枯死而去[5]。伊陟赞言于巫咸[6]。巫咸治王家有成，作《咸艾》[7]，作《太戊》。帝太戊赞伊陟于庙，言弗臣，伊陟让，作《原命》。殷复兴，诸侯归之，故称中宗。

——《史记·殷本纪》

■ 注释：

①伊陟：伊尹的儿子。

②祥：本指吉凶征兆，这里指不祥之兆。榖（gǔ）：楮（chǔ）树。

③妖不胜德：古代相信天人感应，认为如果君主有德行，怪异的自然现象便不会发生。

④阙：同"缺"，缺点、过失。

⑤去：离开，消失。

⑥巫咸：大臣名。

⑦《咸艾（yì）》：一作《咸韭》，与《太戊》《原命》俱亡佚。

历史解读

　　商朝的开国君王成汤去世之后，辅佐他推翻夏桀暴政、夺得天下的两位贤臣仲虺和伊尹又先后扶立成汤的两个儿子外丙、仲壬为商王。后来，仲虺逝世，伊尹又立成汤的嫡孙太甲为商王。这一阶段，商朝国势处于兴旺时期。不料太甲做了商王后，昏乱暴虐，贪图享乐，不理朝政。伊尹多次进言规劝无效，于是就把太甲囚禁在王都郊外成汤归葬之地的桐宫（今河南省洛阳虞城县），自己摄政。三年后，太甲悔过从善，于是伊尹迎接他回宫，把治国理政的权力交还给他。伊尹流放太甲、太甲改过自新的事迹，是中国历史上古代君主悔过自新的典范。伊尹摄政也开启了"摄政"的先河。在中国历史上，摄政当国的事件有很多，但是原因各有不同，有的是由于君主年幼，有的是由于君主德行和能力上的原因，处置的方法也各不相同。到了西汉时期，大臣霍光就曾援引伊尹之例，进行摄政。后世往往以行"伊霍之事"来代指权臣摄政废立皇帝。

　　伊陟，相传是伊尹的儿子。商朝的第九位君王太戊帝在位时，伊陟被任命为相。即位初年，太戊帝昏庸奢靡，不勤国政。后来王宫朝堂上出现桑榖合抱共生的不祥之兆，太戊帝感到恐慌，就向伊陟问政。伊陟借此机会，劝谏太戊帝要多修德行，多施仁政。太戊帝听从了他的谏言，修行德政，最后怪树果然枯死了。从此，太戊帝痛改前非，修德治国，不久就使"殷道复兴，诸侯归之"。太戊帝在位75年，是商朝在位时间最长的君王，其当政时期也是自太甲帝以来商朝最繁荣昌盛的时期，历史上称之为"太戊中兴"。

09 盘庚迁殷

　　商王朝建国之初，贤相伊尹凭借自己的才能，一连辅佐了商朝五位君王，为商朝前期的太平盛世打下了重要基础。然而，正是因为国家稳定，天下太平了，商朝的君王们便觉得可以尽情享受太平盛世了，于是贪图享乐，奢侈无度之风渐盛。再加上，商朝的王位继承制度是兄弟拥有优先继承权，没有兄弟才传位给儿子，因此很多王室子弟都对王位虎视眈眈。从仲丁帝开始，王室子弟为了争夺王位，不断发生内斗，王室力量逐渐衰弱，有些诸侯拒来朝觐，周边的一些少数民族也趁机反叛，商朝的统治陷入了内外交困的危机之中。

　　为了躲避自然灾难，转嫁社会危机，商朝君王们先后多次迁都。到阳甲帝即位的时候，都城已经迁到了奄地。这个时期，商朝王室奢侈无度，内部的权力斗争日益加剧；奴隶主和奴隶之间的阶级矛盾十分尖锐；四方诸侯和

少数民族也相继叛乱，国家政局混乱不堪，商朝的统治几乎到了崩溃的边缘。就在这个危难之际，阳甲帝逝世了，他的弟弟盘庚继位。

为了摆脱眼前的困境，缓和社会矛盾，盘庚帝决定放弃都城奄地，寻找一处适合长远发展的地方来重新建都。于是，他派人四处考察，发现当时的北蒙之地，也就是今天河南安阳一带，虽然那里人烟稀少、土地贫瘠，但是地理位置优越、地势较高，比奄地更适合做都城。于是，盘庚决定迁都北蒙。

可是，盘庚刚宣布迁都的事情，就遭到了大多数王室贵族的强烈反对。当时，都城奄地发展得非常繁荣，王室贵族们贪图安逸，担心迁都到荒无人烟的北蒙以后，自己就不能再享受现在的奢靡生活了，于是纷纷反对迁都。

有些贵族为了阻止盘庚的迁都计划，甚至还煽动老百姓起来抗议。一时间，盘庚的周围到处充斥着反对迁都的声音。可尽管如此，盘庚仍然没有改变迁都的决心。

盘庚把王室贵族都召集起来开会，重申了自己迁都的决心，同时又向大家说明迁都的好处，动员大家支持迁都。在会议上，盘庚宣布，迁都合乎天命，也符合成汤的治国之道，以此来平息王室贵族的不满情绪。接着，他斥责大臣们玩忽职守，没能使百姓们懂得迁都的意义，导致人们无端生事。盘庚还严厉地训斥了那些贪图安逸、不愿迁徙的王室贵族们，并强硬地表示，如果不服从迁都命令，定严惩不贷。最后，盘庚语气缓和地规劝王室贵族，说："先王成汤和你们的祖辈们一起打下了天下，我们应该遵循他们流传下来的法令和准则。如果我们舍弃这些，那怎么能够成就大业呢？"盘庚恩威并施，要求大家互相信任，一起渡过目前的难关，延续商朝的千秋大业。

到最后，盘庚战胜了顽固的反对势力，带领王室贵族和老百姓，浩浩荡荡地渡过黄河，迁往北蒙之地。迁都以后，盘庚体恤民情，施行仁政。不久，新的都城北蒙就发展成为新的政治经济中心。盘庚深谋远虑，决意改革，完成了迁都的盛举，彻底扭转了"九世之乱"造成的混乱，为后

来的武丁中兴打下了基础。自从盘庚迁殷之后，直到商朝灭亡的270多年里，商朝的都城一直在殷，因此后世又把商朝称为殷朝或殷商。

成 语 释 义

　　成语"盘庚迁殷"的典故见于《史记·殷本纪》，主要讲的是商朝君主盘庚继位后，为了挽救政治危机，缓和阶级矛盾，决定迁都。在迁都的过程中，遭到王室贵族们的反对，盘庚仍然坚定决心，力排众议。最后，迁都成功，商朝从此中兴。后人多用来比喻排除反对势力，坚持推行改革措施。

《史记》原文选读

　　自中丁以来，废适而更①立诸弟子，弟子或争相代立，比②九世乱，于是诸侯莫朝。

　　帝阳甲崩，弟盘庚立，是为帝盘庚。帝盘庚之时，殷已都河北，盘庚渡河南，复居成汤之故居，乃五迁③，无定处。殷民咨胥皆怨④，不欲徙。盘庚乃告谕诸侯大臣曰："昔高后⑤成汤与尔之先祖俱定天下，法则可修。舍而弗勉，何以成德！"乃遂涉河南，治亳，行汤之政，然后百姓由宁，殷道复兴。诸侯来朝，以其遵成汤之德也。

——《史记·殷本纪》

注释：

①更：交替，连续。
②比：接连。
③五迁：指成汤至盘庚前后迁都五次。
④咨：叹息，埋怨。胥：皆。
⑤高后：对成汤的敬称。

历史解读

　　成汤创建商朝的时候，最早建都在亳，也就是今天的河南商丘一带。商王朝的统治一共延续了 500 多年。在前 300 多年当中，商朝曾经迁都五次，直到盘庚帝把都城迁到北蒙之地，才最终稳定下来。后来，北蒙之地更名为"殷"。自此之后直到商朝灭亡，商朝一直定都于殷，因此商朝又称为殷朝或者殷商。

　　盘庚是商朝的第 19 位王，在甲骨文中，一般写作般庚。根据《夏商周年表修正》的统计，其在位时间为公元前 1300—公元前 1277 年，一共 28 年。盘庚是商朝中期一位富有雄心壮志，很有作为的君王，他富有忧患意识，在位期间，力排众议，不顾王室贵族们的反对，把商朝都城迁到殷地，开创了商朝的中兴盛世。

在 20 世纪 20 年代的考古工作中，商朝殷都的遗址——殷墟被发掘出来，就位于今天河南省安阳市殷都区小屯村附近。经过几代考古学者的发掘和研究，殷墟出土了大量的甲骨文和青铜器，这也使得殷墟成为中国历史上第一个文献可考并为考古学和甲骨文所证实的都城遗址，并于 2006 年入选《世界遗产名录》。

在殷墟发现的甲骨文现在被公认为中国汉字的前身，也是世界三大最古老的文字体系之一。通过解读和诠释甲骨文，参考流传下来的历史文献资料，我们能比较全面地了解商朝的情况，所以甲骨文也被称为中国古代最早的"档案库"。在殷墟也出土了许多青铜器，不仅种类繁多，而且形制多样，很多都是用于祭祀的礼器，其中最大最重的要数武官村大墓出土的后母戊大方鼎，后母戊鼎高 133 厘米、长 110 厘米、宽 79 厘米、重 832.84 千克，是迄今为止发现的世界上最大的古代青铜器。

10 梦得傅说

武丁是商朝的第 22 位王，在位长达 59 年之久，在商朝历史上是一位举足轻重的君王。他的父亲小乙非常有远见，在武丁年少的时候，就不让他留在王宫里面养尊处优，而是让他隐瞒王子的身份去民间游历，与老百姓一起生活、劳动，了解人民的疾苦和劳作的艰辛，让他广泛地接触和了解社会生活。就这样，武丁深切地体验了民间疾苦，懂得了为政之道。

小乙逝世以后，武丁回宫登上王位。他做出的第一个惊人之举就是在三年内上朝时没有说一句话。

每天上朝，只听大臣们的议论，从来不发表自己的见解，大臣们一个个既纳闷又害怕。说起来，表面上的理由是父王刚去世，他要守三年之丧，实际上呢？他是在认真地观察朝廷的政局，了解百姓民风和群臣百官的政事，思考国家复兴大计。

武丁想有所作为，却没有找到贤士来辅佐自己，他一直期盼有一个得力的助手。日有所思，夜有所梦。一天晚上，武丁做了一个很奇怪的梦，梦中见到一位圣人，容貌形象都很真切，还说自己的名字叫作"说"。武丁醒来之后，召集群臣并告诉他们，说上天托梦给他，让他找一个名字叫"说"的圣人，并任命他为国相。群臣听后，一下子都摸不着头脑，议论纷纷，武丁环视群臣，没有一个

人像他在梦中所见的圣人。于是，他叫来一位画师，把梦中所见的圣人"说"的形象画成图像，叫群臣百官到民间四处去寻访。最后，有一位大臣终于在傅险找到了一个身形外貌与画像很相像的人。当时，这个人还是个犯人，正在服劳役，在傅险修路。于是，大臣就把这个犯人带回都城，送到武丁的面前。武丁一看，与他在梦中所见的圣人丝毫不差，就高兴地说："果然就是他！"于是，武丁就和他交谈治国之道，他的话深得人心。经过一段时间的考察，武丁任命他为国相，并且以找到他的那个地方的名字作为他的姓，称他为傅说。就这样，傅说从一个服劳役的犯人登上了武丁的朝堂，辅助他治理国家。

除了傅说之外，武丁又任用贤臣祖己。在这些贤士的辅佐下，武丁励精图治。一天，武丁在宫中祭祀他的先祖成汤，供案上摆满了用青铜铸造的鼎和祭品。第二天。突然有一只长着长长的漂亮尾羽的雉鸡飞入宫中，落在一只青铜鼎上，不停地高声鸣叫。武丁见后惊惧不安，不知道是凶还是吉，就

连忙召祖己进宫。祖己安慰他说："大王不要为此感到害怕，当务之急就是把国家大事处理好。"祖己见武丁半信半疑，又接着说："上天对人们日常行为的观察，主要是看他的言行是不是符合道义。每个人的寿命都不一样，有的长，有的短，这都是上天来决定的。有些人不遵循天道，办了错事儿还不主动承认忏悔，等到上天按照他的言行降给他相应的命运时，才后悔地说这该怎么办才好呀。您继承王位，与您爱护臣民百姓一样，都是顺应天意的事情。您还是要继续按照常规举行祭祀活动，只要祭祀时不要有那些不合传统的内容就好了。请大王安心。"武丁接受了祖己的建议，勤勉地治理国政，关怀体恤百姓。天下归心，百姓们无不感恩戴德，商朝的国势又逐渐开始振兴起来。

成 语 释 义

成语"梦得傅说"的典故出自《史记·殷本纪》，主要讲的是商王武丁继位后，求贤心切，在梦中梦见先王成汤赐给他贤相，以辅佐他治理国家，武丁梦醒后将梦中人物画成图像，派官员到民间寻找贤人。后来在傅险的筑路工地上找到了傅说，经过一番考察，傅说官拜国相。后人多用来比喻得到贤能之人的辅佐。

《史记》原文选读

帝小乙崩，子帝武丁立。帝武丁即位，思复兴殷，而未得其佐[1]。三年不言，政事决定于冢宰[2]，以观国风[3]。**武丁夜梦得圣人，名曰说**[4]。以梦所见视群臣百吏，皆非也。于是乃使百工营求之野[5]，得说于傅险[6]中。是时说为胥靡[7]，筑于傅险。见[8]于武丁，武丁曰是也。得而与之语，果圣人，举以为相，殷国大治。故遂以傅险姓之，号曰傅说[9]。

——《史记·殷本纪》

■ 注释：

①佐：指辅佐的大臣。

②冢宰：相当于后来的宰相。

③国风：国家的风气。

④说（yuè）：人名。

⑤百工：百官。营求：设法寻求。野：民间。

⑥傅险：地名。一作"傅岩"。

⑦胥靡：犯法服劳役的犯人。

⑧见：使拜见，这里是被带去拜见的意思。

⑨傅说：殷商时卓越的政治家、军事家，辅佐高宗武丁安邦治国，成就了历史上著名的"武丁中兴"，被尊称为"圣人"。

历史解读

在盘庚迁殷之后，商朝的国势又逐渐振兴起来。到了盘庚的侄子武丁即位后，在傅说和大臣祖己等贤能之士的辅佐之下，武丁励精图治，修政行德，商朝在政治、经济、军事、文化等方面得到空前发展，国力达到鼎盛时期，历史上称为"武丁中兴"。

在内政上，武丁强化王权的统治，力图改变诸侯离心的局面。在《尚书·说命》中，有比较详细的记载。首先，武丁强调"惟天聪明，惟圣时宪，惟臣钦若，惟民从乂"的君臣之道，从天命出发来维护统治的阶级秩序。其次，武丁改革用人制度，加强对官员的任免权。削弱以往王室贵族的特权，采取任人唯能、任人唯贤的原则，"举逸民"，推举和选拔遗落在民间的治国贤才，为国家所用，从而获得了士人的拥护。武丁大胆选拔和任用人才，特别是敢于选用刑徒出身的傅说为辅政大臣。武丁这种不拘一格选用人才的思路和做法，值得后人借鉴。再次，改革祭祀制度，把神权牢牢掌控到商王手中。有学者研究表明，武丁前期的祭祀权十分分散，很多不是出自商王的卜辞上有频繁祭祀祖先的记录。针对这种情况，武丁对祭祀制度进行了改革。因为控制了祭祀权，就夺得了神权，有了神权，就强化了王权。

对外，武丁加强军备，对土方、鬼方和羌方等周边方国部落发动了一系列的战争，不仅消除了边境地区的兵患，拓展了商朝的国土，而且还掠夺了大量财物和奴隶，进一步巩固了商朝奴隶制社会经济的基础。同时，从客观上讲，这也促进了中原地区与周边少数民族部落之间的经济和文化交流。在这里，还要提到一个人物——妇好。妇好是商王武丁的妻子，是中国历史上有文字记载的第一位女性军事统帅。殷墟出土的大量甲骨卜辞表明，妇好曾经多次领命征战沙场，立下汗马功劳。1976 年，妇好墓在殷墟被发掘，是殷墟遗址中唯一保存完整的商朝王室成员墓葬。

11 酒池肉林

　　商纣王是商朝的最后一位王。他从小就天资聪颖，能说会道，善于辩论，而且他的力气也很大，能够空手和凶猛的野兽格斗。可惜的是，他的这些聪明才智没有用到正道上，他觉得自己聪明过人，所以不愿意听大臣们的意见，独断专行；他能言善辩，但是都用来给自己的过失和错误做辩解了。久而久之，大臣们都不说话了，纣王就认为自己天下第一，没有人能比得过他。纣王嗜酒如命，放荡好色。他特别宠爱一个叫妲己的妃子，就连国家大事也都对她言听计从。

　　妲己是有苏氏部落首领的女儿，长得非常漂亮。有一次，商纣王发动大军攻打有苏氏部落。有苏氏部落抵挡不住强大的商朝军队的进攻，节节败退，最后有苏氏部落的首领被迫屈膝投降，进贡了大量的牛羊和马匹，还把自己的女儿妲己献给了纣王。纣王迷恋妲己的美貌，让她做了自己的妃子。纣王还特意招来有名的乐师涓给妲己"量身定做"了一首新曲子，让妲己跟随着音乐翩翩起舞，纣王一边饮酒，一边观赏。为了讨妲己的欢心，商纣王还在朝歌给她建造了一座行宫。商纣王兴师动众，征召各地名匠，搜刮全国财宝，整整花了七年时间，才把这座富丽堂皇的行宫修建完。

　　商纣王为了满足自己穷奢极欲的生活，不断加重赋税徭役，搜刮民脂民膏，鹿台里面的钱库堆满了金银财宝，钜桥的粮仓也装满了粮食。从全国各处搜罗来的狗、马和新奇的玩物装满了整个宫室。接着，商纣王又命人扩建沙丘的园林楼阁，捕捉大量的野兽飞鸟，放养在里面，供自己游猎；甚至挖了一个大的可以行船的水池，把美酒倒进池子里当作池水，把大块大块的肉悬挂在池边，密密麻麻的就像一片树林。商纣王带着妲己和一帮戏子乐师，在里面追逐嬉闹，通宵达旦，饮酒寻欢。商纣王整日过着荒淫无道的生活，老百姓苦不堪言，心中都非常怨恨他。那些诸侯见商纣王不理朝政，也就不来朝觐了，有的诸侯甚至开始背叛他。面对这样的情况，商纣王不仅不反省自己的错误，反而把怒气撒在老百姓和大臣身上，他加重了刑罚，以为这样

就能压制住人民心中的怨恨。他还发明了一种残酷的炮烙刑法，就是在炭火
中放置一根涂满油的铜柱，让受刑的人在上面爬行，下面的炭火越烧越旺，
人爬不动了就会掉到炭火里被烧死。

　　商纣王身边的大臣们都战战兢兢的，谁都不敢劝谏。最后只剩下一些阿
谀奉承，贪图财物，喜欢诽谤，进谗言的人围着他。商纣王也因此更加肆无
忌惮了，一些正直的大臣和诸侯不是被他杀害了，就是逃得远远的。商朝的
国势也越来越衰弱。

成语释义

　　成语"酒池肉林"的典故见于《史记·殷本纪》，主要讲的是商朝末年，商纣王贪酒好色，荒淫无道，昏庸残暴。后人多用来比喻荒淫腐化、极端奢侈的生活。"酒池肉林"也逐渐演化成了荒淫奢侈生活的代名词。

《史记》原文选读

　　帝纣资辨捷疾①，闻见甚敏；材力过人，手格②猛兽；知足以距谏③，言足以饰非④；矜人臣以能，高天下以声⑤，以为皆出己之下。好酒淫乐，嬖⑥于妇人。爱妲己，妲己之言是从。于是使师涓⑦作新淫声，北里之舞，靡靡之乐⑧。厚赋税以实鹿台之钱，而盈钜桥⑨之粟。益收狗马奇物，充仞⑩宫室。益广沙丘苑台⑪，多取野兽蜚⑫鸟置其中。慢⑬于鬼神。大冣⑭乐戏于沙丘，**以酒为池**，**县肉为林**，使男女倮相逐其间，为长夜之饮。

——《史记·殷本纪》

注释：

①资：资质，与生俱来的。辨：通"辩"，指口才好。

②格：格斗。

③知：通"智"，才智。距：通"拒"，拒绝。

④饰：掩饰。非：过错。

⑤矜：夸耀。声：声名。

⑥嬖（bì）：宠爱。

⑦师涓：一个叫作涓的乐官。

⑧靡（mǐ）靡之乐：风格颓废的音乐。

⑨钜桥：当时一个仓的名字。

⑩仞：通"牣（rèn）"，满。

⑪广：广布。沙丘：地名，当时商王纣在沙丘四处修筑娱乐的建筑。苑（yuàn）：养动物、花草以供帝王游乐的场所，如汉代的上林苑就是帝王打猎的地方。

⑫蜚：通"飞"。

⑬慢：怠慢。

⑭冣：聚集。

历 史 解 读

　　武丁中兴之后，又传了七位王，最后王位传给了商纣王。商纣王是商朝的末代君王。经过"夏商周断代工程"的研究，商纣王在位时间大约是在公元前1075年至公元前1046年，一共30年。在中国历史上，商纣王经常与夏朝的末代帝王夏桀并称"桀纣"，他们都是典型的暴君。

　　武丁中兴把商朝的政治、经济和军事推向了巅峰，后面的君王大都贪图享乐，昏庸无道，国势日益衰落。商纣王在位期间，横征暴敛，大兴土木，营建行宫朝歌；改变任人唯贤的用人政策，残害忠臣，信任谗臣；推行严刑峻法，制造炮烙之刑。百姓苦不堪言，大臣诸侯纷纷反叛；对外穷兵黩武，屡次发兵攻打东夷诸部落。这种种无道之举，不仅在统治集团内部引发了矛盾，而且还激化了社会斗争，动摇了商王朝的统治基础，加速了商朝的灭亡。

　　就在这个时候，定居在渭河流域的周部落逐渐强大起来。周部落的首领姬昌被商纣王册封为西伯，被授以征伐诸侯的大权。商纣王对周部落并不

放心，曾一度听信谗言，把姬昌囚禁在羑（yǒu）里。后来，周部落的人用宝马和美女贿赂商纣王，姬昌才得以逃脱。姬昌归国后，一方面发展生产，增强周部落的实力；另一方面不断进行武力扩张，吞并附近的一些部落，积蓄力量，准备推翻商纣王的残暴统治。

12 姜太公钓鱼,愿者上钩

　　商朝末年,商纣王昏庸无道,凶残暴虐,商朝的统治眼看就要崩溃了。就在这个时候,定居在渭水流域的周部落却一天天兴盛起来了。周是一个非常古老的部落,原来居住在今天的陕西和甘肃一带。后来,为了躲避戎狄等游牧部落的袭扰,部落首领古公亶父就率领族人迁徙到了岐山下的平原上,并在那里定居下来。到了商朝末年的时候,古公亶父的孙子姬昌当上了部落首领。在姬昌的带领下,周部落大力发展农业和畜牧业,实力越来越强。周边的一些部落也都前来归顺,这对商朝构成了很大的威胁。于是,商纣王派人把姬昌抓了起来,关在了一个叫羑里的地方。周部落的人非常焦急,想把姬昌救出来。在这紧要关头,大臣散宜生和闳夭想出一计:既然商纣王喜欢美女宝物,那我们就投其所好。于是,周部落的人搜罗了许多美女、骏马和珍宝,然后将这些进献给商纣王,又给商纣王身边的亲信大臣送了许多礼物,最终把姬昌救了出来。

姬昌逃回周部落后，施行仁政，勤政爱民，时刻准备征伐商纣王。姬昌知道自己身边还缺少一个能帮他筹划灭商大计，统筹全局的贤士，于是便开始留心物色这样的人才。当时，有位年近八十却怀才不遇名叫姜尚的隐士，他隐居在渭河边，每天拿着一根鱼竿到渭河边钓鱼。一般人钓鱼，用的是弯钩，上面还要吊着鱼饵，然后把鱼钩沉入水中，诱骗鱼儿上钩。但是，姜尚用的鱼钩却是直的，上面没有挂鱼饵，也不把鱼钩沉到水里，而是悬在离水面三尺多高的地方。他一边高高地举着钓竿，一边自言自语道："鱼儿呀鱼

儿呀，你们愿意的话，就自己上钩吧！"有一天，一个打柴的人路过，见他用不放鱼饵的直钩在河面上钓鱼，觉得非常奇怪，就对他说："老先生，你这个钓鱼的方法不对啊。要用弯的鱼钩，挂上鱼饵，沉到水里去才行。像你这样钓，一百年也钓不到一条鱼的！"姜尚举了举钓竿，笑着说："你不懂，我钓的可不是一般的鱼，我要钓的是君王与诸侯！"这个打柴的人听了，哈哈大笑，说："在这个地方怎么能钓得到君王和诸侯呢？"说罢，就摇摇头，扛着柴火走了。姜尚笑了笑，依然这样日复一日地坐在河边钓鱼。

有一天，姬昌出城打猎。出发前，算了一卦，卦辞说："这次打猎的收获不是奇珍异兽，而是能辅佐他成就霸业的贤臣。"姬昌率领大队人马追赶猎物，一路追到了渭河的北岸。在渭河边，姬昌看见一位老人正坐在河岸上

平静地钓鱼，就算大队人马从身边一奔而过，他也丝毫不为所动，还是稳稳地握着那根挂着直钩的鱼竿。姬昌对此极为惊奇，于是翻身下马，走到老人身边，跟他交谈起来。经过一番谈话，知道他名叫姜尚，是一位精通谋略的隐士。姬昌想起今天出发前算的那一卦，顿时喜出望外，对姜尚说："老先生，我打小就听我的太公说：'将来一定会有位圣人来到我们周国，周国会因此兴盛起来。'我太公说的就是您吧？您一定就是我们太公盼望很久的圣人啦。"于是，姬昌就称姜尚为"太公望"，邀请姜尚同他一起回宫。

姬昌在太公望的辅佐之下，一面发展生产，一面训练兵马。周部落的势力越来越强。没过几年，周部落就占领了商朝统治下的大部分地区，天下三分之二的诸侯都来归附。但是，就在姬昌准备集合诸侯的力量，征伐商纣王的最后关头，却不幸害了一场病去世了。

成 语 释 义

成语"姜太公钓鱼，愿者上钩"的典故见于《史记·齐太公世家》，主要讲的是商朝末年，周文王姬昌施行仁政，求贤若渴，善待有才能的人。太公望姜尚在渭河边等待时机，借着钓鱼的机会求见周文王。后人多用来比喻心甘情愿地上当受骗。

《史记》原文选读

吕尚盖尝穷困，年老矣①，以渔钓奸②周西伯③。西伯将出猎，卜④之，曰："所获非龙非彨，非虎非罴；所获霸王之辅。"⑤于是周西伯猎，果遇太公于渭之阳⑥，与语，大说⑦，曰："自吾先君太公曰'当有圣人适周，周以兴。'⑧子真是邪？吾太公望子久矣。"故号之曰"太公望"，载与俱归，立为师⑨。

——《史记·齐太公世家》

注释：

①年老矣：据传当时太公年七十二岁。

②奸（gān）：通"干"，求取。

③周西伯：即周文王姬昌。

④卜：古时用火灼烧龟甲，观裂缝预测吉凶。

⑤彨（chī）：通"螭"，在传说中是一种像龙的动物。罴（pí）：即熊。

⑥渭：水名，即今渭河。阳：河的北岸。

⑦说：通"悦"。

⑧适：往，到。以：因此。

⑨师：周代官名。又称"太师"，辅佐天子处理国家一切事务。

历史解读

　　周部落是居住在今天陕西和甘肃黄土高原一带的古老部族，相传因"姬水"而得姓为姬。周部落的始祖名弃，为有邰（tái）氏女姜原所生。在《史记·周本纪》中，司马迁记述了这样一个神话传说。姜原在野外祈祷求子，后来因为踩了一个巨人的脚印而怀孕，生下了弃。后来，因为遭到戎狄等游牧部落的侵袭，周部落就在首领古公亶父的率领下，迁移到岐山以南的周原定居下来。周原土地肥沃，灌溉便利，适合农耕。周部落在这个得天独厚的地方，开始造田营舍，建邑筑城，实力迅速壮大。

　　到了商朝末年，商纣王失道，在姬昌继位之后，周部落的实力还不足以与商抗衡，所以继续臣服于商，但是周部落的人已暗生推翻商纣暴政之心。姬昌内施仁政，勤政爱民，奉行德治，提倡"怀保小民"；同时，大力发展

农业生产，鼓励农民开田拓荒，实行"九一而助"的政策，让农民助耕公田，缴纳九分之一的税；另一方面，姬昌广罗人才，天下贤士先后投奔而来，姬昌都能以礼相待，予以重用，其中最为后人所知的就是太公望姜尚了。可惜的是，就在一切准备完毕，要发兵征伐商纣王的时候，姬昌得病去世。推翻商朝暴政、建立周朝的重任就落在了他的儿子周武王姬发的肩上。

《史记·齐太公世家》中记述说姜尚的先祖曾在舜帝时当过四岳的大官，并且辅佐大禹治水，立下大功。到了姜尚这一代，已经家道中落了，但是姜尚始终刻苦学习，通晓天文地理、军事谋略、治国安邦之道，最后辅佐姬昌，兴周灭商。纵观姜尚传奇的一生，"以渔钓奸周西伯"是最大的转折点。在军事、政治、经济等领域，姜尚都作出了卓越贡献，其中尤以军事和谋略为最，无怪乎太史公司马迁赞曰："后世之言兵及周之阴权皆宗太公为本谋。"

13 白鱼入舟

周文王姬昌去世后。他的儿子姬发继承了王位，这就是周武王。武王任命姜尚为太师，周公旦做辅相，让召公、毕公等大臣在他身边辅佐治理国政，并发誓要继承先父文王没有完成的遗愿。武王以文王为榜样，励精图治，富国强兵，经过八年的时间，周部落的势力更加强大了，讨伐商纣王的时机也越来越成熟了。

在武王即位的第二年，他出发去毕原祭祀文王。祭祀完毕之后，武王向东进发，前往盟津检阅军队。武王带上了文王的神主牌位，用一辆车载着，还放在军队的大帐中间供奉，希望能得到先祖神灵的保佑。到了检阅那天，众将士整整齐齐地站在点兵场上，武王登上检阅台，大声对将士们宣布："众位将士们，今天我们就要去征讨商纣王了。希望大家能明白，不是我擅自做主要发动战争，而是为了实现先祖文王统一天下的遗愿。"接着，武王就对各级官员下了死命令，要求大家众志成城，打好这一场大仗。而且，制定了各种赏罚制度，每个将士都要立下军令状，战争结束后论功行赏。将士们听后，个个士气高涨，摩拳擦掌。就在这个时候，太师姜尚向全军发布了出发的号令："众将领们赶紧集合你们的士兵，登船操桨，渡过黄河，落后者，斩。"将士们得令，蜂拥登上黄河岸边的船只，奋力划桨，很快就渡过了黄河。

将士们出发之后，武王也登船渡河。船刚刚行到河中间，突然有一条白色的大鱼高高跃起，不偏不倚正好跃入武王乘坐的船上。武王起初大吃一惊，后来一想，又非常激动，就俯下身子，把这条鱼捡起来，吩咐左右侍从准备好仪式，用这条鱼做祭品来祭天。一条白鱼怎么会让武王那么激动，闹出这么大的阵仗来呢？原来，武王认为这是天意。当时商朝以白色为贵，白色代表着商朝的王权；而舟和周同音，舟也就象征了周王室。这一切联系起来，那就是商的天下就要归属周了。武王自然十分高兴！

武王渡过黄河之后，在渡口安营扎寨，突然间，有一团火从天而降，落在了武王住的营帐上，这团火上下不停转动，形状不断变化，最后变成了一只乌鸦。这只乌鸦全身赤红色，发出阵阵的叫声。武王大为惊慌。就在这个时候，有大臣进来报告说，从四面八方赶来的诸侯在军营外求见大王。这些诸侯虽然没有约定一起发兵，但是都带着兵马会集到了盟津，一共来了八百多个诸侯。武王马上吩咐大臣，让诸侯们进入大营，并命人好好地招待他们。诸侯们见到武王，异口同声地说："大王，现在就带领我们去讨伐商纣王吧！"

武王劝他们说："你们还不了解天命，现在还不是出兵的时候啊，你们先回去吧。"诸侯们听从武王的号令都带着军队回去了，武

王也率军回国了。

又过了两年，武王认为征伐商纣王的时机成熟了，于是遵循文王的遗训，率领 300 辆战车，3000 名勇士，4.5 万名披甲战士，向东进发，征伐商纣王。周武王再次率领军队全部渡过盟津，与各方诸侯们的军队会合后，声势大振。武王举行了誓师大会，向全体将士宣告："如今商纣王听信妇人之言，自绝于天下。所以，现在我姬发要恭敬地执行上天的旨意，去征伐商纣王。众位将士要勇往直前，胜负在此一举了。"说完，就率领大军浩浩荡荡地朝着商朝的都城进发了，一场大战即将爆发。

成语释义

　　成语"白鱼入舟"的典故见于《史记·周本纪》，主要讲的是周武王率军渡过黄河，准备征伐商纣王，在渡河途中，一条白色的大鱼跳入武王乘坐的船中，武王认为这是天意，昭示着这次率军出征会获胜，周要夺得商的天下。后人多用来比喻用兵必胜的征兆，也形容做事遇到好兆头。

《史记》原文选读

师尚父号①曰："总尔众庶②，与尔舟楫③，后至者斩。"武王渡河，中流④，白鱼跃入王舟中，武王俯取以祭⑤。既渡，有火自上复于下，至于王屋，流为乌⑥，其色赤，其声魄云⑦。是时，诸侯不期而会盟津者八百诸侯。诸侯皆曰："纣可伐矣。"武王曰："女⑧未知天命，未可也。"乃还师归。

——《史记·周本纪》

注释：

①师尚父：太公望的尊称。号：令，动词，即下令。

②总：聚集，集合。众庶：众人，指统领的军队。

③与：操，持。楫：船桨。

④中流：河的中央。

⑤俯取以祭：殷商崇尚白色，武王斩杀白鱼祭天，象征着成功讨伐殷商。

⑥流为乌：不断变化，现出乌鸦的形状。流：往来不定，运转不停。乌：乌鸦。

⑦魄：形容鸟叫声。云：语气词，无意。

⑧女（rǔ）：同"汝"，你，你们。

历史解读

　　周文王姬昌当政时期，周国实力逐渐强大，天下诸侯纷纷归顺，"天下三分，其二归周"，为推翻商纣王的残暴统治奠定了基础。大约在公元前1056年，周文王因病逝世，其子姬发继位，历史上称其为周武王。武王秉承先王的遗志，对内重用贤良，继续以姜尚为太师，政治清明。对外则进一步联合更多的诸侯国，壮大力量，等待时机，积极为灭商做准备。

　　在即位的第二年，周武王亲率大军西行到毕原的文王陵墓，祭奠先祖，然后再转而东行，向朝歌进军。大军渡过黄河，抵达南岸的盟津，也就是今天的河南省孟津县。当时就有八百名诸侯闻讯率军赶来相助。人心向背可见一斑，商纣王已经成了孤家寡人。诸侯们都力劝武王立即向朝歌进军。但是，周武王和姜尚则认为伐纣的时机未到，就下令撤军，并以"女未知天命，未可也"告诫大家不要操之过急。这次在孟津的会师称得上是一场灭商的预演，历史上称为"孟津之会"或者"孟津观兵"。

　　孟津之会之后，周武王一边加紧练兵，一边派人去探听商纣王的动向。两年后，商纣王变本加厉，残忍迫害敢于直言的忠良贤臣：比干被剖胸挖心；箕子装疯，被罚为奴；微子感觉无望，奔逃出走。商纣王众叛亲离，商朝的统治已经分崩离析。征伐商纣王的时机已经成熟，于是，周武王就率军再渡黄河，在盟津会合诸侯，召开誓师大会，直捣商朝都城朝歌。

14 临阵倒戈

待讨伐商纣王的机会成熟之后，周武王齐集诸侯，统率大军浩浩荡荡地渡过黄河，直趋商朝的都城，一路锐不可当，很快就打到了商朝都城附近的牧野。周武王让大军在牧野安营扎寨，准备围攻商朝都城。第二天一大早，天刚蒙蒙亮，武王就下令集合大军，举行誓师大会。军队列好阵势，只见周武王左手拿着黄色的铜斧，右手挥舞着白色的指挥旗帜，站在战车上，向将士们高声宣誓："今天我们就要一同替天行道，出发去征讨昏庸无道的商纣王了，大家都要奋勇杀敌，浴血奋战，绝不后退！"宣誓完毕，将士们高喊着挥舞着兵器，一时间呼喊声响彻云霄。

这时候，商纣王的大军正在东征蛮夷，国内军备空虚，都城防守薄弱。商纣王刚收到前方送来的情报，说周武王率大军直捣都城，还没有来得及调兵遣将，紧接着又有情报传来，说周武王的大军已经打到都城郊外的牧野了。商纣王着实被打了个措手不及。都城内也没有足够的精兵勇将可以派出去迎战。最

后，商纣王只好匆匆忙忙地把大批奴隶和战俘武装起来，连同守卫都城的军队，好不容易拼凑了 70 万大军。商纣王带着这凑在一起的 70 万军队紧急开赴牧野去抵挡周武王的大军。

两军在牧野对阵。周武王先派遣太师姜尚统领数百名精锐勇士充当先锋上前挑战，震慑商朝的军队。紧接着，周武王亲率主力大军迅猛地冲进敌阵，将商朝军队的阵势彻底冲垮。商朝的军队虽然在人数上占有绝对的优势，但都是临时拼凑起来的奴隶和战俘，他们不愿为商纣王打仗卖命，上了战场，也毫无斗志，刚一交锋，就纷纷临阵倒戈，掉过头来给周武王的军队开道。商纣王见最后一道防线也守不住了，赶紧快马加鞭，逃离战场。商朝残余的军队群龙无首，纷纷溃散。商纣王见大势已去，就逃回城内，登上鹿台，纵火焚烧宫殿，投火自焚而死。周武王统率军队向商朝都城进发，商朝的百姓们都来到郊外等候迎接武王。武王命令群臣向商朝的百姓们宣告："愿上天

赐福给你们！”商朝的百姓全都叩头拜谢，归顺了周武王。

第二天，周武王下令修整祭拜土地神的社坛，用来举行气势恢宏的祭祀仪式。吉时一到，一百名壮士高举着有九条飘带的云罕旗在前面开道。插着大常旗的仪仗车一字排开，周武王在大臣的簇拥下，举行了盛大的“受命”仪式。从此，商朝灭亡，周朝建立了。

成语释义

成语“临阵倒戈”的典故见于《史记·周本纪》，主要讲的是周武王统率大军讨伐商纣王，在商朝国都郊外的牧野与商朝军队大战，商朝军队虽然人数众多，但都是由奴隶和战俘拼凑而成的，他们在战场上纷纷倒戈相向，商纣王战败而亡，周武王灭商立周。后人多用来比喻大敌当前，投降敌人，反过来帮敌人打自己人。

《史记》原文选读

　　帝纣闻武王来，亦发兵七十万人距①武王。武王使师尚父与百夫致师②，以大卒驰帝纣师③。纣师虽众，皆无战之心，心欲武王亟④入。纣师皆倒兵⑤以战，以开⑥武王。武王驰之，纣兵皆崩畔⑦纣。

——《史记·周本纪》

■ 注释：

①距：同"拒"，抵抗。

②致师：挑战。指在大战开始前，让少数勇士冲入敌阵挑战。

③大卒：指武王的嫡系部队。驰：驱赶车马向前冲杀。

④亟：急，速。指纣王的军队都盼望武王快点入城。

⑤倒兵：掉转兵器攻击己方，即倒戈。

⑥开：引导，开路。

⑦畔：通"叛"，背叛。

历史解读

　　牧野之战是周武王指挥的诸侯联军与商朝军队在牧野展开的一场大战。这是武王伐纣的一场决定性的战役。牧野位于今天的河南省新乡市附近。周武王之所以能够在牧野之战中获胜，除了商纣王昏庸无道、众叛亲离，周武王得道多助等因素之外，主要还是由于商纣王穷兵黩武，派遣商朝的主力部队攻打西北的黎人部落和东南的夷人，导致国内军备空虚。因此，周武王抓住这个极好的机会乘虚而入，直捣商都。

　　关于武王伐纣，《尚书》《逸周书》和《史记》等文献资料中都有记载。另外，随着中国考古事业的发展，发掘出土的西周时期的文物也佐证了这段历史。1976 年，在陕西临潼区零口街道的考古发掘中，出土了一件西周早期的青铜器——"利簋（guǐ）"。"利簋"又被称为"武王征商簋"，是周武王时期的一位名叫"利"的官员铸造的用于祭祀的礼器。在"利簋"的内侧底部铸有铭文"武王征商，唯甲子朝"，记载了武王征商的时间是在甲子日凌晨，这恰好与《史记·周本纪》中记载牧野之战发生的时间"二月甲子昧爽"相印证。至于牧野之战发生的具体年份，依据"夏商周断代工程"的研究成果，大致可以推定为公元前 1044 年。

　　在中国历史上，牧野之战是一场以少胜多，以弱胜强，先发制人的著名战例。它结束了统治中国五百多年的商朝，确立了周朝的统治。从此，中国历史由奴隶社会进入到封建社会。

15 振兵释旅

　　周朝刚刚建立，周武王日夜忧思如何吸取商朝衰亡的经验教训，以永葆周朝江山稳固。有一次，周武王出巡，召集管理九州的官员，一起登上了幽地的一座土山丘，久久盘桓不去。周武王指着远方天际线，要大家一起遥望商朝都城所在的方向。放眼看过去，城池外面的郊野上，荒无人烟，成群结队的野兽奔走嚎叫，漫山遍野飞的都是害虫，庄稼也是颗粒无收。这时候，周武王也不禁慨叹道："你们看看啊，那里原先可是商朝的帝王之都呀，当年是何等的宏伟壮观，现在竟然衰败到了如此的地步，这个中的原因还不值得我们深思吗？"大家你看看我，我看看你，不知道周武王的葫芦里到底卖的是什么药，只好跟着发出"哎哎"的叹息声。

　　周武王出巡回来后，就把自己关在宫殿里，左思右想，整整一夜都没有合眼。身边的大臣都不知如何是好。武王的弟弟周公旦进入宫殿，走到武王的身边，轻声地问道："大王啊，你为何整夜都不睡觉啊？"武王仰头长叹，指着苍天对周公旦说道："你不知道啊，我是在担忧我们的大周江山啊。商之所以衰亡，大周之所以兴盛的道理，你也看到了，当初何等宏伟辉煌的都城沦落到今天的这种地步，能不令人寒心吗？当年，上天兴起商朝的时候，也是任用了三百六十位有名的贤士来治理天下的，虽然说不上有多大的功劳，但也不至于落到亡国的下场啊。这是上天摈弃了商朝的王权，我们才能取得今天的成功啊。现在，我们大周朝刚刚建立，国运还不稳固，我日思夜想怎么秉承上天的意旨，永固江山，你说我能睡得着觉吗？"

接着，周武王握着周公旦的手，又说："我们要吸取商朝灭亡的教训，找出天下所有的恶人，贬黜他们，让他们与纣王同罪。我要日日夜夜勤勉努力，办好各种国家大事，来确保国土的安定，再也不能让民众生活在战乱之中了，要让百姓过上安稳的好日子。"两人促膝相谈，谋划国家大事，直到天际发白。

首先，周武王决定兴建新的都城。他亲自观察地形，回来后与周公旦商议。"你看，从洛水拐弯处一直到伊水拐弯处，地势平坦没有险阻，这是以前夏朝定居的地方，易攻难守。再看南边的三涂之地，北边的山岳之地，又太偏远了。回过头来，我们再看看洛水和伊水之地，这里比较适合定都啊。"

周武王指着地图说。周公旦不住地点头称是。周武王对如何在洛邑修建周朝都城一事进行了一番规划，然后把建城的任务交给了周公旦。

接下来，周武王实施了许多利国利民的仁政。周武王下令打开钜桥的粮仓，把商纣王搜刮来的粮食发放给百姓，以解决他们的温饱问题，又把商纣王藏在鹿台的金银钱财拿出来赈济天下贫民，还免除了商纣王时期的苛捐杂税，让百姓安居乐业。周武王选择了一条和平发展的道路。把原来的战马从军旅中放出来，让这些马做家用乘骑的马匹；把军中运输军需粮草的牛也放归田园，成为农家的耕牛；把兵器改铸成农具，让士兵解甲归田。从此，周朝社会稳定，四境和平，国势蒸蒸日上。

成 语 释 义

　　成语"振兵释旅"的典故见于《史记·周本纪》，主要讲的是周武王灭商立周之后，日夜思考治国之道，最后决定终止战乱，让士兵放下兵器，解甲归田，让老百姓过上和平安定的生活。后人多用来比喻国家和平发展。

《史记》原文选读

王曰："定天保，依天室^①，悉求夫恶^②，贬从殷王受^③。日夜劳来^④定我西土，我维显服^⑤，及德方明。自洛汭延于伊汭^⑥，居易毋固^⑦，其有夏之居。我南望三涂^⑧，北望岳^⑨鄙，顾詹有河^⑩，粤詹雒、伊，毋远天室^⑪。"营周居于雒邑^⑫而后去。纵马于华山之阳，放牛于桃林^⑬之虚；偃^⑭干戈，振兵释旅：示天下不复用也。

——《史记·周本纪》

注释：

①依天室：天下人都服从归顺周朝王室。依，是……归依。天室，指上天所眷顾之宗庙。

②悉求夫恶：把恶人全找出来。夫，语气词，无义。

③贬从殷王受：像惩罚纣一样惩罚他们。贬，贬低，惩罚。从，随，和……一样。受，殷纣王的字。

④劳（lào）来（lài）：勤勉努力。

⑤显：光明正大。服：做事。

⑥汭（ruì）：河湾。

⑦居：处于，位于。易：平坦。毋：同"无"。固：险固。

⑧三涂：山名，伊水之北，俗称崖口或水门。

⑨岳：指太行山，或说恒山。

⑩詹：通"瞻"，观望。有河：指黄河。

⑪粤：语首助词，无义。毋远天室：不要远离中央。意为洛伊两岸是营建都城的好地方。

⑫雒邑：即今洛阳（是西周时的陪都）。

⑬桃林：关塞名。

⑭偃：停止，放下。

历 史 解 读

周王朝建立之初，周武王为了安定民心，巩固政权，实行了一系列的改革措施，这些措施对中国历史影响深远。

首先，周武王安抚商朝遗留下来的残余势力。把商纣王的儿子武庚封在殷地，然后在殷地的周边再设置邶、墉、卫三国，分别封给霍叔、管叔、蔡叔，让他们来监视武庚和殷地旧民，历史上称为"三监"。这一举动实际上就是昭告天下，灭纣是因为商纣王违背天意，吊民伐罪，并没有断绝殷商的祭祀的意思，以此来安抚殷地旧民。

其次，周武王论功行赏，实行分封制。把王族、功臣以及先代的贵族们分封到各地做诸侯，建立诸侯国。先后建立了齐、鲁、燕、卫、宋、晋、虢等 71 个诸侯国。

　　再次，周武王大力推行宗法制度，形成了"天子建国，诸侯立家，卿置侧室，大夫有贰宗，士有隶子弟"的体系。在中国历史上，宗法制的核心是嫡长子继承制，目的是在家族内部确立地位、财产的继承权，从而完善和巩固分封制。

　　最后，周武王在经济上实施井田制。所谓"井田"，就是把土地按照阡陌划分成方块，看上去就像"井"字。一井共分为9个方块，周围的8块田分别由8户农民耕种，称为"私田"，私田里的收成全部归耕户所有；中间的一块田称为"公田"，由8户农民共同耕种，所得收入全归封邑贵族所有。所有的土地都属于周王室，周王可以把土地逐级分封给诸侯、卿大夫。受封的诸侯、卿大夫对土地只有使用权，能世代享用，但不能转让与买卖。与此同时，受封者还要向周王交纳贡赋、承担军事义务等。

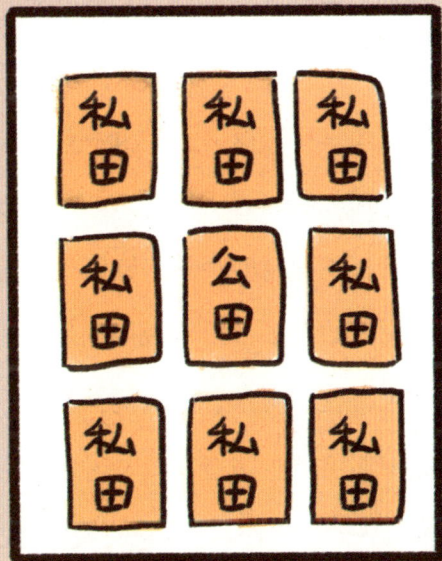

16 周公吐哺

　　周武王建立周王朝后，施行仁政，百姓安居乐业。可惜的是，周武王仅仅在位两年就生了一场大病，这时天下还没有完全统一，周朝的根基还不稳固，王室大臣们都非常担心武王的病情。为了治好武王的病，王公大臣们虔诚地祷告。武王的弟弟周公旦斋戒沐浴，祷告上天，为武王消灾祛病，甚至表示愿意用自己的身体去代替武王生病。第二天，武王的病就好了。后来，武王又卧床不起，自知大限将至，赶紧宣召周公旦进宫。周公旦接到消息，急匆匆赶进武王的寝宫，来到武王的床前，见武王双目紧闭，气息微弱，连忙轻声呼唤："大王醒醒，我来了。"武王微微睁开双眼，慢慢握住周公旦的手，说道："我离世之后，匡扶周王室的重任就交给你了，太子诵年纪还小，你一定要辅佐好太子，稳固我大周朝的根基啊。"说完，就撒手人寰了。

　　周武王逝世后，太子诵继承了王位，历史上称为周成王。当时，周成王年龄还太小，没有能力处理国家大事。于是，周公旦辅佐周成王执掌国家大事，代为履行天子的权力。周公旦尽心竭力地管理政事，但还是受到他的弟弟管叔和蔡叔的疑忌，他们在外面毁谤周公旦有野心，妄想篡夺王位。正好，商纣王的儿子武庚听说周朝新王刚刚即位，内部动荡不安，认为复国的机会到了，就和管叔、蔡叔勾结起来，笼络了一批殷商旧民，还暗中鼓动了几个东夷部落，企图造反。一时间谣言四起，周成王年纪轻轻，更是难以分辨是非真伪，所以对这位忠心耿耿辅佐他的叔父也不太信任了，开始慢慢疏远他。

　　面对这样内外交困的局面，周公旦内心非常痛苦，但是他没有沮丧，而是采取行动进行反击。他首先找到太公望和召公奭（shì），推心置腹地向他们表明自己的心意。周公旦告诉太公望、召公奭："我之所以不避嫌疑，坚持代行国政，是因为新王年纪还小，怕居心不良之人乘机背叛周王室，没法向我们的列祖列宗交代啊。三位先王为天下大业忧劳了很久，直到现在才刚刚成功。如今武王早逝，成王年幼，我这样做，都是为了稳固我们周朝的基业啊。"他明确表示自己绝对没有篡位夺权的野心，让大家顾全大局，不要听信谣言，要团结起来，一致对外。周公旦这番诚恳的话感动了召公奭，消除了大家对他的疑虑。

　　调和了内部矛盾之后，周公旦毅然决定自己留在都城继续辅佐周成王平定叛乱，让自己的儿子伯禽代替自己到鲁国受封。伯禽临行之前，周公旦语重心长地告诫他说："我儿啊，你马上要去鲁国受封了，一定要牢记我今天

和你说的话啊。我是文王的儿子、武王的弟弟、成王的叔父，在全天下人的眼中，我的地位算得上是一人之下，万人之上了。但是，你也看到了，我洗一次头要多次握起头发，吃一顿饭要多次吐出嘴里正在咀嚼的食物，起身来接待贤能之士。就是这样，我还担心错失了天下的贤人。你到鲁国之后，千万不能骄慢待人啊。"伯禽默默领受父亲的教诲，叩头拜别父亲，去鲁国受封了。

一切安排妥当之后，周公旦调动大军，亲自东征，全力讨伐武庚的叛军。周公旦花了三年时间，打败了叛军，把武庚、管叔抓住杀了，把蔡叔流放。周公旦平定武庚叛乱后，擒获了一大批殷商旧民。周公旦认为继续让这批人留在殷商旧地很容易滋生叛乱，于是就在东边新建了一座都城，叫作洛邑，

把这些殷商旧民都迁到了那里，并派遣军队严密监视他们。这么一来，周朝就有了东、西两座都城。西都在镐京，称作宗周；东都在洛邑，称为成周。

成语释义

成语"周公吐哺"的典故见于《史记·鲁周公世家》，主要讲的是周武王逝世之后，周公旦忠于职守、尽心尽责地帮助年幼的成王管理国家大事。后人多用来比喻为了能够招揽人才而操劳辛苦，形容爱才好士，求贤若渴。

《史记》原文选读

其后武王既崩，成王少，在强葆①之中。周公恐天下闻武王崩而畔②，周公乃践阼③代成王摄行政当国。管叔及其群弟流言于国曰："周公将不利于成王。"周公乃告太公望、召公奭曰："我之所以弗辟④而摄行政者，恐天下畔周，无以告我先王太王、王季、文王。三王之忧劳天下久矣，于今而后成。武王蚤⑤终，成王少，将以成周⑥，我所以为之若此。"于是卒相⑦成王，而使其子伯禽⑧代就封于鲁。周公戒⑨伯禽曰："我文王之子，武王之弟，成王之叔父，我于天下亦不贱矣。然我一沐三捉发，一饭三吐哺，起以待士⑩，犹恐失天下之贤人。子之鲁，慎⑪无以国骄人。"

——《史记·鲁周公世家》

■ 注释：

①强葆：通"襁褓"，指包裹婴儿的布带和被子。

②畔：通"叛"，反叛。

③践阼（zuò）：通"践祚"。古代称即位、主事为"践阼"。践，踩、踏。阼，堂前两台阶中东面一个。在古代，客人走西面台阶，称"阶"；主人走东面台阶，称"阼"。天子主持祭祀时走的也是"阼"，所以"阼"也代指帝位。周公并未即帝位，只是代理帝王的相关事务。

④弗辟：不避让。辟，通"避"。

⑤蚤：通"早"。

⑥成周：完成周王朝稳定之大业。

⑦相：辅佐。

⑧伯禽：周公的长子。

⑨戒：告诫。

⑩沐：洗头发。捉发：手着握头发。吐哺（bǔ）：吐出口中咀嚼的食物。指洗头发时多次暂停，手握头发，吃饭时多次吐出咀嚼着的食物，以接待访客。

⑪慎：谨慎。

历 史 解 读

　　周武王灭商立周，当政仅两年就病逝了，他的儿子诵继承王位，历史上称为成王。周成王年纪尚小，叔父周公旦摄政，代行政事。当时，天下初定，周朝根基还不稳固。于是，周公旦和召公奭二人决定分陕而治。根据中国古代地理文献的记载，"陕"就在今天的河南省三门峡市陕州区境内。分陕以后，两人分工明确，周公旦主要掌管军事，平定殷商遗民的叛乱；而召公奭主管内政，负责开发土地，发展社会生产，搞好经济建设。

　　管叔、蔡叔串通商纣王的儿子武庚，并拉拢东夷部族发起了叛乱，历史上称为"三监之乱"。周公旦亲率大军挥师东征，历时三年平定了叛乱，降服了殷商的遗民。为了巩固对东方的统治，周公旦建议周成王把都城迁到成周洛邑，也就是今天的洛阳。同时，为了杜绝后患，还把在平叛战争中俘虏

的大批商朝贵族遗民都迁徙到洛邑，派军队镇守，加强监督。最后，为了缓和殷商遗民的敌意，周公旦把深受殷商遗民爱戴的微子分封到宋国，让他代替武庚继续奉守殷商的祭祀。

除此之外，周公旦重要的功绩还有制礼作乐。周公旦制定和推行了一套维护君臣宗法和上下等级的典章制度，把人的社会地位划分为"天子、诸侯、大夫、士、庶人"等不同等级，用不同的礼仪来规范人的身份地位，在衣、食、住、行等方面都要符合自己的身份，做到贵贱有别，长幼有序。孔子一生所追求的就是这种有秩序的社会，这种礼乐制度对中国传统文化影响深远。

周公旦摄政七年，不仅平定内乱，巩固了周朝的统治基础，并且制定了一套典章制度，奠立了周朝的政治体制。周成王长大后，周公旦把政权交还给成王。周成王逝后，他的儿子康王继位，这段时间前后约50年，是周朝实力最为鼎盛的时期，这就是为后世所称道的"成康之治"，也是中国历史上最早的太平盛世。

17 道路以目

　　周朝在成王和康王统治时期，国势蒸蒸日上，达到了鼎盛，历史上称为"成康之治"。可惜的是，后面继位的君王没有继承先祖的遗训，而是贪图财利，不断加重对平民和奴隶的统治与剥削；为了防止民众的反抗，刑罚也变得严酷起来。周厉王是周朝第十代国君，也是个十分残暴的君王。

　　周朝刚建立的时候，实行分封制，把王室贵族和有功之臣分封到全国各地当诸侯，再由这些诸侯来统治广阔的国土，一共分封了70多个诸侯国。而且，山林、江河、湖泊都开放给百姓，民众可以进山采集果实、砍柴、打猎，在江河湖泊捕鱼。人们都安居乐业，生活富足。可是，周厉王当上国君后，宠信一个名叫荣夷公的大臣。荣夷公看他贪图财利，就唆使他改变了原来的制度，把原先开放的山林、江河、湖泊统统收归国有，不再容许人们上山打猎、下水捕鱼。为此，荣夷公还派人设立关卡，盘查来往行人，把人们采集来的果实和猎获的山珍全部没收。这样一来，上自贵族、大臣，下至平民百姓，都蒙受了巨大损失。周厉王如此倒行逆施，激起了全国上下的强烈不满。

　　有一位大臣叫芮（ruì）良夫，进宫劝谏周厉王。芮良夫说："大王啊！再这样下去，周朝的千秋大业恐怕就要衰亡了！那荣夷公喜欢独占财利，却不知已经大祸临头了。大王，天下的财利都是从天地万物中产生出来的，是天地自然拥有的，如果有人想独占它，那么就会招致很多祸难。人人都可以分享这天地万物，怎么能一人独占呢？一人独占必然导致大怒人怨。荣夷公

用财利来引诱您，大王的王位还能坐得长久吗？"周厉王听了，头也没抬，看都没看他一眼。芮良夫见状，又举出周朝先王仁德的例子，试图打动周厉王。芮良夫上前一步，接着说："大王，《诗经》中的诗篇都称颂先王能造福百姓，这才成就了周朝大业。这不正是告诫后人，一个好的君王要普惠天下吗？而如今，大王您却学着独占财利，这怎么可以呢？普通人独占财利，尚且被人们骂为盗贼，如果一个君王这样做，那么亲近他的人就会越来越少。像荣夷公这样贪图财利的人如果受到重用，先王打下的江山恐怕不保啊。请大王三思啊！"周厉王不耐烦地挥手让芮良夫退下。周厉王不听劝谏，依然独断专行，任用荣夷公做卿士，让他独掌国家大权。

　　为了防止人们反抗，周厉王施行了残酷的刑罚，国人怨声载道。后来，大臣召穆公进宫奏报厉王，外面的百姓对朝政不满，到处议论纷纷。召穆公劝说周厉王："外面的老百姓都无法忍受您的法令了，恳请大王赶紧改变命令，免得生出乱子啊！"周厉王不仅不听劝说，反而又下了一道命令，禁止国人批评朝政。后来，还从卫国找来一个巫师，派他专门来监视那些议论的人，只要发现有人议论政事，就来报告。此后，周厉王还杀了一批敢于议论朝政的国人。这样一来，谁也不敢议论国事了。周厉王的统治如此严苛，没有人再敢开口说话，路上见了面，也只能互相递个眼神示意一下。这下子，周厉王可得意了，高兴地对召穆公说："你看，我已经彻底消除了国人对我的非议，现在没有人再敢议论我了，哈哈哈！"召穆公忧心忡忡地答道："大王啊，您只是把他们的话堵回去罢了。要知道堵住人们的嘴巴，可比堵截流水更可怕。流水蓄积多了，一旦堤坝崩塌，肯定会淹死很多人；堵住民众的嘴巴，道理也是一样。所以，治水的人要疏通水道，使水流通畅；治理人民，也应该放开民众的口，让他们敢于讲话才行啊。就算您现在堵住了他们的嘴巴，可那又能维持多久呢？"

就这样又过了几年，老百姓终于忍受不了周厉王的暴政了，发动了一次大规模的暴动。参加暴动的人有平民，也有贵族，一开始仅有几十人，后来加入的人越来越多。国人们纷纷拿起武器、农具，像潮水一般向王宫冲去。王宫的卫士看到群情激奋的人流，吓得纷纷躲避起来。周厉王也吓得面如土色，带着一批人逃出王宫，一路狂奔，一直逃到彘地才敢停下来喘口气。最后，在大臣周定公、召穆公的劝解下，国人们才渐渐平息了心中的愤恨，离开了王宫。

成 语 释 义

　　成语"道路以目"的典故见于《史记·周本纪》，主要讲的是周厉王宠信大臣荣夷公，封锁山林湖泽，与民争利，遭到国人的指责非议后，仍不思悔改，反而加重刑罚，派卫巫监督举报，不让国人议论朝政，国人敢怒不敢言，在路上见面都不敢说话，只能递个眼神相互示意。后人多用来形容人民对残暴统治的憎恨和恐惧。

《史记》原文选读

　　王行暴虐侈傲①，国人谤②王。召公③谏曰："民不堪命④矣。"王怒，得卫巫⑤，使监谤者，以告，则杀之。其谤鲜⑥矣，诸侯不朝⑦。三十四年，王益严，国人⑧莫敢言，道路以目⑨。

——《史记·周本纪》

■ 注释：

①侈傲：放纵骄傲。

②谤：批评、指责别人的过失。

③召公：指召公奭的后代，名虎，谥号穆公。

④堪：忍受。命：命令，指暴虐的政令。

⑤卫巫：卫国的巫者。巫，从事占卜等活动的人。

⑥鲜（xiǎn）：减少。

⑦不朝：不来朝觐。

⑧国人：国都的人。

⑨道路以目：人们在道路上不敢说话，只以眼神示意。

历 史 解 读

　　周朝建立以后，"成康之治"使周朝达到了鼎盛。随后周朝衰落，根据《史记·周本纪》记载，周康王逝后，其子昭王瑕继位。周昭王到南方巡视，当地人非常憎恶他，就给了他一条用胶黏合起来的船，结果周昭王乘船淹死在江中。昭王的儿子穆王继位，又一改先王德政，穷兵黩武，制定严刑峻法。穆王的孙子懿王逝后，他的叔叔姬辟方继位，称为孝王。孝王逝后，在诸侯们的帮助下，懿王的太子燮又重新夺回了王位，称为夷王。这两次违反常规的王位更替，实际上反映了周王室内部对王位激烈争夺的情况。由于周夷王是依靠诸侯的力量才夺回王位的，所以他的权力和威严已经大不如前了，王室的统治地位开始动摇。夷王的儿子厉王继位后，厉王试图改变王室衰弱的局面，在经济上，任用荣夷公为卿士，实行"专利"政策，将山林湖泽收归周王室所有。在政治上，实行严刑峻法，采取高压政策，维护王室的威严和地位。这些措施触犯到了贵族、大臣和国人的利益，所以遭到了强烈的抵制。

　　结果在公元前841年，西周的都城镐京就爆发了一场反对周王室的暴动，由于参与暴动的主要群体是"国人"，所以历史上称为"国人暴动"。此处所谓的"国人"是指在西周时期居住在国都的人。当时，国人享有参与讨论国事的权利，甚至对国君的废立、贵族之间的争端仲裁都拥有相当大的权力，

同时也承担服军役和纳税赋的义务。在这次暴动中，周厉王仓皇逃到了彘地，也就是今天的山西省临汾霍州市。此时，宗周无主，贵族们便推举周公和召公暂时代行政事，重要的事务则由六卿合议。这种政体，被称为共和。这段历史也被称为"周召共和"或"共和行政"。另外还有一种说法，是由共国国君共伯和代行周天子职务。这场"国人暴动"直接动摇了周王朝的统治。

根据《史记》的记载，公元前841年被记为共和元年。从这一年开始，《史记》开始按照明确的纪年来记述历史，所以这也是中国历史有确切纪年的开端。

18 千金一笑

　　公元前 782 年，周宣王逝世，太子宫湦（shēng）继承王位，历史上称为周幽王。周幽王是一个不折不扣的荒淫无道的大昏君，他不仅昏庸残暴，不理政事，而且终日吃喝玩乐，花天酒地。有一个名叫虢石父的奸臣投其所好，到处搜罗美女献给周幽王，周幽王对他宠信有加。虢石父掌控朝政，欺压群臣，其他大臣都敢怒不敢言。

　　这个时候，朝中有一个大臣，名叫褒珦（xiàng），性格刚正耿直，就进宫劝谏周幽王要以百姓为重，勤勉地处理政事。周幽王哪里听得进去，叫人把褒珦抓了起来，关进了大牢。褒珦在监狱里被整整关了三年。褒国人想尽办法想把褒珦救出来。他们打听到周幽王喜欢美女，就找到一位姒姓女子，教她唱歌跳舞，起名为褒姒，进献给周幽王，想把褒珦救出来。一天，周幽王正在后宫饮酒作乐，忽然听说褒国人进献了一个十分美丽的宫女，于是就马上传诏让她进宫。褒姒梳妆打扮，进宫来到周幽王座前。周幽王一见，以为是天上的仙女下凡，欢喜得不得了，马上封褒姒为妃子。周幽王一高兴，

也就把褒珦从大牢里放了出来。

周幽王得到褒姒以后，日夜与她饮酒作乐，再也不管国家大事。可是，周幽王发现褒姒一直闷闷不乐，无论怎么想方设法地讨好她，她都没有笑颜。周幽王心里很难过，于是下令悬赏千金以买褒姒一笑。这时，周幽王身边的大奸臣虢石父出了一个主意。他谄媚地笑着对周幽王说："我想请大王跟娘娘上骊山去玩几天。到了晚上，把烽火点起来，附近的诸侯见了定会赶来。娘娘见了这许多诸侯上了当的傻样子，保准会笑起来。"周幽王一听，鼓掌大赞："真是个好主意，不妨一试。"

于是，周幽王就带着褒姒上了骊山，晚上在骊山上把烽火点燃，又擂起大鼓。附近的诸侯一见烽火警报，急忙带兵马前来救援。没想到，急匆匆地赶到骊山脚下后，却并没见到敌军的一兵一卒，只见到周幽王和褒姒在饮酒作乐，一时茫然不知所措。褒姒看见骊山脚下来了好几路兵马，那些平时高贵威严的诸侯和他们的将军们一脸茫然，傻乎乎地不知所措的样子，终于忍不住笑了起来。周幽王第一次见到褒姒有了笑脸，心里特别高兴，便重赏了虢石父。从此，周幽王一发不可收，先后又搞了好几次烽火戏诸侯的把戏，诸

侯们都极为不满。为了讨褒姒欢心，周幽王甚至废黜王后申氏和太子宜臼，册封褒姒为王后，并且把褒姒生的儿子伯服立为太子。王后申氏的父亲申侯得知这个消息后，怒不可遏，决定先发制人，于是联合犬戎之兵进攻镐京。周幽王得知犬戎打过来的消息后，顿时惊慌失措，急忙下令让烽火台的守卫们点燃烽火。烽火倒是燃起来了，可是诸侯们因受到多次愚弄，以为又是周幽王在取乐，所以都没有理会他。犬戎的兵马攻破了镐京，周幽王见无人前来救驾，只好带着褒姒、伯服，仓皇从后门逃往骊山。犬戎的兵马追了上来，把周幽王乱刀砍死，掳走褒姒。诸侯们得知犬戎入侵的确切消息后，出兵赶走犬戎，收复了镐京，一起拥戴从前的太子宜臼为王，自此西周宣告灭亡。

成 语 释 义

　　成语"千金一笑"的典故见于《史记·周本纪》，主要讲的是周幽王昏庸无道，宠爱褒姒。周幽王听信奸臣虢石父的话，上演"烽火戏诸侯"的闹剧，博取褒姒的欢心，最终被灭国的故事。后人多用来比喻不惜代价以博取美人欢心。也有人用来批评昏庸君王以社稷江山为儿戏的荒诞行为，警示当政者应以此为戒。

以此为戒！

《史记》原文选读

　　褒姒不好①笑，幽王欲其笑万方②，故③不笑。幽王为烽燧④大鼓，有寇至则举烽火。诸侯悉至，至而无寇，褒姒乃大笑。幽王说⑤之，为数举烽火。其后不信，诸侯益⑥亦不至。

——《史记·周本纪》

■ 注释：
①好（hào）：喜欢。
②万方：很多办法。
③故：依旧。
④烽燧（suì）：古代在边境筑高台，燃火以通知紧急情况。白天燃烽（狼烟）以望烟，夜晚举燧（火把）以望火光。
⑤说：通"悦"。数：多次，屡次。
⑥益：渐渐。

历史解读

周幽王当政时期，周朝王畿所处的关中地区发生了大地震，再加上连年旱灾，百姓饥寒交迫、四处逃亡，社会动荡不安。而周幽王昏庸无道，不顾百姓疾苦，重用佞臣虢石父，盘剥百姓，激起了民愤；与此同时，周幽王穷兵黩武，对外发动战争攻打西戎，结果大败而归。在这内外交困之际，周幽王不思悔改，反而贪图享乐，宠爱美女褒姒。为博褒姒一笑，竟然多次上演"烽火戏诸侯"的闹剧，最终导致了镐京被犬戎攻破，自己死于乱刀之下的悲惨结局。

在古代，烽火本来是在敌人进犯边境时发出的紧急军事报警信号。西周建国后，为了防备犬戎的侵扰，在镐京附近的骊山一带修筑了很多座烽火台。一旦发现犬戎来袭，就立刻在烽火台上点燃烽火，白天见烟，晚上见火。附近的诸侯望见了烽火，知道京城告急，周天子有难，就会马上率领军队赶来救驾。可是，周幽王只考虑怎样玩得高兴，博得美人一笑，却把这么重要的事情当作了儿戏。

犬戎退去以后，诸侯们拥立原先的太子宜臼为周天子，宜臼在申地（今

河南南阳）登基，历史上称为周平王。由于都城镐京被犬戎攻破后宫室罹受了战火，而且周朝西部大部分国土都已被犬戎侵占，周平王恐镐京难以守卫，所以就在公元前770年宣布迁都。在秦国的一路护送下，在郑国和晋国的扶助下，周平王迁都到了洛邑。周平王东迁后，中国历史就进入了东周时代。所以说，在中国历史上，公元前770年是一个重要的分界线，以此为界，周朝分为西周和东周两个时期。

19 管鲍之交

　　春秋时期，齐国有两个人是好朋友，他们的名字分别叫管仲和鲍叔牙。他们年少时就在一起玩耍。长大以后，两人又合伙做买卖赚钱。每次到年底分钱的时候，管仲总是要多拿一些钱回家，鲍叔牙知道管仲家里穷，从来不因为他多拿了钱就说他贪财。后来，管仲还替鲍叔牙办过几件事情，事情不但没办成，反倒弄得更加糟糕，鲍叔牙却从不责备管仲无能，因为他知道做事情总有不顺利的时候。管仲也当过几次官，都没有做多长时间，就被国君

革职了，鲍叔牙却不鄙视他没有才干，而是觉得管仲没有遇上赏识他才华的人。管仲还当过兵，上战场打仗的时候，经常当逃兵，因为鲍叔牙知道他家里还有老母亲要赡养，所以从不认为他胆小怕死。鲍叔牙非常了解管仲，连管仲自己都不得不感慨地说："生我的是父母，真正懂我的却是鲍叔牙啊。"

后来，管仲和鲍叔牙都做了齐国公子的老师。管仲做了公子纠的老师，鲍叔牙做了公子小白的老师，两人各为其主。齐襄公当上国君之后，荒淫无度，听信谗言，把自己的兄弟都赶到了国外。公子纠跑到了鲁国，公子小白躲到了莒（jǔ）国。公元前686年，齐国发生了内乱，齐襄公死于非命。躲在国外的两个公子听到齐襄公被杀的消息后，都准备赶回齐国，争夺国君之位。

鲁国的国君鲁庄公决定亲自率军把公子纠护送回齐国。公子纠的老师管仲对鲁庄公说："公子小白在莒国，离齐国更近。要是他先赶回齐国，夺了国君之位，事情就不好办了。不如先让我带一支人马，赶过去阻截他。"正如管仲所预料的那样，公子小白在莒国的护送下正快马加鞭往齐国赶，眼看就要到达齐国边境了。管仲率领的一支人马恰好在半路上截住了他。管仲远远地看见公子小白和鲍叔牙后，马上弯弓搭箭，向公子小白射去。公子小白惨叫一声倒在车里。管仲见状，以为公子小白已经中箭而亡，于是就放缓行军速度，从容不迫地护送公子纠向齐国进发。可是，管仲没有想到，他射中的不过是公子小白衣带上的钩子，实际上公子小白毫发无伤。公子小白假装中箭，大叫倒下，其实是想蒙骗管仲和公子纠。等公子纠和管仲优哉游哉地进入齐国国境时，公子小白早已赶到了齐国国都临淄，登上了齐国国君之位，这就是齐桓公。

齐桓公即位后，为报一箭之仇，立即发兵攻打鲁国，鲁国军队战败，被团团包围，眼看就要全军覆没了，鲁庄公被逼无奈，只好答应齐桓公的要求，杀掉公子纠，把管仲关在囚车里押送到了齐国。鲍叔牙得知管仲被押回了齐国，立即向齐桓公推荐管仲。鲍叔牙对齐桓公说："管仲在治国理政方面的能力比我强，应该请他来当国相才对！"齐桓公听了，惊讶地说："管仲曾经想要杀我，我正要报仇呢，你居然叫我请他来当国相？没有搞错吧？"鲍叔牙却坚持说："这件事不能怪他，当时我们是各为其主，他也是为了帮他的主公才这么做的呀！如果您任用管仲为国相，他一定能辅佐您成就霸业。"齐桓公也是个豁达大度的人，听了鲍叔牙的劝谏，不仅没有治管仲的罪，还任命管仲为国相，让他管理国家事务。

管仲担任国相后，辅佐齐桓公整顿朝政，开发盐铁资源，齐国的实力大大提高。齐桓公从此走上了称霸的道路，成为"春秋五霸"之首。

成语释义

　　成语"管鲍之交"的典故见于《史记·管晏列传》，主要讲的是春秋时期齐国的管仲和鲍叔牙之间的深厚友情，以及鲍叔牙慧眼识才，劝谏齐桓公任用管仲为相，整顿朝政，开发资源，增强国力，齐国开始称霸的故事。后人多用来形容朋友之间交情深厚、彼此信任的关系。

《史记》原文选读

　　管仲夷吾①者，颍②上人也。**少时常与鲍叔牙游，鲍叔知其贤**③。管仲贫困，常欺鲍叔，鲍叔终④善遇之，不以为言⑤。已而鲍叔事⑥齐公子小白，管仲事公子纠。及⑦小白立，为桓公，公子纠死，管仲囚焉。鲍叔遂进⑧管仲。管仲既用⑨，任政于齐，齐桓公以⑩霸，九⑪合诸侯，一匡⑫天下，管仲之谋也。

——《史记·管晏列传》

■ **注释**：

①管仲夷吾（？—前645）：管夷吾，字仲。

②颍（yīng）：水名。

③贤：才德。

④终：始终。

⑤不以为言：不因为这件事议论管仲。

⑥已而：不久，随即。事：服侍，效力。为……做事。

⑦及：等到。

⑧遂：就。进：举荐。

⑨既：于是。用：被任用。

⑩以：因此。

⑪九：泛指多次。

⑫匡：匡正，纠正。

好哥们儿。

历史解读

公元前 770 年，周平王迁都到洛邑，历史上称为周平王东迁，从此进入东周时代。东周又分为春秋和战国两个时期。春秋时期是指从公元前 770 年到公元前 476 年这段历史时期。当时，鲁国的史官把各诸侯国发生的重大事件，按日、月、季、年的时间顺序记录下来，编成史册。后来孔子依据鲁国史官所编的史册，编订了《春秋》，成为儒家经典之一。史学家用这部历史典籍的名称"春秋"来指代这个历史时期。

进入春秋时期后，周王室日渐式微，诸侯国之间互相征伐，一些实力弱小的诸侯国相继被大国兼并。齐桓公、晋文公、楚庄王、吴王阖闾、越王勾

践先后称霸，历史上称他们为"春秋五霸"。齐桓公能成为"五霸"之首，管仲绝对功不可没。管仲获得鲍叔牙的举荐，担任齐国国相，辅佐齐桓公改革内政。管仲打破周朝的分封制，在全国划分政区，组织军事系统，设立官吏管理行政事务；注重发展农业生产，提出了"仓廪实而知礼节，衣食足而知荣辱"的思想；按土地分等课税，保护私有财产；发展盐铁业，铸造货币；打破贵族世袭制度，建立选贤与能的人才选拔机制。管仲的改革成效显著，齐国从此国力大振。齐桓公打着"尊王攘夷"的旗号，"九合诸侯，一匡天下"。

20 一匡天下

在管仲的辅佐之下，齐桓公励精图治，齐国的国力日益壮大。当时，周王室日渐式微，天下只有齐、楚、秦、晋四个诸侯国实力最强。公元前681年，齐桓公奉周天子之命，通知各诸侯国到齐国西南边境上的北杏召开盟会。这时候，齐桓公在诸侯中的威望并不高。通知发出以后，只有宋、陈、蔡、邾（zhū）四个小诸侯国来参会。还有几个实力稍强的诸侯国，像鲁、卫、曹、郑等，采取观望的态度，没有参会。在这次会议上，大家推举齐桓公当盟主，并且订立了盟约。

公元前 680 年，齐国邀集陈、蔡等国攻打宋国，罪名是宋国违背了先前订立的盟约。这时，管仲向齐桓公建言道："这讨伐诸侯的事，应当让周天子出面来主持才对啊。"齐桓公听了，反问道："我已经是盟主了，征伐诸侯也是我分内之事，要周天子出面有什么好处呢？"管仲答道："大王您不知啊！这里面的好处大得很呢，有了周天子这块金字招牌，我们战争的性质就变了，就不能再叫诸侯'征战'，而是叫周天子'讨伐'了。"齐桓公一听，连声叫好。此后，齐桓公攻打其他诸侯国，也都扯上了周天子这面大旗。公元前 667 年，周天子在一次诸侯大会上正式封齐桓公为"侯伯"，也就是诸侯中的霸主的意思。

公元前 663 年，北方的山戎侵袭燕国，燕国向齐国求援。齐桓公率军打败了山戎，接着又进攻直接威胁中原的狄人部落，保护周王室的安全。这时，管仲又对齐桓公说："大王，以后出兵要牢牢抓住这两条：一条是'尊王'，要使诸侯们紧密团结在周天子周围；另一条就是'攘夷'，打出抵制戎狄入侵的旗号。"此后，齐桓公就高举"尊王攘夷"的旗号，四处征伐，成就霸业。

　　公元前 651 年的夏天，齐桓公与诸侯们在葵丘会盟，连周襄王也派使臣宰孔来参加盟会。周襄王把祭祀先祖的胙肉赏赐给齐桓公，还赐给他用丹彩涂饰的弓箭和天子乘用的车乘，而且特别恩准齐桓公不用下拜谢恩。齐桓公得意忘形，身边的管仲马上拉了拉他的袖子说："大王不可以不下拜谢恩，要记得我们的口号是'尊王攘夷'啊！"齐桓公心领神会，于是下拜接受赏赐。

　　葵丘会盟确立了齐桓公的春秋霸主地位。齐桓公的野心也愈加膨胀，幸亏有管仲在一旁辅佐，时刻提醒齐桓公要"尊王攘夷"。有一天，齐桓公突发奇想："寡人九次会合诸侯，匡正天下于一统。就算以前夏商周三代的开国天子也不过如此啊！我想去泰山祭天，到梁父祭地。"管仲一听，大惊失色，这祭天祭地的事，绝对是周天子的特权，诸侯可不能随意僭（jiàn）越啊。于是，管仲力谏不可，齐桓公哪里还听得进去，执意要去；管仲心生一计，跟齐桓公说，祭天祭地的封禅之礼要等远方各种奇珍异物备齐了才能举行，齐桓公这才悻悻然作罢。

成 语 释 义

　　成语"一匡天下"的典故见于《史记·齐太公世家》，主要讲的是春秋时期齐桓公在管仲的辅佐下，打着"尊王攘夷"的旗号，九次会盟诸侯，匡正天下一统，成为春秋首霸的事迹。后人多用来比喻匡正混乱局势，安定天下。

《史记》原文选读

　　于是桓公称①曰："寡人南伐至召陵，望熊山②；北伐山戎、离枝③、孤竹；西伐大夏，涉流沙④；束马悬车登太行⑤，至卑耳山⑥而还。诸侯莫违寡人。寡人兵车之会三⑦，乘车之会六⑧，九合⑨诸侯，**一匡天下⑩**。昔三代⑪受命，有何以异于此乎？吾欲封泰山，禅梁父⑫。"管仲固谏，不听；乃说桓公以远方珍怪物至乃得封，桓公乃止。

——《史记·齐太公世家》

■ **注释**：

①称：声称。

②熊山：山名。

③离枝：国名。又名令支。

④大夏：地名。流沙：沙漠。

⑤束马悬车：山路险隘难行，包裹马脚，将车钩挂牢，以防滑跌。太行：山名。

⑥卑耳山：即辟耳山。

⑦兵车之会三：为征战而举行的盟会有三次：鲁庄公十三年（前681），平宋乱；僖公四年（前656），伐蔡、楚；六年（前654），伐郑。

⑧乘（shèng）车之会六：为和平而举行的盟会有六次：鲁庄公十四年，于鄄（juàn）（卫邑）；十五年，于鄄；十六年，于幽（宋地）；僖公五年，于首止（卫地）；八年，于洮（táo）（曹地）；九年，于葵丘。

⑨合：会合。

⑩一匡天下：指在洮之会时，确定周襄王的继承权。

⑪三代：指夏、商、周三朝。

⑫封泰山，禅（shàn）梁父：在泰山上筑土坛，祭祀上天。在梁父山上祭祀土地。封禅是帝王才能举行的大典，齐桓公不是天子却要封禅，是越制。

历 史 解 读

　　齐桓公是"春秋五霸"之首，打着"尊王攘夷"的旗号，"九合诸侯，一匡天下"。"尊王攘夷"一词最早见于《春秋公羊传》，其本意为"尊奉君王，攘斥外夷"。在春秋时期，"尊王攘夷"确切的战略内涵是指"尊奉周王室，诸侯不互攻，侵夺外夷地"。"尊王攘夷"的口号，一方面使齐桓公在征讨诸侯的战争中更具合法性，另一方面也成功抵御了少数民族对中原地区的侵扰，保卫了中原文化。

　　实际上，所谓"尊王"是假借周天子的名义扩张自身利益的行为，而所

谓"攘夷"，更多的是为了掩饰中原诸侯国之间的争霸行为，正如孟子所言，"春秋无义战"。不过，先秦诸子对"尊王攘夷"多为正面评价，比如孔子称赞齐桓公"九合诸侯，不以兵车"，称颂管仲"微管仲，吾其被发左衽（rèn）矣"。意思是说，如果没有管仲提出"尊王攘夷"的口号，我们恐怕要披头散发，穿左衽的衣服，被夷蛮小国统治了！因为当时某些北方小国的生活习俗就是披发左衽。

在公元前651年举行的葵丘之盟上，齐桓公登上了霸主权力的巅峰。由于齐桓公带头支持周襄王登上天子之位，周襄王在葵丘的盟会上，派使臣宰孔赐给齐桓公祭祀先祖所用的胙肉、彤弓矢以及天子车马，这是周天子赐予诸侯的最高奖赏。齐桓公的霸业与管仲的辅佐密不可分。管仲去世之后，齐桓公不听管仲临终忠言，任用奸臣，国势日衰。齐桓公去世之后，五位公子争夺君位，内乱不已。齐国最终走下春秋霸主的神坛。

21 狐裘蒙茸

公元前 672 年，晋献公率军攻打一支生活在析城、王屋之间的游牧部族——骊戎。晋国大军胜利而归，骊戎的首领被迫投降，将骊姬和她的妹妹少姬呈献给晋献公。骊姬长得非常漂亮，晋献公对她宠爱有加，后来还把她立为夫人。

后来，骊姬生下了一个儿子，起名叫奚齐。晋献公一共有八个儿子，其中太子申生、公子重耳、公子夷吾都很有才能。可是，在宠幸骊姬之后，晋献公就开始疏远这三个儿子。骊姬非常想让晋献公立奚齐为太子，于是就贿赂晋献公身边的宠臣，让他们说太子申生的坏话。这些人跑到晋献公面前说："大王啊，曲沃是个很重要的城池，我们晋国先祖的宗庙可都在那里啊，派别人去不太放心，最好能派太子申生去镇守。还有蒲邑接近秦国，屈邑靠近翟国，这两个地方都是边关重镇，最好能派公子重耳和公子夷吾去防守，才能确保边疆安全啊。"晋献公不知是计，觉得说得有道理，于是就派太子申生守卫曲沃，公子重耳镇守蒲城，公子夷吾驻守屈城。只把骊姬的儿子奚齐与少姬的儿子卓子留在身边，一起居住在都城。晋国人一看晋献公这样安排

自己的儿子，知道太子申生的地位快保不住了。

骊姬赶走太子后，又想方设法地要除掉太子申生。有一天，晋献公暗地里对骊姬说："我想把太子申生废掉，立奚齐做太子。"骊姬听了，心中狂喜，可是转念一想，事还未成，不能高兴得太早，马上假惺惺地哭着说："大王，太子申生每次出征都打胜仗，老百姓也都拥护他，怎么能因为我而废掉嫡子改立庶子呢？这种违背民心和祖制的事情，大王万万不可做啊。如果您一定要那样做的话，我就没法活下去了。"骊姬表面上称赞太子，暗中却派人陷害太子申生。

有一天，骊姬把太子申生召进宫，对他说："你父亲最近老是梦见你的母亲，你赶快去曲沃祭祀一番，回来后把祭祀用的胙肉献上，你父亲见了一定会很高兴的。"于是，太子申生就赶到曲沃祭祀母亲齐姜，回来将胙肉献给晋献公。当时，晋献公刚好出宫打猎，骊姬让太子把胙肉放在宫中，暗中

派人在胙肉中下毒。等晋献公打猎回来，骊姬便吩咐厨师将胙肉捧给晋献公。晋献公正要享用，骊姬突然从旁阻止说："胙肉来自远方，已经放了好一段日子了，不知道有没有坏，还是先试试再吃吧。"于是，厨师便把胙肉喂给狗吃，狗立刻倒地而亡；又给宫中的宦官尝，宦官也七窍流血而死。骊姬见状，开始号啕大哭，边哭边说："太子为何这么残忍呀！为了抢夺君位，连自己亲生父亲都不放过。"晋献公吓得不轻，一时手足无措。骊姬又对晋献公说："太子这样做，无非是因为我和奚齐在您身边。请让我们母子俩躲到别处去吧，要不您就早点杀了我们，以免日后我们母子俩遭到太子的残害。当初大王想废掉他，我还反对您；到如今，才知道自己太简单，差一点儿让大王惨遭毒手啊。"晋献公大怒，即刻派人去捉拿太子申生，太子申生听说这消息后，连忙逃走，最后在逃亡的路上自杀而死。

太子申生死后，骊姬也没有放过公子重耳和公子夷吾，造谣诬陷他们都参与了太子申生的阴谋。两位公子害怕被杀，就都逃出了国都，公子重耳逃到了蒲城，公子夷吾逃到了屈城。想当初，晋献公让大夫士蒍给两位公子修筑蒲、屈二城的城墙，等了好久还没有完工。公子夷吾就把这件事向晋献公报告了，晋献公非常生气，要拿士蒍问罪。士蒍伏地谢罪说："大王，边

城寇贼少，何必非要修筑城墙呢？"退下后，士芿作歌道："狐皮袄的毛都散乱了，一个国家有三个主，我要听谁的呢！"最后，城墙终于修好了。两位公子逃回去，各自防守着自己的城池，这城墙倒也派上了用场。

成语释义

　　成语"狐裘蒙茸"的典故见于《史记·晋世家》，春秋时期，晋献公宠爱骊姬，听信谗言，要废长立幼，结果造成了"一国三主，人心涣散"的局面。后人多用来比喻国政混乱。

《史记》原文选读

　　此时重耳、夷吾来朝。人或①告骊姬曰："二公子怨骊姬谮②杀太子。"骊姬恐，因谮二公子："申生之药胙③，二公子知之。"二子闻之，恐，重耳走④蒲，夷吾走屈，保其城，自备守。初，献公使士芿为二公子筑蒲、屈城，弗就。夷吾以告公，公怒士芿⑤。士芿谢曰："边城少寇，安用之？"退而歌曰："狐裘蒙茸⑥，一国三公，吾谁适从！"卒就城。及申生死，二子亦归保其城。

　　　　　　　　　　　　　　　　　　　　——《史记·晋世家》

■ 注释：

　①或：又。
　②谮(zèn)：说人坏话，诬陷别人。
　③胙：祭祀用的肉。这里指被下药的胙肉。
　④走：逃。
　⑤士芿(wěi)：晋献公主要谋士。
　⑥蒙茸：散乱的样子。

历史解读

　　春秋时期，晋献公在当政期间，大力整顿内政，建立了"晋无公族"制度，打破了以宗法血缘关系为纽带的政治体制，使晋国的政治具有尚贤、尚功、尚法的特点。对外则进行了大规模的兼并战争，吞并了整个黄河中游地区，史书上称其"并国十七，服国三十八"，大大拓展了晋国的疆域，与齐国、楚国、秦国成为当时诸侯国中的四大强国。在文化交流方面，晋献公首开华戎通婚的先例，促进了中原文化与少数民族文化的交融汇合。晋献公为晋国

后来的百年霸业奠定了坚实的基础，从此晋国由小到大、由弱变强。

公元前 672 年，晋献公率军攻打骊戎，骊戎战败求和，进献美女骊姬。骊姬以美色获宠，博得晋献公信任，勾结朝臣，把持朝政。但是，骊姬仍不满足，试图让晋献公立自己的儿子奚齐为太子，便在暗中造谣诬陷，使离间计挑拨晋献公与诸公子之间的感情，最后太子申生被逼自杀，公子重耳和夷吾流亡国外，晋国内政混乱不堪，历史上称之为"骊姬乱晋"。

晋献公死后，诸公子纷纷起来争夺君位，晋国内乱不已。晋国卿大夫里克杀死了骊姬之子奚齐，后来晋国的相国荀息又拥立骊姬的妹妹少姬之子悼子为君。里克又杀死了悼子，荀息悲愤自杀。里克连杀二君，权倾朝野，又从梁国迎回公子夷吾，称为晋惠公。晋惠公继位后，担心自己的下场与奚齐和悼子一样，于是设计逼死里克，并以诛杀里克的同党之名，大肆屠杀群臣。晋惠公去世后，怀公立。秦穆公护送公子重耳回国，重耳即位为国君，这就是后来称霸诸侯的晋文公。

22 唇亡齿寒

春秋时期，晋国的南面有两个小诸侯国，一个叫虞国，一个叫虢（guó）国。这两个小诸侯国山水相连，祖先又都是姬姓，所以世代和睦。但是，虢国的国君是个不安分的人。晋献公在世的时候，虢国不仅收留逃难的晋国公子，还经常派兵到晋国的边界闹事。晋献公觉得虢国是心腹之患，一直想找机会除掉它。

公元前 670 年，晋献公问大夫荀息："现在我们去攻打虢国，彻底解决这个心头大患，怎么样？"荀息一听，赶紧劝阻说："大王，现在出兵还不是最好的时机。目前虞国和虢国两国的关系很好，要是我们去攻打虢国，虞国一定会来援助。两国的力量加在一起，我们恐怕没有完全取得胜利的把握啊。"晋献公郁闷地说："那照你这么说，只能眼睁睁地看着咱们被虢国欺负咯。"荀息上前一步说："大王，那肯定不行。听说虢国国君喜欢玩乐，我们不如送些美女财宝给他，让他荒废朝政，等到虢国内乱的时候，我们就可以趁机去攻打虢国了。"晋献公依计而行。虢公果然整日花天酒地，什么正事也不干了，百姓怨声载道。到了公元前 655 年，晋献公见时机成熟，就再次准备起兵攻打虢国。这一次，晋献公派大夫荀息再次去找虞国借道。大夫荀息见了虞国国君，送上千里马和宝玉。虞国国君手里捧着玉璧，爱不释手；眼睛盯着千里马，一转也不转，生怕一不小心，这些宝贝都飞走了。他问荀息："这些可都是国宝啊，你们国君怎么会这样慷慨，舍得送给我呢？"荀息回答说："这点薄礼不成敬意。我们国君有点小事儿想请您帮个忙，虢国多次侵犯我国边界，我们国君准备惩罚他们一下，不知贵国能不能借一条道，让我们的大军过去？"这时，虞国的大夫宫之奇明白了荀息的意图，赶紧劝谏虞国国君说："大王，千万不能借路，不能让晋国军队过去，否则晋国也会趁机灭了我们虞国的。"虞国国君说："你知道什么？晋国与我都是姬姓，是同宗的诸侯，怎么会攻打我呢。"宫之奇解释说："大王，晋国的先祖与虢国先祖的关系比我们要亲密得多，晋国都要灭掉虢国了，又怎么会对我们虞国讲情面呢？现在，虞国与我们虢国的关系，就如同嘴唇与牙齿的关系，两者互相依存，嘴唇都没有了，牙齿也会寒冷啊。"虞国国君财迷心窍，哪里还听得进宫之奇的劝告，便答应了晋国借道的请求。宫之奇料到虞国一定会灭亡，便带着全家老小偷偷地逃离了虞国。

公元前658年，晋献公派大将里克率军，去讨伐虢国。到了公元前655年，虢国终于灭亡了，晋国军队凯旋。路过虞国的时候，就驻扎在虞国的都城外，说休息几日再回国。晋国大军还将抢来的财宝和俘获的美女分了一些给虞国国君，虞国国君非常开心地接收了，心里美滋滋地想这次借道真是个不错的交易。没想到，忽然有一天守卫宫门的人跌跌撞撞地跑进来，上气不接下气地喊道："大王，不好啦，晋国的大军打进来了。"这时候，虞国国君才如梦初醒。最后，虞国国君被俘，虞国就这样灭亡了。

成 语 释 义

成语"唇亡齿寒"的典故见于《史记·晋世家》，晋献公为了攻打虢国，挑拨虞国和虢国的关系，借道虞国攻灭了虢国，回师的时候又灭掉了虞国。后人多用来比喻关系密切，休戚相关；也用来形容国家和人际之间的密切关系。成语"假道伐虢"也来源于此，被收录到《三十六计》中。

《史记》原文选读

　　是岁也[1]，晋复假[2]道于虞以伐虢。虞之大夫宫之奇谏虞君曰："晋不可假道也，是且灭虞。"虞君曰："晋我同姓，不宜伐我。"宫之奇曰："太伯、虞仲[3]，太王之子也，太伯亡去，是以不嗣。虢仲、虢叔，王季之子也，为文王卿士，其记勋在王室，藏于盟府[4]。将虢是灭，何爱于虞？且虞之亲能亲于桓、庄之族乎？桓、庄之族何罪，尽灭之。**虞之与虢，唇之与齿，唇亡则齿寒。**"虞公不听，遂许晋。宫之奇以其族去虞。其冬，晋灭虢，虢公丑奔周。还，袭灭虞，虏虞公及其大夫井伯百里奚以媵[5]秦穆姬，而修虞祀。荀息牵曩[6]所遗虞屈产之乘马奉之献公，献公笑曰："马则吾马，齿亦老矣[7]！"

——《史记·晋世家》

■ 注释：

①是岁也：这一年。也，语气助词，无义。

②假：借。

③虞仲：太伯之弟名仲雍，又称吴仲，这里可能是误写。有名虞仲者为仲雍的曾孙。

④盟府：古代掌管保存盟约文书的府库。

⑤井伯：百里奚受封于井邑，所以这样称呼。媵（yìng）：陪嫁。

⑥曩（nǎng）：之前，从前。

⑦齿亦老矣：以马的年龄暗示荀息年老。齿，年龄。

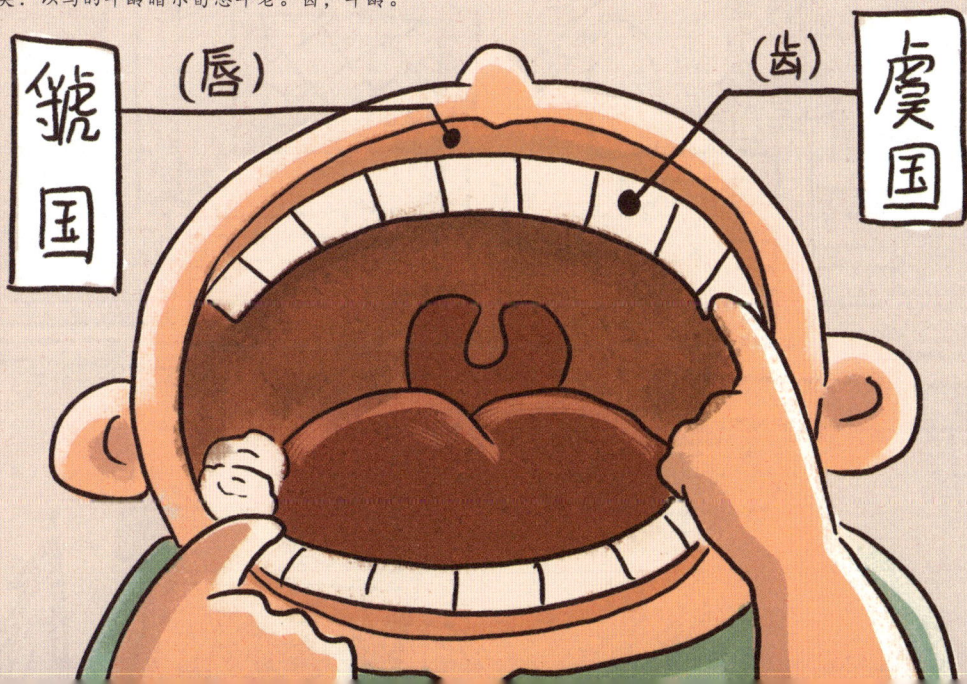

历史解读

晋国、虞国和虢国三个诸侯国之间的关系，从地理位置上看，三国是国土互相连接的邻国，虞国地处晋国和虢国之间；从宗族关系上来讲，这三国的君主是同宗族的，都是姬姓。三国的关系本来很和谐，到了晋献公的时候，晋国的大夫士蒍劝说晋献公杀诸公子，以防内乱。于是，晋献公派人捕杀所有公子。晋国的许多公子都逃奔到了虢国，虢国也派兵攻打晋国，从此两国交恶。晋献公始终想解决这个心腹之患。但是，虞国和虢国相互依靠，一方受到进攻，另一方就会出兵援助，晋献公对此有所忌惮，所以一直在等待时机。根

据《史记》和《左传》的记载，晋国大夫荀息献计，用美女、名马和珍宝来离间虞、虢两国关系，向虞国借道攻打虢国，拆散两国的攻守同盟，一举攻下两国，解决晋国的边境之忧。

当时，虞国大夫宫之奇劝阻虞国国君给晋国大军借道，解释说虞、虢两国之间是唇齿相依的关系，一个国家灭亡了，另外一个国家也不能独善其身。宫之奇提到三国虽然同为姬姓，但是亲疏有别。现在我们来简单梳理一下三国之间的血缘关系。晋国的开国者唐叔虞是周武王之子。虢国的开国祖先虢仲、虢叔是王季的儿子，是周文王的堂弟，也就是唐叔虞的堂叔。虞国的开国者虞仲是太王的儿子仲雍的后代。按照周王室的谱系，晋国与虢国的关系是叔侄关系，当然比与虞国的关系更亲近，所以宫之奇说，既然晋国连关系更亲密的虢国都要灭掉，怎么可能还会照顾到虞国？

晋国吞并虞国和虢国之后，实力大增，据《史记·晋世家》记载："当此时，晋强，西有河西，与秦接境，北边翟，东至河内。"为之后晋国称霸诸侯奠定了坚实的基础。

23 退避三舍

　　晋献公在位时期，晋国爆发了"骊姬之乱"，太子申生自杀，公子重耳和夷吾觉得大难临头，于是都逃到国外避难去了。晋献公死后，公子夷吾被大臣里克迎回国，夺取了君位。因为重耳很有声誉，一批有才能的大臣都愿意跟随他，所以夷吾当上国君之后，觉得留着重耳是个祸患，便千方百计想除掉他。重耳不得不到处逃难，一直在外流亡了19年。

　　因为重耳的母亲是狄国人，所以重耳首先逃到了狄国，在狄国一住就是12年。后来夷吾派人行刺他，重耳只好逃往卫国。卫国国君见他是个落难公子，不愿意接待他。重耳没办法，只得带着一班人继续逃亡。有一天，饥肠辘辘的重耳想向田间的村民讨口饭吃，村民也看不起他，就抓起一把土放在陶罐中献给他。重耳非常生气，正要发火，紧跟在一旁的赵衰马上劝说道："公子息怒，这把土象征着拥有土地，村民给你献上国土，你应该好好接受才对啊。"重耳一听也有道理，就忍住怒气，毕恭毕敬地接受了。

　　重耳一行人又逃到了齐国。当时，齐桓公还在位，用大国公子的礼遇接待重耳，送给他不少车马，还给他娶亲。重耳觉得留在齐国过得挺好，有家有室，生活富足，也就不再想回国的事了，可是跟随他逃难的那一帮大臣都还思念晋国，想着重耳能带领他们打回晋国去呢。于是，众人商量了个办法，赵衰和咎犯等人用计灌醉了重耳。然后，把重耳扶上车，快马加鞭地离开了齐国。走了很长一段路后，重耳才慢慢醒过来。等到他完全清醒，弄清事情的真相后，非常恼怒，拔出刀来想要杀死咎犯。可是，咎犯毫无惧色地说道：
"如果杀死我能成就你的回国大业，那我也死而无憾了。"重耳一听此话，
心知是自己贪图安逸，失去斗志，于是平息了怒气，带领大家继续前行。

后来，重耳又到了宋国。正赶上宋襄公战败负伤，宋国大臣公孙固与咎
犯关系不错，就私下对咎犯说："宋襄公是非常器重公子的，但是，您也知道，
我们宋国刚刚战败，实在是没有能力帮助你们回晋国去啊。"咎犯明白了宋
国的意思，便告知重耳宋国不可久留，重耳叹了口气，又带着众人离开了宋国。

经过千辛万苦，最后重耳来到了楚国。楚成王把重耳当作贵宾，用诸侯
之礼隆重地招待他。有一天，楚成王邀请重耳到王宫赴宴。在宴会上，酒过
三巡，楚成王就开玩笑地问重耳："公子若是将来回到晋国当上国君，会怎
样报答我呢？"重耳略一思
索说："大王的宫室里到处
都是金银珠宝，珍禽异兽更
是楚地的特产，晋国哪还有什

么奇珍异宝献给大王呢？"楚成王端起一杯酒，一饮而尽，笑着说："公子过谦了，话虽如此说，可总该要有所表示吧？"重耳敬了楚成王一杯酒，回答道："请大王放心，假如我回国当上了国君，我愿意和贵国世代交好。如果万不得已两国交兵，在两军相遇时，我一定会退避三舍。"宴会结束后，楚国大将成得臣对楚成王说："大王，依臣之见，重耳定是个忘恩负义的人。不如趁早除掉他，免得以后吃他的亏。"楚成王摆摆手说："晋国公子有贤德，虽然在外逃难很久了，但是跟随在他左右的都是国家的贤才，上天必定护佑他，怎么可以杀了呢？"后来，秦穆公接回重耳，派遣大军护送他渡过黄河，回到晋国，立为国君，史称晋文公。

晋文公大力发展生产，晋国国力逐渐恢复，开始参与中原的争霸战争。两年后，宋国派人向晋国求救，说楚国大将成得臣率领楚、陈、蔡、郑、许五国联军攻打宋国，宋国招架不住，请晋文公速速派兵支援。晋文公心中明白，要想夺得中原霸主的地位，早晚要和楚国一决胜负。于是，他便亲自统率三路大军，浩浩荡荡地去救援宋国。公元前632年，楚国和晋国的军队在战场相遇。两军列阵对垒，可是楚军一进军，都还没有交锋，晋文公就立刻下令往后撤。这种行军打仗的做法让许多晋军将领摸不着头脑，军中议论纷纷。咎犯出面跟将领们解释说，当初晋文公落难的时候，楚成王曾经礼遇过主公，主公在楚成王面前许过愿：万一两国交战，晋国会退避三舍。今天下令后撤，就是为了信守这个诺言啊。将领们终于理解了晋文公的苦心。晋军一直向后撤了90里，才停下来，在城濮摆好了阵势，等待楚军。楚国大将成得臣见晋国军队后撤，以为晋文公不敢与楚军交战，于是令楚军继续进军，一口气追到了城濮。因为楚军骄傲轻敌，所以落入了晋文公布置好的圈套。

最后，晋军集中优势兵力，大破楚军，取得了城濮之战的胜利。

晋国打败楚国的消息传到了周都洛邑，周襄王和大臣都认为晋文公立了大功。中原诸侯都纷纷归附晋国。晋文公趁机召集各国诸侯举行盟会，订立了盟约。就这样，晋文公成为春秋时期的第二位中原霸主。

成 语 释 义

成语"退避三舍"的典故见于《史记·晋世家》，春秋时期晋文公重耳在落难的时候，在楚国受到礼遇，答应楚成王将来两国交战时，晋军会后退三舍来报答楚国。后来，晋楚两国在城濮交战时，晋文公信守诺言，率军后退 90 里（一舍为 30 里）。而楚军骄傲轻敌，最终大败，晋文公一跃成为中原霸主。后人常用来比喻主动退让，回避对方，以免发生冲突。

《史记》原文选读

　　重耳去之楚，楚成王以适[1]诸侯礼待之，重耳谢不敢当。赵衰曰："子亡在外十余年，小国轻子，况大国乎？今楚大国而固遇[2]子，子其毋让，此天开子也。"遂以客礼见之。成王厚遇重耳，重耳甚卑。成王曰："子即反国，何以报寡人？"重耳曰："羽毛齿角玉帛，君王所余[3]，未知所以报。"王曰："虽然，何以报不榖[4]？"重耳曰："**即不得已，与君王以兵车会平原广泽，请辟王三舍[5]。**"楚将子玉怒曰："王遇晋公子至厚，今重耳言不孙[6]，请杀之。"成王曰："晋公子贤而困于外久，从者皆国器[7]，此天所置，庸可杀乎？且言何以易之！"居楚数月，而晋太子圉亡[8]秦，秦怨之；闻重耳在楚，乃召之。成王曰："楚远，更[9]数国乃至晋。秦晋接境，秦君贤，子其勉[10]行！"厚送重耳。

——《史记·晋世家》

■ 注释：

①适：相当于，对等。

②遇：接待。

③余：剩余，多余。

④不榖：先秦诸侯之长自谦的称呼。

⑤三舍：古代行军以30里为一舍，三舍即90里。

⑥孙（xùn）：恭顺，谦恭，后作"逊"。

⑦国器：旧时谓可使主持国政的人才。

⑧晋太子圉：即晋怀公，姬姓，名圉。亡：逃跑。

⑨更：经过。

⑩勉：尽力，尽快。

历史解读

在齐桓公之后，第二位称霸诸侯的就是晋文公重耳。晋文公重耳身世悲惨，由于宫廷内争，不得不在国外流亡19年。所幸的是，他身边始终有一批忠心耿耿的贤能之士辅佐，著名的有赵衰、咎犯、介子推等人。晋文公重耳也是一个有雄心壮志的人。为了实现他称霸天下的愿望，晋文公采取了一系列治国措施，减轻税赋、轻缓刑罚、救济贫民，人民安居乐业，国力日增。当时，有力量与晋国争霸的就是位于南方长江流域的楚国。楚国通过兼并战争，势力不断逼近中原地区，晋文公想成就霸业，也必须向南扩张疆土，与楚国的交锋可谓一触即发。

公元前632年初，楚国出兵攻打宋国，晋文公率军救宋，为报答当年他流亡楚国时受到的礼遇，晋文公坚守诺言，下令军队退避三舍（90里），在城濮，也就是今天的山东鄄城一带，大败楚军，从而建立起了自己的威信。

随后，晋文公在践土邀集齐、鲁、宋、卫等国国君订立盟约，周襄王也派出王室的使臣出席盟会，册封晋文公为"侯伯"，命他安抚四方，攻伐危害周王室的人，史称"践土之盟"，正式确立了晋文公中原霸主的地位。

在历史上，晋文公在位只有短短的 9 年时间，却成就了春秋霸业，使晋国由一个甸服偏侯发展为雄踞中原的大国。他不仅改革政治，设立三军六卿制度，还实行"通商宽农"的政策，为晋国以后的繁荣富强打下了良好的基础。在对外交往上，他主持制定了会盟制度，限制诸侯之间的征战，形成了一个相对稳定的局势。历史上，经常把他与齐桓公并称"齐桓晋文"，以此来称颂他的功绩。

24 秦晋之好

　　春秋时期，秦国和晋国之间仅隔着黄河，是两个紧邻的大国。秦国地处偏远，一直到周平王东迁的时候，秦国因派兵护送有功，才被正式册封为诸侯国，因而经常受到中原诸国的歧视。但是，经过几代人的不懈努力，到秦穆公当政的时候，秦国的实力已经有了长足的发展。而当时的晋国已经成为中原地区的强国之一。秦穆公为了成就霸业，必须要与中原地区的诸侯国搞好关系，于是主动提出要与晋国交好，结为姻亲。公元前655年，晋献公将自己的女儿伯姬嫁给了秦穆公。

　　后来，晋国发生了"骊姬之乱"，公子夷吾和重耳流亡国外避难。晋献公死后，公子夷吾派人去秦国，恳求秦穆公帮他返回晋国，并承诺说："我如果真能回国登上君位，愿意把晋国位于黄河西岸的八座城池割让给秦国。"秦穆公答应了，派百里奚率兵护送公子夷吾归国。公子夷吾成功登上国君之位，称为晋惠公。可是，他却违背当初的诺言，不肯把黄河以西的八座城池割让给秦国了。从此，秦晋两国的关系开始恶化。

　　公元前647年，晋国爆发旱灾，粮食歉收，闹起了饥荒。晋惠公不得已派人向秦国求助，恳求秦穆公救济些粮食。秦穆公召集大臣商议，大臣丕豹劝说秦穆公："大王，不要忘记当年公子夷吾背信弃义的事啊。以臣之见，不该给晋国粮食，正好趁着晋国闹饥荒的好时机去攻打它。"另一位大臣百里奚反对说："大王，是晋国的国君夷吾得罪了您，晋国的百姓又有什么罪呢？况且秦晋还有姻亲之好，不能不救啊！"秦穆公采纳了百里奚的意见，最后还是借给了晋国粮食，接济晋国度过了饥荒。可是，事后晋惠公并没有知恩图报，反而在一年后趁着秦国发生旱灾之际，出动大军进攻秦国。公元前645年，秦、晋两军在韩地相遇交战。经过一场激战，晋军大败而逃，晋惠公也在乱军之中被俘虏。晋国迫不得已割让黄河以西的城池给秦国，还把太子圉（yǔ）送到秦国作为人质，才换回了晋惠公。太子圉到秦国后，秦穆公为了笼络他，把自己宗室之女怀嬴嫁给了他，归还了晋国割让的黄河以西

的城池。从此，秦、晋两国以黄河为界重修旧好。

按理说，这两国的关系是亲上加亲，应该更为稳固才对。可是，太子圉听说自己的父亲晋惠公病重，担心自己的国君位置会被别人抢了去，于是就抛下妻子怀嬴，一个人偷偷溜回了晋国。秦穆公闻知此事后大怒，从此秦国跟晋国不相往来。晋惠公死后，太子圉就当上了晋国国君，历史上称为晋怀公。

后来，秦穆公决定帮助重耳回国夺权，以此建立秦晋同盟关系。公元前637年，秦穆公派人去楚国找回公子重耳，还把怀嬴改嫁给他。3000名秦军浩浩荡荡地东渡黄河，护送公子重耳返回晋国。晋怀公的心腹大臣吕省和郤（xì）芮（ruì）临阵倒戈，秦、晋两国的代表在郇地和谈，晋国同意立公子重耳为国君。晋怀公被迫出逃到高梁，不久就被人杀死了。公子重耳登上国君之位后，秦晋两国又和好如初。

成语释义

　　成语"秦晋之好"见于《史记·秦本纪》，春秋时期，秦、晋两国国君几代人都互相通婚，以结盟好。秦晋两国联姻，既合作，又竞争，带有很强的政治色彩。后人摒弃了其中的政治色彩，多用来代指两家联姻的关系。后来又演变出祝福新人百年好合、幸福美满的意思。

《史记》原文选读

　　缪公任好①元年，自将伐茅津，胜之。**四年，迎②妇于晋**，晋太子申生姊③也。于是缪公虏晋君以归，令④于国，齐宿⑤，吾将以晋君祠上帝。周天子闻之，曰："晋我同姓⑥。"为请晋君⑦。夷吾姊亦为缪公夫人，夫人闻之，乃衰绖跣⑧，曰："妾兄弟不能相救，以辱君命⑨。"缪公曰："我得晋君以为功，今天子为请，夫人是忧⑩。"乃与晋君盟，许归之，更舍上舍⑪，而馈之七牢⑫。十一月，归晋君夷吾，夷吾献其河西地，使太子圉为质⑬于秦。秦妻子圉以宗女⑭。是时秦地东至河。

——《史记·秦本纪》

■ 注释：

①任好：即秦穆公（前682—前621），一作秦缪公，嬴姓，赵氏，名任好。

②迎：迎娶。

③姊（zǐ）：姐姐。

④令：发布命令。

⑤齐（zhāi）宿：斋戒独宿。齐，通"斋"。

⑥晋我同姓：周与晋同姓姬。

⑦为（wèi）请晋君：为晋君请。为，因此。请，请求，意为替晋君求情。

⑧衰（cuī）绖（dié）：指丧服。衰，古代用粗麻布制成的丧服。绖，古代丧服中的麻带，系在头上或腰间。跣（xiǎn）：赤脚。

⑨辱：谦辞。表示让对方屈尊。命：命令。意思是劳烦您下这样的命令。

⑩是忧：为此担忧。

⑪更舍：更换房屋。上舍：上等房屋。

⑫馈：赠送吃食。七牢：牛、羊、猪各一头为一牢，七牢是指等级很高的吃食。

⑬质：以财物或人员作抵押。

⑭妻：嫁给。宗女：同一宗族的女儿。

历 史 解 读

　　春秋时期，周王室势衰，诸侯国之间互相征伐，为了争夺霸权，时而联合，时而对抗。当时，秦、晋是两个相邻的强国。两国之间既互相竞争，又相互利用。可以说，秦晋联姻除了表面上的两家互通婚姻之外，还带有浓厚的政治色彩，符合两国的国家利益。

　　对晋国而言，这与秦献公制定的对外政策有关。自叔虞封唐以来，晋国一开始不过是个"河汾之东方百里"的小国。后来，晋国发生曲沃代翼之变，晋国的公族曲沃武公打败了晋侯缗（mín），从此晋国的小宗获得了国家的统治权，对内实行"国无公族"的制度，对外开始征伐周边同姓小国，开疆扩土，国势日盛。但是，晋国周边的戎狄等少数民族对晋国边境的骚扰也日益严重，于是晋国迫切需要找到一个同盟来对抗戎狄的进犯。晋秦联姻不仅可以夹击戎狄，获得一个稳固的大后方，而且还可以趁机将势力向黄河以西拓展。

从秦国来看，这也符合秦国的国家利益。秦国地处偏远，一直被中原诸侯轻视。秦穆公采取政治联姻的策略，不仅可以与中原地区的诸侯国加强联系，提升其在诸侯国的地位，而且还可以缓和晋国对黄河以西地区扩张吞并的势头。

秦晋之好，不过是两国寻求共同利益而组建同盟的手段之一，随着两国利益的竞争，两国之间联姻也无法摆脱其局限性而成为一时的关系。随着争霸战争的发展，秦、晋两国都会抛弃彼此的恩惠及姻亲关系，来捍卫自身的国家利益。

25 五羖大夫

　　春秋时期，虞国有一个学问很大的贤才，名字叫百里奚。尽管百里奚才识出众，可是家境清贫，而且虞国宗法制度森严，普通老百姓根本就没有指望能当上官。百里奚的妻子是个很有见识的女子，她勉励百里奚离乡外出，周游列国，到其他国家去找施展抱负的机会。就在百里奚准备离家出行的那天，家里已经快揭不开锅了。可是，他的妻子依旧一大清早起来，现杀了家里仅有的一只生蛋的母鸡，把门栓劈了当柴火，炖了鸡汤，煮了白米饭，给丈夫饯行。百里奚心中非常感动。

百里奚到了齐国，遇见了蹇（jiǎn）叔，两人高谈阔论，相互赏识，结为知己。一开始，百里奚想侍奉齐国国君无知，蹇叔知道后极力反对，百里奚只好作罢，没想到不久齐国发生政变，无知被杀，百里奚躲过了一场杀身之祸。百里奚离开齐国后，辗转到了周朝的国都。当时，周王子颓（tuí）喜爱牛，正好百里奚小时候在乡下放过牛，于是就想着靠养牛的本领来谋取一官半职。可是，蹇叔闻讯，又来劝他不要去。果然，不久周王子颓就被杀了，百里奚又一次幸免于难。后来，百里奚又到了虞国，当了虞国的大夫，当时蹇叔也劝过他不要去侍奉虞国国君。可是，百里奚实在挡不住功名富贵的诱惑，最终还是决定留在了虞国。

谁料到，虞国国君贪财如命，在收了晋国送来的美玉和宝马之后，就同意借道，让晋国经过虞国去攻打自己的邻国虢国。百里奚极力反对借道，可是虞国国君充耳不闻。果然，晋国灭掉虢国后，就掉转矛头，灭掉了虞国，百里奚没有来得及逃走，就被俘虏了。后来，晋献公把自己的女儿嫁给了秦穆公，百里奚被充作陪嫁的奴仆，要送到秦国去。在去秦国的半路上，百里奚瞅了个空子跑了。在逃到楚国的边境时，一不小心又被楚国人给抓住了。楚成王听说百里奚善于养牛，就让百里奚为自己养牛。

当时，秦穆公刚即位不久，求贤若渴，四处寻求贤能的人来辅佐自己治理国家。秦穆公听说百里奚有才能，就想用重金把他赎回来。秦穆公身边的谋臣说："那楚成王让百里奚去养牛，肯定是不知道百里奚的才能。大王如果用重金去赎他，那不就等于告诉他百里奚是个人才了吗？您想想看，楚成王能心甘情愿地放了他？"秦穆公一听，觉得有道理，于是问道："那我要怎样做才能把百里奚要过来呢？"这个谋臣说："大王可以先不动声色，就说他是一个逃跑的奴隶，用一个奴隶的市价，也就是五张黑公羊的皮来换回百里奚。这样做楚成王就一定不会起疑心了。"秦穆公大大赞赏了这个谋臣，马上派人带着五张黑公羊的皮赶到楚国，跟楚成王说："我们秦国有一个叫百里奚的陪嫁奴仆跑到楚国了，按照现在的规矩，我们可以用五张黑公羊的皮来把他换回去。"楚成王不知是计，就把百里奚交给秦国的使臣带回去了。

百里奚被带回秦国后，秦穆公亲自接见了他。百里奚不卑不亢地对秦穆公说："我只不过是一个亡国之臣，哪里还有什么资格让您亲自来接见我啊！"秦穆公握着百里奚的手说："虞国国君就是因为不重用你，不听你的忠告，才亡了国啊，这怎么能说是你自己的过错呢？"秦穆公拉着他坐在身边，一定要向他讨教治国理政的方法。两人一谈就是三天。秦穆公十分高兴，把秦国的军政大权都交给了百里奚。因为百里奚是用五张黑公羊的皮，作为奴隶换回来的，所以世人都称他为"五羖（gǔ）大夫"。百里奚辅佐秦穆公，内修国政，外拓疆土，成就了一番霸业。

成 语 释 义

成语"五羖大夫"见于《史记·秦本纪》，主要讲的是秦穆公用五张黑公羊的皮，把百里奚当作奴隶从楚国赎回来，委以重任。百里奚辅佐秦穆公，发展秦国实力，最终成就霸业的故事。后人多用来比喻出身低微的有才之士。

《史记》原文选读

　　五年，晋献公灭虞、虢①，虏虞君与其大夫百里傒（xī），以璧、马赂于虞故②也。既虏百里傒，以为秦缪公夫人媵于秦。百里傒亡③秦走宛（yuān），楚鄙人执④之。缪公闻百里傒贤，欲重赎之，恐楚人不与，乃使人谓楚曰："吾媵臣百里傒在焉，请以五羖（gǔ）羊⑤皮赎之。"楚人遂许与之。当是时，百里傒年已七十余。缪公释其囚⑥，与语国事。谢曰："臣亡国之臣，何足问！"缪公曰："虞君不用子⑦，故亡，非子罪也。"固问，语三日，**缪公大说，授之国政，号曰五羖大夫。**百里傒让曰："臣不及臣友蹇（jiǎn）叔，蹇叔贤而世莫知。臣常游困于齐而乞食铚（zhì）⑧人，蹇叔收臣。臣因而欲事齐君无知⑨，蹇叔止臣，臣得脱齐难⑩，遂之周。周王子颓好牛，臣以养牛干⑪之。及颓欲用臣，蹇叔止臣，臣去，得不诛⑫。事虞君，蹇叔止臣。臣知虞君不用臣，臣诚私利禄爵，且留。再用⑬其言，得脱，一不用，及虞君难。是以知其贤。"于是缪公使人厚币⑭迎蹇叔，以为上大夫。

——《史记·秦本纪》

■ 注释：

①晋献公灭虞、虢：公元前655年，晋向虞国借道伐虢，虞君不听大夫宫之奇的劝阻，借道给晋，晋灭虢后，在回师经过虞国时，灭了虞国。

②赂：赠送（财物）。故：缘故。

③亡：逃亡。

④鄙：边境。执：逮捕，捉拿。

⑤羖（gǔ）羊：黑色的公羊。

⑥释：解开。囚：禁锢。

⑦子：古代对人的尊称，多用于男子。

⑧常：通"尝"，曾经。游：外出求学，求官。铚：宋邑名。在今安徽宿州西南。

⑨无知：即公孙无知（？—前685），姜姓，吕氏，名无知，杀齐襄公墓位。

⑩齐难：指指雍廪因无知对自己无礼而杀无知等，后齐桓公回国的事。

⑪干：求，指求取禄位。

⑫得不诛：能不被杀掉。指在郑伯、虢叔杀王子颓时幸免于难。

⑬再：两次。用：采用。

⑭厚币：重币，厚礼。币，以玉、马、皮、帛等为礼物。

历 史 解 读

五羖大夫指的是辅佐秦穆公称霸的大夫百里奚。百里奚，姓姜，字子明，名奚，因为他是秦穆公用五张黑公羊的皮换回来的奴隶，所以世人也称百里奚为"五羖大夫"。

在秦国理政期间，百里奚主要有三大功绩：第一，"三置晋国之君"，晋惠公夷吾回国即位就是借助了秦国之力；后来他与秦国反目，兵败被擒，又被秦国送回国恢复君位；晋文公重耳结束流亡生涯，回国即位，亦是由秦国派兵护送。第二，"一救荆楚之祸"，指的是公元前632年，秦穆公派兵参加了晋、齐等国的联军，在城濮之战中，打败了楚国，维持了中原地区势力的均衡。第三，安抚秦国境内各少数民族，顺服戎狄，开疆拓土，成就秦穆公称霸西戎的霸业。直到战国秦孝公时，还有人在相国商鞅面前称颂百里奚，说"五羖大夫相秦"之事。

百里奚凭借卓越的才智和超群的谋略，辅佐秦穆公改革内政，使僻处西

北方寸之地的秦国日渐强大起来，奠定了秦穆公称霸西戎以及后来秦国一统天下的基础。正如《史记》所载孔子之言："秦，国虽小，其志大；处虽辟，行中正。身举五羖，爵之大夫……以此取之，虽王可也，其霸小矣。"充分说明了百里奚的功绩。

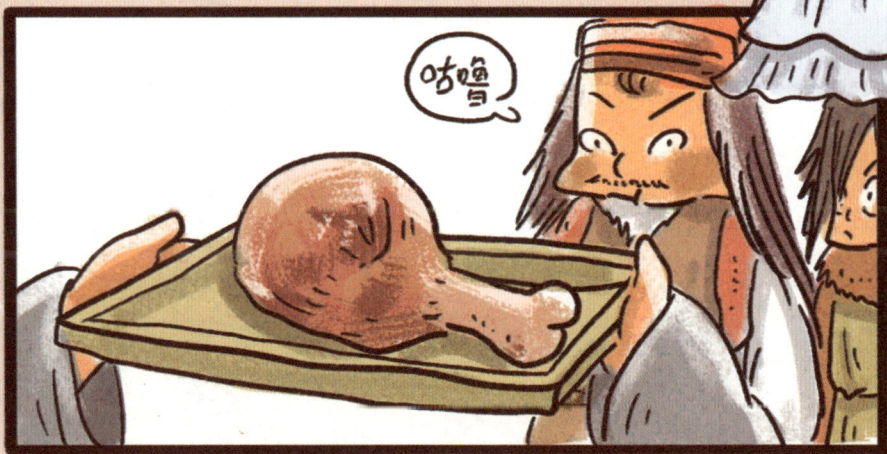

26 犒师救国

　　晋文公在城濮之战中大破楚国，成为新的中原霸主，连原本臣服于楚国的陈、蔡、郑三国也都与晋国结盟了。但是，郑国又暗地里跟楚国签了盟约。晋文公听闻此事后，非常生气，决定兴师征伐郑国。于是，晋文公联合秦国，一起攻打郑国。秦穆公正好想着向东扩张，自然不会轻易放过这么好的机会，他亲自率领兵马杀到了郑国边界。秦、晋两军声势浩大，直奔郑国都城而去。

　　大兵压境，郑国上下震动。郑文公也十分害怕，一时束手无策。一位名叫佚之狐的大臣向郑文公进谏说："现在国家危在旦夕，大王赶紧召回烛之武，派他去见秦国国君，晓以利害，肯定能劝秦国退兵的。"郑文公听了他的建议，赶忙派人把烛之武召来。烛之武见到郑文公，婉言谢绝说："大王，我年轻的时候，尚且不能像别人那样为国效力，为您分忧解难，现在我年岁已高，大王召我来，我也无能为力了。"郑文公一听，急忙拉着烛之武的手，愧疚地说："确实是我不好，我没有及早地重用您，到了国家危急时刻才来求您。但是，您想想，郑国要是灭亡了，您也没有安身之处了，还请您以国家为重啊！"烛之武叹了口气，最终还是答应了。

　　到了晚上，郑国士兵趁着夜色用绳子把烛之

武从城楼上慢慢坠下去。烛之武偷偷潜入秦国的大营，见到秦穆公说："大王，您率领秦军和晋国一起围攻郑国，郑国弱小，肯定抵挡不住，注定是要灭亡了！我想给大王分析一下，如果灭亡郑国对秦国有好处的话，那么大王这趟亲征还是有价值的。但是，请大王想想，郑国灭亡了谁得到的好处最大呢？当然是晋国啦。"秦穆公听了，觉得有道理，在心中盘算了一下利害关系，于是就与郑国结盟，班师回国了。临走之前，还派遣杞子、逢孙、杨孙三位将军带了两千人马，帮助郑国守卫北门。第二天，晋国军队发现秦军连夜撤走了，有的将领便提议追击秦军。晋文公不同意攻打秦军，再加上郑国又同意与晋国结盟，于是也撤兵回去了。

公元前 628 年，晋文公病死，他的儿子襄公继承王位。有人对秦穆公建议："晋文公刚刚去世，晋国还在举行丧礼。我们趁这

个机会攻打郑国，晋国绝不会去援救郑国。"就在这时，当年留在郑国的秦军将领也偷偷派人跑回秦国，向秦穆公报告说："我们掌管着郑国北门的防务，您要是发兵前来偷袭郑国，我们可以来个里应外合，郑国肯定能拿下。"秦穆公接到密报，立刻和大臣们商量。两位老臣蹇叔和百里奚都不同意偷袭郑国。他们劝阻秦穆公说："跑这么远的路，去袭击郑国，我们的军队会疲惫不堪。况且郑国离我们有 1000 多里地，兴师动众，还要经过好几个国家，郑国能不知道吗？他们一定会提前做好准备。这事千万干不得！"可是，秦穆公求胜心切，不听劝告，派百里奚的儿子孟明视为大将，蹇叔的两个儿子西乞术、白乙丙为副将，一起率领 300 辆兵车，悄悄地去偷袭郑国。就在大军出发那一天，蹇叔和百里奚跑到军前大哭，秦穆公十分生气，派人责备他们说："你们懂什么，为什么要在大军出发的时候跑来扰乱军心？"两位老臣哭着说："大王，我们哪敢扰乱军心啊。只是军队就要出发了，我们俩的儿子都在军中；如今我们年岁已高，我们今天送他们出发，可能再也看不到他们回来了，真叫人痛心啊！"

秦国的军队刚过滑国的地界，突然有士兵来报告，说有人自称是郑国派来的使臣，要求见秦国主将。秦国的三位将军非常诧异，于是让士兵把这个人带入军中大帐。这位"使臣"走进来，说道："诸位将军，在下名叫弦高。我们的国君听说你们远道而来，特意派我在此恭候大驾，并让我送上一份薄礼，慰劳秦军将士。"随后，

他献上4张熟牛皮和12头肥牛。孟明视见状，心里想原来还打算趁郑国不备，进行突然袭击，现在郑国的使臣大老远地跑来犒劳军队，看来郑国早已察觉秦军的动向，做好了防御准备，偷袭是不可能了。于是，孟明视便收下了弦高送来的礼物，对弦高说："请你回复郑国国君，礼物我们收下了。我们不是要到郑国去，你们不要担心。"弦高拜谢退下。孟明视转身对身边的将领说道："看来郑国早已听到了风声，已经做好了准备，没办法偷袭啦，我们还是撤军吧。"随后，秦军顺路灭掉滑国，带着战利品回国了。

实际上，孟明视上了弦高的当，郑国压根儿就不知道秦国要去偷袭郑国的计划。弦高只不过是一个贩牛的郑国商人。当时，他正赶着一群牛，到周的国都去做生意。走在半道上，恰好遇上了在此扎营的秦军。弦高一打听，原来是秦国要派兵偷袭郑国。弦高情急生智，一面赶紧派人马不停蹄地赶回郑国报信，一面亲自挑选了4张牛皮，赶着12头肥牛，朝秦军的大营走过去，冒充郑国派来的使臣，去犒赏秦军。

郑穆公接到弦高送来的情报，大吃一惊，急忙派人去侦察北门秦国驻军的动静。只见三千秦军兵戈擦得雪亮，马匹也喂得饱饱的，一切都已整理妥当，随时准备行动。郑穆公见情况危急，赶紧派人下达逐客令。秦国驻军将领心中明白偷袭郑国的计划已经泄露，郑国已经做好了准备，不得不连夜率军逃走了。

成语释义

成语"犒师救国"见于《史记·秦本纪》，主要讲的是郑国商人弦高半路遇到袭击郑国的秦军，情急之中，他一边冒充郑国的使者犒劳秦军，暗示秦军，郑国已提前知道秦军来袭的消息；一边又派人回郑国告急，从而使郑国避免了亡国之灾。后人多用来比喻舍弃自身利益，维护国家利益的爱国行为。

《史记》原文选读

　　郑人有卖①郑于秦曰："我主其城门，郑可袭也。"缪公问蹇叔、百里傒，对曰："径数国千里而袭人，希②有得利者。且人卖郑，庸③知我国人不有以我情告郑者乎？不可。"缪公曰："子不知也，吾已决矣。"遂发兵，使百里傒子孟明视，蹇叔子西乞术及白乙丙将④兵。行日，百里傒、蹇叔二人哭之。缪公闻，怒曰："孤发兵而子沮⑤哭吾军，何也？"二老曰："臣非敢沮君军。军行，臣子与往；臣老，迟还恐不相见，故哭耳。"二老退，谓其子曰："汝军即败，必于殽厄⑥矣。"三十三年春，秦兵遂东，更⑦晋地，过周北门。周王孙满曰："秦师无礼，不败何待！"兵至滑，郑贩卖贾人⑧弦高，持十二牛将卖之周，见秦兵，恐死虏，因献其牛，曰："闻大国将诛郑，郑君谨修守御备，使臣以牛十二劳军士。"秦三将军相谓曰："将袭郑，郑今已觉之，往无及已⑨。"灭滑。滑，晋之边邑也。

——《史记·秦本纪》

■ 注释：

①卖：出卖。

②希：通"稀"，少。

③庸：何，怎么。

④将：带领。

⑤沮（jǔ）：阻止。

⑥殽（xiáo）：通"崤"，崤山。

厄：指两边高峻的狭窄地形，或地势险要的地方。

⑦更：经过。

⑧贾（gǔ）人：商人。

⑨已：通"矣"，语气词。

历 史 解 读

到了春秋中期，秦穆公在蹇叔和百里奚的辅佐之下，励精图治，秦国的实力日益强盛。秦穆公急欲跨过黄河，向东扩张，逐鹿中原。公元前630年，秦穆公受晋文公之约，围攻郑国。郑国派烛之武劝说秦穆公，晓以利害关系。最后秦穆公单独撤军，并和郑国结盟，派兵助郑国防守。晋文公也没有听从大臣的意见去追击秦军，因为晋国要保持中原霸主的地位，不能失去秦国这样一个盟友。所以，晋国也与郑国媾（gòu）和了。晋、秦伐郑事件虽然就这样结束了，但它却为秦、晋交恶埋下了种子。

到了公元前 628 年，当时的春秋霸主晋文公病死。秦穆公趁此机会，不顾老臣蹇叔和百里奚的反对，派遣军队攻打郑国，希望里应外合，一举灭了郑国。

"犒师救国"典故中的主角是弦高。弦高之所以著名，就是因为历史上记载了他假装犒师智退秦军的事迹。弦高在自己的国家突遭偷袭时，拿出自己的财物，去"慰劳"秦军，借机揭穿对方的阴谋，从而使自己的国家免受侵略，人民免受战火之苦。

从"烛之武退秦军"到"弦高犒师救国"，揭露出秦、晋两国表面上维持"秦晋之好"，实际上矛盾重重的内幕。从地缘的角度来讲，郑国地处晋、楚之间，一直摇摆不定，再加上又成为受秦国保护的国家，在地缘政治中充分显示出一个小国在强国之间的生存之道。后来，楚国称霸，最终还是灭掉了郑国。

27 恨之入骨

郑国商人弦高冒充使臣慰问秦国军队，孟明视不知是计，误以为这次军事行动走漏了风声。孟明视见偷袭不成，就攻下了滑国，撤军回国了。可是，世事难料，后面还有一场更大的灾难正在等待着他们。实际上，秦国军队偷袭郑国的消息，晋国那边早就知道了。只不过，当时晋文公刚刚去世，太子襄公即位不久，正在为父服丧，也没有大动干戈的心思，但是一直密切关注着秦军的动向。

突然有一天，一个大臣神情紧张地跑进宫报告："大王，不好了！秦国军队攻下了滑国。"晋襄公一听，勃然大怒，恨恨地说："秦国真是欺人太甚，竟然趁着我还在为父服丧的时候，偷袭滑国。"站在一旁的大将先轸立刻上前一步，劝说晋襄公："大王，这可是天赐良机啊。秦穆公不听百里奚和蹇叔的劝告，劳师远征，给了我们打击秦国的绝好机会，这次绝不能轻易放过他们。要彻底消灭秦军，以绝后患！"另一位大臣栾枝却站出来反对说："大王，先君在时，秦国对我们晋国有恩，我们不去报答秦国的恩惠反而去攻打他们，这不是忘记了先君的遗命吗？"先轸马上反驳说："秦国不顾先君刚刚逝世，就派兵攻火滑国，是秦国无礼在先。况且轻易地放走敌人，会给后代留下祸患的。我们要继承先君的遗命，可也得考虑到子孙后世的长远利益。"晋襄公听了先轸的建议，马上调动大军，准备截击秦国军队。

于是，晋襄公把丧服染成黑色，亲自率领大军来到地势险要的崤山，在那里设下了埋伏，只等秦军到来。孟明视率领得胜的秦军，满载战利品，得意扬扬地一路行军。走着走着，大山越来越陡峭，山路越来越难走。孟明视召集两位副将商议："现在我们行进到什么地方了？"两位副将展开地图，指给他看，说："将军，我们正行进在崤山的山谷中。"孟明视一听，大惊失色，他突然想起出发的时候父亲交代他的话："儿啊，晋国军队一定会在崤山伏击你们，切记啊。"孟明视赶紧传令，让秦军加强戒备，加速行军。可是，一切都已经晚了。晋军漫山遍野地冲过来，秦国军队被团团包围了。晋军占据有利地形，居高临下，山石、檑木、箭矢呼啸而下，秦国的士兵无处躲藏，死伤惨重。三位统帅孟明视、西乞术、白乙丙也做了俘虏。

晋文公的夫人文嬴是秦国人，听说秦国军队大败，主帅被俘，就想营救他们。文嬴劝晋襄公说："秦、晋两国本来世代交好，秦国三次帮助晋国选立新的国君，你的父亲能回国当国君也是得到了秦国的帮助。现在，两国发生战争必然是孟明视这些秦国将领蒙蔽秦穆公，挑拨两国不和。现在他们又打了大败战，秦穆公必然对他们恨之入骨。而且秦国法律规定败军之将都要处死。现在晋国杀了这三个人对晋国没有任何好处，反而会增加秦、晋两国之间的仇恨，不如放他们回国让秦穆公亲自处死他们好了。"晋襄公觉得此话有理，就把孟明视等人释放了。

秦穆公听说秦国军队全军覆没，悲痛不已。忽然有人报告说，孟明视三人幸免于难，逃回了秦国，于是秦穆公亲自穿着丧服到郊外迎接他们。孟明视等人一见到秦穆公，就跪在地上请罪。秦穆公

连忙叫人把他们扶起来，并安抚他们说："这次兵败的责任在于我，是我没有听你们父亲的劝告，害得你们这次兵败受辱，这不怪你们。再说，也不能因为一个人有一点儿过失，就抹杀他的功劳啊！你们要更加努力，不要懈怠，终有一天要雪洗耻辱。"秦穆公让孟明视等人官复原职，更加优待他们。孟明视等人感激涕零，从此以后，他们认真训练军队，一心一意想要报仇雪恨。

公元前625年，孟明视做好一切准备，挑选精兵强将，率领500辆兵车，出发进攻晋国。秦军渡过黄河的时候，孟明视对将士们宣布："咱们这回出征，只许成功，不许失败，我们渡过黄河就把船烧了，大家要决一死战。"众将士齐声应道："烧吧！打胜了自然会有船回来的。打败了，我们也无颜再回来见父老乡亲了。"秦国将士士气高涨，憋了几年的仇恨全都迸发出来。在秦军猛烈的进攻下，晋国军队纷纷败退，秦军很快就夺回了失地，还攻下了晋国的几座城池。晋襄公一时无计可施，下令只许守城，不许出城跟秦国军队交战。最后，秦穆公亲自率领大军从茅津渡过黄河，来到崤山，掩埋好三年前牺牲的将士的尸骨，并带领孟明视等将士隆重地祭奠了一番，才班师回国。

成 语 释 义

　　成语"恨之入骨"的典故见于《史记·秦本纪》，主要讲的是晋国军队在崤山设伏，秦军中计被歼灭，孟明视等三位将领被俘。晋文公的妻子文嬴是秦国人，想救出三位将领，就骗晋襄公说，秦穆公对他们恨之入骨，不如放他们回去，让秦穆公亲自杀了他们。晋襄公不知是计，释放了三位将领。后来秦穆公依然重用他们，并且在三年后，让他们率军进攻晋国，一雪前耻。后人多用来比喻刻骨的仇恨或怨恨，形容痛恨到了极点。

《史记》原文选读

当是时，晋文公丧尚未葬。太子襄公怒曰："秦侮我孤，因丧破我滑①。"遂墨衰绖②，发兵遮③秦兵于殽，击之，大破秦军，无一人得脱者。虏秦三将以归。文公夫人④，秦女也，为秦三囚将请曰："缪公之怨此三人入于骨髓，原令此三人归，令我君得自快烹⑤之。"晋君许之，归秦三将。三将至，缪公素服郊⑥迎，向三人哭曰："孤以不用百里傒、蹇叔言以辱三子，三子何罪乎？子其悉心⑦雪耻，毋怠。"遂复三人官秩⑧如故，愈益厚之。

——《史记·秦本纪》

注释：

①因：趁机。我滑：据《史记》，滑是晋国的边塞城市。

②墨衰绖：染黑丧服。此时文公去世，正是晋国国丧期间，应穿丧服，但丧服是白色的，不利于行军作战，所以染成黑色。

③遮：遏制，拦住。

④文公夫人：文嬴，即晋文公在秦国时，缪公许配的秦国宗女，是晋襄公嫡母。

⑤得：可以。快：痛快。烹：惩罚。

⑥素服：白色的丧服。郊：都城以外百里以内的地方。

⑦悉心：全心，尽心。

⑧官秩：官爵与俸禄。

历 史 解 读

　　秦国军队误以为郑国早有准备，于是灭了滑国，班师回国。就在回国经过崤山之时，遭到晋襄公率领的晋军的伏击，秦军大败，三位将领被俘。晋国成功地遏制了秦国向东扩张的企图。从政治的角度来看，郑国在秦晋争霸中具有重要的地位，发挥着重要的作用。

崤山之战是春秋时期秦晋争霸战争中的一场具有决定意义的战役。崤山在今天的河南省三门峡市境内，是中国古代的军事重地，以地势险峻、易守难攻闻名于世。

崤山之战标志着秦、晋两国之间的关系由之前的秦晋之好转变为世代交恶。这场大战的爆发不是偶然的，而是秦、晋两国根本性战略利益冲突的结果。在崤山之战中，秦军主力惨遭围歼，从此秦国东进中原之路被晋国死死扼住，秦穆公不得不向西扩张。后来，秦穆公在由余的辅佐下，攻打西戎，开辟了千里疆土，号称"西伯"，位列"春秋五霸"之一。也有史家认为，秦穆公的势力还未能进入中原地区，所以还不能算是称雄中原的霸主。但是，从客观上讲，秦穆公称霸西戎对秦国进一步的发展和中国古代西部各民族之间的融合都作出了一定的贡献。

崤山之战后，秦国采取联楚制晋的对外政策，与南方的楚国结盟，共同抗击晋国。从此，秦国成为晋国在西方的主要敌手。晋国要想继续保持中原霸主的地位，也不得不在西、南两个方向上同时应对秦、楚两个大国的挑战。晋国也从此由盛转衰，逐步退下霸主的神坛。楚国虽然没有参加崤山之战，却成为这场战争的最大受益者。历史的趣味就在于此，秦、晋两国之间的战争，竟然为楚国称霸中原揭开了序幕。

28 一鸣惊人

公元前 614 年，熊旅当上了楚国国君，历史上称为楚庄王。年轻的楚庄王根本不把国家大事放在心上，终日不理朝政，白天出游打猎，晚上饮酒作乐。大臣们进宫劝谏，楚庄王听得烦了，于是下了一道命令：谁要是敢再来劝谏，就处死谁。大臣们面面相觑，再也不敢在楚庄王面前说话了。时间过得很快，转眼三年过去了，楚庄王毫无悔改之意，依然我行我素，日夜歌舞欢宴，朝中大臣敢怒不敢言。

　　终于有一天，大臣伍举实在看不下去了。他进宫，请求面见楚庄王。在富丽堂皇的宫殿里，靡靡之声绕梁不绝，美女穿梭如云，美酒佳肴四处摆放。楚庄王正一面饮酒，一面左拥右抱，兴致勃勃地欣赏美女们翩翩起舞。楚庄王一见伍举便不耐烦地问道："你找我有什么事情？"伍举故作惊惶的样子，诚惶诚恐地答道："我今天来是讲谜语为大王助兴的。"楚庄王听说他要出个谜语，顿时来了兴趣，就说："好吧，你说说看吧！"于是，伍举抓住机会，赶紧说道："我听说，南山上有一只大鸟，三年来一直站在大树上，不飞不动也不叫，这是一只什么鸟？"楚庄王沉思片刻，回答说："这是一只非同凡响的鸟。这种鸟可以三年不飞，但一飞冲天；这种鸟可以三年不鸣，但一鸣惊人。你的意思我明白了，你先退下吧！"伍举以为楚庄王会幡然醒悟，整治朝政。可是，没有想到的是，楚庄王照旧宴饮享乐，无所事事。

　　又过了几个月，另一位大臣苏从见楚庄王依旧一意孤行，便决定拼死直言进谏楚庄王。他只身闯进王宫，疾言厉色地斥责楚庄王说："大王，您身为楚国国君，即位已经三年多了，从来不理朝政，只知寻欢作乐，再这样下去，国将不国啊。"楚庄王听罢勃然大怒，厉声呵斥苏从说："难道你不知我下的禁令吗？你不怕死吗？"苏从面无惧色，直言道："我当然知道大王

的禁令，但是能以我的性命唤醒大王，挽救楚国，我死而无憾！"楚庄王听罢，突然上前几步，双手紧紧搂着苏从的双肩，激动地说："你才是我要寻找的国家栋梁之材呀！"接着，楚庄王下令撤去王宫里的乐工鼓手、歌姬舞女，召集文武百官，重用伍举、苏从这样的忠臣，重振朝纲。

原来楚庄王即位的时候，年纪比较轻，再加上朝政复杂，忠奸难辨，所以他才故意装糊涂，表面上整天吃喝玩乐，实际上在暗中观察朝政。他这样做的目的就是要让奸臣充分暴露，让忠肝义胆的贤臣挺身而出，然后辅佐他整顿内政。从此，楚庄王励精图治，楚国百废俱兴，国力蒸蒸日上，北上参与中原争霸，最终成为"春秋五霸"之一。

成语释义

成语"一鸣惊人"的典故见于《史记·楚世家》，主要讲的是楚庄王即位后，三年不理朝政，后来重用贤臣，发展国力，最后称霸中原。后人多用来比喻平时表现平平，在关键的时刻一下子做出惊人的成绩。

《史记》原文选读

　　庄王即位三年，不出号令，日夜为乐，令国中曰："有敢谏者死无赦！"伍举①入谏。庄王左抱郑姬，右抱越女，坐钟鼓之间。伍举曰："愿有进隐②。"曰："有鸟在于阜③，三年不蜚④不鸣，是何鸟也？"庄王曰："**三年不蜚，蜚将冲天；三年不鸣，鸣将惊人。**举退矣，吾知之矣。"居数月，淫益甚。大夫苏从乃入谏。王曰："若⑤不闻令乎？"对曰："杀身以明君，臣之愿也。"于是乃罢淫乐，听政，所诛者数百人，所进者数百人，任伍举、苏从以政，国人大说⑥。

　　　　　　　　　　　　　　　　　　　　——《史记·楚世家》

■ 注释：

①伍举：伍举生活在康王、灵王的时候，为庄王做事的是他的父亲伍参。

②愿有进隐：希望进献一个隐喻。隐，隐藏含义。

③阜：土山。

④蜚：通"飞"。

⑤若：你。

⑥说：通"悦"。

历 史 解 读

　　楚国，位于长江流域的荆楚之地。在建国初期，国小势微，甚至没有资格参加诸侯的盟会。经过数代人的辛勤治理，楚国国势渐盛，开始向北扩张，与中原诸侯国接触渐多，与中原文化的交流也日益增多。在楚庄王之前，楚国一直被排除在华夏文化之外；自楚庄王开始，楚国逐渐强大起来，慢慢融入华夏文化。

　　楚庄王即位时尚且年幼，国内政治矛盾复杂，社会动荡不安，爆发了叛乱。虽然叛乱被及时平息，但是社会矛盾和政治斗争依然复杂。楚庄王假装终日沉迷于声色犬马，不理朝政。经过三年时间的观察和准备，楚庄王对社会状况和政治局势有了成熟的了解，就开始大力选拔和任用贤才，重用伍举、苏从等忠臣，励精图治。对内发展经济，充实国力；对外拓疆扩土，北进中原，与晋国争霸。

　　公元前 597 年，楚庄王率军在邲（bì）地与晋军大战，打败晋军。中原

各诸侯国背晋向楚，楚庄王开始成为中原霸主，成为"春秋五霸"之一。楚庄王最大的贡献在于融通华夏文化，"以夏化夷"。楚庄王学习中原地区的礼仪制度，改革陈规陋习，鼓励文化交融，学习、吸收以周礼为核心的中原文化，促进了华夏文化的交流和传播。

29 上下和合

楚庄王即位三年后，重用忠良大臣，广招贤才。国相虞丘向楚庄王推荐了一位民间的隐士来代替自己当楚国的国相。这位隐士的名字叫作孙叔敖。孙叔敖出身名门，他的父亲艻（wěi）贾曾担任楚国的司马。后来，楚国令尹鬬（dòu）越椒谋反篡位，艻贾不幸遇害。幸运的是，孙叔敖得到一些大臣的帮助，带着母亲逃出了郢都，一直逃到云梦泽，在那里隐姓埋名，隐居下来。

孙叔敖从小就有仁慈怜悯的好心肠。有一天，他出门玩耍，在路上看见了一条长着两个头的蛇。那个时候的人们认为见到两头蛇的人肯定会丧命，孙叔敖想：要死就死我一个人，不要再叫旁人看见了。于是，他就把蛇杀了，然后埋在了路边。孙叔敖担心自己会死，就哭着跑回了家。他的母亲很奇怪，就问他："儿啊，你为什么哭得这么伤心啊？"孙叔敖回答说："母亲，我听说看见了两头蛇的人一定会死，刚才我出去玩的时候真看到了一条，非常害怕会离你而去啊。"母亲大吃一惊，连忙问："那条蛇现在在哪里？"孙叔敖回答说："我害怕别人再看到这条蛇，已经把它杀了，埋了起来，不让它再去害别人了。"母亲抚摸着他的头，安慰他说："儿啊，别担心。我听说凡是暗中做好事的人，上天都会给他福气的，你不会死的。"后来，孙叔敖长大之后，还真的做了楚国的国相。

楚庄王重用孙叔敖，他当了三个月的官之后，直接就被提拔做了国相。

孙叔敖也不负众望，在他的辛勤治理下，官民上下和睦同心。他宽以待民，却令行禁止，官吏恪尽职守，百姓安居乐业。

　　有一次，楚庄王认为楚国的钱币太轻了，就下令把以前的小钱都改铸成大钱。结果，钱是变得大了、重了，可是老百姓携带和使用起来却不方便了，市场里做生意的商人都不愿意用这种大钱，引发了市场混乱。管理市场的官员向国相孙叔敖汇报情况，忧心忡忡地说："国相，改了钱之后啊，市场里的交易不行了，老百姓也不能安心做买卖，市场秩序也很混乱，长此下去必出祸乱啊。"孙叔敖听了，问道："你说的这种情况已经发生多久了啊？"管理市场的官员回答："到现在已经有三个月了！"孙叔敖略微沉思，对他说："你先回去吧，这件事我来处理，我会尽快恢复市场的繁荣。"五天后，上朝的时候，孙叔敖抓住机会向楚庄王劝谏说："大王，您之前下令改铸大钱，是因为旧币太轻了。可是，管理市场的官员前几天到我这里报告说，改用了新币之后，市场秩序却乱了，老百姓也不能安心做生意了。大王，这种混乱的状况长久下去会影响到国家的安定啊。我恳请大王能收回成命，恢复之前的旧币。"楚庄王点头同意，下令恢复之前使用的旧币。命令颁布下去不到三天，市场就恢复了往日的繁荣。

　　过了一段时间，楚庄王又要进行改革了。这次改的不是钱币，而是平时

官员士人乘坐的车。那个时候，楚国流行的是乘坐矮车，这是一种车底座比较低的车。楚庄王嫌这种矮车驾起马来很不方便，就要令全国把矮车都改成底座较高的高车。国相孙叔敖劝谏楚庄王说："大王啊，您上次改革钱币的影响才刚刚缓解，现在您又要改革车子，这样频繁地下令改革，老百姓不知所从，也会影响您的权威啊。千万不能再像上次那样下令强推了。我看不如这样，可以让楚国人都把建筑的门槛给增高，这样乘坐矮车的人要过去，就得下车。乘车的人都是官员和士人，肯定不愿意频繁地下车，他们肯定会选择提升车的底座，久而久之，大王的目的不就达到了吗？"楚庄王听完，连连点头，依计行事。果然，不到半年的时间，楚国老百姓都自动把车子的底座造高了。

孙叔敖治理国家功劳卓著，楚庄王多次要封赏他，他都坚决辞谢。孙叔敖为官多年，始终两袖清风，家中一贫如洗，后人也是砍柴种地，自食其力。有一天，孙叔敖的儿子孙安砍柴回家，在路上遇见为楚庄王唱戏的优孟。优孟见他生活如此艰辛，非常同情他，回去后就向楚庄王报告了孙叔敖家人的情况。楚庄王听了，也十分心痛，就派人召孙安进宫。孙安穿着破衣草鞋来到楚庄王面前，楚庄王不禁面露愧色地说："我真没有想到你竟然这么穷困！"优孟在一旁称赞说："国相孙叔敖生前是多么的贤能和清廉啊。"楚庄王马上下令要赏赐给孙安一万家封邑，孙安坚决辞谢，只愿意接受寝丘作封地。楚庄王说，那里一片穷山恶水怎么可以住人呢？可是孙安说，那是先父孙叔敖的遗命。楚庄王也只好答应了。因为那块地不好，所以在后来的战乱中没有人要那片土地。孙家的后人留守在那里，因为没有受到战乱的波及，所以世世代代安居乐业。

成语释义

成语"上下和合"的典故见于《史记·循吏列传》，主要讲的是楚国贤相孙叔敖一生清廉，辅佐楚庄王治国有功，使楚国官民上下和谐团结，老百姓安居乐业。后人多用来比喻全国上下同心，团结一致。

《史记》原文选读

孙叔敖者，楚之处士①也。虞丘相进之于楚庄王，以自代也。三月为楚相，施教导民，上下和合②，世俗盛美③，政缓禁止④，吏无奸邪，盗贼不起。秋冬则劝民山采，春夏以水⑤，各得其所便，民皆乐其生。

——《史记·循吏列传》

■ 注释：

①处士：隐居不仕的人。

②和合：和睦同心。

③盛：极。美：美好。

④禁止：有禁则止，听从命令。

⑤春夏以水：意为春夏时，河水上涨，采伐的林木顺流而下，就可以运走。

历史解读

　　孙叔敖是楚国名相，也是中国历史上著名的政治家和水利家。在政治上，他主张"施教于民""布政以道"，制定和实施政策法令，教化百姓。他还极为重视民生经济，通商宽农。在农业生产上，他带领人民大兴水利，修堤筑堰，主持修建了大型水利工程"芍陂"。"芍陂"位于今安徽寿县南，它建成及投入使用的时间，比都江堰和郑国渠还要早300多年，是我国史籍上

记载的最早的水利灌溉工程。

孙叔敖还是一位杰出的军事家。他创立了楚国的军法，在军队的行动、任务、纪律等方面都制定了明确条规，楚军依照军法进行训练，战斗力大大提升。公元前597年，楚、晋两国大战于邲地，孙叔敖辅助楚庄王指挥战斗，灵活运用兵法，一举大胜晋军，从此中原霸主的地位便转向了楚国。司马迁在《史记·循吏列传》中把他列为"循吏"之首，称赞他："孙叔敖之为楚相，尽忠为廉以治楚，楚王得以霸。"

所谓循吏，在司马迁看来："文武不备，良民惧然身修者，官未曾乱也。奉职循理，亦可以为治，何必威严哉？"也就是说循吏是指那些不威而惧、奉职循理的官吏。后世因而将那些重农宣教、清正廉洁、奉公守法的地方官员称为循吏。孙叔敖一生廉洁，为官多年，家中没有余财，去世时甚至连一副像样的棺椁都没有。孙叔敖的清廉也为后人所称颂，成为历代官员廉洁奉公的榜样。

30 问鼎中原

　　楚庄王在贤相孙叔敖的辅佐之下，大力整顿军队，发展生产，楚国呈现出一派国富兵强的新局面。没过两年，楚庄王就发兵攻灭了庸国。紧接着，在公元前 608 年，楚庄王又兴兵讨伐宋国，大获全胜。此时，楚国的势力已经深入中原地区，楚庄王认为北进与中原诸侯争霸的时机已经到了。

　　公元前 606 年，楚国讨伐陆浑戎。得胜之后，楚庄王下令楚国大军在周王朝的都城洛邑近郊举行一次盛大的阅兵式，向周天子炫耀一下楚国的军威。阅兵式上，楚军阵势威严，旌旗招展，枪矛如林，鼓号喧天。这一下，可把周定王吓得直哆嗦，心想不会乘机把自己也给连窝端了吧。周定王急忙召来大臣们商议，惴惴不安地问："这楚军到底打的什么主意啊？"大臣王孙满上前应道："天子不要紧张，先镇定下来，不如让老臣前去慰问楚军，顺便打探一下消息。"周定王连连称是，赶紧让王孙满带着礼物去见楚庄王。王孙满出了都城，来到楚军大营，

见到楚庄王后，代表周定王对楚庄王及楚军表示慰问，并送上了犒劳的礼物。

楚庄王领着王孙满参观了阅兵式，然后在军中招待他。两人交谈了一会儿后，楚庄王就直接问道："今天你看了阅兵式，知道我们楚军的厉害了吧。听说周天子的王宫里收藏着九只鼎，这些鼎都有多大多重啊？"王孙满一听，心中已经非常清楚楚庄王这次阅兵的用意了。原来这九鼎可不是平凡之物，是用九州进贡的铜铸成的，既代表了九州，又象征着国家权力。夏、商、周三代都将它视为国宝，尤其是在周公制礼之后，宝鼎又被视为象征天子威严的宝器，旁人是不能过问的。现在楚庄王居然问起了九鼎，这表明他有了夺取天下的野心。王孙满听到楚庄王大逆不道的言行后，毫不畏惧，他说："治理天下的人，主要以德服人，不是依靠拥有九鼎。"楚庄王不以为然地说："这九鼎也不是什么稀罕之物，你看看，只要把我们楚国兵器上的刃尖折下来，就足以铸造九鼎了。"说完，楚庄王哈哈大笑。王孙满依然不卑不亢地回应道："难道大王忘记了吗？历史上，大禹有德，夏朝政治昌明，连边远的部落都来归顺朝贡。大禹铸成九鼎，上面雕刻鬼神和万物图案，护佑小民防祸备荒。后来，夏桀昏庸无道，九鼎就转移到了殷人之手；殷纣王暴虐，九鼎又归于周。由此可见，朝政清明，九鼎虽然轻却不易移动；朝政混乱，九鼎就算再重也是容易转移的。现在周朝的国运还未完，这九鼎的大小轻重，一般人是不应当过问的。"楚庄王听了王孙满的一番话，知道周朝的天命还在，自己还没有能力灭掉周朝，也就带兵回去了。

公元前597年春天，楚庄王亲率楚军进攻郑国，很快就打到了郑国都城之下。郑襄公一边命令士兵坚守不出，一边又派人赶往晋国求救。可是晋国救兵迟迟未到，最后楚军攻陷郑国都城。郑襄公脱去上衣露出胳膊牵着一只羊出宫迎接楚庄王，表示愿意归附楚国。楚庄王撤军之后，救援郑国的晋军才姗姗来迟。晋军主将荀林父听说郑国都城已被攻克，便下令撤军回国。可是，副将先縠却不听命令，偷偷率领部分人马渡河追击楚军。荀林父没有办法，只好下令三军全部渡河，与楚军进行决战。楚庄王早就摆好阵势，严阵以待了。一声令下，楚军将士如排山倒海般冲向晋军。由于晋军将领意见不合，无法统一指挥，晋军一下子就被击溃了。晋军主力尽失，元气大伤，失去了中原霸主的威风。楚庄王登上了霸主宝座，成了"春秋五霸"之一。

成 语 释 义

　　成语"问鼎中原"的典故见于《史记·楚世家》，主要讲的是楚庄王进军中原，并在周王朝的都城外举行盛大的阅兵式，向周王朝的使臣询问九鼎的大小轻重，意欲夺取天下的事情。后人多用来比喻企图谋权篡位，夺取天下。

《史记》原文选读

　　八年，伐陆浑戎，遂至洛，观兵于周郊。周定王使王孙满劳[1]楚王。**楚王问鼎[2]小大轻重**，对曰："在德不在鼎。"庄王曰："子无阻[3]九鼎！楚国折钩之喙[4]，足以为九鼎。"王孙满曰："呜呼！君王其忘之乎？昔虞夏之盛，远方皆至，贡金九牧，铸鼎象[5]物，百物而为之备，使民知神奸[6]。桀有乱德，鼎迁于殷，载祀[7]六百。殷纣暴虐，鼎迁于周。德之休明[8]，虽小必重；其奸回昏乱，虽大必轻。昔成王定鼎于郏鄏[9]，卜世三十，卜年七百，天所命也。周德虽衰，天命未改。鼎之轻重，未可问也。"楚王乃归。

　　　　　　　　　　　　　　　　　　　　——《史记·楚世家》

■ **注释：**

①劳：犒劳。

②鼎：即九鼎，古代传国重宝。

③无：不要。阻：倚仗。

④钩：剑之类的兵器。喙（huì）：指刀、剑的顶端。

⑤象：描绘。

⑥神奸：鬼神怪异之物。

⑦载祀：代指时间。

⑧休明：美好清明。

⑨郏鄏（jiá rǔ）：地名，周朝东都。

历 史 解 读

　　楚国是一个偏居在南方荆楚之地的大国，疆域广阔，经济和军事力量都很强。而且，在诸多诸侯国中，楚国的风俗与中原文化不同，一向特立独行。在周朝初年，楚国的先祖受封为子男爵位。到了公元前706年，楚武王不满足自己的地位，要求隋国国君向周天子请求提升他的爵位。隋国国君向周桓

王转达了楚武王的请求，周桓王没有同意。于是，在公元前704年，楚武王便自称为王。这是除周王室之外，诸侯国国君称王的开端，表示楚国不服周王朝的礼制，要挑战周王室的权威。

楚国一直觊觎中原，意图北上中原争霸，但是先后受到齐桓公和晋文公两位中原霸主的打击，未能如愿。直到楚庄王即位，对内平定令尹尹斗越椒的谋反动乱，对外用兵解除戎族的威胁。楚国内部安定，戎族归服，国力强盛。于是，楚庄王北上争夺中原霸主。公元前606年，楚庄王率领楚军进攻地处伊洛地区的陆浑戎。在周朝都城洛邑举行盛大的阅兵式，并且向周王室的使臣王孙满询问九鼎的情况，意欲夺取中原霸权。王孙满以周朝国运未完，驳斥楚庄王的无礼之举。楚庄王知道当时也无力取周而代之，就退兵回国了。

但是，楚庄王并未放弃北进中原的计划。他先后出兵攻打陈国、郑国和宋国，不断将势力渗入到中原地区。公元前597年，更是在邲之战中一举击败当时中原地区实力最强的晋国，自此楚国纵横中原，不再有敌手。公元前594年，楚国邀约鲁、蔡、许、秦、宋、陈、卫、郑、齐、曹、邾（zhū）、薛、鄫（zēng）等国会盟，正式登上盟主之位。楚庄王终于成为称雄中原的"春秋五霸"之一。

31 扬扬自得

　　春秋时期，齐国出了一个其貌不扬却能言善辩的贤才，名字叫作晏婴。他出身贵族之家，父亲晏弱曾是齐国的上大夫。后来，父亲晏弱生病去世，晏婴因为很有才能，就接了父亲的班，继续担任上大夫。晏婴在齐国辅政时间长达 50 余年，历经齐灵公、齐庄公、齐景公三朝，在诸侯中名声显赫。

　　晏婴的生活非常简朴，就算当上了国相，依然保持勤俭节约的本色。吃饭也是粗茶淡饭，桌子上只摆一道荤菜，从不铺张浪费。穿的衣服也都是粗布做的，从来不穿绫罗绸缎。有人见晏婴吃饭时很少吃肉，就偷偷跑去告诉了齐景公。齐景公大为诧异，第二天就把晏婴召进宫问他："我听说你在家里吃饭，只上一道荤菜，是不是啊？"晏婴连忙回答："大王，是的。"齐景公听后，决定划一块丰厚的土地分封给晏婴，晏婴却坚决推辞说："大王，我只吃一道荤菜，不是因为我吃不起肉啊，而是因为我知道人富贵了，就会骄傲；我之所以一直过着贫困的生活，就是以仁义为师，时刻教导自己不要骄傲。现在，如果大王将封地给我，

那就是要我以仁义为轻、封地为重了啊，所以请您收回成命，不要分封土地给我。"晏婴既勤俭节约又努力工作，在齐国备受人们的尊重。

有一次，晏婴出使晋国，在返回齐国的途中，偶然发现路边有一位柴夫，正坐在一捆柴火上休息。晏婴越看越觉得，这个柴夫的外貌气质和行为举止不像个乡野粗鄙之人，顿时心生疑惑。于是，晏婴叫停车子，下车走到柴夫面前，问道："你是哪里人，叫什么名字，怎么沦落到此地的啊？"那柴夫如实相告："我叫越石父，原本是齐国人，后来被卖身为奴，流落到此。"晏婴了解了越石父的情况之后，决定用自己的一匹马作代价，把他赎出来，带回齐国。晏婴带着越石父回到家后，也没有好好安顿他，甚至没有跟他告别，就自顾自一个人径直走进屋去了。越石父在外面等了很久，也不见晏婴出来，非常生气，让一位奴婢进去跟晏婴说，要与晏婴绝交。晏婴得知这个消息，大吃一惊，赶紧穿戴整齐地出来接待越石父。晏婴一见到越石父，就不解地问道："就算我不是什么仁义的人，但好歹也是我把你赎出来，使你重新获得自由的，为什么你不仅不感激我，反而要与我绝交呢？"越石父不卑不亢地回答："一个有才能的人，受到不了解自己的人的轻慢，自然不会生气；可是如果得不到了解自己的人的尊重，肯定会生气的。你不能觉得有恩于我就不尊重我；同样的，我也不会因为受到你的恩惠而丧失尊严。你如此不尊重我，不能以礼相待，那还不如让我回去做奴隶呢。"晏婴听完，赶紧向越石父道歉，用上宾的礼仪招待他。

晏婴有位车夫，这个车夫身材魁梧，整天给国相驾车，招摇过市。而晏婴的个子矮矮的，相貌也不出众，天天坐在后面的车棚里。那个车夫坐在前面，一手拉着缰绳，一手高高地扬起鞭子，吆喝着驱赶马匹，觉得自己很了不起。

有一次，车夫驾车正好路过自家门口，车夫的妻子从门缝里看到自己的丈夫一副趾高气扬的样子，心里很惭愧。车夫回到家后，看见妻子正在收拾细软要走，心中非常疑惑，就赶紧问她原因。车夫的妻子说："你看晏婴虽然身为相国，名扬天下，却态度谦恭。而你不过是一个车夫，却摆出一副高高在上的样子，你有什么值得炫耀的呢？"听完妻子的批评，车夫羞愧万分，脸都红了。从此，车夫变得谦虚起来，做事也彬彬有礼。晏婴渐渐地也察觉到了车夫态度的改变，就问他原因。车夫把妻子的话如实相告，晏婴跟车夫说："你有一个贤内助啊，就冲你有这样的好夫人我也应该给你一个更好的职位。"于是，晏婴举荐这个车夫做了大夫。

成 语 释 义

　　成语"扬扬自得"的典故见于《史记·管晏列传》，主要讲的是齐国的国相晏婴为人谦恭，可是他的车夫却在人前炫耀，受到妻子的批评之后，态度变得谦虚，晏婴得知原因后，举荐他做了大夫。后人多用来形容人在成功得意时神气十足的姿态。

《史记》原文选读

晏子为齐相，出①，其御②之妻从门间③而窥其夫。其夫为相御④，拥大盖⑤，策驷马⑥，**意气扬扬**⑦**甚自得**⑧也。既⑨而归，其妻请去⑩。夫问其故。妻曰："晏子长不满六尺，身相⑪齐国，名显诸侯。今者妾观其出，志念深⑫矣，常有以自下⑬者。今子长八尺，乃为人仆御，然子之意自以为足，妾是以求去也。"其后夫自抑损⑭。晏子怪⑮而问之，御以实对。晏子荐⑯以为大夫。

——《史记·管晏列传》

■ 注释：

①出：外出。

②御：车夫。

③门间（jiān）：门缝。间，缝隙。

④御：驾车。

⑤大盖：豪华的车盖。

⑥策：驱赶，驾驭。驷（sì）马：同驾一车的四匹马。

⑦扬扬：得意的样子。

⑧自得：自以为得意。

⑨既：已，完。

⑩请去：请求离去。

⑪相：任相。动词。

⑫志念：抱负。深：深远。

⑬常：总是。下：退让。

⑭抑损：谦逊。

⑮怪：感到奇怪。

⑯荐：举荐。

历史解读

晏婴是春秋中后期一位重要的政治家和外交家。晏婴小小年纪就聪慧机敏，才识过人。后来，他继承了父亲晏弱的职位，担任齐国的上大夫，最终官拜国相，成为齐灵公、齐庄公、齐景公三朝元老。在晏婴的辅佐下，齐国政治清明，社会安定，经济发展，人民安居乐业。

晏婴非常善于劝谏。晏婴在劝谏君王时往往不是直接地强谏，而是采用委婉的方式来表达，充分显示了他的政治智慧和敏锐度。他能够根据不同的场合采取不同的劝谏形式，从而取得最佳的效果。他还经常运用比喻，让人明白事物的道理。《晏子春秋》就记载了晏子把忧患比作社鼠，把权势者比喻为凶狗，来让齐景公听从劝谏的例子。在外交上，他既有灵活性，又坚持原则性。最著名的外交案例就是晏子使楚。楚王见晏子身材矮小就想用狗洞侮辱晏子，晏子却用反问楚王自己造访的是"狗国"还是"人国"来机智应对；楚王押上了一个齐国的罪犯想要羞辱晏子，晏子随机应变，用"南橘北枳"的故事进行反击，做得始终不卑不亢，捍卫了齐国的尊严。

晏婴的事迹多记载在《左传》和《晏子春秋》等古籍中，司马迁在《史记》中对晏婴的事迹记述不多，但是将他与辅佐齐桓公称霸的管仲并列作《管晏

列传》，足见司马迁对他的推崇。《晏子春秋》是记载晏婴言行的一部历史典籍，书中记载了许多晏婴劝告齐王勤政爱民、任用贤能和虚心纳谏的事例。最为后世称道的还是他崇俭恤民，清廉自持。晏婴虽然身居高位，却能保持清廉的作风，不居功自傲，礼贤下士，受到后人景仰。

32 倒行逆施

　　春秋霸主楚庄王逝世之后，楚国的实力就渐渐衰落了。他的孙子楚平王更是昏庸无道，宠信谗臣，迫害忠良。当时，楚国有一位名臣，名字叫伍奢，就是当初辅佐过楚庄王的大夫伍举的儿子。楚平王请他当太子建的老师，同时还派了另一位大臣费无忌来协助他教导太子。想不到，费无忌竟是个奸恶小人，不但不用心教育太子，还常常在楚平王面前打小报告，说太子的坏话。

　　后来，费无忌得到了楚平王的宠信，就趁机离开了太子，跑去侍奉楚平王了。但是，始终有一桩心事萦绕在他的心头，那就是他担心哪一天楚平王死了，太子建继位后会杀了自己。于是，他挖空心思地诋毁太子建。本来太子建的母亲是蔡国人，平日里就不受楚平王的宠爱，再加上费无忌不停地挑拨是非，楚平王越来越疏远太子建，最后干脆眼不见为净，派太子建去镇守城父，戍守边疆了。

　　可是，费无忌却没有就此罢手，一心想着废掉或者杀死太子建。于是，费无忌又向楚平王诬陷太子阴谋反叛，说："大王，您要稍微提防着点儿太

子啊。自从您派太子驻守城父以后，太子一边操练军队，一边与诸侯交往，说不定哪一天就会攻入都城犯上作乱啊。"楚平王听了非常生气，就把太子的老师伍奢召回来审问。伍奢料到是费无忌在楚平王面前说了太子的坏话，于是替太子求情说："大王怎么能仅仅凭拨弄是非的诌媚小臣的坏话，就疏远自己的骨肉至亲呢？"可是，费无忌在旁催促楚平王说："大王现在去抓太子还来得及，不然他们的阴谋要是得逞了，大王后悔都来不及啊！请大王当机立断啊！"楚平王闻言大怒，把伍奢关进大牢，同时命令城父司马奋扬去杀太子建。司马奋扬不忍杀害太子，于是一边带兵上路，一边派人提前通

知太子："太子赶快跑吧，大王正派兵来杀你呢。再不跑，就没命了啊。"太子建接到通知后逃出楚国，跑到宋国躲了起来。

费无忌见太子建逃跑了，干脆一不做，二不休，又无耻地对楚平王说："大王，我听说伍奢还有两个儿子，都很有才干，必须抓来一起杀了，否则必将成为楚国的心腹大患。大王可以用伍奢作人质，把他们召回来，一起赶尽杀绝，这样就可以永绝后患了。"于是，楚平王派人去大牢中，威逼伍奢说："听着，如果你能把你的两个儿子叫回来，我就饶你一命，如果叫不回来，我就马上杀了你。"伍奢冷冷一笑说："我那两个儿子都是有本事的人，但是大儿子伍尚为人宽厚仁慈，我叫他回来，他一定能来；小儿子伍子胥自小就桀骜不驯，能忍辱负重，成就大事，他知道回来了肯定一起被杀，肯定不会回来。你们就不要白费心机了。"楚平王哪里肯信，派人去召伍奢的两个儿子，说："如果你们回来，我就饶你们父亲不死；如若不回来，我现在就杀死伍奢。"大儿子伍尚得到消息打算回去，伍子胥反对说："楚王召我们兄弟回去，并不打算让我们父亲活命，而是担心我们逃跑了，留下后患，所以用父亲作人质，骗我们回去。我们一到，肯定会和父亲一起被处死。反正父亲是死定了，我们跑回去又有什么用呢？回去一起死了，这杀父之仇也就没法再报了，不如逃到别的国家去，将来还有机会洗雪父亲的耻辱。"伍尚叹了一口气说："你说的我怎么会不知道呢？可是父亲召唤儿子，我们两个人总归要回去一个吧，不然会被天下人耻笑的。你可以逃走，我去死。将来你一定能报杀父之仇。"最后，伍尚心甘情愿地被楚平王派来的使臣逮捕了，伍子胥趁乱逃跑。伍尚被押解到楚国都城后，楚平王就把伍尚和伍奢一块儿杀害了。

伍子胥逃到吴国辅佐吴王，一门心思想借吴国的兵力打回楚国，为父亲和哥哥报仇雪恨。经过九年的准备，伍子胥同吴王阖闾一起领兵进攻楚国。当时楚平王已死，他的儿子楚昭王也是个昏庸无能的国君。楚国朝政荒废，军心涣散，伍子胥率领吴国大军一举打进了楚国的国都。伍子胥一心要为自己的父兄报仇，到处搜寻楚昭王，可楚昭王早已逃得不见踪影。于是，伍子胥就把楚平王的陵墓刨开，把他的尸骸拖出来，用鞭子狠狠地抽了300下，才解了心头之恨。

就在伍子胥攻打楚国的时候，当年他在楚国的好友申包胥派人带来了一封信。伍子胥打开信一看，申包胥在信中责备他挖坟鞭尸，以下犯上，做法太过分了。伍子胥却不以为然，对送信的人说："你替我谢谢申包胥，并告诉他，我是报仇心切，而且年纪也越来越大了，就像行人赶路一样，看着太阳快落山了，但是离目的地还很远，时间来不及了，总得想办法跑快点儿吧。所以我为了给父兄报仇，也只好不择手段，倒行逆施，不能按照常理办事了，还请他能理解。"申包胥收到伍子胥的口信，知道他不会善罢甘休，于是赶紧跑到秦国，向秦国请求援兵。秦哀公起初不答应，申包胥说什么也不走了，就站在秦国的大殿上，日夜不停地痛哭，足足哭了七天七夜。到最后，秦哀公终于动容了，感慨地说："楚王虽然是个无道昏君，但是有这样忠心耿耿的臣子，楚国是不会亡的，我们还是去救救楚国吧。"于是就派遣了500辆战车，前去救援楚国。

秦国的援军赶到楚国，打败了吴国的军队。吴王阖闾的弟弟夫概见吴军兵败，便逃回国内，自立为王。吴王阖闾听到这个消息，也从楚国撤军，赶回国内争夺王位。楚昭王见吴国内部发生动乱，就趁机率领楚军反攻，收复了郢都。

成 语 释 义

　　成语"倒行逆施"的典故见于《史记·伍子胥列传》，主要讲的是楚平王昏庸无道，听信奸臣费无忌的谗言，杀害忠臣伍奢。伍奢的儿子伍子胥逃到吴国，辅佐吴王阖闾，借助吴国的军力打入郢都，报仇雪恨。该成语原指做事情不择手段，违反常理。后人多用来比喻人的所作所为违背时代的潮流或者民众的意愿。

《史记》原文选读

　　始①，伍员与申包胥②为交③，员之亡④也，谓包胥曰："我必覆⑤楚。"包胥曰："我必存之。"及⑥吴兵入郢，伍子胥求⑦昭王。既不得，乃掘楚平王墓，出其尸，鞭之三百，然后已。申包胥亡于山中，使人谓子胥曰："子之报仇，其以甚⑧乎！吾闻之，人众者胜天，天定亦能破人。今子故⑨平王之臣，亲⑩北面而事之，今至于僇⑪死人，此岂其无天道之极乎！"伍子胥曰："**为我谢申包胥曰，吾日莫⑫途远，吾故倒行而逆施之。**"于是申包胥走秦告急，求救于秦。秦不许。包胥立于秦廷，昼夜哭，七日七夜不绝其声。秦哀公怜之，曰："楚虽无道，有臣若是，可无存乎！"乃遣车五百乘⑬救楚击吴。六月⑭，败吴兵于稷⑮。会吴王久留楚求昭王，而阖庐⑯弟夫概乃亡归，自立为王。阖庐闻之，乃释楚而归，击其弟夫概。夫概败走，遂奔楚。楚昭王见吴有内乱，乃复入郢。封夫概于堂谿⑰，为堂谿氏。楚复与吴战，败吴，吴王乃归。

——《史记·伍子胥列传》

■ 注释：

①始：最初。

②申包胥：姓公孙，因封地在申，又叫申包胥。

③交：知交。

④亡：逃跑。

⑤覆：颠覆，覆灭。

⑥及：等到。

⑦求：搜寻，寻求。

⑧以：通"已"。甚：过分。

⑨故：之前。

⑩亲：亲自。

⑪傗（忄）：通"戮"。

⑫莫：通"暮"，老去。

⑬乘（shèng）：在古代，一车配四马为一乘。

⑭六月：阖闾为王时的十年六月。

⑮稷：地名。

⑯阖庐：即吴王阖闾，吴王夫差的父亲。

⑰堂谿：地名，在今河南省西平县西。

历史解读

　　伍子胥是春秋末期著名的军事家。他本是楚国人，出身名门望族，其父伍奢在楚平王时期曾担任太子太傅，其祖父就是辅佐楚庄王称霸的楚国重臣伍举。

　　楚平王当政时期，伍子胥的父亲伍奢被奸臣费无忌谗害，父亲伍奢和兄长伍尚一同被楚平王杀害。伍子胥只身一人逃到吴国。首先，他帮助吴国公子光密谋刺杀吴王僚，夺得王位，史称吴王阖闾。公元前 507 年，伍子胥借

助吴国的军力，攻进楚国郢都。伍子胥掘楚平王墓，鞭尸三百，为父兄报仇雪恨。

伍子胥还是吴国都城姑苏城，也就是今天的苏州城的建造者。至今苏州还有胥门，以纪念伍子胥的建城之功。为了更好地建设苏州城，伍子胥还在苏州开挖了中国历史上第一条人工运河——胥江，沟通了太湖和长江两大水系。胥江是一个综合性的水利工程，既解决了吴地的水患问题，又便利了漕运和灌溉。而且这条运河还有很高的军事价值，吴国的水军可直接从太湖进入到安徽省芜湖市附近的长江之中，顺江而下即可出海，为以后吴国水陆并进，北上争霸打下了基础。后来到了明清时期，京杭大运河的苏州段也借道胥江，南来北往的船只经由胥江进入苏州，呈现出一片繁荣景象。

吴王阖闾重用伍子胥和孙武等人，依靠他们的谋略和军事才能，整顿军备，招兵买马，日夜操练，国力逐渐强盛起来，也走上了称霸的道路。吴王阖闾率领吴军，西攻楚国，攻破郢都；水路并进，北击鲁、齐，纵横中原，成为春秋一霸。

33 骨鲠之臣

　　楚平王轻信奸臣费无忌的谗言，杀害了太子建的老师伍奢，伍奢的小儿子伍子胥躲过追杀，一路流亡到了吴国。伍子胥在吴国穷困潦倒，混迹于乡野之间，靠乞讨为生。一天，伍子胥出去要饭，在路上遇见了一位名叫专诸的好汉。伍子胥见专诸天赋异禀，很有胆识，就和他结交，成为好友。

　　后来，伍子胥经人举荐，入宫谒见吴王僚。伍子胥复仇心切，见到吴王僚后，就不断陈述进攻楚国的种种好处，想劝服吴王僚去攻打楚国。吴王僚一时拿不定主意，就召来公子光商量。公子光一听是伍子胥出的主意，就说："哦，原来是那个伍子胥要大王去攻打楚国啊，您要知道他的父亲和哥哥都

是被楚平王杀死的。伍子胥要您去攻打楚国，就是为了报一己私仇，并不是真正替我们吴国来打算的。"吴王僚一听，觉得言之有理，就不再提攻打楚国的事情了。伍子胥见状，对吴王僚倍感失望。于是，他又多方打听，想找另外的人帮他报仇。后来，伍子胥得知公子光有杀掉吴王僚自己登位的计划，于是就决定扶助公子光篡位，把复仇的希望寄托在公子光的身上。

在伍子胥的举荐下，公子光见到了专诸，还用贵宾的待遇来好好招待他。三人经常在一起密谋夺取王位的计划，最后决定由专诸去执行刺杀吴王僚的行动。公元前516年，楚平王逝世了。就在这年春天，吴王僚趁着楚国在大办丧事的时候，派他的两个弟弟公子盖余和属庸率领吴国军队包围了楚国的灊（qián）城，同时又派季子出使晋国，以便观察中原诸侯的动静。没有想到的是，楚国竟然出动军队反包围了吴军，切断了吴军撤退的后路，军情十分危急。这时，公子光见时机成熟，就对专诸说："上天待我不薄，给了我们这样一个绝好的机会，如果我们不去争取一下的话，又怎么对得起上天呢？况且我才是真正的王位继承人，应当被立为国君。"专诸回答道："现在的确是刺杀吴王僚的好机会。我认真分析过，你看，现在吴王僚的母亲年老，孩子也还幼弱。他的两个弟弟正带着军队攻打楚国，而且被楚国军队团团围住，他们俩能不能活着回来还都是未知数。吴王僚身边也没有什么正直敢言的忠臣。在这种形势下，吴王僚还能把我们怎么样呢？"公子光听完专诸的分析，马上拜伏在地给专诸叩头说："这次刺杀行动就全仰仗你了。你只管放心去，你身后的事都由我负责了。"

公元前515年四月的一天，公子光按照事先密谋好的计划，先在内室里埋伏好了大批武士，然后设宴招待吴王僚。吴王僚不知此中有诈，就带着手下大臣，领着王宫卫队，浩浩荡荡地从王宫出发。卫队士兵沿道路两边站立，从王宫大门口一直排到了公子光的家里。宴会厅的大门两侧和台阶上，都站满了吴王僚的部下。吴王僚以为绝对安全，便放松了警惕，与公子光开怀畅饮。正当喝到畅快淋漓的时候，公子光突然佯装脚受伤了，离开筵席进入内室，实际上是去部署刺杀行动。公子光走进内室，让专诸把一把锋利无比的匕首藏在烤鱼的肚子里，准备好进入宴会厅。一切安排妥当，公子光又返回筵席，对吴王僚说："大王，今天趁着高兴，我要推荐一道美食，请您品尝。"吴王僚已经喝多了，连忙招手说："好啊，好啊，赶紧端上来吧！"专诸听到命令，就双手端着一盘烤鱼走了进来。他来到吴王僚面前，出其不意，以迅雷不及掩耳之势掰开鱼肚，顺势拔出匕首，刺向吴王僚。吴王僚喝得醉醺醺的，来不及躲闪，当场就被刺死了。站在旁边的侍卫都愣住了，等他们回过神来，

顿时乱成一团，有的冲上来把专诸砍成了肉泥，有的手忙脚乱地要把吴王僚救出去。这时，公子光也已经趁乱悄悄地退出筵席，对埋伏在内室的武士发出进攻的号令，武士们蓦地杀出，一举歼灭了吴王僚的部下。

国内不能一日无君，吴王僚死后，吴国的大臣们就拥立公子光为国君，即吴王阖闾。

成 语 释 义

成语"骨鲠之臣"的典故见于《史记·刺客列传》，主要讲的是春秋晚期，吴王僚派自己的两个弟弟率兵攻打楚国却被楚军包围断了后路，又派他的叔叔季子出使晋国，造成了外无救兵、内无刚直敢言的忠臣的局面，公子光在伍子胥和专诸的帮助下，抓住这个时机，刺杀吴王僚，夺得王位。后人多用来比喻刚直不阿的忠臣。

《史记》原文选读

　　光①既得专诸，善客待之。九年而楚平王死②。春，吴王僚欲因③楚丧④，使其二弟公子盖余、属庸将兵围楚之灊⑤；使延陵季子⑥于晋，以观诸侯之变⑦。楚发兵绝⑧吴将盖余、属庸路，吴兵不得还。于是公子光谓专诸曰："此时不可失，不求何获⑨！且光真王嗣，当立，季子虽来，不吾废也。"专诸曰："王僚可杀也。母老子弱，而两弟将兵伐楚，楚绝其后。**方今吴外困于楚，而内空无骨鲠之臣，是无如我何。**"公子光顿首⑩曰："光之身，子之身也。"

——《史记·刺客列传》

■ 注释：

①光：即公子光，吴王阖闾。

②楚平王死：实为吴王僚十一年而非九年。

③因：趁。

④楚丧：实为吴王僚十二年。

⑤灊（qián）：古水名。

⑥延陵季子：季札，吴王僚的叔叔。

⑦变：动态。

⑧绝：断绝。

⑨不求何获：意为不争取（时机）怎么会有收获。

⑩顿首：以头叩地的大礼。

历 史 解 读

　　吴国位于长江下游地区，相传开国始祖为周文王的伯父太伯，所以司马迁在《史记》中专列《吴太伯世家》来记述吴国的历史。吴国的疆域主要包括现在江苏、安徽两省长江以南部分以及浙江北部环太湖地区。吴国偏居东南一隅，政治、经济、文化等方面都落后于中原诸侯国。直到春秋中后期，与中原地区的交往才日益密切起来。到吴王寿梦时期，国力日渐强盛，吴国开始联晋反楚；到了吴王阖闾、夫差时期，国力达到了鼎盛。吴国的崛起其实与春秋时期秦、晋、楚三国争霸的地缘政治密切相关。在秦晋争霸的过程

中，秦国拉拢南方的楚国来牵制晋国。晋国为了与楚国争霸，又采取联吴制楚之策，派楚国的亡臣屈巫去吴国，教吴人乘车、御射、列阵，吴军由此学会了中原地区的车战，军事实力大大增强。

至于公子光夺位之事，实际上反映出来的是当时的宗族制度和王位继承体系。一般来说，到了春秋时期，中原诸侯国的宗法制度已经成熟，基本形成了嫡长子继承的制度。但是，吴国偏于一隅，风俗多与中原相异，在继承体系上还没有完全定型。吴王寿梦有四个儿子：长子叫诸樊，次子叫余祭（zhài），三子叫余眜，四子叫季札。吴王寿梦生前也曾想传位给季札，但季札避让不受，于是让长子诸樊继位。吴王诸樊死后，留下遗命要把君位传给二弟余祭，目的是想按以兄传弟的次序，最后把君位传给季札，来满足先王寿梦的遗愿。可是等吴王余眜去世之后，季札依然辞让王位。这种兄终弟及的继承方式也就到此结束，又恢复到父死子继的继承方式。吴王余眜的儿子登位，也就是吴王僚。公子光是吴王诸樊的儿子，自认为是嫡长子，有权继承君位，这就为后来刺杀吴王僚夺位埋下了伏笔。

34 三令五申

公元前 512 年，吴王阖间与伍子胥商议，准备出兵攻打楚国。伍子胥借机向吴王阖间说：“大王，如果您真的想攻打楚国的话，我给您推荐一位军事天才，定能出师大捷。”吴王阖间一听有这样的人才，赶紧说：“我们吴国还有这样的军事人才？马上召他进宫。”伍子胥说的这个军事人才就是孙武。孙武进宫面见吴王阖间，并呈上了自己写的兵书《孙子兵法》。

吴王阖间读了《孙子兵法》，心悦诚服，高兴地说：“孙武，我读了你的兵法，真是神乎其神啊。不知道你真的练起兵来，真刀真枪的行不行啊？”孙武见吴王阖间半信半疑，于是请求当场练兵给他看。吴王阖间有意想将他一军，就说：“那我从后宫挑选一些宫女给你练练看，如何？”孙武爽快地说：“没有问题。”于是，吴王阖间从后宫中拣选出了 180 名宫女。这些宫女来到校场上，只见旌旗招展，军号齐鸣，鼓声震天，都觉得是来玩耍的，个个东瞅西瞧，漫不经心。孙武站在检阅台上，一本正经地下达命令，将 180 名宫女编为两队，并命令吴王阖间的两个爱姬作为队长。这两个爱姬哪里会带兵指挥呢？只是觉得好玩罢了。弄了半天，好不容易才把嘻嘻哈哈的宫女们排成稀稀拉拉的两列。

排好队伍后，孙武十分耐心地把练兵的纪律和要领认真细致地向这些宫女做了一番讲解。讲解完毕，孙武大旗一挥，命令在校场上摆下斧钺等军法刑具，然后威严地说：“你们都听好了！练兵可不是耍着玩！你们一定要听从我的命令，不得嬉笑打闹，如果谁敢违犯军令，一律按照军法处斩！"说完，又把刚才已经宣布的号令交代了几遍。可是，宫女们都以为是来戏耍一番而已，根本没有把孙武的话放在心上！这时，孙武挥起军旗，命令擂起战鼓，开始操练队伍。孙武右手挥旗发令："全体向右转！"宫女们依旧嬉笑耍闹，没有一个遵令行动。孙武见状并不生气，大声说道："这一次是将军没有把操练的要领交代清楚，是我的错！"于是，他又三令五申地详细向宫女们讲述了操练要领，并大声问道："都听清楚了没有？"宫女们齐声回答："听清楚了！"

鼓声再次响起，孙武左手挥旗发令："全体向左转！"这一次，宫女们还是一动未动，反而看着一本正经的孙武，笑弯了腰。吴王阖闾站在检阅台上见此情景，也觉得有趣，心想：就算你孙武再有本领，看来也无法调动这些不懂规矩的宫女。谁也没有料到，这下孙武动了真格的。孙武脸色一沉，

大声说道："操练要领没有讲清楚，那是将军的过错；操练要领讲清楚了，而士兵不遵从命令，可就是士兵的过错了。按照军法，违犯军令者处斩。队长带兵不力，应先受罚。来人哪，将两个队长推出去斩首！"吴王阖闾一听，立马慌了手脚，急忙派人对孙武说："将军确实精通排兵布阵，寡人十分佩服。这次，就请放过寡人的两个爱姬吧。"孙武斩钉截铁地回答道："将在外，君令有所不受。吴王既然要我演习兵法，我就一定要依照军法行事。"于是，吴王阖闾的两名爱姬被斩首示众，宫女们被吓得魂飞魄散。孙武命令排头的两名宫女继续担任队长，接着操练起来。

　　这一次，宫女们鸦雀无声，一丝不苟地按照孙武颁布的号令，左转右转、前进后退、跪倒站起，顺利地完成了操练任务。于是，孙武派人向吴王阖闾报告说："队伍已经操练整齐，大王可以下台来视察她们的演习，任凭大王怎样使用她们，即使叫她们赴汤蹈火也办得到。"吴王阖闾见孙武斩了自己的爱姬，心中不悦，回答说："让孙将军停止演练，回馆舍休息吧。我今天也有点儿累了，不想下去视察了。"孙武站在校场上，不禁叹了口气，感叹

地说："看来大王只是欣赏我的兵法理论，却不愿让我付诸实践啊。"经此一事，吴王阖闾知道孙武果真精通兵法，善于练兵，最后任命他做了吴国的将军，负责训练吴国的军队。在孙武的操练下，吴国的军事实力日益增强。

成 语 释 义

　　成语"三令五申"的典故见于《史记·孙子吴起列传》，主要讲的是孙武奉吴王阖闾的命令操练宫女，演练兵法。孙武再三地讲解操练的号令，严明军纪，最后顺利地完成了操练任务。后人多用来比喻多次命令和反复告诫。

练习完成了吗？快点做！

《史记》原文选读

　　孙子武者，齐人也。以兵法见①于吴王阖庐。阖庐曰："子之十三篇②，吾尽观之矣，可以小试勒兵③乎？"对曰："可。"阖庐曰："可试以妇人乎？"曰："可。"于是许之，出宫中美女，得百八十人。孙子分为二队，以王之宠姬④二人各为队长，皆令持戟⑤。令之曰："汝知而⑥心与左右手背乎？"妇人曰："知之。"孙子曰："前，则视心；左，视左手；右，视右手；后，即视背。"妇人曰："诺。"**约束⑦既布，乃设铁钺⑧，即三令五申之。**于是鼓⑨之右，妇人大笑。孙子曰："约束不明，申令不熟，将之罪也。"**复三令五申而鼓之左，妇人复大笑。**孙子曰："约束不明，申令不熟，将之罪也；既已明而不如⑩法者，吏士⑪之罪也。"乃欲斩左右队长。吴王从台上观，见且斩爱姬，大骇。趣使使⑫下令曰："寡人已知将军能用兵矣。寡人非此二姬，食不甘⑬味，愿勿斩也。"孙子曰："臣既已受命为将，将在军，君命有所不受⑭。"遂斩队长二人以徇⑮。用其次为队长，于是复鼓之。妇人左右前后跪起皆中⑯规矩绳墨，无敢出声。于是孙子使使报王曰："兵既整齐，王可试下观之，唯王所欲用之，虽赴水火犹可也。"吴王曰："将军罢休就舍⑱，寡人不愿下观。"孙子曰："王徒⑲好其言，不能用其实。"于是阖庐知孙子能用兵，卒以为将。西破强楚，入郢，北威齐晋，显名诸侯，孙子与⑳有力焉。"

——《史记·孙子吴起列传》

■ 注释：

①见：被……接见。

②十三篇：指孙武撰写的《孙子兵法》，是我国最早、最杰出的兵书，共十三篇。

③小试：小规模操作、试验。勒兵：用兵法统率军队。勒，约束，统率。

④姬：侍妾。

⑤戟：兼具戈和矛的特征的一种兵器。

⑥而：你的，你们的。

⑦约束：用以控制、管理的规矩。

⑧设铁钺：设置刑罚的工具，表明正式开始执法。铁，铡刀，用于腰斩。钺，古兵器，像大的斧子，用于砍杀。

⑨鼓：击鼓代表发令。

⑩如：按照。

⑪吏士：指两个队长。

⑫趣：通"促"，催促。使使：派遣使者。

⑬甘：感到……甜美。

⑭将在军，君命有所不受：将帅领兵打仗，应根据实际情况指挥，君主的命令可以不接受。

⑮徇：示众。

⑯中：符合。

⑰规矩：校正圆形和方形的器具。绳墨：木工正曲直的墨线。借指命令。

⑱就舍：回到住处。

⑲徒：只。

⑳与：参与。

历 史 解 读

　　吴王阖闾也作阖庐，姬姓，名光，又称公子光。到了吴王阖闾时期，吴国已经强大起来。但是在地缘政治上依然处于劣势，西边的楚国已成为称霸中原的大国，南边的越国也后起直追，国力日强，对吴国构成了威胁。吴王阖闾重用军事家孙武，训练吴国的军队，提高战术素养。孙武是春秋后期著名的军事家、政治家，世人尊称其为"孙子"或"兵圣"。孙武著有《孙子兵法》十三篇，被誉为"兵学圣典"，置于《武经七书》之首。《孙子兵法》

在中国乃至世界军事史上都占有极为重要的地位，至今影响深远。

孙武为什么从齐国跑到吴国，并在吴国建功立业呢？根据《左传》和《史记》的记载：齐景公初年，左相庆封除掉了右相崔杼。接着田、鲍、栾、高四大家族又联合起来，赶走了庆封。在此之后，齐景公偏听偏信了鲍、高、国三氏陷害田氏之言，黜（chù）退田穰（ráng）苴（jū）的大司马之职，最终导致了田、鲍四族谋乱。这次田、鲍四族之乱，鲍氏与高、国二氏结盟，以共同对付田氏，田氏一族受损甚大。同为田完之裔的孙武，自然亲历、亲见或亲闻过这次四族之乱。孙武对这种朝廷斗争极其反感，不愿纠缠其中，就萌发了远奔他乡去施展自己才能的念头。这就是孙武奔吴的最直接的原因。孙武至死未离开吴国，死后亦葬在姑苏城外。

在孙武的辅佐之下，吴国军队的战斗力显著提高，吴国的军事实力日益增强，向西打败了强大的楚国，攻克了郢都，向北威震齐国和晋国。吴王阖闾带领吴国开始走上称霸诸侯的道路。

35 吊死问疾

公元前 496 年，越王允常去世。公元前 507 年，吴王阖闾率领 3 万军队深入楚国，在柏举击败楚军 20 万主力大军，一举占领楚国都城郢都。当时，越王允常趁着吴国国内空虚，率军从背后入侵吴国。吴王阖闾对此一直耿耿于怀，所以这次想抓住越国为先王举办丧事的机会，一举攻灭越国，以解心头之恨。越王勾践刚刚登位，得知吴军大举进犯，也只能强忍着悲痛，率领越国军队前去迎战。吴、越两国军队在槜（zuì）李一带相遇，双方摆开了阵势。

越王勾践远远望去，见吴国军队阵势严整，如果真的一刀一枪地拼起来，自己肯定难以取胜，便心生一计——组织敢死队进行攻击。越王勾践命令敢死队向吴国的阵势发起冲锋。越王勾践派人把牢狱中犯了死罪的犯人带到两军阵前，让他们排成三列，每个人手持一把剑，冲到吴国军队的阵前，集体自刎而死。顿时吴国军队阵前鲜血飞溅，吴国士兵哪见过这种惨烈的场面，顿时惊骇不已。越王勾践抓住机会，突然发动袭击，越国军队迅速杀入吴军阵中。在交战中，越国大夫灵姑浮挥起长戈攻击吴王阖闾，吴王阖闾挥剑格挡，转身就逃，灵姑浮紧追不舍，一戈斩落了吴王阖闾的脚趾。吴王阖闾身受重伤，在一众将士的护卫下，带领残军撤退。谁料，吴王阖闾伤势过重，在败退途中，死在陉地，未能返回都城。吴王阖闾临死之前，把太子夫差叫到面前，痛苦地说：“你一定要记住，是越王勾践杀死了你的父亲，千万不要忘了为我报仇啊！”夫差紧紧握住父王的手，发誓说：“父王，儿臣决不敢忘！"说完，吴王阖闾就撒手人寰了。

太子夫差继承王位后，日夜想着为父报仇。为了不让自己忘却越国杀父之仇，他派士兵站在宫殿的出入口，每日进出时，就大声地提醒自己："你忘记了越王杀父之仇了吗？"吴王夫差任用伯嚭（pǐ）做太宰，派伍子胥和孙武日夜不停地操练士兵，等待时机报仇雪耻。公元前 494 年，越王勾践听说吴王夫差为报父仇，正在夜以继日地训练军队，准备攻打越国，于是不听大夫范蠡（lǐ）的劝阻，决定先发制人，想趁着吴国练兵未成之时，抢先出兵攻打吴国。吴王夫差探得越国军队来犯的情报，立即带领全国的精兵强将出发迎战。

吴、越两国军队在夫椒大战。吴国的将士们怀着复仇之心，奋勇向前，越国军队抵挡不住，纷纷溃退，损失惨重，最后越王勾践带着仅剩下的 5000 余人，退守会稽山。吴国军队乘胜追击，把会稽山团团包围。眼看就要亡国了。越王勾践后悔不已，不得不与群臣商议计策。越王勾践痛哭流涕地说："真后悔当初不听范蠡的劝阻，兴兵攻打吴国，如今落得个这样的下

场。"大夫范蠡上前一步，对越王勾践说："大王，看现在的形势，硬打是不行了。我看，不如派人去向吴国请求停战议和；如果吴王不同意议和的话，那就只能投降了，以此来保存实力。"越王勾践无奈，只得采纳大夫范蠡的建议，派人去求见吴王夫差，请求停战媾（gòu）和。吴王夫差一战而报仇，志得意满，本想答应越国议和的请求，伍子胥进言说："大王，万万不可答应，这是越国的缓兵之计。现在是灭掉越国的天赐良机，绝对不能议和。"于是吴王夫差拒绝了越国议和的要求。

越王勾践得知议和被拒，万念俱灰，准备下山拼命，被群臣死死拉住。大夫文种劝越王勾践说："吴国的太宰伯嚭一向与伍子胥不和，我们可以利用这一点。太宰伯嚭非常贪婪，我们可以利诱，私下里求他劝说吴王，或许可以成功。"于是，越王勾践派大夫文种带上美女和财宝去贿赂吴国的太宰伯嚭，请他劝吴王夫差准许停战媾和。伍子胥得知后，力劝吴王夫差不要与越国议和，说："大王，越王勾践是个能吃苦的人。这次虽然战败了，如果您不能一举歼灭他，将来肯定会后悔的。"此时，吴王夫差急于北上与齐国争霸，根本就听不进伍子胥的忠言，于是与越国讲和，率领大军回国了。

五年后，齐景公逝世，齐国发生内乱，新登位的国君软弱无能。吴王夫差认为自己北上争霸的机会到了，就想出动军队向北攻打齐国。这时，伍子胥又出来阻止，规劝吴王夫差说："我听说，越王勾践战败之后，励精图治，勤俭节约，一餐饭不吃两种荤菜；抚恤人民，哀悼那些在战争中死去的人，慰问生病的人。他肯定是在笼络人心，这个人不除掉，迟早是吴国的祸患。大王不先铲除越国这个心腹大患，却一心想着攻打齐国，这不是很荒谬吗？"吴王早已听不进伍子胥的规劝，执意率领全国的水陆大军攻打齐国。没想到，吴王夫差这次竟然打了个大大的胜仗，在艾陵把齐国军队打得大败，接着又征服了邹国和鲁国，最后得意扬扬地班师回国了。从此，吴王夫差越来越看不起伍子胥，更很少听从伍子胥的计谋了，而且越来越宠信太宰伯嚭。伍子胥的地位一落千丈。

成 语 释 义

成语"吊死问疾"的典故见于《史记·伍子胥列传》，主要讲的是越王勾践在吴、越夫椒之战中战败求和，励精图治，抚恤百姓，悼念在战争中死去的人民，慰问生病的民众，保存自己的实力。后人多用来比喻关心人民群众的疾苦。

《史记》原文选读

其后五年，而吴王闻齐景公死而大臣争宠①，新君弱，乃兴师北伐齐。伍子胥谏曰："句践食不重味②，吊死问③疾，且欲有所用之也。此人不死，必为吴患。今吴之有越，犹人之有腹心疾④也。而王不先越而乃务⑤齐，不亦谬乎！"吴王不听，伐齐，大败⑥齐师于艾陵⑦，遂威⑧邹鲁⑨之君以归。益疏⑩子胥之谋。

——《史记·伍子胥列传》

注释：

①争宠：争夺荣耀。

②食不重（chóng）味：吃饭时不会有两种荤菜，形容生活艰苦。

③吊：哀悼。问：慰问。

④疾：病。

⑤务：致力，专心。

⑥大败：后接"对手"，意味着己方胜出。

⑦艾陵：古地名。

⑧威：震慑，威胁。

⑨邹：古国名。本作邾。鲁：古国名。

⑩疏：疏远。

历 史 解 读

《史记·伍子胥列传》中的这一段主要讲述了吴越争霸过程中的三场著名的战役：槜李之战、夫椒之战和艾陵之战。

槜李之战发生在公元前 496 年。槜李位于今天的浙江嘉兴，当时位于吴越交界之地。在这场战争中，吴王阖闾战败，身受重伤，最后死于距离槜李仅 7 里的陉地。《史记·伍子胥列传》中，提到"败吴于姑苏"；而在《史记·越王勾践世家》中，记载"吴师败于槜李"。又据《左传》记载："吴伐越。越子勾践御之，陈于槜李。"可见，《史记·伍子胥列传》所载"败吴于姑苏"有误。槜李之战虽然以吴败越胜而告终，但当时吴国领土广大，兵强马壮，实力远超越国，越国并不是吴国的对手。而且，此后吴王夫差的军事目标一直以打败越国为主，所以短短两年之后，就在夫椒之战中一举击败了越国。

夫椒之战发生在公元前 494 年。夫椒到底在何处，众说纷纭。杜预注《左传》说："夫椒，吴郡吴县西南太湖中椒山。"《水经注·沔水》以为就是太湖中苞（包）山。司马贞在《史记索隐》中的说法又不同，他认为夫椒与椒山不是同一个地方，夫差伐越，"当至越地"，"贾逵云在越地，盖近得之"。沈钦韩在《地名补正》中认为是《越绝书·越地传》中提到的夫山，就在今天浙江省绍兴市以北。还有一种说法认为是今天江苏省无锡市西南太湖中马迹山。《史记·伍子胥列传》记载："败越于夫湫。"而《史记·越王勾践世家》和《左传》中均记为"夫椒"。夫椒之战是吴灭越的最好时机，而歼灭越国也是吴王阖闾多年来一贯坚持的基本国策。要想争霸中原，必先灭掉越国，以扫除后顾之忧。但是，吴王夫差听信太宰伯嚭的谗言，轻率地放弃

　　了这一根本战略目标，让越国获得了喘息之机，为后来越国灭吴埋下了祸根。

　　另外，公元前484年，吴王夫差联合鲁国在艾陵地区打败齐国军队。艾陵之战可以说是春秋时期规模最大、歼敌最彻底的一场围歼战，而且还是中国历史上首次水陆军种联合作战的战役。公元前486年，吴国开凿邗沟，将长江和淮河水系连接起来，通过胥江和邗沟，吴国军队可以从太湖流域快速抵达淮河流域。从此，吴国北上攻打齐国就有两种战术选择，一是水师顺长江入海，从海上向齐国发起攻击；二是陆军北上泗水，从陆地上攻打齐国，可谓水陆并进，势不可挡。

36 悬门抶目

公元前485年，齐国国相田常犯上作乱，杀掉了齐悼公，拥立齐简公，把持了齐国的国政大权。公元前484年，田常又担心齐国的高、国、鲍、晏四大家族的势力联合起来对付自己，就想出一个计谋，调动这四大家族手里控制的军队，去攻打鲁国，以此来削弱他们的军事势力。当时，孔子在鲁国得到了这个消息，生怕自己的祖国遭受战火，急得坐卧不安，对他身边的弟子们说："你们谁能去解除这场危机呢？"孔子最喜爱的弟子之一子贡毛遂自荐，出发前往齐国。他劝谏国相田常说："您出兵攻打鲁国是个错误的决定。因为鲁国弱小，不值得您费心费力去攻打，就算打赢了，也无法提高您的威信。您应该去攻打吴国，吴国现在国力强盛，您要是能一举击败了吴国，谁还会不听您的号令啊？"田常听了觉得言之有理，可是转念一想，我这军队已经出发奔鲁国去了，怎么能转道去打吴国呢？子贡拍着胸脯说："您放心，我会让吴国军队乖乖送上门的。"接着，子贡又赶到吴国，见到吴王夫差说："大王，现在齐国要攻打鲁国，实际上是想着与您一争高下啊。您若是出兵救援鲁国，打败强大的齐国，那您可就能称霸诸侯了啊。"吴王夫差听了，对子贡说："你说得没错。可是你有所不知啊，我与越国积怨更深，越王勾践战败之后，一心想报仇呢，我不能不防啊。"子贡猜到了吴王夫差的心思，于是说："大王请放心，我去趟越国，让越王勾践派兵跟随你一起出征，越国兵力空虚，就不会威胁到吴国了。"于是，子贡又去越国对越王勾践说："大王，我刚从吴国过来，吴王夫差一直视您为心腹之患，不想派兵去救援鲁国。如果吴国反过来攻打越国，您可就危险了啊。不如您就委屈一下，派一部分军队跟随吴国攻打齐国，来迷惑他，到时候您就可以趁着吴国国内空虚攻打它了。"越王勾践连声称赞子贡的好计谋，派出一部分军队帮吴国北上攻打齐国。

另外，越王勾践暗中不断派人把美女和珍宝献给吴国太宰伯嚭。太宰伯嚭多次接受越国的贿赂之后，开始出卖国家利益，整日整夜地在吴王夫差面前替越国说好话。吴王夫差也总是相信和采纳太宰伯嚭的计谋，逐渐放松了对越国的警惕。可是伍子胥一直为此担忧，劝谏吴王夫差说："大王，那越国可是心腹大患啊！现在他们只是表面上表示臣服，您要是相信了他们的欺骗之词，那肯定是养虎为患啊。吴、越两国相邻，而且积怨很深，现在越国示弱臣服，就是为了将来报仇雪耻，不如趁早除掉它，以绝后患。攻打齐国，好比占领了一块到处是石头的田地，丝毫没有用处。希望大王三思，放弃攻打齐国，先去攻打越国；如果让越国强大了，到时候悔恨也来不及了。"吴王夫差根本不听伍子胥的劝谏，反而派他出使齐国。伍子胥出发的时候，对他儿子说："我屡次劝谏大王，大王不听。我觉得吴国的末日不远了，你留在吴国也没有什么好处。"于是，就把他的儿子也一同带到齐国，托付给齐国的鲍氏家族收养照顾。最后自己孤身一人返回了吴国。

吴王夫差在艾陵之战中大胜齐国军队，班师回国。此时，太宰伯嚭和伍子胥之间的关系越来越差，甚至到了水火不容的地步。太宰伯嚭向吴王夫差进谗言说："伍子胥为人猜忌多疑，不讲情义，凶恶狠毒，他对大王您心存怨恨，恐怕会酿成沉重的灾祸，大王不可不防啊！"吴王夫差反问伯嚭："何以见得伍子胥对我心存怨恨啊？"太宰伯嚭走近一步，低声答道："大王，难道您还没有察觉吗？前一次大王要去攻打齐国，伍子胥不让您去。结果大王不采纳他的意见，反而打了个胜仗。伍子胥肯定会心存芥蒂。这次大王您又要去攻打齐国，他还是反对劝阻，目的只有一个，就是想着败坏大王的事业，希望吴国战败来证明自己的计谋高明。"吴王夫差听后，低头不语。太宰伯嚭又进一步说道："大王，我派人暗中探查，发现自从您拒绝了他的建议之后，伍子胥就称病不再上朝了，而且您派他出使齐国，他还偷偷把儿子带到齐国寄养在鲍氏家族。伍子胥是前朝的重臣，现在不受重用，心中必有怨恨。

这种种迹象都说明他有所图啊，还请大王早做决断！"吴王夫差叹了一口气，说："我心里有数，就算你今天不说这番话，我也怀疑他了。"于是，吴王夫差派人到伍子胥府上，赐给他一柄名叫"属镂"的宝剑，令他自尽。

伍子胥手捧宝剑，心头感慨不已，不禁仰天长叹："唉！夫差啊，难道你忘记了，当年是我辅佐你父王称霸的吗？难道你忘记了，当年公子们争夺太子之位的时候，是我在先王面前替你冒死相争，才立你为太子的吗？难道你忘记了，你当上太子之后，还许愿要把吴国土地分封给我来报答我吗？可是现在我不指望你报答我，你倒是听信小人伯嚭的谗言，要来杀我。"临死前，伍子胥吩咐家中的门客说："我死后，你们一定要在我的坟墓上种上树，让它长大后给吴王做棺材。还要挖出我的眼珠悬挂在吴国都城的东门楼上，我要亲眼看看越国敌寇是怎样进入都城，灭掉吴国的。"说完自刎而死。

吴王夫差听到这番话，非常愤怒，下令把伍子胥的尸首装进袋子里，沉到江中喂鱼。吴国老百姓非常同情伍子胥的遭遇，就在江边给他修建了祠堂来祭祀他。

成 语 释 义

　　成语"悬门抉目"的典故见于《史记·伍子胥列传》，主要讲的是吴国大夫伍子胥劝谏吴王夫差要先消灭越国以绝后患，吴王夫差不但不听，反而听信太宰伯嚭的谗言要杀害伍子胥。伍子胥悲愤自刎而死。后人多用来比喻忠臣烈士为国家壮烈而死。

《史记》原文选读

　　乃使使赐伍子胥属镂①之剑，曰："子以此死。"伍子胥仰天叹曰："嗟乎！谗臣嚭为乱矣，王乃反诛我。我令若②父霸③。自若未立时，诸公子争立，我以死争之于先王，几不得立。若既得立，欲分吴国予我，我顾不敢望也。然今若听谀臣言以杀长者④。"乃告其舍人⑤曰："必树⑥吾墓上以梓，令可以为器⑦；而抉吾眼县⑧吴东门之上，以观越寇之入灭吴也。"乃自刭死。吴王闻之大怒，乃取子胥尸盛以鸱夷⑨革，浮之江中。吴人怜之，为立祠于江上⑩，因命曰胥山。

　　　　　　　　　　　　　　　　　——《史记·伍子胥列传》

■ 注释：

① 属镂（lòu）：剑名，用钢铸成。

② 若：你。

③ 霸：称霸。

④ 长者：年纪大、辈分高的人。

⑤ 舍人：门客。

⑥ 树：种植。

⑦ 器：器具。梓树可以做棺材。

⑧ 抉（jué）：挖开，挖出。县：通"悬"。

⑨ 鸱（chī）夷：皮革制的袋子。

⑩ 江上：江边。

历史解读

　　在吴越争霸的过程中，孔子的弟子子贡发挥了很大的作用。子贡，又叫端木赐，是"孔门十哲"之一，善于雄辩，且有治国安邦之才略，曾经担任过鲁国和卫国的国相。在《史记·伍子胥列传》这一段中，司马迁提到"越王勾践用子贡之谋"，具体是什么计谋，在此未作详述。接下来，司马迁却在《史记·仲尼弟子列传》中，详细描述了子贡奔走在鲁、齐、吴、越、晋之间的外交斡旋。司马迁赞道："故子贡一出，存鲁，乱齐，破吴，强晋而霸越。子贡一使，使势相破，十年之中，五国各有变。"也就是说，子贡凭三寸不烂之舌，改变了春秋晚期的地缘政治格局，保全了鲁国，搞乱了齐国，

攻破了吴国，强大了晋国，最后使越国称霸。

另外，伍子胥的悲剧性人生也就此终结。司马迁在《史记·伍子胥列传》中对伍子胥的一生做了总结："怨毒之于人甚矣哉！王者尚不能行之于臣下，况同列乎！向令伍子胥从奢俱死，何异蝼蚁。弃小义，雪大耻，名垂于后世，悲夫！方子胥窘于江上，道乞食，志岂尝须臾忘郢邪？故隐忍就功名，非烈丈夫孰能致此哉？白公如不自立为君者，其功谋亦不可胜道者哉！"司马迁能为其单独列传，足见对他的赞赏，司马迁认为伍子胥是一位抛弃小仁小义，能报仇雪耻，能够隐忍成就功名的大丈夫。可惜的是，伍子胥的一生被仇恨贯穿，始于为父兄报仇，终于吴王夫差的背叛，最后带着怨恨自刎而亡。

藏在《史记》里的
成语故事

俞强◎著

（第二册）

辽宁人民出版社

目录

108 个常用成语

+

108 段来自《史记》的成语故事

读故事，记成语

看《史记》，学历史

37 卧薪尝胆

公元前494年，越王勾践在夫椒之战中惨败，他召来范蠡商量对策。范蠡道："大王，事到如今，打是打不下去了，马上就要断粮了，这守也守不住了。我听说，能够建功立业的人，都是能屈能伸的大丈夫。现在，大王您还是要卑躬屈膝向吴王求和，给吴王进贡，以解燃眉之急。如果他答应求和的话，大王您就得亲自去吴国做人质，好好侍奉吴王，以图东山再起。"越王勾践听完，沉思良久，但也无计可施，只好答应："好吧！我这就派人去议和。"

于是，越王勾践派大夫文种去向吴国大营求和。文种跪在地上，一边向前爬行，一边喊着："亡国之臣勾践派我来求和，从今以后，愿意做吴王的奴仆。"吴王夫差见状，心中狂喜，自己的杀父之仇今日终于得报了。吴王夫差正准备痛快地答应议和，站在一旁的伍子胥坚决反对，吴王夫差也就犹豫了，便打发文种回去。大夫文种返回山上，将在吴军大营中的情况告诉了勾践，说伍子胥坚决反对议和。越王勾践听了，心如死灰，心想与其受辱而死，不如战死沙场，于是就想杀死妻子儿女，去和

吴军拼死一战。大夫文种死死拉住越王勾践，说："大王，千万不可意气用事啊！我此去吴军大营，虽然没有谈成议和之事，但是我看出吴国的太宰伯嚭十分贪婪，而且吴王也很宠信他。我觉得，我们可以用美女和财宝来贿赂他，让他在吴王面前给我们说说好话，或许吴王也就答应议和了。"于是，越王勾践又让文种带上越国的美女、珠宝再去吴军大营见太宰伯嚭。太宰伯嚭果然是个贪财好色的人，看见这么多的美女、宝贝，眼睛都花了，口中连说："这事好说，这事好办！"

太宰伯嚭把文种带到吴王夫差面前。文种趴在地上说："希望大王能宽恕勾践的罪过，我们越国愿意把世代相传的宝物全部进献给您。如果大王不同意和谈的话，勾践就会把妻子儿女全部杀死，烧毁宝物，率领他的5000名士兵与您决一死战，到时候，吴国也将会付出相当惨重的代价。"太宰伯嚭借机劝说吴王夫差："大王，现在越王勾践已经愿意服服帖帖地俯首称臣

了，您的杀父之仇也报了。如果大王赦免了勾践，在诸侯当中也会有个讲仁义的好名声啊。"吴王夫差依然一言不发，偷偷瞥了一眼旁边站着的伍子胥。果然，伍子胥又上前进谏说："大王，今天不灭亡越国，将来必定后悔莫及。如果勾践能够返回越国，必会成为吴国的大患。"但吴王夫差不顾伍子胥的反对，答应了越国的求和条件。

越王勾践归国后，生怕自己贪图安逸舒适的生活，消磨掉复仇的大志，所以一直穿粗布的衣服，吃粗茶淡饭，住简陋的房屋。还把床榻上的草席撤去，用一捆薪柴作床褥；在饭桌的上方悬挂一个苦胆，每天吃饭的时候，都要先伸出舌头尝一尝苦胆，然后大喊一声："勾践，你忘记会稽的耻辱了吗？"越王勾践就是这样不停地激励自己。经过 12 年的时间，越国终于兵强马壮，转弱为强。

公元前 482 年，吴王夫差亲自率领吴国精锐部队北上黄池，与中原诸侯会盟，国内只留下太子友和一些老弱残兵守备都城。越王勾践趁吴国精锐在外，国内空虚，突然发动袭击，迅速击败吴军，攻下吴国都城，杀了太子友。吴国使者日夜兼程赶到黄池向吴王夫差告急，吴王夫差怕其他诸侯听到吴军惨败的消息，会影响自己的会盟大事，所以秘而不宣。等到与诸侯们订立盟约后，吴王夫差急忙带兵回国，并派人向勾践求和。越王勾践自知自己目前的实力不能一下子灭掉吴国，所以最后答应与吴国议和。

公元前 478 年，越王勾践做了充足的准备，又一次亲自指挥军队攻打吴国。这时的吴国早已是江河日下，精锐部队都在与齐国和晋国争霸的过程中消耗殆尽了，压根儿就抵挡不住越国的猛烈攻击。越国军队顺势包围了吴国的都城，一围三年。最后，吴王夫差不得已又派人向越王勾践求和。这一次大夫范蠡坚决反对议和，主张一举消灭吴国。吴王夫差见求和不成，非常后悔当初没有听伍子胥的劝诫，羞愧万分，就掩面拔剑自杀了。越王勾践攻下吴国都城，把那个祸国殃民的太宰伯嚭抓住杀了，又用诸侯的礼仪厚葬了吴王夫差。

成语释义

成语"卧薪尝胆"的典故见于《史记·越王勾践世家》，主要讲的是越王勾践战败后睡柴草、尝苦胆，时时提醒自己不忘所受苦难，要报仇雪耻。后人多用来比喻为了实现伟大的理想而刻苦努力，发愤图强。

《史记》原文选读

　　吴既赦越，**越王句践反**①**国**，乃苦身焦思，置胆于坐②，坐卧即仰胆，饮食亦尝胆也。曰："女③忘会稽之耻邪？"身自耕作，夫人自织，食不加肉，衣不重采④，折节⑤下⑥贤人，厚遇宾客，振⑦贫吊死，与百姓同其劳。欲使范蠡治国政，蠡对曰："兵甲之事，种不如蠡；填抚⑧国家，亲附百姓，蠡不如种。"于是举⑨国政属⑩大夫种，而使范蠡与大夫柘稽行成，为质于吴。二岁而吴归蠡。

——《史记·越王句践世家》

注释:

①反：通"返"，返回。

②坐：通"座"，座位。

③女：通"汝"，你。

④采：有彩色花纹的衣物。

⑤折节：委屈自己。

⑥下：自降身份，谦恭待人。

⑦振：通"赈"，救济。

⑧填（zhèn）抚：镇定安抚。

⑨举：全部。

⑩属（zhǔ）：嘱托。

历 史 解 读

越王勾践"尝胆"一说最早见于西汉时期司马迁所著的《史记·越王句践世家》，但是《史记》中并无"卧薪"的记载。真正把"卧薪"和"尝胆"连在一起使用的，最早出自北宋苏轼所著的《拟孙权答曹操书》一文。在这篇文章中，苏轼写道："仆受遗以来，卧薪尝胆。悼日月之逾迈，而叹功名之不立。"从此，"卧薪尝胆"这一成语就被沿袭至今。

越王勾践灭吴，持续了半个多世纪的吴越争霸战争就此结束了。在前文中，我们讲过晋、楚两国争霸，晋国为了制衡楚国，采用"联吴制楚"的策略，帮助吴国发展势力。同样的，在吴王阖闾攻破楚国郢都之后，楚昭王接受了失败的教训，为了解除吴国对楚国的威胁，楚国也采取了"联越扰吴"的策略，提升了越国的实力。越王勾践手下的两位重臣范蠡和文种都是楚国人，可以说是"联越扰吴"策略的具体执行者。越王勾践在范蠡和文种二人的辅佐之下，由一个败君俘囚得以复兴灭吴。所以，越国灭吴也可以说是得到了楚国的间接帮助。不管是"联吴制楚"还是"联越扰吴"，表面上看是晋楚争霸的策略，实际上是晋、楚两国争霸力量衰落的必然产物。晋、楚两国在争霸战争中都不再具有压倒性优势，只有采取联盟的策略，发展盟友，建立以自己国家为主导的战略平衡，才能维持衰落的霸权。这两大策略不仅使得春秋争霸战争得以延续，还直接导致吴、越两国的崛起，并且将争霸重心从黄河中下游转移到长江下游地区。

38 鸟尽弓藏

　　越王勾践重用大夫范蠡和文种，整顿国政，训练军队，抚恤百姓。经过一系列的改革措施，经过十年生聚、十年教训，国势日渐强盛。在公元前473年，越王勾践趁着吴国国内空虚，一举消灭了吴国。接着，越王勾践又向北渡过黄河，在徐州与齐、晋等中原诸侯会盟。周元王也派使臣赏赐祭祀的胙肉给勾践，封他为"伯"。徐州会盟之后，越国的军队驰骋于江淮之间，畅行无阻，各路诸侯都来庆贺，越王勾践称霸一方。

　　越王勾践志得意满，率领得胜之师班师回国。举国上下，欢欣鼓舞。越王勾践举办了一场盛大的庆功大会，赏赐群臣。就在这个举国欢庆的时刻，大夫范蠡却悄悄地离开了越国。越王勾践大宴功臣，发现范蠡不见了，连忙派人去找。找了一天一夜，有士兵回报说在太湖边上发现了范蠡的衣冠，越王勾践以为范蠡已经投湖自尽，唏嘘不已。此时，范蠡已经到了齐国。他不放心自己的老乡和好友文种，于是就托人给文种送了一封信。文种接到信，展开一看，信中短短一行字直戳心窝。信中写道："天上的飞鸟打尽了，打鸟用的弓箭就会被收藏起来；田野里的野兔捉光了，猎狗也会被杀了煮来吃。现在吴国已经被灭了，谋臣就要遭到抛弃和杀害了。据我观察，越王勾践是个只可共患难，不可同安乐的人。你为什么还要留在他身边呢？如果再不走的话，难免有杀身之祸。"文种读完信，心中又喜又怕，喜的是自己的老友范蠡还活着，怕的是自己会被越王勾践杀害。于是，文种就装病，不再上朝。

时间一久，流言蜚语难免传到越王勾践的耳中，再加上一些奸臣进谗言说文种欲犯上作乱，越王勾践对文种就越来越不放心了。

有一天，越王勾践决定登门去探望文种。文种得知越王勾践到了府上，赶紧出来迎接。越王勾践先是赞赏了他的功劳，突然话锋一转，说："当年你教给我攻伐吴国的七条计策，我只采用三条就打败了吴国，现在还有四条在你那里，我看也用不着了，要不你替我到先王面前尝试一下那四条吧！"说完就转身回宫，叫侍卫将一把宝剑赐给文种。文种接过宝剑，见到剑鞘上

刻有"属镂"二字，心里凉了半截。原来这正是当年吴王夫差赐死伍子胥的那把剑。文种顿时明白了越王勾践的意思，万分后悔不该不听范蠡的劝告。最后，文种仰天长叹，拔剑自刎。

成 语 释 义

　　成语"鸟尽弓藏"的典故见于《史记·越王勾践世家》，主要讲的是越王勾践在大夫文种和范蠡的辅佐下，灭吴称霸之后，杀害有功之臣文种的事。以前一般用来比喻封建帝王夺得政权之后，抛弃或杀害功臣。后人多用来比喻达到目的后，就把曾经帮助过自己的人一脚踢开。

《史记》原文选读

范蠡遂去[1]，自齐遗[2]大夫种书[3]曰："蜚[4]鸟尽，良弓藏；狡兔死，走狗烹。越王为人长颈鸟喙，可与共患难，不可与共乐。子何不去？"种见书，称病不朝。人或谗种且作乱，越王乃赐种剑曰："子教寡人伐吴七术，寡人用其三而败吴，其四在子，子为我从[5]先王试之。"种遂自杀。

——《史记·越王句践世家》

■ 注释：

①遂去：于是离开。
②遗：给。
③书：信。
④蜚：同"飞"。
⑤从：跟从。

历史解读

公元前 473 年，越王勾践灭吴之后，率军北上渡过淮河，在徐州与齐、晋等诸侯国会盟。从此，越王勾践成为春秋时期的最后一位霸主。纵观越王勾践从卧薪尝胆到称霸诸侯的一生，我们会发现他更多地仰仗了两位来自楚国的谋臣——范蠡和文种。这两位谋臣可谓居功至伟，但是结局却截然不同。

文种是春秋末期著名的谋略家，受范蠡之邀来到越国。他在吴越争霸中立下了赫赫功劳。越王勾践灭吴后，他自恃功高，不听从范蠡功成身退的劝告，后来受到越王勾践的猜忌，自杀而亡。司马迁在《史记·越王句践世家》中，提到文种给越王勾践献了七条计谋，越王勾践用了三条就灭了吴国。那么究竟是什么样的计谋呢？司马迁未作详述。但是，东汉时期袁康等编纂的《越绝书》记载了文种向勾践所进伐吴九术："一曰尊天地，事鬼神；二曰重财币，以遗其君；三曰贵籴粟槁，以空其邦；四曰遗之好美，以为劳其志；五曰遗之巧匠，使起宫室高台，尽其财，疲其力；六曰遗其谀臣，使之易伐；七曰疆其谏臣，使之自杀；八曰邦家富而备器；九曰坚厉甲兵，以承其弊。"到了明代，冯梦龙在所著《东周列国志》中则说文种破吴是七术："一曰捐货币，以悦其君臣；二曰贵籴粟囊，以虚其积聚；三曰遗美女，以惑其心志；四曰遗之巧工良材，使作宫室以罄其财；五曰遗之谀臣，以乱其谋；六曰疆其谏臣，使自杀以弱其辅；七曰积财练兵，以承其弊。"虽然这两种说法不同，但是仔细比较一下，除了《越绝书》多了"尊天事鬼"一术之外，其余的内容都相似。

　　与文种相比，范蠡的人生世界实在是太精彩了。司马迁在《史记·越王句践世家》中比较详细地记载了"范蠡三徙，成名于天下"的事迹。范蠡离开越国之后，辗转来到齐国。他仗义疏财，施善乡梓，最后齐王把他请到国都临淄，拜他为相。当了三年国相之后，他再次急流勇退，归还了相印，又迁徙至宋国陶邑，经商致富，天下人都称他为陶朱公。后人都尊奉他为"财神"或者"商圣"。

　　反观文种与范蠡的不同结局，实际上"鸟尽弓藏，兔死狗烹"描述的是两千多年来封建帝王与大臣之间一种相互猜忌的关系。有功之臣应该在功成名就时选择退隐，才能明哲保身，否则极有可能功高震主，受到猜疑。汉朝的张良、明朝的刘伯温也都选择了功成身退。

39 三家分晋

　　到了春秋末期，昔日的中原霸主晋国日渐衰落。这时，晋国国君的权力也旁落了。晋国的朝政由范、中行、赵、魏、韩、智六家大夫把持，他们各有各的地盘和武装，争权夺利，互相攻打。公元前458年，范、中行两家被打散了，还剩下智、赵、韩、魏四家。这四家中又以智家的势力最大。当时，晋出公得知，智、赵、韩、魏四家私自瓜分了范家和中行家的领地，非常生气，可是自己实力太弱不足以对抗这四家，于是就秘密派人去齐国和鲁国，想借两国的军队来讨伐这四家大夫。不料走漏了风声，四家大夫非常恐慌，干脆一不做，二不休，组织各自的兵马发动反攻，攻进了王宫。晋出公仓皇逃跑，他本想躲到齐国去，结果死在了半道上。智伯瑶进一步把持朝政，但是还有韩、赵、魏三家与他抗衡，所以他还没有实力一下子就吞并晋国。他把与自己关系密切的晋昭公的曾孙骄立为新的国君，是为晋哀公。晋哀公实际上是个傀儡，晋国上上下下的事务都得经过智伯瑶的手，晋哀公根本没有发言权。

　　智伯瑶的势力越来越大，野心也日

益膨胀。智伯瑶盘算着下一步如何侵占韩、赵、魏三家的土地。有一天，智伯瑶把赵襄子、魏桓子、韩康子三位大夫请到家中，设宴款待。酒过三巡，智伯瑶对三家大夫说："想当年晋文公时，我们晋国可是中原霸主啊，可是现在吴、越这两个东南小国却耀武扬威，实在是不像话。为了重振我晋国的威风，我主张每家献出一百里土地和相应的户口交国君掌管。我智家先拿一个万户邑出来，你们呢？"三家大夫听了，心里直犯嘀咕，都担心失去土地后，自家的实力会下降，打心里都不愿献出封邑。可是三家心不齐，韩康子害怕智伯瑶的势力，首先表示赞同，愿把韩家土地和户口交给国家；魏桓子心里不愿意，但也不得不跟着表态，也愿意把土地和户口交给国家。最后，只剩下赵襄子，他坐在那里一言不发，智伯瑶见状便用言语威胁他："你看看韩、魏两家都已经献出土地和户口了，你不要不识抬举。"赵襄子性格耿

直，看智伯瑶贪婪的样子，非常气愤，便说："土地是祖宗留下来的产业，要我拱手送给别人，我实在不敢做主。"赵襄子说完，就一甩袖子走了。智伯瑶立刻拉上韩、魏两家，亲自率领兵马讨伐赵家。赵襄子寡不敌众，边战边退，最后退到晋阳闭关固守。

智伯瑶率军把晋阳城团团围住。这晋阳城非常坚固，智伯瑶久攻不下。有一天，智伯瑶出营察看地形时，发现晋阳城东北有一条晋水河，忽然想出了一条毒计：把晋水引过来，水淹晋阳城。于是，他吩咐士兵挖出一条水渠，一直通往晋阳城，然后又在晋水上游筑起一道堤坝。这时候正赶上雨季，几场大雨过后，河水上涨，堤坝上的水都要溢出来了。智伯瑶命令士兵在堤坝上挖开了豁口，汹涌的大水沿着水渠一直冲到晋阳城里去了，城里的房子和粮食都被淹了。可是，晋阳城的老百姓恨透了智伯瑶，宁可被水淹死，也绝不弃城投降。

大水冲进晋阳城以后，赵襄子终日焦虑不安，愁眉不展。他一面指挥城里的士兵和老百姓救灾，一面召来谋士张孟谈商讨对策。赵襄子说："虽然现在民心还算稳定，可是再下两场大雨，水势再往上涨涨，全城恐怕都要被淹没了，你可有什么良策？"张孟谈分析说："兵法说得好，攻城不如攻心。我看韩、魏两家把土地割让出来，也不是心甘情愿的，我们可以派人试着去游说韩、魏两家，把他们争取过来，请他们帮我们一起对付霸道的智伯瑶。"赵襄子想想也没有什么其他的好办法了，就决定试一试。于是连夜派张孟谈出城，直奔韩、魏两家军营。这个时候，韩、魏两家大夫也睡不安稳，正担忧自己的前途。原来，那天智伯瑶约上韩康子、魏桓子一起去察看水势。智伯瑶指着晋阳城，得意扬扬地说："你们看，晋阳城再坚固又怎么样，还不是快完了吗？哈哈哈！"韩康子和魏桓子站在旁边，表面上不住地称赞智伯瑶，心里却暗暗敲起了鼓。原来魏家的封邑安邑和韩家的封邑平阳旁边也各有一条河流。智伯瑶的这番话正好戳中了他们的心窝，既然晋水能淹没晋阳城，说不定哪一天自己的封邑也会遭到同样的灭顶之灾呢。本来这两家都还在犹豫要不要继续帮智伯瑶，正巧张孟谈找到他们，跟他们说明来意，再加上张孟谈这么一分析，于是二人都赞同合力对付智伯瑶了。

第二天深夜，智伯瑶正在营帐里做着攻下晋阳城的美梦，突然被一阵喧哗声吵醒了。他连忙从卧榻上爬起来，发现军营里面全是水，水位还在不停地上涨。他以为是之前筑起的堤坝决口，水势太大，倒灌到自己的军营里来了，赶紧叫士兵们去抢修。突然军营内外杀声四起，只见赵、韩、魏三家的士兵驾着小船、撑着木筏一齐冲杀过来。智家的士兵四散逃开，几乎全军覆没。智伯瑶也死于乱军之中。为了彻底解除后患，韩、赵、魏三家的军队直接攻打了智氏封邑，诛杀了智家 200 余口，并乘势瓜分了智家的领地，韩、赵、魏三家的实力大增。

到了晋幽公的时候，晋国国君只保留了绛城、曲沃两地，其余的土地都被韩、赵、魏三家瓜分了。公元前 403 年，韩、赵、魏三家干脆直接派使臣上洛邑去参见周威烈王，要求周天子册封他们三家为诸侯。周威烈王见三家羽翼已成，不承认也没有用，不如做个顺水人情，于是就正式册封韩康子、赵襄子、魏桓子三人为诸侯。晋国名义上还保留着，直到公元前 376 年，韩、赵、魏三家把晋静公废为平民，晋国彻底走下了历史舞台。

成语释义

　　成语"三家分晋"的典故见于《史记·晋世家》，主要讲的是春秋末年，晋国被韩、赵、魏三家瓜分的事件。后人多用来比喻一个集体、集团或政权从内部发生分裂，分为若干独立的部分。

《史记》原文选读

哀公四年，赵襄子、韩康子、魏桓子共^①杀知伯，尽并^②其地。

十八年，哀公卒，子幽公柳立。

幽公之时，晋畏^③，反朝^④韩、赵、魏之君。独有绛、曲沃，余皆入三晋^⑤。

十五年，魏文侯初立。十八年，幽公淫妇人，夜窃^⑥出邑中，盗^⑦杀幽公。魏文侯以兵诛晋乱，立幽公子止，是为烈公。

烈公十九年，周威烈王赐赵、韩、魏皆命为诸侯。

二十七年，烈公卒，子孝公颀立。孝公九年，魏武侯初立，袭邯郸，不胜^⑧而去。十七年，孝公卒，子静公俱酒^⑨立。是岁，齐威王元年也。

静公二年，**魏武侯、韩哀侯、赵敬侯灭晋后而三分其地。**静公迁^⑩为家人^⑪，晋绝不祀^⑫。

——《史记·晋世家》

注释：

①共：共同。

②并：兼并。

③畏：畏惧。

④朝：朝拜，意为晋国国君地位低。

⑤三晋：即韩、赵、魏。

⑥窃：偷偷。

⑦盗：强盗。

⑧不胜：没有取得胜利。

⑨俱酒：静公名俱酒。

⑩迁：放逐。

⑪家人：平民，平民之家。

⑫晋绝不祀：晋国断绝，不再祭祀。意为晋国灭亡。

历史解读

　　"三家分晋"指的是在春秋末年,曾经称霸中原的强国——晋国被韩、赵、魏三家瓜分的事件。在中国历史上,"三家分晋"被视为一个重要的分水岭,预示着春秋时期的终结,战国时期的开始。司马光将其列为《资治通鉴》的开篇。"春秋五霸"之一的晋国灭亡,"战国七雄"中的韩、赵、魏三国产生,七雄兼并的战国序幕就此揭开。

　　在三家分晋的历史过程中,有一个非常关键的节点,那就是晋阳之战。晋阳之战始于智伯瑶发兵围困晋阳城,终于智氏一族被灭。《左传事纬》明确指出:"智伯灭而三晋之势成,三晋分而七国之形立,读《春秋》之终,而知战国之始也。"因此,智氏一族的存灭,不仅仅关系到晋国一国的局势,而且也深刻地影响了春秋战国之际整个天下的形势。在前文中,我们介绍了秦晋之间的争霸战争,由于晋国实力强大,牢牢挡住了秦国渡过黄河,东进中原的道路,迫使秦穆公"遂霸西戎"。试想一下,如果晋国保持统一的话,秦国是否还能打败晋国,一统天下呢?

　　反观三家分晋的历史原因,还在于晋文公创立的"三军六卿制"。公元前633年,晋文公吸取其父晋献公当政时期家族内部自相残杀、祸国乱政的教训,决定推出一项改革措施,设立中军、上军和下军,统称"三军"。每军设将、佐一名,统领全军。以中、上、下三军为序,按照"长逝次补"的原则,六卿轮流执政,这项改革制度被称为"三军六卿制"。从此,晋国确立了"六卿"的政体制度。在晋文公当政时期,"三军六卿制"成就了他的霸业,可是当国君势力衰微之时,六卿专政,又给晋国的灭亡埋下了祸根。

三军六卿制

40 士为知己者死

　　春秋末年，晋国出了一个忠义的侠士，他的名字叫作豫让。豫让曾经做过范氏和中行氏的家臣，但是都没有受到重视，始终默默无闻，没有什么名气。后来，智氏家族联合韩、赵、魏三家一起灭了范氏和中行氏两家，瓜分了这两家的领地。豫让就投奔了智伯瑶，并受到重用，而且智伯瑶也很尊重他，两人关系密切。智伯瑶对豫让来说有知遇之恩。

不料，好景不长。公元前453年，正在豫让忠心侍奉智伯瑶的时候，智伯瑶在晋阳之战中被韩、赵、魏三家联手剿灭，智家的领土也被三家瓜分了。赵襄子痛恨智伯瑶攻打晋阳，而且掘开晋水淹没了晋阳，于是痛下杀手，把智氏家族200多人屠戮殆尽。即使这样，赵襄子还不解恨，他甚至砍下智伯瑶的头颅，涂上漆，做成盛酒的器皿。

豫让躲过一劫，逃进了深山，日夜怀念对他有知遇之恩的智伯瑶。一想到智氏家族上下200多人惨死，他就心生怨恨，发誓要为智家报仇。豫让仰天长啸："唉！好男儿可以为了解自己的人献上生命，好女子应该为爱慕自己的人梳妆打扮。现在智伯对我有如此知遇之恩，我一定要替他报仇，来报答他的恩德，就算我死了，也问心无愧。"

于是，豫让隐姓埋名，乔装打扮，混进赵襄子的宫中去刷厕所。他在身上暗藏着一把匕首，一直想找个机会行刺赵襄子。有一天，赵襄子正要起身如厕，突然打了一个寒战，浑身上下直起鸡皮疙瘩。赵襄子料到可能有事发生，于是赶紧派人把刷厕所的人抓起来审问，这才发现是豫让，他的身上还带着匕首。豫让见刺杀行动已经败露，就干脆毫不掩饰地喊道："我要给智伯报仇！"左右侍卫冲上去要杀掉他，赵襄子却被豫让感动了，挥挥手，让侍卫

退下，说："他真是个义士啊。智伯死后，后继无人，而他作为家臣却想着替他报仇，这难道不是天下难得的义士吗？"最后，吩咐手下放豫让走了。

行刺失败后，豫让为了不让人家认出自己，不惜把滚烫的漆涂抹在身上，使皮肤溃烂，就像生了癞疮一样难看，又吞下炽热的炭火，烧伤自己的喉咙，使声音变得嘶哑，彻底改变了自己的体貌特征，以至于当他沿街乞讨的时候，连他的妻子也没有认出他。有一天，他在路上遇见一位朋友，朋友仔细端详了半天才认出他来，喊道："你不是豫让吗？"他回答说："是我。"朋友看着他那落魄的样子，不禁眼泪直流，拉着他的手说："豫让啊，豫让啊，你这是何苦呢？凭着你的才能，只要你愿意委身于赵襄子，赵襄子一定会重用你。只要得到他的信任，你想做什么事情，不都容易了吗？你怎么想不明白呢！"豫让回答说："按常理来看，你说得没错。如果你先委身侍奉人家，博得人家的信任，然后又要杀掉他，这就是对君主怀有二心。我知道你是为我着想，可是我之所以这样做，就是要使那些对君主怀有二心的臣子羞愧。"

豫让并没有放弃，仍在寻找刺杀赵襄子的机会。他暗中摸准了赵襄子出行的时间和路线，提前埋伏在他经常经过的一座桥下，准备行刺。那一天，赵襄子乘着马车准备过桥的时候，一匹马突然受惊，嘶叫着不肯过桥。赵襄子猜到桥下可能有人，于是派出左右侍卫前去查探，果然在桥下又发现了豫让。这一次，赵襄子有点愤怒，厉声责问豫让："我听说你以前也曾侍奉过范氏和中行氏，智伯把他们都消灭了，可是你也不替他们报仇，反而当上了智伯的家臣。现在智伯死了，你倒好，天天想着为他报仇，到底是为了什么？"豫让不卑不亢，昂首答道："你说得没错，我以前是侍奉过范氏和中行氏，但是他们都把我当作普通人看待，所以我也就像普通人那样报答他们。至于智伯，他对我有知遇之恩，用国士的礼遇来对待我，所以我也就应该像国士那样报答他。"赵襄子听了，不禁被他的忠勇所感动，但是又觉得不能再把豫让放掉了，于是对他说："豫让啊，豫让啊，你这么执着地为智伯报仇，已经天下闻名了。我也放过你一次了，也算够对得起你和天下人了。这一次，你也该为自己想想了，我不能再放过你了！"说着，就命令随行士兵把他团团围住。

豫让知道自己这次凶多吉少，此生无法完成刺杀赵襄子为智伯报仇的誓愿了，就请求赵襄子说："我这次来就没想着能活着回去。我此生最大的遗憾就是不能亲手杀你，替智伯报仇。不过，我还有个小小的请求，就是在我死之前，你能把身上的衣服脱下一件，让我象征性地刺杀一下，以此来了却我的心愿吗？"赵襄子满足了他这个请求，派人拿着自己的衣裳给豫让，豫让拔出宝剑刺了好几剑，仰天大呼曰："现在我终于可以到黄泉之下报答智伯了！"说完，拔剑自刎。豫让忠义报主的事迹不胫而走，赵国的仁人志士都为他的死而感到悲痛。

成语释义

成语"士为知己者死"的典故见于《史记·刺客列传》，主要讲的是韩、赵、魏三家攻灭智氏家族后，智伯的忠臣豫让为报答智伯的知遇之恩，多次行刺赵襄子，最后自刎而死。后人多用来比喻甘愿为赏识自己、对自己有知遇之恩的人献出生命。

《史记》原文选读

　　豫让者，晋人也，故尝事范氏及中行氏①，而无所知名。去②而事智伯③，智伯甚尊宠④之。及智伯伐赵襄子，赵襄子与韩、魏合谋灭智伯，灭智伯之后而三分其地。赵襄子最怨⑤智伯，漆⑥其头以为饮器⑦。豫让遁逃山中，曰："嗟乎! 士为知己者死，女为说⑧己者容⑨。今智伯知我，我必为报仇⑩而死，以报⑪智伯，则吾魂魄不愧矣。"乃变名姓为刑人⑫，入宫涂⑬厕，中挟匕首，欲以刺襄子。襄子如厕，心动⑭，执⑮问涂厕之刑人，则豫让，内持刀兵，曰："欲为智伯报仇!"左右欲诛之。襄子曰："彼义人也，吾谨避之耳。且智伯亡无后，而其臣欲为报仇，此天下之贤人也。"卒醳⑯去之。

——《史记·刺客列传》

■ 注释：

　　①范氏及中行氏：晋国采用六卿制，六卿世袭，掌管军政大事，范氏及中行氏都是晋国六卿之一。

　　②去：离开。

　　③智伯：智氏也是晋国六卿中的世族。智伯，姬姓，智氏，名瑶，因智氏源自荀氏，亦称荀瑶，谥号"襄"，史称智襄子，春秋末期晋国的执政大臣。

　　④尊宠：尊敬，宠信。

　　⑤怨：恨，怨恨。

　　⑥漆：涂漆。

　　⑦饮器：用来喝酒的器具。

　　⑧说：通"悦"，喜欢、爱慕。

　　⑨容：梳妆打扮。

　　⑩报仇：采取行动打击仇敌。

　　⑪报：报答。

　　⑫刑人：受过刑的人。古时犯罪的人会进宫成为奴隶。

　　⑬涂：涂抹，粉刷。

　　⑭心动：心中震动，这里指心中感觉不对。

　　⑮执：抓住。

　　⑯卒，最后。醳：通"释"，放。

历史解读

　　在晋阳之战后，韩、赵、魏三家血洗智氏家族，瓜分其领地，智氏家族从此消亡。智氏家族的忠臣豫让刺杀赵襄子，报答智伯知遇之恩的事件是这段历史中的一个小插曲，但是被司马迁浓墨重彩地记录在《史记·刺客列传》中，可见司马迁对豫让的忠义赞赏有加。司马迁认为："此其义或成或不成，然其立意较然，不欺其志，名垂后世，岂妄也哉！"就是说，他的侠义之举不管成功了还是不成功，他的志向和意图都很清楚明确，都没有违背自己的志向，值得后世纪念。

　　通过豫让这个例子，我们还能看出司马迁那个时期，人们对君臣之间"忠"

的一种价值取向，就是君臣之间的关系是相互的，并不是强调臣对君的愚忠。正如豫让在回答赵襄子的责问时所言："臣事范、中行氏，范、中行氏皆众人遇我，我故众人报之。至于智伯，国士遇我，我故国士报之。"君对臣如何，臣即以相应的方式报答。所以说，如果只追求其中的一面，没有君对臣的知遇之恩，何来臣对君的忠义呢？

《荀子》里面也讲到"从命而利君谓之顺，从命而不利君谓之谄；逆命而利君谓之忠，逆命而不利君谓之篡"。也就是说，只是一味地听命令行事，只不过算得上是"顺命"，谈不上"忠"，只有敢于抗命而有利于君主的，才配得上"忠"，正所谓"从道不从君"。朱熹也讲到"尽己之心为忠"，所以真正的"忠"在于遵从天道，按照自己的良心行事。

41 家贫则思良妻，国乱则思良相

　　三家分晋以后，中国的历史就从春秋时期进入战国时期。这个时候，被周王室分封用来拱卫王室的诸侯们，纷纷各霸一方，相互倾轧，以图自保。如何生存和发展，成为各个诸侯国的当务之急。

　　在"战国七雄"中，魏国是最先强盛称雄的国家。魏国开国国君魏文侯选贤任能，爱才好士。在大臣李克（即李悝）的辅佐下，魏文侯大兴改革，内修德政，外拓疆土。魏国国力不断增强，不仅夺取了秦国河西地区，还一举灭亡了中山国。魏国能够在大国之间率先崛起，与魏文侯善于识人用人有很大的关系。

　　魏文侯想在魏成子与翟璜这两位大臣中挑选一位国相，可是这两位贤臣都能力出众，魏文侯一时间难以抉择，便派人把李克召进宫，想听听李克的意见。李克刚走进门，魏文侯就迎上去，说："李克先生啊，我还记得你曾经教导过我说：'家境贫穷时希望得到一位贤惠的妻子，国政混乱的时候希望得到一位贤相。'我现在正要选一位贤相来帮助我治国，可是选来选去，我看就魏成子和翟璜两个人合适，你觉得这两个人怎么样？帮我参谋参谋啊！"李克一听，拱拱手，慢条斯理地说："大王，您这选相的事，不在我的职责范围之内啊，而且也轮不上我这个职位卑微的人说话啊！"魏文侯上前一步，拉着李克的手，说："先生不必多礼，但说无妨！"李克不好推辞，说："大王，您平时只要多注意观察一个人的言行，就能了解他的品行和能力。观察一个人，平常的时候要看他亲近谁，富贵的时候要看他结交谁，显达的时候要看他举荐谁，困顿的时候要看他不去做什么事情，贫贱的时候要看他不去争什么好处。大王，凭这五条您就足以确定国相的人选了，又何必要来征求我的意见呢！"魏文侯听后大喜，说："有劳先生了，您请回去吧，我知道选谁做国相了。"

李克告辞出宫，回家的时候遇到了翟璜。李克是因为受到翟璜的举荐才受到魏文侯重用的。于是，翟璜一把拦住了李克，笑着问道："我听说，今天君主召你进宫，是要跟你商量一下选国相的事情，你说最后会选上谁啊？"李克毫不犹豫地说道："我猜大王最后会选魏成子。"翟璜听了脸色一变，愤愤不平地说道："你怎么不帮我说几句好话？我哪一点不如魏成子呢？大

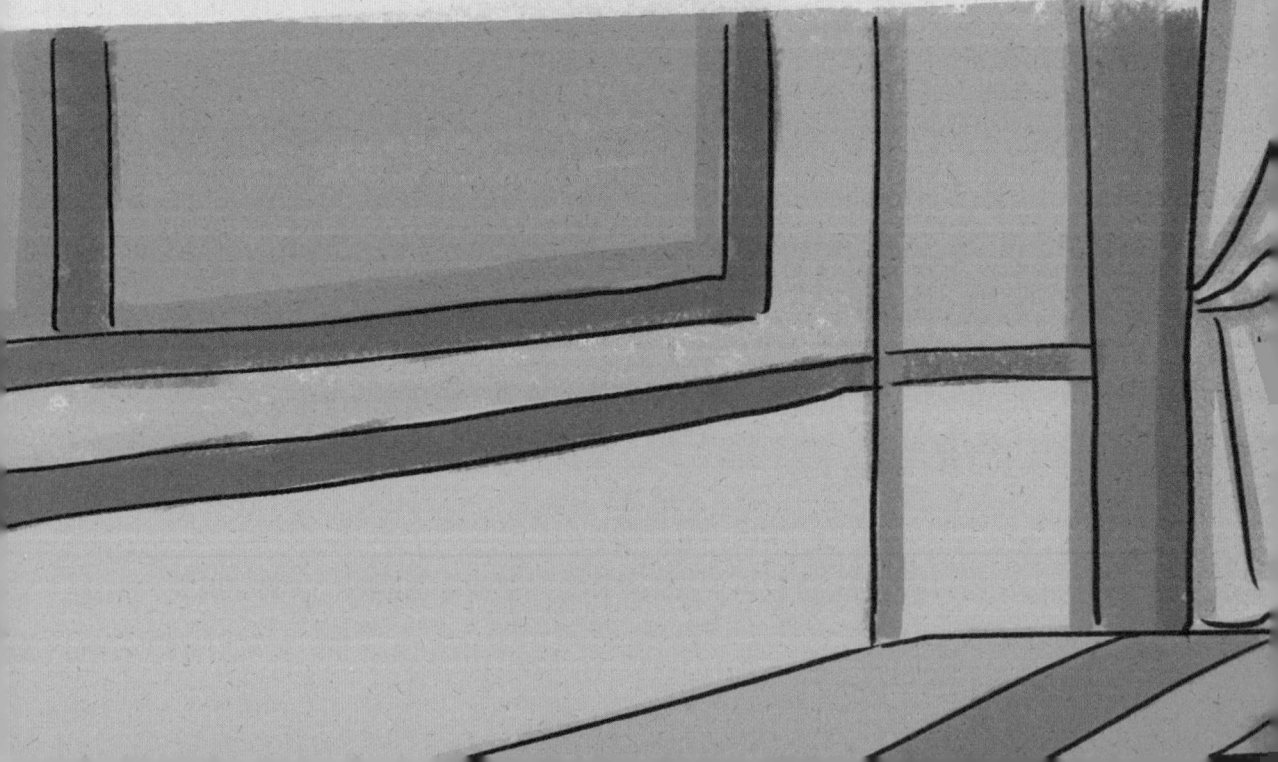

王要找人镇守邺城，我就推荐了西门豹。国君要攻打中山国，我就推荐了乐羊。中山国灭了，国君想找人镇守，我又推荐了你。国君要给太子找个好老师，我就推荐了屈侯鲋。你说说看，我推荐了那么多贤士，我怎么就比不上魏成子呢？"李克见状，连忙道："您把我推荐给国君，难道是为了拉帮结派，谋求做官吗？其实，国君问我国相人选的时候，我并没有直接说是谁，只是告诉国君我选人的五个标准，国君可以根据这五个标准来决定谁来当国相！"

李克继续说道："我之所以猜测国君会选魏成子担任国相，是因为魏成子虽然俸禄丰厚，但大部分都被他用来结交天下贤士，只有一小部分用于平常家用，所以他结交了卜子夏、田子方、段干木这样天下闻名的贤士，国君都尊他们为师。您举荐的五个人，吴起、西门豹、乐羊、屈侯鲋和我，国君都任用为臣子，所以你识人的眼光，和魏成子比起来，还是差了一些啊！"

翟璜一听这话，惭愧不已，连连拜谢，对李克说："我翟璜见识浅薄，刚才失礼了，请恕我不敬，我愿意终身做您的弟子，接受您的教诲！"

成 语 释 义

成语"家贫则思良妻，国乱则思良相"的典故见于《史记·魏世家》，主要讲的是魏文侯选相，谋臣李克献上选拔人才的五条标准。原意是指家里贫困的时候希望能找一位贤妻来操持家务，国家动荡不安的时候希望能找一位贤相来辅佐朝政。后人多用来比喻在遇到困难的时候希望能找到一个得力助手来帮助自己摆脱困境。

我有"五条标准"！

《史记》原文选读

魏文侯谓李克曰："先生尝教寡人曰：'**家贫则思良妻，国乱则思良相。**'今所置^①非成^②则璜^③，二子何如？"李克对曰："臣闻之，卑不谋尊，疏不谋戚^④。臣在阙门^⑤之外，不敢当命^⑥。"文侯曰："先生临事勿让。"李克曰："君不察故也。居^⑦视其所亲，富视其所与^⑧，达视其所举，穷视其所不为，贫视其所不取，五者足以定之矣，何待克哉！"文侯曰："先生就舍^⑨，寡人之相定矣。"

——《史记·魏世家》

注释：

①置：设立。

②成：即魏成子。魏文侯的弟弟。

③璜：即翟（zhái）璜。当时魏国的上卿。

④疏不谋戚：疏远的人不会为亲近的人谋划。疏，远。戚，亲。

⑤阙门：古代王宫、祠庙门前的高建筑，左右各一个，称为阙，中间有通道，这里为宫门的意思。

⑥当命：承命。

⑦居：常时、平时家居。

⑧与：交往。

⑨就舍：回府。

历史解读

　　三家分晋后，魏国分得土地的核心区域运城谷地。从地形上看，这里四面都被黄河和大山包围，北边是吕梁山，南边是中条山，东边是王屋山，西南部则紧挨着黄河大拐角。从地缘政治上看，魏国也处于列强环伺的境地，西边与秦国隔着黄河相望，北边和东边是新兴起的赵国和韩国，南边越过中条山和黄河就是陕地，秦、楚、郑等国在此反复争夺多年。这样的形势，一方面易守难攻，另一方面也容易被压制封锁，所以被称为"四战之地"。因此，魏文侯首先要做到的是自强图存，然后是打破封锁，向外扩张。

　　魏文侯重用卫国人李克，有学者认为历史上李克与李悝（kuī）是同一人。

李克在魏国首先发起变法改革，重视农业生产，编订和实施《法经》，改革内政，充实国力。魏文侯重用魏成子和翟璜，礼贤下士，任用吴起和乐羊等名将，攻伐西河地区和中山国，开疆拓土。在对外扩张中，魏文侯除了扩充军事实力，还加强了文化渗透。在夺取秦国的西河地区后，魏文侯就拜孔子的弟子卜子夏、子贡的弟子田子坊和子夏的弟子段干木为师，聘请他们到西河开坛讲学，由此形成了历史上著名的西河学派。魏文侯的文化政策成效十分显著，魏国逐渐取代鲁国成为中原各国的文化中心。在战国初期，魏国之所以能够率先称雄，一方面是因为通过变法，增强了经济和军事实力，另一方面也是因为提升了文化软实力。

这个成语典故中提到的李克"五视"观人法虽然简单却极其有效。这告诉我们，选拔官员应该进行全方位、多角度、立体式的考察，要注重察言观行，不仅要看他处理事情的能力，更要看重他在工作上的一贯表现。而且，不能只看他在功成名就时的表现，还要看他在郁郁不得志时的行为。这种选拔人才的标准至今影响深远。

42 人弃我取

三家分晋后，魏国在魏文侯的统治下，礼贤下士，广纳天下人才。李克也来到魏国，在翟璜的推荐下，受到魏文侯的重用。在魏文侯的支持下，李克率先在魏国掀起了一场轰轰烈烈的变法运动。经过这场变法改革，魏国一跃成为战国初期最强大的国家，并称雄百年。

魏文侯整日操劳国事，孜孜不倦地探索治国之道。一次早朝的时候，魏文侯问李克："你看我终日勤勉地处理国家大事，想着魏国有朝一日能称霸中原。你觉得到底怎样做才能治理好国家呢？"李克回答说："大王，在治理国家上，勤勉是一方面，不过更重要的是用对方法。古代圣贤治理国家的

方法很简单，就是让付出劳动的人能吃得上饱饭，给为国建功的人发放俸禄，任用有才能的人，并且赏罚得当。"魏文侯听了，说："你说的这几条我基本上都做到了，但是百姓还是不认可我，这到底是为什么呢？"李克回答道："大王，我看这是因为我们魏国国内可能还有那些放纵游乐、生活奢侈的贵族豪门吧！就是这些人引起了百姓的反感，败坏了大王的政绩。这些贵族的父辈当初是为国建立了功勋，所以国家给他们俸禄，但是他们的后辈却没有什么功勋，却依然享受着父辈的俸禄和待遇，一生荣华富贵。这些人不仅不能为国效力，而且还白白浪费了国家的钱财。像这样的人，应当剥夺他们的俸禄，用来招揽天下有志之士。"魏文侯听后，点头称是，于是下令废除世袭贵族的特权，广泛招纳人才。

李克废除了世袭贵族的特权后，又开始改革魏国的农业制度，废除井田制。在古代，一个国家的财富积累主要靠农业。一个国家的实力强弱，与农业生产的发展密切相关。李克给魏文侯算了一笔账，他说，100平方里之内，除了山林河泽、百姓居家之外，可以用来耕种的田地大约有600万亩；如果百姓勤劳的话，每亩地可增产3斗，那么600万亩地就可增产180万石；如果百姓懒惰的话，每亩地就会减产3斗，那么600万亩地就会减产180万石。这一勤与一懒比较下来，土地的产量相差360万石。所以说，要发展农业生产，最为关键的是提高人民耕种的积极性。因此，李克变法的主要目的就是要促进百姓的生产积极性，提高土地单位面积的粮食产量。那么，怎样才能提高百姓种粮的积极性呢？李克认为，西周初年开始实行的井田制已经不符合时代需要，必须要废除，要承认土地私有制，不仅要让新兴的地主阶级拥有土地，也要让农民拥有一定的土地。农民每年生产出来的粮食，除了上缴什一税外，剩下的都归自己所有。通过这样的改革，就可以大大地提高农民的生产积极性，充分开发土地潜能，发展农业生产。

但是，农业生产总是会遇上丰年或荒年。在收成好的时候，粮食产量增加，粮食就有可能卖不出去，或者只能低价卖出，从而影响农民种粮的积极性。而遇上了荒年，粮食产量下降，粮食价格就会上涨，城里的百姓就买不起粮食，又会影响到人民的生活。李克认为，粮食的价格无论是高还是低，都要伤害到其中的一方，所以，要想治理好国家，就得避免这两种情况的发生。李克受到一个叫白圭的商人启发，想到了解决的办法。白圭善于经商，他在交易中立于不败之地的法宝就是，在商品过剩，别人不需要时，他就低价买下来，到了商品缺乏，别人需要时，他再高价卖出去，简单地说就是低价买进，高价卖出。受此启发，李克采取的办法叫"平籴（dí）法"。"平籴法"规定每户农民收获的粮食中，除了交什一税和满足自己食用、消费外，多余的粮食由国家统一收购。李克把丰年分为上、中、下三等，荒年也分为上、中、下三等，丰年中国家按照相应的等级出钱买进一定数量的余粮，荒年中国家再按照相应的等级平价卖出一定数量的粮食。这样一来，无论丰年、荒年，粮食的价格都能保持基本稳定。通过这样的改革，魏国的农业生产力大大提高，粮库充盈，人民生活安稳富足。

成语释义

　　成语"人弃我取"的典故见于《史记·货殖列传》，主要讲的是战国初年，魏文侯任用李克实行变法，实行保护农民利益和发展农业生产的"平籴法"。原意是指商人在商品过剩滞销的时候低价收买，待涨价后卖出获利。后人多用来比喻不与别人争，仍然能获得好处。

《史记》原文选读

　　当①魏文侯时，李克务②尽地力③，而白圭乐④观⑤时变⑥，故人弃我取，人取我与⑦。

——《史记·货殖列传》

■ **注释：**

①当：在……时。

②务：致力于。

③尽地力：竭力开发土地资源。

④乐（yào）：善于。

⑤观：观察。

⑥时变：时势变化。

⑦与：通"予"，给予，此处意为出售。

历史解读

　　李克是战国初期魏国著名政治家，法家的重要代表人物，有些史籍上也称他为李悝。在担任魏文侯的国相时，李克主持变法，被视为中国变法之始，随后楚国吴起变法、秦国商鞅变法，都追随着李克的变法道路。李克变法在中国历史上产生了深远的影响。李克变法成功是魏国走上富强称雄之路的重要原因。对于李克这样一个重要人物，司马迁在《史记》中没有为他单独立传，只是在《史记·魏世家》《史记·货殖列传》和《史记·平准书》中零星提及，在《史记·平准书》中，司马迁认为："魏用李克，尽地力，为强君。自是之后，天下争于战国，贵诈力而贱仁义，先富有而后推让。故庶人之富者或累巨万，而贫者或不厌糟糠；有国强者或并群小以臣诸侯，而弱国或绝祀而灭世。"也就是说，司马迁认为战国时期就是从李克变法开始的。

　　李克主持变法，首先废除了世袭贵族特权，他提出，"夺淫民之禄以来四方之士""食有劳而禄有功"，按照功勋的大小来进行赏罚。这是中国历史上第一次对世袭的宗族制度发起的挑战。在经济上，他主张废除井田制，"尽地力之教"，强化土地私有制，用什一税来取代之前的井田制，提高农民的生产积极性。并且施行"平籴法"以防谷贵扰民、谷贱伤农，极大地促进了魏国农业生产的发展。

　　李克还汇集各国的刑典，著成《法经》一书，流传后世。先秦法家学说和中国传统法学都以《法经》为中国法律的奠基之作。

43 簪笔磬折

公元前 422 年，魏国国君魏文侯想找一个有才能的人去镇守邺地，因为邺地是魏国的陪都，非常重要，魏文侯一直找不到合适的人选，于是召来大臣翟璜商议。魏文侯说："我现在很担心邺地啊，听说那里年年遭水灾，你有没有合适的人选可以镇守邺地啊？"翟璜回答道："大王，我这里正好有一个人选，他叫西门豹，做事情很有谋略，大王可以派他去治理邺地。"于是，魏文侯就召见西门豹，任命他担任邺令。

西门豹来到邺地上任后，发现这里没有一点儿陪都的繁荣气象，而且人烟稀少，土地贫瘠。西门豹对此十分不解，于是把当地有名望的父老乡亲召集起来，询问情况。西门豹对他们说："我初来乍到，但你们都是当地的乡贤，大家有什么想法但说无妨！"几个老人面面相觑，大气都不敢出。西门豹见状，知道其中必有不可告人之事，于是说道："你们有什么隐情只管说出来，我给你们做主！"老人们见新邺令说话非常有底气，就你一言我一语地说了起来："您有所不知！这一切都是河伯娶亲引起的。"西门豹闻言，好奇地问道："这河伯娶亲是怎么回事？"一个看上去年纪最大的老者答道："这河伯是漳河的河神，我们这里一直流传着一个说法，河伯每年都要娶一个媳妇，如果不给他娶媳妇的话，河伯就会把农田和村子都淹了。所以村里的乡绅和县里的官员每年都要对老百姓额外征税，说是给河伯娶媳妇，这些乡绅和官员都发了财，却害苦了百姓，大家敢怒不敢言。"西门豹继续问："那新娘子从何而来？"那老者接着回答道："每年乡绅和巫婆都要到村中巡视，若见到谁家女儿长得漂亮，就说那姑娘是河伯的媳妇。然后他们就会放下聘礼，不由分说地把她带走。有钱的人家还可以用钱把他们的女儿赎回来，没钱的人家只好眼睁睁地让他们把女儿带走，百姓都求告无门啊。"西门豹压着火气问："那他们怎么把带走的女孩嫁给河伯呢？"老人接着回答："他们把女孩带走后，先给她沐浴熏香，换上新缝的丝绸衣服，然后把她送到河边的一所房子里，房子外面挂上红帘子，让女孩住在里面，每天沐浴、吃斋。

他们还宰牛、酿酒，举行仪式，看起来像真出嫁女儿一样。河伯娶媳妇的那天，他们在漳河边放一张芦席，装饰成出嫁女儿的床帷和枕席，然后把姑娘打扮一番，让她坐在芦席上。之后把芦席放进河里，芦席顺流而下，一开始还浮在水面上，漂了几十里后，就和姑娘一起沉到河里去了。这时巫婆就会出来说，是河伯把她娶走了。"说到这里，老人忍不住叹了口气，伤心地说："都是因为河伯娶亲，为了不把女儿献祭给河神，所有有女儿的人家，都带着女儿逃到了别的地方，所以这里的人口越来越少，地方也越来越穷。"西门豹想了一下，突然笑着说："这样吧，等河伯今年娶亲，我亲自去看看。"

到了河伯娶亲的日子，漳河两岸站满了人。西门豹带着十几个护卫也去了。村里的乡绅、县里的官员还有巫婆都赶过来迎接西门豹。巫婆已经70多岁了，身后跟着十几个穿得红绿相间、花枝招展的女徒弟。西门豹在河边坐下，立即下令："把新娘子带过来，让我看看她美不美，不美的话，河伯怎么能满意呢？"老巫婆连忙吩咐女弟子将新娘子从帐子里扶出来，带到西门豹面前。西门豹看着眼睛哭得红肿的新娘子，皱着眉说："这新娘长得这么丑，河伯一定不会满意的。请你去河伯那里通知一声，告诉他我们得再挑

一个，过几天再给他送去。"说完，他挥了挥手，两个侍卫走到老巫婆面前，不由分说地把她架了起来，"扑通"一声扔到河里，老巫婆在水里挣扎了几下，就沉到河里去了。过了一会儿，西门豹叹了口气，道："巫婆年纪大了，腿脚不灵便，这么久还没回来，不如让巫婆的徒弟去催催她。"于是两个侍卫又把老巫婆的徒弟抬起来，扔到了河里。过了一会儿，西门豹又说："这个弟子怎么这么久不回来？再派一个人去催催！"说着，又命人把一个弟子丢进河里，就这样，老巫婆的三个弟子都被他丢进了河里。过了一会儿，西门豹说："老巫婆和她的徒弟不靠谱，去了那么多人，却一个也不回来，还劳烦村里的乡绅去说一说！"村里的乡绅吓得腿软，磕头求饶，那侍卫也不理会，把他们直接丢入了河中。西门豹把羽毛插在帽冠上，以羽毛代笔备礼，弯下腰，作着揖，恭敬地面对着河水站着。过了很久，西门豹忽然扭头望着县里的官员，说："乡绅怎么去了这么久？再派谁去催催他们呢？"县里的官员吓得面如土色，瘫倒在地，不停磕头，脑袋都磕破了，不停求饶，

西门豹觉得时机差不多了，便大声对聚集在漳河两岸的所有人说道："河伯娶亲就是骗钱害人的把戏！以后谁再敢提这件事，我就把他扔到漳河里去见河伯！"从此，邺地再也没有发生过河伯娶亲的闹剧了。

后来，西门豹带领百姓兴修水利，修筑堤坝，疏通河道，漳河再也没有发生过洪水。西门豹还开凿了 12 条水渠，引漳河之水灌溉农田，邺地一下子变成了一个大粮仓，粮食连年丰收，百姓安居乐业。

成 语 释 义

　　成语"簪笔磬折"的典故见于《史记·滑稽列传》，主要讲的是西门豹治理邺地时，与巫婆和乡老斗智，揭穿河伯娶妇的骗局，改革除弊。簪笔，把羽毛装在簪头，长五寸，插在冠前，称之为笔，意指插笔备礼。磬折，弯腰如磬状，表示恭敬。古代插笔备礼，曲体作揖，以示恭敬。后人多用于形容礼仪完备而且态度恭敬。

簪 笔
磬 折

《史记》原文选读

　　即使吏卒共抱大巫妪投之河中。有顷[①]，曰："巫妪何久也？弟子趣[②]之！"复以弟子一人投河中。有顷，曰："弟子何久也？复使一人趣之！"复投一弟子河中。凡[③]投三弟子。西门豹曰："巫妪弟子是女子也，不能白[④]事，烦三老为入白之。"复投三老河中。**西门豹簪笔磐折，乡**[⑤]**河立待良久。**长老、吏傍观者皆惊恐。西门豹顾曰："巫妪、三老不来还，奈之何？"欲复使廷掾[⑥]与豪长者一人入趣之。皆叩头，叩头且破，额血流地，色如死灰。西门豹曰："诺，且留待之须臾[⑦]。"须臾，豹曰："廷掾起矣。状[⑧]河伯留客之久，若皆罢去归矣。"邺吏民大惊恐，从是以后，不敢复言为河伯娶妇。

　　　　　　　　　　　　　　　　　　　　——《史记·滑稽列传》

■　**注释：**

　　①有顷：过了一阵。

　　②趣（cù）：通"促"，催促。

　　③凡：总计。

　　④白：说明白。

　　⑤乡：向。

　　⑥廷掾：即官属。

　　⑦须臾：一会儿，一段时间。

　　⑧状：看来，表示推测。

历史解读

　　西门豹是战国时期魏国著名的政治家。西门豹治理邺城成效显著，他首先惩办了贪污腐败的地方官员和装神弄鬼的巫婆，颁布法令禁止"河伯娶亲"的迷信活动。然后，他又亲自率领百姓兴修水利，在漳河开掘了 12 道灌渠，引水灌溉，使大片荒芜之地变成农田。他还大力实行"寓兵于农、藏粮于民"的政策，很快就使邺城发展成为魏国的粮仓和边陲战略重镇。司马迁在《史记》中，浓墨重彩地记述了西门豹在邺城破除迷信、改革除弊、兴修水利的事迹，生动刻画了西门豹大智大勇、除暴安良的形象。

　　邺城，就是今天的河北省邯郸市临漳县，就这么一个小县在中国历史上却有着"六朝古都"的赫赫身世，先后有曹魏、后赵、冉魏、前燕、东魏、北齐六朝定都于此，在很长时间内都是黄河流域政治、经济、军事、文化中心。在西周初年，邺地属于卫国的统治范围。到了春秋时期，少数民族部落狄人开始穿过太行山，入侵邢国和卫国。后来，齐桓公率军击退了狄人的进攻，重新安置了卫国和邢国。为了防备狄人的再次入侵，齐桓公在漳水沿线修筑五城，其中一座就是邺城。后来，晋国逐渐强大起来，几乎灭掉了狄人部落，邺城也落入了晋国手中。春秋末期，邺城成为魏文侯的封地，战国时期，韩、赵、魏三家分晋，邺城就归属于魏国。从地理位置上看，邺城位于魏国、赵国、齐国三个大国的交汇地带，是魏国的东北门户，战略地位非常重要，可谓兵家必争之地。所以魏文侯把邺城定为陪都，派西门豹镇守，精心经营。西门豹治理好邺城，也就是稳定了魏国北部边境。

44 舟中敌国

　　战国初年，魏文侯励精图治，礼贤下士，一批非常有才能的文臣武将聚集在他身边，帮助他变法图强，开疆拓土。除了李克、翟璜、西门豹之外，还有一位声名显赫的将军，名叫吴起。

　　吴起是卫国人，年轻的时候家境富裕，他周游列国，却没有混个一官半职，整日舞枪弄棒，同乡的人都讥笑他不务正业。吴起一怒之下杀死了嘲笑他的 30 多人，为了躲避官府的追捕，只好背井离乡，逃出了卫国。在与母亲告别之时，吴起狠狠咬掉手臂上的一块肉，发誓说："我要是不当上大官，决不再回卫国！"吴起逃到了鲁国，拜孔子得意门生曾子的儿子曾申为师，一改顽劣的习性，刻苦学习儒家学术，日夜苦读圣贤书。有一次，齐国的大夫田居出使鲁国，偶然遇见了吴起，两人促膝交谈之后，田居非常赏识他的才学，就把女儿嫁给他为妻。过了不久，吴起的母亲去世了，家乡来人通知他回去为母奔丧，吴起心中非常难过，难以抑制心中的悲痛，痛哭起来，但是又想起了当年在母亲面前立下的誓言，就立刻擦干眼泪，继续埋头苦读，没有回卫国安葬母亲。要知道吴起的老师曾申可是以孝道闻名于世的，他看到吴起如此不孝，认为他品德很差，立即把他赶出师门，和他断绝了师徒关系。当时各国之间的兼并战争愈演愈烈，吴起看到这种情况，就放弃学习儒家学术，改学兵法。经过三年的刻苦学习，终于学有所成，鲁国国君任命他为大将。

　　有一次，齐国和鲁国交战，鲁国国君想任命吴起为将军，让吴起带兵出战，但是他知道吴起的妻子是齐国人，他怕吴起和齐国扯上关系，所以一时犹豫不决。吴起一心想扬名立万，知道原因后，他回家提刀杀死妻子，然后将妻子的头颅献给了鲁国国君，表示他已与齐国一刀两断，与齐国再无关系。鲁国国君大为震惊，只好任命吴起为鲁国军队的统帅。吴起治军严谨，能与士卒患难与共，士兵们都愿意服从他的命令。吴起用计使齐国军队放松了警惕，然后突然发动袭击，大获全胜。吴起虽然凯旋，但鲁国人非常厌恶他的为人，甚至有些大臣开始在鲁国国君面前诋毁他说："陛下，吴起这一战虽然打胜了，但也不能重用他啊！听说他不孝，母亲死后也不回去参加葬礼，还杀妻为官，此人人品实在是太卑劣了。再说了，我们鲁国只是一个小国，如今却打败了齐国，其他诸侯国害怕了，必定会联手对付我们；况且鲁国与卫国本是兄弟国家，如今鲁国重用卫国的逃犯吴起，也不好向卫国交代啊！"鲁国国君闻言，觉得有道理，就下令罢了吴起的官，剥夺了他的兵权。

就在这个时候，心里懊恼的吴起听说魏文侯正四处求贤，于是前去投奔。魏文侯也听闻了吴起在鲁国"杀妻求将"的事，见了吴起之后，心中举棋不定。于是，他就问大夫李克："吴起是有将才，但是他在鲁国干的事令天下人不

齿，你看吴起这个人能不能用啊？"李克回答说："大王，吴起虽然既贪财又好色，为了当官连自己的妻子都杀了。但是，这个人非常会用兵打仗，就算齐国名将司马穰苴（ráng jū）在世也比不上他。我觉得现在正是用人之际，大王可以收留他。"于是，魏文侯便任命吴起为将，率军攻打秦国。吴起率军大败秦军，攻取了秦国河西地区。魏文侯非常高兴，在那里设置了西河郡，并任命吴起为西河郡守。吴起镇守西河长达 27 年，威震天下。

魏文侯死后，吴起继续辅佐魏武侯。有一次，魏武侯渡过黄河去视察西河郡，吴起在一旁侍卫。船行到河流中间的时候，魏武侯站在船头眺望，突然转过头对吴起说："你看，寡人的江山固若金汤啊！"吴起回答说："大王，一个国家的稳固，在于施行仁政，而不在于地理形势的险要。如果您不施德政，就算今天与您同乘一条船的人，以后也都会变成您的敌人啊！"魏武侯听完，若有所思地说："是这个道理，你讲得很好。"从此，魏武侯越来越信任吴起，吴起慢慢地开始居功自傲。后来，魏武侯任命田文做国相，吴起非常不满，放言说："没有想到田文竟然当上了国相，我吴起哪一点比不上他？"有一次，吴起遇见田文，就拉住他，非要比一比。吴起嚷嚷着："我统率三军，治军严明，士兵甘心为国死战；我充实府库的储备，百姓安居乐业；我据守西河，威震天下诸侯。你看看，哪一条你能比得上我？凭什么你能做国相？"田文谦卑地说："您说的这些，我都不如您。可是，现在新君刚即位，年纪尚轻，

大臣不安心，百姓不信任，您说这种情况下，是应当把国家政事托付给您呢，还是托付给我呢？"吴起听完，沉默了许久，然后说："的确应该托付给您啊。"吴起这才自知自己的德行比不上田文。

　　田文去世之后，公叔接着担任国相，而且还娶了魏武侯的女儿，顿时耀武扬威起来，可是他却非常忌惮吴起。一天，公叔身边的一个仆人见他愁眉不展，问道："您有什么烦心事啊？"公叔没好气地说："还不是那个吴起跟我作对啊！"仆人听了，顿了顿接着说："您不用烦心，要想把吴起赶走也不难。"公叔连忙问："你有什么好办法？"那个仆人回答："我听说，吴起这个人有骨气，而且又爱惜自己的名声。您照我说的去做，吴起肯定不赶自走。"接着，仆人附在公叔的耳边一阵嘀咕，公叔听完不禁眉开眼笑，击掌叫好。第二天，公叔就进宫对魏武侯说："吴起是个有才能的人，而我们魏国国小势弱，我担心吴起没有长期留在魏国的打算啊，您还是要早做打算。"魏武侯听了，一想也对，就问道："那该怎么办呢？"公叔就趁机对魏武侯说："您不妨试探他一下。您可以把公主下嫁给吴起，如果吴起想长期留在魏国的话，就一定会答应娶公主，否则就一定会推辞。用这个办法就能推断出吴起的意图了。"魏武侯觉得这是个好办法，决定找个适当的机会提出这门亲事。公叔从宫中出来，就在家中设宴招待吴起。席间，公叔故意让公主发怒，当面鄙视自己。吴起见公主这样蔑视堂堂国相，心中愤愤不平。过了几日，魏武侯召吴起进宫，当面跟他提起联姻之事，吴起脑中顿时出现公叔被羞辱的场景，果然婉言谢绝了魏武侯。魏武侯心中一惊："国相说得没错，这个吴起看来有二心，不愿意长期为我效力啊。"从此就开始怀疑吴起，不再重用他。吴起也怕因此招来灾祸，只好离开魏国，到楚国去了。

成语释义

成语"舟中敌国"的典故见于《史记·孙子吴起列传》，主要讲的是魏国名将吴起劝说魏武侯"国家政权的稳固，在于施行德政，而不在于地理形势的险要"。原意是指一同乘船的人都有可能成为敌人。后人多用来比喻遭到众人反对，众叛亲离的形势。

《史记》原文选读

　　魏文侯既卒，起①事其子武侯。武侯浮西河而下②，中流③，顾④而谓吴起曰："美哉乎山河之固，此魏国之宝也！"起对曰："在德不在险⑤。昔三苗氏左洞庭，右彭蠡，德义不修⑥，禹灭之。夏桀之居，左河济，右泰华，伊阙在其南，羊肠在其北，修政不仁⑦，汤放⑧之。殷纣之国，左孟门，右太行，常山在其北，大河经其南，修政不德，武王杀之。**由此观之，在德不在险。若君不修德，舟中之人尽为敌国也**⑨。"武侯曰："善⑩。"

——《史记·孙子吴起列传》

注释：

　　①起：吴起。

　　②浮西河而下：从西河泛舟，顺流而下。浮，泛舟。

　　③中流：水流的中央。

　　④顾：回头看。

　　⑤在德不在险：国家政权稳固，在于施德于民，不在于地理形势险要。

　　⑥修：美好，美化。

　　⑦修政不仁：治理政事不仁义。

　　⑧放：放逐。

　　⑨舟中之人尽为敌国也：同舟共济的人都将变成敌人。敌国，指敌国之人，仇敌。

　　⑩善：表示应诺。对，好。

历史解读

　　吴起是战国初期著名的军事家、政治家和改革家，也是中国历史上兵家代表人物之一。司马迁在《史记》中将其与春秋时期的著名军事家孙武并列，作《孙子吴起列传》，可见司马迁对其在军事上的成就和他的军事思想多有推崇。

　　吴起早年拜孔子得意门生曾子的儿子曾申为师，研学儒术，后弃儒学兵。司马迁在《孙子吴起列传》中记载："尝学于曾子。"据历史学家考证，孔子的门徒曾参在公元前435年左右已经去世，不可能给在公元前440年左右出生的吴起传授儒学。南宋著名学者王应麟认为"左丘明授曾申，申授吴起"。所以说，吴起的老师应该是曾申，而不是曾参。而曾申是曾参的儿子，也在孔子门下。

　　战国初期，魏国与秦国为争夺关中河西地区战争不断。魏国攻占全部河西地区后，在此设立西河郡，吴起为首任西河郡守。魏国之所以能够在军事上击败秦国，主要应归功于吴起改革兵制，创立武卒制。

吴起首先将春秋时代遗留下来的动员兵制改革为募兵制，开始实行兵农分离的政策。同时，将专业化的士兵作为魏国军队的基础，逐渐替代了战时临时动员的士兵。所以，在战国初期，魏国军队的战斗力大大超越了其他诸侯国，傲视群雄。吴起的军事思想集中体现在他的兵书《吴子兵法》中。吴起认为应该把政治和军事结合起来，对内全面实施德政，对外做足军事准备，两者兼备，不可偏废。吴起还依据战争的起因，把战争分为义兵、强兵、刚兵、暴兵、逆兵等不同性质，认为应该慎重对待战争，反对穷兵黩武，反对发动不义之战。

魏武侯听信谗言，逼走吴起，这是魏国由盛转衰的转折点。而吴起到了楚国之后，辅佐楚悼王变法，楚国逐渐强盛起来。

45 明法审令

　　吴起在魏国战功赫赫，在诸侯国中也名望很高。他出走到楚国的消息不胫而走，很快就传到了楚悼王的耳中。楚悼王早就听说了吴起的名声，知道他有才能，想不到，这样的人才竟然到了自己的国家。于是，楚悼王赶紧派人找到躲藏起来的吴起，将他召进宫中，以礼相待。吴起走进宫中，楚悼王老远就迎了上来，激动地拉着他的手说："您能来我们楚国，是我们楚国的福分啊。"吴起躬身拜见楚王，答道："大王，我只不过是一位逃亡的臣子而已，您能收留我，我就心满意足了。"楚悼王摆上酒席，与吴起促膝探讨治国之道，吴起在魏国亲眼看见过李克变法，自然说得头头是道，楚悼王连连点头称是。楚悼王决定重用吴起，先是任命吴起做宛城太守，负责楚国北方边境的整体防御。过了一年，又将吴起直接提拔为令尹，负责整个变法工作，让他对楚国的政治、法律、军事等实行改革。

　　吴起担任楚国令尹之后，丝毫不含糊，立即大刀阔斧地开始筹备变法。吴起总结了李克在魏国变法的经验，为确立法治的权威性，吴起还想出一个"倚车辕"的办法，就是在官门外立一车辕，有能够搬动的予以奖赏。树立了威信之后，吴起又认真考察，然后向楚悼王提出了几条具体的变法内容。首先，学习李克在魏国的做法，借鉴李克的《法经》，制定法律，并且向官员和百姓公布，令出必行。接着，吴起又考察官员，发现很多机构都是人浮于事，官员中饱私囊，国家的财政支出大部分都被消耗在这些官员的薪俸上了。于是，吴起向楚悼王建言，裁撤闲散官员，削减官员俸禄，纠正官场上中饱私囊的风气。整顿了官场之后，吴起又把变法的重拳砸向了那些豪门贵族，他不顾王室贵族的反对，在楚悼王的支持下，取消了贵族的世袭爵禄，将贵族安置到地广人稀的地方，让他们去充实人口，发展生产。

吴起采取这些变法措施之后，将裁撤下来的官员的行政费用和废除的世袭贵族的爵禄统统用到了练兵强军上。楚国的军事实力短时间内大大增强。各诸侯国看到楚国在吴起的改革下，实力越来越强大，忧虑不已，都想除掉吴起。不仅如此，楚国国内那些利益受损的官僚集团和王公贵族也对吴起恨之入骨，也都想把他除之而后快。

公元前381年，就在吴起大显身手的时候，他的坚定支持者楚悼王不幸逝世了。吴起在楚国失去了靠山，楚国的官僚集团和贵族抓住这个机会，阴谋发动了一场暴乱。一天，吴起像往常一样乘着马车上朝。刚到王宫门口，一群王公大臣突然带着家丁冲了过来，大喊着："杀了他，杀了他！"吴起只能跳下马车，往宫里逃去。可是，那些人紧追不舍，杀进了王宫。吴起无路可逃，只好躲进了停放楚悼王棺椁的大殿，趴伏在楚悼王的尸体上，想躲过一劫。可是追赶他的人进入了大殿，上百支箭同时向他射来，一部分射入了他的后背，一部分射在了楚悼王的尸体上。吴起挣扎了几下，就没了气息。

刚刚即位的楚肃王把楚悼王的尸体安葬之后，立刻下令让令尹处理这次暴动。根据楚国的法令，凡是射中楚悼王尸体的人，一律灭族。为此被灭族的王公大臣，竟然达70多家。此事因吴起而发，所以令尹最后下令将吴起的尸体车裂肢解。一代名将，就此陨落！

成 语 释 义

　　成语"明法审令"的典故见于《史记·孙子吴起列传》，主要讲的是吴起从魏国逃到楚国后，帮助楚悼王变法，改革内政，加强军事实力，称霸中原。后人多用来比喻谨慎发布命令，避免出现差错，让人明白法令，谨慎遵守。

《史记》原文选读

楚悼王素闻①吴起贤，至则相楚②。**明法审令③**，捐不急之官④，废公族疏远者⑤，以抚养战斗之士。要⑥在强兵⑦，破驰说之言从横者⑧。于是南平百越；北并陈蔡，却⑨三晋；西伐秦。诸侯患楚之强。

故楚之贵戚⑩尽欲害吴起。及悼王死，宗室⑪大臣作乱而攻吴起，吴起走⑫之王尸而伏⑬之。击起之徒因射刺吴起，并中⑭悼王。悼王既葬，太子立，乃使令尹尽诛射吴起而并中王尸者。坐⑮射起而夷宗⑯死者七十余家。

——《史记·孙子吴起列传》

■ 注释：

①素闻：一向听说。

②相楚：成为楚国国相，此处指成为楚国令尹。

③明法：使法规严明。审令：审察政令。审，确也。

④捐不急之官：裁减不必需的官员。捐，弃置。

⑤废公族疏远者：废除关系疏远的宗族的爵禄。废，停止。

⑥要：致力于。

⑦强兵：强盛军队。

⑧破：揭穿，打破。驰说：游说。从横：即纵横，齐、楚、赵、韩、魏、燕六国形成南北的纵线联合，以抵抗秦国，叫合纵；秦国为与合纵的六国相抗，自西向东与其他诸侯国结交，形成横向联合。

⑨却：打退。

⑩故楚之贵戚：指楚国被吴起废除爵禄的疏远王族。

⑪宗室：同一宗族的贵族。

⑫走：逃跑。

⑬伏：趴在。

⑭中：打中。

⑮坐：因犯……罪。

⑯夷宗：灭族。夷，灭尽。

历史解读

　　李克变法后，魏国国力开始增强，特别是名将吴起攻取河西地区后，魏国迅速成为战国初期的第一强国。但是偏居于南方的楚国却长期受到中原地区各大诸侯国的攻击，损失惨重，失去了大片领土，完全失去了"春秋五霸"的气势。楚悼王在位时期，楚国的处境越来越艰难。楚悼王是一个野心勃勃的君主，他希望能进行一次像魏国那样的改革，以重振国力。吴起在魏国遭受排挤，跑到了楚国，正好为楚悼王带来了这样一个改革的机会。

　　从吴起的改革措施中，我们不难看出，吴起变法的核心思想是废除冗官，降低行政成本，废除旧贵族的特权和世袭爵禄，用于训练士兵，保证军队给

养。这种改革措施确实可以在短时间内迅速增强楚国的军事实力，但是改革并没有触及楚国内部的结构性和制度性的弊病，不能让楚国进入国富民强的良性循环。另外，我们从楚悼王之死、王公大臣的反击可以看出，吴起变法最重要的内容还是在军事方面，虽然沿袭了武卒制的练兵方法，但没有吸取李克变法的精髓，没有建立起军功爵制度，导致整个变法中没有新的阶级势力兴起，也没有进行经济层面上的根本性改革，没有打破旧有的利益集团，扶持新兴的阶级势力来与旧贵族进行抗衡，所以很容易就遭到了旧贵族的反攻。吴起变法之所以昙花一现，还有一个原因就是变法的时间太短，总共只有六年时间，楚悼王就英年早逝。

最后，有人不免要问，为什么吴起要伏在楚悼王的尸体上？后来楚肃王又为什么要将射中楚悼王尸体的人全部灭族？实际上，根据楚国的法律，凡是伤害楚王尸体的人，都要诛灭"三族"。吴起熟悉楚国的法律，知道自己难逃一死，所以想拉上贵族一起去死。这是他一生中，最后一次运用谋略，虽然没能保护自己，却借楚肃王之手，彻底摧毁了楚国的世袭贵族体系，加快了楚国贵族政治向官僚政治的转化。

46 讳疾忌医

　　战国时期，出了一位著名的神医，名字叫作秦越人，民间称其为扁鹊。"扁鹊"在中国古代传说中是一种能为人解除病痛的神鸟。因为秦越人的医术高超，能妙手回春，起死回生，所以老百姓都尊称他为"扁鹊"。扁鹊云游各国，为君王将相看病，也为老百姓除疾，因此名扬天下。

　　扁鹊年轻的时候，并不是学医的，而是在一家旅店当主管，招呼南来北往的旅客，也有缘结识了不少人。有一位名叫长桑君的老人，经常住在旅店里。因为他其貌不扬，看上去也不像个有钱人，所以旅店的伙计都不把他当回事，只有扁鹊看出他是一位不寻常的客人，十几年如一日，一直恭恭敬敬地接待他，热情周到地服侍他。扁鹊诚恳的服务态度终于感动了长桑君。有一天，长桑君又来住店，扁鹊一如既往地像招待贵宾一样招待他。长桑君临走之前，把扁鹊叫到房间里，从怀中摸出一帖包好的药粉，感激地说："非常感谢你这么多年的款待，我有个秘藏的药方，我年老了，想传给你，你千万不要泄露出去。这包药你收下，切记要用早上没有落地的露水和着药粉吃下去，30 天之后，你就能看透人的五脏六腑，成为一代名医。"扁鹊拜谢，双手恭敬地接过这包药，藏在怀里。长桑君满意地告辞

而去，从此再也没有出现过。

扁鹊将信将疑，按照长桑君交代的方法服药，30天后，扁鹊一早睁开眼，突然看见了隔壁厨房里忙碌的伙计，扁鹊心中惊喜：原来真有这样的神药，看来那位老者还真是位神人。扁鹊在给人看病的时候，能够非常清楚地看到病人身体内五脏六腑的情况，从那时开始，扁鹊就离开旅店，悬壶行医，奔走各国，为百姓诊脉治病。

有一次，扁鹊路过齐国。齐桓侯早就仰慕他的高超医术，想见见这位鼎鼎有名的神医，所以马上派人把扁鹊接进宫中，要热情地款待他。扁鹊在宫廷侍卫的引领下走进宫廷拜见齐桓侯，他在齐桓侯面前站了片刻，仔细地看了看，对齐桓侯说："大王，请恕我直言，您病了，还好现在只是在表层，不是太严重，不过如果不及时医治的话，恐怕会越来越严重。"齐桓侯一听，心中有些不快，心想：我想好好招待你，你却说我有病。齐桓侯摇摇头说道："寡人没病，身体好着呢。"扁鹊拜谢告退，齐桓侯看着身边的大臣们，冷笑着说："都说他是名医，我看也不过如此嘛，就喜欢挑别人的毛病，人家明明没有病，他偏说你有病，好像只有这样才能显示他的医术高明似的，真是太可笑了。"

过了五天，扁鹊又去拜见齐桓侯。扁鹊来到齐桓侯面前，仔细端详他的脸色，满心忧虑地说："大王，还请听小人一句话，您的病现在已经发展到血脉里面去了，再不医治的话，会更加严重的。"齐桓侯听了非常不高兴，扭过头去，愤愤地说："你不要再说了，我有没有病难道自己不清楚吗？你退下吧。"扁鹊没办法，只好退了出来。

又过了五天，扁鹊再去见齐桓侯。这次，扁鹊一见齐桓侯的面就大惊失色，赶紧对齐桓侯说："大王，您的病已经深入到肠胃里面去了，千万不能再拖延下去了，要是再不医治的话，恐怕有生命危险啊。"齐桓侯听后，气得脸色大变，干脆不再理会扁鹊，把他晾在一边，扁鹊只好摇头叹气地走了。

又过了五天，扁鹊又去见齐桓侯。这次，扁鹊一见齐桓侯的面，二话不说，急忙转身走了。齐桓侯觉得奇怪，就派人把他追回来，问道："为什么这次你一句话不说就走呢？"扁鹊痛心地说："大王啊，病在皮肤表层的时候，用药膏一热敷，就可治好；病在血脉里的时候，扎扎针灸，就可治好；病在肠胃里的时候，饮几服药酒，也可治好；但是等病在骨髓里的时候，就算是天上的神仙下凡也难办了。现在，您的病已深入骨髓，就是您现在想医治，我也没办法了。"齐桓侯听了，依然不信，挥了挥手，让人把扁鹊送走了。

可是，又过了五天，齐桓侯突然浑身疼痛，一病不起了。他赶忙派人去找扁鹊给自己治病，但是已经晚了，扁鹊知道齐桓侯的病无法医治，早已整理行装，逃到秦国去了。齐桓侯躺在病榻上，后悔不已，最后病死了。

成语释义

成语"讳疾忌医"的典故见于《史记·扁鹊仓公列传》，主要讲的是战国时期名医扁鹊见到齐桓侯，告知其身体有病，但是齐桓侯不承认自己生病了，更不愿医治，最后小病拖成重病，不治身亡。后人多用来比喻怕受到别人的批评而掩饰自己的缺点或不承认自己犯的错误。

《史记》原文选读

　　扁鹊过①齐，齐桓侯客②之。入朝见，曰："**君有疾在腠理③，不治将深。**"桓侯曰："**寡人无疾。**"扁鹊出，桓侯谓左右曰："医之好利④也，欲以不疾者⑤为功。"后五日，扁鹊复见，曰："君有疾在血脉，不治恐深。"桓侯曰："寡人无疾。"扁鹊出，桓侯不悦。后五日，扁鹊复见，曰："君有疾在肠胃间，不治将深。"桓侯不应⑥。扁鹊出，桓侯不悦。后五日，扁鹊复见，望见桓侯而退走⑦。桓侯使人问其故⑧。扁鹊曰："疾之居腠理也，汤熨之所及也；在血脉，针石之所及也；其在肠胃，酒醪⑨之所及也；其在骨髓，虽⑩司命⑪无奈之何。今在骨髓，臣是以无请⑫也。"后五日，桓侯体病⑬，使人召扁鹊，扁鹊已逃去。桓侯遂⑭死。

——《史记·扁鹊仓公列传》

■ **注释**

①过：经过。

②客：邀请做客。

③腠（còu）理：中医指皮下肌肉间的空隙和皮肤纹理，这里指皮肤和肌肉之间。

④好利：想要好处。

⑤不疾者：没有病的人。

⑥不应：不理睬。

⑦退走：后退跑开。走，跑。

⑧故：原因。

⑨酒醪：浊酒，这里指药酒。

⑩虽：即使。

⑪司命：传说掌管人生命的神。

⑫请：请求。

⑬体病：身体得了重病。

⑭遂：于是。

历史解读

扁鹊是中国古代一位医术高明的神医。据说，他在诊察病症的时候，运用了中国传统医学的古老诊疗方法——四诊法，即望、闻、问、切。从扁鹊给齐桓侯看病的细节中，我们可以了解到，扁鹊善于望色，通过望色来判断病征和病程的发展。扁鹊奠定了中国传统医学诊断法的基础，被后世医家尊奉为医祖。司马迁也称赞他说："扁鹊言医，为方者宗。守数精明，后世循序，弗能易也。"

司马迁还在《史记·扁鹊仓公列传》中记载，扁鹊在济世救人时，擅长根据不同地方的不同风俗和病人的性别、年龄及不同的病症，不断调整自己的诊疗方法。比如说，扁鹊到了赵国国都邯郸，听说当地人尊重和关心女性，就着重看妇科，给妇女治病；到了周朝国都洛阳，听说当地人敬爱老人，便重点看眼耳鼻科和痹症科，多给老年人看病；到了秦国国都咸阳，听说秦国人喜爱和呵护小孩，便主要看儿科，给小孩子看病。这就是所谓的"随俗为变"，扁鹊可以算得上是中国历史上最早的"全科医生"。

扁鹊之所以被奉为医家之祖，不仅在于他高明的医术，而且在于他在医学理论上的卓越建树，更为重要的是，他还是把医学从巫术中分离出来的标志性人物。扁鹊最早提倡"六不治"，其中就明确提出"信巫不信医不治"，在中国医学史上，首次把医学独立出来。根据《汉书·艺文志》记载，在医经七家中，有《扁鹊内经》九卷、《扁鹊外经》十二卷。另外还有《泰始黄帝扁鹊俞拊方》二十三卷。可惜都已经散佚，没有流传下来。现存的古代医学典籍中，被列为四大经典之一的《难经》，旧题为"秦越人撰"，后经学者考证，怀疑是后人假托其名而作。

47 邹忌论琴

公元前 357 年，齐国的齐桓侯田午因不听神医扁鹊的劝告，讳疾忌医，最后病重逝世。他的儿子田因齐登位，历史上称齐威王。说到齐威王，不晓得大家是不是还记得前面我们讲过的楚庄王一鸣惊人的故事，齐威王有春秋时期楚庄王的风范。齐威王特别痴迷弹琴，登上王位之后，终日沉迷于弹琴作乐，经常在后宫内奏琴，自得其乐，不理朝政。人家楚庄王是三年不飞，他可好，就这样浑浑噩噩，一晃就是九年。齐国国政衰败，国力衰弱，百姓怨声载道。周边的国家接连出兵侵犯齐国，齐国的军队也是连吃败仗。眼看齐国就要灭亡了，大臣们纷纷劝谏，可是齐威王不仅不听，还关闭宫门，不让大臣进谏。

当时，齐国有个名叫邹忌的人，是一位技艺超群的琴师，善于演奏古琴。有一天，邹忌走到王宫门口，对站在两边的守卫们说："听说大王喜欢弹琴，我特地前来拜见，为大王抚琴一曲。"守卫们赶忙入内禀报齐威王，齐威王一听有琴师来切磋技艺，当然非常高兴，立即召邹忌进宫，把他安顿在自己寝宫旁边的宫室里，准备好好与他切磋琴艺。

邹忌进宫没有多久，就听见齐威王在弹琴。邹忌走到齐威王的寝宫外面，静静地听完一曲后，不禁连连击掌，高声称赞道："好琴艺呀！大王真是弹得一手好琴啊……"邹忌称赞声刚落，齐威王突然面露不悦之色，一把推开古琴，手按在佩剑上，连声问道："你只不过听到我弹琴而已，根本没有好好地仔细观察，怎么就知道我的琴艺好呢？又好在哪里呢？"邹忌见状，连忙躬身一拜道："大王少安毋躁，且听我仔细道来。大王用大弦弹出来的声音十分宽缓庄重，仿佛是一位明君的形象；大王用小弦弹出来的声音节奏明快，仿佛是一位贤相的形象；大王钩拨琴弦的指法十分精湛纯熟，弹出来的音符都十分和谐动听，该深沉的深沉，该舒展的舒展，就像一个国家的政令一样宽严有度；大王的琴声既灵活多变，又相互协调，就仿佛天地四时运行有序。听到这么悦耳动人的琴声，怎么能不令我击掌叫好呢！"齐威王听了，脸上浮现出喜悦之色，对邹忌说："你果然深谙音乐之道啊。"邹忌接着说道："大王，这里面除了弹琴的技艺和乐理之道外，还蕴含着深刻的治国理政的道理呢。"齐威王一听，收起了脸上的笑容，一本正经地说："我知道你精通乐理，谈音乐我是谈不过你。但是，你跟我谈什么治国之道，就有点太离谱了吧。"邹忌上前拱手行礼，答道："大王，其实弹琴和治理国家一样，必须专心致志。别小看这七根琴弦，就好比君臣之道。大弦弹出来的音宛如春风浩荡，好比君主；小弦弹出来的音仿佛山涧溪水，好比臣子。弹琴的时候，要弹哪根弦就认真地去弹，不应当弹的弦就不要去弹，只有七根琴

弦配合默契，才能弹奏出一支动听的乐曲，这就像是君臣各尽其职，才能政通人和。所以说，通过聆听琴声，就能知晓国家治理的情况。大王，弹琴和治国的道理是一样的呀！"

齐威王说："你说的乐理和治国的道理真是说到我的心坎里了，可是光知道弹琴的乐理是不够的，必须懂得辨识琴音才行，就请你试弹一曲吧。"于是，邹忌就坐在古琴前面，两手轻轻地在琴上摆动，只摆出一副弹琴的架势，却并没真的去弹。齐威王见状，以为邹忌是在戏弄自己，便恼怒斥责道："你为何只摆个空架子不去真的弹琴呢？难道你想欺君不成？"邹忌不慌不忙地答道："臣以弹琴为生，当然要认真学习和研究弹琴的技法。可是大王是以治理国家为要务的，怎么可以不好好治理朝政呢？这就和我刚才摆着架势，抚琴不弹一样。抚琴不弹，就没有动听的音乐，无法使您心情舒畅；您有重要的国家事务却不去处理，同样也就不会使老百姓满意。这个道理，还请大王三思啊。"

齐威王听后，沉思片刻，最后若有所思地说："你说得好啊！说得好啊！"

于是，拜邹忌为国相，从此开始励精图治，齐国的实力也开始越来越强了。

成语释义

成语"邹忌论琴"的典故见于《史记·田敬仲完世家》，主要讲的是齐威王即位后沉迷于弹琴奏乐，不理国政。邹忌借着讨论乐理的机会，劝谏齐威王重振朝纲，勤政爱民。后人多用来劝谕君王在其位要谋其政。

《史记》原文选读

驺忌子以鼓琴见威王，威王说①而舍②之右室。须臾，王鼓琴，驺忌子推户③入曰："善④哉鼓琴！"王勃然⑤不说，去琴按剑曰："夫子见容未察⑥，何以知其善也？"驺忌子曰："夫大弦浊⑦以⑧春温者，君也；小弦廉折⑨以清者，相也；攫⑩之深，醳⑪之愉⑫者，政令也；钧谐⑬以鸣，大小相益⑭，回邪⑮而不相害⑯者，四时也：吾是以知其善也。"王曰："善语音。"驺忌子曰："**何独语音，夫治国家而弭⑰人民皆在其中。**"王又勃然不说曰："若夫语五音⑱之纪⑲，信未有如夫子者也。若夫治国家而弭人民，又何为乎丝桐⑳之间？"驺忌子曰："夫大弦浊以春温者，君也；小弦廉折以清者，相也；攫之深而舍之愉者，政令也；钧谐以鸣，大小相益，回邪而不相害者，四时也。夫复而不乱者，所以治昌也；连而径㉑者，所以存亡㉒也：故曰琴音调而天下治。夫治国家而弭人民者，无若乎五音者。"王曰："善。"

——《史记·田敬仲完世家》

■ 注释：

①说（yuè）：喜悦。

②舍：安排住所。

③户：单扇门。在古代，一扇为户，两扇为门。泛指门。

④善：美好。表夸赞。

⑤勃然：突然。

⑥见容未察：只是看见我的样子，还没仔细察看。容，容貌。

⑦浊：形容琴声宽缓。

⑧以：而。

⑨廉折：形容乐声高亢。

⑩攫：抓取，这里指古琴弹奏的指法。

⑪醳（shì）：通"释"，放开，这里指用手指向外拨弦。

⑫愉：舒缓，舒适。

⑬钧谐：均衡，和谐。

⑭相益：互相补充，互相增色。

⑮回邪：曲折。

⑯害：妨害。

⑰弭：安定，安抚。

⑱五音：古代音乐以宫、商、角、徵、羽为五音，这里是音乐的代称。

⑲纪：法则。

⑳丝桐：指古琴。古琴的琴体多用桐木制成，琴弦用丝，故称。

㉑连而径：连贯而流畅。

㉒存亡：指局面稳定。

历史解读

　　到了战国时期，齐国的君主改姓了，不再是春秋时期的姜氏了，而是改成了田氏。这就要提到一个著名的历史事件——田氏代齐。公元前 391 年，齐国大臣田和自立为国君，称为齐太公，他把姜齐的末代国君齐康公赶到海岛上，留给他一座城池作为食邑，供奉姜齐的宗庙。到了公元前 386 年，在魏文侯等诸侯的支持下，周安王不得不正式册封田和为齐侯。田和依旧沿用齐国的名号，在历史上称为田齐。"田氏代齐"和"三家分晋"，实际上都是臣子弑君自立，然后接受周天子册封成为合法的诸侯。这也就意味着，周朝初年确立的宗法制度和分封制已经瓦解，诸侯的身份实际上不再由周天子决定。只要有实力，就可以不遵王道。

　　齐威王继承了父亲齐桓侯的君位，那为什么没有继承父亲的爵位称侯而称王呢？这是因为"徐州相王"的缘故。公元前334年魏惠王和齐威王在徐州会盟，互相承认对方为王。从此以后，各诸侯国更加无视周王室的权威，纷纷僭越称王。所以，到了战国中后期，很多诸侯国君主的谥号都是某某王，而之前的谥号都是某某公、某某侯。这正是孔子所悲叹的"礼崩乐坏"。

　　齐威王在位时期，齐国卿大夫专权，朝政混乱不堪，国势日渐衰弱。后来，齐威王任用邹忌为相，大刀阔斧地进行政治改革，选贤任能，国力逐渐恢复，开始成为七雄中的东方领袖。齐威王礼贤下士，在国都临淄的稷门外修建稷下学宫，招揽天下贤士前来讲学，一时名士云集，还成为当时的学术文化中心，影响深远。

48 田忌赛马

　　战国时期，诸侯混战，许多军事家都想在这个舞台上一展身手。齐国出了一位著名的军事家，名字叫孙膑，他出身武学世家，据说是孙武的后代。孙膑虽然出身显赫，但是命运多舛。早年，孙膑曾与庞涓一起拜在隐士鬼谷子门下学习兵法。庞涓学成出山后，到了魏国，受到魏惠王的赏识，官拜大将军。但是，庞涓知道自己的同窗好友孙膑的才略更为出类拔萃，生怕孙膑将来会抢了自己的位子，于是妒火中烧，心生毒计，私下里秘密地派人把孙膑骗到了魏国。孙膑不知是计，辞别师父，下山前往魏国，想大展自己的才华。谁知道，孙膑前脚刚到魏国，庞涓后脚就在魏惠王面前进谗言，给他罗织了莫须有的罪名，将他处以膑刑和黥刑，剜去了孙膑的膝盖骨，并在他脸上刺字，想让他从此被人遗忘。

　　后来，齐国派大臣出使魏国，孙膑暗中买通看守他的人给齐国使臣带信，要求见面。齐国使臣秘密地会见了孙膑，觉得孙膑确实有才识，又很同情他的遭遇，于是偷偷把他救出来，用车载回了齐国。到了齐国之后，使臣将孙膑引见给齐国的大将军田忌，田忌与孙膑探讨兵法。通过深入的交流，田忌得知孙膑出身军事世家，是位军事奇才，于是待孙膑为贵宾，还时常向他请教兵法。

　　当时，齐国的王室贵族流行赛马。大将军田忌也非常喜欢赛马，还经常与齐威王一起赛马。通常每次赛马共设三局，胜两局者为赢家。然而，每次赛马田忌都输给齐威王。这一天，田忌赛马又输了。回家后，田忌十分郁闷。孙膑见田忌闷闷不乐，就问道："您今天赛马回来后，看上去好像不太高兴啊？"田忌懊恼地说："唉！每次和大王赛马都是我输，今天本来差一点儿要赢了，没想到最后还是输了！"他把赛马失败引起的不快，竹筒倒豆子般地告诉了孙膑。孙膑得知后，爽快地说："过几天您再约大王赛马，我随您一起去赛马场，保准让您赢！"

随后几天，孙膑都乘车随田忌去赛马场观看比赛。孙膑通过仔细的观察，逐步了解了赛马的规则。原来，贵族们按照奔跑的快慢把马分为上、中、下三等，各家的马按等次比赛，比赛规则为三局两胜。孙膑察看了田忌和齐威王的马后，发现两人的马奔跑速度相差并不远，如果策略运用得当，肯定能获胜。孙膑的心里有底了，便告诉田忌："将军与大王的马我都看了。其实，将军的每个等级的马匹与大王的相应等级的马匹比起来，都要差一些。如果您总是按照常规派出相同等次的马与大王的马比赛的话，您永远都赢不了。"田忌不解地问道："不这样赛马，还能有什么好的办法呢？"孙膑胸有成竹地说："将军，您约大王明天赛马，此次您尽管下重注，我一定帮您获胜。"

田忌听后，就以千两黄金作赌注，约请齐威王赛马。

比赛开始前，孙膑对田忌说："将军，今天您要改变赛马的策略，先用您的下等马对付大王的上等马，再用您的上等马对付大王的中等马，最后用您的中等马对付大王的下等马。"田忌依计行事，最终三局两胜赢得了齐威王的千金赌注。齐威王大惑不解，为了让自己输得明明白白，便拉着田忌不停地问："快告诉寡人，你从哪里得到了这么好的赛马？"这时，田忌不得不坦诚地告诉齐威王，他这次获胜并不是因为找到了更好的赛马，而是采用了孙膑的计策。随后，他把孙膑教给他的计策老老实实地讲了一遍，齐威王恍然大悟，立刻派人把孙膑召入王宫。

孙膑入宫告诉齐威王，他在赛马场上仔细观察了齐威王和田忌的赛马，发现双方赛马的条件相差不大，胜负主要在于比赛的策略上，只要运用正确的策略就可以战胜对方。齐威王听了，连连称赞，马上任命孙膑为军师。从此，孙膑协助大将军田忌训练齐国军队，齐军实力大增，在与其他诸侯国的战争中屡战屡胜。

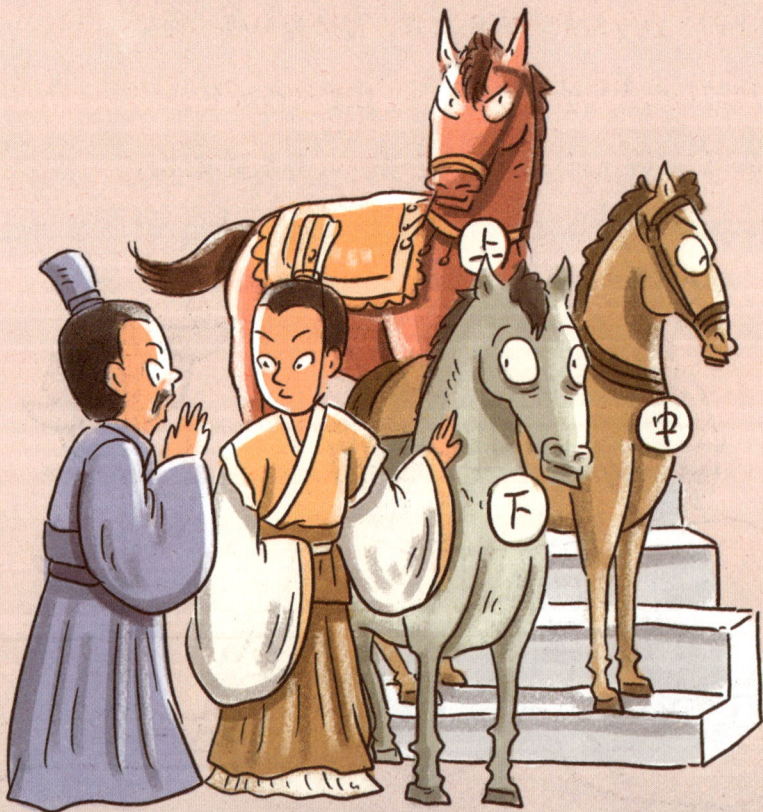

成语释义

成语"田忌赛马"的典故见于《史记·孙子吴起列传》，主要讲的是战国时期著名军事家孙膑运用策略帮助齐国的大将田忌赛马获胜的故事。后人多用来比喻拿自己的长处去和对手的短处比，或者利用自己的优势对付对手的劣势，从而取得胜利。

上等马·——·中等马
中等马·——·下等马
下等马·——·上等马

赢啦！

《史记》原文选读

齐使者如①梁，孙膑以刑徒②阴见，说③齐使。齐使以为奇④，窃⑤载与之齐。齐将田忌善而客待之⑥。忌数与齐诸公子驰逐重射⑦。孙子见其马足⑧不甚相远，马有上、中、下辈。于是孙子谓田忌曰："君弟⑨重射，臣能令君胜。"田忌信然之，与王及诸公子逐射千金。及临质⑩，孙子曰："今以君之下驷与彼上驷，**取君上驷与彼中驷，取君中驷与彼下驷。**"既驰三辈毕，而田忌一不胜而再胜⑪，卒得王千金。于是忌进孙子于威王。威王问兵法，遂以为师⑫。

——《史记·孙子吴起列传》

注释：

①如：往，到……去。

②刑徒：受过刑的人，即犯人。

③说（shuì）：游说，说服。

④以为奇：以之为奇，认为他是难得的人才。奇，奇才。

⑤窃：暗地。

⑥善：赏识。客待之：像对待宾客一样对待他。

⑦驰逐：赛马。重射：押重金以赌输赢。

⑧马足：马的脚力，指速度。

⑨弟：只管，尽情。又写作"第"。

⑩临：将要。质：对战。

⑪再胜：两次获胜。

⑫以为师：当作军师。

历史解读

　　田忌赛马这个典故有两位主角，一位是孙武后人、中国古代著名的军事家孙膑，一位就是齐国的大将军田忌。两位可谓莫逆之交，对于孙膑而言，田忌对其有知遇之恩；对田忌来说，孙膑是其重要的助手和谋士，两位在事业上相互支持，他们率领齐国大军，屡立军功。司马迁赞曰："齐威王、宣王用孙子、田忌之徒而诸侯东面朝齐。"

　　孙膑的军事思想主要集中于其所著的兵书——《孙膑兵法》。孙膑主张用慎重的态度来对待战争。他强调战争是国家政治和外交事务中解决问题的一种重要手段，只有以强大的军事力量作为后盾，国家才能安定富强。孙膑还主张积极备战，做到"以战止战"。他指出政治和经济条件才是决定战争胜负的决定性因素，拥有强大的政治和经济力量才能做到"事备而后动"。他还强调战争中的民心向背问题，指出战争必须顺应民心。

　　孙膑与其同窗好友庞涓的恩恩怨怨，始于庞涓的妒忌之心。因受庞涓的陷害，孙膑惨遭膑刑和黥刑，后投奔齐国，辅佐齐国大将军田忌，取得了桂陵之战和马陵之战的胜利，击败庞涓，报仇雪恨。这两场战役不仅解决了孙膑与庞涓之间的私人恩怨，还极大地削弱了魏国的实力，奠定了齐国的霸业。我们在后面还会讲到这两场著名的战役。

　　大将军田忌虽然出身齐国宗室，而且在战场上立下了赫赫战功，但是同样也招致了同僚邹忌的嫉妒和齐威王的猜忌。《战国策·成侯邹忌为齐相》中记载："邹忌以告公孙闬（即公孙阅），公孙闬乃使人操十金而往卜于市，曰：'我田忌之人也，吾三战而三胜，声威天下，欲为大事，亦吉否？'卜者出，因令人捕为人卜者，亦验其辞于王前。田忌遂走。"由此可知，大将军田忌受邹忌的陷害和逼迫，逃亡到了楚国。又根据《史记·孟尝君列传》中记载："会威王卒，宣王立，知成侯卖田忌，乃复召田忌以为将。"也就是说，齐威王去世后，齐宣王继位，得知田忌是被陷害的，就又将田忌召回国内官复原职。但遗憾的是壮士暮年，田忌再也没能在齐国获得继续建功立业的机会，不禁令人扼腕叹息。

49 围魏救赵

战国时期，魏国变法图强，实力远超各国。可是，魏国的强大，引起了其他诸侯国的警惕。赵国、齐国、宋国、燕国四个诸侯国开始联合起来，试图遏制魏国不断对外展开的扩张势头。为了避免被孤立，魏国决定率先打开突破口。就在此时，赵国绕路攻打魏国的盟友卫国，恰好给了魏国一个开战的借口。

公元前354年，魏惠王派大将庞涓出战，庞涓率领500辆战车直奔赵国，把赵国的都城邯郸团团围住。此时，赵国军队在卫国作战，国内防御空虚。赵成侯只好派使臣前往齐国搬救兵。齐威王接见了赵国的使臣。赵国使臣拜伏在地，恳求齐威王派兵解围，并许诺解围之后以中山国相赠。齐威王马上召集大臣商讨，国相邹忌首先站出来说："大王，微臣认为，现在魏国实力强大，最好不要为了赵国得罪魏国，请大王三思。"齐威王沉默不语，另一位大臣段干朋站了出来，表达了不同意见，他说："大王，以微臣之见，不救就是不义，并且对我们不利。只要运用合适的策略，不仅可以打败魏国，还能趁机救援赵国。"齐威王采纳了段干朋的建议，决定派兵援助赵国。

邯郸城外，庞涓率领魏军猛烈攻城。邯郸是赵国的都城，城墙高大坚固，守城军士同仇敌忾，魏军一时也难以攻下。齐国大将军田忌与孙膑率兵进入魏、赵两国交界之地。田忌本想直逼赵国都城邯郸，来救援被围困的赵国军民。军师孙膑摇摇手，对田忌说："大将军，先不要着急进军邯郸。"田忌一听，着急地说："再不去救邯郸，估计就来不及了啊。军师有何妙计啊？"
孙膑不慌不忙地说："大将军，听我说，要想解开纠缠在一起的丝麻，绝对
不能生拉硬扯；要想救出卷入斗殴中的人，绝对不能自己也卷进去。在战场
上，也是同样的道理。必须要避开敌人实力强的地方，冲击敌人空虚的地方。
现在，魏国精兵倾国而出，围攻邯郸，我们去邯郸找魏军作战，恐难有胜算。
现在魏、赵两国军队在邯郸决战，魏国军队一定打得精疲力尽了，我们不如
瞅准机会直取魏国。魏国国内留守的老弱残兵肯定抵挡不住，魏王必定要召
庞涓回师解救，这样一来邯郸自然就解围了。我们再在中途占据有利的地形，
伏击回师的庞涓，以逸待劳，一定会大获全胜。"田忌听后，不禁击掌叫好。

田忌依计而行，一边派军队直取魏国都城大梁，一边把主力部队悄悄埋
伏在桂陵。果然，当齐国的军队突然出现在魏国都城外的时候，魏惠王大惊
失色，一面叫守城士兵紧闭城门，加强防守，一面赶紧派人给庞涓送信，催
他回师救援。庞涓见情况紧急，不得不下令撤去对邯郸的包围，率领魏军丢

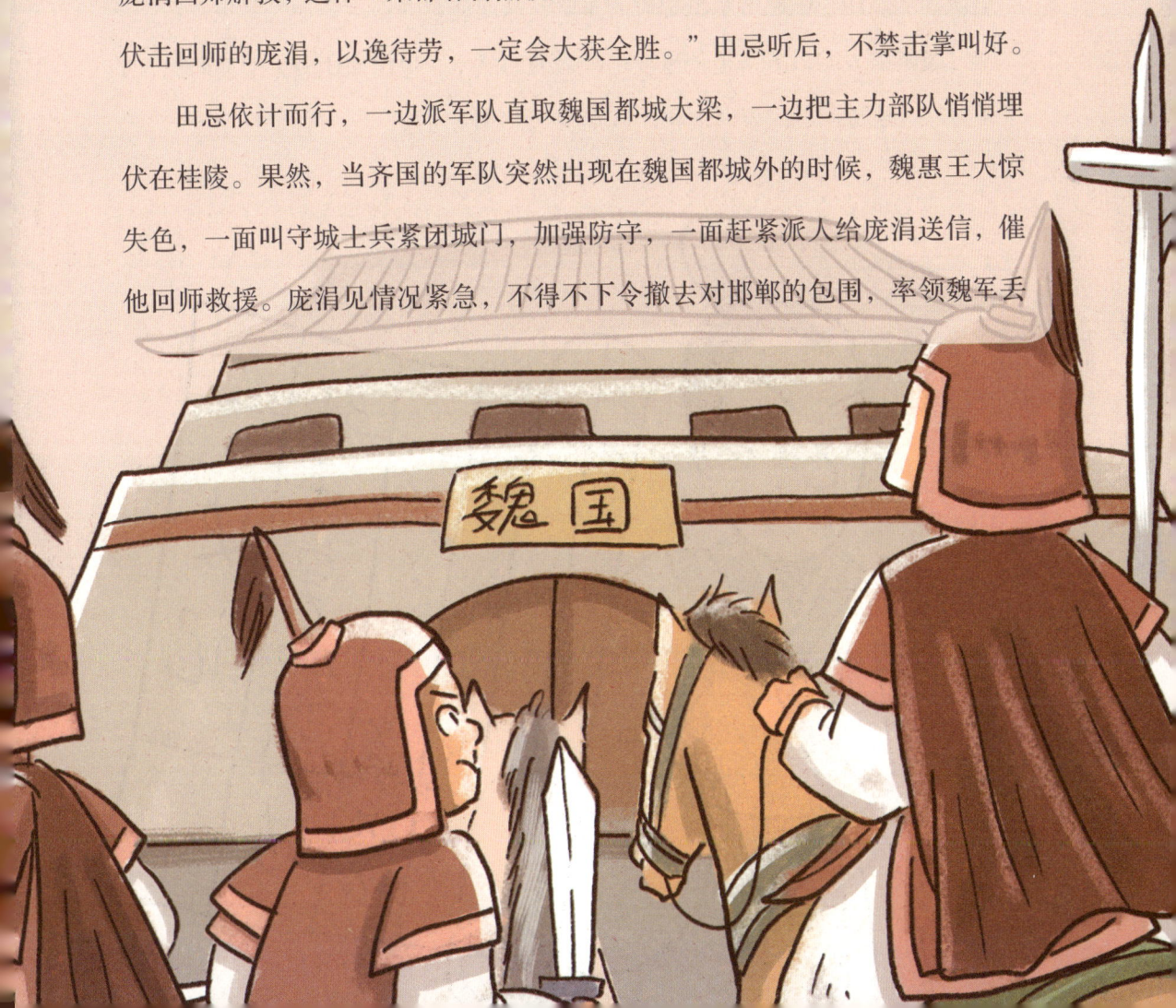

掉辎重，轻装急行，昼夜兼程，回救大梁。不料，刚进入魏国境内，就在桂陵遭到等候多时的齐军的伏击，魏军长途行军，疲惫不堪，溃不成军。齐军大获全胜，活捉了魏国大将军庞涓。赵国的邯郸之围也随之而解。

成语释义

　　成语"围魏救赵"的典故见于《史记·孙子吴起列传》，主要讲的是战国时期，齐国大将田忌运用孙膑的谋略，采取围攻魏国都城大梁的方法，迫使魏国撤回包围赵国都城邯郸的军队，从而使赵国得救。后人多用来指通过袭击敌人的后方来迫使进攻之敌撤退的战术，也用来比喻采取逆向思维方式，透过问题的表面现象，从本质上去解决问题。

《史记》原文选读

　　其后魏伐赵，赵急①，请救于齐。齐威王欲将②孙膑，膑辞谢③曰："刑余之人④不可。"于是乃以田忌为将，而孙子为师，居辎车⑤中，坐为计谋。田忌欲引兵之赵，孙子曰："夫解杂乱纷纠者不控捲⑥，救斗者不搏撠⑦，批亢捣虚⑧，形格势禁⑨，则自为解耳。今梁赵相攻，轻兵锐卒必竭⑩于外，老弱罢⑪于内。君不若引兵疾⑫走大梁，据⑬其街路，冲其方虚⑭，彼必释赵而自救。是我一举解赵之围而收弊于魏⑮也。"田忌从之，魏果去邯郸，与齐战于桂陵，大破梁军。

　　　　　　　　　　　　　　　　——《史记·孙子吴起列传》

注释：

①急：危急。

②将：使……为将。

③辞谢：推辞道歉。

④刑余之人：受过刑的人。

⑤辎车：带帷盖的载重车。

⑥控捲（quán）：紧握拳头。控，操纵，引申为握紧。捲，通"拳"。

⑦撠：用手击人。

⑧批亢捣虚：撇开充实的地方，冲击空虚的地方。批，排除。亢，充满。

⑨形格势禁：受局势变化的阻遏。格，被阻遏。禁，顾忌。

⑩竭：精疲力尽。

⑪罢：疲劳。

⑫疾：赶快。

⑬据：占据。

⑭方虚：正空虚。

⑮收弊于魏：收拾魏国惫乏之军。弊，失败。

历史解读

"围魏救赵"是中国古代军事史上的著名战例，其中体现出的军事思想和战争原则就是避实就虚，后世的军事家们把这一计列为"三十六计"之中的重要谋略。齐威王任用孙膑为军师，采取围魏救赵的策略，在桂陵之战中大败魏军，彻底打破了由吴起创立的"魏武卒"不可战胜的神话，大大增强了齐国在中原的影响力，从此魏国开始慢慢丧失在中原地区的优势。齐国顶上这一空缺，成为东方的霸主，这对战国中后期的格局影响十分深远。

在桂陵之战中，除了军事上的谋略之外，也可以看到庞涓与孙膑之间的

恩怨。庞涓害孙膑双腿被废，而孙膑设计击败庞涓，两人之间的矛盾无法调解，仇怨只会越结越深。虽然庞涓在桂陵战败，但是"魏武卒"的威名尚在，并且留守在邯郸的魏国军队的实力也不容小觑。孙膑在活捉庞涓后，并未急于报仇当场杀死庞涓，而是将其生死留给齐威王决断。桂陵之战中，齐军其实也消耗巨大，已经无力进攻魏国国都大梁。公元前352年，魏惠王又调用韩国的军队击败包围襄陵的齐、宋、卫联军，齐国不得不请楚国大将景舍出面调停，各国暂时休战。公元前351年，魏惠王与赵成侯在漳河边结盟，撤出赵国国都邯郸。庞涓也被齐威王释放，回到魏国官复原职。当然，这只是一场更为猛烈的暴风雨来临之前的平静，孙、庞两人背后的齐、魏两国，也必然要再一争高低。

桂陵之战并没有打破战国初期的地缘政治格局，也没有从根本上削弱魏国的实力。而齐国在一战成功后，也还没有实力牢固占据桂陵一带。双方都还需要一场新的战争，来达成新的地缘政治平衡。桂陵之战13年后，齐、魏两国再次爆发了马陵之战。

50 因势利导

公元前354年，齐国运用孙膑"围魏救赵"的策略在桂陵之战中，击溃魏国军队，生擒魏国大将军庞涓。后来，在楚国的调停下，齐、魏等国议和，停止战争。魏国撤出赵国都城邯郸，齐国放回魏国将军庞涓。庞涓回到魏国，依然得到了魏惠王的重用，官复原职，他终日勤勉练兵，想找机会报仇雪耻。

一晃十三年过去了。魏国逐渐走出了战败的阴影，经济和军事实力也日渐恢复。公元前341年，魏惠王又联合赵国一起出兵攻打韩国，韩国军队抵挡不住，节节败退。庞涓率领魏国军队，围攻韩国都城新郑。韩昭侯一面调集兵马守卫都城，坚守不出，一面紧急派遣使臣到齐国去搬救兵。齐威王见魏国卷土重来，心中恼怒，马上拜田忌、田婴、田盼为将军，孙膑为军师，率军前往救援韩国。这一次，孙膑还是采用桂陵之战的老办法，不去直接救援韩国，而是去攻打魏国。齐国的大军从定陶进入魏国境内，矛头直指大梁，魏国留守在国内的军队招架不住，连失了好几座城。魏惠王见势不妙，赶紧派人传令庞涓从韩国撤军。庞涓闻讯，长叹一声："这次又是孙膑干的好事。"无可奈何地望了望指日可得的韩国都城，率领大军撤回了魏国。庞涓率军回到魏都大梁，见到魏惠王，咬着牙说："大王，这齐国屡屡败坏您的计划，实在可恨啊！"魏惠王也深恨齐国一再坏了自己的好事，于是仍拜庞涓为将，倾全国之精兵，誓与齐军决一死战。孙膑见魏军来势凶猛，而且敌众我寡，于是向大将军田忌建议说："那魏国的军队向来凶悍勇猛，看不起齐国军队，认为齐国士兵胆小怯懦。在战场上，我们就顺应着这样的想法并加以引导，然后采用欲擒故纵之计，引诱庞涓上钩。"

田忌听从孙膑的计策，命令齐国军队向马陵方向撤退。庞涓见齐军退兵，就在后面紧追不舍。第一天，他追到齐军扎过营的地方，只见营地上到处都是煮饭用的灶。他赶紧叫人清点了一下灶的数目，不觉大吃一惊，恨恨地说："想不到齐军这次来了这么多，竟然有 10 万人吃饭。"第二天，他又追到齐军扎过营的地方，再叫人一点，发现灶减少了一半，他高兴地说："哈哈，看来已有不少齐国士兵逃跑了。我早说过，齐国的士兵胆小，不敢与我们交锋。"到了第三天，庞涓发现齐国军营里的灶又少了许多。他更加高兴了，对部下说："你们看，我没有说错吧？这才三天时间，齐军已有一大半士兵跑了。哈哈！"

于是，庞涓命令魏军轻装上阵，日夜兼程地追击齐军。他哪里想得到，这正是孙膑用的减灶诱敌之计，引他轻敌冒进。孙膑算好了庞涓追击的速度，估摸着晚上就能追到马陵。马陵这个地方，沟深林密，道路狭窄，适合埋伏。于是，孙膑命令士兵砍倒大树，把路堵上，只留下路旁一棵大树，

在树干上留下这样几个大字："庞涓死于此树下。"接着，他又布置了一万名弓箭手埋伏在马陵道路的两边，对他们下令说："到了晚上，只要看见树下火光亮起，就万箭齐发。"

果然，天黑时，庞涓率领魏军赶到了马陵。庞涓见道路被树木阻塞，就命令士兵点燃火把，前去探路。火光亮起后，只见一棵大树上写着"庞涓死于此树下"几个大字。庞涓顿时大惊失色，连声喊道："我中计了，我中计了！"他刚要下令撤退，早已埋伏好的齐国弓箭手万箭齐发。魏军猝不及防，进退两难，死伤无数。庞涓知道这次是在劫难逃了，仰天长啸一声："天意啊！我一着不慎，倒成就了这小子的名声！"于是，拔剑自刎。经此一战，魏国由盛转衰，孙膑也因善于用兵而名扬天下。

成语释义

成语"因势利导"的典故见于《史记·孙子吴起列传》，主要讲的是善于用兵的孙膑利用庞涓的轻敌心理，故意逐日减灶，制造齐国士兵胆小逃跑的假象，引诱庞涓中计。后人多用来比喻顺着事情发展的趋势，将事情向有利的方向引导。

《史记》原文选读

后十三岁，魏与赵攻韩，韩告急于齐。齐使田忌将而往，直走大梁。魏将庞涓闻之，去①韩而归，齐军既已过②而西矣。孙子谓田忌曰："彼三晋之兵③素悍勇而轻齐，齐号④为怯，**善战者因其势而利导之**。兵法，百里而趣⑤利者蹶⑥上将，五十里而趣利者军半至。使齐军入魏地为十万灶，明日为五万灶，又明日为三万灶。"庞涓行三日，大喜，曰："我固知齐军怯，入吾地三日，士卒亡者过半矣。"乃弃其步军，与其轻锐倍日并行⑦逐之。孙子度⑧其行，暮当至马陵。马陵道陕，而旁多阻隘，可伏兵，乃斫大树白⑨而书之曰："庞涓死于此树之下。"于是令齐军善射者万弩，夹道而伏，期⑩曰："暮见火举而俱发。"庞涓果夜至斫木下，见白书，乃钻火烛之⑪。读其书⑫未毕，齐军万弩俱发，魏军大乱相失⑬。庞涓自知智穷兵败，乃自刭，曰："遂成竖子之名！"齐因乘胜尽破其军，虏魏太子申以归。孙膑以此名显天下，世传其兵法。

——《史记·孙子吴起列传》

注释

①去：离开。

②既已过：已经经过。

③三晋之兵：这里指魏国的士兵。

④号：宣称。

⑤趣：通"趋"。

⑥蹶：受挫折。

⑦倍日并行：用一天走两天的路程。

⑧度（duó）：估计，揣测。

⑨白：刮去树皮使白木露出。

⑩期：约定。

⑪钻火烛之：取火照亮树。钻，古时钻木取火的方法。烛，照亮。

⑫书：指白木上写的字。

⑬相失：相互溃散。

历史解读

桂陵之战后，魏国虽实力受损，但是元气未伤。经过几年的休整，魏国开始恢复又逐渐对外进攻。根据《史记·孙子吴起列传》记载，公元前341年，魏国为了弥补在桂陵之战中的损失，派庞涓率兵攻打韩国。齐威王再次以田忌为主将，孙膑为军师，攻打魏国，救援韩国。这次，孙膑用"减灶"之策引诱庞涓中计，庞涓轻敌，追至马陵中伏身亡。在马陵之战中，孙膑利用庞涓轻敌的弱点，制造假象，诱其中计，在战局中占据主动地位。

魏国为什么要去攻打韩国呢？说起来这还跟商鞅脱不了干系。战国初期，魏国雄霸一方，商鞅认为以秦国的实力暂时还不是魏国的对手，于是建议用尊魏为王的手段来蒙蔽魏惠王。公元前344年，商鞅受命游说魏惠王，劝他称王。于是，魏惠王邀请宋、卫、邹、鲁、秦等国在逢泽会盟，自称"夏王"，并效仿齐桓公九合诸侯之例，会盟后又率众朝觐周天子。魏惠王企图以此确立魏国的霸主地位，却遭到韩国、齐国等大国的抵制。魏惠王一怒之下，下

令攻打韩国。

马陵之战是战国时期的一个至关重要的转折点。在这场战争中，齐国大获全胜，国力迅速发展，开始称霸东方。魏国则元气大伤，军事实力从根本上被削弱，从此失去了雄霸中原的地位。公元前334年，魏惠王在徐州会见齐威王，尊齐威王为王，齐威王不敢独自称王，于是也承认了魏惠王的王号，历史上称为"徐州相王"。于是，魏国与其他诸侯国组建政治军事联盟，来共同抵御齐、秦两国的两面夹攻，由此开启了合纵与连横的时期。

51 徙木立信

　　战国时期，各个诸侯国为了富国强兵，争先恐后地掀起变法运动。在"战国七雄"当中，秦国因偏居一隅，在政治、经济、文化各方面都落后于中原地区的诸侯国。到了公元前 361 年，秦孝公即位。他下决心要发愤图强，把秦国发展成强国，重新恢复秦穆公时期的霸主地位。

　　他做的第一件事就是招揽天下人才。他颁布了求贤令，邀请国人和大臣进献治国的良策。这个时候，有一个名叫公孙鞅的卫国贵族，在卫国的时候，不受重用，很不得志。他听说了秦孝公的求贤令，便决定投奔秦国。到了秦国之后，大臣景监把公孙鞅举荐给秦孝公。公孙鞅先以帝道、王道之术劝说秦孝公，秦孝公根本不感兴趣，听得直打瞌睡。后来，公孙鞅再以霸道之术劝谏秦孝公，秦孝公觉得这和自己要称霸的志向接近了，于是对他的态度有些改变，但仍然没有重用他。最后，公孙鞅拿出看家

本领，与秦孝公畅谈富国强兵之策。秦孝公听后，精神大振，心中不禁一阵狂喜："这才是我最需要的人才啊！"

秦孝公拉着公孙鞅一连畅谈了好几日，仍然意犹未尽。公孙鞅对秦孝公说："一个国家要强大起来，必须重视农业生产，奖励军功；要想治理好国家，必须赏罚分明，这样国君才能树立起威信，更好地推动改革。"公孙鞅的一席话确实说到了秦孝公的心坎里。可是，要说到真的变法，秦国的一些贵族和大臣却竭力反对。于是，秦孝公召集群臣商议变法，公孙鞅走上前，直截了当地说："大王，我建议您抓紧时间变法。办事犹豫不决肯定不会成功。况且改革本身就超出常人的理解，本来就会受到世俗之人的非议。俗话说得好，愚蠢的人就算等到事成之后也弄不明白为什么能成功，聪明的人事先就能预见将要发生的事情。

我们不可能与普通的世俗之人一起谋划新的改革措施，他们只会享受改革成功的欢乐。因此，大王只要能够使国家强盛，就不必沿用旧的成法；只要有利于国家发展，就不必遵循旧的礼制。"秦孝公听完，不住地点头称赞："讲得好。"

这时，另外一位名叫甘龙的大臣上前一步，反对说："大王，微臣认为此言不妥。自古以来就有这样的教训，圣人不

改变民风民俗而施以教化，聪明的人不改变成法而治理国家。这样才能让官吏各司其职，社会安定祥和，百姓安居乐业。大王，不可轻言变法，请三思而行啊！"公孙鞅立刻上前反驳说："大王，甘龙说的就是一般世俗之人的说法啊。世俗之人安于现状，读书人喜欢照搬书本。这两种人奉公守法是没有问题的，但是绝对不能和他们谈论改革。请大王明鉴！"

另外一位名叫杜挚的大臣也紧跟着反对说："大王，我听说，仿效祖宗成法来行事就不会有过失。而且，如果变法的效果不好，甚至出了问题又怎么办呢？大王，变法之事还是要三思缓行啊！"公孙鞅毫不妥协，接着反驳说："大王，自古以来，治理国家就没有一成不变的办法，只要有利于国家发展，就可以不仿效旧的成法。大王，变法不能靠这些主张沿袭旧法的人，一定要早下决心啊！"于是，秦孝公就拜公孙鞅为左庶长，并把变法的事交给他全权处理。

公孙鞅怕秦国老百姓不信任他，便想出了一个办法，叫人在集市的南门竖起了一根三丈高的木头，而且在旁边贴上一张布告说："谁能把这根木头扛到北门去，就赏这个人10两金子。"没一会儿工夫，南门前就围了一大堆人，大伙儿都你瞧瞧我，我瞧瞧你，议论纷纷，可就是没有一个人上前扛木头。公孙鞅见状，心里明白老百姓还是不太相信他的命令，于是又派人换上新的告示，把赏金加到了50两。可是，赏金越高，看热闹的人越多，大伙儿更觉得不合情理，心里直犯嘀咕，仍然没有人去扛木头。正在大伙儿犹豫不定的时候，突然从人群中跑出来一个人，说："让我来试一试吧。"说着，他就扛起木头，一直扛到了北门。公孙鞅立刻派人赏给扛木头的人50两金子。这件事马上传开了，一下子轰动了全国。从此，秦国老百姓都知道左庶长公孙鞅说话算数，有令即行，绝不含糊。公孙鞅看他的办法达到了预期的效果，就把他负责起草的新法令公布了出去。秦国老百姓也都严格遵行新的法令。

公孙鞅变法成功，秦国越来越强大。秦孝公把商地赐给他作封地，号为"商君"，所以历史上也称他为商鞅。

成 语 释 义

成语"徙木立信"的典故见于《史记·商君列传》，主要讲的是战国时期，商鞅在秦孝公的支持下进行变法。商鞅用"南门立木"的方式树立起自己的威信，最后变法成功。后人多用来比喻说到做到，言出必行。

《史记》原文选读

　　令既具①，未布②，恐民之不信，已乃立三丈之木于国都市南门③，募④民有能徙⑤置北门者予十金⑥。民怪之⑦，莫敢徙。复曰："能徙者予五十金。"有一人徙之，辄⑧予五十金，以明不欺。卒下令。

——《史记·商君列传》

注释：

①具：详尽，完备。

②布：公布。

③国都市南门：秦国集市的南门。

④募：广泛征求。

⑤徙：迁移。

⑥金：古代一种计算货币的单位。

⑦怪之：以之为怪。

⑧辄：就。

历 史 解 读

秦穆公逝世之后，秦国内部纷争不断，动荡不安，国力大大削弱，早已没有了称霸西戎的气势，战略重镇河西地区也被迅速崛起的魏国夺取。秦献公继位后，不得不向魏国割地求和，同时迁都栎阳。后来，秦献公为了收复河西失地，发起数次东征，无奈实力不够，最后含恨离世。其子即位，历史上称为秦孝公。

秦孝公登位之后，为了增强秦国的实力，招揽天下贤才，希望变法图强。商鞅投奔秦国，在秦孝公的大力支持下，不顾王公大臣的反对，大刀阔斧地进行变法改革。在经济上，废除井田制，确立了土地私有制，重视农业生产，奖励耕织，重农抑商；在政治上，废除世卿世禄制，打击旧有的血缘宗法制度，废除分封制，推行郡县制，强化了中央集权；在军事上，奖励军功，建立按军功赏赐的二十等爵制度，极大地提高了军队的战斗力。经过商鞅变法，原先不合时宜的旧制度被彻底废除，秦国的经济和军事实力得到了长足发展。

不幸的是，由于变法过程中废除了王公贵族的特权，侵犯了贵族们的利益，所以遭到他们的强烈反对。公元前338年，秦孝公去世，商鞅失去了强有力的支持者，最后落了个"车裂"的悲惨下场。所幸的是，商鞅变法的措施得以继续实行下去，秦国成为"战国七雄"中整体实力最强大的国家，为以后秦国一统天下打下了坚实的基础。

52 前倨后恭

到了战国中期，各诸侯国之间的攻伐争斗日益加剧，社会上也出现了很多纵横家，在各国奔走不息，游说诸侯，献计献策，希望以言辞谋略来博取功名利禄。在这些说客中，有一位名叫苏秦的人，后来成为闻名天下的纵横家。苏秦是东周洛阳人，年轻时曾经独自前往齐国，拜一代谋略大师鬼谷子为师，学习纵横之术。苏秦苦学数年，学成之后，踌躇满志，下山前往各国游说纵横之术，准备大展身手。

苏秦在外游历数年，始终没有得到重用。最后，苏秦盘缠用尽，只好灰溜溜地回家了。回到家中，见到他如此穷困潦倒，狼狈不堪，家里人也都不待见他。他的妻子埋头织布，不理睬他，嫂子不给他做饭，父母也不和他说话，甚至还讥笑他不务正业。有一天，嫂子没好气地嘲笑他："你啊，还不如留在家学习怎么做生意，还能吃得上饭。非要跑出去干这耍嘴皮子的事，不穷死才怪呢！"苏秦大受刺激，心中暗想：一个人读了那么多书，却不能因此而尊贵显荣，又有什么用呢？于是，开始发愤读书。苏秦日夜刻苦读书，认真研究天下的政治、军事、经济、地理形势。当时，天下各诸侯国中齐、楚、燕、韩、赵、魏、秦七国称雄，而七国之中秦国的实力最强。苏秦纵观天下大势，经过反复思考，形成了一个促成六国结盟来共同对抗秦国的"合纵"策略。

于是，苏秦再次辞别亲人，开始奔走于六国之间，兜售其"合纵"主张。苏秦先试图游说周显王，可是周显王身边的大臣们都很了解他的情况，根本就不理会他。苏秦没有办法就去了秦国。这时候，秦孝公已经去世，秦惠王继位。秦惠王知道苏秦是鬼谷子的得意门生，于是召他进宫，讨论治国之道。苏秦对秦惠王说："大王，秦国方圆千里，地大物博，军力强大，应该早日实行纵横之策，东出函谷关，兼并六国，一统天下。"但是，当时秦国实行变法不久，刚从魏国手里夺回河西之地，还没有足够的实力去攻并其他诸侯国，而且秦惠王也刚刚诛杀了主持变法的商鞅，对这些前来游说的辩士们心存芥蒂，所以也拒绝了他的建议。

苏秦见状也只好转头去了赵国，没承想当时赵国的国君赵肃侯任命他的弟弟奉阳君做国相，奉阳君也不喜欢苏秦。苏秦见在赵国也待不下去了，就前往最北面的燕国。经过一年多的游说，他终于得到了一个晋见燕王的机会。苏秦进宫对燕王说："大王，燕国之所以没有受到秦国的进攻，完全是因为燕国南边的赵国挡住了秦国。秦国如果想攻打燕国，则必须过赵国这一关；而赵国如果想攻打燕国，则没有任何阻碍。所以，大王如果想让燕国平安无事，就应该和赵国结盟，这样就不怕秦国了！"燕王听后觉得十分有道理，

就让苏秦出使赵国，去游说赵王，促成燕赵联盟。

苏秦来到赵国，对赵王说："大王，现在关东六国中要数赵国最强大，所以秦国最忌恨的就是赵国了。但是，大王您想一想，秦国为什么不敢进攻赵国呢？那是因为秦国害怕韩、魏两国乘虚而入，切断秦军的退路和补给线。

但是，如果秦国进攻韩、魏两国的话，两国肯定抵挡不住，必然会投降秦国。这样一来，秦国就没有了后顾之忧，必定会进攻赵国！"赵王一听，急忙问苏秦："那你说赵国该怎么办呢？"苏秦说："我研究了天下形势，关东六国的土地加起来是秦国的 5 倍，兵力则是秦国的 10 倍。如果六国能联合起来进攻秦国，秦国肯定招架不住。大王如果愿意和韩、魏、齐、楚、燕五国结盟，联合起来，共同抵抗秦国，那么秦国肯定不敢出函谷关。"赵王觉得苏秦说得十分有理，就赏赐给他 100 辆马车、1000 镒黄金、100 双白玉璧和1000 匹绸缎，让他游说各国，联合抗秦。接下来，苏秦马不停蹄地前往韩国、魏国和齐国。苏秦向三国君王分析了天下大势，晓以利害，三国都欣然接受了"合纵"之策。

最后，苏秦又来到了南边的楚国，劝楚王说："大王，在关东六国中，要数楚国的疆域最大了，方圆 5000 余里；军事实力最强，拥有甲士百万、战车千乘。秦国最害怕的就是楚国。如果大王和其他五国结成同盟一起对抗秦国，楚国就会称霸天下。"楚王也欣然同意。于是，六国共同推举苏秦为合纵联盟的纵约长。苏秦同时担任六国的相国，身佩六国相印。

苏秦完成使命，北上向赵王复命，途中经过洛阳，随行的车辆满载着各国君主赏赐的金银财宝，气派十足。连周显王听到这个消息，也赶紧派使臣到郊外去迎接慰问。苏秦到家中的时候，他的兄弟、妻子、嫂子都俯伏在地上，不敢抬头正眼看他。苏秦笑着对嫂子说："你以前对我的态度可是非常傲慢啊，现在为什么对我这么恭敬呢？"他的嫂子吓得匍匐在地上，脸贴着地面请罪说："之前您落魄在家，我对您不好，还请您大人不记小人过啊。现在您地位显贵，钱财又多，以后要多多想着我们啊。"苏秦感慨地叹息说：

"唉，你们都起来吧。同样一个人，富贵发达了，亲戚就都来巴结我；贫贱落魄的时候，就看不起我。要是我当初在洛阳有二顷良田，估计也就是做个农夫，温饱度日了，怎么会有今天呢，还能佩上六个国家的相印吗？"

成语释义

　　成语"前倨后恭"的典故见于《史记·苏秦列传》，主要讲的是苏秦早年困顿的时候，家里亲朋都看不起他，对他态度傲慢，后来他声名鹊起，高官厚禄，人人都很恭敬他。后人多用来形容对人先前非常倨傲，而后来却又万分恭敬，对人的态度发生极大的改变。

《史记》原文选读

　　北①报赵王，乃行过雒阳，车骑辎重②，诸侯各发使送之甚众，疑③于王者。周显王闻之恐惧，除道④，使人郊劳⑤。苏秦之昆弟⑥妻嫂侧目不敢仰视，俯伏侍取食。苏秦笑谓其嫂曰："何前倨⑦而后恭也？"嫂委蛇蒲服⑧，以面掩地而谢曰："见季子⑨位高金多也。"苏秦喟然叹曰："此一人之身，富贵则亲戚畏惧之，贫贱则轻易之，况众人乎！且使我有雒阳负郭⑩田二顷，吾岂能佩六国相印乎！"于是散千金以赐宗族朋友。

——《史记·苏秦列传》

■ 注释：

①北：向北走。

②车骑（jì）：车马。辎重：出门携带的物资。

③疑：通"拟"，比拟，拟比。

④除道：清扫道路。

⑤郊劳：到郊外迎接、慰劳。

⑥昆弟：兄弟。

⑦倨：傲慢。

⑧委蛇：曲折前进，斜行。蒲服：通"匍匐"，伏地而行。

⑨季子：指苏秦。

⑩负郭：靠近外城。负，靠近。郭，外城。

历史解读

苏秦是战国时期著名的纵横家、外交家和谋略家。苏氏兄弟，苏秦、苏代、苏厉都是当时著名的纵横家，在战国中期可谓纵横各国，赫赫有名。司马迁在《史记·苏秦列传》中赞曰："苏秦兄弟三人，皆游说诸侯以显名。"

苏秦年轻时受教于鬼谷子，学习纵横谋略之术。学成以后，离家闯荡多年，穷困潦倒，受到了大家的怠慢。后来，他刻苦攻读，研究天下大势，提出"合纵"的谋略，游说列国，最后建成六国合纵联盟，佩六国相印，功成名就。苏秦合纵策略的成功，有效遏制了秦国东进的势头，使秦国15年不敢出函谷关一步。

所谓"合纵"，就是"合众弱以攻一强"，许多弱小国家联合起来，增强自己的实力，来抵抗一个强国，这是用来阻止强国兼并弱国的策略。苏秦提出合纵战略的目的主要是为了遏阻秦国势力的进一步扩大，防止战国中期各国之间的地缘政治力量失去平衡。他采取的对策就是借助六国联盟来共同抵抗秦国，维持以函谷关为界线的东西两个战略阵营的力量均衡。

"合纵"可以说是围绕着"战国七雄"之间地缘政治关系而产生的一种宏观战略，也是处理诸侯国之间政治军事关系的一种外交原则。"合纵"以维护地区均势为初衷，以地缘政治为基础，以联盟战略为途径，苏秦可以称得上是中国地缘政治理论的开创者。

53 信如尾生

　　苏秦成功游说关东六国结成合纵联盟，共同抵御强秦，从此秦国再也不敢轻易出函谷关，东进中原了。后来，秦国为了破坏合纵联盟，派使臣犀首用离间计欺骗齐国和魏国，约请两国联合攻打赵国。赵王心里纳闷，这明明已经合纵联盟了，为什么齐、魏两国又要攻打我呢？便责备苏秦办事不力。苏秦心中害怕，担心招致猜忌，生出祸患，便请求赵王派他出使燕国，联合燕国一起出兵报复齐国。苏秦一离开赵国，合纵盟约就彻底分崩离析了。

　　苏秦到了燕国，没有料到的是，秦惠王为了拉拢燕国，竟然将公主嫁给了燕国太子，两国结为姻亲之好。不久，燕文侯去世，燕易王刚刚登基，齐宣王就趁着燕国为先王发丧的时候，派兵攻打燕国，攻占了10座城池。燕易王大怒，这不说好合纵联盟了吗？怎么就乘人之危，占领我燕国的国土呢？于是赶紧把苏秦找来，要求苏秦出使齐国，替燕国要回被侵占的国土。苏秦来到齐国，拜见齐宣王，他先兴高采烈地祝贺齐王打了胜仗；紧接着又趴在殿上悲痛哀哭起来。齐宣王一下糊涂了，大惑不解地起身问道："先生，您这一会儿笑、一会儿哭的，到底是演的哪一出啊？"苏秦拜伏在地上说："大王，微臣听说，人就算饿得快要死了也绝不会去吃乌头充饥，因为乌头这种东西有毒，吃得越多，死得越快。现在，大王可能也听说了，燕国和秦国是联姻之国，这次齐国派兵占领燕国的城池，秦国能坐视不管吗？这不就等于和强秦结下了仇怨吗？这和饥饿的人去吃乌头有什么两样呢？齐国很快就要大难临头了啊。"齐宣王听完，大吃一惊，连忙扶起苏秦，说："先生的一番话提醒了我，不知还有什么良策能解齐国的危难？"于是，苏秦乘机建议齐宣王把夺来的城池归还给燕国，这样燕王可以安心，秦王也一定会高兴，说不定齐国就能转祸为福了。齐宣王认为苏秦说得有道理，就归还了侵占的燕国城池。

苏秦出使齐国，动动口就要回了 10 座城池，一下子立了大功。有人妒忌他，在他回燕国之前散播流言，在燕王面前毁谤苏秦反复无常，将来一定会犯上作乱。苏秦返回燕国，没想到燕王不仅没有重重赏赐他，而且也不再给他官职。他心中感到纳闷，一打听，知道是有人在燕王面前毁谤自己不忠信，

于是进宫求见燕王。苏秦拜见燕王，开门见山地说："我本来就是东周洛阳的一个粗鄙之人，而大王却以礼相待，拜我为相，我感激不尽。如今，我替大王说退了齐军，收回了10座城池，按理说，大王应该更加信任我才对啊。可是，我回来后，大王不但没有赏赐我，也不再授我官职，我想一定是有人在您面前造谣中伤我。"燕王也没有绕弯子，直接说："你没有猜错，最近关于你的流言很多啊！"苏秦上前拱手说："大王，所谓忠信之人一切都是为了自己的成就，而进取之人则是想着如何成就别人；我之所以弃家外游，落得个不孝之名，不就是要谋求进取，成就大王的霸业吗？其实我的'不忠信'，不正是大王的福气吗？"接着，苏秦说："如果我像曾参那样孝顺，就绝不会离开父母在外面过夜，又怎么能跑到燕国来侍奉您呢？如果我像伯夷那样坚守正义而饿死在首阳山下，又怎么能千里迢迢到齐国要回10座城池呢？如果我像尾生那样诚信，抱柱而死，又怎么能劝说齐王退军呢？"

　　燕王听了苏秦的一番肺腑之言，心中不免有些惭愧，于是恢复了苏秦的官职。

成语释义

　　成语"信如尾生"的典故见于《史记·苏秦列传》，主要讲的是苏秦周游六国，获得燕王信任，出使齐国要回了被攻占的 10 座城池，立下大功，但是遭人妒忌毁谤，苏秦以此典故来向燕王表达自己的忠信。后人多用来比喻非常讲信用，言而有信。

《史记》原文选读

　　人有毁①苏秦者曰："左右卖国反覆之臣也，将作乱。"苏秦恐得罪归②，而燕王不复官③也。苏秦见燕王曰："臣，东周之鄙④人也，无有分寸之功，而王亲拜之于庙⑤而礼之于廷。今臣为王却⑥齐之兵而得十城，宜以益亲。今来而王不官臣者，人必有以不信伤⑦臣于王者。臣之不信，王之福也。臣闻忠信者，所以自为⑧也；进取者，所以为人也。且臣之说⑨齐王，曾非欺之也。臣弃老母于东周，固去自为而行进取也。今有孝如曾参，廉如伯夷，信如尾生。得此三人者以事大王，何若？"王曰："足矣。"苏秦曰："孝如曾参，义不离其亲一宿于外，王又安能使之步行千里而事弱燕之危王哉？廉如伯夷，义不为孤竹君之嗣⑩，不肯为武王臣，不受封侯而饿死首阳山下。有廉如此，王又安能使之步行千里而行进取于齐哉？**信如尾生，与女子期⑪于梁下，女子不来，水至不去，抱柱而死。**有信如此，王又安能使之步行千里却齐之强兵哉？臣所谓⑫以忠信得罪于上者也。"

——《史记·苏秦列传》

■ **注释：**

①毁：诽谤。

②苏秦恐得罪归：苏秦怕获罪而回到燕国。

③官：给予官职。

④鄙人：鄙陋的人，自谦的称呼。

⑤庙：宗庙，古代帝王供祀祖先的地方。

⑥却：退却。

⑦伤：中伤，诋毁。

⑧自为：为了自己。

⑨说：说服。

⑩嗣：继承人。

⑪期：约定，引申为约会。

⑫所谓：所说的。

历史解读

　　苏秦周游六国，游说合纵之术，挂六国相印，可谓盛极一时。可是，苏秦所提倡的六国合纵联盟最终却崩溃瓦解，苏秦也因卷入齐国的内斗而被刺身亡。

　　苏秦之所以能够成功促成六国合纵联盟，是因为他成功地预测了战国中后期的历史发展轨迹。他认为，"战国七雄"中，秦国的实力最强，其他六国单靠一己之力很难抵御秦国的进攻。如果一国遭到强秦的攻击，其他国家坐视不理的话，那么其他六国都难逃被秦国逐一吞并的厄运。所以，只有六国团结起来，结成政治军事联盟，一致抗秦才能逃脱被吞并的命运。这种合纵思想彰显出了战国中期的地缘政治格局，起到了平衡双方力量的作用，有

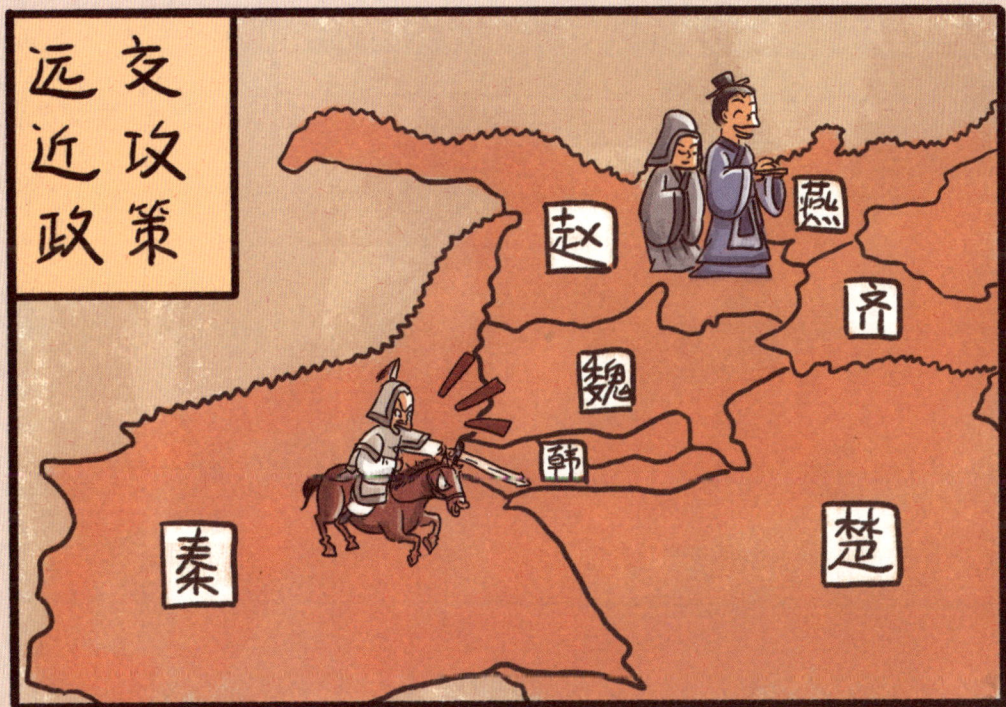

远交近攻政策

效遏制了秦国向外扩张的势头。

六国合纵联盟失败也不是苏秦本身能力的问题，根本原因是六国各自的切身利益从根本上说是相互矛盾的，并不能形成一个稳定的、团结一致的抗秦的整体。六国之间的政治军事关系会因为彼此利益关系的变化而不断改变，国家利益的不同和历史上遗留下来的矛盾决定了六国根本不可能真正联合在一起。合纵联盟的策略本身并没有问题，关键问题是在那个错综复杂的历史背景下，六国合纵联盟的策略并不能被真正地落在实处。

六国合纵联盟失败的另外一个重要原因就是秦国采取了连横的策略。秦国采取范雎所提出的远交近攻的策略，与不接壤的相距较远的国家交好，同时攻打与之接壤的邻近国家，不断蚕食邻国，增强自己的势力；并且运用连横策略，利用六国之间的矛盾，令其互相猜疑，互相攻打，最终导致六国合纵联盟全面瓦解。

54 挟天子以令天下

　　在战国中期，还有一位与苏秦齐名的纵横家，名为张仪。张仪早年与苏秦同入鬼谷子门下，学习纵横游说之术。张仪机敏善辩，连苏秦都自叹不如。张仪奔走于诸侯国之间，很多时候都未得志。后来，他到了楚国，成为楚国国相的门客。一天，楚国国相大摆筵席，宴请宾客，张仪也在席间作陪。不料，就在筵席之中，楚相丢失了一块玉璧，门客们都怀疑是张仪偷的，就偷偷地跟国相说："主公，张仪家里贫穷，人品鄙劣，一定是他偷去了您的玉璧。"于是，国相就下令把张仪拘捕起来，严刑拷打。张仪咬紧牙关，始终没有承认，国相也没有见过这么硬的骨头，只好释放了他。张仪遍体鳞伤地被人送回家中，他的妻子又悲又恨地说："唉！你啊，要是不读书游说，耍嘴皮子，好好地做点儿正经事，又怎么能受到这样的屈辱呢？"张仪有气无力地对他的妻子说："你快看看我的舌头还在不在？"他的妻子不禁"扑哧"笑出声来，说："你的舌头当然还在呀。"张仪欣慰地说："这就够了，以后还得靠它享荣华富贵呢。"

　　在同窗好友苏秦的安排下，张仪顺利来到秦国，得到了秦惠王的赏识，被封为相国。张仪担任秦国相国后，公开派人向楚国国相喊话："当初我陪着你参加筵席，并没偷你的玉璧，你却听信谗言鞭打我。现在，你好好地守着你的国家，我这次真的要偷你的城池了！"有一次，位于西南边的苴国和蜀国相互攻打，难分胜负，分别派人到秦国请援兵。秦惠王一看机会来了，准备出动军队讨伐蜀国。但是，蜀国的道路险阻狭窄，他担心秦军行军困难不容易到达。正在发愁的时候，韩国又来侵犯秦国。秦惠王这下犯难了，要是先攻打韩国，然后再讨伐蜀国的话，恐怕到时候战局会有所不利；要是先攻打蜀国的话，又害怕韩国趁着秦军疲惫之机来偷袭，所以一直犹豫不决。于是，他召集大臣共同商议此事。张仪和司马错在秦惠王面前争论不休，司马错主张讨伐蜀国，张仪说："不如先讨伐韩国。"秦惠王说："两位不要再争吵了，说说你们各自的理由吧。"

张仪上前一步说："按照我们之前商讨的策略，应该先和魏国亲善，与楚国交好。然后，大王亲率大军进攻新城和宜阳，直逼周王室的城郊，声讨周王室。周王自知无法抵挡，一定会献城投降，交出传国宝器——九鼎。秦国拥有了九鼎，又拿到了天下的地图和户籍，就可以挟制周天子向天下发号施令，天下诸侯还有谁敢不听从呢？这才是一统天下的帝王大业啊！现在，

这蜀国只不过是西方的一个偏僻国家，像戎狄一样的落后民族，如果我们去管这摊子事，搞得我们的士兵疲惫、百姓劳苦，就算夺取了他们的土地也拿不到什么实际的好处。大王，这离帝王的功业着实太远了啊。"秦惠王听了，默然不语。

大臣司马错紧跟着上前反驳说："大王，请听微臣一言。蜀国是一个偏僻的国家，如今国内发生了祸乱，大王出动秦国强大的军队去攻打它，易如反掌。占领了蜀国的土地就可以扩大秦国的疆域，夺取了蜀国的财富就可以使百姓富足。再说，如果我们去征服一个中原诸侯国，天下人会谴责我们；这蜀国乱德，就算我们把蜀国的财富全部抢走，也不会有人反对。我们这次出动军队攻伐蜀国，在声望和实利等方面都能获益，还能享有平定暴乱的好名声，大王何乐而不为呢？话说回来，大王要是去攻打韩国，劫持周天子，未必就能得到好处，而且还会背上不义的骂名。周天子是天下诸侯的共主，而且齐国和韩国关系密切。大王，您想想啊，如果周王自己知道要失掉传国的九鼎，韩国自己知道将会失去三川之地的话，这二国必将联合起来，一面依靠齐国和赵国的力量与秦对抗，一面与楚国和魏国谋求和解。如果周王室把九鼎宝器送给楚国，韩国把三川之地让给魏国的话，大王的计划不就泡汤了吗？所以，微臣认为攻打蜀国的计划比较容易实现，请大王三思。"

秦惠王听完，连连点头，说："说得好，我听你的建议。"最终，秦惠王决定出兵讨伐蜀国。当年十月，秦军攻占了蜀国。秦惠王把蜀王贬为蜀侯，还派遣陈庄出任蜀相，监管蜀国。从此，秦国的疆域变得更大了，国家变得更强大，军事实力也大大超过了其他诸侯国。

成 语 释 义

　　成语"挟天子以令天下"的典故见于《史记·张仪列传》，主要讲的是张仪劝说秦惠王出兵攻打韩国，趁机挟持周天子而向天下发号施令，成就一统天下的帝王大业。原意是指臣子挟持皇帝，用皇帝的名义发号施令。后人多用来比喻冒用上级的名义按照自己的意愿去指挥别人做事。

《史记》原文选读

　　苴蜀①相攻击，各来告急于秦。秦惠王欲发兵以伐蜀，以为道险狭难至，而韩又来侵秦，秦惠王欲先伐韩，后伐蜀，恐不利，欲先伐蜀，恐韩袭秦之敝。犹豫未能决。司马错与张仪争论于惠王之前，司马错欲伐蜀，张仪曰："不如伐韩。"王曰："请闻②其说③。"

　　仪曰："亲魏善楚，下④兵三川，塞什谷之口，当⑤屯留之道，魏绝⑥南阳，楚临⑦南郑，秦攻新城、宜阳，以临二周之郊，诛⑧周王之罪，侵楚、魏之地。周自知不能救，九鼎宝器必出。据九鼎，案图籍，**挟天子以令于天下**，天下莫敢不听，此王业也。今夫蜀，西僻之国而戎翟之伦也，敝兵劳众不足以成名，得其地不足以为利。臣闻争名者于朝，争利者于市。今三川、周室，天下之朝市也，而王不争焉，顾争于戎翟，去王业远矣。"

——《史记·张仪列传》

■ **注释：**

①苴（jū）蜀：苴国和蜀国。

②闻：听。

③说：主张。

④下：往，到……去。

⑤当：抵挡。

⑥绝：断绝。

⑦临：逼近。

⑧诛：讨伐。

历史解读

张仪是战国时期负有盛名的纵横家、外交家和谋略家，与苏秦并驾齐驱，活跃在战国中期的政治舞台上。张仪曾与苏秦一起拜鬼谷子为师，学习纵横之术。学有所成之后，一手创立了"连横"的外交谋略，获得秦惠王赏识，被封为相国，委以重任，奉命出使游说六国，鼓动各国与秦国亲善联合，以"横"破"纵"，瓦解了苏秦缔造的六国合纵联盟。

说到张仪入秦，根据司马迁《史记》记载，实际上还是由苏秦一手促成的。在《史记·张仪列传》中，苏秦初到赵国，游说赵王采纳合纵之策，可是他害怕秦国过早出兵攻打赵国，以至于合纵盟约还没缔结就遭到破坏。于是，苏秦就物色了自己的同门好友张仪，派人暗中引导张仪到赵国来投奔自己。结果，张仪到了赵国求见苏秦，苏秦不仅不念往日的交情，反而轻视羞辱他，把他打发走了。张仪非常生气，暗中憋

了一口气，要与苏秦一决高下。张仪考虑到诸侯国中只有秦国有实力对付赵国，于是就到秦国去了。张仪的选择早在苏秦的预料之中，苏秦派了一位得力的门客暗中跟随张仪，和他投宿于同一客栈，慢慢地接近他，一路上供应所需，却不说明是谁给的。到了秦国，门客又买通秦惠王身边的大臣，张仪才有机会拜见秦惠王。秦惠王赏识张仪的才能，任用他做客卿。后来，门客见大功告成，便告辞离去。临行之时，门客对张仪说出实情，张仪自叹不如苏秦，同时也为了报答苏秦，发誓苏秦在赵国当政期间，绝不会让秦国攻打赵国。苏秦最终完成合纵大业，挂上了六国相印。但是，苏秦离去之后，张仪便施展游说之术，展开连横之策，逐一瓦解了六国的联盟，正可谓成败皆系于其一人也。

至于文中提到的苴国和蜀国的交战，实际上这两国也是恩怨至深。当时，在四川一带分布着三个国家，分别是巴国、蜀国和苴国。公元前 368 年，蜀王杜尚派大军消灭了鄐（jí）、平周二国，封其弟杜葭萌为汉中侯，置苴国，苴国由此建国，并成为蜀国的附属国。后来，苴侯在巴国的威逼利诱下，不愿意再臣属于蜀国，一度中断了与蜀国的来往，并多次与巴国联手抗击蜀国。秦惠王采纳司马错"先灭蜀，继灭楚，得天下"的策略，利用这三国之间的矛盾，先后消灭了苴国、蜀国和巴国。然后屯兵江州城，逐渐东扩，蚕食楚国的国土。

55 四分五裂

　　秦惠王采纳司马错的建议，吞并了蜀国、苴国和巴国之后，国家实力更为强大了。公元前328年，秦惠王又派公子华和张仪率兵攻打魏国，大获全胜，并占领了蒲阳城。秦惠王喜出望外，大摆庆功酒，众大臣都前来庆贺。可是，张仪却一反常态，劝谏秦惠王把蒲阳城归还给魏国。秦惠王一听，就闷闷不乐地说："好不容易打下来的蒲阳城，怎么能就这样轻易还回去呢？"张仪上前一步，躬身说："大王少安毋躁，我这样说是有道理的。您看，我们这一仗打下了蒲阳城，也算是给了魏国一个教训。但是，我们现在的实力还不能一举攻灭魏国，不如趁这个机会，归还蒲阳城，与魏国修好，然后再从长计议。魏王得到了好处，也一定会心存感激，当然会愿意与我们和谈。"秦惠王听了，觉得有道理，就派张仪出使魏国，把蒲阳城还给了魏王，而且还把公子繇送去魏国做人质。这样一来，魏国倒看似成了战胜国。随后，张仪又游说魏襄王："秦国如此宽宏大量地对待魏国，魏国可不能不以礼相报啊！"于是，傻乎乎的魏襄王很爽快地把上郡十五县和少梁都献给了秦国。秦惠王一看，这次可是赚大了，非常高兴，马上就升张仪当了国相。

　　两年后，为了让魏国与秦国结盟，张仪还上演了场苦肉计。秦惠王罢免了张仪的国相职务，于是张仪离开秦国，去魏国做了国相。但是，魏襄王并没有采纳张仪提出来的与秦国结盟的建议。秦惠王闻讯非常生气，出兵攻占了魏国的曲沃、平周等地。秦惠王准备让张仪回到秦国，官复原职。可是，张仪觉得计划没完成，就留在了魏国。四年后，魏哀王继位了，张仪又来劝说魏哀王与秦国结盟，可是魏哀王也没有听从张仪的建议。于是，张仪暗中鼓动秦国攻打魏国，结果魏国再次战败了。魏哀王大为震撼，心急如焚。

张仪见时机已到，于是再去游说魏哀王："大王，魏国国土面积不大，人口也不多，但是地理位置好，交通便利，不管从周边哪个国家去魏国都城都十分快捷方便。在国防上，这就给边境的防御带来了很大的困难，光守卫边境就需要十几万士兵，还能有多少剩余的兵力用于作战呢？再加上魏国的地理位置很容易在周边国家发生战争的时候受到牵连，沦为战场。要是那几个邻国一起大打出手，魏国的国土可就四分五裂了。"魏哀王听了，心中大惊，忙不迭地问："先生有什么好办法吗？"张仪顿了顿，然后语气坚定地回答：

"大王，魏国想要稳定平安的话，与周边那几个邻国联合是完全没用的。最好的选择当然是和秦国合作，有了强大的秦国做您的后盾，还有哪个邻国敢轻举妄动？大王要尽早做出正确的选择，等到韩国先与秦国结盟了，必定会来攻打魏国，到时候魏国还有活路吗？"张仪的这番话把魏哀王说得心服口服，魏哀王立刻答应和秦国结盟。此后，其他几国也纷纷效仿，与秦国结盟，以求自保。就这样，六国合纵联盟彻底瓦解了。

成语释义

成语"四分五裂"的典故见于《史记·张仪列传》，主要讲的是张仪运用"连横"的策略，游说魏王与秦国结盟，给魏王分析魏国的情势，认为要是几个邻国一起出手，魏国的国土就会四分五裂。原意是指分裂成很多块，后人多用来比喻一个事物的整体不统一、不完整。

《史记》原文选读

　　明年①，齐又来败魏于观津。秦复欲攻魏，先败韩申差②军，斩首八万，诸侯震恐。而张仪复说魏王曰："魏地方③不至千里，卒不过三十万。地四平，诸侯四通辐凑④，无名山大川之限⑤。从郑至梁二百余里，车驰人走，不待力而至。梁南与楚境，西与韩境，北与赵境，东与齐境，卒戍四方，守亭鄣⑥者不下十万。梁之地势，固战场也。梁南与⑦楚而不与齐，则齐攻其东；东与齐而不与赵，则赵攻其北；不合于韩，则韩攻其西；不亲于楚，则楚攻其南：**此所谓四分五裂之道也。**"

——《史记·张仪列传》

■ 注释：

①明年：第二年。

②申差：战国时期韩国将领。

③地方：纵横面积。

④辐凑：也作"辐辏"，车的辐条集中于轴心。比喻人或物集聚一处。

⑤限：阻挡，隔绝。

⑥亭鄣：古代边塞堡垒。鄣，障碍。

⑦与：和……结交，亲附。

历 史 解 读

到了战国中后期，"战国七雄"之间的地缘政治形势发生了根本性的变化。在关东地区，马陵之战后，魏国元气大伤，齐国代替魏国成了中原地区的霸主。地处关西的秦国，经过商鞅变法之后，国力日益强盛，也进一步东扩。这样一来，秦、齐两国分别从东、西两个方向，进逼中原地区，这使得原本已有的混战局面更加错综复杂。韩、赵、魏三国处于秦、齐二强的夹击之下，为了能在夹缝中生存下去，不得不抱团，并且北上联合燕国，南下联合楚国，向东抗击齐国或者向西抵御秦国，这种联合的策略被称为"合纵"；如果秦、齐两国拉拢联合六国中一国，去进攻其他弱国，这种联合策略就被称为"连横"。

从公元前 328 年开始，张仪运用其创立的"连横"策略，凭着三寸不烂之舌，利用各个诸侯国之间的矛盾，四处游说。可以说，他的整个政治生涯的根本利益出发点就是帮助秦国逐步兼并六国，一统天下。他从两方面入手，一方面对六国威逼利诱，使其与秦国结盟，归附于秦；另一方面想方设法拆散六国联盟，削弱它们的力量，分而治之。从以后的天下形势发展来看，可以说张仪的"连横"策略取得了极大的成功，不仅使秦国在外交上连连取得胜利，而且帮助秦国不断蚕食六国，为秦统一六国立下了汗马功劳。

56 胡服骑射

在张仪的谋划下，实力不断壮大的秦国开始不断对函谷关以东的六国进行攻伐。赵武灵王登位后，面对着赵国周边日益强大的诸侯国的挑战，终日思虑赵国的发展出路，他知道赵国只有发愤图强，才能确保国富民安。

有一次，赵武灵王出发巡视赵国北方的边境。他一路巡视了中山国和代地，最后来到黄河边的黄华山。赵武灵王登上山顶，对跟随在他身边的大臣楼缓说：“先生，您看我们赵国腹心有中山国，北边有燕国，东边有东胡，西边又与秦国、韩国、林胡和楼烦相邻，如果我们国力不强大起来的话，随

时都会遭受灭顶之灾。要想发愤图强成就一番事业的话，就必须大刀阔斧地改革一番。我觉得咱们穿的长袍大褂，干起活来很不方便，打起仗来更是不灵活。相比之下，胡人穿的短衣窄袖，行动起来倒是很便捷。我打算效仿胡人的风俗，把我们的服装改一改，您觉得怎么样？"楼缓一听，连声说好，他说："我们效仿胡人的穿着，也就能学习他们打仗的本领啦！"赵武灵王说："对啊！我们中原国家打起仗来要不就是步兵，要不就是马拉的战车，不如胡人骑马灵活机动。我们学了胡人的穿着，就是要向胡人那样学习骑马射箭。"赵武灵王的这个想法一传开，马上就遭到许多大臣的反对。

面对群臣的反对，赵武灵王忧心忡忡地对身边的大臣肥义说："先生，我是想继承先王的遗志，干一番大事业啊，所以才要改变服装，穿上胡服，还要教人民学习骑马射箭，可是他们不理解我的心意，非议我的改革，这怎么办才好呢？"肥义劝慰他说："大王，做事情犹豫不决的话，就不会成功。您既然决定要承受背弃祖先风俗的责难，那么就无须再顾虑天下人的议论了，只要放手去干就行了。"听完这话之后，赵武灵王改革的决心更加坚定了。他知道要推行这种改革，必须先排除内部的阻力。

赵武灵王决定先去找他的叔叔公子成，希望能说服他支持自己的改革。赵武灵王先派大臣王缫（xiè）拜见公子成，转达自己的建议，希望公子成能穿上胡服去上朝，做个表率。可是公子成却丝毫不给他面子，甚至称病不去上朝。赵武灵王叹了口气，决定亲自去劝说。赵武灵王来到公子成的府上，跟公子成反复地讲穿胡服、学骑射的好处。并且表明心意，自己决定这样做并不是为了贪图享乐，而是为了国家的强大，为了继承先王的遗愿，成就一番事业。公子成最终被说服了。公子成惭愧地拜伏在地上，磕头说："请饶恕我年老愚蠢，没能理解大王您的心意，还带头来反对您的改革，差一点儿酿成大错。请大王放心，我一定听从命令，换上胡服。"赵武灵王立即赏赐给公子成一套胡服。第二天上朝的时候，大臣们一见最保守的公子成也穿起胡服来了，便都不再提反对意见，也都乖乖地改穿胡服。

赵武灵王看到内部的阻力已经消失，改革的条件已经成熟，于是向全国发布了一道改革服装的命令。不久，赵国上下，不分贫富贵贱，人人都穿上了短衣窄袖的胡服。一开始，人们觉得有点儿不太适应，后来觉得穿上了胡服，做起事情来确实方便灵活多了，慢慢就都接受了。紧接着，赵武灵王又下令让赵国人向胡人学习骑马射箭。不到一年的时间，赵武灵王就训练出了一支强大的骑兵队伍。公元前306年，赵武灵王亲自率领骑兵部队，一举打败了中山国。后来，赵国周边的林胡、楼烦都被赵武灵王逐一征服了，赵国的实力变得越来越强大。

成语释义

成语"胡服骑射"的典故见于《史记·赵世家》，主要讲的是战国时期，赵武灵王为了让赵国强大起来，勇于改革，在全国范围内推行"胡服"、教练"骑射"的事迹。胡指的是古代北方少数民族。胡服骑射就是指穿上北方少数民族的短衣窄袖的服饰，学习他们骑马射箭的军事技术。后人多用来比喻力排众议，锐意改革。

《史记》原文选读

于是肥义①侍②，王曰："简、襄③主之烈④，计胡、翟之利。为人臣者，宠⑤有孝弟⑥长幼顺明之节，通⑦有补民⑧益主之业，此两者臣之分也。今吾欲继襄主之迹，开于胡、翟之乡，而卒世⑨不见也。为敌弱⑩，用力少而功多，可以毋尽百姓之劳，而序⑪往古之勋。夫有高世之功者，负⑫遗俗之累；有独智之虑⑬者，任骜民⑭之怨。**今吾将胡服骑射以教百姓**，而世必议寡人，奈何？"肥义曰："臣闻疑⑮事无功，疑行无名。王既定负遗俗之虑，殆⑯无顾天下之议矣。夫论至德者不和于俗，成大功者不谋于众。昔者舜舞有苗⑰，禹袒裸国⑱，非以养欲而乐志⑲也，务以论德而约功也⑳。愚者闇㉑成事，智者睹未形，则王何疑焉。"王曰："吾不疑胡服也，吾恐天下笑我也。狂夫之乐，智者哀焉；愚者所笑，贤者察焉。世有顺我者，胡服之功未可知也。虽驱世以笑我，胡地中山吾必有㉒之。"于是遂胡服矣。

——《史记·赵世家》

■ 注释：

①肥义：赵国大臣。

②侍：陪侍。

③简：赵简子。襄：赵襄子。

④烈：事业，功绩。

⑤宠：穷。

⑥弟（tì）：古同"悌"，孝悌。

⑦通：得志，显贵。

⑧补民：有利于人民。

⑨卒世：终身。

⑩弱：使削弱。

⑪序：按次序。

⑫负：遭受。

⑬独智之虑：独到见解。

⑭任：承受，担负。骜民：傲慢的百姓。

⑮疑：有顾虑。

⑯殆：几乎。

⑰舜舞有苗：相传，舜在宫廷表演苗人舞蹈，苗人就归顺了。

⑱禹袒裸（tǎn luǒ）国：禹不穿衣服进入裸国。裸国，古代传说中西方国名。

⑲养欲：满足欲望。乐志：舒展心情。

⑳务：致力于。论德：根据品德。约功：追求功业。

㉑闇（àn）：不懂得。

㉒有：占有。

历史解读

　　到了战国中后期，赵武灵王即位的时候，赵国的实力已经由盛转衰。从地理位置上看，赵国位于北方地区，多与少数民族聚居地相近。这些北方的少数民族都是以游牧为生，擅长骑马射箭。赵国的军队主要采用中原地区传统的步兵和战车配合作战的阵式，非常不适合与北方游牧民族作战，因为笨拙的战车只适用于在较为平坦的地形中作战，在复杂的山区地形中缺乏良好的机动性，再加上步兵也难以抵挡那些来去迅猛、机动灵活的骑兵的冲击。赵武灵王看到了北方少数民族的一些特别的优势：一是在服饰上，他们穿着窄袖短衣，行动起来都更为敏捷方便；二是在军事上，他们作战时使用战马和弓箭，与中原地区的马拉战车和步兵长矛相比，更具有灵活机动性。于是，赵武灵王决心向北方少数民族学习，开展"胡服骑射"的改革，希望以此来提升赵国的实力。

经过"胡服骑射"的改革，赵国很快就建立起一支以骑兵为主体的新型军队，并且在之后的战争中显示出了强大的威力。赵武灵王亲自率领骑兵部队，一举灭掉了中山国，横扫林胡和楼烦等少数民族，"攘地北至燕、代"，拓疆扩土，国力日盛。此后，赵国成为关东六国中军事实力最强的国家，甚至连秦国都对其有所忌惮。

赵武灵王实行"胡服骑射"的改革是我国古代军事史上的一次重大变革。要知道，在当时的政治框架下，以周王室为中心的中原诸侯国一向把周边的少数民族看作"非我族类"的野蛮民族，而且在军事上都采取"攘夷"的策略，抵御少数民族对中原地区的侵扰。在这种形势下，赵武灵王能力排众议，向少数民族学习，确实表现出了敢为天下先的魄力，所以赵武灵王的改革被历代史学家传为佳话。从客观上讲，"胡服骑射"的改革也促进了各民族的文化交流和相互融合。

57 完璧归赵

　　赵惠文王在位的时候，强大的秦国不断派兵侵扰赵国。可是，在能征善战的大将军廉颇的指挥下，赵国军队也毫不示弱，屡屡击退了进犯的秦国军队，秦国在与赵国的较量中没有占到半点儿便宜。后来，赵国偶然得到了楚国失落的和氏璧。和氏璧是一块闻名天下的宝玉，这个消息很快就在诸侯国中不胫而走了。公元前283年，秦昭襄王闻讯，便派使臣到赵国去拜见赵惠文王，说秦国愿意用15座城池来换取和氏璧。赵惠文王一下子拿不定主意，于是召集大臣入朝，共同商议对策。大家都认为，如果把和氏璧给了秦国，要是秦国不守信用，赵国不仅拿不到15座城池，还会被天下人耻笑；但要是不给的话，秦国就会借故派兵攻打赵国。讨论来讨论去，最终也没想出办法。后来，赵惠文王决定先派个使者去秦国斡旋，但一时又找不到合适的人选。

　　这时，宦者令缪贤站出来，向赵惠文王推荐自己的门客蔺相如出使秦国。赵惠文王不放心地问："出使秦国不是等闲之事，你推举蔺相如，此人到底有什么能耐，能当此大任啊？"缪贤回答道："大王，请放心。蔺相如是我的门客，是个有勇有谋的人。有一次，我做了一件错事，非常害怕大王降罪，于是私下里打算逃到燕国去。就在这个时候，蔺相如拦住了我，问我：'您为什么要逃到燕国去呢？您真的了解燕王，觉得燕王会收留您吗？'我向他解释说：'我与燕王有过一面之缘，当年我随赵王在边境上会见燕王，燕王曾经私下里拉着我的手说要与我交好，所以我打算逃往燕国。'蔺相如马上反驳我说：'您错了。赵国强大，燕国弱小，您又是赵王身边的宠臣，燕王当然想拉拢您啦。可是，一旦您失势，逃到燕国去的话，我看燕王未必敢收留您，说不定反而会把您捆绑起来押回赵国。我劝您，自己去向赵王请罪，或许赵王还能赦免您的罪。'后来，我听从了蔺相如的建议，您还真的就赦免了我。通过这件事，我认为蔺相如足智多谋，一定能担当出使秦国的重任。"

赵惠文王马上召蔺相如进宫，把事情的来龙去脉说了一遍，然后直接问他："我们到底要不要把和氏璧送给秦王呢？"蔺相如思索片刻，答道："大王，依臣所见，秦国想用15座城池来换和氏璧，如果赵国不答应的话，那就是赵国理亏在先了；如果赵国给了和氏璧而秦国不给赵国城池，那就是秦国不讲信用。两相权衡，我认为应该答应秦国的要求，到时候让秦国来承担不讲信用的责任。"赵惠文王又问："那么可以派谁出使秦国呢？"蔺相如说："大王如果确实找不到合适的人，那我愿意护送和氏璧出使秦国。要是秦国守信用把城池给赵国了，我就把和氏璧留给秦国；否则，我一定把和氏璧完好地带回赵国。"于是，赵惠文王派蔺相如带上和氏璧出使秦国。

秦昭襄王在偏殿接见了蔺相如。蔺相如捧着和氏璧恭恭敬敬地献给秦王，秦昭襄王心中大喜过望，拿在手中仔细观赏，爱不释手。然后，又递给身边的左右大臣们传看，让后宫的姬妾和侍人们赏玩。大臣们都高呼万岁，祝贺秦王得到了稀世珍宝。蔺相如在朝堂上等了半天，发觉秦昭襄王根本就没有拿城池交换和氏璧的诚意，心中就开始盘算，和氏璧已落入秦王手中，怎么样才能拿回来呢？蔺相如急中生智，对秦昭襄王说："大王，这块和氏璧好是好，但是有个小小的瑕疵，一般人不太看得出来，我可以指给大家看看。"秦昭襄王信以为真，叫手下把和氏璧交给蔺相如，蔺相如接过和氏璧，后退了几步，背靠着殿柱，理直气壮地说："当初大王派使者送国书给赵王，说是愿意用15座城池来换这块和氏璧，大家都认为您这是在欺骗赵国。可是，我却不这么认为，因为就算普通百姓之间做事情都要讲信用，更何况秦国这样的泱泱大国，绝对不会做这种不讲信用的事。所以，赵王诚心诚意地派我把和氏璧送来。可是，现在大王却态度傲慢，在这种偏殿上接见我，显然是没有以城换璧的诚意。希望大王能信守诺言，把15座城池交给赵国，这样我自然会把和氏璧留给秦国。可如果大王非要逼我的话，今天我的脑袋就和这块璧一起撞在柱子上。"

说完，蔺相如一边举起和氏璧，一边愤怒地瞄着殿中的大柱子，做出要撞的样子。秦昭襄王见状，生怕蔺相如一时冲动撞碎了玉璧，一面赶紧劝住他："不要冲动，凡事好商量！"一面连忙命令大臣把地图拿上来，把要拿

来换和氏璧的 15 座城池指给蔺相如看。蔺相如知道这又是秦昭襄王使的缓兵之计，于是将计就计，对秦昭襄王说："大王的诚意我是明白的。但是，这和氏璧可是无价之宝，在我把它护送到贵国之前，赵王斋戒了五天，举行了隆重的送行仪式。所以，大王也要斋戒五天，我才愿意献上和氏璧。"秦昭襄王心中恼火，但是转念一想，你人和璧都在我的掌心里，反正你也跑不了，于是就答应斋戒五日。蔺相如怀抱着和氏璧回到馆舍，马上叫来一个自己信任的随从，让他换上老百姓的衣装，偷偷地把和氏璧藏在怀中，从小路潜回赵国。

五天后，秦昭襄王在秦宫正殿，以九宾大礼隆重接见了蔺相如。蔺相如走上殿，直截了当地对秦昭襄王说："你们秦国自穆公以来的 20 多位国君，没有一个是讲信用的。我实在是害怕再受骗上当，所以派人先把和氏璧送回赵国去了。"秦昭襄王一听，知道中计，顿时大发雷霆，气冲冲地对蔺相如说："我斋戒五日，举行这么宏大的仪式来迎接你，你竟敢不献上和氏璧！你知道欺骗本王有什么下场吗？来呀！把他绑起来。"蔺相如毫无惧色，不慌不忙地说："请大王息怒。天下诸侯都知道秦国强大，赵国弱小，只听说过强国欺负弱国，还从来没有听说过弱国欺负强国的。如果大王诚心诚意地想要和氏璧的话，就请先把 15 座城池交给赵国。赵国绝对不敢背信弃义得罪大王，肯定会把和氏璧送回秦国。如果大王杀了我，天下人也就会看透您的用心，都知道秦国是个不讲信誉的国家。还请大王三思而后行啊！"秦昭襄王被说得哑口无言，只好放蔺相如回去。蔺相如为赵国立了大功，赵惠文王提拔他做了上大夫。

成 语 释 义

　　成语"完璧归赵"的典故见于《史记·廉颇蔺相如列传》，主要讲的是秦王倚势恃强，不讲信用，想从赵国手中诈取和氏璧，蔺相如受命出使秦国，靠着自己的机智和勇敢，将和氏璧完好无缺地带回赵国。后人多用来比喻把物品完好无损地交还给物主。

一定要带回！

《史记》原文选读

　　赵惠文王时，得楚和氏璧。秦昭王闻之，使人遗①赵王书，愿以十五城请易②璧。赵王与大将军廉颇诸大臣谋：欲予秦，秦城恐不可得，徒③见欺；欲勿予，即患④秦兵之来。计未定，求人可使报秦者，未得。宦者令缪贤曰："臣舍人蔺相如可使。"王问："何以知之？"对曰："臣尝⑤有罪，窃⑥计欲亡走⑦燕，臣舍人相如止臣，曰：'君何以知燕王？'臣语曰：'臣尝从大王与燕王会境⑧上，燕王私握臣手，曰："愿结友。"以此知之，故欲往。'相如谓臣曰：'夫赵强而燕弱，而君幸⑨于赵王，故燕王欲结于君。今君乃亡赵走燕，燕畏赵，其势必不敢留君，而束⑩君归赵矣。君不如肉袒⑪伏斧质⑫请罪，则幸得脱矣。'臣从其计，大王亦幸赦臣。臣窃以为其人勇士，有智谋，宜可使。"于是王召见，问蔺相如曰："秦王以十五城请易寡人之璧，可予不⑬？"相如曰："秦强而赵弱，不可不许。"王曰："取吾璧，不予我城，奈何？"相如曰："秦以城求璧而赵不许，曲[14]在赵。赵予璧而秦不予赵城，曲在秦。均[15]之二策，宁许以负秦曲[16]。"王曰："谁可使者？"相如曰："王必无人，臣愿奉[17]璧往使。城入赵而璧留秦；城不入，臣请完[18]璧归赵。"赵王于是遂遣相如奉璧西入秦。

——《史记·廉颇蔺相如列传》

■ **注释：**

①遗：给，送。

②易：交换。

③徒：徒劳。

④患：担心。

⑤尝：曾经。

⑥窃：私下。

⑦亡走：逃跑。

⑧境：指边境。

⑨幸：宠幸。

⑩束：捆绑。

⑪肉袒：脱去上衣，露出上体。

⑫斧质：古代杀人刑具。

⑬不：通"否"。

⑭曲：理屈。

⑮均：衡量。

⑯负秦曲：使秦国承担理屈的责任。

⑰奉：恭敬地捧着。

⑱完：完好。

历 史 解 读

　　"完璧归赵"这个成语中的"璧"指的是"和氏璧"。和氏璧是一块宝玉的名称，在历史上有一段不同寻常的经历。相传，在春秋时期的楚国，一个叫卞和的人，在楚国的山中拾到一块没有经过加工的玉璞。卞和识得这是一块美玉，于是就把它进献给了楚厉王。楚厉王召来玉匠鉴别，结果玉匠看了半天说这是一块平常的石头。楚厉王震怒，就以欺君之罪，砍断卞和的左脚。待到楚武王登位，卞和依旧不死心，又把这块玉璞进献给楚武王。楚武王又叫玉匠来验明，结果同样说这是一块分文不值的石头，楚武王又发怒砍掉了卞和的右脚。最后，到了楚文王登位，卞和失去双脚，没办法再进宫献宝，就抱着这块玉璞号啕大哭，一连哭了三天三夜，眼泪都哭干了。楚文王得知了这件事，就派人问他："天底下被砍掉双脚的人多得是，也都没有像你这样哀号痛哭的啊，你到底是为了什么哭得这样悲痛呢？"卞和回答说："请你回去禀告大王，我并非为我的双脚被砍掉而悲伤痛哭。我痛惜的是有人竟然把宝玉说成石头，给我扣上欺君的罪名啊。"楚文王听了，于是派人把这块玉璞剖开，进行加工，果然得到一块极为罕见的宝玉。由于这块宝玉特别珍奇，再加上这段不平凡的来历，便成了世间公认的至尊宝玉，价值连城。这也是秦王不惜以15座城池作为诱饵来骗取和氏璧的主要原因。

　　成语"完璧归赵"典故中的主人公是蔺相如，他是战国时期赵国著名的政治家和外交家。在这个历史典故中，蔺相如被描绘成了一位机智勇敢、不畏强秦的人。对赵国来说，蔺相如既保住了和氏璧，也维护了国家的威严；对秦国而言，则充分暴露出其野心。其实司马迁在《史记》中写得很清楚，秦昭襄王压根儿就不想用 15 座城池来交换和氏璧，他之所以要这样做，目的很简单，就是为了试探赵国的实力，为进一步攻打赵国寻找借口。而蔺相如通过这场外交上的胜利，暂时压制住了秦国的野心。

在赵武灵王"胡服骑射"改革以后，赵国确实强盛了一段时期，可是到了赵惠文王时期，赵国宫廷内斗，动荡不安，整体实力已经开始走下坡路了。与此同时，秦国在变法之后，国力也开始逐渐强大起来，想要东进中原，赵国是秦国首先进攻的目标。但是，秦国还是对赵国的军事实力有所忌惮，所以就借以城换璧来试探赵国。蔺相如在出使秦国，与秦王会面的时候，虽然从表面上看表现得很强硬，但是内里却显得"力不从心"，为了保全和氏璧，甚至用人亡玉碎来威胁秦王。所以说，蔺相如完璧归赵，看似取得了一场外交上的胜利，实际上反映出来的是赵国在军事实力上的日益衰弱。

58 渑池之功

秦昭襄王没有得到和氏璧，心有不甘，三番五次地侵扰赵国。公元前279年，秦昭襄王又突然表示愿与赵国和好，派使臣到赵国邀请赵惠文王到渑池友好会面。赵惠文王接到邀请，心中非常不安，担心秦国又要耍什么伎俩，打心底里就不愿去赴会。于是，赵惠文王召集大臣廉颇和蔺相如入宫商讨此事。廉颇和蔺相如经过一番商议，都认为如果不去赴会的话，就会显得赵国既软弱又胆怯，赵国就会被天下人看扁。最后，赵惠文王决定冒一次险，前去会会秦昭襄王，看看他葫芦里面到底卖的什么药。

在前去赴会之前，赵惠文王与廉颇和蔺相如反复讨论，最后得出一个万全之策。蔺相如擅长外交辞令，赵惠文王就令他随行赴会。接着，赵惠文王又命令廉颇统领精兵勇将驻防在赵国边境，随时防御秦国的进攻。到了出发的那一天，廉颇率领军队把赵惠文王和蔺相如送到赵国边境，和赵王诀别说："大王，您这次前往渑池赴会，我预计往返时间不会超过30天。如果过了30天还没回来，就请您应允我们立太子为王，断绝秦国的野心。"赵惠文王同意了这个建议，拉着廉颇的手说："你镇守国境，国内就靠你了啊！"说完，便带着蔺相如出发去渑池与秦王会晤。

到了渑池相会这一天，秦昭襄王大摆筵席款待赵惠

文王。席间，秦昭襄王酒兴正浓的时候，就假装醉酒对赵惠文王说："寡人私下里听说赵王精通中原音乐，今天就请您鼓瑟一曲，为大家助助兴吧！"赵惠文王虽然心中不悦，但也不好当面推辞，就勉强演奏了一曲。秦昭襄王马上吩咐站在一旁的御史官，把这件事记录下来。秦国的御史官走上前来写道："某年某月某日，秦王与赵王一起饮酒，秦王命令赵王鼓瑟助兴。"坐在一旁的蔺相如见状，心中不禁腾起一股怒火，这分明是秦昭襄王在有意侮辱赵王嘛，于是他起身走到秦昭襄王跟前，说："我们赵王私下里也听说秦王擅长演奏秦国的音乐，我给秦王献上一只盆缶，今天就请您奏上一曲，一起来助助兴吧。"秦昭襄王听了，非常生气，断然拒绝。遭拒后，蔺相如上前进逼两步，献上盆缶，眼中冒出一道寒光，直盯着秦昭襄王说："大王，您这就太欺负人了。我们赵王已经鼓瑟了，如果您再不敲盆缶的话，在这五步之内，就会血溅酒席。"左右侍卫拥上前来，想要杀蔺相如，蔺相如怒目圆睁，大喝一声，左右侍卫都吓得退了下去。秦昭襄王见状，虽然极不情愿，但也不想破坏了会面的友好气氛，只好随便敲了几下盆缶。蔺相如马上回头招呼赵国的御史官写道："某年某月某日，秦王为赵王敲缶。"

随即，秦国的大臣们又出言不逊，提出了无礼的要求，让赵国拿出 15 座城池给秦王献礼祝寿。蔺相如也毫不示弱，针锋相对地反击说："那也请秦国把都城咸阳献给赵王祝寿吧。"一直到筵席结束，秦国都占不到一点儿便宜，而且赵国的军队在边境地区也早有戒备，秦国更不敢贸然进攻了。

成语释义

成语"渑池之功"的典故见于《史记·廉颇蔺相如列传》，主要讲的是战国时期，在渑池之会上，赵国大夫蔺相如不畏强秦，有礼有节，维护国家尊严。后人多用来比喻不顾自己的个人安危，为国家社稷立下了巨大功绩。

《史记》原文选读

　　秦王使使者告赵王，欲与王为好①会于西河②外渑池。赵王畏秦，欲毋行。廉颇、蔺相如计曰："王不行，示赵弱且怯也。"赵王遂行，相如从。廉颇送至境，与王诀③曰："王行，度道里④会遇之礼毕，还，不过三十日。三十日不还，则请立太子为王，以绝秦望。"王许之，遂与秦王会渑池。秦王饮酒酣，曰："寡人窃闻赵王好音，请奏瑟。"赵王鼓瑟。秦御史前⑤书曰："某年月日，秦王与赵王会饮，令赵王鼓瑟。"蔺相如前曰："赵王窃闻秦王善为秦声，请奏⑥盆缻⑦秦王，以相娱乐。"秦王怒，不许。于是相如前进⑧缻，因跪请秦王。秦王不肯击缻。相如曰："五步之内，相如请得以颈血溅大王矣！"左右欲刃相如，相如张目叱⑨之，左右皆靡⑩。于是秦王不怿⑪，为一击缻。相如顾召赵御史书曰："某年月日，秦王为赵王击缻。"秦之群臣曰："请以赵十五城为秦王寿。"蔺相如亦曰："请以秦之咸阳为赵王寿⑫。"**秦王竟**⑬**酒，终不能加胜于赵。赵亦盛设兵以待秦，秦不敢动。**

——《史记·廉颇蔺相如列传》

■ **注释**

①好：相善，友好。

②西河：河外地区的西部。人们通常称今河南的黄河以北为"河内"，称黄河以南为"河外"。

③诀：将远离，互相告别。诀别。

④道里：路程。

⑤前：上前。

⑥奏：献奏。

⑦缻（fǒu）：原是盛酒浆的瓦器，通"缶"，后成为一种乐器。

⑧进：进献。

⑨叱：喝骂。

⑩靡：倒退，溃退。

⑪怿：快乐，高兴。

⑫寿：献礼祝寿。

⑬竟：完成。

历史解读

　　自蔺相如"完璧归赵"之后，根据《史记·廉颇蔺相如列传》记载，公元前282年，秦国派大将白起攻取了赵国的简和祁两地。第二年，秦国又派兵攻占了赵国的石城；又过了一年，秦国再次进攻赵国，赵国战败，军队损失了两万多人。可是，为什么秦国在屡战屡胜的情况下，秦昭襄王要与赵惠文王会面和谈呢？主要原因还是当时"战国七雄"之间的地缘政治形势发生了重大变化。秦国面对其他六国"合纵抗秦"的挑战，推出"连横"的策略，一面与楚、韩、魏等国结盟交好，一面集中精力攻打赵国。然而经过几年的交锋，赵国虽然接连损兵失地，可是元气未伤，实力尚存，秦国的攻势也被

成功遏止，无法一举消灭赵国。就在这个时候，秦、赵两国面临的国外形势发生了重大变化。赵国方面，其盟友燕国在与齐国的交战中失利，赵国为了援助燕国，转身对付齐国，所以迫切想与秦国妥协议和；秦国方面，南方的楚国见秦、赵两国交战胜负难分，呈胶着状态，突然撕毁盟约，派兵进攻秦国，秦国后院失火，也无心再与赵国相争。在这样的形势下，秦、赵两国在渑池坐下来会盟和谈。

在渑池相会中，赵王为秦王鼓瑟，秦王为赵王击缶。

瑟的历史十分悠久，相传在夏朝的时候就已经有瑟了。《诗经·小雅》中记载："……琴瑟击鼓，以御田祖，以祈甘雨，以介我稷黍，以谷我士女。"这是中国古代典籍中最早关于瑟的记载，足以证明瑟至少有 3000 年的历史了。而且，在先秦时期，瑟还是一种高雅的乐器。相传孔子就善于鼓瑟，号称"孔门之瑟"。

缶是一种用来盛水或酒的器皿，一般多用陶土烧制而成，也有用青铜铸造的，流行于春秋战国时期。由于当时人们常常一边喝酒，一边敲打这种酒器吟唱作乐，所以缶也逐渐演化成了一种乐器。只是，击缶在当时只在社会底层流行，是一种比较低俗的娱乐方式。由此可见，赵王鼓瑟，秦王击缶，一个高雅，一个低俗，凸显赵王更胜秦王一筹。

59 负荆请罪

　　渑池之会上，蔺相如不畏强秦，保全了赵惠文王的颜面和赵国的国家尊严，立了大功。回到赵国之后，赵惠文王拜他为上卿，地位比大将军廉颇还要高。大将军廉颇对此愤懑不平，私下里对自己的门客说："我是赵国大将军，南征北伐，攻下了多少座城池，立过多少次军功，他蔺相如有什么本领，就凭着一张嘴，能说会道那叫什么本事？况且蔺相如本来就是个地位卑贱的人，现在地位反而比我高，这口气我实在咽不下去，以后最好不要让我碰上他，否则我一定要给他点儿颜色看看。"这番话慢慢地传到了蔺相如的耳朵里，蔺相如就尽量避开廉颇，不与他会面。每到上朝的时候，蔺相如就常常推说自己身体不适，不去上朝，以免和廉颇在朝廷上碰面。

　　有一天，蔺相如坐车去上早朝。走在半路上，突然远远望见大将军廉颇的车马迎面而来，蔺相如赶紧叫车夫掉转方向，把车赶进旁边的小巷子里，给廉颇的车马让道。等廉颇的车马浩浩荡荡地过去后，蔺相如的门客实在有点儿看不下去了，纷纷责怪蔺相如胆小，不该那么害怕廉颇。门客们一起请辞说："我们之所以远离家乡，辞别家人和朋友，从全国各地赶来侍奉您，就是仰慕您高尚的节操呀。如今您与廉颇官位相当，廉将军口出恶言，而您却像老鼠见了猫似的躲避他。您这怕他怕得也太过分了吧，就是平常百姓都会感到羞耻，更何况您这样身为将相的人呢！我们这些人没什么出息，就先告辞了！"蔺相如坚持挽留他们，笑着问他们："你们说，到底是廉颇将军厉害，还是秦王厉害呢？"门客们都说："这还用说，当然是秦王厉害。"
蔺相如又问道："在大庭广众之下，我都敢斥责秦王，羞辱他的大臣。秦王
咄咄逼人的气势，我都不怕，你们说我会怕廉颇将军吗？"蔺相如话锋一转，
接着说道："你们知道吗？如今秦国之所以不敢入侵我们赵国，还不是因为
有我和廉颇在。俗话说，两虎相斗，不能共存。一旦我们两人不和，闹矛盾
了，肯定会削弱我们赵国的力量，秦国就会乘机入侵。所以我不与廉颇争高
低，为的是国家安危，而不是一己私怨啊。"

　　听了蔺相如的这番话，门客们更加敬佩他了。后来，有人把这些话告诉
了大将军廉颇。廉颇听后，心中不是滋味，越想越觉得自己不对，不应该和
蔺相如争功。于是，他脱光上衣，背上绑着荆条，去蔺相如府上请罪。廉颇
见了蔺相如，跪地低头，说道："我是个粗鄙武夫，私心太重，只想着论功
争权，还是您宽宏大量，以国家大局为重！我知道自己错了，请您处罚我吧！"

蔺相如连忙搀起廉颇，说："咱们两人身为赵国的大臣，以后不要再争斗了。您能理解我的这番苦心，我已经是万分感激了，您又何必给我赔礼道歉呢！"

从此以后，他们两人互相谅解，成了生死与共的好朋友。蔺相如和廉颇一文一武，尽心辅佐赵王，没有哪个诸侯国敢再欺负赵国了。

成语释义

成语"负荆请罪"的典故见于《史记·廉颇蔺相如列传》，主要讲的是廉颇与蔺相如争功，蔺相如始终坚持避让。廉颇了解事情真相后，身背荆条登门请罪，两人重归于好。后人多用来比喻主动向当事人承认错误，自愿接受严厉处罚，多用于赔礼道歉的场合。

《史记》原文选读

　　既罢归国，以相如功大，拜为上卿，位在廉颇之右①。廉颇曰："我为赵将，有攻城野战之大功，而蔺相如徒以口舌为劳，而位居我上，且相如素贱②人，吾羞，不忍为之下。"宣言③曰："我见相如，必辱之。"相如闻，不肯与会。相如每朝时，常称病，不欲与廉颇争列④。已而相如出，望⑤见廉颇，相如引车⑥避匿。于是舍人相与谏曰："臣所以去亲戚而事君者，徒慕君之高义也。今君与廉颇同列，廉君宣恶言而君畏匿之，恐惧殊甚，且庸人尚羞之，况于将相乎！臣等不肖⑦，请辞去。"蔺相如固止之，曰："公之视廉将军孰与⑧秦王？"曰："不若也。"相如曰："夫以秦王之威，而相如廷叱之，辱其群臣，相如虽驽⑨，独畏廉将军哉？顾吾念之，强秦之所以不敢加兵于赵者，徒以吾两人在也。今两虎共斗，其势不俱生。吾所以为此者，以先国家之急而后私仇也。"**廉颇闻之，肉袒负荆**⑩，**因**⑪**宾客至蔺相如门谢罪。**曰："鄙贱之人，不知将军宽之至此也。"卒相与欢⑫，为刎颈之交⑬。

　　　　　　　　　　　　　　　　　　——《史记·廉颇蔺相如列传》

■　注释：

①右：秦汉以前以右为尊。

②贱：指出身低贱。

③宣言：扬言。

④争列：争位次排列。

⑤望：远远看见。

⑥引车：把车掉转方向。引，退。

⑦不肖：不贤德。

⑧孰与：何如，比得上。

⑨驽：劣马。比喻人蠢笨。

⑩负荆：身背荆条，表示愿受责罚。

⑪因：依靠，通过。

⑫欢：高兴，快乐。

⑬刎颈之交：同生共死的好友。

历史解读

　　"完璧归赵""渑池之会""负荆请罪"是备受后世推崇的"将相和"三部曲。

　　在"完璧归赵"和"渑池之会"中，蔺相如机智勇敢、不畏强秦。但是，根据《史记》的记载分析，蔺相如之所以能获得如此大的功劳，并且能全身

而退，跟廉颇大将军有很大的关系。司马迁在《史记·廉颇蔺相如列传》的篇首就直接点出了廉颇的赫赫战功和显赫威名，"廉颇者，赵之良将也。赵惠文王十六年，廉颇为赵将伐齐，大破之，取阳晋，拜为上卿，以勇气闻于诸侯"。秦昭襄王在"完璧归赵"中受骗，在"渑池之会"上亦不占上风，虽然有蔺相如机智勇敢的因素，但是秦昭襄王真正忌惮的还是廉颇大将军和他率领的接连获取战功的赵军。《史记》中更是直接指出，在"渑池之会"中，"赵亦盛设兵以待秦，秦不敢动"，说的就是廉颇对秦国的震慑。所以，我们不难看出，蔺相如在外交上获得的成功，实际上都是以廉颇所部的军事实力为基础的，蔺相如的功劳至少也有廉颇的一半。

因此，在"渑池之会"后，蔺相如官拜上卿，位列廉颇之上，廉颇当然对蔺相如心存芥蒂。两人之间的冲突正是整个"将相和"的高潮，"负荆请罪"更加清晰地展现出了两人难能可贵的品格。蔺相如识大体、顾大局，搁置私人恩怨，以国家利益为重。廉颇则教会我们一个人要有知错的觉悟、认错的魄力和改错的决心。

60 曾母投杼

秦武王即位后，雄心勃勃地要完成统一天下的大业。有一天，秦武王召左丞相甘茂和右丞相樗（chū）里子进宫，一同商讨攻打韩国的计划。说着说着，秦武王就感慨地说："寡人一直有一个心愿，就是通过韩国的三川之地，去周王室的都城看一看。这个心愿要是满足了，就算死去也心甘情愿啊。"甘茂一听这话，心里就明白，秦武王是想攻打韩国了。接着，秦武王就问："二位丞相谁愿意带兵出征啊？"右丞相樗里子明确表示反对攻打韩国，甘茂却心领神会地对秦武王说："大王，要攻打韩国的话，必须得联合魏国才行。请大王放心，我愿意出使魏国，说服魏王一起攻打韩国。不过，我希望大王能派向寿与我一同前去。"秦武王接受了甘茂的建议。

甘茂能言善辩，到了魏国之后，很快就说服魏王一同发兵攻打韩国。可是，他担心樗里子会在秦武王面前诋毁自己，怕到头来自己攻韩不成反而丢了性命。于是，他派向寿先回去向秦武王复命，说："魏王已经听从我的建议，同意一起发兵攻打韩国，但是我还是希望大王目前先不要出兵攻韩。"秦武王听了，一时丈二和尚摸不着头脑，便亲自赶到了息壤，他想找甘茂问清楚，为什么改变主意不攻打韩国了。

甘茂见秦武王亲自来了，连忙上前跪拜迎接。秦武王开门见山地问道："当初你同意攻打韩国，还自告奋勇地要出使魏国，现在怎么又说先不要攻打韩国呢？"甘茂答道："大王，我们要去攻打韩国的宜阳，那可是个军事重镇啊，宜阳尽管名义上称为县，可实际上的实力却远远超过了一个郡，来自上党和南阳的粮草财富都储存在那里呢。现在大王不远千里地去攻打它，也不是短时间就能结束的。如果这期间发生了什么变故，岂不是要前功尽弃吗？"

秦武王听了，依然如坠云雾，迷惑不解地说："这是我们早就决定好的事情，哪里还会有什么变故啊？"甘茂说："大王，有些事情的发展是难以预料的。我给大王讲一个故事。从前，孔子的一个得意门生曾参住在费邑，鲁国有个与他同名同姓的人杀了人，有人跑来告诉曾参的母亲说'曾参杀了人'，他的母亲正在织布，她相信自己的儿子不会杀人，所以一点儿也不慌张，神情泰然自若。过了一会儿，又一个人跑来告诉她说'曾参杀了人'，他的母亲将信将疑。不一会儿，又跑来一个人告诉她说'曾参杀了人'，这一回，曾参的母亲坐不住了，慌忙扔下梭子，走下织布机，翻过后院的围墙逃走了。"

秦武王越听越糊涂，不禁问道："你跟我说这个故事，同出兵攻打韩国有什么关系吗？"甘茂解释说："大王，道理很简单啊，如果我率领军队出兵攻打韩国，不在大王身边，那么在大王面前说我坏话、毁谤我的一定大有

人在。如果我久攻韩国不胜，那樗里子和公孙奭二人一定会非议我，万一大王听信谗言，怀疑我怎么办呢？"秦武王听了，想了想说："你放心，为了让你一心带兵打仗，没有后顾之忧，我一定不会听别人的流言蜚语，如若不信，我们可以立下盟誓。"接着，秦武王和甘茂就订立了一个盟誓，藏在息壤这个地方。

最后，秦武王拜甘茂为大将，率兵五万，攻打宜阳。宜阳城果然城池坚固，粮草丰盈，韩国军队坚守不出，秦军一连攻打了五个月也没有把城池攻下来。这时，樗里子和公孙奭果然趁机出来反对，在秦武王面前进谗言："大王，您看甘茂拖了这么长时间，迟迟攻不下城池，时间长了恐生变啊。"秦武王经不住两人来回挑拨，于是令甘茂撤兵。甘茂派人给秦武王送去一封信，信上只写了"息壤在彼"四个大字。秦武王打开一看，顿时想起之前的盟誓，知道自己轻信谗言，感到非常惭愧。于是，决定增调兵力，命令甘茂全力进攻。最后，秦军终于攻下宜阳城，韩襄王被迫与秦国议和。

成 语 释 义

成语"曾母投杼"的典故见于《史记·樗里子甘茂列传》，主要讲的是孔子的得意门生曾参的母亲接连三次听到"曾参杀人"的传闻，便信以为真，投杼而逃。甘茂以此典故劝谏秦武王不要轻信谣言，怀疑自己。后人多用来比喻流言可畏或诬枉的灾祸。

《史记》原文选读

　　向寿归，以告王，王迎甘茂于息壤。甘茂至，王问其故。对曰："宜阳，大县也，上党、南阳积①之久矣。名曰县，其实郡也。今王倍②数险③，行千里攻之，难。昔曾参之处费④，鲁人有与曾参同姓名者杀人，人告其母曰'曾参杀人'，其母织自若也。顷之，一人又告之曰'曾参杀人'，其母尚织自若也。顷又一人告之曰'曾参杀人'，其母投杼⑤下机，逾⑥墙而走。夫以曾参之贤与其母信之也，三人疑之，其母惧焉。今臣之贤不若曾参，王之信臣又不如曾参之母信曾参也，疑臣者非特⑦三人，臣恐大王之投杼也。始张仪西并巴蜀之地，北开西河之外，南取上庸，天下不以多⑧张子而以贤先王。魏文侯令乐羊将而攻中山，三年而拔之。乐羊返而论功，文侯示之谤书⑨一箧。乐羊再拜稽首⑩曰：'此非臣之功也，主君之力也。'今臣，羁旅⑪之臣也。樗里子、公孙奭二人者挟⑫韩而议之，王必听之，是王欺魏王而臣受公仲侈之怨也。"

　　　　　　　　　　　　　　　　　　——《史记·樗里子甘茂列传》

■ **注释：**

①积：指财赋的积累。
②倍：通"背"，背向。
③数险：多处险要关隘。
④处费：居住在费邑。
⑤杼：织布的梭子。
⑥逾：爬过。

⑦特：仅，只。
⑧多：称赞。
⑨谤书：诽谤的书函。
⑩稽（qǐ）首：古代最恭敬的跪拜礼。
⑪羁旅：寄居在异国他乡。
⑫挟：倚仗。

历史解读

　　甘茂是战国中期秦国的名将，其最重要的功绩就是在秦、韩两国宜阳之战中获胜，夺取了韩国的宜阳城，充分展现出杰出的战略才能。宜阳之战被称为秦国统一六国的转折点，因为占领了宜阳城，就相当于为秦国打开了通

往中原地区的门户，秦国可以此为通道东进中原；而且秦军占领宜阳之后，韩国被一分为三，所以韩国在"战国七雄"之中最先被秦国攻灭。

宜阳城被攻下，秦武王前往周王室都城的道路被打通，秦武王也终于得偿所愿。但不幸的是，秦武王在周王室的都城里举鼎绝膑，不治身亡。秦昭王（即秦昭襄王）即位后，甘茂失宠。在秦国，甘茂本来就和樗里子等人政见不和，在秦武王时期，甘茂仗着秦武王的信任和庇护，才能建功立业；而秦昭王并没有重用甘茂，后来甘茂在率兵攻打魏国的时候，趁机逃往魏国，之后又到了齐国，最后终老于楚国。

甘茂的功绩虽然不如张仪、樗里子等人那么可圈可点，但是其前瞻性的战略眼光绝对不会输于其他人。他能够一直坚持为秦国攻下宜阳城，打通东进中原的通道；并且在攻打宜阳之前，以"曾母投杼"的典故说服了秦武王和自己订立誓约，可见甘茂不光拥有很强的战略思维，同时还有很强的自我保护意识，这或许就是甘茂能够得以善终的主要原因。

61 画蛇添足

公元前 329 年，楚威王逝世，太子熊槐继位，称为楚怀王。就在这一年，魏国趁着楚国国君新丧，举国悲痛之际，派兵征伐楚国，夺取了陉山。楚怀王对此一直耿耿于怀。到了他即位的第六年，也就是公元前 323 年，楚怀王决定派柱国将军昭阳率军攻打魏国，报仇雪耻。

柱国将军昭阳率领楚军奋勇作战，在襄陵一战大败魏国军队，一举夺得魏国的八座城池。趁着士气高涨，楚怀王又命令柱国将军昭阳率领这支得胜之师去攻打齐国。眼看着兵强马壮的楚军就要杀过来了，齐王整日忧心忡忡。恰好在这个时候，陈轸受秦王委派出使齐国，见到齐王不停地长吁短叹，非常奇怪，就问道："大王，不知您为何事如此忧虑啊？"齐王说："你有所不知，楚国刚刚攻破魏国，现在正在攻打我们齐国的路上呢！怎么才能对付楚军呢？"陈轸一听，心里明白了，镇定地对齐王说："大王不用忧虑，请放心，我不用一兵一卒，保准让楚国乖乖退军。"齐王听了将信将疑。

于是，陈轸马上出城，赶往楚军大营，求见柱国将军昭阳。昭阳正坐在中军大帐中和将领商讨攻打齐国的军事计划，一听陈轸求见，马上叫左右侍卫请他进帐相见。陈轸见到昭阳，说："请问大将军，按照楚国的律例，打了胜仗的有功之臣，会有什么赏赐？"昭阳答道："授予上柱国将军的官职，封上等爵位，赏赐珪玉。"陈轸接着又问："那么楚国还有比这个更高的赏赐吗？"昭阳说："最高就是封为令尹了。"陈轸听了，上前一步，说："大将军，我说个故事给您听听。

"从前，楚国有一家人举办祭祀祖先的仪式。祭礼结束以后，就把祭祀用的一壶酒赏给到场帮忙的人喝。没有料到的是，这一下可让众人为难了。因为来帮忙的人很多，酒就这么一壶，肯定没办法让每个人都喝上，要是让给其中一个人喝，那倒是绰绰有余。这一壶酒到底怎么分呢？大家都面面相觑，一时拿不定主意。这时，有人提议说：'我看这样吧，我们每个人在地上画一条蛇，看谁画得快，这壶酒就归画得最快的那个人。'大家听完，都拍手赞成。于是，大家就都蹲在地上画起蛇来。有个人画得很快，不久就画好了。他一边端起酒壶，一边转身看看别人，发现他们都还没有画好呢。他得意扬扬地想：'这些人画得好慢啊！我再给蛇画几只脚也不迟啊！'于是，

他就左手提着酒壶，右手给蛇画起脚来。就在这个时候，另外一个人也画好了，把酒壶从他手里夺过去，说：'你见过天底下的蛇有长着脚的吗？蛇没有脚，你为什么偏偏要给它画上脚呢？所以第一个画好蛇的人是我，这壶酒归我喝了！'说罢就一仰脖子，把酒喝完了。"昭阳听陈轸说完，若有所思。

陈轸趁热打铁，接着说："大将军，您之前攻打魏国，已经大获全胜了。在楚国，没有谁比您的功劳更大了，而且您也被封为楚国令尹，也没有谁的官职爵禄比您更高了。现在，您又率兵攻打齐国，就算打了胜仗回去，也不会增加您的官职爵禄了；但是如果打了败仗的话，您就有可能战死沙场，或者失去高官厚禄，这不就是所谓的画蛇添足吗？大将军不如撤军返回楚国，

这样不但保住了您的官职爵禄，也让齐国免遭战祸，齐国老百姓会对您感恩戴德啊！"

昭阳听完，心领神会，于是撤军回国，齐国避免了一场战祸。

成 语 释 义

成语"画蛇添足"的典故见于《史记·楚世家》，主要讲的是陈轸以画蛇添足这个故事来劝说楚国将军昭阳撤军。后人多用来比喻多做了不必要的事情，非但没有任何帮助，反倒事与愿违，告诫人们做事情不要多此一举，否则只会适得其反。

《史记》原文选读

　　六年，楚使柱国昭阳[1]将兵而攻魏，破之于襄陵，得八邑。又移兵而攻齐，齐王患之。陈轸适[2]为秦使齐，齐王曰："为之奈何？"陈轸曰："王勿忧，请令罢之。"即往见昭阳军中，曰："愿闻楚国之法，破军杀将者何以贵之？"昭阳曰："其官为上柱国，封上爵执珪[3]。"陈轸曰："其有贵于此者乎？"昭阳曰："令尹。"陈轸曰："今君已为令尹矣，此国冠之上。臣请得譬[4]之。人有遗其舍人一卮[5]酒者，舍人相谓曰：'数人饮此，不足以遍，请遂画地为蛇，蛇先成者独饮之。'一人曰：'吾蛇先成。'举酒而起，曰：'吾能为之足。'及其为之足，而后成人夺之酒而饮之，曰：'蛇固无足，今为之足，是非蛇也。'今君相楚而攻魏，破军杀将，功莫大焉，冠之上不可以加矣。今又移兵而攻齐，攻齐胜之，官爵不加于此；攻之不胜，身死爵夺[6]，有毁于楚：此为蛇为足之说也。不若引兵而去以德[7]齐，此持满[8]之术也。"昭阳曰："善。"引兵而去。

　　　　　　　　　　　　　　　　——《史记·楚世家》

■ 注释：

①柱国：也称上柱国，是楚国最高的武官官职，地位仅次于令尹。昭阳：楚国将军。

②适：恰好。

③执珪：楚国的上等爵位会赏赐珪，执珪是楚国最高爵位的象征。

④譬：表示比喻。以为寓言。

⑤卮：古代酒器。

⑥夺：被夺。

⑦德：施恩惠。

⑧持满：指昭阳将军维持在最高位置。

画蛇添足

历史解读

进入战国之后，楚国与魏、赵、韩三国发生了多次战争，双方互有胜负，仇怨越积越深。公元前323年，楚怀王派大将军昭阳率军攻打魏国，在襄陵大败魏军，一举夺得魏国八座城池。楚、魏襄陵之战，大将军昭阳一战成名，威震六国。昭阳能征善战，公元前333年，就率兵灭掉了越国，杀死越王无疆，立下赫赫战功，楚怀王封他为楚国令尹，把"古勃海之地"——原属于越国的今江苏兴化一带——赏赐给他作为封地。昭阳去世后，为表彰他的战功，楚烈王赐其谥号为"山子"，"山子"为周穆王"八骏"之一。所以后人也称他为"山子府君"。

就在楚国大胜魏国之时，齐宣王去世了。大将军昭阳也想趁着齐国举行国丧之际，率军攻打齐国。面对来势汹汹的楚国大军，齐湣王很是忧虑。就在这个紧要关头，陈轸登上了历史舞台。

陈轸是战国时期著名的谋臣。陈轸之所以能用"画蛇添足"的典故来说服大将军昭阳撤军，关键在于他看准了昭阳是一个计较个人得失的人。大将军昭阳虽然拥有极高的军事才略，但是也有自己性格上的软肋，只要他认为攻打齐国无法给自己带来任何的好处，就算攻打齐国对楚国有利，他也会放弃进军。这也反映出大将军昭阳不顾国家利益，只看重个人得失的利己主义心理。

62 鸡鸣狗盗

　　战国时期，齐国的孟尝君爱才好士，门客众多。公元前 299 年，齐湣王派孟尝君出使秦国。秦昭王久仰其大名，非常想把孟尝君留在秦国，为自己效力，还准备拜他为国相。可就在这时，秦昭王身边的一位大臣进言道："大王，孟尝君虽然很贤能，但他毕竟是齐国人，而且还是齐王的宗亲，如果大王拜他为国相，他肯定会为齐国的利益考虑，要是他胳膊肘向外拐，帮助齐国的话，秦国可就岌岌可危了啊。"秦昭王听了这番话，心里也不免犯起了嘀咕，于是改变了主意，把孟尝君羁押起来，打算找个借口杀掉他。

　　孟尝君清楚自己身处险境，情况万分紧急，便到处托人求救。有人找到秦昭王的宠姬，请她在秦王面前为孟尝君求情，宠姬答应为他说情，但是提出一个要求："我听说孟尝君有一件白狐裘，价值连城，你若能将这件白狐裘送给我，我便答应你。"门客们赶紧去大牢里探望孟尝君，把这个好消息告诉了他。没想到的是，孟尝君一听到宠姬想要白狐裘，顿时愁眉紧锁。因为他来秦国的时候，确实带了一件价值千金的白狐裘。可是，这件白狐裘他已经把它送给了秦昭王，现在拿不出新的白狐裘给秦王的宠姬了。孟尝君长吁短叹

地把这个难处告诉了前来探望的门客。就在众人面面相觑、束手无策的时候，一个擅长偷窃的门客自告奋勇道："请您放心，我一定帮您弄来那件白狐裘。"当晚，这位门客趁着月黑风高，扮成一条狗的模样，偷偷溜进了秦王的宫殿，偷出了那件白狐裘，孟尝君赶紧派人把白狐裘送给了秦王的宠姬。宠姬得到了白狐裘后欣喜若狂，就在秦昭王面前为孟尝君说了许多好话，秦昭王很快就把孟尝君从大牢里放了出来，并勒令他离开秦国。

　　孟尝君获释后，怕秦昭王出尔反尔，所以一刻也不敢耽搁，急忙率领手下的门客连夜逃走。一行人逃到函谷关时又遇到了一个难题：依照秦国的法令，函谷关每天都要等到天亮鸡叫的时候才会开关，可是现在三更半夜的，怎么会有鸡鸣呢？可如果就这样干等到天亮的话，孟尝君又怕秦王会派兵追杀，急得在关口直跺脚。正当大家都在发愁的时候，又有一个门客站了出来，他仰起脖子，噘起嘴，朝天"喔、喔、喔"地叫了几声，然后关内关外的公鸡都跟着叫了起来。守关的士兵们听到鸡叫声，以

喔喔喔

为天要亮了，于是就开关放人，孟尝君一行人顺利逃出了函谷关。没过多久，秦王派来的追兵赶到了函谷关，眼见孟尝君一行人已经出关远去，他们不得不放弃追击，收兵回去了。

当初，孟尝君把这两个扮狗偷盗和学鸡打鸣的人留下来的时候，其他门客都觉得与这种下流卑贱的市井之人混在一起脸上无光。可是孟尝君在秦国遭遇劫难的时候，竟全靠这两个人搭救了他。从此以后，门客们更加佩服孟尝君广招贤士、不分等级的做法。

成语释义

成语"鸡鸣狗盗"的典故见于《史记·孟尝君列传》，主要讲的是以善养门客闻名天下的孟尝君在生死攸关之际，倚靠两个会模仿鸡叫和狗叫的门客，在秦国逃脱了劫难。后人多用来比喻低微粗鄙的技艺或举动，也指有这些技能或行动的人。

汪汪汪~

汪汪~

《史记》原文选读

　　齐湣王二十五年，复卒①使孟尝君入秦，昭王即以孟尝君为秦相。人或说秦昭王曰："孟尝君贤，而又齐族②也，今相秦，必先齐而后秦，秦其危矣。"于是秦昭王乃止。囚孟尝君，谋欲杀之。孟尝君使人抵③昭王幸姬④求解⑤。幸姬曰："妾愿得君狐白裘⑥。"此时孟尝君有一狐白裘，直⑦千金，天下无双，入秦献之昭王，更无他裘。孟尝君患之，遍问客，莫能对。最下坐有能为狗盗者⑧，曰："臣能得狐白裘。"**乃夜为狗，以入秦宫臧⑨中，取所献狐白裘至，以献秦王幸姬**。幸姬为言昭王，昭王释孟尝君。孟尝君得出，即驰去，更封传⑩，变名姓以出关。夜半至函谷关。秦昭王后悔出孟尝君，求之已去，即使人驰传⑪逐之。孟尝君至关，关法⑫鸡鸣而出客，孟尝君恐追至，**客之居下坐者有能为鸡鸣，而鸡齐鸣，遂发传⑬出**。出如食顷⑭，秦追果至关，已后孟尝君出，乃还。始孟尝君列此二人于宾客，宾客尽羞之，及孟尝君有秦难，卒此二人拔⑮之。自是之后，客皆服。

——《史记·孟尝君列传》

■ 注释：

①卒：终于。

②齐族：指孟尝君是田齐国君的同姓亲属。

③抵：求见。

④幸姬：宠爱的妾。

⑤解：解救。

⑥狐白裘：用狐腋下的白色毛制成的裘衣。

⑦直：通"值"，价值。

⑧狗盗者：指能模仿狗的叫声、擅长偷盗的人。

⑨臧：通"藏"，贮藏财物的仓库。

⑩封传：古代官府发放的出境或投宿驿站的凭证。

⑪驰传：赶驿车疾行。传，驿车，用于传达命令。

⑫关法：关卡的规定。

⑬发传：出示封传。

⑭食顷：一顿饭的工夫，表示一会儿。

⑮拔：解救。

历史解读

孟尝君田文是齐国的贵族，其祖父为齐威王，父亲为靖郭君田婴，所以说他与齐王属于同一宗族。后来，孟尝君袭封于薛，所以后人又以其封地称他为薛文或者薛公。

孟尝君在封地薛邑，散尽家财，广招天下宾客，天下各国的贤人能士无不心向往之，纷纷前来归附，号称门客数千人。孟尝君养士的时代恰逢战国中后期，天下局势动荡不安，春秋以来的封建宗法制度已经逐渐瓦解，世袭制度也难以为继，各个阶层之间的壁垒开始被打破。因为国家之间的兼并战争，或者国内的变法运动，许多贵族失去了原本的贵族身份和特权待遇，逐渐形成了"士"的阶层。战国时期，所谓的"士"本身既不是享有特权的贵族，也不是普通的平民，他们是一群通过学习掌握知识之后，利用自己的知识和技能，为诸侯和贵族服务的知识分子。

到了战国中后期，各个诸侯国的贵族间盛行养士之风。当时，涌现出了被后世称为"战国四君子"的四个著名人物，他们分别是齐国的孟尝君、魏国的信陵君、赵国的平原君、楚国的春申君。他们都以乐善好施、广招门客而闻名天下。虽然这些门客中有许多徒有虚名之辈，但也不乏有真知灼见之经世之才。

63 冯骥弹铗

　　齐国的孟尝君有养士之好，他乐善好施，招揽天下之士，很多士人都慕名而来，相传其门客数千，名震天下。

　　齐国有个叫冯骥（huān）的老头子，家境贫寒，穷得都快揭不开锅了，硬着头皮投到孟尝君门下做食客。孟尝君手下的门客觉得冯骥没有啥看家本领，都不待见他。有一天，孟尝君问管理门客的主事："新来的这个冯先生有什么过硬的本领吗？"主事回答说："这位冯先生太穷了，全部家当只有一把剑，剑柄还是用草绳缠着的。他自己也没说有什么本领。"孟尝君笑着说："暂且把他留下吧。"主事明白孟尝君的意思，心领神会地就把冯骥当作下等门客来对待，用粗茶淡饭来招待他。过了几天，冯骥靠着柱子，敲着他的剑，

高声唱起歌来："长剑呀，长剑呀，咱们回去吧，在这里吃饭没有鱼和肉呀！"
主事马上向孟尝君报告，孟尝君听完后，说："那就按照中等门客的待遇，
给他鱼和肉吧！"又过了几天，冯谖吃过午饭，又靠着柱子，敲打着剑唱起
来："长剑呀，长剑呀，咱们还是回去吧，在这里出门没有车坐呀！"孟尝
君听说了这个情况，又跟主事说："给他上等门客的待遇，他出门时为他备
车马。"又过了几天，孟尝君又问主事："那位冯先生最近还有什么不满意
的吗？"主事回答说："他还在那里唱歌呢，说什么没有钱赡养老母亲呢。"
于是，孟尝君马上叫人去打听了一下，得知冯谖家里确实还有一位老母亲，

就派人给他老母亲送了些吃的、穿的和家用的东西，一日三餐都派专人送去。此后再也听不到冯谖在那里击剑高歌了。

孟尝君的仗义疏财之举让冯谖深受感动，他下定决心要尽心尽力地为孟尝君效劳。后来，冯谖成为孟尝君重要的谋士，为孟尝君准备好了"三窟"，让孟尝君当了几十年的齐国国相，一直都顺顺利利，没有任何灾祸。

成 语 释 义

成语"冯谖弹铗"的典故见于《史记·孟尝君列传》，主要讲的是战国时期，齐国孟尝君的门客冯谖因不被重视，受到冷遇，三次弹击长剑而歌，要求得到更好的待遇。孟尝君慷慨大方，乐善好施，一再满足了他的要求。后人多用来指怀才不遇、壮志难酬或有才华的人希望得到任用。

《史记》原文选读

初，冯驩闻孟尝君好客，蹑蹻①而见之。孟尝君曰："先生远辱②，何以教文③也？"冯驩曰："闻君好士，以贫身归于君。"孟尝君置传舍④十日，孟尝君问传舍长⑤曰："客何所为？"答曰："冯先生甚贫，犹有一剑耳，又蒯缑⑥。弹其剑而歌曰'长铗⑦归来乎，食无鱼'。"孟尝君迁之幸舍⑧，食有鱼矣。五日，又问传舍长。答曰："客复弹剑而歌曰'长铗归来乎，出无舆⑨'。"孟尝君迁之代舍⑩，出入乘舆车矣。五日，孟尝君复问传舍长。舍长答曰："先生又尝弹剑而歌曰'长铗归来乎，无以为⑪家'。"孟尝君不悦。居期年，冯驩无所言。

——《史记·孟尝君列传》

■ 注释：

①蹑蹻：穿着草鞋。

②远辱：远道而来。辱，谦词，承蒙。

③文：孟尝君，妫姓田氏，名文。

④传舍：古代供行人休息居住的地方，这里指下等食客的住处。

⑤传舍长：管理传舍的人。

⑥蒯缑(gōu)：用草绳缠剑柄。蒯，草名。

缑，缠在剑柄上的绳线。

⑦铗：剑。

⑧幸舍：指中等食客的居舍。

⑨舆：车。

⑩代舍：指上等食客的居舍。

⑪为：供养。

历史解读

这个历史典故里面有两个主人公，一个叫冯谖，是孟尝君门下的食客之一，也是战国时期一位高瞻远瞩、颇具深远眼光的战略家；另一个就是以"门下有三千食客"而闻名于世的孟尝君。孟尝君管理门下的食客的措施，是把门客分为三个等级，上等的都是有功或者有特殊才能的人，居住在"代舍"，吃饭有鱼有肉，出门有车马；中等能力的人居住在"幸舍"，吃饭也有鱼有肉，但是出门无车马；剩下的人居住在"传舍"，粗茶淡饭，没有鱼肉。

冯谖到孟尝君门下做食客，一开始被安排在传舍，享受最低等的门客待遇。他怀才不遇，愤愤不平，心有不甘，于是三次弹铗而歌，不断提出提高生活待遇的要求，这充分反映出他壮志难酬的愤懑和自命不凡的气度。这时的冯谖，可谓"宝剑蒙尘"，才华无人识。孟尝君虽然没有先见之明，却宽宏大量，再三满足了冯谖的要求，为以后冯谖施展才华，替他精心筹划"三窟"埋下了很好的伏笔。

在这里要注意的是，司马迁在《史记·孟尝君列传》中所记载的"冯谖弹铗"的典故与《战国策·齐策》所记载的略有不同。司马迁在提到冯谖第三次弹铗高歌"无以为家"时，指出"孟尝君不悦"，也就是说孟尝君不高兴了。而《战国策·齐策》中记载："孟尝君问：'冯公有亲乎？'对曰：'有老母。'孟尝君使人给其食用，无使乏。"说的是孟尝君还是满足了冯谖的要求，供养了他的老母亲。

64 狡兔三窟

孟尝君担任齐国的国相，门下有食客三千。封邑的赋税收入供养不起这么多人的生活用度，于是孟尝君就派人去薛邑放贷收租。可是，当年薛邑的庄稼收成非常不好，很多欠债的人连利钱都还不上了。眼看着门客的日常开销就要供不起了，孟尝君成天愁眉苦脸的。一天，孟尝君问左右随从："你们看门客中有谁能派去薛邑收租啊？"一位管理门客的主事说："住在代舍的有位名叫冯谖的人，看上去很精于计算，沉稳干练，平日也没有什么其他特别的技能，我看派他去收租最合适不过了。"于是，孟尝君就召见冯谖，把真实想法一五一十地告诉了他，最后请他去薛邑帮自己收租。冯谖听了，一口答应下来。临行时，冯谖问孟尝君："收完租后，需要买些什么回来吗？"孟尝君笑了笑说："你看我家里缺什么，就买什么吧！"冯谖到薛邑后，没

有先去挨家挨户地收租，反而酿了许多酒，买了肥壮的牛，然后约定好日期，通知借债的人不管能否付得起利钱，都要带着契据过来参加宴会。到了事先约定的日子，冯谖杀牛炖肉，置办酒席，和大家一起开怀痛饮。正当大家酒意正浓时，冯谖走到席前，手持契据跟借债人逐个核对，能够付得起利钱的，就给他定下偿还债务的期限；穷得付不起利钱的，就收回他们的契据当众烧毁。

接下来，冯谖对大家说："孟尝君为什么要向大家放租呢？那是因为他想给那些没有钱的人提供资金，让他们来从事农业生产；不过，他为什么要

向大家收租呢？主要是因为他供养的门客越来越多，自己封邑的税赋已经入不敷出了。今天，我在此代表主公宣布，有能力偿还债务的就重新约定好日期还清债务，凡是无力还债的就烧掉契据，免掉所有债务。请在座各位不要有所顾虑，开怀畅饮吧。有这样扶弱济贫、乐善好施的封邑主人，今后大家可不能背叛他啊！"办完事，冯骧就赶回去向孟尝君复命了。孟尝君很惊讶地问他："你这么快就回来了，租债都收齐了吗？"冯骧不假思索地回答："嗯，都收齐了。"孟尝君又问："那你买了些什么带回来了啊？"冯骧答道："在我临行前，您吩咐过我，看您家缺什么就买什么。我琢磨着，您家里啥也不缺，就是缺少'义'，所以我就替您把'义'买回来了。"孟尝君一时有点蒙，还没有品出他话里的意思。冯骧解释说："主公，我擅作主张，假传您的命令，宣布把债务全部免掉了，把契据也全都烧了。百姓们都感动得高呼不忘您的大恩大德啊。这就是我替您买回来的'义'呀！"

后来，齐王受到奸人挑拨，觉得孟尝君独揽朝政，权倾朝野，于是下令革了孟尝君的官职。万般无奈之下，孟尝君不得不回到自己的封地薛邑。薛邑的百姓听说孟尝君回来了，扶老携幼，倾城而出，夹道欢迎孟尝君。孟尝君看到这番景象，心中十分感动。他回头看着冯骧说："今天我终于见到了先生替我买回来的'义'了。"冯骧趁机劝孟尝君说："俗话说，狡兔有三窟，才可以保住性命。如今，对您来讲，薛邑才算得上是一窟，还不能完全没有后顾之忧。我再想办法给您营造另外两个窟吧。"

于是，冯骧先跑到秦国，游说秦王说："现在普天之下只有秦国和齐国两个大国，将来这两个国家必定要一决雌雄。大王您是想做强大的雄国还是软弱的雌国啊？"秦王被这么一激，挺直了身子问冯骧说："我肯定是要做强大的雄国了，先生您看该怎么办才好呢？"冯谖又问秦王："您知道孟尝君刚刚被齐王罢了官吗？"秦王答道："这件事我略有所闻，还请先生说明详情。"冯谖接着说："大王，您也清楚，这几年齐国之所以能强盛起来，全靠孟尝君的精心治理。现在，齐王轻信谣言，罢了他的官，孟尝君心中肯定怨愤不平，必定会生背离之心；而且，如果他能为秦国效力的话，那么齐国的国情，上自王公贵族下至普通官吏，秦国不也就了如指掌了吗？大王，不如趁此机会赶快派使臣暗地里去迎接孟尝君到秦国来，千万不能错失良机啊。如果齐王明白过来了，知道自己做错了，重新起用孟尝君的话，到时候，谁是雌谁是雄还真不好说呢。"秦王听了觉得很有道理，于是派遣使臣带上金银财宝前往薛邑聘孟尝君为国相。

冯谖随即马不停蹄地赶在秦国使臣之前，返回了齐国。冯谖拜见齐王，劝他说："大王，我暗地里听说秦国已经派遣使臣带着金银珠宝去薛邑聘孟尝君为国相了。如果孟尝君拒绝不去也就罢了，要是他应允去秦国为相的话，凭孟尝君的才能，秦国将来必定会一统天下。到时候齐国的临淄、即墨可就岌岌可危了啊。大王为什么不赶在秦国使臣到达之前，赶快恢复孟尝君的相位，并增加封邑向他赔礼道歉呢？这样的话，孟尝君一定会感激不尽，义无反顾地为齐国效力的。"齐王听完，大为震惊，非常懊悔当初自己冒失行事，于是马上写了一封谢罪书，把自己的佩剑作为赏赐给孟尝君的礼物，派人带上这些东西及众多金银财宝，快马加鞭地赶去薛邑，极力邀请孟尝君回朝，许他官复原职。

至此，冯谖为孟尝君营造的"三窟"全部完成。此后，孟尝君高枕无忧地当了几十年的齐国国相。

成语释义

　　成语"狡兔三窟"的典故见于《史记·孟尝君列传》，主要讲的是孟尝君的门客冯谖未雨绸缪，为孟尝君筹划好三条退路，让孟尝君得以安身立命。该成语原意指的是狡猾的兔子为了躲避猎人的追捕，会准备好几个藏身的窝。后人多用来比喻敌人躲藏的地方或者隐蔽的手段多。后来也引申为要给自己多留后路，给自己更多的选择。

《史记》原文选读

　　孟尝君闻冯谖烧券①书，怒而使使召谖。谖至，孟尝君曰："文食客三千人，故贷钱于薛。文奉邑②少，而民尚多不以时与其息，客食恐不足，故请先生收责之。闻先生得钱，即以多具③牛酒而烧券书，何④？"冯谖曰："然。不多具牛酒即不能毕会，无以知其有余不足。有余者，为要期。不足者，虽守而责之⑤十年，息愈多，急⑥，即以逃亡自捐之。若急⑦，终无以偿，上⑧则为君好利不爱士民，下则有离上抵负⑨之名，非所以厉⑩士民彰⑪君声也。焚无用虚债之券⑫，捐不可得之虚计⑬，令薛民亲君而彰君之善声⑭也，君有何疑焉！"孟尝君乃拊手⑮而谢⑯之。

——《史记·孟尝君列传》

有识之士

■ **注释：**

①券：契据。

②奉邑：封地，即"食邑"，大夫以封地的租税收入供养自己的花销。

③具：备办。

④何：为何。

⑤守而责之：监守着催促他们。

⑥急：危急。

⑦急：迫切。

⑧上：指国君。

⑨下：百姓。离：背离。抵负：冒犯，背弃，指赖账。

⑩厉：通"励"，激励。

⑪彰：彰显。

⑫虚债之券：徒有其名，实际根本收不回债利的契据。

⑬虚计：徒有其名的账簿。

⑭善声：善良的名声。

⑮拊手：拍手。

⑯谢：感谢。

历史解读

孟尝君为什么会被罢职？公元前 294 年，齐国发生了一起严重的政治事件——"田甲劫王"。齐国的宗室贵族田甲试图劫持齐湣王，事情败露之后，

齐湣王猜忌孟尝君田文参与其中，一怒之下罢黜了孟尝君。孟尝君被迫出走，躲到了自己的封地薛邑避祸。

司马迁在《史记·孟尝君列传》中记载的史实与《战国策》是有矛盾之处的。司马迁提到冯谖是前往秦国，游说秦王聘孟尝君入秦为相。《战国策》则记载孟尝君到了魏国。但是，司马迁所述确为当时战国中后期的地缘政治形势，那就是秦、齐两强相争，号称东西二帝。公元前 288 年，秦昭襄王想自立为帝，又怕遭到齐国的反对，于是便尊齐湣王为东帝，自称西帝。

虽然，冯谖为孟尝君准备好了"三窟"，但孟尝君家族也并非世代高枕无忧。孟尝君逝世后，诸子互相争斗，最后齐、魏两国一起灭掉了孟尝君的封地薛邑。

65 请自隗始

　　战国时期，燕王哙崇信儒家学说，非常推崇上古圣王尧舜时期的禅让制，于是在大臣苏代和鹿毛寿的煽动下，召集群臣，正式宣布废黜太子平，把王位禅让给国相子之。而且，为了能让国相子之真正坐稳王位，燕王哙还决定收回朝廷高官的官印，让子之重新任命各级官员。燕国将军市被心中不服，认为子之谋权篡位，就率领自己手下的军队进攻都城，驱逐子之。双方军队交战好几个月，死伤无数，损失惨重。最后，子之以镇压叛乱的名义，战胜并杀死了将军市被，还下令捉拿太子平。太子平仓皇出逃。燕国发生的这次内乱，把整个国家搞得混乱不堪，战火纷飞，百姓抛弃家园，四处逃难。

　　齐滑王得知燕国发生内乱，混战不止，于是就乘机打起征讨子之、匡扶正义的旗号出兵攻打燕国。燕国举国上下都非常痛恨子之篡权夺位，于是对齐国的进攻不仅不积极抵抗，反而打开城门，夹道欢迎齐军。所以，齐军很快就攻破燕国都城，杀死了国相子之。燕王哙在战乱中也自缢身亡。燕国差一点儿就这样亡了国。

　　平定子之之乱后，逃亡到韩国的公子职（一说公子平）在赵国的扶持下，回到了燕国，准备重整山河。燕昭王登位以后，时刻不忘齐国攻破国都的奇耻大辱，一门心思想着报仇雪恨。可是，他自知燕国国小力弱，还没有从内乱中恢复元气，根本不是齐国的对手。于是，燕昭王求贤若渴，重金招揽天下英才，想要依靠他们的才干来振兴国家。有人对燕昭王说，老臣郭隗很有学识，可以请他帮忙招贤纳士。于是，燕昭王就去拜见郭隗，说："当初齐国趁着燕国内乱之机，乘虚而入，攻破燕国都城，逼死我父王，这种国仇家恨我不敢忘怀，做梦都想报仇雪耻。但是，我深知燕国势单力薄。我希望您能帮助我，招揽天下能人志士来辅佐我重振国威。"郭隗深深为之感动，回答说："大王，我听说成就帝王霸业的国君都是以贤者为师友，重用贤能之士。如果大王也能够礼贤下士，虚心接受教诲，那么就会吸引才能出众的人聚集在您身边，为您效力。如果现在大王真心想要招贤纳士的话，那就请从任用我郭隗开始吧。像我这样的人尚且能被重用，更何况那些比我更有才能的人呢？他们肯定会云集而来，为大王效力的！"

　　各国有才能的人听说燕昭王是真心实意地招募人才，便争先恐后地集聚到燕国。燕昭王励精图治，开始谋划复仇大计。燕国逐渐恢复国力后，燕昭

王便拜乐毅为大将军，联合秦、楚等国联合攻打齐国。燕国军队痛击齐军，一直打到了齐国都城临淄。

成 语 释 义

　　成语"请自隗始"的典故见于《史记·燕召公世家》，主要讲的是燕昭王即位后，为了东山再起，重振国威，想广招天下贤士，郭隗劝说燕昭王拿自己做个榜样，筑巢引凤，让天下贤能的人才齐聚燕国。后人多用来比喻拿自己做一个典范，在工作中主动要求带头做事。

我自己就是榜样。

《史记》原文选读

　　燕昭王于破①燕之后即位，卑身②厚币以招贤者。谓郭隗③曰："齐因④孤之国乱而袭破燕，孤极知燕小力少，不足以报。然诚⑤得贤士以共国⑥，以雪先王之耻，孤之愿也。先生视可者⑦，得身事⑧之。"郭隗曰："王必欲致士⑨，先从隗始。况贤于隗者，岂远⑩千里哉！"于是昭王为隗改筑宫而师事之。乐毅⑪自魏往，邹衍⑫自齐往，剧辛⑬自赵往，士争趋燕。燕王吊死问孤，与百姓同甘苦。

　　　　　　　　　　　　　　　　　　　　——《史记·燕召公世家》

■ 注释：

①破：被攻破。

②卑身：自降身份，指态度谦和。

③郭隗（wěi）：燕大臣。

④因：趁。

⑤诚：如果，果真。

⑥共国：共同治理国家。

⑦可者：可以共国的人。

⑧身事：亲自侍奉。

⑨致士：招揽贤士。

⑩岂：难道。表反问。远：以……为远。

⑪乐（yuè）毅：魏国人，著名将军。

⑫邹衍：齐国人，著名谋士。

⑬剧辛：赵国人，后为燕国大将。

历史解读

燕国是周朝初年分封的同姓诸侯国之一，建国历史长达800多年。在春秋时期，燕国由于偏居北方，未能参与中原的称霸之战，一直默默无名。到了战国时期，燕国也是"战国七雄"之一。

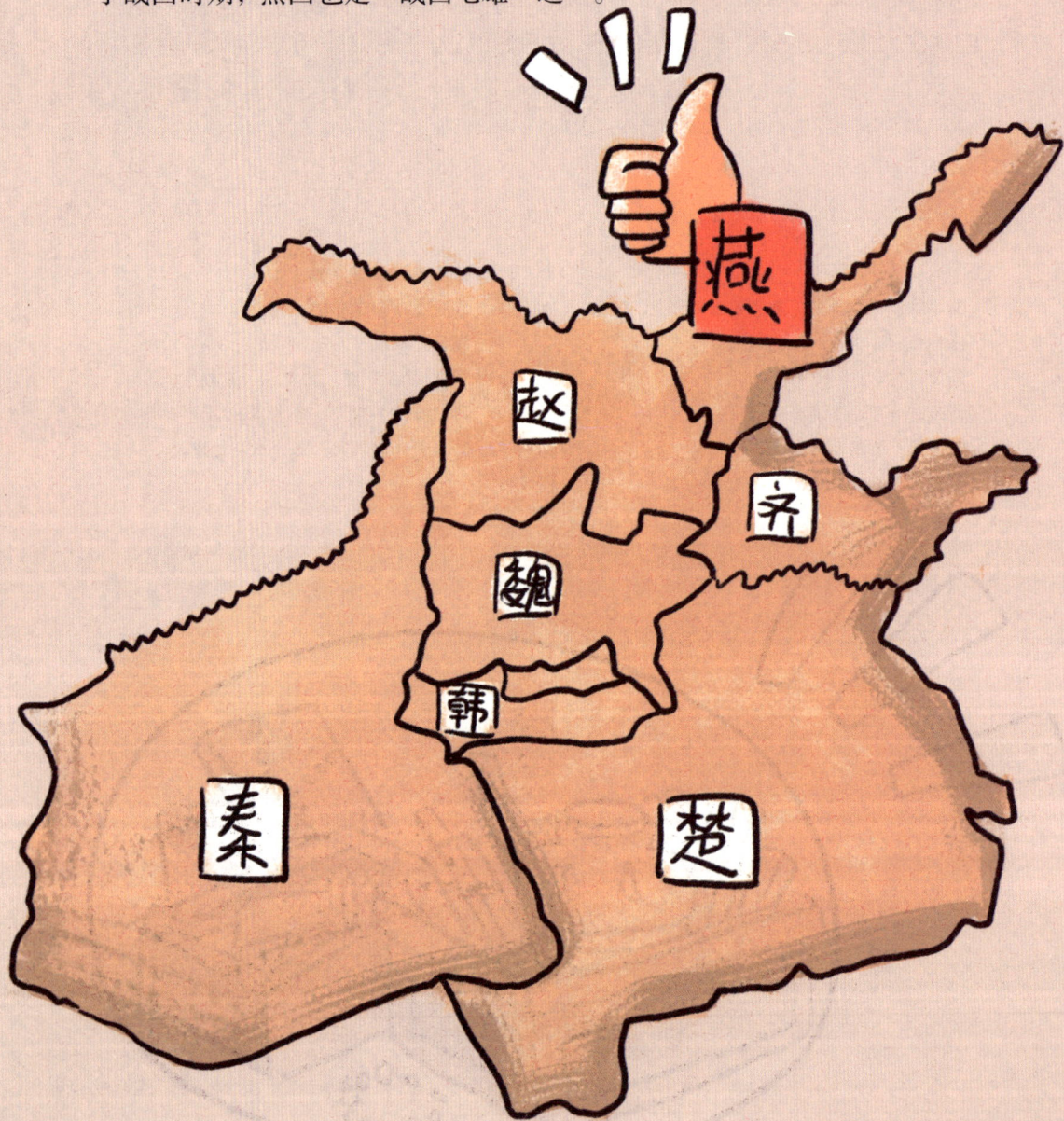

战国时期，由于燕王哙迷信上古圣王的禅让制，把王位让给了国相子之，燕国爆发了长达两年的内乱，史称"子之之乱"。齐湣王以匡扶正统的名义，乘虚而入，对燕国进行武装干涉。燕国军民痛恨子之篡位，对齐国军队夹道欢迎。齐军仅用了短短 50 天的时间，就攻占了燕国都城，杀死了燕王哙和国相子之。燕王哙一手导演的这场复古改革大戏几乎给燕国带来了亡国之灾。

后来，公子职依靠赵国的支持自立为王，号称燕昭王。燕昭王重新聚集兵力，平定战乱，收复了燕国失地。但是，燕国已经元气大伤，国势衰微。为了报仇雪耻，重振国势，燕昭王励精图治，采纳郭隗的建议，拜郭隗为师，造黄金台，以重金广招天下有志之士，结果各国贤士们争着奔赴燕国，燕国很快聚集了一大批人才。其中最为著名的要数乐毅、邹衍、剧辛三人，他们为燕国反击齐国立下了汗马功劳。

经过 28 年的发愤图强，燕国国力逐渐强盛起来。公元前 284 年，燕昭王见时机成熟，拜乐毅为上将军，组织了多国联军，攻打齐国，先后攻取了 70 余座城池，报了当年齐国入侵燕国之仇。经此一役，齐国疆土只剩莒、即墨二城，几近灭国。

66 善始善终

公元前279年，燕昭王病逝，其子登位，号称燕惠王。此时，乐毅率领燕国军队在齐国作战，围攻齐国最后剩下的两座城池——即墨和莒，但是一直打了三年都没有攻克。燕惠王觉得乐毅进攻不力，再加上燕惠王在做太子的时候就与乐毅不和，所以对乐毅越来越不满。这时，齐国的将军田单知道两人之间有隙，见有机可乘，就派间谍到燕国去散布流言，说即墨和莒其实非常容易就能攻下，之所以久攻不下，主要原因是乐毅想自立为齐王，只是齐国人还没有完全归附，所以乐毅也不着急攻下两城，他正在等待时机。燕惠王听了以后，对乐毅更加不放心了，马上急召乐毅回国，命副将骑劫代替乐毅指挥军队。乐毅见燕惠王这么不信任自己，害怕回去后有杀身之祸，就在半道上投奔赵国去了。

替代乐毅指挥燕军的副将骑劫是一个骄横狂傲、勇而无谋的人。他一执掌军权，马上就下令对即墨展开强攻。即墨军民浴血奋战，顽强抵抗，燕军损失惨重，但也没能攻克即墨。后来，骑劫又中了田单的诱兵之计，被田单的"火牛阵"打得丢盔弃甲。燕军不仅损兵折将，还丢失了大片已经占领的齐国土地，非常狼狈地败退回国。此时，燕惠王悔恨交加，一方面心中懊恼不已，非常后悔中了反间计派骑劫代替乐毅指挥燕军；另一方面，燕惠王又十分怨恨乐毅投奔了赵国，担心赵国会趁着燕国兵败之机，派乐毅率军偷袭燕国。于是，燕惠王就写了一封信，派人去赵国送给乐毅。燕惠王在信中谴责乐毅说："先王把整个燕国的兴亡都托付在将军身上，将军不负众望打败齐国，替先王报了深仇大恨，天下人无不为之震动，我没有一天敢忘记将军的大功大德！我之所以派骑劫代替将军，主要是因为看到将军长年在外作战，劳苦功高，想召回将军暂时休整一下，也好共同商讨军国大事。不想将军误听传闻，认为我跟你有矛盾，就抛弃了燕国而投奔赵国。将军这样做，如果是为自己的利益打算那是没错的，可是又怎么对得起先王对你寄予的厚望呢？"

乐毅给燕惠王回了一封信，在信中表明了自己的心志，说："大王的心意我非常清楚。但是，俗话说得好，善于开创一番新事业的人不一定能最后完成，开端很好的事情其结局不一定会好。这在历史上早有先例，比如当年吴国的伍子胥，他得到吴王阖闾的信任，带兵一举攻破楚国郢都，等到吴王夫差即位，就猜忌伍子胥，还逼他自杀了。所以说，既能建功立业，又能免遭杀身之祸，这才是我最大的心愿。怕就怕功业未成，反而遭受侮辱和诽谤，毁坏了先王的名声。还请大王能够体谅我的难处啊。"

燕惠王见信，明白乐毅心意已决，也只好作罢，于是封乐毅的儿子乐间为昌国君。后来，乐毅又与燕王重归于好，游走于燕、赵两国之间，燕、赵两国都任用他为客卿。最后，乐毅终老于赵国。

成 语 释 义

　　成语"善始善终"的典故见于《史记·乐毅列传》，主要讲的是燕国大将乐毅在打败齐国之后，遭到燕惠王的猜忌，投奔了赵国。后来燕国军队被齐国打败，燕惠王很后悔，于是派人送信给乐毅道歉，乐毅回信表明自己的心志，认为虽然有了好的开头，但不一定就会有好的结果。该成语原意是指做事情有好的开端，也有好的结局。后人多用来比喻做事认真并取得了好的成果。

《史记》原文选读

　　臣闻之，**善作**①者不必善成，**善始**者不必善终。昔伍子胥说②听③于阖闾，而吴王远迹④至郢；夫差弗⑤是也，赐之鸱夷⑥而浮之江。吴王不寤⑦先论⑧之可以立功，故沈⑨子胥而不悔；子胥不蚤⑩见主之不同量⑪，是以至于入江而不化⑫。

——《史记·乐毅列传》

■　注释：

①作：创作，开创。

②说：主张。

③听：被听取，被接受。

④远迹：足迹远至。意为攻打到郢地之事。

⑤弗：不。指夫差不听从伍子胥的建议。

⑥鸱夷：马革制成的囊袋，用以收敛尸骨。

⑦寤：通"悟"，明白。

⑧先论：指伍子胥早先的建议。

⑨沈：通"沉"。

⑩蚤：早。

⑪不同量：有不同的气量、抱负。

⑫入江而不化：传说伍子胥的尸体被投江后，魂魄不散，成为江神。

历史解读

　　燕昭王招贤纳士，励精图治，最后派乐毅率军攻打齐国。乐毅大败齐军，攻下齐国 70 余座城池，一雪前耻。可惜，唯独剩下齐国的即墨和莒两座城久攻不下。实际上，这两座城并非我们想象中的两座小城池。齐国的行政区划比较特殊，全国分为"五都"，每个"都"不仅是行政大区，还是军事大区，都拥有很强的经济和军事实力。根据《战国策》的记载，每个"都"都能动员 10 万兵力。而即墨和莒就是这"五都"中的两个，而且都处于地缘中心的位置，一个是胶东丘陵地区的中心，一个是沂沭河谷地区的中心，实力雄厚，易守难攻。所以，乐毅率领的燕国大军围攻三年都未能攻下。

　　因为久攻不下，再加上田单派人施反间计，刚即位不久的燕惠王开始猜疑乐毅，并派副将骑劫替代乐毅，召乐毅回国。乐毅害怕回国后会遭杀身之祸，就在半道上转投赵国。乐毅被撤换，对齐国来说，齐将田单少了一个难以对付的强劲敌手；对燕国来说，严重影响了燕军将士的士气，导致军心涣散。

　　骑劫有勇无谋，率军强攻，结果中了田单的诱兵之计，轻敌冒进，在田单的"火牛阵"中一败涂地。随后，田单率领齐军大举反攻，很快将燕军逐出国境，一举收复了之前沦陷

的 70 余城。田单把齐襄王从莒城迎回临淄，齐国逐渐从几乎灭国的绝境中东山再起。这就是齐国历史上著名的"田单复国"。

"善作者不必善成，善始者不必善终。"这句话充分表明了乐毅的心志。但是既要建功立业，又要免遭杀身之祸，的确是太难了。善始善终确实难能可贵！

67 出奇无穷

就在齐国危难之际，齐国出了一个大英雄，他力挽狂澜，收复了国土，这位大英雄就是田单。齐湣王时，田单在齐国的都城临淄担任管理街市贸易与治安的小官。但是，他平日喜欢钻研兵书，对兵法谋略很有研究。在乐毅率军攻打即墨的时候，即墨的守将率军出城迎战，结果战败被杀。即墨的民众就推举田单担任即墨的守将，田单临危受命，毅然担负起了领导即墨军民抗击燕军的重任。

公元前279年，田单利用燕惠王与燕国大将乐毅两人的矛盾，施展离间计，成功地解除了乐毅的指挥权，除掉了这个心头大患。接替乐毅的副将骑劫是一个骄横自大、刚愎自用的人。于是，田单再施一计，派人混入燕军军营散布谣言，说只要把齐军俘虏的鼻子割掉，押到即墨城下威吓守城的齐军，他们肯定就会投降。骑劫听了，不知是计，果然令人把齐军俘虏的鼻子割掉，然后押到城下示众，在城楼上守城的齐军看到自己的同袍遭此凌辱和残害，个个义愤填膺。接着，田单又派人去散布流言，说只要挖掉即墨人在城外的祖坟，即墨人肯定受不了，定会投降。骑劫再次中计，立刻派燕军挖了即墨人的祖坟。即墨人得知自己的祖坟被挖，对燕军恨得咬牙切齿，纷纷要求与燕军决一死战。这时，田单并没有轻举妄动，而是主动示弱，迷惑燕军。田单先让精锐士卒都埋伏起来，只派一些老弱病残到城墙上巡逻。接着，田单又拿出2000两黄金，派即墨城中的富绅偷偷出城，送给燕军将领，说："守卫即墨的齐军坚持不了多久，很快就要投降了。希望燕军入城后不要侵占我们的家财田产，不要掳掠我们的族人和妻妾，让我们和往常一样安宁地生活。"骑劫竟然信以为真，以为齐军精锐兵力已经被消耗殆尽。

这时，田单又派人到燕军的大营来佯装投降，燕军听说即墨的齐国守军就要投降了，都兴高采烈，欢呼庆祝，军营的警戒也松懈了下来。田单见时机成熟，就开始积极反攻。田单先是命令士兵在城内收拢来1000多头牛，然后给每头牛的犄角绑上锋利的尖刀，在牛的身上披上五彩斑斓的龙纹外衣，又在牛尾巴上绑上浇过油脂的芦苇。随后，田单又挑选出5000名身强力壮的士兵组成敢死队，在城墙上凿了十几个洞。到了夜里，田单一声令下，士兵们用火点着绑在牛尾巴上的芦苇，牛受到惊吓开始狂奔，刹那间1000多头火牛嘶吼着从城墙的洞口中冲出，朝着城外的燕军大营直蹿过去，敢死队紧跟着火牛也从城中杀出来。留在城中的老弱病残都登上城墙，敲锣打鼓，大声呼喊。燕军从睡梦中惊醒，以为神兵从天而降，被吓得仓皇逃窜，骑劫也在混乱中被杀。田单率领齐军乘胜追击，齐国各地的百姓纷纷响应，起兵反抗，很快就把燕国军队赶出了齐国的领土。田单率

军收复国土后，把齐襄王从莒城接回了都城临淄。因为田单复国有功，齐襄王委任他为国相，将他封于安平邑，号安平君。

太史公司马迁非常欣赏田单的军事才能，在《史记》中称赞他用兵如神，变化无穷。

成语释义

成语"出奇无穷"的典故见于《史记·田单列传》，主要讲的是齐国田单用离间计和"火牛阵"打败了燕国军队，光复齐国领土的英勇事迹。该成语原意是指多出奇兵，多用奇招。后人多用来比喻变化莫测，使人捉摸不透，出奇制胜。

《史记》原文选读

太史公曰：兵以正合①，以奇胜②。**善之者，出奇无穷。**奇正还相生③，如环之无端④。夫始如处女⑤，适⑥人开户；后如脱兔，适不及距⑦：其田单之谓邪！

——《史记·田单列传》

■ 注释：

①正合：正面交锋。

②奇胜：出奇制胜。

③相生：互相转化，互相依存。

④端：起点。

⑤处女：安静、柔弱的女子。

⑥适：通"敌"。

⑦距：抗拒，抵御。

历 史 解 读

　　田单，是战国时期的齐国名将，齐国王族田氏宗室中的远房宗亲。田单复国的故事，可以说是中国历史上的一次完美"逆袭"，连司马迁都在《史记》中为他专门立传，并称赞他"兵以正合，以奇胜。善之者，出奇无穷"。事实上，从田单的出身背景来看，他算不上什么皇亲国戚或者高官贵胄，他

就是个管理市场的小官吏。但是，从他后来取得"光复齐国"的丰功伟绩来看，他的军事智慧和胆识确实无可匹敌。

首先，田单面对兵临城下的优势之敌，临危不惧，获得即墨军民的支持，采取积极有效的防御措施，使得燕国军队久攻不下，这为后来挽救危局、实施反攻打下了良好的基础。接着，他又巧施反间计，借燕王之手除去了最难对付的乐毅。然后根据骑劫骄傲轻敌、燕军士气不振的弱点，用派人诈降的手段让敌人放松警惕，之后实施"火牛阵"，进行夜间奇袭，出其不意地击破围攻即墨的燕军主力，一举扭转乾坤，取得了战场上的主动权。最后，田单号召齐国军民乘胜追击，不给燕军喘息之机，终于取得了复国战争的胜利。

田单复国的贡献，不仅是保全了一个国家，更重要的是，让齐国民众重新树立起保家卫国的决心，齐心协力，共同抗敌。田单的成功也告诉我们：面对强敌，只要采取适当的策略，以弱胜强不是没有可能。首先找准对方的弱点，提升自己的优势，然后找到一个突破口，就可以扭转局势，反败为胜。

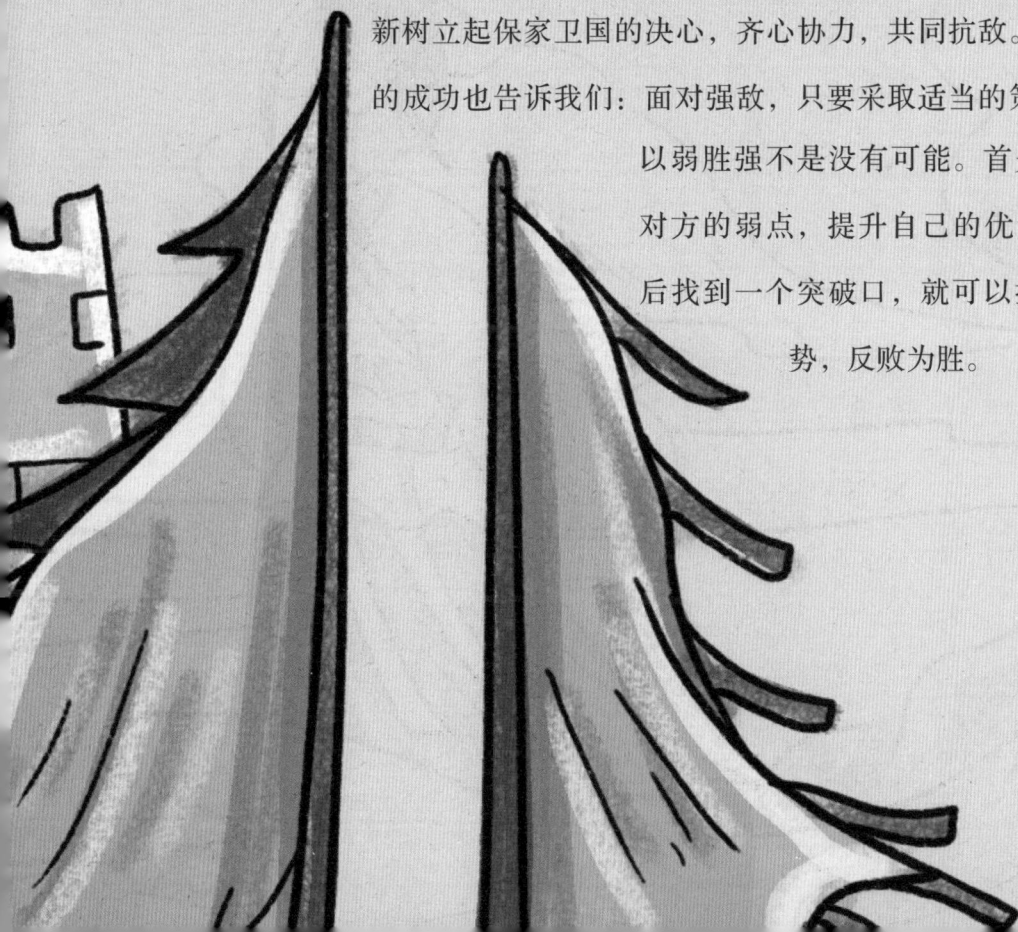

68 泥而不滓

　　战国时期，楚国有一个大名鼎鼎的爱国诗人，名字叫屈原。屈原看到战乱频繁，百姓受难，心中十分悲痛，暗下决心要使楚国强盛起来。于是，他劝谏楚怀王励精图治，勤政爱民，深得楚怀王的信任。屈原受到重用后，也不负所望，说服六国国君齐集楚国，合纵结盟，共同抗击强秦。不幸的是，以公子子兰为首的一帮贵族遗老对屈原嫉恨在心，经常在楚怀王面前说屈原

的坏话，说他权倾朝野，眼里根本就没有楚怀王。楚怀王听了，渐渐地也对屈原起了戒心，慢慢疏远了他。

后来，秦国派张仪到楚国破坏了屈原好不容易建立起来的六国合纵联盟。楚怀王贪恋秦国的 600 里土地，中了张仪的诡计，宣布解散了六国合纵联盟。最后，楚国并没有拿到张仪承诺的 600 里土地。楚怀王恼羞成怒，派 10 万大军进攻秦国。秦国反而拉拢齐国，兵分两路夹击楚军，结果楚军惨败。被秦国打败后，楚怀王又想着重新联合齐国，一起抗秦。就在这个时候，刚刚登上王位的秦昭襄王很客气地写了一封信，派使者送给楚怀王，邀请他到武关举行盟会，希望能当面订立友好盟约。楚怀王接到信，思前想后，拿不定主意：不去吧，怕秦国来攻打；去吧，又怕秦国耍什么阴谋。于是，楚怀王召集大臣商议。公子子兰首先站出来劝楚怀王说："大王，秦国主动提出来和好，这可是天赐良机啊。"另一位大臣靳尚也附和说："大王，这些年来，秦国连年攻打我们楚国。现在趁着这个机会，去走一趟，或许还能过上几年太平日子啊！"只有屈原力劝楚怀王不要去，他说："这肯定是秦国设下的陷阱，等着我们上钩呢。"可是，楚怀王不听劝谏，执意要前去赴会。

正如屈原预料的那样，楚怀王及其带领的五百人马一进入武关，立刻就被秦国事先埋伏好的军队截断了退路。在会面时，秦昭襄王暴露出了贪得无厌的真面目，威逼楚怀王把楚国的黔中割让给秦国，楚怀王严词拒绝了。于是，气急败坏的秦昭襄王下令把楚怀王押到秦国都城咸阳拘禁起来，并派人通知楚国，要他们拿土地来赎人。楚国的大臣们得知楚怀王被扣押，个个义愤填膺，拒绝了秦国的无理要求，并立太子为国君，这个国君就是楚顷襄王。

楚怀王在秦国被关押一年多，吃尽了苦头，最后病死在了秦国。这个噩耗传遍了楚国，楚国人觉得这是天大的耻辱，大夫屈原更是痛心疾首。他劝谏楚顷襄王广招人才，远离奸人，激励将士，操练兵马，为楚怀王报仇雪耻。可是他的劝谏却招来了令尹子兰和靳尚等人的忌恨。他们想尽办法在楚顷襄王面前诬陷屈原。最后，楚顷襄王听信谗言，将屈原革职，流放到江南，还勒令他永远不准过江。

屈原流落江南以后，经常在汨罗江边徘徊，吟诵着悲伤的诗歌。有一天，屈原又在汨罗江边仰天悲歌，正好一位捕鱼的渔翁背着网从他旁边经过。渔翁看了看屈原，迷惑不解地问："您不是楚国的大夫吗？怎么会落到这种田地呢？为何整天在江边悲叹呢？"屈原指着奔流的江水，悲愤地说："你哪里明白，我之所以落到今天这个地步，正是因为许多人都是肮脏卑鄙的小人，只有我的心和这滔滔江水一样干净；许多人都纸醉金迷，只有我还清醒着，

为国家和民生忧虑啊。"公元前278年，秦国大将白起挥兵南下，攻破了郢都，屈原在绝望和悲愤之下，抱着一块大石头纵身一跃，跳入汨罗江自杀了。

成 语 释 义

　　成语"泥而不滓（zǐ）"的典故见于《史记·屈原贾生列传》，主要讲的是战国时期，楚国的大夫屈原惨遭削职流放，作《离骚》表明心志，表达了自己出淤泥而不染的高尚品格和忧国忧民的心境。泥，通"涅"，是染黑的意思。滓，通"缁"，代指黑色。此成语的原意是指染而不黑。后人多用来比喻洁身自爱，不受周边消极环境的影响。

《史记》原文选读

　　屈平①疾②王听之不聪③也，谗谄之蔽④明也，邪曲之害公也，方正之不容也，故忧愁幽思⑤而作《离骚》。离骚者，犹离忧⑥也。夫天者，人之始也；父母者，人之本也。人穷则反本⑦，故劳苦倦极，未尝不呼天也；疾痛惨怛⑧，未尝不呼父母也。屈平正道直行，竭忠尽智以事其君，谗⑨人间⑩之，可谓穷矣。信而见疑，忠而被谤，能无怨乎？屈平之作《离骚》，盖自怨生也。《国风》⑪好色而不淫，《小雅》⑫怨诽而不乱。若《离骚》者，可谓兼之矣。上称⑬帝喾，下道齐桓，中述汤武，以刺世事。明道德之广崇，治乱之条贯，靡不毕见。其文约，其辞微，其志洁，其行廉，其称文小而其指极大，举类迩而见义远。其志洁，故其称物芳。其行廉，故死而不容自疏。**濯淖汙泥之中，蝉蜕于浊秽，以浮游尘埃之外，不获世之滋垢，皭然泥而不滓者也。**推此志也，虽与日月争光可也。

　　　　　　　　　　　　　　　　　　——《史记·屈原贾生列传》

■ **注释：**

①屈平：屈原，芈姓，屈氏，名平，字原，又自名正则，字灵均。

②疾：痛心。

③聪：听觉灵敏，指明辨是非。

④蔽：遮蔽。

⑤幽思：苦闷深思。

⑥离忧：遭受忧愁。离，通"罹"，遭受。

⑦反本：追本溯源。反，通"返"。

⑧惨怛：忧伤，悲痛。

⑨谗：说别人坏话。

⑩间：挑拨离间，诽难，诽谤。

⑪《国风》：《诗经》的组成部分之一。由各地的民间歌谣组成，有十五《国风》，一百六十篇。

⑫《小雅》：《诗经》的组成部分之一。大部分是西周后期和东周初期贵族宴会上的乐歌，小部分是批评当时朝政过失或抒发怨愤的民间歌谣。

⑬称：称颂。

历史解读

　　屈原是战国时期最伟大的诗人之一。屈原早年深得楚怀王的信任，参与制定国策。屈原全力提倡合纵抗秦，与齐国联合，共同抗衡强秦。在屈原的辅政之下，楚国的国家实力有所增强。但是，由于屈原性格耿直，刚正不阿，再加上受到奸臣的忌恨与排挤，楚怀王逐渐疏远冷落了他。公元前304年，屈原坚决反对楚怀王与秦国订立黄棘之盟，但是最终楚国还是解散了六国联盟，彻底投入了秦国的怀抱。屈原亦被逐出郢都，流放到了江南。

　　《离骚》是屈原的代表作之一，也是一首带有自传性质的抒情长诗。全诗共有370多句，约2500字。"离骚"二字，自古以来就有很多种解读。西汉司马迁认为"离骚"是遭受忧患的意思，他在《史记·屈原贾生列传》中解释说："离骚者，犹离忧也。"东汉班固在《离骚赞序》里也说："离，犹遭也；骚，忧也。明己遭忧作辞也。"到了东汉时期，王逸则将之解释为"离别的忧愁"，他在《楚辞章句·离骚经序》中，认为："离，别也；骚，愁也；经，径也；言己放逐离别，中心愁思，犹依道径，以风谏君也。"在中国文学史上，影响比较大的解释主要就是以上这三种。因为，司马迁毕竟距屈原所处的年代最近，而且楚辞中也有很多类似的"离尤"或"离忧"的词语，此中的"离"都不能解释为"别离"的意思，所以司马迁的解释尤为可信。

关于屈原作《离骚》的背景，司马迁在《史记》中说："屈平疾王听之不聪也，谗谄之蔽明也，邪曲之害公也，方正之不容也，故忧愁幽思而作《离骚》。"可见，屈原的"忧愁幽思"主要集中在两个方面：一是对楚怀王轻信奸臣，不明事理而感到痛心疾首；二是为自己刚正不阿，却遭到排挤，不能容于朝廷而感到壮志难酬。《离骚》淋漓尽致地抒写出诗人的身世、思想和境遇，较为真实地反映了当时楚国的政治现实和屈原的不平遭遇，所以后世学者也有人认为这是屈原的自传。

相传，人们为了寻找屈原的遗体，在汨罗江上划船四处寻找，又担心江河里的鱼虾伤害他的遗体，就把米饭投到江里喂鱼。人们为了纪念屈原，慢慢地在端午节这一天，形成了赛龙舟、吃粽子的习俗，并流传至今。

69 远交近攻

　　秦昭襄王刚刚登上王位的时候，秦国的朝政实际上被秦国的太后和她的兄弟穰侯魏冉操控。公元前271年，穰侯为了自己的私利，想要派兵去攻打齐国。正在这时，有人向秦昭襄王推荐了一个人，名字叫范雎。范雎是魏国人，才高八斗，能言善辩，但是家境贫寒，经历曲折。

　　范雎最早在魏国大夫须贾府里当门客。有一回，魏昭王想与齐国结盟，派遣须贾出使齐国。须贾带着范雎一起到了齐国。齐襄王听说范雎很有才能，便想与他结交，特意叫人给他备了佳肴美酒，还赏赐给他很多金银财宝。范雎考虑到自己只是随从的身份，没有资格享受超常的待遇，更没资格接受如此贵重的礼物，便再三推辞。可是，隔墙有耳，很快就有人把这件事偷偷报告给了须贾，须贾心中暗暗怀疑范雎在背后私通齐国。过了几天，须贾完成

怎么那么多人偷听？

了出使的任务，带领随行人员回到了魏国。一回到都城大梁，须贾马上就向魏国的国相魏齐告发了范雎，魏齐怒不可遏，立即派人把范雎抓起来，严刑拷打，逼问他暗通齐国的事情。范雎被打得昏死过去好几次，满嘴的牙齿被打得没剩下几颗，肋骨也打折了好几根，浑身上下皮开肉绽。范雎奄奄一息，

直挺挺地躺在地上一动不动，魏齐以为范雎已经死了，就叫人拿来一卷破席子把他裹起来扔到了厕所里。等到天黑下来后，范雎才苏醒过来，哆哆嗦嗦地从席子里爬出来。

郑国的郑安平与范雎交往密切，他知道范雎是个非常难得的人才，于是暗中把范雎救下来，连夜用车载着他逃出虎口。范雎改名张禄，过起了改名换姓的隐居生活。后来，秦昭襄王派使臣王稽到各国寻访贤能之士，郑安平就找了个机会向王稽推荐范雎。与范雎一番长谈后，王稽觉得范雎的确有雄才大略，便想方设法地把范雎偷偷带到了秦国的都城咸阳。

秦昭襄王听闻范雎有贤才，非常恭敬地请范雎进宫，虚心求教。范雎开门见山地说：“大王，秦国幅员辽阔，兵多将广，要想一统天下，本来是很容易的事情，可是这15年来却没有什么成就啊。这不能说是穰侯办事不力，大王也有失策的地方啊。”秦昭襄王疑惑不解地说：“哦？那你说说，我失策在什么地方？”

范雎说：“我听说穰侯要大王去攻打齐国。齐国和秦国一个在东，一个在西，离得那么远，再说两国中间还隔着韩国和魏国。就算大王出师大捷，打败齐国，夺得了齐国的土地，大王也没办法把齐国的土地和秦国的土地连起来啊。大王，我想最好的办法就是远交近攻。对离我们远的齐国，要暂时想办法稳住，先把与秦国接壤的一些邻近国家攻下来。这样就能够不断扩大秦国的疆土。正所谓，打下一寸就是一寸，打下一尺就是一尺，这都是实打实拿到手的土地。韩国和魏国，位于中原地区，是天下的中心，大王如果打算称霸天下的话，就必须先与中原国家亲善，以此来威胁南方的楚国、北方的赵国。楚国强大，大王就拉拢赵国；赵国强大，大王就笼络楚国。楚国和赵国都与您亲善，齐国一定会感到恐惧。齐国一害怕，必定会与秦国结盟。这样一来，韩、魏两国便可乘势收入囊中。秦国兼并了韩、魏两国之后，齐国也就唾手可得了。"

秦昭襄王听后大加赞赏，说："秦国要真能攻下六国，一统天下的话，那定是仰赖先生您这远交近攻的妙计了啊。"

成 语 释 义

成语"远交近攻"的典故见于《史记·范雎蔡泽列传》，主要讲的是范雎给秦昭襄王献策笼络远邦而攻伐近国，这是战国时期秦国实施的一种军事和外交策略。该成语原意是指与相距远的国家亲近，进攻毗邻的国家。后人多用来比喻亲疏有别的一种待人处世的方式。

近国　　　　远国

《史记》原文选读

　　然左右多窃听者，范睢恐，未敢言内①，先言外事②，以观秦王之俯仰③。因进曰："夫穰侯越韩、魏而攻齐纲寿，非计也。少出师则不足以伤齐，多出师则害于秦。臣意④王之计，欲少出师而悉⑤韩、魏之兵也，则不义矣。今见与国⑥之不亲也，越人之国而攻，可乎？其于计疏⑦矣。且昔齐湣王南攻楚，破军杀将，再辟地千里，而齐尺寸之地无得焉者，岂不欲得地哉，形势⑧不能有也。诸侯见齐之罢弊⑨，君臣之不和也，兴兵而伐齐，大破之。士辱兵顿⑩，皆咎⑪其王，曰：'谁为此计者乎？'王曰：'文子⑫为之。'大臣作乱，文子出走。故齐所以大破者，以其伐楚而肥⑬韩、魏也。此所谓借贼兵⑭而赍⑮盗粮者也。**王不如远交而近攻，得寸则王之寸也，得尺亦王之尺也。**今释⑯此而远攻，不亦缪乎！且昔者中山⑰之国地方五百里，赵独吞之，功成名立而利附焉，天下莫之能害⑱也。今夫韩、魏，中国之处而天下之枢⑲也，王其欲霸，必亲中国以为天下枢，以威⑳楚、赵。楚强则附赵，赵强则附楚，楚、赵皆附，齐必惧矣。齐惧，必卑辞重币以事秦。齐附而韩、魏因可虏㉑也。"

——《史记·范睢蔡泽列传》

■ **注释：**

①内：内部的事，指太后等专权的事。

②外事：外部的事，指对外策略。

③俯仰：本意是低头和抬头，借指观察秦王的态度。

④意：猜测。

⑤悉：全部。指让魏出动全部兵马。

⑥与国：结盟的国家。

⑦疏：疏陋，浅薄。

⑧形势：当时的国家形势和地理形势。

⑨罢（pí）弊：疲敝，指国力困乏。

⑩顿：毁坏。

⑪咎：责怪，归责于。

⑫文子：指田文。

⑬肥：给……好处。

⑭兵：武器。

⑮赍（jī）：送。

⑯释：通"舍"，舍弃。

⑰中山：国名。

⑱害：妨害，妨碍。

⑲中国：指中原地区。枢：原意是门轴，这里指重要、中心。

⑳威：示威，威慑。

㉑虏：收服。

历 史 解 读

范雎是战国时期著名的政治家、军事谋略家和外交家。范雎辅佐秦昭襄王，上承秦孝公时期变法图强的雄心大志，下启秦始皇一统天下的帝王之业，确定了"远交近攻"的国家战略。李斯曾对范雎的功绩作出了高度评价："昭王得范雎，废穰侯，逐华阳，强公室，杜私门，蚕食诸侯，使秦成帝业。"可以说，范雎是秦国历史上承上启下的一代名相。

范雎在"远交近攻"这一战略原则的指导下，进一步明确了秦国一统天下的具体方案：首先，要先攻打魏、韩两国。魏、韩两国地处中原，居天下之中，又与秦国相邻，战略位置非常重要，必须攻灭两国，解除心腹之患。这样做，一方面可以扩大秦国的疆土，壮大秦国实力，另一方面也可以打通进入中原地区的通道。其次，魏、韩归属秦国后，就能对付北方的赵国和南方的楚国。最后，攻占了赵、楚之地后，秦国当时最大的敌手齐国必然独木难支。这样，便可逐一消灭魏、韩等国，最后消灭齐国，一统天下。范雎称得上是秦国统一六国的国家战略总设计师。

范雎是秦国史册上第一个明确清晰地提出了"远交近攻"的国家战略方针的人，为秦国逐一兼并六国，最后实现统一奠定了重要战略基础，对后世影响深远。

70 利令智昏

公元前262年，秦国名将白起率兵攻陷韩国的野王，快速攻陷野王之后，把韩国的上党郡团团围住，切断了上党对外的通道。韩国上党太守冯亭眼看难以抵挡下去，于是召集上党的百姓商量说："秦国军队已经把我们牢牢地包围，我们对外求救的道路也已经被切断。现在秦军每天都在猛烈进攻，我们剩余的兵力支撑不了多久，上党迟早有一天会沦陷。我想，不如把上党献给赵国。赵国接纳了我们，秦国看到到手的鸭子飞了，一定会恼羞成怒，掉头去攻打赵国；赵国遭到秦国侵袭，肯定会和我们韩国结盟；然后，韩、赵两国联合起来，就可以抵御秦国进攻了。"百姓们听了，不住地悲叹，但是形势所迫，也只好答应了。

于是冯亭就派遣使者去赵国。使者见到赵孝成王，献上上党的地图，说："秦国大军包围上党，韩国已经没有实力保卫上党了，上党一定会被秦国占领。我们上党的官吏和百姓都乐意成为赵国人，都不愿做秦国人。这里有城池17座，特来献给赵王。"

赵孝成王马上召两位王叔平阳君赵豹和平原君赵胜进宫商议。平阳君赵豹得知此事，表示反对，说："大王，无缘无故地得到利益，说不定会带来灾祸啊。"赵孝成王一听，不乐意了，说："他们是因为我的仁德才来归附的，怎么能说是无缘无故呢？"赵豹回答说："大王，千万不要被他们骗了。现在的形势是这样的，秦国正在攻打韩国的上党，已经断绝了上党求援的通道，本以为如此就可以攻陷上党。韩国人之所以不愿意投降秦国而来归附我们赵国，就是想嫁祸给我们赵国啊。大王，您想一想，秦国劳师动众，结果我们赵国坐收渔利，秦国会怎么想？肯定会很恼怒，反而来攻打我们赵国。这怎么能说是无缘无故呢？上党是千万不能接收的。请大王三思啊！"站在一旁的平原君赵胜忍不住上前说道："大王，微臣认为，我们赵国不费一兵一卒就能得到 17 座城池的土地，这是天大的好事，怎么能不要呢？"于是，他力主赵王接收韩国的上党。

既然平原君同意接收上党，赵孝成王就命令他去接收土地。平原君接收了上党，冯亭把战火引向赵国的想法实现了。没过多久，赵国就大祸临头了。本来上党已在秦军的包围之中，秦国占领上党郡是迟早的事。快要到手的土地，突然便宜了赵国，秦国当然不会善罢甘休。于是，秦国就直接把进攻的矛头对准了赵国，派大将白起去攻打赵国。赵国派出了只会纸上谈兵的赵括

前去应战，结果损兵折将。在长平之战中，秦国消灭赵国精锐部队 40 多万人。后来，还差一点儿打进赵国的都城邯郸，赵国从此元气大伤。

成 语 释 义

　　成语"利令智昏"的典故见于《史记·平原君虞卿列传》，主要讲的是太史公司马迁评论赵国平原君不识大体、贪图利益，失去了理智，接管韩国的上党郡，招致秦国进攻赵国，几乎让赵国灭亡。该成语的原意是指因贪求利益而头脑发昏。后人多用来比喻因图谋私利而失去理智，不顾后果。

《史记》原文选读

太史公曰：平原君，翩翩①浊世之佳公子也，然未睹大体②。鄙语③曰"利令智昏"，平原君贪冯亭邪说④，使赵陷长平兵四十余万众，邯郸几⑤亡。

——《史记·平原君虞卿列传》

注释：

①翩翩：形容举止洒脱，有风采。

②睹：明白。大体：大局。

③鄙语：俗语。

④贪冯亭邪说：公元前262年，秦国攻打韩国，韩国上党太守冯亭称愿归附于赵。赵孝成王召平阳君、平原君商议，平阳君主张不受，平原君主张接受，于是赵国接收上党，封冯亭为华阳君。公元前260年，秦国攻打赵国长平，赵军大败。

⑤几：几乎，接近。

历史解读

　　平原君赵胜是战国时期四公子之一，赵武灵王之子，在赵惠文王和赵孝成王时期担任赵国国相，辅佐朝政。平原君接收上党，就发生在赵孝成王四年，也就是公元前 262 年。平原君力主接收即将被秦国攻占的韩国上党郡，结果直接导致了秦、赵两国在长平爆发激战，赵国倾全国之兵迎战，结果惨败，40 余万精锐之师损失殆尽，平原君也因此事被司马迁评价为"利令智昏"，意思就是为了眼前的利益而丧失理智，不考虑后果。

平原君力主接收上党的原因其实有以下几个：

其一，上党属于韩国，韩、赵、魏皆出于晋。秦国要统一天下，从地缘军事上看跨过"三晋"是势在必行的。可以说"三晋"之间虽然互有攻打，却是唇亡齿寒的关系。因此，韩国上党在危难时选择归附赵国也是最好的选择。如果赵国不接纳上党，眼看上党被秦攻取，那么赵国在全天下的眼中都将成为无情无义之邦，这种道义上的缺失，平原君不愿意承担，赵国也不愿意承担。

其二，当时赵国军事力量较强，不惧与秦一战。在这个时候，虽然赵国的综合国力比不上秦国，但是军队的战斗力却和秦军相差不大，尤其是赵武灵王"胡服骑射"改革培养出来的精锐力量尚存。当时，赵国还拥有一流的军事将领，战国四大名将中的两位——廉颇和李牧——也都为赵国效力。至于兵力方面赵国也有近40万之众，而且赵国和游牧部落之间的战争一直没停过，军队作战经验丰富。所以，依托这样的军事力量，赵国拥兵自保应该是绰绰有余的。但是，长平之战爆发后，赵孝成王中了秦国的反间计，让赵括代替廉颇为主将，导致赵国惨败，这样的结果是平原君始料未及的。

所以平原君主张接收上党也是有根据的，并非完全是司马迁所谓的"利令智昏"。

71 纸上谈兵

赵括是战国时期赵国名将赵奢的儿子，他从小就爱好阅读各种兵书，痴迷于学习兵法。赵括年幼的时候，就开始出入军营，经常与父亲赵奢一起探讨军事问题，而且每次都讲得头头是道，有时候甚至连赵奢都说不过他，旁边的人更是赞不绝口，但是赵奢却从来不夸奖他。赵括的母亲见状，心中一直纳闷，有一天终于忍不住，悄悄地把赵奢拉到一边，询问其中的原因。赵奢叹了一口气说："打仗是一件生死攸关的大事情，虽然赵括熟读兵书，却夸夸其谈，把战争说得过于简单了啊。以后，赵国不用赵括为将也就算了，如果要是任用他为将的话，一定会使赵国蒙受危难啊。"

公元前 260 年，秦、赵两国在长平激战，双方几乎都倾尽了全国之力，双方总共出动兵力已超过百万。这个时候，赵国大将赵奢早已去世，蔺相如也已经病重。老将廉颇披挂上阵，率领赵国军队出战。赵军初战失利，接连打了好几场败仗。廉颇深知赵军实力相对较弱，不能与秦军硬碰硬。于是，廉颇命令士兵依托有利地势，固守城池，任凭秦军如何挑战，都不出城应敌。廉颇打算先慢慢消磨掉秦军的锐气，然后再寻找时机反攻。

秦、赵两国的百万大军在长平对峙了好几个月，赵国的粮草日益匮乏，赵孝成王非常迫切地希望速战速决。他认为廉颇坚守不出，是因为年老胆怯，不敢与秦军交锋，于是几次派人敦促他主动出击。秦国探知了这个情况，马上派人到赵国散播谣言，声称廉颇年纪大了，根本不是秦军的对手。秦军最怕的是赵括，如果赵括来统领赵军的话，秦军一定会不战自败。赵孝成王信以为真，立即下令撤了廉颇的军权，任命赵括为将军。病重卧床的蔺相如得知这个消息，拖着病体，挣扎着进宫去劝谏赵王说："大王，赵括虽然是名将之后，名声在外，但他是个书呆子，只会读他父亲留下的兵书，不懂得灵活应变。大王千万不可派他领兵啊！"赵王哪里听得进去，挥挥手，吩咐左右侍从送蔺相如回府休息去了。

就在赵括要出发去前线的时候，他的母亲也求见赵王说："大王，老妇有个请求：千万不可以让赵括做将军，带兵打仗。"赵王疑惑不解地问："赵括是你的儿子，你为什么要反对呢？"他的母亲回答说："大王，正是因为他是我的儿子，我太了解他了。大王有所不知啊，当初他父亲当将军的时候，经常与手下的士兵在军营同吃同睡，愿意与士兵同甘共苦，把很多人当作自己的手足朋友，把大王的赏赐也全都分给自己的僚属，只要接受了带兵出征的命令，就会整日守候在军营里，操劳军事，不再过问家事。现在赵括做了

将军，就马上坐西朝东耍起了威风，僚属和士兵们没有一个敢抬头看他的。大王赏赐给他的金帛，他也都带回家收藏起来，不分给下属分毫。最近还天天去寻购便宜合适的田地房产。大王您看看，他的所作所为哪里像他父亲呀？我恳求大王不要派他领兵出战。请大王三思啊！"赵王听完，不以为然地说："您年纪大了，就别再为这件事操心了，就这样决定了吧。"赵括的母亲接着说："大王，如果您一定要派他领兵，万一他打了败仗，我能不受株连吗？"赵王点头答应了。

赵括到了长平的赵军大营，也不去视察两军对垒的实际状况，便闷着头全盘照着他从兵书上学到的兵法干了起来。他先是把老将廉颇修筑的一系列星状散布的营垒撤除，把全部兵马都集中起来，合成一个大营。随后，他又

一反老将廉颇据守不出的战术，颁布军令，要士兵们主动出击，奋勇争先，猛攻直追，擅自后退者，以军法论处。赵括刚刚部署完毕，秦将便派一路奇兵前来叫阵。赵括率军出城迎战。一个回合不到，秦军便落荒而逃了。赵括首发出战，旗开得胜，高兴得手舞足蹈，赶紧派人向赵王报捷。赵王听闻赵军大捷，也喜出望外，觉得自己没有看错赵括，真是虎父无犬子啊。

第二天，赵括乘势又派人到秦军大营去下战书，结果秦将不但不出来迎战，反而率军一口气撤退了十数里。"秦军是被我打怕了！"赵括得意忘形地想。于是，赵括下令宰牛杀羊，犒劳三军。但是，赵括哪里想得到，此时此刻，他率领的军队已陷入秦军的天罗地网之中。第三天，天刚蒙蒙亮，赵

括就下令把赵军分为前、后两军，自己亲率前军追击秦军，后军留守大营。赵括率军出发不久，就碰到了秦军。两军交战，没战几个回合，秦军就败退了。赵括乘胜挥师追击，追了十余里后，士兵来报，发现了一座秦军大营。赵括以为是秦军的大本营，于是传令全力猛攻秦营，但是连攻数日，秦军坚守不出，赵军也毫无进展。赵括派人催调后军，想再来一次强攻。没想到的是，这时秦军已经偷偷绕到赵括的背后，把前、后两军截断，两军不能相顾。突然间，这边坚守在大营中的秦军大喊着冲出来，把赵括率领的前军团团围住，并大呼道："赵括，你中了我们白起将军的计了，还不赶快投降！"赵括顿时惊出一身冷汗，下令撤退，可是为时已晚。

赵括率领的赵军被秦军团团围困，他们孤立无援，粮草匮乏，军心早就涣散了。在坚守了 40 余日后，赵括决定率军突围，与秦军殊死一搏。赵括挑选出精壮士兵，亲自上阵与秦军拼杀。结果赵军突围失败，赵括也在战乱之中被乱箭射死，数十万大军群龙无首，被迫投降，秦军把他们全部坑杀了。赵王接到这个噩耗，痛悔不已。他本想治赵括全家的罪，但因答应了赵括的母亲，若赵括战败，家人不受株连，也就没有再追究了。经此一役，赵国的实力一落千丈。

成语释义

成语"纸上谈兵"的典故见于《史记·廉颇蔺相如列传》，主要讲的是在战国中后期，秦、赵两国在长平激战，赵孝成王派赵括替代廉颇为将。虽然赵括熟读兵书，牢记兵法，但不会根据战场的实际情况而灵活运用，最后在长平之战中大败。后人多用来比喻人脱离实际情况，热衷于空谈理论，想法不切实际，无法解决现实问题。

《史记》原文选读

　　赵括自少时学兵法，言兵事，以天下莫能当①。尝与其父奢言兵事，奢不能难②，然不谓善③。括母问奢其故，奢曰："兵，死地也，而括易言之。使赵不将括④即已，若必将之，破赵军者必括也。"及括将行，其母上书言于王曰："括不可使将。"王曰："何以？"对曰："始妾事其父，时为将，身所奉饭饮而进⑤食者以十数，所友者以百数，大王及宗室所赏赐者尽以予军吏士大夫，受命之日，不问家事。今括一旦为将，东向⑥而朝，军吏无敢仰视之者，王所赐金帛，归藏于家，而日视便利田宅可买者买之。王以为何如其父？父子异心，愿王勿遣。"王曰："母置之，吾已决矣。"括母因曰："王终遣之，即有如不称⑦，妾得无随坐⑧乎？"王许诺。

——《史记·廉颇蔺相如列传》

■ **注释：**

①当：抵得上。

②难：反驳、难倒。意为赵奢说不过赵括。

③然不谓善：意为虽然赵奢说不过赵括，但是也不觉得赵括说得对。

④将括：使赵括为将。

⑤身：亲自。奉：捧。进：进献。指赵奢亲自捧着吃的喝的进献给他们吃的人，意为被赵奢视为尊长的人。

⑥东向：坐西向东。古时公侯将相以东向为尊。

⑦称：称职、称心。

⑧随坐：连坐。

历史解读

成语"纸上谈兵"典故里的主要人物是赵国将领赵括。赵括是赵国名将马服君赵奢之子，他从小就熟读兵书，精通兵法。《史记》中记载："赵括自少时学兵法，言兵事，以天下莫能当。"可惜的是，赵括在秦、赵两国的长平之战中战败身死，40万赵军被坑杀。后人有诗叹曰："少年轻锐喜谈兵，父学虽传术未精。一败谁能逃母料，可怜四十万苍生。"

赵括战败的原因有以下几点：

首先，赵军的精锐主力是赵武灵王"胡服骑射"改革后训练而成的骑兵部队。骑兵部队的优势在于机动灵活，冲击力强，但是长平之战的主战场在上党地区，这里地处山区，易守难攻，赵军的骑兵在复杂的山地地形中很难充分发挥优势，而赵国的步兵面对秦国完备的重装步兵，可以说是完全处于下风。

其次，赵国虽然民风骁勇，作战经验丰富，军事实力与秦国相当，但是要论及综合国力，赵国要比秦国差得远，尤其是赵国在农业生产上相对落后。兵法上讲，兵马未动，粮草先行。赵国对于这场长期的消耗战明显是难以应付的，在长平之战期间，赵国就曾多次向齐国、楚国、魏国等国筹借粮草。秦国则拥有关中和巴蜀两处大粮仓，商鞅变法又将"耕战"确立为基本国策，秦军没有粮草匮乏的问题。所以说，由于赵国粮草储备不足的短板，廉颇的坚守不战的消耗战策略也是无法执行下去的。后来，赵括执行的主动进攻，试图速战速决的战略也是鉴于这个原因，总而言之赵国再也耗不起了。

那么赵括到底是不是个只会纸上谈兵的书呆子呢？实际上，赵括有相当不错的军事才能，说他只会纸上谈兵是有失公正的。从整个长平之战的指挥来看，首先，赵括速战速决的作战方针是符合赵国国情的，因为赵国的整体实力不足，如果再继续消耗下去，赵国就会陷入崩溃的境地。其次，赵括实施的战术是把赵军分为前后两部，以小部队迂回，进行包抄合围，只是赵军实力稍弱，未能完成整个战术部署，结果导致全军被截为两半，首尾不得相顾，被秦军反包围。

长平之战是中国古代军事史上最早、规模最大的一场大型歼灭战，也是战国历史中关键的转折点，进一步加速了秦国统一六国的进程。

72 抱薪救火

　　战国时期，魏国的安釐王登位后，秦国连续发兵对魏国展开进攻，魏国抵挡不住，接连战败，伤亡惨重，丢失了大片疆土。安釐王元年，秦国的大将军白起率军攻占了魏国的两座城池。第二年，秦国国相穰侯魏冉率军再次进攻魏国，魏安釐王不得已向韩国紧急求援，韩国派将军暴鸢率援军赶来，结果被击败，暴鸢见势不妙，逃到魏国国都大梁。魏国不得不再次割地求和，穰侯魏冉对此置之不理，继续率军进攻，一举包围了魏国国都大梁。最后，魏安釐王被迫割让温城求和。第三年，魏安釐王深感局势紧张，就与齐国订立了南北合纵联盟，共同抗秦。对此，秦国反应强烈，再次派军进攻魏国，夺取四座城池。到了第四年，魏安釐王与赵惠文王联合起来攻打韩国，包围了华阳城。穰侯魏冉在韩使陈筮（shì）的游说下，命令武安君白起紧急行军，八天赶赴华阳。白起远袭芒卯率领的魏、赵联军，生擒三员大将，斩杀士兵十余万人。

　　魏国军队接连不断的失利使魏安釐王惶恐不安，担心哪一天都城大梁就被连窝端了。魏国军队的将领和士

兵也望风而逃，不敢与秦军交锋。有一位名叫段干子的将军，生怕魏安釐王派他率军出战，为了苟且偷安，他便向魏安釐王建议："大王，秦军来势凶猛，我们恐怕招架不住，不如把南阳之地割让给秦国，请求退兵言和。"魏安釐王本来就对秦军的猛烈进攻极度胆寒，想到割地求和就可以求得一段太平日子，于是便照着段干子的话，派人去秦国求和了。

后来，这个割地求和的计划被一个名叫苏代的谋士知道了。苏代就是向来大力鼓吹"合纵抗秦"的苏秦的兄弟，他也竭力倡导六国联合起来，共同抵御强秦。苏代得知魏国打算割地求和的事后，就对魏安釐王说："贪生怕死，想飞黄腾达的人是将军段干子，想侵吞魏国土地、贪婪成性的是秦国。如今，大王让想升官发财的人控制土地，又让想抢夺土地的人执掌官印，就算把魏国的土地都赔光了，他们也不会善罢甘休呀。秦国一向都是贪得无厌的，您想用疆土和权力去换取一时的和平，是根本行不通的，只要您的国家土地还在，就无法满足秦国侵略的欲望。"接着，他还举了一个例子说："这就好比一个人看见房子着火了，抱着柴火去救火，就算他把柴火一捆接一捆地投到火中去，火也不可能被扑灭，而且柴火一天不烧完，火就一天不会熄灭。"

尽管苏代讲得非常有道理，但是胆小懦弱的魏安釐王只顾自己能过上眼前的太平日子，一味地想割地求和，压根儿不听苏代的劝谏，只是搪塞说："你说得是没错，

千万不可

可是事已至此，已经无法挽回了。"最后，魏安釐王还是依着段干子的话，把魏国南阳的大片土地割让给了秦国。到了公元前 225 年，秦军果真又向魏国发起大规模进攻，包围了都城大梁，秦军挖开黄河上的堤坝，放水淹没了大梁城，魏国就这样被秦国灭亡了。

成 语 释 义

　　成语"抱薪救火"的典故见于《史记·魏世家》，主要讲的是苏代用"抱着柴火去救火，火是永远不会被扑灭的"的例子来劝谏魏安釐王不要向秦国割地求和。后人多用来比喻用不正确的方法来消除祸患，反而使祸患扩大或者招致更大的灾祸。

《史记》原文选读

　　安釐王元年，秦拔我两城。二年，又拔我二城，军①大梁下，韩来救，予秦温以和。三年，秦拔我四城，斩首四万。四年，秦破我及韩、赵，杀十五万人，走我将芒卯。魏将段干子请予秦南阳②以和。苏代谓魏王曰："欲玺③者段干子也，欲地者秦也。今王使欲地者制玺，使欲玺者制④地，魏氏⑤地不尽则不知已。**且夫⑥以地事秦，譬犹抱薪救火，薪不尽，火不灭。**"王曰："是则然也。虽然，事始⑦已行，不可更矣。"对曰："王独不见夫博之所以贵⑧枭者，便则食⑨，不便则止矣。今王曰'事始已行，不可更'，是何王之用智不如用枭也？"

　　　　　　　　　　　　　　　　　　——《史记·魏世家》

■ 注释：

①军：驻军，驻扎。

②南阳：魏国地名。

③玺：印章，借指加官晋爵。

④制：控制，制约。

⑤魏氏：魏国。

⑥且夫：发语词，无意义。

⑦始：开始。

⑧独：难道。博：古代有一种博局戏，以五木为骰子，刻有枭、卢、雉、犊、塞等形状，掷骰子中采，然后走棋子，其中获得枭为胜采。贵：看重。

⑨食：指获得枭的人可以吃掉其他人的棋子。

历史解读

　　这个成语典故以秦、赵、魏三国发生的华阳之战为历史背景。公元前273年,魏国联合赵国攻打韩国的军事重镇华阳。韩国招架不住,向秦国求援。秦国派军队救援韩国,与魏国、赵国在华阳展开激战。

　　秦国攻打魏国的最大原因其实是秦国曾经派兵远征齐国,攻取齐国的定陶等地,但是这些土地不和秦国的本土接壤,所以秦国力图灭掉横亘在秦国本土与定陶之间的魏国。同时,灭掉魏国以后,不仅可以断绝燕国、赵国与楚国、韩国之间的联系,同时还能够震慑其他国家,彻底破坏合纵抗秦之势。正如《战国策·魏策》所云:"今梁王,天下之中身也。秦攻梁者,是示天下要断山东之脊也。"

在华阳惨败之后，魏国都城大梁马上面临着秦军大举进犯的威胁。魏国在当时割地求和是不是如苏代所言是"抱薪救火"？当然不是。在这个时间节点上，韩国刚被魏、赵联军痛击，赵国也在华阳惨败，楚国经过鄢郢之战后也无力再图中原，齐国也刚复国还没有完全恢复元气，客观上讲没有一个国家有实力去救援魏国。此时，魏国割地求和，也是逼不得已的缓兵之计。

华阳之战后，魏国被迫献上南阳之地，向秦国求和。秦国也担忧逼之太急的话，反而会造成六国再次抱团取暖、合纵抗秦的局面，于是便接受了南阳之地，同意退兵。随后，秦国将南阳之地和之前攻占的楚国上庸之地合并起来，设置南阳郡，进一步扩大了疆土，提升了国力。经此一战后，魏国元气大伤，彻底没有了抵抗之力。

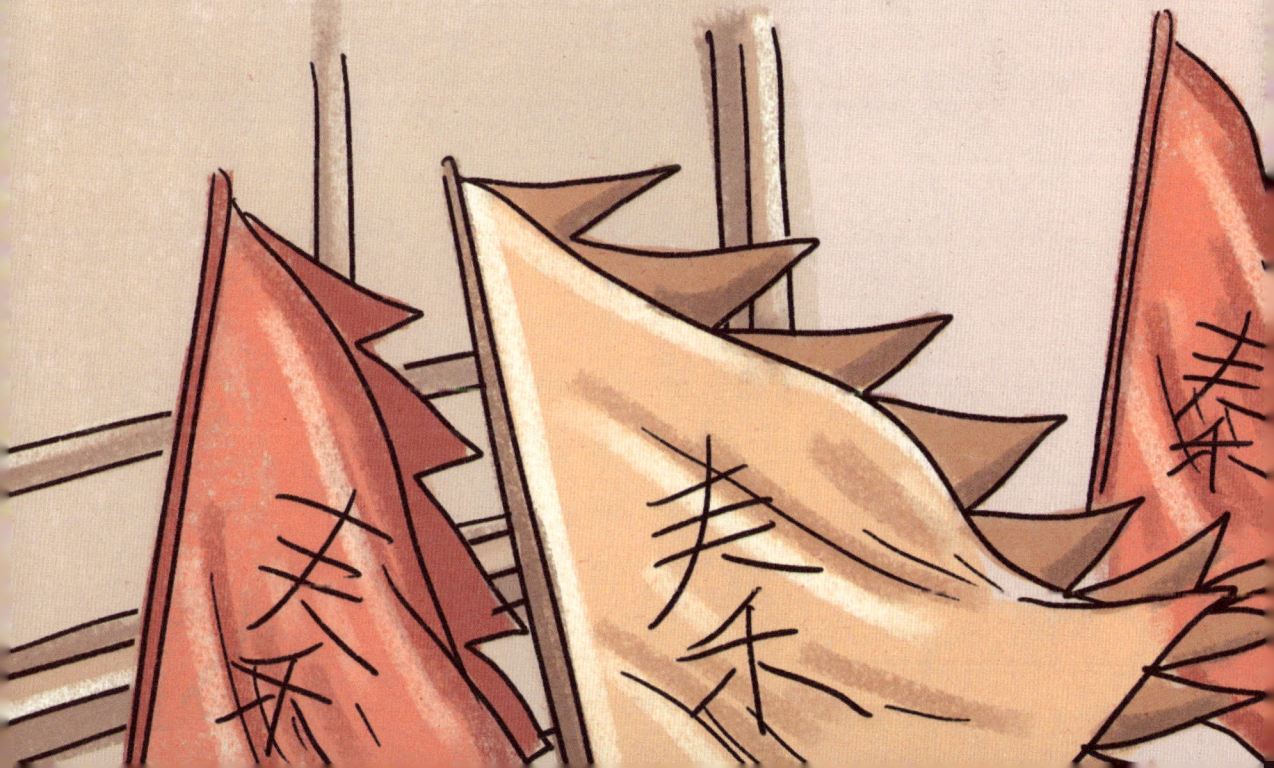

藏在《史记》里的
成语故事

俞强◎著

（第三册）

辽宁人民出版社

目录

108 个常用成语

+

108 段来自《史记》的成语故事

读故事，记成语

看《史记》，学历史

73 毛遂自荐

在长平之战中，秦国大将白起围歼了赵括统率的 40 多万赵军后，挥师长驱直入，把赵国都城邯郸团团包围，情况万分危急。赵孝成王一面命令邯郸城中的军民死守城池，一面赶紧指派平原君赵胜出使楚国，意图签订合纵抗秦的同盟条约，请求楚国出兵救援。

平原君接受了使命后，决定在自己的门下选拔 20 名智勇双全的门客同他一起去楚国。平原君在数千名门客中选来选去也只选出了 19 个人，就再也选不出合适的人选了。平原君急得坐立不安，正在为难之时，突然有一位

我！

名叫毛遂的门客径自走到平原君面前自我推荐说："主公，我听说您要出使楚国，并且准备挑选20个门客一同去，现在还少一个人，那就算我一个吧。"平原君仔细打量着毛遂，看来看去总觉得有点陌生，忙问："你叫什么名字，在我这里几年了？"毛遂答道："在下名叫毛遂，在此三年了。"平原君对他没有一点儿印象，便笑着说："一个真正有本事的人，就像放在口袋里的锥子，锋利的锥尖很快就会显露出来。你已经来我这里三年了，我还从来没有听说周围的人夸赞过你，我看你也没有什么本事，还是留在家里吧！"毛遂不慌不忙地说："主公，您说得没错。我这把锥子要是早放进口袋里的话，它就不是只露出一点儿锥子尖了，而是整个锥子都会戳出口袋了。今天，就请您把我放进口袋里吧。"平原君听了这番话，频频点头，表示赞许，于是同意毛遂跟大家一起前往楚国。其余19个人都不以为然，暗自偷笑。

平原君带领这一班门客前往楚国。一路上，毛遂跟那19个人纵论天下局势，说得头头是道，这19个人没有一个不佩服他的。到了平原君去见楚王的那一天，平原君先进宫与楚王谈判，从早上一直谈到中午，谈判进行得十分艰难，任凭平原君怎么说，楚王就是不同意出兵。眼见谈判没有丝毫进展，随行的门客就鼓动毛遂上殿。于是，毛遂手按着剑柄，几步跨上台阶，进入宫殿，高声喊道："合纵不合纵，三言两语就可以说清楚了，怎么从早晨说到现在，还决定不下来，到底是什么情况？"楚王听了这样盛气凌人的话，心中不悦，侧着头问平原君："这个人是谁？是干什么的？"平原君答道："这是我的门客毛遂。"楚王一听毛遂是个小小的门客，便大声呵斥道："我在跟你主公谈判，没你的事，你竟敢在殿上喧哗，赶快给我下去。"毛遂紧握宝剑，凑到楚王跟前说："我的主公就在面前，大王竟然如此呵斥我，丝毫不留情面，是仗着楚国兵多将广吧？现在大王与我只有十步之遥，大王此刻的性命就掌握在我的手里，你的兵再多，也毫无用处。我听说圣王成汤的领地只有方圆 70 里，后来做了天下之王，周文王凭着方圆百里大小的土地就使天下诸侯臣服，难道是因为他们的疆域广、士兵多吗？当然不是！他们只是充分发挥了他们在诸侯中的威望，把握住了有利的形势而已。现在，楚国有方圆 5000 里的土地，雄兵百万，您也自以为楚国强大，无人能敌，有实力做天下霸主了。但是，秦国的那个将军白起，不过是个不知道天多高地多厚的家伙，只领着区区几万兵马，就把楚国打得惨败，还捣毁了楚王祖先的坟墓，这本应是楚国世代难忘的家仇国恨。连我们赵国人都为你们感到羞耻。可是，我看大王却一点儿也没感到羞愧。大王，你要知道，今天我们来商议合纵联盟，共同抗秦，不仅是为了解救赵国的邯郸之围，更是为了楚国雪洗前耻。"这番话说得楚王面红耳赤，连连点头赞同说："是，是，先生所言极是，我一定以举国之力履行合纵盟约。"接着，毛遂进一步问道："那

与赵国的合纵盟约算是确定了吗？"楚王回答说："确定了。"于是，毛遂用带着命令式的口吻吩咐楚王的左右侍从说："那就快准备结盟的仪式吧。"侍从们把鸡、狗、马的血取来，盛在铜盘里，毛遂双手捧着铜盘，把它进献到楚王面前说："大王，让我们歃血结盟，以表诚意吧。"

就这样，在毛遂的协助下，平原君赵胜顺利完成了出使的任务，在楚国的大殿上，两国缔结了联手抗秦的合纵盟约。楚国果真兑现承诺，遵守盟约，派兵马不停蹄地赶往赵国，解救邯郸之围。

成语释义

成语"毛遂自荐"的典故见于《史记·平原君虞卿列传》，主要讲的是秦军围攻赵国都城邯郸，平原君赵胜领命出使楚国，门客毛遂主动要求追随平原君一同前往。在与楚王的谈判中，毛遂在关键时刻挺身而出，晓以利害，说服楚王缔结盟约，出兵解围。后人多用来比喻在危难时刻，主动请缨，推荐自己担负重任或者担任重要的职位。

《史记》原文选读

秦之围邯郸，赵使平原君求救，合从于楚①，约与食客门下有勇力文武备具者二十人偕②。平原君曰："使文能取胜③，则善矣。文不能取胜，则歃血于华屋④之下，必得定从⑤而还。士不外索⑥，取于食客门下足矣。"得十九人，余无可取者，无以满二十人。门下有毛遂者，前⑦，自赞⑧于平原君曰："遂闻君将合从于楚，约与食客门下二十人偕，不外索。今少一人，愿君即以遂备员⑨而行矣。"平原君曰："先生处胜之门下几年于此矣？"毛遂曰："三年于此矣。"平原君曰："夫贤士之处世也，譬若锥之处囊⑩中，其末立见⑪。今先生处胜之门下三年于此矣，左右未有所称诵⑫，胜未有所闻，是先生无所有也。先生不能，先生留。"毛遂曰："臣乃今日请处囊中耳。使遂蚤⑬得处囊中，乃颖⑭脱而出，非特其末见而已。"平原君竟与毛遂偕。十九人相与目笑之而未废⑮也。

——《史记·平原君虞卿列传》

注释：

①合从于楚：从，通"纵"。指与楚国拟订合纵盟约，联兵抗秦。

②约：说定，邀请。偕：一起。

③使：假使。文：指谈判。胜：成功。

④歃血：古代举行盟会时，饮下牲畜的血表示诚意。也有说法是用手指蘸血，涂在嘴边。华屋：豪华的屋子，指盟会的地方。

⑤定从：确定合纵的盟约。

⑥士不外索：索，寻找。指需要的文武之士不必再到外面费心去找。

⑦前：走上前。

⑧自赞：自我推荐。

⑨备员：预备人员，替补人员。

⑩囊：口袋。

⑪其末立见：末，锥尖。见，通"现"，显露。比喻有才能的人迟早会显露头角。

⑫称诵：称，称赞。诵，宣扬。

⑬蚤：通"早"。

⑭颖：原指禾穗的芒，这里指锥锋。

⑮目笑之：相视而笑。废：当作"发"，发声。

历史解读

　　赵国在长平之战中大败，秦国大将白起想要乘胜追击，直捣赵国都城邯郸，一举灭亡赵国。后来，因为时任秦国相国的范雎贪恋权位，担心大将白起一举灭赵，战功卓著，位居上卿之上，权力地位超过自己，于是就以秦军连续作战，士兵疲惫不堪，应该稍作休整为由，劝说秦昭襄王命白起班师回国。而且，范雎还劝诱韩国割让垣雍之地、赵国割让 6 座城池向秦国求和，秦昭襄王最后同意撤兵。赵国利用这段和平时期，一面在国内发展生产，重整军备，一面与齐、楚、魏等国缔结同盟，下定决心联合抗秦。等赵国实力稍有恢复，便立刻撕毁了盟约，秦昭襄王听闻赵国出尔反尔，不愿意割让 6 座城池，勃然大怒，完全不顾大将白起关于赵国已"国内实，外交成"不宜出兵的劝阻，在公元前 259 年九月，派遣大夫王陵率军从上党出发，围攻邯郸。大敌当前，赵国形势万分危急，赵孝成王立即派遣使臣分头奔赴各诸侯国求援，其中平原君赵胜奉命赴楚国求援。毛遂自荐的典故就发生在平原君去楚国订立合纵盟约的关键时刻。

　　根据盟约规定，楚国派遣春申君率八万楚军救援赵国，魏国也派遣大将晋鄙率 10 万大军前来援救。公元前 257 年十二月，魏、楚两国军队先后抵达邯郸的城郊，向围城的秦军发动进攻，赵国守卫邯郸的军队与之遥相呼应，冲出城进行反击。在二国军队内外夹击之下，秦军溃败，死伤惨重。秦将王龁率残兵败卒逃回汾城；秦将郑安平率领的两万人马被三国联军团团包围，只好投降，最终解救了邯郸之围。三国联军乘胜进逼河东地区，秦军抵挡不住，退回到黄河以西。最后，秦国不得不和赵、魏、楚三国议和，把以前占领的河东郡归还给魏国，太原郡归还给赵国，上党郡归还给韩国。

邯郸之战是战国中后期关东六国合纵抗秦取得的一次重大胜利。邯郸之战造成了秦国军队近 30 万人伤亡，严重地消耗了秦国的兵力，延缓了秦国统一六国的步伐，也直接导致了秦国全面打击战略的破产。此后，秦国被迫改变策略，采取"远交近攻"、各个击破的战略来分化瓦解六国的合纵联盟。

74 奇货可居

　　战国时期，韩国有个叫吕不韦的大富商。他头脑精明，善于逐利，经常在各个国家之间往来穿梭，以低廉的价格买入货物，然后囤积起来，最后高价售出，牟取暴利。就这样吕不韦慢慢地积攒起了非常丰厚的家产，富甲一方。有一次，吕不韦到赵国的都城邯郸去做生意，无意之间遇见了秦国的公子子楚，当时子楚在赵国充当人质，生活穷困潦倒，不受人待见。可是，吕不韦见到子楚后，却心中狂喜，说："这个人可真是一件奇珍异宝啊，值得收在囊中，等待机会高价售出。"

　　秦国公子子楚的身世非常坎坷。秦国在邯郸之战中，不敌楚、魏、赵三国大军而惨败。秦昭襄王被迫与楚、魏、赵三国议和，把王室公子送过去做人质。后来，秦国的太子客死在魏国，秦昭襄王就立他的第二个儿子安国君为太子。安国君膝下有20多个儿子，子楚排行居中。子楚的母亲名叫夏姬，不受安国君的宠爱。于是，子楚就被送到赵国去当人质了。由于秦、赵两国世代有仇，秦国多次派兵攻打赵国，所以赵国给子楚的待遇非常不好。另外，作为秦昭襄王庶出的孙子，子楚在秦国王室中也不受重视，所以他在赵国的生活十分困苦。

　　吕不韦了解到子楚的情况后，兴冲冲地跑回家与父亲商议："父亲，一个人辛苦耕田能获得几倍的利润呢？"父亲说："应该有10倍的利润。"吕不韦接着又问："那么贩卖珠宝之类的奇珍异宝，又能获得多少倍的利润呢？"父亲说："肯定会有百倍以上的利润。"最后，吕不韦兴奋地问："要是有机会拥立一个国家的国君，能获得多大的利润呢？"父亲吃惊地说："这个就更无法估量了啊。"吕不韦故作神秘地低声对父亲说："我今天就决定做上这一桩前途无量、泽被后世的大买卖。"

于是，吕不韦决定亲自前去拜访公子子楚。吕不韦找到公子子楚，深深弯腰作了一揖，直截了当地说："公子，我能帮助您光大门庭。"公子子楚上上下下打量了他一番，面露鄙夷之色，笑着说："你是什么人？还是先想办法光大自己家的门庭，然后再来光大我的门庭吧，哈哈哈！"吕不韦不以为然，乘势回答说："公子，此话差矣。我得先帮公子光大门庭，然后等着公子光大我家的门庭才对吧。"公子子楚也是个聪明人，一听就明白了吕不韦的话中之意，连忙把他拉入内屋，促膝长谈。

吕不韦对公子子楚说："公子，我先给您分析一下。现在，秦王年事已高，您的父亲安国君被选立为太子。秦王逝世以后，安国君必定继位为王，然后也会选立太子。现在，安国君比较偏爱您的兄长子傒，而且子傒的母亲还在身边照应他。再说，公子在兄弟中排行居中，母亲又不得宠。您看看，与那些早晚都在您父亲身边的其他兄弟相比，您根本就没有指望去争太子之位。而且，您又身陷敌国充当人质，一旦秦、赵两国开战，公子的身家性命都难保啊。我劝公子好好为自己的前途打算打算啊！"

公子子楚听完，不禁叹了一口气，面露难色地说："先

生，您分析得都对，我也明白自己的境况，但是我又能怎么办呢？"

　　吕不韦见时机成熟，开门见山地说："公子，如果你信任我的话，我倒可以帮你想个办法返回秦国，而且能继承王位。"公子子楚迫不及待地说："先生，但说无妨！"吕不韦接下来说："公子，我私下里打听到，你的父亲安国君非常宠爱华阳夫人。华阳夫人膝下无子，但是她在选立太子的问题上有发言权，我建议公子从华阳夫人身上找突破口，博得她的信任，她或许能帮你夺得太子之位。"公子子楚听完，拉着吕不韦的手说："先

生的办法好是好，可是您也看到了，我现在寓居在赵国，生活贫困，实在是拿不出什么像样的礼物来献给华阳夫人，博取她的欢心啊。"吕不韦会心一笑，说："公子，请放心。我吕不韦虽然不富裕，但是我愿意拿出金银珠宝，替你去秦国游说安国君和华阳夫人，让他们立你为太子。"公子子楚听罢，叩头拜谢道："多谢先生慷慨相助，如果来日真的登上王位，我愿意平分秦国的土地，和您共享荣华富贵。"

于是，吕不韦花费了大量的钱财，把大批的财宝源源不断地送到秦国，帮助公子子楚结交宾客、侍奉亲人。吕不韦的一番苦心没有白费，几年后公子子楚果然被接回秦国，并被立为太子，后来又顺利地登上了王位。为了报答吕不韦的倾力相助，公子子楚重重地封赏了吕不韦，任命他为秦国国相。就这样，吕不韦由韩国的一个富商一跃成为位高权重的秦国国相。

成语释义

成语"奇货可居"的典故见于《史记·吕不韦列传》，主要讲的是吕不韦倾其家财，帮助公子子楚重返秦国，登上王位。最后，吕不韦获得厚报，成为权倾朝野的秦国国相。该成语原意是指把珍贵稀有的商品大量囤积起来，等待高价时再卖出去，以牟取暴利。后人多用来比喻人凭借某种特殊的专长或独特的物品作为资本，等待有利时机，博取功名利禄。

《史记》原文选读

子楚，秦诸庶孽孙[①]，质于诸侯，车乘进[②]用不饶，居处困，不得意。**吕不韦贾邯郸，见而怜之，曰"此奇货可居[③]"**。乃往见子楚，说曰："吾能大子之门。"子楚笑曰："且自大君之门，而乃大吾门！"吕不韦曰："子不知也，吾门待子门而大。"子楚心知所谓，乃引与坐，深语[④]。吕不韦曰："秦王老矣，安国君得为太子。窃闻安国君爱幸华阳夫人，华阳夫人无子，能立適嗣[⑤]者独华阳夫人耳。今子兄弟二十余人，子又居中，不甚见幸，久质诸侯。即[⑥]大王薨，安国君立为王，则子毋几[⑦]得与长子及诸子旦暮在前者争为太子矣。"子楚曰："然。为之奈何？"吕不韦曰："子贫，客[⑧]于此，非有以奉献于亲及结宾客也。不韦虽贫，请以千金为子西游，事安国君及华阳夫人，立子为適嗣。"子楚乃顿首曰："必如君策，请得分秦国与君共之。"

——《史记·吕不韦列传》

注释：

①庶孽孙：指非正妻所生，而是由姬妾所生的子孙。

②进：又作"赆"，指收入、钱财。

③居：积存，囤积。

④深语：指推心置腹地深谈。

⑤適嗣：正妻所生的长子，指王位的继承人。適，通"嫡"。

⑥即：假如。

⑦毋几：没有希望。

⑧客：客居，指为质子居于他国。

历 史 解 读

　　吕不韦是战国末年韩国的一名富商，也是中国历史上著名的政治家和思想家。他早年倾尽家财，帮助秦国公子子楚重返秦国，扶持其登上王位，成为秦庄襄王。随后，吕不韦被拜为丞相，率兵攻占周、赵、卫三国的土地，设立三川郡、太原郡和东郡，极大扩充了秦国的实力，为秦王嬴政一统天下的帝业作出了重大贡献。秦庄襄王逝世后，他又扶植太子嬴政登位，被嬴政尊称为"仲父"，权倾天下。后吕不韦受到嫪毐叛乱的连累，被罢免相位，流放蜀郡，途中畏罪饮鸩自尽。

　　吕不韦之所以选择公子子楚，首先靠的是他敏锐的政治嗅觉和商业头脑。正如《史记》中所载，吕不韦对当时秦国的政治形势了如指掌，他非常清醒地看到"秦王老矣，安国君得为太子。窃闻安国君爱幸华阳夫人，华阳夫人无子，能立適嗣者独华阳夫人耳"。他认为，华阳夫人没有自己的儿子，只要能获得华阳夫人的信任，说服她认公子子楚为继子，再加上华阳夫人深得安国君宠爱，一定会帮助公子子楚夺得太子之位。

　　其次，公子子楚能够当上太子的决定因素，显然不是吕不韦的钱财，而是秦国宫廷斗争。对秦国的王室而言，因为华阳夫人膝下无子，立储问题一直是安国君与华阳夫人的心头之痛。华阳夫人需要的是一个既有秦国王室血统，又易于控制的人来当太子。所以，华阳夫人只能在安国君的 20 多个亲生儿子中选择一个来收养，让其成为自己的继子。为了便于控制，这个人还不能有过于强大的背景和势力集团。所以，公子子楚就成为一个非常合适的人选。他的生母夏姬出身卑微，没有强大的家族背景，而且她也不受安国君宠爱。更为重要的是，公子子楚很小就被送到赵国充当人质，在秦国也没有多少人脉资源和威望，身后没有什么强大的势力集团。这样一来，公子子楚将来想要坐稳王位，就必须得到华阳夫人的支持。这也就意味着公子子楚登上王位后，华阳夫人依然可以垂帘听政，独揽大权。

75 窃符救赵

就在平原君带领毛遂一班人去楚国订立合纵盟约，联楚抗秦的同时，赵国也火速派人到魏国去搬救兵。魏王的弟弟信陵君与赵国的平原君是好朋友，他的姐姐还是平原君的夫人，两家是姻亲，关系密切。信陵君的姐姐一连派了好几个人给魏王和信陵君送信，请求魏国出兵解救邯郸之围。魏王派大将晋鄙率领10万大军前去救援赵国。秦昭襄王探知魏国出兵救赵，马上派了使臣去魏国警告魏王说："我们秦国兵强马壮，已经把邯郸团团围住，攻下

邯郸城那是早晚的事。如果哪个诸侯国胆敢派兵去救，等我们灭了赵国，下一个被我灭亡的就是它！"魏王一听，心中非常惊慌，赶紧传令，叫大将晋鄙停止前进，先驻守在魏、赵两国边境上的邺县，观望形势发展，再作决定。

眼看邯郸告急，魏国的援兵又迟迟不到，平原君万分焦急，就派人去责备信陵君，说："我和你结为姻亲，就是看重公子你重情重义，会救人于水火。如今，邯郸危在旦夕，可是魏国援军却止步不前，哪里能看出公子的大仁大义呢！再说了，公子即使不把我赵胜放在眼里，随意抛弃我也就算了，难道你就不可怜可怜你的姐姐吗？"信陵君这边也是心急如焚，多次劝说魏王发兵救赵，魏王就是不肯。信陵君无奈之下，只好聚集自己的1000多门客，召集了100多辆战车，准备亲自赶赴邯郸抗秦。

信陵君领着手下的兵马经过魏国都城大梁的东门时，正好碰到了好朋友侯嬴。侯嬴一见信陵君这慷慨赴义的架势，拜了拜，平静地说："公子，我年纪大了，腿脚不便，就不与公子同行了，请公子多多保重！"信陵君辞别侯嬴，径自领兵出城。可是，等到走出十几里地之后，信陵君觉得有点不对劲，心想："我对侯嬴一向不薄，为什么我要走了，而且说不定再也回不来了，他竟如此平静，没有一句话要和我说，这到底是什么情况？难道我哪里做得不对吗？"于是，信陵君马上掉头，快马加鞭地折返回去，想问个究竟。信陵君赶到城门口，只见侯嬴还在路边等候，于是一把拉住他，说："先生，我哪里有什么不对的地方，还请您多多指教。"侯嬴笑着点点头说："我看公子不顾自己安危，英勇救赵，虽然精神可嘉，但是这样贸然前去，不是自投虎穴，白白送死吗？但是，刚才看您慷慨激昂的样子，我也不好当面阻拦，就在这里等公子回来，给公子献上一条妙计。"说完，侯嬴就屏退左右，低声和信陵君说："公子，我听说大将晋鄙的兵符就藏在魏王的寝宫里。魏王的宠妾如姬可以自由出入寝宫，如果她愿意帮忙的话，可以偷出兵符。不知道公子是否还记得，当年如姬曾经想为她父亲报仇，是公子为她了却了心愿，她一直想报答公子的大恩大德，却找不到机会呢。如果公子出面求如姬从魏王的王宫里盗取兵符，夺得军权，难道不比您拿自己的命与秦军死拼要强得多吗？"

信陵君点头称是，于是依计而行。如姬果然为了报恩，答应帮信陵君盗取兵符。如姬趁魏王熟睡的时候，盗出了兵符，派人送给信陵君。信陵君拿到兵符，就向侯嬴告辞。侯嬴一把拉住信陵君说："公子，不要着急。将在外，君命有所不受。如果大将晋鄙见到兵符直接交出兵权还好，如果他拒绝交出兵权，那就只能杀了他了。我推荐我的朋友朱亥与公子一同前往。他是个大力士，迫不得已的时候，可以叫他击杀晋鄙。"信陵君手持兵符，带着朱亥直奔魏军大营。信陵君与大将晋鄙验过兵符后，马上要晋鄙交出兵权。晋鄙

怀疑其中有诈，将信将疑地说："我率领 10 万大军驻扎在此，你单枪匹马地跑来就叫我交出兵权，这么重要的军事调动，等我禀告大王后再办不迟。"信陵君见他拒绝交出兵权，无奈之下只好令朱亥杀掉晋鄙。夺了兵权后，信陵君率魏军马不停蹄地向邯郸进发。

恰在这时，楚国的春申君也带着救兵赶到，魏、楚两支援军奋力杀入秦军大营，秦军抵挡不住，仓皇败退。邯郸城内赵国平原君也组织了 3000 敢死队，冲出城去，一下子就打破了秦军的包围，邯郸城转危为安。

成语释义

成语"窃符救赵"的典故见于《史记·魏公子列传》，主要讲的是秦国军队围攻邯郸，赵国派人去魏国请求援军，魏王忌惮秦国，不敢发兵救赵。情急之下，信陵君借如姬之手窃得兵符，夺取兵权，率军解救邯郸之围。后人多用来比喻不正面交锋，而运用计策来达到目的。

《史记》原文选读

　　行过夷门，见侯生，具告所以欲死秦军状①。辞决②而行，侯生曰："公子勉之矣③，老臣不能从。"公子行数里，心不快，曰："吾所以待侯生者备④矣，天下莫不闻，今吾且死而侯生曾⑤无一言半辞送我，我岂有所失⑥哉？"复引车还，问侯生。侯生笑曰："臣固⑦知公子之还也。"曰："公子喜士，名闻天下。今有难⑧，无他端⑨而欲赴秦军，譬若以肉投馁⑩虎，何功⑪之有哉？尚安事⑫客？然公子遇⑬臣厚，公子往而臣不送⑭，以是知公子恨之复返也。"公子再拜，因问。侯生乃屏人⑮间语⑯，曰："嬴闻晋鄙之兵符常在王卧内，而如姬最幸⑰，出入王卧内，力能窃之。嬴闻如姬父为人所杀，如姬资⑱之三年，自王以下欲求报其父仇，莫能得。如姬为⑲公子泣，公子使客斩其仇头，敬进⑳如姬。如姬之欲为公子死，无所辞㉑，顾未有路㉒耳。**公子诚一开口请如姬，如姬必许诺，则得虎符夺晋鄙军，北救赵而西却㉓秦，此五霸㉔之伐㉕也。**"公子从其计，请如姬。如姬果盗晋鄙兵符与公子。

—— 《史记·魏公子列传》

注释：

① 具：通"俱"，全。状：情况。

② 辞决：辞别。决，通"诀"。

③ 勉之矣：努力吧。

④ 备：周到。

⑤ 曾（céng）：竟然。

⑥ 失：过失。

⑦ 固：本来。

⑧ 难（nàn）：危难。

⑨ 他：其他。端：办法。

⑩ 馁（něi）：饿。

⑪ 功：用处。

⑫ 尚：还。事：作用。

⑬ 遇：待。

⑭ 送：送行。

⑮ 屏（bǐng）人：屏退左右。

⑯ 间（jiàn）语：密谈。

⑰ 幸：指得到帝王的宠爱。

⑱ 资：积蓄，这里指积聚仇恨。

⑲ 为（wèi）：对。

⑳ 进：进献。

㉑ 无所辞：没有能推辞的话。

㉒ 顾：只是。路：机会。

㉓ 却：击退。

㉔ 五霸：春秋时先后称霸的五个诸侯，即齐桓公、晋文公、楚庄王、吴王阖闾、越王勾践。

㉕ 伐：功业。

历史解读

"窃符救赵"这个典故发生的背景是公元前257年，秦军包围了赵国都城邯郸，形势非常危急。赵国国相平原君赵胜的夫人是信陵君的姐姐，于是派人去魏国找援兵。魏安釐王派将军晋鄙领兵前去救赵。但魏安釐王忌惮秦国，下令将军晋鄙停止进军。信陵君反复劝说无果，于是盗取魏王兵符，击杀晋鄙，率军赶到邯郸城外，和楚国春申君合兵一处，大败秦军，解了邯郸之围。

信陵君魏无忌是战国四公子之一。公元前277年，魏无忌的父亲魏昭王去世，他的哥哥魏圉（yǔ）继承王位，称为魏安釐王。第二年，安釐王把信陵封给魏无忌做食邑，因而世人也称他为信陵君。信陵君为人仁爱宽厚，礼贤下士，天下士人争相前往归附于他门下，据说巅峰之时，信陵君门下曾有3000食客。

信陵君的主要战绩就是两度破秦，威震天下。其一就是"窃符救赵"，联合楚国，一同出兵解赵国邯郸之围。将秦军打败以后，信陵君因为盗取兵符，不敢回国，不得不在赵国客居避难。其二是秦国进攻魏国，魏安釐王终

究还是感念兄弟之情，让信陵君返回魏国，重新执掌军权，带兵抵御秦军。信陵君再次解救魏国于危难之际。据《史记》记载："诸侯闻公子将，各遣将将兵救魏。"正是因为信陵君"窃符救赵"中表现出来的不顾自身安危，救他国于水火的高尚道义，让其他诸侯国决定出兵援助魏国。从此，信陵君威名远扬，秦国连续十多年都不敢动兵侵犯魏国。

76 天下无双

　　战国时期，魏国的信陵君盗取魏王的兵符，击杀魏国大将晋鄙，率兵解了赵国邯郸之围后，担心回到魏国后，会被问罪受罚，便留居在了赵国。信陵君在魏国的时候，就听说赵国有两个杰出的人才：一个是毛公，藏身于赌徒之中；一个是薛公，埋名于酒肆之内。这两个人都非常有才能，可是都混迹于民间，不愿意出来做官。信陵君在赵国居住的时候，好几次慕名去拜访他们，可是这两个人都偷偷躲了起来，避开信陵君，不肯与他相见。后来，信陵君经过多方打听，终于找到了他们的藏身之处，就避开其他人，悄悄地跑到那儿与两个人交游，他们相处得非常融洽。

　　魏公子与这两个人在民间交往的事情不胫而走，传到了平原君的耳朵里，平原君没好气地对夫人说："以前，我听说你弟弟信陵君是个贤士，才德天下无双。现在看来只不过是个糊涂蛋，整天就跟那些赌徒、卖酒的厮混在一起，不务正业啊。"平原君的夫人听了，心里很不舒服，就把魏公子叫过来，劝他不要再去找这两个人了。信陵君从他姐姐那儿听到了平原君对自己的议论，感叹地说道："以前我也是仰慕平原君的才德，所以才冒着背叛魏王的罪名，偷盗兵符救援赵国，来满足平原君的请求。现在我才知道，平原君养士原来只不过是满足自己当贵公子的虚荣心，并不是真的为了招揽人才。他说的这两个人可都是贤才啊，我在魏国的时候就听闻了他们的大名，与他们结交是多少人都求之不得的事。没有想到，平原君竟然把跟他们交往看作是耻辱，看来平原君这个人的才德名不副实，不值得结交啊。"说完，魏公子就整理行装准备离去。夫人把魏公子的话全都告诉了平原君，平原君一听，羞愧得无地自容，便去给魏公子道歉，坚决地挽留魏公子。魏公子礼贤下士的事迹传遍天下，贤能之士都仰慕信陵君的才德，前来投奔信陵君。

后来，秦国出兵攻打魏国，魏军抵挡不住，形势危急。魏安釐王赶紧派人去赵国请信陵君回国领兵抗秦。信陵君怕魏安釐王追究他的盗符之罪不肯回国，并严令告诫手下的人："谁为魏王使臣通报，一律处死！"门客们都不敢作声，只有毛公和薛公两个人冒死进言："公子，魏国正在生死存亡之际，公子却视而不见。秦国要是灭了魏国，公子可就国破家亡了，怎么还有颜面见天下人呢？"信陵君幡然醒悟，立即率兵回到了魏国。

信陵君回到魏国后，魏安釐王果然不

计前嫌，把上将军的印信交给他。在信陵君的感召下，魏、齐等五国再次合纵联盟。信陵君率领五国联军，大破秦军。从此，信陵君威震天下，秦国军队心惊胆战，再也不敢图谋魏国。

成 语 释 义

　　成语"天下无双"的典故见于《史记·魏公子列传》，主要讲的是魏国信陵君窃符救赵之后，担心回国获罪，就留在了赵国，赵国的平原君称赞他是"天下无双"的贤人。该成语原意是指全天下找不出第二个。后人多用来比喻某人能力出众、出类拔萃，或者某物非常奇特、独一无二。

天下无双！

《史记》原文选读

公子闻赵有处士^①毛公藏于博徒，薛公藏于卖浆^②家，公子欲见两人，两人自匿^③不肯见公子。公子闻所在，乃间步往从此两人游^④，甚欢。平原君闻之，谓其夫人曰："始^⑤吾闻夫人弟公子天下无双，今吾闻之，乃妄^⑥从博徒卖浆者游，公子妄人^⑦耳。"夫人以告公子。公子乃谢夫人去，曰："始吾闻平原君贤，故负魏王而救赵，以称^⑧平原君。平原君之游，徒豪举^⑨耳，不求士也。无忌自在大梁时，常闻此两人贤，至赵，恐不得见。以无忌从之游，尚恐其不我欲也^⑩，今平原君乃以为羞，其^⑪不足从游。"乃装为去^⑫。夫人具以语^⑬平原君。平原君乃免冠谢^⑭，固^⑮留公子。平原君门下闻之，半去平原君归公子，天下士复往归公子，公子倾^⑯平原君客。

——《史记·魏公子列传》

■ **注释**

①处（chǔ）士：古代有才德而隐居不做官的人。

②浆：指酒水。

③自匿：主动躲藏。

④间（jiàn）步：偷偷步行前往。游：交游。

⑤始：当初。

⑥妄：胡乱。

⑦妄人：荒唐的人。

⑧称（chèn）：使如意。

⑨徒豪举：只是行为很有气魄。

⑩不我欲也：即"不欲我也"，不跟随我。

⑪其：大概。

⑫装：整理行装。为去：准备离去。

⑬语（yù）：告诉。

⑭免冠谢：摘帽子谢罪。

⑮固：坚决。

⑯倾：超过。

历 史 解 读

　　信陵君，名魏无忌，"战国四公子"之一，备受后世尊崇。西汉司马迁也盛赞信陵君。在《史记》中，司马迁并没有直接称他的封号，而是称其为魏公子，以示尊敬。并且，借平原君之口，给了信陵君一个至高无上的评价——"天下无双"！北宋司马光认为，如果要给"战国四公子"排名的话，信陵君当居于首位。

　　信陵君偷盗了兵符救赵。解救邯郸之围后，他害怕回国获罪，所以就在赵国待了十多年。在赵国逗留期间，他听说毛公和薛公两位贤士躲藏在酒市和赌徒之中，不肯出仕。为了与两位贤士结交，信陵君也不避嫌，亲自到市井去拜访。从那时起，信陵君养贤纳士，天下无双之名流传于世。

　　后来，秦国频繁进攻魏国。魏国损兵折将，丧失了大量疆土。魏安釐王心急如焚，派使者邀请信陵君回国。信陵君听从毛公和薛公的建议，返回魏国。魏王拜信陵君为上将军，统率魏国军队。后来，信陵君怀着极大的仁义，再次与其他国家联手，率领五国联军打败了秦国将军蒙骜（ào），迫使秦军退回函谷关，在短时间内不敢再图谋东方诸国。经过这场战斗之后，信陵君威震天下。

　　不幸的是，魏安釐王最终中了秦国的离间之计。虽然信陵君重情重义，没有夺权篡位的念头，但魏安釐王仍然选择信任秦国使臣散布的流言，剥夺了信陵君的军权。公元前 243 年，信陵君郁郁而终。

77 甘罗年少

　　甘罗是秦国鼎鼎大名的国相甘茂的孙子。甘茂逝世时，甘罗年仅十二岁，在当时的相国吕不韦府中担任少庶子之职。

　　当时，权倾朝野的吕不韦想扩充他在河间地区的封邑，所以就想联合燕国一起攻打赵国。吕不韦精心筹备攻打赵国的计划，他先派蔡泽出使燕国，并且留在燕国做大臣。经过三年的精心经营，蔡泽终于说服燕国与秦国结盟，并且派燕国太子丹到秦国去做人质。紧接着，吕不韦又打算派张唐到燕国去做国相，进一步加强与燕国的合作。可是，张唐一听要派他去燕国，就忙不迭地推辞说："相国，你又不是不知道，秦昭襄王当政的时候，我曾经率兵攻打过赵国，赵国人对我恨之入骨，曾扬言说'谁要是抓住了张唐，就重赏封地方圆百里'。现在，你派我前往燕国，途中必定要经过赵国，这不是把我往火坑里推嘛，我不能去。还请相国仔细斟酌啊。"吕不韦没有想到张唐竟然一口拒绝了自己的安排，心中很不高兴。

　　吕不韦在后院里埋头踱步，冥思苦想，想要选出合适的人选。甘罗凑巧路过，见他愁眉不展，就上前问道："君侯看上去愁眉苦脸的，是有什么烦心事吗？"吕不韦抬起头，瞧着甘罗说："我派蔡泽出使燕国三年，已经颇有成效，燕国已经和秦国结盟，燕国太子丹也已来秦做人质，现在我亲自去请张唐到燕国做国相，他竟然推辞不去！唉！"甘罗听了，拍着胸膛说："君侯请放心，这件事包在我身上了，我有办法让他去。"吕不韦看着眼前这个"毛孩子"，心想他是不是在耍我啊，忍不住厉声训斥说："你这个乳臭未干的孩子，赶紧走开！我亲自出面请他去，他都敢拒绝，你还能有什么办法！"甘罗也不生气，辩解说："君侯，你可不要小看我啊，要知道项橐（tuó）7 岁就能当孔子的老师。如今我都 12 岁了，君侯为何不分青红皂白上来就呵斥我呢！就请让我去试一试吧！"吕不韦听了，觉得甘罗说的不无道理，就同意让甘罗再去劝一劝张唐。

甘罗拜见张唐，开门见山地说："敢问您与武安君白起相比，谁的功勋大呢？"张唐不假思索地回答说："武安君白起百战百胜，攻无不克，立下了赫赫战功，我是远远比不上啊。"甘罗接着又问："那我再问您啊，当年执掌朝政的应侯范雎与现在的国相文信侯吕不韦相比，谁的权势更大呢？"张唐想都没想，脱口而出："那当然是当今国相吕侯的权势大啊。"甘罗接着说："当年范雎想攻打赵国，可是武安君白起劝阻他，结果范雎就杀死了白起。现在吕侯亲自出面请您前往燕国担任国相，而您执意不去，还真让我想起了武安君白起的下场啊。您难道不为自己的前途考虑考虑吗？"张唐听后，恍然大悟，心中惶恐不安，连声说："那好吧，那好吧，我就听了你这个'毛孩子'的话，拼着老命去趟燕国吧。"

甘罗说服张唐答应出使燕国之后，回来对吕不韦说："君侯，张唐已经愿意出使燕国了。我知道张唐是害怕赵国，所以我还有一个小小的请求，请您允许我先出使赵国，替张唐打通去燕国的道路。"于是，吕不韦就进宫把甘罗的请求禀报给秦王嬴政。吕不韦全力举荐甘罗说："大王，我的府上有一位客卿，名叫甘罗，是甘茂的孙子，虽然年纪轻轻，但是出身名门。希望大王能任用他出使赵国。"秦王嬴政问道："我听说甘罗只有 12 岁，能有什么才华担此重任呢？"吕不韦上前一步，说："大王，甘罗的本事我是见识过的。我计划派张唐出使燕国，可张唐婉拒不去，最后还是甘罗前去说服他的。"于是，秦王嬴政召见甘罗，派他出使赵国。

赵悼襄王听闻甘罗来了，亲自带领大臣们到邯郸城外迎接。甘罗见了赵悼襄王，直接问道："大王可听说了燕国太子丹到秦国做人质的事吗？"赵悼襄王回答说："这件事我有所耳闻。"甘罗接着又问："那么，大王听说秦国要派张唐到燕国担任国相的事吗？"赵悼襄王回答说："这件事我也听说了。"甘罗靠近赵悼襄王说："大王可知道此事的严重性吗？赵国危险了啊！燕国太子丹到秦国去做人质，表明燕国不敢背叛秦国。张唐到燕国去担任国相，说明秦国也不会欺负燕国。燕、秦两国彼此结盟，还不是想蓄谋攻

打赵国，来扩大在河间一带的地盘吗？"赵悼襄王听了甘罗的分析，大惊失色，赶紧问："那依你之见，赵国怎样才能躲过这场战祸呢？"甘罗见时机成熟，就毫不隐讳地说："大王，我这次来的目的，就是要帮助赵国避免这场战争。既然秦国想要河间之地，赵国不如先把河间的五座城邑送给秦国。我回去请求秦王送回燕太子丹，再出兵帮助赵国攻打燕国。这样的话，赵国不仅可以避免战火，还可以从燕国手里夺取更多的土地来弥补自己的损失。"赵悼襄王听了，觉得甘罗言之有理，立即划出五座城邑让甘罗回去复命。

　　果然，秦国把燕国太子丹送回去了，放弃了与燕国的盟约。于是，赵国便无所顾忌地进攻燕国，一举夺得燕国的30座城邑，并且把其中的11座城邑送给了秦国。甘罗出使赵国，不负使命，秦王嬴政重用甘罗担任上卿之职，并将之前甘茂的封地也赐给了甘罗。

成语释义

　　成语"甘罗年少"的典故见于《史记·樗里子甘茂列传》，主要讲的是甘罗年仅 12 岁，就为秦国国相吕不韦出谋划策，说服张唐出使燕国。并且亲自出使赵国，使秦国不费一兵一卒得到了 11 座城邑，回国后被封为上卿。后人多用来比喻年少有为。

《史记》原文选读

太史公曰：樗里子以骨肉重①，固其理②，而秦人称其智，故颇采③焉。甘茂起下蔡闾阎④，显名诸侯，重⑤强齐楚。**甘罗年少，然出一奇计，声称后世。**

——《史记·樗里子甘茂列传》

■ 注释：

①骨肉：代指身世。重：受尊重。

②理：常理。

③采：采纳，采录。

④闾阎：在古代，里巷的门被称为"闾"或"阎"，这里代指平民居住区。

⑤重：推重。

历史解读

　　据《史记》记载，甘罗年少得志，一共立过两次大功：其一，秦王嬴政欲派使臣赴燕国，吕不韦想请老臣张唐出山，屡劝无果。甘罗主动要求拜见张唐，告之利害得失，说服张唐使燕。其二，在吕不韦的举荐下，甘罗出使赵国，以雄辩的口才，分析秦、赵、燕三国的关系，说服赵王发兵攻打燕国，为秦国获得 11 座城邑。我们不难发现，甘罗的主要事迹实际上反映出来的是战国中后期秦、赵、燕三国之间的外交和军事关系。

　　秦国实行的是"远交近攻"的策略，主要是与南方的楚国和北方的燕国结盟，打破六国合纵联盟，蚕食中原地区的韩、赵、魏三国和遏制东方的齐国。秦国与燕国之间的关系一直很好，而且还有姻亲。根据《战国策》记载："燕文公时，秦惠王以其女为燕太子妇。"可见，秦、燕两国互派使臣，甚

至燕国太子丹去秦国入质，都表明了两国关系的亲善友好。除此之外，燕国还多次出兵参加到秦国的对外战争中。

燕国和赵国的关系更为复杂。一般把河北省称为燕赵大地，说明这两个诸侯国的主要力量和争夺的地方都集中在河北地区。秦国与燕国结盟的一个主要目的就是使燕、赵两国不和，从而牵制赵国。在长平之战后，赵国的实力惨遭削弱，燕国派兵偷袭赵国，背后显然是受到了秦国的支持。

甘罗虽然年幼，但是能洞察到秦、燕、赵三国之间的复杂关系，充分利用燕、赵之间的矛盾，可谓胸有纵横天下之才，后生可畏。

78 悲歌击筑

  战国末年，燕太子丹从秦国逃回国后，寻访到义士荆轲，想请他出面去刺杀秦王嬴政。

  荆轲平时喜欢读书击剑，游历天下，与四方名士豪杰交往。荆轲到了燕国，结识了高渐离。两个人经常在街市中喝酒，喝到酒酣之时，高渐离击筑，荆轲高歌，两个人觉得天下知已难觅，唱着唱着，就抱头痛哭起来。后来，燕国大名鼎鼎的游侠田光也结识了荆轲，断定他不是平常人。

  有一天，燕太子丹找到田光，和他商议抗秦大计。田光婉言推辞说自己年岁已高，难以成大事，并向太子丹推荐了荆轲。田光离开之前，太子丹拉住他，压低声音对他说："先生，今天我与你谈的事情极为机密，你千万不要泄露出去啊。"田光朝太子丹拜了一拜，说："请太子放心。"说完，就掉头走了。田光随即找到荆轲，把向太子丹推荐他的事一五一十地告诉了他，要他赶紧去见太子。最后，田光仰天叹了一口气说："荆轲，我知道太子丹对我不放心，也不信任我。你见了太子丹后，请告诉太子丹，田光已死，绝不会泄漏半点机密。"说完，就拔剑自刎了。荆轲悲痛万分，发誓绝不辜负田光的托付，于是快马加鞭赶去见太子丹。太子丹得知田光已死，痛哭不已。太子丹擦干眼泪，神色庄重地对荆轲说："现在秦国实力强大，四处侵夺诸侯土地。燕国实力弱小，根本无法独力抗击强秦。其他诸侯国又惧怕秦国，不敢合纵抗秦。我思来想去，决定派一名勇士出使秦国，寻找机会劫持秦王，就像以前曹沫对齐桓公所做的那样，逼迫秦王归还掠夺的土地，如果不行，就直接杀了他。秦国国内群龙无首，一定会发生内乱。这时，诸侯国联合起来，一定能打败秦国。"荆轲听完，对太子丹说："不知道太子殿下要派哪位勇士来完成这个任务？"太子丹走上前去，拉住荆轲的手说："我还没有找到合适的人选，田光曾经向我推荐过您，现在田光已死，我只能靠您了，所以想请您担当此任啊。"荆轲沉思了很久说："太子殿下，这么重要的国家大事，我恐怕不足以胜任。"太子丹再三请求，荆轲才答应了。

　　太子丹与荆轲商议行刺秦王嬴政的事。要想刺杀嬴政必须先想方设法接近他，太子丹说："我知道秦王嬴政一直觊觎我们燕国的督亢地区，如果我们献上督亢的地图，秦王嬴政一定会接见你的。"荆轲想了一会儿，对太子丹说："太子殿下，依我之见，只凭一张燕国督亢的地图，未必就能取信于秦王嬴政，还必须有其他的信物才行。"太子丹听完，眉头紧锁，实在想不出还能拿出什么信物来。荆轲低声对太子丹说："我听说，秦国的樊於期将军逃到燕国来了，秦王正在重金悬赏他的首级。如果把樊将军的首级和燕国督亢的地图献给秦王，秦王一定会接见我。我想太子殿下的大计就能成功了。"太子丹听完，惊讶地说："樊将军在走投无路的时候来投奔我，我可不能背信弃义地杀了他，还请您另想办法吧！"荆轲知道太子丹不忍心下手，就私下里跑去见樊於期，对他说："秦王太不讲情面了，诛杀了你九族，还悬赏要你的首级，简直是欺人太甚，将军以后有什么打算啊？"樊於期紧握双拳，恨恨地说："每次我一想到这事，心中就无比愤怒，我恨透了秦王，想除之而后快，可是现在实在想不出什么好办法。"荆轲靠前一步，说："樊将军，我现在有一条计策，不仅可以解决燕国的外患，还可以替将军报仇。"樊於期激动地站起身，问道：

　　"您有何良策？"荆轲低声说："樊将军，我想去刺杀秦王嬴政，为了能接近他，还希望得到将军的帮助，把你的项上人头献给秦王。"樊於期也是个热血汉子，知道荆轲能为他报仇，就伏地对荆轲一拜，说："如果大仇能报，我就心满意足了。"说完，毅然拔剑自刎。太子丹听说荆轲去找樊於期，急忙赶去，伏尸痛哭，吩咐人用匣子把樊於期的首级装好。

　　当时燕国还有一位勇士，名字叫秦舞阳。太子丹就派秦舞阳担任荆轲的副手。然后，太子丹又去赵国找到铸剑名匠徐夫人，让徐夫人铸造了一把锋利的匕首，还在上面淬了见血封喉的剧毒。一切准备停当后，荆轲与秦舞阳一同出发前往秦国。

　　就在荆轲出发的那一天，太子丹和送行的宾客都穿上白衣、戴上白帽，来到易水北岸为荆轲一行人送行。在易水边，高渐离击筑，荆轲和着节拍高声唱起悲歌，苍凉凄婉的声调让送行的人都流泪哭泣。荆轲一边向前走一边慷慨激昂地唱道："风萧萧兮易水寒，壮士一去兮不复还！"最后，荆轲头也不回地出发了。

成语释义

　　成语"悲歌击筑"的典故见于《史记·刺客列传》，主要讲的是在战国末年，荆轲受燕太子丹托付，入秦刺杀秦王，临行前太子丹等于易水河畔送行，高渐离击筑，荆轲高唱悲歌。后人多用来比喻壮士一去不复返的气概，也用来形容悲壮苍凉的气氛。

《史记》原文选读

太子及宾客知其事者，皆白衣冠以送之。至易水之上，既祖①，取道，**高渐离击筑，荆轲和而歌，为变徵**②**之声，士皆垂泪涕泣。**又前而为歌曰："风萧萧兮易水寒，壮士一去兮不复还！"复为羽声③慷慨，士皆瞋目④，发尽上指冠⑤。于是荆轲就车而去，终已不顾。

——《史记·刺客列传》

■ **注释**：

①既祖：已经祭神饯行。祖，古人出远门时祭祀路神的习俗。

②变徵（zhǐ）：古音之一，其音调苍凉、凄婉。

③羽声：古音之一，其音调高亢、激昂。

④瞋目：瞪大眼睛。

⑤发尽上指冠：因发怒而头发竖起，把帽子都顶起来了。

历史解读

荆轲是战国末期的著名刺客，他的事迹被收录在司马迁《史记·刺客列传》之中。

对于荆轲刺秦来说，背后是燕太子丹和秦王嬴政之间的较量。燕太子丹和秦王嬴政之间的关系比较复杂。司马迁在《史记·刺客列传》中记载了燕太子丹要刺杀秦王嬴政的原因，其中就提到了："燕太子丹者，故尝质于赵，而秦王政生于赵，其少时与丹欢。及政立为秦王，而丹质于秦。秦王之遇燕太子丹不善，故丹怨而亡归。归而求为报秦王者，国小，力不能。"也就是说，当年燕太子丹曾经被送到赵国都城邯郸当人质。秦王嬴政的父亲子楚是秦国送到赵国邯郸的人质，秦王嬴政也是出生在邯郸。从这个角度来看，燕太子丹和秦王嬴政早年境遇相同，同在赵国都城邯郸寄人篱下，所以太子丹和秦王嬴政结识，并且结下了不错的友谊。对此，司马迁在《史记》中用一

我一定要报仇！

个"欢"字来形容两个人的关系，也就是说两个人完全可以称为好朋友了。

那为什么后来燕太子丹对秦王嬴政起了杀心呢？这完全是当时两个人地位的转变和战国末年的政治局势的变化而造成的。秦王嬴政的父亲公子子楚后来回到秦国登上了王位，嬴政也顺利地继承了王位，摇身一变成为战国七雄中最强大的诸侯国的君主。可是太子丹依然是太子丹，而且还被迫到秦国去做人质。两个人的身份地位相差越来越远，况且秦王嬴政也没有看在年少时的交情上善待太子丹。所以，太子丹从秦国逃回燕国后，就一心寻找机会报复秦王嬴政。

战国末年，秦王嬴政和寄居在赵国都城邯郸时的嬴政判若两人，秦王嬴政的目标只有一个，那就是灭六国，一统天下。因此，对于太子丹而言，燕国自然也是秦王嬴政需要消灭的国家之一。公元前230年，秦国彻底灭掉了韩国。公元前228年，秦国攻下邯郸。公元前222年，秦国攻灭赵代王嘉，赵国灭亡。在攻占了赵国都城邯郸之后，秦国的大军已经压到了燕国边境。虽然秦、燕两国关系还算密切，但是仍然引起了太子丹的警惕和忧虑。如果让秦王嬴政继续当政的话，燕国早晚都会被秦国消灭的。所以说，太子丹决定刺杀秦王嬴政，不仅是因为两人之间的私人恩怨，更是因为这是燕国救亡图存的大事。

79 图穷匕见

公元前 227 年，荆轲一行人来到秦国都城咸阳，准备刺杀秦王嬴政。荆轲先用重金贿赂了秦王的宠臣中庶子蒙嘉。蒙嘉跑到秦王嬴政面前禀报说："大王，我们秦国大军兵临易水，燕王闻风丧胆，愿意投降，已经派了使臣带着叛将樊於期的首级和燕国督亢地区的地图来见大王了。"秦王嬴政听说燕国的使臣送来了樊於期的首级和督亢的地图，心中大喜，便下令设九宾大礼，准备在咸阳宫隆重地接见荆轲一行人。

到了觐见秦王的那一天，荆轲手捧着装有樊於期首级的木匣，秦舞阳则捧着地图紧跟在荆轲后面，二人一前一后走进了宫殿。秦王宫殿金碧辉煌、庄严宏伟，台阶上下站满了侍卫，气氛森严。秦舞阳见秦王的宫殿如此威严，不由得心惊胆战，两脚发软，几乎走不动路，捧着地图的手也像筛糠一样抖个不停。宫殿门口的守卫看见他这个样子，心中不免生疑，这个人的脸色怎么都变了呢？于是，侍卫拦下他们，进宫禀报秦王。秦王嬴政呵斥道："来者何人？"荆轲镇定自若，不慌不忙地回头看了下秦舞阳，走上前去笑着对秦王说："大王，他是我的随从，是个来自北方的粗鄙之人，从来没有见过这么威严的阵势，难免紧张害怕，还请大王不要见怪。"秦王嬴政对他们也加强了提防，就对荆轲说："那叫他退下去！你给我把地图拿上来。"于是，荆轲从秦舞阳手里接过地图，走到王座前，把它献给秦王嬴政。

荆轲把地图轻轻地放置在秦王嬴政面前的几案上，一边缓慢地展开地图，一边用手一个地方一个地方地指给秦王看。秦王看着就要到手的土地，心里美滋滋的，也就放松了警惕。随着地图慢慢地翻开，事先卷在地图里的匕首也逐渐露了出来。说时迟那时快，荆轲左手一把抓住秦王嬴政的衣袖，右手抓起匕首就向秦王嬴政刺去。秦王嬴政猝不及防，大惊失色，赶紧从座上抬起身子，使劲地向后一转，连袖子都挣断了，好在躲过了荆轲的致命一击。秦王嬴政站起身，想拔剑还击，可是心急慌张，再加上剑身太长，一下子也拔不出来。秦王嬴政只好绕着大殿上的柱子躲避，荆轲在后面紧追不舍。殿上的大臣们个个惊慌失措，不知怎么办好。因为按照秦国的法律，殿上的侍从和大臣是不允许携带任何兵器的，殿外台阶上面站着的几个文官也手无寸铁；台阶下面手持兵器的武士，没有秦王的命令，谁也不敢进殿。面对这种

突发事件，大家都被惊得目瞪口呆了。秦王嬴政和荆轲在大殿上追逐了一会儿，几个文臣眼看情况紧急，一边大喊着让秦王把剑推到背后再拔，一边奋不顾身地冲上去阻挡荆轲。就在这个关键时刻，有一个伺候秦王嬴政的医生，名叫夏无且（jū），慌乱之中，他举起随身携带的药箱掷向荆轲，荆轲伸手格挡，脚步慢了下来。趁着这一会儿工夫，秦王终于把剑推到背后，从肩上拔出宝剑，回头一剑砍断了荆轲的左腿。荆轲站立不住，一手扶住柱子，一手举起匕首，向秦王嬴政投掷过去。可惜，匕首被殿上的柱子挡了一下，没有击中秦王嬴政。秦王嬴政终于缓过神来，连续砍了荆轲好几剑。荆轲自知行刺计划失败，就坐靠在柱子上，仰天长笑，对秦王嬴政说："你不要得意张狂，我要不是想生擒你，逼你归还诸侯国的土地，早就一刀刺死你了。"秦王嬴政抹了抹头上的汗珠，令殿外台阶下的守卫上殿，守卫们冲进大殿砍死了荆轲。

成语释义

成语"图穷匕见"的典故见于《史记·刺客列传》，主要讲的是战国末年，荆轲奉燕国太子丹之命行刺秦王。荆轲以进献燕国督亢的地图为名，预先把匕首卷在地图里。到了秦王座前，荆轲慢慢把地图展开，最后露出匕首，执行刺杀行动。可惜，刺杀失败，荆轲血洒大殿。后人多用来比喻随着事情不断向前推进，事情的真相逐渐显露出来。

《史记》原文选读

　　……至陛，秦舞阳色变①振恐，群臣怪之。荆轲顾②笑舞阳，前谢曰："北蕃蛮夷之鄙人，未尝见天子，故振慴。愿大王少假借③之，使得毕使于前。"秦王谓轲曰："取舞阳所持地图。"轲既取图奏之，秦王发图④，图穷而匕首见。因左手把秦王之袖，而右手持匕首揕之。未至身，秦王惊，自引而起，袖绝。拔剑，剑长，操其室⑤。时惶急，剑坚，故不可立拔。荆轲逐秦王，秦王环柱而走。群臣皆愕，卒⑥起不意，尽失其度⑦。而秦法，群臣侍殿上者不得持尺寸之兵；诸郎中执兵皆陈殿下，非有诏召不得上。方急时，不及召下兵，以故荆轲乃逐秦王。而卒惶急，无以击轲，而以手共搏之。是时侍医夏无且以其所奉药囊提⑧荆轲也。秦王方环柱走，卒惶急，不知所为，左右乃曰："王负⑨剑！"负剑，遂拔以击荆轲，断其左股⑩。荆轲废，乃引其匕首以擿⑪秦王，不中，中桐柱。秦王复击轲，轲被八创。轲自知事不就，倚柱而笑，箕踞⑫以骂曰："事所以不成者，以欲生劫之，必得约契以报太子也。"

——《史记·刺客列传》

■ 注释：

①色变：脸色变了。

②顾：回头看。

③假借：宽容。

④发图：展开地图。

⑤室：剑鞘。

⑥卒：通"猝"，突然。

⑦度：常态。

⑧提：扔，投。

⑨负：背着。此时剑在腰侧，且剑长不好拔出，将剑背在后背，就容易拔出了。

⑩股：大腿。

⑪擿：通"掷"，投掷。

⑫箕踞：两脚张开，坐在地上，如同簸箕的形状。

历史解读

　　荆轲刺秦王失败后，秦王嬴政震怒，命令大将王翦率军攻打燕国。公元前 226 年，秦军攻下燕国都城蓟，燕王喜与太子丹逃到辽东。秦王嬴政非要诛杀太子丹，才肯善罢甘休。燕王喜听取了代王嘉的计谋，缢死太子丹，将太子丹的首级献给秦王嬴政求和，暂时缓解了秦军的攻势。当然，此举根本无法改变燕国灭亡的命运。

　　荆轲为什么会奉命去刺杀秦王嬴政呢？首先是因为田光临死前的托付。燕太子丹找到田光商议刺杀秦王之计，田光觉着自己年纪大了，担心无法完

成任务，就向太子丹推荐了荆轲，并且亲自去找荆轲，将太子丹所谋之事原原本本地告诉了他，最后为了防止泄露机密，拔剑自刎。田光如此用性命相托，荆轲压根儿就没有机会拒绝。其次是因为受到燕太子丹的礼遇。太子丹去请荆轲，行叩首礼，拜荆轲为上卿。荆轲见太子丹如此厚待自己，再加上田光又以性命相托，荆轲只好应允下来。正所谓"士为知己者死"。

那么，荆轲刺秦王为什么最终又失败了呢？根据司马迁在《史记》中的记载，我们至少可以知道有三个原因。其一，刺杀行动时机还不成熟，准备不充分。《史记·刺客列传》中的记载清楚地告诉我们，荆轲在执行刺杀行动之前，一直在等待一个朋友的到来，想和他一起展开刺杀行动，所以迟迟没有出发。太子丹以为荆轲反悔了，就催促他与秦舞阳先出发。由此可见，荆轲是在没有等到自己的得力助手到来之前就采取了行动。其二，荆轲带去咸阳的助手秦舞阳在关键时刻的失态，导致秦王嬴政起了疑心，本来是二人同时上殿执行刺杀计划，最终只有荆轲一人上殿，势单力薄。其三，正如荆轲自己所言，他本想生擒秦王嬴政，逼他退回侵占六国的土地，以致失去了刺杀秦王嬴政的良机。

80 书同文,车同轨

秦王嬴政用了 10 年的时间,陆续消灭了韩、赵、魏、楚、燕、齐六国。公元前 221 年,秦王嬴政最终完成了统一大业,建立起了中国历史上第一个中央集权的统一的封建王朝——秦朝。

秦王嬴政一统天下后,觉得自己的丰功伟业要比历史上以往的圣王伟大多了,就连远古传说中的三皇五帝也比不上他。于是,他认为"王"的称号已经不足以体现他至高无上的权威,就决定把"三皇五帝"并称,采用"皇帝"的称号。秦王嬴政成为中国历史上第一个使用"皇帝"称号的君王。他希望自己创立的秦朝能千秋万代,所以自称"始皇帝"。

全国统一了,那该如何来治理这样一个大国家呢?首先,秦始皇决定废除分封制,改用郡县制。把全国分为 36 个郡,郡底下再设县。每个郡都设置郡守、郡尉和郡监来管理具体事务。郡守与县令等各级官员都由皇帝直接任命。接着,秦始皇为了能坐稳天下,迫切需要解决的一个问题就是收缴和销毁流落在民间的各种兵器。秦始皇左思右想,准备找一个合理的借口,来查缴全国的兵器。有一天,秦始皇在皇宫中休息,迷迷糊糊中梦到天空中突然乌云密布,昏暗无光,各种妖魔鬼怪从四面八方跑出来,

收集兵器

把他包围在中间。正在他惊恐万分、不知所措的时候，忽然有一位鹤发童颜的老道长从天而降。老道长挥动着手中的拂尘，妖魔鬼怪尖叫着四处逃散。秦始皇非常感谢老道长的救命之恩，老道长微微一笑道："要想稳坐天下，得制十二金人（即铜人），镇守四方。"说完，一挥拂尘，随着一道金光闪过，老道长便消失不见了。秦始皇从梦中惊醒后，立即下令将全国的兵器都收到咸阳，铸成 12 个铜人。

铸十二金人

在秦始皇统一六国之前，每个诸侯国都有自己的制度。就拿交通来说吧，各国车辆的规格都不一样，因此车道也有宽有窄。统一之后，车辆还要在不同的车道上行驶，这造成了极大的不便。于是，秦始皇便下令，把全国车辆的轮距一律改为六尺，统一了车轮的轨道。这样一改，全国各地的车辆往来就方便多了。在历史上称作"车同轨"。

以前各个诸侯国各霸

一方，在全国各地修建了许多要塞堡垒，严重阻碍了道路交通。秦始皇统一天下后，下令撤除了这些关塞壁垒，构筑了以都城咸阳为中心通往全国各地的"驰道"，还修筑从咸阳一直向北延伸、全长约 900 千米的直道。这些驰道和直道交错纵横，形成了以都城咸阳为中心的四通八达的道路网络。

在秦始皇统一列国以前，各诸侯国的文字杂乱不一，这不仅给各国之间的文化交流带来了诸多不便，而且也严重阻碍了政令的推行。所以，秦朝建立以后，秦始皇立即命令丞相李斯、中书府令赵高等人，对各国文字进行整理，创制统一规范的文字。李斯以秦国文字为基础，参考其他六国的文字，创造了"秦篆"，并宣布"秦篆"为秦朝通行的官方文字。这种文字形体匀称齐整、笔画简略，也被称为"小篆"。在历史上，称作"书同文"。

成语释义

成语"书同文，车同轨"的典故见于《史记·秦始皇本纪》，主要讲的是秦始皇兼并六国后，统一法令、度量衡、文字和车轨。该成语原意是指车轨相同，文字相同。后人多用来形容天下统一。

天下第一

《史记》原文选读

　　分天下以为三十六郡，郡置守、尉、监①。更名民曰："黔首②。"大酺。收天下兵，聚之咸阳，销以为钟镰③，金人十二，重各千石④，置廷宫中。一法度衡⑤石丈尺。**车同轨⑥**。**书同文字**。地东至海暨⑦朝鲜，西至临洮、羌中，南至北向户⑧，北据河为塞，并阴山⑨至辽东。徙天下豪富于咸阳十二万户。诸庙及章台、上林⑩皆在渭南。秦每破诸侯，写放⑪其宫室，作之咸阳北阪上，南临渭，自雍门⑫以东至泾、渭，殿屋复道⑬周阁相属⑭。所得诸侯美人钟鼓，以充入之。

　　　　　　　　　　　　　　　　　　——《史记·秦始皇本纪》

■　注释：

①守：郡守。郡的行政长官。尉：郡尉。郡的军事长官。监：监御史。郡的监察长官。

②黔首：平民。

③镰（jù）：乐器，形状像钟。

④石：重量单位。

⑤衡：秤砣。

⑥轨：车轮的轮距。

⑦暨：通"及"。

⑧北向户：地区名。

⑨并：挨着，沿着。阴山：山名。

⑩章台、上林：秦始皇的离宫别院。

⑪写：描摹。放：通"仿"。

⑫雍门：地名。

⑬复道：楼阁间有上下两重通道，称复道。

⑭周阁：楼阁的四周装有窗户和栏杆，可供远眺。相属（zhǔ）：相连。

咸阳

十二万户迁徙

历史解读

公元前 221 年，秦始皇完成了统一六国的帝业，陆续颁布了多条律令，来巩固国家的统治，其中就有我们熟悉的"书同文""车同轨"等。

根据《史记·秦始皇本纪》记载，秦王朝建立后，秦始皇在经济、政治、文化、社会生活等诸多领域发起了一系列的改革，完成了真正意义上的大一统。所谓"车同轨"指的是统一车辆上两个轮子之间的轮距，从表面上看，这是统一了全国的交通，实质上代表的是社会政治上的大一统。"书同文"即统一文字，这不仅推动了古代社会政治、经济、文化的发展，而且给中华文明带来了数千年的繁荣。"车同轨"，一方面满足了在全国范围内军队调动、邮传驿递、情报传送等需要，加强了对全国的军事控制；另一方面更加完善便捷的交通系统，也促进了中华文化的逐步形成。

"书同文，车同轨"是一次意义深远的重大变革，对中国文化的持续发

车同轨

展起到了极其重要的关键性作用。秦始皇统一文字的改革为中华文明和中华文化的最终形成提供了条件和基础。"书同文，车同轨"是一次意义深远的重大变革，对中华文明的持续发展起到了极其重要的作用，尤其是"书同文"的改革为璀璨的中华文明奠定了基础。文字是文化和思想的重要载体，在中国历史的长河中，文字虽然在不断地发生演变，但始终是维系中华民族文化精神的重要纽带。俗话说"合久必分，分久必合"，中国历史上虽然发生了一系列统一和分裂的过程，但是通过"书同文，车同轨"所确立的大一统思想，历经数千年却从未断绝，中华文明也通过文字的记录和传承一直延续至今。

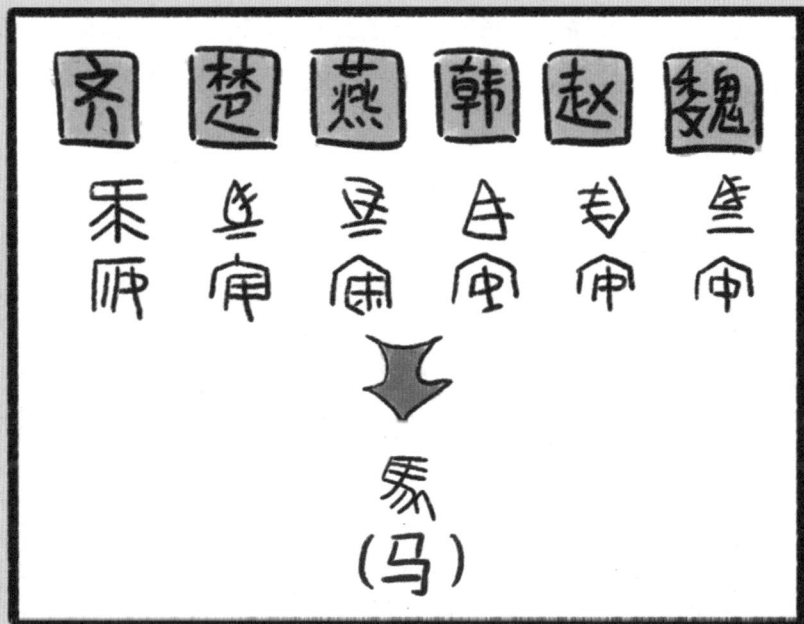

81 定于一尊

　　秦始皇统一六国之后，在全国进行了一场大刀阔斧的改革，引发了很大的争议。首先，大臣们就在要不要分封诸公子为王的问题上发生了一场争论。以丞相王绾为首的一批因循守旧的官吏，联名上书请求秦始皇封诸公子为王，去治理秦国攻占的燕、齐、楚等国的故地，他们认为这样有利于拱卫秦朝的统治。但是，廷尉李斯坚决反对分封制。李斯在朝堂上，直谏秦始皇说："皇帝陛下，周王室分封了许多诸侯国，可是到了后期，诸侯国之间战乱不断，这完全就是分封制造成的恶果。依臣之见，只有废除分封制，实行郡县制，才可以免除祸乱，维护天下一统。请皇帝陛下明鉴！"秦始皇听取了李斯的建议，认为实行分封制就是分散皇室的势力，到最后给自己到处树敌，西周的衰亡就是前车之鉴。于是，秦始皇就在全国推行郡县制，建立起了中央集权的政治制度。

　　没有想到，这场关于分封制的争论在事隔八年之后再一次爆发了。公元前213年，秦始皇在咸阳宫举行宫廷宴会，与群臣一起宴饮同乐。谁料到，就在这一片祥和欢乐的气氛中，一场"师古"还是"师今"的争论揭开了帷幕。在大家酒兴正浓的时候，仆射周青臣举起杯，走上前去，高声颂扬秦始皇的功德。周青臣说："皇帝陛下一统天下，把诸侯国改置为郡县，从此消弭了战争，老百姓安居乐业，这可是千秋功业，必将传之万世啊。"秦始皇听了，高兴地将杯中美酒一饮而尽，开怀大笑。这时，另一位来自齐国故地的博士淳于越站起来，针对周青臣的这番阿谀奉承之词，再次提出了恢复分封制的主张。淳于越走上前说："皇帝陛下，我们以史为鉴，清楚地知道殷、周两代之所以能够统治天下长达1000多年，主要原因就是分封子弟功臣为诸侯，让他们作为王室的分支，辅佐拱卫天下。如今，皇帝陛下统一天下，而皇室子弟却没有半点封地，一旦出现齐国'田氏代齐''三家分晋'这种大臣谋杀君主、篡权夺位的事情，如果没有皇室子弟和功臣辅佐的话，皇帝陛下又靠谁来救援呢？刚才周青臣当面阿谀奉承，这绝不是忠臣所为，还请皇帝陛下三思啊！"秦始皇听后不动声色，把淳于越的建议交给在场的群臣进行讨论。

这时，已经升任丞相的李斯当仁不让地站出来，明确表示反对淳于越的

观点。他直截了当地反驳说："皇帝陛下，淳于越刚才所说的都是夏、商、周三代的事，没有什么值得借鉴的。从前诸侯纷争，割据一方，为了壮大自己的实力，才大量招揽天下游侠贤士。现在天下安定了，所有的法令都由皇帝陛下一人颁布，就不需要那么多游侠贤士了。老百姓就应该在家努力从事生产，读书人就应该认真学习朝廷颁布的法令。可是，像淳于越这样的儒生不仅不好好学习皇帝陛下颁布的律令制度，却还要蛊惑民心，怂恿皇帝陛下去效法古代的制度，这真的是荒谬至极。"秦始皇听了，觉得李斯言之有理，就接着问："丞相觉得应该如何做才好呢？"李斯拜倒在地，冒死进言说："皇帝陛下，臣一直认为那些儒生顽固不化，只是私底下夸耀自己的学识，指责朝廷所建立的制度。当今皇帝陛下已统一天下，天下大事是非黑白，一切都由至高无上的皇帝陛下您一人决定。"

为了真正树立起皇帝的绝对权威，在思想上定于一尊，李斯向秦始皇提出了焚毁古书的三条建议：

（1）除《秦纪》等秦朝记录撰写的历史典籍，还有关于医药、卜筮和农业生产等方面的书籍之外，其他诸子百家的论著和历史典籍，一律限期交到官府，予以销毁。在焚书令正式颁布 30 日后，拒不交出禁书者，一经发现，处以黥刑并罚苦役四年。

（2）凡是有谈论《诗》《书》者，按令一律处斩；凡是泥古不化，以古非今者，一律以灭族论处；凡有官吏发现违反以上禁令而不举报者，一律连坐处理。

（3）凡是愿意认真学习朝廷颁布的法令者，一律以官吏为师，实行统一的教化。

秦始皇当即批准了李斯的建议。第二天，秦始皇就正式下诏，在全国点燃了焚书之火。在中国古代历史上，这起事件被称为"始皇焚书"。在不到 30 天的时间里，中国先秦时期的古典文献，大部分都化为灰烬，只有当时皇家的藏书楼内保留着一套藏书。秦始皇下诏焚书的"挟书令"一直到汉惠帝时期才被废除。

成语释义

成语"定于一尊"的典故见于《史记·秦始皇本纪》，主要讲的是秦朝丞相李斯向秦始皇建议焚书，禁止私学，打击游士，要统一思想，树立皇帝的绝对权威。后人多用来比喻在思想、学术、道德等方面以一个最有权威的人作为唯一的标准。

《史记》原文选读

　　丞相李斯曰："五帝不相复，三代①不相袭，各以治，非其相反，时变异也。今陛下创大业，建万世之功，固非愚儒所知。且越言乃三代之事，何足法也？异时②诸侯并争，厚招游学。今天下已定，法令出一，百姓当家则力农工，士则学习法令辟禁③。今诸生不师今而学古，以非当世，惑乱黔首。丞相臣斯昧死言：古者天下散乱，莫之能一，是以诸侯并作，语皆道古以害今，饰虚言以乱实，人善其所私学，以非上之所建立。今皇帝并有天下，**别黑白而定一尊。**私学而相与非法教，人闻令下，则各以其学议之，入则心非，出则巷议，夸主以为名，异取④以为高，率群下以造谤。如此弗禁，则主势降乎上，党与⑤成乎下。禁之便⑥。臣请史官非秦记皆烧之。非博士官所职⑦，天下敢有藏《诗》《书》、百家语⑧者，悉诣守、尉杂烧之。有敢偶语⑨《诗》《书》者弃市⑩。以古非今者族。吏见知不举者与同罪。令下三十日不烧，黥⑪为城旦⑫。所不去者，医药卜筮⑬种树之书。若欲有学法令，以吏为师。"制曰："可。"

——《史记·秦始皇本纪》

■ 注释：

①三代：指夏、商、周三代。

②异时：从前。

③辟（bì）禁：刑法禁令。辟，法度。

④异取：不一样的乐趣。取，通"趣"。

⑤党与：朋党。

⑥便：便利。

⑦职：主管。

⑧《诗》：《诗经》。《书》：《尚书》。百家语：诸子百家的著作。

⑨偶语：相对说悄悄话。

⑩弃市：古代死刑的名字。

⑪黥：古代的墨刑，在脸上刻字并涂墨。

⑫城旦：古代的一种刑罚，白天守卫，晚上筑长城。

⑬卜筮（shì）：古代占卜的方法，用龟甲称"卜"，用蓍草为"筮"。

历史解读

根据司马迁的《史记》记载，秦朝丞相李斯之所以要劝谏秦始皇实行"焚书令"，主要还是秦朝初年分封制和郡县制之争的结果。李斯以"支持郡县制"为基础，坚决反对博士淳于越因循旧制、分封诸侯的做法，进而提出了树立皇帝权威的主张。

拥护"分封制"和"郡县制"的双方代表，一个是来自齐国故地代表儒家传统的淳于越，一个是笃信法家学说的李斯，所以说，这场争论实际上也是一场"儒法之争"。李斯向秦始皇提出焚书的建议，其主要意图就是打击春秋战国时期兴起的私学和游士，实现"思想上"的统一，消除这种因百家学说纷呈，各自立场不同而可能引起的"民心离散"的弊端，以此来巩固秦朝的中央集权的大一统的政治体制。

秦朝初年，虽然在政治和军事上结束了群雄割据的局面，但是在社会思想领域，仍然处在百家争鸣的境地。一个国家到底能在多大程度上实行统一，最主要的条件就是能在多大程度上形成共同的价值观，而对于形成共同价值观而言，思想领域的纷争会进一步导致思想的混乱，思想一旦混乱就很难形成共同意识。因此，要想维持大一统的中央集权政治体制，除了在政治、经济、文化等方面进行统一的改革之外，还必须在社会思想上进行统一，形成统一的核心价值观。李斯的建议可谓切中肯綮（qìng）。

但是，站在中华民族的文化传承和历史演进的角度来评价的话，李斯提出的这个激进的"焚书"方案，无疑对中华文脉造成了严重摧残，钳制了当时人们的思想。

郡县制

82 东门逐兔

秦始皇去世之后，其子胡亥继位，历史上称为秦二世。秦二世宠信赵高，任命他为郎中令，让他参与处理国家大事。秦二世听信赵高的谗言，修建阿房宫，各地民怨四起，民不聊生，老百姓生活十分凄惨。而且，制定的法律也越来越残酷，赵高经常罗织各种罪名大肆屠杀官员，滥杀无辜。赵高怕自己的罪行暴露，于是就私下里劝谏秦二世说："皇帝陛下，您年纪还很年轻，未必什么事情都懂。依臣之见，陛下就不要亲自上朝了，免得露怯，显得您不够圣明啊！"秦二世本来就懒于处理政事，这番话更是正中下怀。但是，秦二世嘴上还是说："朕不上朝，那么多的国家大事谁来处理啊？"赵高走近一步，低声说："陛下放心，您可以叫大臣把公文奏书送到宫中，我来帮助陛下批奏决定，陛下难道信不过小臣吗？"秦二世一想，既可以在宫中寻欢作乐，又有人帮自己处理国事，何乐而不为呢？于是，秦二世再也不上朝了，大臣们也不敢上奏，赵高一手独揽了朝政。

赵高权倾朝野、欺压百官的行为招致了丞相李斯等一批大臣的不满。于是，丞相李斯联合文武百官上书劝谏胡亥上朝处理政事。赵高得知后，怀恨在心，想方设法要除掉李斯。有一大，赵高找到李斯，假模假样地说："李丞相，现在函谷关以东盗贼蜂起，而陛下却还要修建阿房宫，眼看就要天下大乱了，我也是心急如焚，可是我的官位卑贱，人微言轻。您贵为丞相为何不劝谏呢？"李斯不知是计，叹了口气说："我不是不想劝谏啊，无奈皇帝陛下常居深宫之中，我求见无门啊。"赵高见时机成熟，便对李斯说："丞相的心意微臣明白，也想助您一臂之力。以后要是皇帝陛下得空的话，我就马上派人通知你进宫。"可是，赵高耍了个小心眼，不是在秦二世有空的时候，而是在他与宫中美女玩兴正浓的时候，派人通知李斯说陛下正好有空闲，可以进宫奏事。李斯不明就里，傻乎乎地到宫门外求见，秦二世怒气冲冲地说："这个李斯，每次都来扫朕的兴致，实在有点可恨。"赵高趁机向秦二世进谗言，说李斯在朝廷外的权力比皇帝还大，而且他还说自己扶植秦二世当上皇帝却没有得到一点儿好处，心中愤懑不平。赵高还诬陷担任三川郡郡

守的李斯长子李由与起义军首领陈胜有旧交，李由镇压不力，有谋反之嫌。秦二世正在气头上，不问青红皂白就派人调查李由与起义军勾结的情况。

李斯得知秦二世派人调查自己的消息后，大惊失色，急忙上书弹劾赵高，在奏书中，李斯直指赵高就是篡国弑君的子罕和田常，力陈自己忧国忧民之心。秦二世看到奏书后，随手就扔给赵高，恨恨地说："李斯这个人不知好歹，竟然还上书来弹劾你，这事交给你了，你看着办吧！"赵高心中窃喜，除掉李斯这个心腹大患的机会终于来了。紧接着，赵高就下令，捉拿李斯，将他投入大牢，严刑拷打。李斯不堪酷刑折磨，被迫招供自己意图谋反。但是，李斯依然心存侥幸，认为自己有功在先，试图上书打动秦二世，保全性命。

李斯绞尽脑汁、诚惶诚恐地写了一封奏书，要求呈报给秦二世。可是，奏书送到了赵高手上，赵高看都没有看，就丢在地上，恨恨地说："一个阶下之囚怎么能给皇帝上书呢？李斯不知死到临头，还想着翻供。看来不给他点厉害看看不行啊！"于是，赵高就派他手下的十多名门客假扮成秦二世派来的御史，轮番上阵，复审李斯。每当李斯想翻供时，赵高就让人大刑伺候。后来，秦二世果然派人去验证李斯的口供，李斯误以为这次也是赵高的阴谋，不敢再翻供，直接承认了自己谋反。赵高满心欢喜地将李斯的供词和判决书呈报给秦二世，秦二世哪知这里面的玄机，长舒了一口气说："唉！要是没有赵卿在旁边提醒，我差一点儿就被丞相李斯给出卖了啊。"等到秦二世派人到三川郡调查李由时，李由已经被项梁杀死了。使者返回后，赵高就捏造了一整套李由谋反的罪状。

公元前208年七月，李斯被判处腰斩弃市。李斯被押赴刑场前，回头对关在一起的另一个儿子说："儿啊，我现在多么想和你再一同出上蔡东门去打猎，牵着黄狗一起去追兔子啊，事到如今，悔之晚矣啊！"说完，父子抱头痛哭。随后，李斯父子被杀，株连三族。

成语释义

　　成语"东门逐兔"的典故见于《史记·李斯列传》，主要讲的是秦朝末年，丞相李斯惨遭诬陷，以谋反罪被抓入狱，秦二世派赵高去审理他的案子。赵高与李斯向来有隙，便乘机将他屈打成招。李斯被判处死刑，株连三族。李斯临刑前，十分后悔从政。后人多用来比喻因为做官而遭受杀身之祸，到最后悔之晚矣。

《史记》原文选读

二世①二年七月，具②斯五刑③，论腰斩咸阳市④。斯出狱，与其中子⑤俱执，顾谓其中子曰："吾欲与若⑥复牵黄犬俱出上蔡⑦东门逐狡兔，岂可得乎！"遂父子相哭，而夷⑧三族。

——《史记·李斯列传》

■ 注释：

①二世：即秦国第二个皇帝胡亥。

②具：判决。

③五刑：古代的五种轻重不等的刑罚。

④市：买卖东西的地方，街市。

⑤中子：排名第二的儿子。

⑥若：你。

⑦上蔡：地名。

⑧夷：连坐。

历史解读

李斯是楚国上蔡人，也是秦朝著名的政治家、文学家和书法家。李斯曾担任秦朝左丞相，辅佐秦始皇一统天下。司马迁在《史记》中，将其和赵高并写于《李斯列传》。

最初的时候，李斯不过是上蔡郡的一个负责掌管文书的小官吏，后来他和韩非一起拜荀子为师，学习帝王霸业之术，成为诸子百家中法家的著名代表人物。李斯学有所成之后，就来到秦国，拜在当时秦国国相文信侯吕不韦的门下。吕不韦很欣赏李斯的才华，就任命他做郎官。后来，李斯面见秦王嬴政，劝说嬴政要掌握大好时机，顺势而为，一举兼并六国，统一天下，秦王嬴政十分赏识李斯，任命他为长史。

公元前 237 年，一位叫郑国的水利工程师以修筑渠道为名来到秦国，实为韩国的间谍。事情败露之后，秦王嬴政大怒，下令驱逐六国客卿。李斯及时呈上《谏逐客书》加以阻止，秦王嬴政采纳了他的建议，不久官至廷尉，辅佐秦王嬴政攻灭六国，在秦统一天下的大业中发挥了重要作用。

秦统一六国后，李斯更是积极参与到了"大一统"的制度建设当中。首先，李斯与丞相王绾、御史大夫冯劫等商议确定秦王尊号为皇帝。其次，李斯极力主张郡县制，反对分封制。最后，李斯主张统一思想，劝秦始皇颁布"焚书令"，焚毁民间所收藏的诸子百家之书。除此之外，李斯还参与了秦朝很多规章律令的制定，还创制了"小篆"，统一了文字。他在狱中给秦二世的上书中，就曾列举了自己的七条"罪状"，实际上就是在标榜自己对秦国的功劳，这些制度建设对后世政治和文化的发展影响深远。

秦始皇死后，李斯为了保全自己，与宦官赵高陷害秦始皇长子公子扶苏，改立秦始皇幼子胡亥为皇帝。后来，李斯遭到赵高的忌恨，被诬陷谋反，株连三族。

83 指鹿为马

公元前210年，秦始皇带领浩浩荡荡的车队，离开都城咸阳，开始巡视天下。在巡游的途中，秦始皇患上了重病，到达沙丘的时候，已经卧床不起了。秦始皇知道自己时日不多了，他撑起病体，在卧榻上立下遗诏，宣召公子扶苏速回咸阳，为其主持葬礼。不幸的是，秦始皇的遗诏还没来得及交给使者令其发出，就咽下了最后一口气，撒手人寰了。当时，担任中车府令的宦官赵高与公子扶苏不和，赵高不希望公子扶苏继承皇位，而想扶持秦始皇的小儿子胡亥。恰好，胡亥正跟随秦始皇一同巡游，就在沙丘。于是，赵高就与胡亥串通一气，并且威胁丞相李斯，要求严守秦始皇的死讯，秘不发丧。李斯为了保全自己的性命，只能与赵高合谋更改秦始皇的遗诏，改立胡亥为太子。同时，又派使者假传诏书，以戍边无功和不孝的罪名赐死扶苏。公子扶苏接到诏书后，自知难以逃脱，自杀而亡。胡亥、李斯、赵高三人得知公子扶苏自杀的消息后，都松了一口气，心中的一块大石头终于落了地，赶紧下令巡视部队返回都城咸阳。

由于路途较远，再加上暑期天热，秦始皇的尸体开始腐烂，不停散发出难闻的臭气。李斯和赵高为了掩盖臭气，就命令随从官员每车装载一石鲍鱼。巡视部队回到都城咸阳后，才正式宣布秦始

皇驾崩的消息。为秦始皇举行丧礼之后，胡亥正式登基为皇帝，历史上称为秦二世。

赵高扶持胡亥登上帝位，立下了大功，得到秦二世的宠信，被封为郎中令，留在宫中辅佐皇帝，处理国家事务。但是，他的职位仍在丞相李斯之下，而且他也担心李斯把自己的阴谋公布于众，于是又设计陷害李斯谋反，除掉了李斯，自己当上了丞相。从此，赵高独揽朝政，可谓是一人之下，万人之上，但是赵高的野心进一步膨胀，打算篡位自己当皇帝。

赵高担心文武百官不服，于是就想出了一个花招儿，他准备先做一次试验，来测试一下大臣们对他的忠诚度。

我是太子啦！

有一天，赵高趁着群臣朝拜秦二世时，牵来一头梅花鹿，当着群臣的面，进献给秦二世。赵高指着朝堂上的梅花鹿，对秦二世说："陛下，这是一匹日行千里的良马，我特意敬献给陛下的。"秦二世见状有点蒙了，他左看右看，心想这明明是一只梅花鹿，赵高怎么说是一匹马呢？便笑着对赵高说："丞相，你这是弄错了吧？我看是一只梅花鹿，怎么说是马呢？"

赵高根本就没有理会胡亥的话，转身一本正经地厉声问左右侍立的大臣们："哦，那你们说说吧，这到底是鹿还是马呀？"

大臣们面面相觑，不知如何作答。有的大臣惧怕赵高的淫威，明哲保身，选择了沉默；有的大臣为了讨好赵高，博取其欢心，就阿谀奉承地说："丞相说得对，这就是一匹马，前些年我就见过这样的马呢！"也有的大臣生性耿直，不愿趋炎附势，直言不讳地说："陛下，这根本就是一只梅花鹿，不是马！"

赵高暗地里把坚持说实话的人默默记在心中，给他们强加上种种罪名。这些忠心的大臣有的被罢职赶出了朝廷，有的遭到陷害被杀死了。朝中的其他大臣越来越畏惧赵高，甘心屈从在他的淫威之下。

秦二世死后，赵高召集群臣和诸公子，拥立公子子婴为皇帝，自己继续把持朝政。子婴不甘心做个傀儡，于是设计刺杀了赵高，诛灭其三族。

成语释义

　　成语"指鹿为马"的典故见于《史记·秦始皇本纪》，主要讲的是赵高为了震慑群臣，献给秦二世一只鹿，故意指为马，问大臣们是鹿还是马，并将如实回答的大臣暗中迫害，使群臣畏惧自己。后人多用来比喻故意颠倒是非，混淆黑白。

《史记》原文选读

　　……八月己亥，赵高欲为乱①，恐群臣不听，乃先设验②，持鹿献于二世，曰："马也。"二世笑曰："丞相误邪？**谓鹿为马。**"问左右，左右或默，或言马以阿顺③赵高。或言鹿，高因阴中④诸言鹿者以法⑤。后群臣皆畏高。

　　　　　　　　　　　　　——《史记·秦始皇本纪》

■ 注释：

　①为乱：作乱。

　②设验：指试探。

　③阿顺：顺从，逢迎。

　④中（zhòng）：中伤。

　⑤法：法办。

历史解读

指鹿为马典故中的主要人物是赵高。司马迁在撰写《史记》时，并没有为赵高单独立传，赵高的事迹主要见于《史记·秦始皇本纪》《史记·李斯列传》和《史记·蒙恬列传》中。

赵高是秦朝的一位重要政治人物。他侍奉了秦始皇、秦二世和秦王子婴三代君主，可以说是贯穿秦朝始终，而且位极人臣，对秦朝的衰亡命运发挥了重要的"作用"。赵高曾经是赵国公族子弟，但是出身卑微。秦灭赵国后，赵高入秦为官。他因通晓刑律得到了秦王嬴政的赏识，嬴政破格提拔他为中车府令。后来，赵高侍奉公子胡亥，教导他决断讼案，得到胡亥的信任。这也是后来在沙丘之变中，赵高要扶持胡亥登上帝位的原因之一。后来，赵高犯下大罪，秦王嬴政让蒙恬的弟弟蒙毅严厉惩治他，蒙毅严格依法判处赵高死刑，并剥夺其官籍。结果秦王嬴政因为赵高做事勤勉用心，不仅宽赦了他，还让他官复原职。但经此一事，赵高与蒙氏兄弟结下了仇隙，为后面赵高杀害蒙氏兄弟埋下了伏笔。

赵高的地位在沙丘之变后越发凸显出来。公元前210年，秦始皇在沙丘驾崩后，赵高与公子胡亥、丞相李斯合谋篡改秦始皇遗诏，改立胡亥为太子，并假传诏书赐死公子扶苏，囚禁蒙恬兄弟二人，历史上称为沙丘之变。秦二世登基后，赵高升任郎中令，谋害了蒙恬、蒙毅兄弟和丞相李斯。后来当上丞相，独揽朝政的赵高，野心越来越大，甚至想篡位当皇帝。他担心文武百官不服，于是就上演了一出"指鹿为马"的把戏。最后，赵高发动望夷宫之变，强迫秦二世自尽，并改立子婴。不料，最终却死于子婴之手。

后世一般认为，赵高引发的多次秦朝宫廷内讧是导致秦朝迅速灭亡的原因之一。历史上绝大多数人对赵高的品行及其所作所为也都持否定态度，但也有学者给予其比较正面的评价，清代史学家赵翼所著《陔余丛考》就认为赵高的所作所为是志在复仇，他本是赵国人，因痛惜赵国被秦所灭，所以不惜伤害自己的身体自宫进入秦宫，一手谋划秦朝内部的一系列内讧，杀尽秦朝宗室和功臣。现代学者李开元也称赞赵高是"第一流的书法家、文字学家，也是精通法律的专才，他体魄高大强壮，骑术车技精湛，武艺非同寻常，是秦国宫廷中不可多得的文武双全的人才"。

84 取而代之

西楚霸王项羽是楚国名将项燕的后代。他在孩童时期，就已经表现得非同寻常了。他的叔父项梁觉得这个孩子是个可造之才，所以就从小悉心培养他，希望他长大后能够成为国家的栋梁之才。项梁不惜重金为他请来有名的老师教他读书识字，可是项羽学了一阵子之后就厌学了，他经常偷偷扔下书本，跑出去和其他孩子舞刀弄剑。项梁见他喜欢武艺，于是又花重金给他请来有名的剑术老师教他练剑，可是学了不久，他又觉得学习剑术也没有什么意思，不想再学了。文的不学，武的也不学，项梁看着侄子整天学无所成，非常生气，就把项羽找来严厉地训斥了一番，想让他好好学习。可是，项羽一点儿也不服气，挺着胸，仰着头，理直气壮地说：“读书识字有什么用啊，能记住自己的姓名就好了；就算剑术学得再好，也只不过是在单打独斗中取胜。我不愿意学习这些没有什么用的东西，我要学就学领兵打仗的大本事。”项梁听了，觉得这个孩子年少有大志，一下子转怒为喜，就用心教他学习兵法。项羽一开始也非常感兴趣，学习兵法很认真，可是刚刚懂得了一点儿兵法的皮毛，就又不肯继续学下去了。

后来，项梁杀了人，为了躲避仇人的追杀，就带着项羽一起逃到了吴中。项梁能力出众，又懂兵法，每

当吴中有大规模的活动或者场面较大的丧葬事宜时，当地人就请项梁去做主办人。项梁都欣然应允，他暗中用兵法的原理来安排和部署参加活动的宾客和前来帮忙的青年子弟，借此来了解他们的才能。那个时候，项羽已经身高八尺有余，力气大得能把铜鼎举过头顶，当地的年轻人也都忌惮他几分。

秦始皇一统天下后，为了巩固统治，宣扬自己的威德，经常到全国各地巡游。有一次，秦始皇南巡会稽，当他的车马仪仗浩浩荡荡、威风凛凛地渡江时，人们都在大路两旁驻足观看。项羽和他的叔父项梁也在人群中观望。就在人们欢呼雀跃的时候，项羽忽然指着秦始皇的队伍，对他的叔父说："我可以夺取他的地位，将他取而代之。"

项梁被这话吓得不轻，马上变了脸色，急忙伸手捂住项羽的嘴，看看左右没有人注意，就小声责备他道："小子，这话可不能乱说啊，要是被别人听到了，报告给官府，说不定咱们全族上上下下都会被你害死啊。"

快住嘴。

话虽这么说，可是项梁却在心底暗暗赞赏他这个侄子的胆识。从此以后，项梁栽培项羽更加用心了。

后来，陈胜、吴广在大泽乡揭竿而起，项梁和项羽也在会稽郡杀死当地郡守，举旗响应起义。他们带领起义军南征北战，大败秦军，项羽自封为西楚霸王。

成语释义

成语"取而代之"的典故见于《史记·项羽本纪》，项羽年少有大志，面对秦始皇威严的仪仗，表露出自己要推翻秦始皇的统治，取而代之的理想和壮志雄心。后人多用来比喻夺得他人的地位和职位由自己来代替，或者以某一个事物代替另一事物。

打倒秦始皇

《史记》原文选读

项籍少时，学书①不成，去②，学剑，又不成。项梁怒之。籍曰："书足以记名姓而已。剑一人敌③，不足学，学万人敌。"于是项梁乃教籍兵法，籍大喜，略知其意，又不肯竟学。项梁尝有栎阳④逮，乃请蕲狱掾⑤曹咎书抵⑥栎阳狱掾司马欣，以故事得已⑦。项梁杀人，与籍避仇于吴中⑧。吴中贤士大夫皆出项梁下⑨。每吴中有大繇⑩役及丧，项梁常为主办，阴以兵法部勒⑪宾客及子弟，以是知其⑫能。秦始皇帝游会稽⑬，渡浙江⑭，梁与籍俱观。**籍曰："彼可取而代也。"**梁掩其口，曰："毋妄言，族矣！"梁以此奇籍。籍长八尺余，力能扛⑮鼎，才气过人，虽⑯吴中子弟皆已惮籍矣。

——《史记·项羽本纪》

■ 注释：

①学书：学习读书和写字。

②去：放弃。

③敌：对抗。

④栎（yuè）阳：县名。

⑤蕲（qí）：县名。狱掾（yuàn）：掌管监狱官吏的属员。

⑥抵：到。

⑦已：了结。

⑧吴中：县名，当时为会稽郡郡治。

⑨出项梁下：贤能在项梁之下。

⑩繇：通"徭"，徭役。

⑪部勒：部署。

⑫其：指宾客及其子弟。

⑬会稽（kuài jī）：山名。

⑭浙江：今钱塘江。

⑮扛（gāng）：两手举起。

⑯虽：句首语气词。

历 史 解 读

项羽是秦朝末年著名的军事家和政治家。因为秦末楚汉相争的原因，汉朝对项羽的评价非常谨慎。刘邦建立汉朝之后，曾下诏要求用"项籍"来称呼"项羽"，在《汉书》卷五十中就有这样的记载："高祖令诸故项籍臣名籍，郑君独不奉诏。"另外，司马迁著《史记》则有《项羽本纪》，而班固著《汉书》则有《陈胜项籍传》，可见《史记》对项羽的评价和立场与汉代其他史籍有相当大的差异。

项羽是楚国名将项燕之孙，项氏历代习武，家族成员多为楚国将领。根据《史记》记载，项羽身长八尺，力能扛鼎，才识过人。公元前210年，秦始皇巡游会稽郡时，项羽跟其叔父项梁一起旁观皇帝出巡，项羽年轻气盛，说道："彼可取而代也。"充分表明了项羽的壮志豪情。

可以对比一下刘邦和项羽看到秦始皇仪仗队时的表现。面对秦始皇浩浩荡荡的车马仪仗，项羽豪气冲天，说道"彼可取而代也"，而刘邦则是感慨万分"大丈夫当如此也"。能创立宏图伟业的人，首先要立大志，项羽和刘邦都是一样的。但是，项羽的"彼可取而代也"更具有抗争性，明确提出要取代秦始皇，获得和他一样的地位和权势。之所以有这样的差别，首先是因为项羽和秦始皇有国恨家仇，比刘邦多了一份报仇雪恨的野心。其次是因为二人在年龄和阅历上的差距。项羽生于公元前232年，而刘邦生于公元前256年。秦始皇巡游会稽时，项羽22岁，年轻气盛，再加上项羽的叔父项梁有反秦的抱负，一直在暗地培养势力，项羽耳濡目染。所以"彼可取而代也"一来表明项羽无所畏惧，二来反映出其颠覆秦朝的企图。但是，刘邦要比项羽大24岁，只和秦王嬴政相差几岁而已。秦王嬴政兼并六国，号称皇帝，年岁与他相差无几的刘邦却仅仅是个泗水亭长。所以，一来刘邦被秦始皇的帝王功业折服；二来感叹如果自己也能像秦始皇一样多好。两个人都是在立大志，项羽之志透露出初生牛犊不怕虎的精神，刘邦的话则是更切乎实际的出人头地的愿望。

85 鸿鹄之志

陈胜是秦朝末年农民起义军的领袖之一。陈胜年轻时，家里非常贫困，他经常出去给人家当雇工混饭吃。但是，陈胜并没有向命运屈服，他不甘心一辈子受人奴役，而且同情和自己命运相同的人。有一天，他帮人家耕田，干活干累了，就跑到田埂边休息，看着空中一群鸿雁飞过云端，心头一阵激动，忽然站起身对那些一起耕田的伙伴们说："以后要是有谁富贵发达了，可千万别忘了一块儿吃苦受累的穷兄弟们啊。"大伙儿听他这么一说，都禁不住捧腹大笑。有人对陈胜说："你看看，咱们这帮人都是给人家当雇工耕田，卖力气吃饭的人，穷得有上顿没下顿的，哪里还想什么荣华富贵呢？"陈胜听了，不免感慨万千，长长地叹一口气说："唉！你们怎么会懂我的志向呢？就像躲在屋檐下的燕子、麻雀，怎会懂得高空中翱翔的鸿雁和天鹅的远大志向呢！"

　　陈胜对自己的命运一直感到愤愤不平，可更加不幸的事情又落到了他的头上。公元前 209 年七月，秦二世在全国大举征兵。陈胜也被征入伍，担任带队的屯长，率领 900 多名穷苦农民。在两名秦朝军官的押送下，这些人日夜兼程地赶往渔阳。当队伍行进到大泽乡时，突遇连天大雨，道路被洪水冲断，无法继续前进。眼看着离抵达渔阳的最后期限越来越近，大伙儿急得像热锅上的蚂蚁团团转。因为按照秦朝严酷的律令，凡是应征戍边的士兵，不能按时到达指定地点者，一律处斩。

　　就在这生死存亡的危急关头，陈胜暗地里决定谋划起义。一天晚上，陈胜悄悄找另一位屯长吴广商议。陈胜和吴广计算了一下日期，发现无论如何

也不能按期到达渔阳了，违犯军纪，这杀头之罪是躲不掉了。陈胜直截了当地说："看来这次横竖都是死了。误期到达渔阳，要被按律处斩，逃走的话，抓回来也是被砍头，还不如起来造反，顶多也是一死。与其这样等死，还不如干一番大事业，或许还有一条生路呢！"吴广问道："起义造反哪有这么容易？"陈胜斩钉截铁地说："现在，天下的老百姓都吃够了秦朝暴政的苦头。而且，我还听说秦二世胡亥是假传诏书杀死公子扶苏夺的帝位。另外，还有一位楚国名将，名叫项燕，战功卓著，受人爱戴。现在天下百姓还不清楚公子扶苏和项燕是生是死，我们不如干脆就以他们两个人的名义来号召天下人起来反抗秦朝的暴政。"

两个人商议了一阵子，吴广认为陈胜说得有道理，就开始紧锣密鼓地准备起义。第二天，伙夫在做饭的时候，突然发现鱼肚子里有一块布，上面用朱砂写着"陈胜王"三个大字。这个消息一下子就传开了，大家都认为这是上天的旨意，原来陈胜还是九五之尊呀！到了晚上，陈胜又让吴广暗中跑到军营附近的一座破庙里，点燃一堆篝火，再模仿狐狸的叫声，大声呼喊"大楚兴，陈胜王！"正在熟睡的戍卒们纷纷惊醒，十分害怕。

吴广见时机已经成熟，于是趁两个押送士卒的秦朝军官喝醉的时候，趁乱杀死了这两位军官。随后，陈胜把900名戍卒集合在一起，大声宣布："我们在这里遇上了大雨，已经不能按照指定的日期赶到渔阳了，按照大秦律例，大家都要被处斩。就算侥幸逃过一死，戍守边关也是九死一生。再说王侯将相宁有种乎？我们今天就在这里起义，推翻暴秦！"陈胜的一番话，铿锵有力，激起了戍卒们心中对暴秦的满腔怨恨，大伙儿齐声高呼："说得对！大丈夫就算死，也要死得其所。我们听你的号令行事！"

于是，大伙儿在陈胜、吴广的带领下，袒露右臂，筑坛起誓，按照事先谋划好的计划，以公子扶苏和楚将项燕的名义，宣布举行起义。陈胜自立为将军，封吴广为都尉，一举攻下了大泽乡。中国历史上第一次大规模的农民起义战争就这样爆发了。

成 语 释 义

　　成语"鸿鹄之志"的典故见于《史记·陈涉世家》，主要讲的是陈胜虽出身卑微，但是年少有大志。该成语原意是指鸿雁和天鹅有飞翔千里的意志和本领。后人多用来比喻一个人有远大的抱负和雄心壮志。

《史记》原文选读

陈胜者，阳城①人也，字涉。吴广者，阳夏②人也，字叔。陈涉少时，尝与人佣耕③，辍耕之垄④上，怅恨⑤久之，曰："苟富贵，无⑥相忘。"庸者⑦笑而应曰："若⑧为庸耕，何富贵也？"陈涉太息⑨曰："嗟乎⑩，燕雀安知鸿鹄⑪之志哉！"

——《史记·陈涉世家》

■ 注释：

①阳城：古县名。

②阳夏（jiǎ）：古县名。

③佣耕：被雇佣，耕种田地。

④辍（chuò）：停止。之：去。垄：田埂。

⑤怅恨：失意叹息。

⑥无：通"毋"，不要。

⑦庸者：后多作"佣"，指其他受雇佣的人。

⑧若：你。

⑨太息：长叹一口气。

⑩嗟（jiē）乎：感叹词。

⑪鸿鹄（hú）：泛指大鸟。鸿，大雁。鹄，天鹅。

历史解读

　　秦始皇在位期间，大规模修建宫殿和陵墓，修筑长城，对外出兵征伐匈奴和南越，耗费了大量人力和财力，极大地加重了人民的徭役和赋税的负担，老百姓不堪重负。同时，它还制定了严酷的法令，来镇压人民的反抗。

　　为了反抗秦朝的暴政，陈胜发动了中国历史上第一次大规模的农民起义。他成为推翻秦朝残

暴统治的先驱和中国第一次农民起义的领袖。陈胜率军占领陈郡后，正式登基称王，建立"张楚"政权。这是中国历史上农民建立起来的第一个政权。

在他的号召下，全国掀起了一股反秦的浪潮，从根本上动摇了秦朝的统治。然而，陈胜称王更为重要的意义在于他开启了一个新时代。从他开始，农民开始走上中国的最高政治舞台，那句"王侯将相宁有种乎"具有划时代意义。

在《史记》中，司马迁单独为陈胜作传，并且与诸侯世家同列，可以看出，陈胜的历史功绩得到了后世的认可和推崇。

陈胜之所以能够发动中国历史上第一次大规模的农民起义，并成为中国第一次农民起义的领袖，与他年轻时就立下鸿鹄之志，树立起一个崇高的目标有很大的关系。这也激励我们要从小立志，长大能有所作为。

86 揭竿而起

公元前 209 年七月，陈胜和吴广在大泽乡发动起义，附近的农民都积极响应。在缺少武器的情况下，他们削尖木棒做刀枪，砍下竹竿做旗杆。很快，起义军的队伍越来越壮大。起义军趁势占领了陈郡，当地的父老认为，陈胜首义有功，应该称王，统领天下起义军。于是，陈胜征询跟随他起义的陈余和张耳的意见。他们都认为陈胜当前还不是称王的时候。起义军应该迅速向西进军，并且支持六国君王的后裔复国，共同抗秦。同时，他们还警告陈胜，如果他现在就称王的话，恐怕天下的起义军不会听从他的号令。陈胜被一时的胜利冲昏了头脑，根本就听不进他们的劝告。不久，陈胜便正式登基称王，定国号为"张楚"。

在起义军的推动下，各地百姓纷纷揭竿而起，起义的风暴席卷全国。陈胜登基后，封吴广为"假王"，命令他率领重兵攻打荥阳。接着，他还命令武臣、张耳、陈余攻打赵国旧地，邓宗攻打九江郡，周市攻打魏国旧地，周文向西进攻秦朝关中地区。数路大军并进，秦军望风而逃。周文一举攻破函谷关，进入关中，逼近咸阳。陈胜看很快就要攻进咸阳了，以为胜券在握，就产生了骄傲轻敌的情绪，认为秦朝军队不堪一击。出人意料的是，秦朝少府章邯带领数十万武装起来的在骊山修墓的囚犯，迎击周文的起义军。周文因为孤军深入，被章邯击败，退出函谷关，在渑池被章邯团团围困，因为援兵迟迟不到，最后，周文战败自杀。

　　吴广率领他的队伍进攻荥阳，可是荥阳城池坚固，起义军久攻不下。后来，秦朝少府章邯率军赶来增援，部将田臧（zāng）提议应该与章邯决战，被吴广拒绝。于是，田臧假传陈胜的命令杀死了吴广，夺得军权。吴广死后，起义军人心涣散，士气低落。在章邯的进攻下，田臧兵败被杀。

　　几路大军都惨遭失败，最后，只剩下陈胜还坐镇陈郡。公元前209年十二月，章邯率军攻打陈郡，陈胜只得亲自率领军队前去迎战。陈胜称王后，忘记了之前"苟富贵，勿相忘"的誓言，变得骄奢虚荣，六亲不认，最后众叛亲离。起义军被章邯击败，陈胜仓皇撤退。乱军之中，车夫庄贾趁机杀死陈胜，带着他的首级向秦军投降了。

　　在秦军的猛烈反击下，孤立无援的起义军总共坚持了六个月的时间。陈胜吴广起义失败后，项羽和刘邦继续领导农民起义军进行反秦斗争。

成 语 释 义

　　成语"揭竿而起"的典故见于《史记·陈涉世家》，主要讲述了秦朝末年，陈胜、吴广带领戍卒起义，反抗秦朝暴政，天下义士纷纷云集响应。这个成语的原意是砍树干当武器，举竹竿当旗子。后人多用来指代人民的起义和反抗暴政。

《史记》原文选读

　　始皇既没，余威振于殊俗①。然而陈涉瓮牖②绳枢③之子，甿隶④之人，而迁徙⑤之徒也。材能不及中人⑥，非有仲尼、墨翟⑦之贤，陶朱、猗顿⑧之富也。蹑足⑨行伍之间，俯仰仟佰⑩之中，率罢散⑪之卒，将数百之众，转而攻秦。斩木为兵⑫，揭竿为旗，天下云会响应⑬，赢粮而景从⑭，山东⑮豪俊遂并起而亡秦族⑯矣。

——《史记·陈涉世家》

■ 注释：

①殊俗：风俗不同，这里指边远地区。

②瓮牖（yǒu）：用瓦瓮做窗户。

③绳枢：用绳系门，代替门的转轴，形容房舍简陋。

④甿隶：平民。

⑤迁徙：迁移，指居无定所。

⑥中人：普通人。

⑦仲尼、墨翟：孔子、墨子。

⑧陶朱：即范蠡，自称陶朱公。猗（yī）顿：春秋时期的富人。

⑨蹑足：参加。

⑩仟佰：军队。

⑪罢（pí）散：疲困散乱。罢，通"疲"。

⑫为兵：作为兵器。

⑬云会响应：像风云一样聚拢，像回声一样回应。

⑭赢粮而景从：携带粮食，如影随形，形容紧紧依附追随。

⑮山东：指崤山、函谷关以东。

⑯秦族：指秦王室。

我们也加入！

历史解读

　　陈胜和吴广发动的大泽乡起义揭开了秦末农民起义的序幕，是秦末农民起义战争的重要组成部分。正如司马迁在《史记·陈涉世家》中所记述的："斩木为兵，揭竿为旗，天下云会响应，赢粮而景从，山东豪俊遂并起而亡秦族矣。"在其振臂一呼之下，天下群雄并起，秦朝的暴政很快就被推翻了。

　　陈胜吴广起义起初轰轰烈烈，声势浩大，但后来在秦朝少府章邯的反攻下，仅坚持了六个月就失败了。究其原因，主要有二：一、起义领导人在胜利面前骄傲轻敌，脱离群众。随着起义的迅速发展，陈胜在军事上犯了轻敌冒进的错误。他不听劝告，一味进攻，忽略防守，最后因孤军无援而失败。在用人上，任人唯亲，只任用少数关系亲近的官员，赏罚不当，破坏了领导核心的团结，甚至引发内讧。在生活上，登基称王后，陈胜开始生活腐化，贪图享乐。二、对参加起义军队伍的六国旧贵族缺乏警惕。在起义大潮的推动下，一些六国遗留下来的贵族抱着复国的愿望也加入到起义军中。然而，他们各怀异心，为了保存自己的力量，割据称王，不服从陈胜的命令，分散和削弱了起义军的力量。

　　陈胜吴广起义虽然失败了，但从根本上动摇了秦朝的统治，为项羽、刘邦最终推翻秦朝打下了基础，也为后来的封建统治者们提供了一个教训。汉朝初年实行休养生息政策和开明统治在很大程度上就是吸取了秦末农民起义的教训。

弊端出现

脱离群众

旧贵族怀异心

87 孺子可教

张良因刺杀秦始皇失败，担心被官府缉拿，于是隐姓埋名，逃往下邳（pī）藏了起来。在空闲的时候，张良喜欢到下邳附近的圯（yí）水桥上散步。有一天，张良正在桥上来回踱步，偶然遇到了一位穿着褐色粗布衣服的老人。老人从张良身边走过，故意把一只鞋扔到桥下。老人回头一看，见桥上只有张良一个人，就冲他喊道："嘿，年轻人！你下去帮我把鞋子捡上来！"张良听了，很不高兴，甚至想揍他一顿。但是转念一想，对方年纪很大，行动也不太方便，便强忍住怒气，走到桥下捡起了鞋子。

老人看到张良捡回鞋子，又冲着他说："过来！给我穿上鞋！"这下，张良更不高兴了，但是他想了想，既然我已经去捡了鞋子，又何必再和他计较呢？于是，他就恭恭敬敬地跪在地上为老人穿上了鞋。老人穿上鞋子，站起来，没有说一句感谢的话转身就走了。张良盯着老人的背影，愣愣地站在那里，心里猜想这老人一定有来头。果然，老人走了一里多地，回头望见张良还站在桥上，就走回来，对张良

说道："你这个年轻人有出息，值得我来好好地指点指点。五天后，你早点到桥上来见我，我有东西要交给你。"张良听了，连忙点头答应。

第五天早上，天刚蒙蒙亮，张良就赶到了桥上。可是，老人早就已经到了，老人生气地说："为什么你和老人家约见会迟到？太没有礼貌了，你应该早点来。五天后再来见我，记得要早点来！"

五天后，公鸡一打鸣，张良就早早起床，赶到了桥上。没想到，这位老人又比他早到了。老人没好气地说："你又来晚了，五天后再来吧。"

又过了五天，张良这次下定决心要比老人早到。午夜过后，张良就摸黑来到桥上等待。天蒙蒙亮，他看见老人一步一步地走上桥，急忙上前搀扶。老人露出会心的微笑，高兴地说："年轻人，这次你做对了。"说完，老人从怀中拿出一本书交给了张良，一本正经地对他说："你要好好努力学习这本书，将来你可以成为帝王之师。"张良拜谢老人，说："请问您尊姓大名？以后我一定会报答您。""年轻人，13 年后你会在济北见到我，谷城山脚

下的那块黄石就是我。"说完，老人扬长而去。

张良把那本书往怀里一揣，急忙赶回家。拿出那本书，点灯一看，发现原来是失传已久的《太公兵法》。后来，张良刻苦学习《太公兵法》，成为汉高祖刘邦手下的一名重要谋臣。13 年后，他跟随刘邦的大军经过济北。果然，在谷城山脚下看到了一块黄石。

成语释义

成语"孺子可教"的典故见于《史记·留侯世家》，主要讲的是张良敬老尊贤与持之以恒的态度，为自己赢得了信任与赏识，得到失传已久的《太公兵法》，后来成为汉朝的开国功臣。后人多用来比喻年轻人有教养，有培养前途，值得接受良好的教育。

《史记》原文选读

　　良尝闲从容步游下邳圯①上，有一老父，衣褐②，至良所，直堕其履圯下，顾谓良曰："孺子，下取履！"良鄂③然，欲殴之。为其老，强忍，下取履。父曰："履我④！"良业为取履，因长跪履之。父以足受，笑而去。良殊大惊，随目之。父去里所，复还，曰："**孺子可教矣**。后五日平明⑤，与我会此。"良因怪之，跪曰："诺。"五日平明，良往。父已先在，怒曰："与老人期，后⑥，何也？"去，曰："后五日早会。"五日鸡鸣，良往。父又先在，复怒曰："后，何也？"去，曰："后五日复早来。"五日，良夜未半往。有顷，父亦来，喜曰："当如是。"出一编书，曰："读此则为王者师矣。后十年兴。十三年孺子见我济北，穀城山下黄石即我矣。"遂去，无他言，不复见。旦日视其书，乃《太公兵法》⑦也。良因异之，常习诵读之。

　　　　　　　　　　　　　　　　　　——《史记·留侯世家》

■ **注释**：

①下邳（pī）：古地名。圯（yí）：桥。

②褐：粗布衣，古代贫者所服。

③鄂：通"愕"，惊讶的样子。

④履我：为我穿上鞋。

⑤平明：天刚亮的时候。

⑥后：迟到。

⑦《太公兵法》：相传为姜太公作的一部兵书。

历史解读

在中国历史上，张良素有"谋圣"之称，他精通谋略，是汉高祖刘邦的重要谋臣，是汉朝的开国元勋之一。与萧何、韩信一起并称"汉初三杰"。司马迁在《史记》中专门为其列传——《留侯世家》。张良的祖辈是战国时期的韩国人。张良出身名门，他的祖父张开地曾担任韩昭侯、韩宣惠王和韩襄哀王的国相。他的父亲张平曾担任韩釐王与韩悼惠王的国相。

公元前230年，秦国攻灭了韩国。张良集国仇家恨于一身，发誓要报仇雪恨。他散尽家财，找到一位擅长投掷沉重铁锤的大力士来执行复仇计划。他们趁秦始皇外出巡游之际，埋伏在博浪沙，准备行刺。结果，掷出的铁锤没有击中秦始皇，暗杀行动失败了。张良不得不改名换姓，隐藏到民间。

这个成语典故主要讲述的就是张良在下邳隐居时，在桥上偶遇黄石公，得到《太公兵法》的故事。相传，黄石公是秦朝末年人，曾传授张良兵法，有兵法书《三略》传世。《三略》又称《黄石公三略》，是中国古代著名的军事兵法典籍。这本书不同于其他兵法书籍，因为它融合了不同学派的思想，侧重于从政治战略上阐明治国和用兵的原理。到了北宋神宗元丰年间，该书被列为《武经七书》。当今学者普遍认为这本书是后人托名伪作，成书时间不早于西汉中期。

88 借箸代筹

　　楚汉相争之初，刘邦的实力不敌项羽，在战场上屡屡战败，形势对刘邦来说非常不利。公元前 204 年，项羽在荥阳包围了刘邦的军队。刘邦非常害怕，惶惶不可终日。每天他都召集身边的谋臣商讨如何削弱项羽的势力，打破包围圈。一天，一位名叫郦食其的谋士上前献策，说："陛下，小臣有一计，可以让项羽四面树敌，削弱他的实力。"刘邦迫不及待地说："是何良策，快快道来！"郦食其不慌不忙地说："陛下，在历史上，成汤灭夏桀后，把夏朝的后人分封到杞地。周武王伐纣后，把商朝后人分封到宋地，让他们延续祖庙的祭祀。现在，秦朝不讲天道和正义，出兵侵伐诸侯，消灭了六国的后裔。如果陛下能重新分封六国后裔的话，六国的君主和臣民一定会感恩戴德，心甘情愿地俯首称臣，接受陛下的封赏，听您的差遣。这样一来，陛下的实力大大增强，项羽却要到处征伐，疲于奔命了。陛下坐北朝南，称霸天下，就指日可待了。"刘邦一听，连连说好。马上命令郦食其刻印，去分封六国的后裔。

　　就在郦食其出发之前，张良从外面赶回来拜见刘邦。这个时候，刘邦正在吃饭，听门外守卫通报说是张良，连饭桌都来不及收拾，连忙请张良入内商议。张良进来刚落座，刘邦就把郦食其提出的分封六国后裔的计策一五一十地告诉了他。张良听完，大惊失色，连忙起身问："陛下，这是谁替您出的主意？如果真要这样做，陛下的帝王大业恐怕也就完了。"刘邦一听，顿时蒙了，迷惑不解地问道："先生何出此言呢？"张良看到刘邦的饭桌上放着一把筷子，于是抓过筷子说："陛下，那就请让我用这把筷子来为大王解惑吧。"张良放下一根筷子，问刘邦："首先，成汤讨伐夏桀而后又分封夏朝的后裔，那是因为成汤有把握能制夏桀于死地。如今陛下能制项羽于死地吗？"刘邦略一思考后说："目前还不能。"接着，张良又放下一根筷子，再问刘邦："周武王伐纣而分封商朝的后裔，那是武王有把握能取下纣王的脑袋。现在陛下能拿下项羽的脑袋吗？"这次刘邦想都没想，就说："就现在的情况来看根本就不可能。"张良放下第三根筷子，接着问刘邦："武王攻入殷商的都城后，释放囚禁的箕子，重修比干的坟墓，大力表彰商容。如今陛下也能重修圣贤的坟墓，表彰贤士吗？"刘邦想了一会儿，摇着头说："现在还做不到。"张良连续放下四根筷子，不停追问刘邦："周武王能开仓放

粮，兵器入库，马放南山，牧牛桃林，如今陛下能做得到吗？"刘邦不禁眉头紧锁，摆着手说："现在天下群雄纷争，还不是过太平日子的时候。"最后，张良神情坚定地放下一根筷子说："再说这天下贤能之士抛家别友，跟随陛下四处征战，最大的愿望就是将来能得到一块小小的封地。假如陛下恢复了六国的后裔为王，天下贤士又都各自回去侍奉他们的君主，回家陪伴他们的亲人朋友去了，陛下还能同谁一起去打天下呢？"刘邦被问得哑口无言。

张良见刘邦还是半信半疑，最后说道："陛下，您刚才说只要分封了六国后裔，六国的臣民都会归顺于您。那好，我再给陛下分析一下吧。现在楚强汉弱，要是六国的后人接受了封地，都反过来归顺项羽，到时候陛下又有什么办法呢？总而言之，如果陛下要坚持分封六国后裔的话，陛下的帝王大业也就毁于一旦了。请陛下三思啊！"经过这么一番提醒，刘邦终于醒悟过来，气得饭也吃不下了，站起身来，恨恨地骂道："郦食其这个书呆子，差一点儿就害死我了！"刘邦接受了张良的劝谏，赶紧销毁那些印信，避免了六国后裔分裂割据局面的出现，最终完成了统一大业。

成语释义

　　成语"借箸代筹"的典故见于《史记·留侯世家》，主要讲的是张良借取刘邦桌上的筷子来一条一条地驳斥了郦食其提出的分封六国后裔的计策。该成语原意是指借用筷子来策划当前的形势。后人多用来比喻为别人出点子，谋划事情。

《史记》原文选读

　　食其①未行，张良从外来谒②。汉王方食，曰："子房前！客有为我计桡③楚权者。"其以郦生语告，曰："于子房何如？"良曰："谁为陛下画④此计者？陛下事去矣。"汉王曰："何哉？"张良对曰："臣请藉⑤前箸为大王筹之。"

——《史记·留侯世家》

■ 注释：

①食其：即郦食其，刘邦的重要谋臣之一。

②谒（yè）：拜见。

③桡（náo）：削弱。

④画：谋划。

⑤藉：借。

比如这根筷子是当前……

历史解读

　　郦食其是中国历史上的一位著名的谋士。秦末楚汉相争时，他是刘邦的重要谋臣之一。在这个成语典故里，郦食其为刘邦献上的计策是，分封六国的后裔为王，让他们去跟项羽为敌，从而削弱项羽的实力。从表面看，这似乎是一个好计策。但是，实际上，这个计策在当时的情势下，根本就行不通。这也是张良极力反对这个计策的理由。

　　张良从八个方面反驳了郦食其的策略。张良认为，在周朝建国之初，周武王分封列国是合乎时宜的。因为天下大势已定，分封王族和功臣是为了将来更好地拱卫周朝王室。况且，大部分分封的地方都还是周朝王室没有完全

控制的区域，通过分封，可以有效地控制这些地方，扩大周朝的疆域。而郦食其请求刘邦分封六国后裔的事情正发生在刘邦与项羽争霸胜负尚未分晓的时候。刘邦还未夺得天下，又能拿出什么土地来分封给六国后裔呢？说到底，分封出去的都是自己的地盘。再者说，这六国后裔接受分封称王后，地位就与刘邦平起平坐了，凭什么要臣服于刘邦，听从他的指挥呢？所以说，如果依照郦食其的策略去做的话，就相当于刘邦分散了自己的领土和资源去成就别人。当时，就实力而言，即使刘邦集中了所有的力量，也仍然不是项羽的对手，如果再分给其他人，就是给项羽各个击破的机会。总之，正如张良所说，这个策略的确是在自寻死路，万万不可实行。

司马光在《资治通鉴》中曾对如何做决策提出过三点建议："夫立策决胜之术，其要有三：一曰形，二曰势，三曰情。形者，言其大体得失之数也；势者，言其临时之宜、进退之机也；情者，言其心志可否之实也。故策同、事等而功殊者，三术不同也。"简而言之，就是具体问题要具体分析。郦食其虽然熟读经书，了解历史，但是不知道明辨形势，虽然提出了相同的策略，可结果却有可能走向反面。

89 胯下之辱

  韩信是汉朝的开国功臣之一，与彭越、英布并称"汉初三大名将"。韩信出生布衣之家，家境贫寒，生活落魄。因为家里贫穷，又没有什么突出的表现，乡里人都看不起他，不要说推荐他去做个小官了，就是让他去当个杂七杂八的差役也没有人用。而且，他不会种地，也不会做生意赚钱。没有办法，他只能常常到亲戚或熟人家里去蹭吃蹭喝，人们都非常讨厌他。

  有一段时间，韩信经常去亭长家里蹭饭吃，一连吃了好几个月，亭长妻子忍无可忍，于是就想了一个法子要赶他走。一天早上，亭长妻子一大早就起床，去灶间把早饭煮好，然后端进卧室里面，在床上就吃掉了。等到差不多要开饭的时候，韩信还是像往常一样跑到亭长家里，坐在桌子前，左等右等，就是不见有人出来给他准备饭食。韩信傻等了两个时辰，最后终于明白了他们的用意，一怒之下，愤然离去。

  为了能填饱肚子，韩信只好到河边去钓鱼。有时候钓了一整天，还是空手而归。河边经常有大娘漂洗棉絮，其中一位大娘看见韩信饿得慌，可怜他，就把自己带的饭拿出来分给韩信吃。韩信心存感激，对大娘说："将来我一定重重地报答您老人家。"大娘生气地斥责他说："你说这话有什么意义呢？大丈夫不能自食其力，养活自己，我是可怜你才给你饭吃，难道是为了图你的报答吗？"韩信听了十分惭愧，恨不得找个地缝钻进去。

  韩信虽然生活落魄，但是始终保持着士的风度，不论到什么地方去，都会背着一把剑，却很少拔剑出鞘。韩信经常遭到乡人的鄙视，淮阴屠宰场中一些少年无赖常常讥讽他："连饭都吃不上，还要佩剑，这是死要面子活受罪！"有一天，韩信走在大街上，遇见了一个身强体壮的屠夫。他看韩信走来，便迎面走上去挑衅说："别看你长得人高马大、带刀佩剑的，实际上，就是个胆小鬼，带着剑给自己壮壮胆罢了。"路旁的几个少年无赖，见韩信默不作声，退让在一边，也都耻笑韩信。这个年轻屠夫见韩信不做声，气焰更加嚣张了，他走到韩信面前，叉开双腿，用手指着自己的胯下，讥讽韩信说："你若真的不怕死，就拔剑刺我，怕死的话，就从我胯下爬过去！"说着，仰天哈哈大笑起来。韩信咬紧牙关，遏制住心中的怒火，右手使劲握着剑柄，两眼紧盯着这个屠夫，站在那里一动不动。

就这样僵持了一会儿，围观者以为韩信会愤怒地拔出剑刺杀屠夫，但没想到韩信突然弯下腰来，跪在地上，在众目睽睽之下，从屠夫的胯下钻了过去。大家起初都惊呆了，先是一愣，接着爆发出一阵刺耳的笑声。从那以后，大家都认为韩信是个没骨气的胆小鬼。

　　事实上，韩信是一个很有策略的人。当时的社会正处于改朝换代、风云激荡的时候，他不去与这些无赖流氓计较，而是全身心地投入到学习兵法和武艺之中，他相信自己会有出头之日。公元前 209 年，在全国爆发了反抗秦朝统治的农民起义，韩信追随刘邦，立下了赫赫战功。

成 语 释 义

　　成语"胯下之辱"的典故见于《史记·淮阴侯列传》，主要讲的是韩信早年家境贫寒，受人嫌恶，遭乡人欺侮，但是他能忍天下难忍之事，最终成就大器。该成语原意是指从别人胯下钻过去的耻辱，后人多用来比喻有本事的人在未成功时能够暂时承受屈辱。

《史记》原文选读

淮阴屠①中少年有侮信者，曰："若虽长大，好②带刀剑，中情怯③耳。"众辱之④曰："信能死，刺我；不能死，出我袴⑤下。"于是信孰⑥视之，俛出袴下，蒲伏⑦。一市人皆笑信，以为怯。

——《史记·淮阴侯列传》

注释：

①屠：屠夫。

②好：爱好，喜欢。

③中情：内心。怯（qiè）：怯懦。

④众辱之：当众侮辱他。

⑤袴：通"胯（kuà）"，指两腿间。

⑥孰：通"熟"，仔细。

⑦蒲伏：通"匍匐"。

历史解读

　　韩信能忍胯下之辱，成为后世广为传颂的一段佳话，被认为是大丈夫能屈能伸、有勇有谋的表现。关于"忍辱"和"斗勇"，北宋时期的大文豪苏轼有一段非常精辟的论述："匹夫见辱，拔剑而起，挺身而斗，此不足为勇也。天下有大勇者，卒然临之而不惊，无故加之而不怒；此其所挟持者甚大，而其志甚远也。"南宋爱国诗人陆游在《忆荆州旧游》一诗中有云："君不见将军昔忍胯下辱。"可见，韩信默默承受胯下之辱并不是因为胆怯，而是看清了当下的形势。

　　关于韩信忍受胯下之辱的原因，在韩信的故乡淮安市，流传着好几种不同的说法：一种说法是韩信年轻的时候，虽然家里清贫，但是一直保持着两个爱好，一个是钓鱼，一个是练剑，当地的一个屠夫想强行索要他的剑，他

不肯给，屠夫就逼他从胯下钻过去。第二种说法是有一次经常给韩信带饭的漂洗棉絮的大娘生病了，韩信为了报答她，想给她弄点肉吃，补补身子，可是又身无分文，就只好到屠夫那里去赊肉，屠夫让他从胯下钻过去才肯赊肉给他。还有一种说法是，韩信受生活所迫，偷拿了屠夫的一块肉，被当场抓住，屠夫要他从胯下钻过去，就不再追究了。

　　胯下之辱的典故很有教育意义，给了我们这样一个启示：大丈夫能忍天下不能忍之辱，方能为天下不能为之事。如果韩信当初一怒之下杀死那个无赖屠夫，根据"杀人偿命"的法律，韩信早就赔上了自己的性命，也不会当上大将军，更不会辅佐刘邦，一统天下了。所以说，在任何时候都要清楚自己追求的目标，就算遇到外界的干扰，也要保持冷静，快速摆脱干扰，继续朝着目标前行。另外，一个有智慧的人会认真研判时局和事态发展的变化，然后根据不同的情势来做出正确的选择。宁忍胯下之辱，不失丈夫之志，才是真正的大丈夫。

90 三户亡秦

　　秦朝末年，陈胜吴广起义爆发之后，天下群雄并起，各路起义军纷纷揭竿而起。这时，项梁在吴中郡私下结交豪杰，积蓄力量，颇具威望，准备趁势起兵反秦。

　　公元前 209 年九月的一天，项梁和项羽正在秘密商议起兵之事。突然有人进来通报说："会稽郡守殷通派人来请，有要事相商！"项梁就带着项羽前去会见会稽郡守殷通。到了郡守府衙门口，项梁对项羽说："我先进去看看情况，贤侄可留在门口等我消息。"郡守府衙的守卫领着项梁进去了，郡守殷通正在府衙里急得团团转，一见到项梁，就拉着他的手说："项梁啊，现在天下大乱，全国老百姓都起兵造反了，大秦朝眼看就要灭亡了。我们该怎么办啊？俗话说得好，先下手为强，后下手遭殃。我也打算起兵反秦，让您和桓楚当将领统率军队，不知您意下如何？"郡守殷通哪里知道，这个时候桓楚已经吓得不知道躲藏到什么地方去了。项梁说："郡守啊，我项梁肯定听你的安排，可是桓楚逃跑了，只有项羽知道他的踪迹，不如我们叫项羽进来问问吧。"郡守殷通连声催促说："好的，好的，你赶快把项羽找来。"于是，项梁快步走出郡守府邸，吩咐项羽带着剑在外面等候。一切安排妥当，项梁再次进入郡守府衙禀报郡守殷通说道："郡守，项羽已在府衙门外等候，请即刻召唤项羽进来，让他领命去找回桓楚吧。"殷通连忙传令守卫带项羽进来。项梁见项羽进了门，就低声对郡守殷通说："郡守，此事机密，不可让外人知道啊。"郡守殷通吩咐左右侍卫退下。项梁见机会来了，用眼神示意项羽。项羽心领神会，一步跨上前去，拔剑斩下殷通的头颅。项梁手持殷通的首级，佩戴郡守的印绶，走出府衙。府衙的守卫大吃一惊，乱成一团，项羽冲上去奋力砍杀了百十来人，守卫们都害怕得趴在地上，瑟瑟发抖。紧接着，项梁派人召集以前结交的豪强官吏到府衙，向他们大声宣布："诸位，现在天下反秦义军势不可当。今天我们也要顺势而为，领兵起义！你们是否

愿意追随我？”众人齐声附和：“天下苦秦久矣，我们愿接受您的差遣！”于是，项梁招纳江东八千子弟兵，举兵起义，自封为会稽郡守，任命项羽为裨（pí）将，发兵北上攻秦。

公元前208年，项梁调遣项羽和刘邦的军队，大举反击秦军，攻城略地，屡战屡胜。项梁麾下的起义军声势越来越大，楚地的多路起义兵马都纷纷前来投奔他，全国的起义军中就数项梁的实力最强，项梁也成为反秦起义军中数一数二的领袖人物。陈胜兵败被杀后，就有人怂恿他趁机称王，项梁心中也是蠢蠢欲动。就在这个时候，有一位名叫范增的谋士得知了这个消息，赶紧赶往薛县劝谏项梁说：“将军，陈胜居功自满，擅自称王，兵败身亡是理所当然的事情。当年，秦灭六国，楚国是最冤屈的。楚怀王受骗进入秦国，竟然被扣留作为人质，客死异乡，楚国百姓至今还怀念他，要为他复仇。正如楚南公所说的那样：‘楚国即使只剩下三户人家，灭亡秦国的也必定是楚国。’

如今，陈胜虽然最先起义反秦，居功至伟，但是他不拥立楚王的后裔，反而自立为王，所以他势必不会长久。现在，将军您从江东起兵，楚国各地蜂拥而起的起义军都争相赶来投奔，还不是因为项家世世代代做过楚国大将，大家都希望您能够重新拥立楚王的后裔。”项梁一听，如梦初醒，于是听从他的建议，派人去寻找流落在民间的楚怀王的孙子熊心。项梁找到熊心的时候，他正在乡下给人放羊度日。项梁拥立熊心登上王位，并且为了顺应楚国的民意，仍然称他楚怀王。

成 语 释 义

成语"三户亡秦"的典故见于《史记·项羽本纪》，主要讲的是谋士范增劝说项梁不要自立为王，要顺应民意，拥立楚怀王的后裔为王，来领导秦末起义军。该成语的原意是指就算楚国最后只剩下三户人家，灭亡秦国的也必定是楚国。后人多用来比喻即使力量弱小，只要能精诚团结，齐心协力，也可以获得成功。

《史记》原文选读

居鄛①人范增，年七十，素居家，好奇计，往说②项梁曰："陈胜败固当。夫秦灭六国，楚最无罪。自怀王入秦不反③，楚人怜之至今，**故楚南公④曰'楚虽三户，亡秦必楚'也。**今陈胜首事⑤，不立楚后而自立，其势不长。今君起江东，楚蜂午⑥之将皆争附君者，以君世世楚将，为能复立楚之后也。"于是项梁然⑦其言，乃求楚怀王孙心民间，为人牧羊，立以为楚怀王，从民所望也⑧。陈婴为楚上柱国，封五县，与怀王都盱台⑨。项梁自号为武信君。

——《史记·项羽本纪》

注释：

①居鄛：一作居巢。县名。

②往：去。说（shuì）：游说。

③反：通"返"。

④楚南公：战国时楚国的阴阳家。

⑤首事：为首主持事宜。

⑥蜂午：蜂拥而起。

⑦然：指认为范增说得对。

⑧从民所望也：顺从民意。

⑨盱台（xū yí）：即盱眙。县名。

历史解读

项梁出身将门，是战国末年楚国大将项燕的儿子，也是西楚霸王项羽的叔父。《史记》记载项氏满门忠烈，"世世为楚将"。到了秦朝末年，项梁招纳江东八千子弟兵起兵反秦，成为起义军的主要首领之一。在陈胜兵败之后，项梁听从谋士范增的建议，顺应民心，拥立楚怀王之孙熊心登上王位，复立楚国宗祠。项梁在反秦起义战争中发挥了重大的领导作用，史书上多将其与陈胜并称。

三户亡秦的成语源于"楚虽三户，亡秦必楚"这句话。关于"三户"的解释，学术界有三种不同的说法：其一，有学者经过考证，认为"三户"是指地名。在今天丹江口水库和淅（xī）川县老城区一带，历史上这里曾经是楚国的三户城和古丹阳城。据史籍记载，这里是楚国的先祖立国之地，楚国祭祀先祖的宗祠就建在这里。其二，有学者认为，"三户"指的是楚国的三

三大姓氏

屈

景 昭

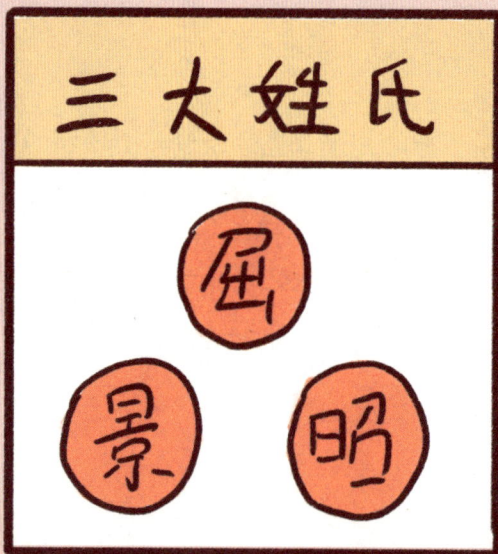

大家族，分别是屈氏、景氏、昭氏。这三大家族世代为楚国的豪门大族。其三，有学者认为，"三户"不是实指，是用来比喻虽然力量弱小，但是决心很大。

那么，为什么说"楚虽三户，亡秦必楚"呢？主要还是说楚国具有灭亡秦朝的实力。首先，在秦灭六国的战争中，楚国人反抗的意志最为强烈，最为坚决；因为楚怀王受秦昭襄王之骗，惨遭扣押，最后死于他乡，楚国上下悲愤不已，很难认同秦朝的统治。其次，楚国是个大国，幅员辽阔，实力雄厚，战略纵深也远超其他诸侯国。最后，楚国人口众多，人才辈出，历来有"惟楚有才，于斯为盛"的赞誉。

91 破釜沉舟

　　秦朝末期，全国各地百姓开始反抗秦王朝的暴虐统治。秦朝少府章邯统率在骊山修建陵墓的 40 万刑徒镇压农民起义。公元前 208 年，在镇压了陈胜吴广率领的起义军后，章邯乘胜追击，攻入邯郸。赵王歇和张耳被迫退守钜鹿，被秦军大将王离率 20 万大军团团围困，章邯也率 20 万大军杀至棘原，距离钜鹿只有数里之遥，又在驰道两侧筑了一道城墙，直接通往王离的军营，源源不断地给他提供粮草补给。赵将陈余率领数万人的另一支起义军在钜鹿的北面扎营，但是害怕兵力不足，不敢前去营救。

　　赵王歇急派使者向楚怀王求援，楚怀王派宋义为上将军，项羽为副将，

率数万楚军救赵。宋义率军到安阳后，安营扎寨，一连 46 天都按兵不动。

项羽对此非常气愤，闯营请战，项羽对宋义大声嚷道："秦军包围钜鹿这么多天了，形势越来越紧迫，我们赶紧渡河，与赵军内外夹攻，一定能打败秦军。"宋义听了，不以为然地说："项将军莫急，我们还是等秦、赵两军决战之后再说吧。"项羽急得直跺脚，说："现在军营中粮草匮乏，将军却什么也不做，不思国事缓急，不管士兵死活，根本就不配做上将军。"宋义见状，对项羽说："在战场上与敌人作战，我比不上你；坐在帐篷里出谋划策，你可比不上我。"

第二天，项羽趁进营去见宋义的机会，拔出佩剑杀死了宋义。他提着宋义的首级，对士兵们说："将士们，宋义背叛大王，我今日奉大王之命，将他处斩。"于是，将士们都拥护项羽为上将军，从此项羽威震楚国，声名鹊起。

接着，项羽调兵遣将，派当阳君、蒲将军率 2 万人马渡过漳河，驰援钜鹿。后来赵国大将陈余又前来求援，项羽便率全军渡过漳河救赵，以解钜鹿之围。楚军过了漳河后，项羽命令士兵吃一顿饱饭，每人带上三天的粮食，然后下令把渡河的船只全部凿沉到河里，把锅碗瓢盆统统打碎，一把火烧了军队驻扎的营地，以此向士兵们表明，他们必须奋力战斗才有生机，没有一丝后退的可能。

就这样，毫无退路的楚军将士以一敌十，喊杀声惊天动地。项羽率领楚军，包围了秦将王离的营寨，并切断了他的粮草等后勤补给。经过多次激战，楚军终于大破秦军。秦军的几位将领死的死，降的降。这一仗不仅解了钜鹿之围，而且还打出了项羽的威望。当时，前来救援钜鹿的诸侯大军连着修建了十几个营寨，可就是没有一个敢出兵迎战。当楚军攻打秦军时，他们只是躲在营中观望，楚军将士英勇善战，令诸侯们胆战心惊。战斗胜利之后，项羽在辕门与各路诸侯相会，当时诸侯们都趴在地上不敢抬头看项羽。从此项羽真正成了上将军，各路诸侯的起义军都归他一人统领。

成语释义

　　成语"破釜沉舟"的典故见于《史记·项羽本纪》，主要讲的是项羽率军渡漳河解钜鹿之围，楚军渡河后，项羽下令将渡河的船只凿穿沉入河中，项羽就是用这种方法来表达他一往无前、志在必得的决心。后人多用来比喻做事果断，战斗到底，不留任何退路。

《史记》原文选读

　　项羽已杀卿子冠军，威震楚国，名闻诸侯。乃遣当阳君、蒲将军将卒二万渡河①，救钜鹿。战少利，陈余复请兵。**项羽乃悉引兵渡河，皆沈船②，破釜甑③，烧庐舍，持三日粮，以示士卒必死，无一还心。**于是至则围王离，与秦军遇，九战④，绝其甬道，大破之，杀苏角，虏王离⑤。涉间不降楚，自烧杀。当是时，楚兵冠诸侯。诸侯军救钜鹿下者十余壁⑥，莫敢纵兵。及楚击秦，诸将皆从壁上观⑦。楚战士无不一以当十，楚兵呼声动天，诸侯军无不人人慑恐。于是已破秦军，项羽召见诸侯将，入辕门⑧，无不膝行⑨而前，莫敢仰视。项羽由是始为诸侯上将军，诸侯皆属焉。

——《史记·项羽本纪》

■ 注释：

①河：指漳河。

②沈船：即沉船。

③釜甑（zèng）：锅和瓦罐，泛指炊具。

④九战：多次作战。

⑤苏角、王离：秦国的将领。

⑥壁：营垒。

⑦壁上观：站在营垒上观看。

⑧辕门：古代时，军队驻扎以车为营，车辕相向竖起作为门，称"辕门"。

⑨膝行：跪着用膝盖行走。

历史解读

钜鹿之战使项羽声名鹊起，威震天下。钜鹿之战中，楚军之所以能够打败秦军，除了项羽等楚军表现出视死如归、有进无退的决心外，更重要的是交战双方的战略安排。

首先，来看钜鹿之战前的战场形势，秦将王离率领的北疆守军主力从长城沿广阳路南下进攻东垣，并以此作为南征北战的大本营，随后沿黄河东进威胁邯郸，对赵国信都形成南北夹击的钳形攻势。秦军从长城南下，与赵军在井陉关附近僵持不下，直到章邯率军北上，才打破僵局。章邯率军渡过黄河后，两军在肥乡会师，总兵力达到40万，实力大增，随后秦军击破赵齐联军，夺取邯郸。章邯、王离对秦军战略进行了新的调整，王离率军进入钜鹿郡追击赵齐联军，将赵齐主力围困在钜鹿城。又派大将苏角攻坚破城，同时派遣大将涉间在钜鹿城正北方的开阔地带部署骑兵，以阻止诸侯联军从北方南下救援。章邯自己则将指挥所设在沙丘，并修筑了从沙丘通往钜鹿城的内甬道，在邱县设立了前线营地，保证王离大营的甬道安全。同时，为了保证敖仓的粮草能够源源不断地运往钜鹿前线，又在威县修筑了一条通往沙丘的外甬道。因为棘原的地理位置使粮草供应十分便利，所以把后勤补给的基地设在了棘原。楚军在宋义、项羽的率领下，从彭城出发，向北经过沛县、胡陵、亢父，到达安阳，故意避开秦军控制下的东郡。

其次，宋义为什么选择在安阳止步不前？其实按照宋义的策略，他是想等秦、赵两军激战结束，战局有了明确的结果，再发兵剿灭秦军主力。宋义选择在安阳扎营，并不是没有道理的，安阳就是今天山东曹县一带，西有大野泽，东有梁山，汶水、济水在此交汇。宋义在此驻扎，进则攻黄河以北，退则守彭城，东西分别与齐魏相连，可进可退。照此分析，不能说宋义的战略有错，但问题是，如果秦军在钜鹿围歼赵国的有生力量，那么秦可以再次成功采用战国时代逐个击破六国的战略路线！

最后，我们来看项羽的战略，项羽的成功在于发现了秦军战略中的大漏洞：两支秦军就像一对钳子，但钳子的连接处一旦出了问题，两军就会立刻散开。其实项羽真正高明的一招不是"破釜沉舟"，而是"绝其甬道"，切断王离军队的粮草补给。项羽派英布率 2 万大军，去攻打两支秦军之间的甬道，果然发现甬道防守薄弱。这时，赵将陈余也来请战，于是项羽的整个战略就完成了部署，先派英布骚扰甬道，找到防守薄弱之处，然后集中兵力打断甬道。同时派陈余牵制王离。对此，章邯也作出了错误的战略预判，在甬道受到骚扰，初战失利后，为了保证粮草补给安全，迅速收缩军队。这正是项羽所希望的，随即项羽转身利用主力部队围歼了王离的部队，把钜鹿从秦军的重重包围中解救了出来。

92 约法三章

公元前 206 年，刘邦和项羽接受楚怀王的命令，率领军队出征。这两个人正好被分配到两个不同的方向。刘邦率领军队向西进军；项羽则跟随上将军宋义北进，前往钜鹿救援赵国。在钜鹿战役中，项羽破釜沉舟，背水一战，一举歼灭秦军主力，坑杀 20 万秦军战俘，威震天下。然而，刘邦率先袭击了离秦朝都城咸阳不远的武关。

秦二世惊慌失措，连忙要求丞相赵高发兵抵抗。赵高知道自己无法再继续蒙混下去了，便派自己的心腹逼迫秦二世自杀。秦二世死后，赵高对大臣们说："现在六国都已经复国了。秦国再挂这个皇帝的空名也没有多大意义了，不如取消皇帝的称号，像以前一样称王吧。我们拥立秦二世的侄子子婴继位做秦王吧。"大臣们都不敢反对。子婴知道赵高杀了秦二世想自立为王，他只是害怕大臣们的反对所以才假装拥立自己当秦王。于是子婴决定杀掉赵高。就在子婴举行登位大典那天，子婴说自己身体不舒服不愿意出席。赵高不得不亲自进宫去催促子婴。子婴命令埋伏在宫中的手下趁机杀了赵高。子婴杀了赵高后，立刻派了 5 万大军守卫武关。

刘邦采用张良的计策，派士兵在武关附近的山丘上插了无数的旗帜，用来迷惑敌军；并且派人利诱秦军守将，让秦军放松警惕。与此同时，派将军周勃率军绕过武关。周勃率军在蓝田与秦军决战，杀死了秦军守将，消灭了守关的秦军。刘邦的军队浩浩荡荡地开进武关，驻扎在霸上，随时准备进攻咸阳。

秦王子婴见大势已去，只好驾着白马素车，脖子上系着带子，封存好玉玺、节杖和兵符，带领秦朝大臣投降了。这时，刘邦的一些部下建议他杀了秦王子婴，以壮声威。但刘邦说，他之所以能先攻进咸阳，就是因为他宽厚仁慈，不杀投降的秦朝将士。随后，刘邦率领军队进入了秦朝都城咸阳，秦朝从此灭亡。

刘邦进入咸阳后，看着富丽堂皇的皇宫和宫中收藏的奇珍异宝，眼睛都看花了，就想住在秦宫里不走了。在樊哙和张良的劝谏下，刘邦终于清醒过来，下令封存秦宫和金库中的珍宝财物，然后退军到霸上。接着，刘邦把附近的百姓召集过来，向他们宣布："乡亲们，你们被秦朝残酷的法令害苦了。今天，我在此与你们约定好三条法令：一是杀人者偿命；二是伤人者按律惩罚；三是偷盗财物者按律治罪。除此之外，秦朝所有的法律和禁令都一律废除。"

关中的老百姓听到刘邦宣布的三条法令后，各个欣喜若狂，都争先恐后地赶来，送牛、羊、酒和食物去慰问刘邦的军队。刘邦一再推辞，拒绝接受，对老百姓说："我们仓库里有很多粮食，士兵们也不饿。我不想再给父老乡亲们添麻烦，让你们破费了啊！"听到这番体贴人心的话，老百姓高兴地奔

走相告："如果沛公能留在关中做王，我们就会过上好日子了。"由于坚决贯彻约法三章，刘邦赢得了关中人民的信任、支持和拥护。

成语释义

成语"约法三章"的典故见于《史记·高祖本纪》，主要讲的是刘邦攻入秦朝都城咸阳，废除秦朝暴虐的法令，与关中百姓约定好三条法律，使百姓安居乐业。后人常用它来比喻彼此遵守协议或简单的约定。

《史记》原文选读

　　汉元年十月①，沛公兵遂先诸侯至霸上②。秦王子婴③素车白马，系颈以组④，封皇帝玺符⑤节，降轵道⑥旁。诸将或言诛秦王。沛公曰："始怀王遣我，固⑦以能宽容；且人已服降，又杀之，不祥。"乃以秦王属⑧吏，遂西入咸阳。欲止宫休舍⑨，樊哙、张良谏，乃封秦重宝财物府库，还军霸上。召诸县父老豪桀曰："父老苦秦苛法久矣，诽谤者族⑩，偶语者弃市⑪。吾与诸侯约⑫，先入关者王之，吾当王关中。**与父老约，法三章耳：杀人者死，伤人及盗抵罪**⑬。余悉除去秦法。诸吏人皆案堵如故⑭。凡吾所以来，为父老除害，非有所侵暴⑮，无恐！且吾所以还军霸上，待诸侯至而定约束耳。"乃使人与秦吏行县乡邑，告谕之。秦人大喜，争持牛羊酒食献飨⑯军士。沛公又让不受，曰："仓粟多，非乏，不欲费人⑰。"人又益喜，唯恐沛公不为秦王。

　　　　　　　　　　　　　　　——《史记·高祖本纪》

■ 注释：

①汉元年十月：即前206年十月。刘邦在这一年被封为汉王，所以称"汉元年"。

②霸上：也作"灞上"，地名。

③子婴（？—前206）：秦朝的第三位统治者。

④系颈以组：用宽丝带系在颈上。指投降、请罪。

⑤玺（xǐ）：秦代以后专指皇帝用的印。符：古代传达命令、调兵遣将的凭证。

⑥轵（zhǐ）道：亭名，在秦汉时期，亭长主管乡村治安。

⑦固：本来。

⑧属（zhǔ）：交付。

⑨止宫休舍：留在宫中休息。

⑩诽谤者：胡乱评议朝政的人。族：灭族。

⑪弃市：古代的刑法名。在人多的闹市砍头。

⑫约：约定。

⑬抵罪：意为根据罪行大小确定刑罚。抵，当，判处。

⑭案堵如故：安定有序，一切照旧。

⑮侵暴：侵犯残害。

⑯飨（xiǎng）：用酒肉款待。

⑰费人：让人花费。

历史解读

刘邦奉楚怀王熊心的命令，西征秦朝关中之地，先破武关，攻入咸阳，生擒秦王子婴，一举推翻了秦王朝的统治。究其原因，主要有三：一是项羽将秦军主力牵制在钜鹿，刘邦才得以顺利入关。二是刘邦善于用人，能听取正确意见。据《史记》记载："沛公以为诈，乃用张良计，使郦生、陆贾往说秦将，啖以利，因袭攻武关，破之。"他运用张良的计策，派郦生游说秦军将领，以利诱之，偷袭守关秦军。三是秦王朝内部权力斗争激烈，动荡不安。当时秦王朝中赵高一手遮天，赵高杀害秦二世，听说刘邦要攻打关中，就派人去和刘邦谈判，想以分割关中之地来劝刘邦撤军。而刘邦认为赵高此举有诈，予以回绝。紧接着，新继位的秦王子婴又设计除掉赵高。整个朝廷四分五裂，人心涣散，毫无抵抗之心。

刘邦进入咸阳，召集关中的父老乡亲，宣布自己要"王关中"。这是因为项梁战败身亡后，楚怀王熊心与诸侯立下盟约，"先入定关中者王之"。也就是说，谁先攻下关中，谁就是关中王。刘邦第一个攻下关中，按照这个约定，他当仁不让地要成为"关中王"。

注重政治策略、文武并举，是刘邦率先攻取关中的胜利之道，在此期间，刘邦的政治声望也得到了极大的提升。从政治效果看，刘邦的这一战略也取得了空前的成功。刘邦之所以退军霸上，首先是因为刘邦深深地意识到自己的军事实力和政治影响力远不及项羽，所以选择了暂时妥协，暂缓称王的策略。其次，刘邦采纳了张良和樊哙的建议，进一步强化了自己的政治攻势，召集父老士绅，宣布废除秦律，"约法三章"。

另据《汉书·高帝纪》记载："初，顺民心，作三章之约。"由此可见，争取"民心"是刘邦提出"约法三章"最主要的目的。自此之后，关中百姓拥戴刘邦，刘邦得到了人心，为以后刘邦重返关中，打下了很好的群众基础。

93 项庄舞剑，意在沛公

公元前 206 年，刘邦趁项羽在钜鹿与秦国主力决战，率军攻破武关，进入咸阳，秦王子婴投降。

刘邦抢先入关攻占咸阳一事，令项羽非常生气，项羽认为自己在战场上拼命，结果刘邦却把功劳都抢了。于是，项羽令大军进军咸阳，要跟刘邦算账，当时，项羽的军队兵强马壮，消灭刘邦轻而易举。很快，项羽的军队就打到了一个叫鸿门的地方。这里距离刘邦军队驻扎的地方只有 40 里。

这时，刘邦手下的一名奸细偷偷向项羽报信，说刘邦有称王的野心，项羽的军师范增主张尽快杀死刘邦。项羽闻之大怒，决定第二天进攻刘邦。项羽的叔叔项伯和刘邦的谋臣张良是好朋友，他担心如果第二天真的打起来，张良就在劫难逃了，于是连夜赶到刘邦的军营中，通知张良，叫张良连夜逃走。项伯前脚刚走，张良后脚就把项伯的话报告给了刘邦。刘邦一听，大吃一惊，知道自己的实力不如项羽，决定暂时采取妥协的策略，第二天亲自到鸿门去向项羽谢罪。

第二天一早，刘邦带着谋臣张良、武将樊哙和随从 100 多人赶到鸿门，拜见项羽。在项羽面前，刘邦装出一副诚惶诚恐的样子，对项羽说："当初我与将军一起攻打秦军，您在黄河以北，我在黄河以南，没想到自己能先攻破了关中和咸阳，今日能在这里再见到将军，真是万幸。我听说有小人在您面前造谣，挑拨离间，还请将军不要相信谣言。"项羽见刘邦如此低声下气，火气很快就消了，立刻改口道："这是你的部下左司马曹无伤说的，不然，我怎么会这样呢！"说完，吩咐左右为刘邦准备酒席。

宴席上，项羽的军师范增几次向项羽使眼色，并举起身上佩戴的玉玦作为暗示，催促项羽杀了刘邦，项羽却视而不见。这下范增急了，这明明是昨夜商量好的，怎么今天突然就改变主意了。于是，范增出去把项羽的堂弟项庄叫进来，说："项王太心软了，你进去假装助兴，舞剑的时候杀了刘邦，否则你我将来都是刘邦砧板上的鱼肉，等着被宰割！"项庄提着剑走进了大帐，敬酒之后对项羽说道："大王与沛公饮酒，营中没有什么好的节目款待沛公，就让我舞剑吧。"项羽说："好。"项庄拔剑在宴席上舞起来，寒光闪闪的剑锋离刘邦越来越近，坐在一旁的项伯见项庄来者不善，急忙起身拔剑，和项庄缠斗起来，暗中保护刘邦，让项庄无法出手。

刘邦的谋臣张良见形势危急，急忙离席，把在军门外等候的樊哙叫了过

来。樊哙见了张良问："沛公在里面如何？"张良说："项庄在里面舞剑，说是助兴，看样子却是要杀沛公啊！"听了这话，樊哙急得跳了起来，他抓起剑和盾牌，撞开守门的侍卫，冲进了大帐。项羽见有人闯进来，伸手握住了剑，直起身子问道："什么人胆敢闯入大营？"张良拱手答道："这是沛公的侍卫樊哙。"项羽脸色缓和下来，说："好壮士，请饮一杯酒！"于是，旁边的侍从递上一大杯酒。樊哙一饮而尽。项羽又说："再给他一只猪肘！"侍从又递上一整只猪肘，樊哙把盾牌扣在地上，把猪肘放在上面，拔出剑来，边切边吃。樊哙大声斥责项羽："自从沛公入关以来，秦王宫殿里的东西他什么都不敢动，只清点了官员和百姓的户籍，封存了秦朝国库里的财宝，日夜盼着大王能早日到来。之所以派兵守关，那是为了维持秩序，防范盗贼，绝没有与您分庭抗礼之意。沛公有功，且功不可没。大王不加封赏，反听信

小人谗言，欲杀功臣，这是要走秦朝灭亡的老路啊。"项羽无话可说，遂赐樊哙酒肉。樊哙趁势坐在刘邦身边，守护刘邦。项庄见没有机会再下手，也就收起剑退出了大帐。

刘邦松了口气，假装上厕所，溜了出去。张良和樊哙紧跟其后，劝他马上离开鸿门。刘邦有点儿不好意思，说："我怎么能不向项羽辞行呢？"樊哙在一旁催促说："做大事者，不必拘泥于小节，如今他们就是尖刀和砧板，我们搞不好就会变成鱼肉。赶紧走吧，还辞什么行啊？"于是，刘邦留下一对玉璧和一对玉斗，令张良转赠给项羽和范增，在樊哙等人的护送下，一溜烟奔回了驻地。

张良估计刘邦已经安全抵达营地，便走进大帐，向项羽辞行。范增勃然大怒，仰天长叹："将来与项王争夺天下的必定就是刘邦了，我们都将成为他的俘虏！"果然，鸿门宴之后，楚汉之间的斗争愈演愈烈。

成 语 释 义

成语"项庄舞剑，意在沛公"的典故见于《史记·项羽本纪》，主要讲的是项庄在鸿门宴上舞剑助兴，说是为了招待宾客，实际上是想找机会刺杀刘邦。后人多用来比喻其所作所为的真实意图另有所指，意在别有所图。

《史记》原文选读

　　项王即日因留沛公与饮。项王、项伯东乡坐[1]。亚父[2]南乡坐。亚父者，范增也。沛公北乡坐，张良西乡侍。范增数目[3]项王，举所佩玉玦[4]以示之者三，项王默然不应。范增起，出召项庄[5]，谓曰："君王为人不忍[6]，若[7]入前为寿[8]，寿毕，请以剑舞，因击沛公于坐，杀之。不者[9]，若属皆且为所虏。"庄则入为寿，寿毕，曰："君王与沛公饮，军中无以为乐，请以剑舞。"项王曰："诺。"项庄拔剑起舞，项伯亦拔剑起舞，常以身翼蔽沛公，庄不得击。于是张良至军门，见樊哙[10]。樊哙曰："今日之事何如？"良曰："甚急。**今者项庄拔剑舞，其意常在沛公也。**"哙曰："此迫矣，臣请入，与之同命[11]。"哙即带剑拥盾入军门。

——《史记·项羽本纪》

注释：

①东乡坐：即面向东方坐。乡，通"向"。

②亚父：项羽对范增的尊称。

③数目：多次看向项羽。

④玉玦（jué）：玉器名，圆形有缺口。玦是"决"的谐音，范增举玉玦是暗示项羽与刘邦决裂，意在杀刘邦。

⑤项庄：项羽的堂兄弟。

⑥不忍：不忍心，不狠心。

⑦若：你。

⑧寿：指敬酒。

⑨不者：不然。不，通"否"。

⑩樊哙：吕后的妹夫，汉朝的将军。

⑪与之同命：意为与刘邦同生死；或者说是跟项羽拼命。

历史解读

　　"项庄剑舞，意在沛公"的典故来源于我们耳熟能详的《鸿门宴》。根据《史记·项羽本纪》的记载，鸿门宴的故事讲述了秦朝灭亡后，两支抗秦起义军的首领项羽和刘邦在秦都咸阳郊外的鸿门举行的一场宴会。在宴会上，以刘邦到项羽大营请罪为核心，按照项羽是否发动攻击、刘邦能否安全逃脱两条线索层层展开，情节跌宕起伏，扣人心弦。

　　秦朝末年，陈胜吴广起义失败后，楚怀王熊心派出两支大军攻秦，一路大军在项羽的率领下，在钜鹿与秦朝主力决战；另一路大军在刘邦的领导下，

趁关中空虚之时，攻进武关，占领咸阳，根据楚怀王"先入定关中者为王"的约定，刘邦派兵镇守函谷关，同时废除秦朝苛政，与关中父老约法三章，欲王关中。当时，项羽带着胜利的余威，率兵攻入函谷关，入关后听说刘邦"欲王关中"，当即决定攻打刘邦。根据刘、项两军的驻防和双方实力的情况，项羽占有绝对优势，刘邦自知实力不如项羽，所以他决定暂时采取委曲求全的策略，亲赴项羽大营道歉谢罪。

鸿门宴是项羽与刘邦长达五年的争霸战争的开端。虽然说是开端，但在某种程度上已经预示着这场斗争的结果。之所以这样说，是因为司马迁通过对鸿门宴全过程的描写，生动地揭示了项羽的性格：骄傲自满，心慈手软，分不清忠奸，优柔寡断。这种性格上的弱点如果不改的话，必然会以失败告终。而刘邦则灵活多变，临危不惧，他能在鸿门宴上化险为夷，这跟他善于利用对方的弱点是分不开的。这段"鸿门宴"的历史充分说明了人物性格在历史发展的重要关头所发挥的作用。

94 沐猴而冠

秦朝末年，各路义军纷纷起兵反秦，战火四起，天下大乱。当时，各路义军各自为战，没有统一的指挥，于是楚怀王就与诸位义军首领商定：如果谁能率先攻下咸阳，推翻秦王朝的暴政，谁就做关中王。

在这些义军将领中，刘邦和项羽的实力最强。随着战争的推进，刘邦充分听取部下的意见，趁着关中空虚的机会，率先攻下武关，进入咸阳，俘虏秦王子婴，灭了秦王朝。项羽虽然英勇善战，消灭了大量秦国的主力部队，一路拼杀过来，可还是晚了一步。但是，刘邦心里清楚，凭自己的实力是无法对抗项羽的，于是便以退为进，退出了咸阳。项羽率兵进入咸阳后，他认为刘邦抢了自己的功劳，对刘邦非常不满。项羽率大军四处杀戮，杀死投降的秦王子婴，放火烧了秦王宫，将宫中所有的珍宝美女都抢了去，然后准备率军回江东。

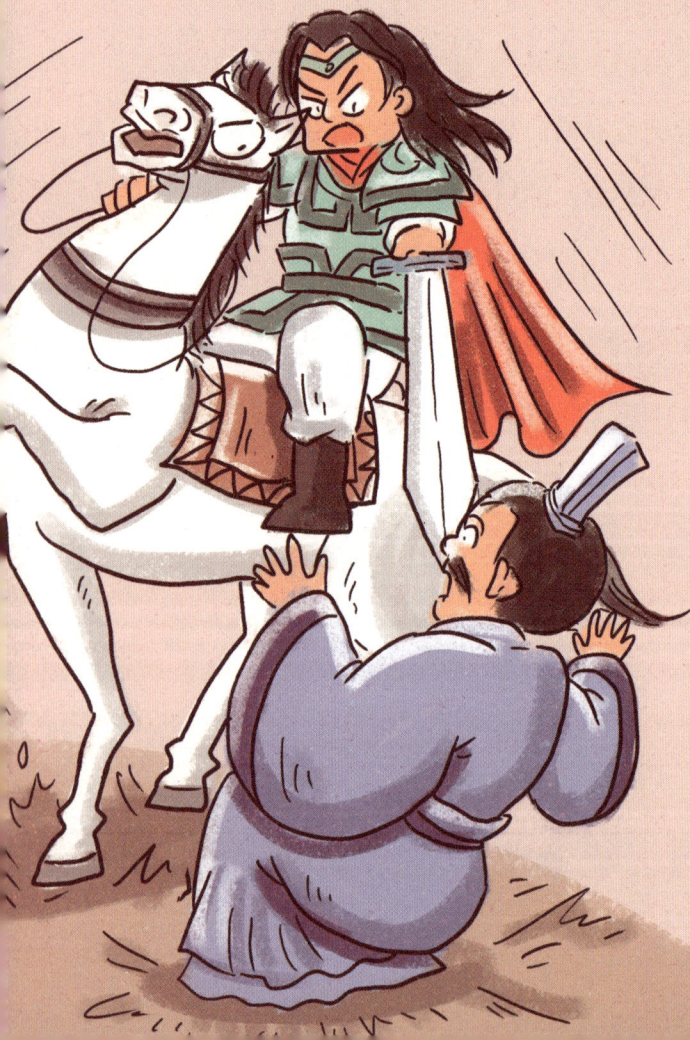

　　这时候，有一位谋士劝项羽说："咸阳地处关中要塞，土地肥沃、物产丰富、地势险要、要塞坚固，不如在此建都，成就霸业。"项羽听后有些心动，但看到眼前的咸阳城已经被自己毁得残破不堪，就对劝他的人说："一个人如果在外富贵发达了，就应该回到自己的家乡，让乡亲们看看你现在是多么的富贵；要是富贵了，不回家乡，就像穿着漂亮的衣服在黑夜里行走，你的衣服再好，也没人能看见，又有什么用呢，所以我还是想回江东。"那人听了，觉得项羽实在不是什么顶天立地的大英雄，就私底下议论道："人家都说楚国人就像猴子戴帽子，装成人的模样，徒有虚表，我之前还不信，这次和楚王项羽一谈才知道是真的！"没想到这话很快传到了项羽的耳朵里，暴怒的项羽立刻派人将那人抓了起来，放进大锅里活活煮死了。

　　项羽派人向楚怀王汇报破关入秦的情况。楚怀王说："就按照先前的约定去办就行了。"项羽非常不高兴，就假惺惺地尊奉楚怀王熊心为义帝。事实上，项羽打算自己当王，让楚怀王熊心成为一个徒有虚名的傀儡。为了实现这一目标，他决定先封那些跟着他出生入死的将军们为王。他对将军们说："天下英雄群起反秦的时候，为了与秦朝作战，暂时拥立六国诸侯的后裔为王。然而，天下人都知道，正是诸位将军们和我项籍奋战三年，才消灭秦朝，平定了天下。所以今天我要按照功劳大小，给大家分封土地，共享天下！"将军们听了，齐声说："好。"

　　就这样，项羽开始分封天下，把将军们都封为王侯。项羽和亚父范增担心沛公刘邦会占据关中。然而，在鸿门宴上，双方表面上已经达成了和解。他们不想背负违约的恶名，所以就暗中谋划说："巴、蜀两郡地处偏远，道路险阻。再说，巴、蜀内地也属于关中地区。不如就把这两个地方分封给刘邦吧！"于是，他们就把巴、蜀和汉中三郡分封给刘邦，封他为汉王。紧接着，为了防备刘邦，他们又将真正的关中地区一分为三，分封给秦朝的三位降将，让他们阻止刘邦东进。分封完毕，项羽自立为西楚霸主，定都彭城。

成语释义

　　成语"沐猴而冠"的典故见于《史记·项羽本纪》，主要讲的是项羽攻占了秦朝都城咸阳，却执意要返回家乡，有人认为他不是真正的英雄，只是徒有虚表。后人多用来比喻光有外在仪表或地位却没有真正的本领，有时候用来比喻坏人装扮成好人的模样。

我要返乡。

《史记》原文选读

居数日，项羽引兵西屠咸阳，杀秦降王子婴，烧秦宫室，火三月不灭；收其货宝妇女而东[1]。人或说项王曰："关中[2]阻山河四塞[3]，地肥饶，可都[4]以霸。"项王见秦宫皆以[5]烧残破，又心怀思欲东归，曰："富贵不归故乡，如衣绣夜行[6]，谁知之者！"说者曰："人言楚人沐猴[7]而冠耳，果然。"项王闻之，烹[8]说者。

——《史记·项羽本纪》

注释：

①东：向东。

②关中：地区名。秦汉时称函谷关以西为关中。

③阻：凭借。四塞：指东面有函谷关，南面有武关，西面有散关（即大散关），北面有萧关。

④都：建都。

⑤以：通"已"。

⑥衣绣夜行：穿得很豪华却在晚上的时候出现，犹如"锦衣夜行"，意为成功却不为人知。

⑦沐猴：猕猴。

⑧烹：一种古代酷刑，用鼎煮人。

历史解读

　　这个成语典故，简单地说，就是暗指一句话引发出来的惨祸。为什么项羽一听到有人说他"沐猴而冠"就这么生气呢？在古代，楚国是蛮荒之地，一直被中原人称为"荆蛮"，当初劝说项羽留在咸阳的人应该就是中原人士。此人嘲笑项羽"沐猴而冠"，无异于骂项羽是荆蛮之人，不开化，虽然伤害性不大，但侮辱性极强。这话极大地伤害了项羽的自尊心，所以此人被项羽用酷刑处死，真可谓是祸从口出啊。

　　项羽为什么不留在咸阳呢？司马迁在《史记》中记载，项羽听到有人劝他留在咸阳时并没有直接拒绝，只是他有自己的想法："见秦宫皆以烧残破，又心怀思欲东归。"也就是说，一是咸阳已被他一把火烧成了废墟，二是江东带出来的子弟兵，常年在外征战，如今思乡心切。所以项羽不定都咸阳是有原因的，并不完全是人们所嘲笑的"沐猴而冠"。

　　项羽不在咸阳定都，其实也是有苦衷的。难道他就不想把关中这么好的

地方留给自己吗，他当然想，可惜他做不到。据《史记》记载："项王使人致命怀王。怀王曰：'如约。'"一来，有楚怀王的号令"先入定关中者王之"，在项羽入关前，率先灭秦的是刘邦，刘邦按照以前的约定享有"王关中"的权利。如果项羽强行夺取关中，违背了以前的约定，就会留下话柄，恐天下人不服。二来，项羽曾经坑杀了秦朝投降的20多万士兵，得罪了整个关中百姓，他成了关中百姓的死敌，如果定都咸阳，就是置身敌国，随时都有危险。

那么，项羽就眼睁睁地让这么好的关中之地落入他人之手吗？其实项羽在分封的时候，就已经做好了安排。项羽安排了秦朝的三个降将为王，把关中之地一分为三。关中的几十万子弟战死，关中父老对这三个人恨之入骨，这三个人只有死心塌地跟随项羽，才能保住自己的荣华富贵。另外，项羽还留下了三万楚军协助三个秦王防守关中，但实际上是对这三个人进行监视。而且，关中边上还安排了汉王刘邦，刘邦是三个秦王的敌人，有刘邦在，三个秦王更不敢有异动。因此，项羽虽然没有留在关中，但关中仍然牢牢地掌握在他的手中。虽然历史的天平并没有向项羽一方倾斜，最终刘邦暗度陈仓，夺取了关中。但是项羽最初的战略构想还是相当完美的。

95 妇人之仁

韩信熟读兵书，精通兵法，带兵打仗很有谋略。韩信原本在项羽麾下，可惜项羽打仗勇猛有余，却不喜欢谋略，于是只让他做了一个小小的郎中（护卫一类的职务）。韩信不满意这个官职，觉得无法施展自己的才华，于是就转投刘邦门下。刘邦一开始也没有重用他，也只让他做了一个小官。有一次，韩信犯了罪，按法律是要被问斩的，他不禁仰天叹息说："沛公不是想得天下吗？为什么要杀死慕名来投的壮士呢？"负责行刑的夏侯婴认为他是个人才，于是决定刀下留人，再次向刘邦推荐，但刘邦仍然不赏识他。在刘邦受封为汉王，前往汉中的路上，韩信觉得刘邦也不是一个明智的人，于是趁着月色连夜出逃。丞相萧何闻讯赶去，一路快马加鞭，把韩信追了回来。在萧何的劝谏下，刘邦决定重用韩信，并设坛拜他为大将军。

拜将仪式结束后，刘邦把韩信邀请到自己的大帐中，促膝长谈："萧丞相一直称赞将军的才能，不知将军今日有何良策要教我啊？"韩信先是婉言谦让辞谢了一番，随后问刘邦："如今大王要争夺天下，遇到最大的对手不就是西楚霸王项羽吗？"

"正是。"刘邦不假思索地答道。

韩信接着问道："那么，就请陛下自己估量，在勇猛、坚韧、仁厚、刚毅等方面，您哪一点比项羽更强呢？"

刘邦沉默了半晌才答道："不瞒您说，在这些方面，我都不如项羽。"

韩信也说得很直接："我也觉得大王在这些方面不如项羽，我曾经在项王帐下当差，所以对他还算比较了解，今天我就给大王说说项羽的为人吧。项羽一声怒吼，成百上千的人都会被他吓住，但是他却不能任用贤能的将军，这只不过是匹夫之勇罢了。项王虽然待人恭敬和善、言语温和，看到有人生病，会因同情而流泪，会将自己的食物分给病人，但是当下属立下战功，应该嘉奖封赏时，他却将刻好的印章握在手中，把玩到棱角都被磨掉了，还舍不得赐给别人，这就是所谓的妇人之仁。"

接下来，韩信又分析了一番刘邦和项羽两军各自用兵的优劣，讲得有条有理："首先，项羽既已称雄天下，却又放弃关中，定都彭城，失去了地利；其次，项羽违反义帝订立的约定，分赏不公，将富庶的土地分给自己的亲信，

而不是赏赐给军功最大的人，引发诸侯愤愤不平，失去了人和；再次，项羽
架空义帝，自立为王，诸侯纷纷效仿，拥兵自立，天下大乱，失去了天时；
最后，项羽率军所到之处，烧杀抢掠，失去了民心。大王若能反其道而行之，
任用天下骁勇善战之士，赏赐天下有功之臣，顺应民心，则必得天下。"

最后，韩信给了刘邦一个"平定三秦"的策略。韩信分析道："大王，
汉军打回关中的第一个拦路虎就是章邯、司马欣和董翳（yì），不过这三个
人并不难对付，因为他们本是秦军将领，征战多年，麾下将士生死相随，在

他们向楚军投降后，项羽一下子坑杀了 20 多万秦军降卒，只有他们三个人苟活了下来。关中父老兄弟对这三个人恨之入骨，他们在关中称王，关中百姓并不服气。而大王攻破武关时，与关中百姓达成协议，约法三章，关中百姓对此感恩戴德，都为您没有留在关中做王感到愤愤不平。大王若要出兵东进，只需一纸文书，昭告天下，就可以平定三秦。"

刘邦听后非常高兴，大有与韩信相见恨晚的感觉。后来，刘邦几乎对韩信"言听计从"，让他调兵遣将，全权负责反攻关中的军事事务。

成语释义

　　成语"妇人之仁"的典故见于《史记·淮阴侯列传》，主要讲的是萧何月下追回韩信，说服刘邦拜他为大将军。韩信向刘邦具体分析了刘邦和项羽双方的利弊，认为项羽在性格上优柔寡断。该成语的原意是指女子心肠软。后人多用来比喻做事宽大为怀、优柔姑息、不顾大局。

《史记》原文选读

信拜礼毕，上①坐。王曰："丞相数言将军，将军何以教寡人计策？"信谢②，因问王曰："今东乡③争权天下，岂非项王邪④？"汉王曰："然。"曰："大王自料⑤勇悍仁强孰⑥与项王？"汉王默然良久，曰："不如也。"信再拜贺⑦曰："惟⑧信亦为大王不如也。然臣尝事之，请⑨言项王之为人也。项王喑噁叱咤⑩，千人皆废⑪，然不能任属⑫贤将，此特匹夫之勇⑬耳。**项王见人恭敬慈爱，言语呕呕⑭，人有疾病，涕泣分食饮，至使人⑮有功当封爵者，印刓敝⑯，忍⑰不能予，此所谓妇人之仁也。**项王虽霸天下而臣⑱诸侯，不居关中而都彭城。有背义帝⑲之约，而以亲爱王，诸侯不平。诸侯之见项王迁逐义帝置江南，亦皆归逐其主而自王善地。项王所过无不残灭者，天下多怨，百姓不亲附，特劫⑳于威强耳。名虽为霸，实失天下心。故曰其强易弱……"

——《史记·淮阴侯列传》

注释：

① 上：韩信坐在上位。

② 谢：表示谦逊。

③ 东乡（xiàng）：向东方。

④ 邪（yé）：通"耶"，语气助词。

⑤ 自料：自己估量。

⑥ 孰：谁。

⑦ 贺：赞许。

⑧ 惟：即使是。

⑨ 请：谦辞。

⑩ 喑噁叱咤（yīn wù chì zhà）：厉声怒喝。

⑪ 废：不敢动。

⑫ 任属：任用委托。

⑬ 匹夫之勇：指不用智谋，单凭血气之勇。

⑭ 呕（xū）呕：温和的样子。

⑮ 使人：所任用的人。

⑯ 刓（wán）敝：磨损。

⑰ 忍：舍不得。

⑱ 臣：使臣服。

⑲ 有（yòu）：通"又"。义帝：战国楚怀王的孙子，名熊心。

⑳ 特：只是。劫：被逼迫。

历 史 解 读

　　韩信是中国历史上著名的军事理论家和谋略家，他以杰出的军事才能而闻名于世，留下了许多著名的战争范例和策略。后人评价他"言兵无若孙武，用兵无若韩信、曹公"。

　　这一典故主要描述韩信拜将后，分析了楚汉局势及刘邦与项羽的优劣之处后，提出了"平定三秦"的策略。韩信直截了当地向刘邦发出了他的灵魂之问："大王您自己估量一下，您在哪些方面比得上项羽？"刘邦也有自知

之明，坦言在诸多方面都不如项羽。然而，为什么项羽会输给这样一个综合素质远远低于自己的人呢？我们应该知道，楚汉之间的斗争并不是个人之间的单打独斗。项羽在天时、地利、人和、民心等方面的整体落后，注定他的成功只能是昙花一现。

根据韩信的分析，项羽的性格有弱点。虽然项羽勇猛过人，但是不能任用贤能之士，好逞匹夫之勇；他虽然平日待人温和、怜恤体贴，但是舍不得论功行赏，可谓妇人之仁。因此，韩信认为项羽只是在名义上称霸天下，但实际上他已经失去了人心。如果刘邦能够采取正确的策略，就能平定三秦，夺取天下。

韩信的这番策论不仅提出了与项羽争夺天下的长远规划，而且指明了近期攻占关中的战略目标。其战略视野远远超越了军事力量的对比，把战争的胜败与民心的向背联系起来；同时，他又细致分析了双方的优势和劣势，看到了未来局势变化的条件和机会，充分展现了韩信非同一般的远见卓识。后人常将韩信的"汉中对"与诸葛亮的"隆中对"并提，对他们推崇备至。

96 暗度陈仓

项羽率兵攻入咸阳，自立为西楚霸主。同时，项羽论功行赏，分封了18个诸侯王。他将刘邦封为汉王，把偏僻荒凉的巴、蜀、汉中三地分给刘邦。

刘邦率军进入汉中。这里四面环山，沿途都是悬崖峭壁，只有栈道凌空高架，根本就没有别的路可以行走。张良观察地形，建议刘邦待汉军经过后，把栈道全部烧掉。这样做既可以消除项羽的猜疑，也可以防备别人的袭击。表面上看，刘邦再无东进之意，实际上是借机养精蓄锐，等待时机，再展宏图。

刘邦大军到达南郑后，辛勤劳作，积极休整。但是，刘邦的许多部将和士兵思乡心切，中途逃了回去。因为想家，晚上军营里总会响起家乡的民歌，士兵们都盼望着能早日东归故里。这时，韩信劝说刘邦道："项羽大封功臣，却单单把您分到了偏远的南郑，这对您来说，分明是流放嘛！军中的许多官兵，大多是关东人士，他们在外征战多年，十分思念家乡的亲人，日夜踮着脚尖，伸长了脖子向东眺望，希望早日回到家乡，如果我们趁着这个势头，带领他们打回去，我们就可以一鼓作气，夺取天下。如果等到天下平定，人民安居乐业，他们也就无心再战了。大王要早作决断，率兵东进，与诸侯争夺天下。"于是，刘邦拜韩信为大将军，命令他积极练兵。韩信先与刘邦、萧何商议好作战计划，然后吩咐夏侯婴、曹参、周勃、樊哙等人，秘密行事。

公元前206年八月，汉王刘邦和韩信带着大军悄悄离开南郑，丞相萧何留守。韩信命令樊哙和周勃二人率领一万大军，大张旗鼓地去修筑栈道，限

三个月完工。樊哙和周勃领命，监督士兵日夜抢修栈道。栈道不修好，大军就无法通过，但是被烧毁的栈道连绵 300 余里，有的地方要架桥，有的地方甚至还要开山，一万大军修了十多天，栈道也没有修复多少。但是汉王要发兵东进的警报却已传到了关中。

雍王章邯闻讯，一面派探子打探汉军栈道修筑的情况，一面调集军队做好拦截汉军的准备。探子回来报告说，修栈道的士兵受不了苦，每天都有人逃亡，别说三个月，就是一两年也修不完啊，栈道不修好，就算汉军长了翅膀也飞不过来啊。不过话虽如此，章邯还是派兵守着栈道，以防万一。

有一天，忽来一个探子。急报说："不好了，汉军已经过了栈道，占领陈仓，正往这里过来了！"章邯半信半疑，栈道没修好，汉军怎么能打到这里来呢？

他哪里会知道韩信用了一个妙计，叫"明修栈道，暗度陈仓"。韩信率领大军并没有走栈道，而是按照一位樵夫的指引，从一条小路绕到陈仓。章邯只知道派兵把守栈道，根本就不知道还有小路。韩信的大军，早就偷偷攻占了陈仓。

章邯猝不及防，兵败逃走。刘邦率军迅速平定了雍地，然后便向东进军，攻占咸阳，夺取了关中之地。

成语释义

成语"暗度陈仓"的典故见于《史记·高祖本纪》，主要讲的是刘邦运用韩信的计策，明修栈道，暗度陈仓，夺取关中之地。后人多用来比喻为了吸引对手的注意力而公开做某事，以便在不被发现的情况下展开实际行动，从而迷惑对手，以达到出其不意的目的。

《史记》原文选读

　　八月，汉王用韩信之计，从故道①还，袭雍王章邯②。邯迎击汉陈仓，雍兵败，还走；止战好畤③，又复败，走废丘。汉王遂定雍地。东至咸阳，引兵围雍王废丘，而遣诸将略定陇西、北地、上郡④。

——《史记·淮阴侯列传》

■ 注释：

①故道：即陈仓道。
②章邯：秦朝末年著名将领。
③好畤（zhì）：县名。
④陇西、北地、上郡：皆郡名。

走小路。

历史解读

秦朝灭亡之后，刘邦受封为汉王，分得汉中、蜀、巴三郡之地。此时，刘邦面临着两个选择：一是安心经营自己的封地，二是寻求机会再与项羽夺天下。刘邦选择定都南郑，很显然他选择了后者。接下来，刘邦必须立即制订下一步行动计划。一方面，刘邦及其下属大多来自关东地区，他们有着强烈的乡土观念。被安置在这样一个远离家乡的边缘地带，无异于被流放。因此，刘邦在穿越秦岭进入汉中的过程中，军队出现了士兵逃跑的现象。另一方面，如果刘邦准备反攻，这种强烈的乡愁可以转化为战斗力。

就秦岭中的通道而言，历史上有五条主要路线，从西到东依次为陈仓道、褒斜道、傥（tǎng）骆道、子午道、库谷道。如果再加上从关中到南阳盆地的"武关道"，就有六条横跨秦岭的道路。"明修栈道，暗度陈仓"的典故中，"栈道"指的是褒斜道。当年，刘邦率军去汉中的时候，就是从褒斜道通过的，后来刘邦听从张良的建议，放火烧毁了上面的栈道。这种自断后路的行为显然起到了蒙蔽项羽的作用。

如果刘邦想打回关中，他首先要做的就是修好褒斜道上的栈道。事实上，韩信的策略也确实如此，但这只是为了让章邯相信他的对手会从原路返回。他的真正进攻路线不是褒斜道，而是陈仓道。章邯派主力防守褒斜道，而韩

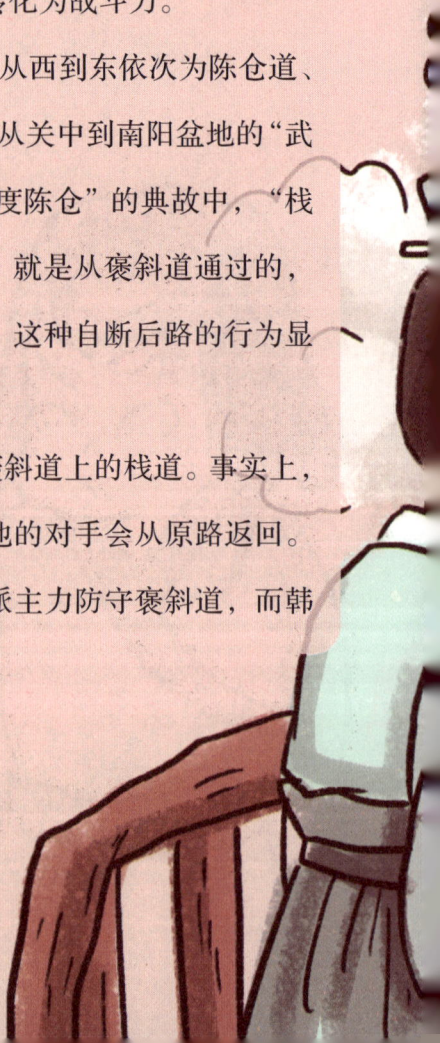

信则派主力部队走陈仓道，向陈仓进军，迅速攻下咸阳，占领关中。韩信运用"以明掩暗"的战略，在关中之战中取得了重大胜利。

这场战役成为韩信军事生涯中的成名之战，也标志着汉军由防御转为进攻，一举攻占了关中之地，为刘邦一统天下迈出了决定性的一步。

97 独当一面

秦朝灭亡，天下初定。刘邦准备率军前往自己的封地。本是韩国遗民的张良也打算离开刘邦，回到韩国故地，去辅佐韩王成。刘邦挽留不住，于是赏赐给他许多金银财宝。张良并没有动心，转手把金银珠宝全部赠送给了项羽身边的项伯，求他再为汉王请封汉中地区。项伯见利忘义，立即去说服项羽。就这样，刘邦占据了秦岭以南的巴、蜀、汉中三郡。不久，项羽在彭城杀了韩王成，张良想光复韩国的梦想彻底破灭。张良不得不从小路逃出彭城，他躲过楚军的追击，最后回到了刘邦的身边。

张良向项羽告发了齐王荣谋叛之事，"齐国欲联赵灭楚，大敌当前，大王须有所防备啊！"张良本意是想把项羽的注意力引到东方。项羽果然上当，率军攻打田荣，刘邦则趁项羽集中主力攻打田荣之机，运用谋士陈平的谋略，率军东下，直接进攻项羽的根据地，迅速攻占了彭城。项羽一听说彭城失守，立刻率领3万精兵从小路赶回来，驰援彭城。刘邦率领的汉军不敌楚军，几乎全军覆没。刘邦抛下父亲、妻子、儿女，只带着张良等数十人狼狈逃走。

刘邦惊慌失措地逃到下邑，愤怒地对张良说："此战大败，我军损失惨重，士气低落，只要有人能为我报仇，打败项羽，我愿意将函谷关以东的所有土地都封赏给他们，以振士气，你看如何？"张良回答道："九江王英布（一作黥布）乃楚国猛将，如今与项羽交恶。在彭城之战中，项羽命令他派兵协助。但是他却按兵不动，项羽恨他至极。还有，彭越也对项

羽很不满，因为项羽在大封功臣的时候，没有封他为侯，之前，齐王田荣曾拉拢彭越背叛楚国，被项羽派兵攻打。因此，英布、彭越二人皆可为我所用。另外，汉王麾下的大将，唯韩信可委以重任，而且能让他独掌一方，若汉王将关东之地封赏给此三人，让他们全力辅佐汉王攻打项羽，项羽必败无疑。"

刘邦听了这些话，仔细考虑后，觉得很有道理，便采纳了张良的建议，派人联系了英布、彭越，与他们约好共同攻打项羽。同时刘邦重用韩信，派他北上开辟新战场，韩信果然没有辜负刘邦的期望，在与项羽的战斗中取得了几次重大胜利。就这样，萧何为刘邦建立了坚实的后方，张良不断给他出谋划策，再加上韩信、英布、彭越等将领为他浴血奋战，刘邦终于赢得了天下。

成语释义

　　成语"独当一面"的典故见于《史记·留侯世家》，主要讲的是刘邦被项羽重创，逃到下邑，张良为刘邦出谋划策，要他重用英布、彭越和韩信三位将领，与项羽抗衡。张良称赞韩信可以托付大事，能够独当一面。后人多用来比喻人能力出众，可以独立担负某一方面的工作或完成重要任务。

《史记》原文选读

项王竟不肯遣韩王，乃以为侯，又杀之彭城①。良亡②，间行归汉王，汉王亦已还定三秦矣。复以良为成信侯，从东击楚。至彭城，汉败而还。至下邑，汉王下马踞鞍而问曰："吾欲捐③关以东等弃之，谁可与共功者？"良进曰："九江王黥布，楚枭将，与项王有郤④；彭越与齐王田荣反梁地；此二人可急使。**而汉王之将独韩信可属大事，当一面。**即欲捐之，捐之此三人，则楚可破也。"汉王乃遣随何⑤说九江王布，而使人连彭越。及魏王豹反，使韩信将兵击之，因举燕、代、齐、赵。然卒破楚者，此三人力也。

——《史记·留侯世家》

注释：

①彭城：地名。

②亡：逃亡。

③捐：捐献。

④郤（xì）：通："隙"，隔阂，嫌隙。

⑤随何：汉王军中主管传达票报的人。

历史解读

"独当一面"是刘邦的谋臣张良在下邑为刘邦谋划楚汉争霸形势的时候对韩信的高度评价。在楚汉争霸的过程中,张良提出来的"下邑之谋"对扭转战争形势起到了重要的作用。

公元前205年春,刘邦连续收服了五个诸侯王,麾下聚集兵马约56万。刘邦觉得自己已经有能力与项羽抗衡了,于是就趁项羽进攻齐王田荣之时,从后方袭击了项羽的老巢彭城。项羽得知消息后,亲率3万精兵,回师救援。当时刘邦虽然号称有60万兵马,但实际上,他们都是一群乌合之众。面对项羽的3万大军,几乎全军覆没。汉王遭如此惨败,诸侯们又开始叛变了。刘邦在逃亡途中差点沦为俘虏,他一逃出来,就在下邑召集大臣商议。在这个背景下,张良提出了"下邑之谋"。

"下邑之谋"的主要内容包括:

第一,瓦解项羽集团,建立南方战线。项羽讨伐田荣,九江王英布称病不出,彭城之战,英布也是坐山观虎斗。张良敏锐地觉察出英布与项羽不和。英布是项羽麾下第一猛将,如果英布归汉,不仅削弱了项羽集团的实力,而且在心理上对项羽也是一个沉重的打击。

第二,争取中间力量,扰乱项羽的后方。彭越是一员猛将,但项羽在分封功臣时,他却没有被封王,对此他心存怨恨。彭越的根据地在梁地,这是项羽通往各区域的中心。彭越如果起兵反楚,就像一把尖刀插在了楚军的心脏。

第三,重用韩信,开辟北方战场。韩信可独当一面,待韩信破了北方诸侯的割据势力后，就可南下，为刘邦完成包围项羽的战略。

　　"下邑之谋"虽然不是一个全面的战略计划，但它是刘邦楚汉争霸计划中的重要组成部分。最后，在垓下合围项羽，主要靠的就是这三个人领导的军队。可以说，正是因为张良的谋划，才最终形成了一个内外合击项羽的军事联盟。

98 养虎遗患

　　秦王朝终于在公元前 206 年被一场大起义推翻了，随后项羽和刘邦开始争夺胜利果实。楚汉两军在荥阳激战两年，当时楚军来势汹汹，加紧了对荥阳的围攻，战场形势对汉军十分不利，刘邦不得不逃出荥阳，渡河北上。刘邦到达修武后，统领魏国旧地的彭越归顺了刘邦，并不断骚扰项羽的军队，截断楚军运输粮草补给的通道；被刘邦封为齐王的韩信也从山东出兵南下夹击楚军。刘邦得到彭越和韩信的援助，势力再次壮大起来。这一次，他接受了过去的教训，决定与项羽打持久战。

　　这时，楚军缺粮不适合久战。为了迫使刘邦投降，项羽把刘邦的父亲拉到城下，要挟刘邦说："你再不速速投降，我就把你爹下锅烹了。"刘邦故作镇定地说："想当年我们两个人一同起兵抗秦，在楚怀王面前起誓结拜为兄弟，我父亲就是你父亲，你要是想把我们的父亲煮了，可别忘了给我分一碗肉汤。"项羽听后更加恼怒了，决定杀了刘太公。这时，站在一旁的项伯劝项羽道："现在杀刘太公时机不对，对楚军也不利。"项羽听了他的话，留了刘太公一命。

　　不久之后，刘邦兵分两路，一路仍在荥阳与项羽对峙；另一路派大将韩信包抄楚军的后路，占领河北、山东地区，从此汉军的后方更加稳固。再加上留守关中的萧何源源不断地运来粮草，汉军的实力越来越强。而项羽的军队却面临补给困难、军心不稳等诸多问题。

　　公元前203年秋，楚军粮草断绝，不得不与汉军议和，双方约定以古代的一条运河——鸿沟为界，将天下一分为二：鸿沟以西归刘邦，以东归项羽。

　　谈判成功后，双方缔结了和平条约，保证互不侵犯。于是，项羽送回刘邦的一家老小，领兵东归。刘邦也心满意足地准备撤兵返回关中。这时，刘邦的谋臣张良、陈平劝刘邦说："现在大王已经夺得了全国三分之二的土地，天下诸侯们也都甘心俯首听命。而项羽却是兵疲粮尽，实力日衰，如果不抓住这个机会追击他，岂不是养虎遗患？"刘邦听取了张良、陈平的建议，把和约当作一纸空文，抛在脑后，立即挥师北上追击项羽。

　　刘邦追赶项羽到了阳夏，

他让大军在此驻扎，派人与韩信、彭越约好日期，会师一处，集中军力进攻楚军。但是，汉军到了固陵，韩信、彭越的军队没有按时前来会合，项羽抓住机会，率领楚军反击，汉军大败，刘邦逃了回去，固守待援。有一天，刘邦问身边的谋臣张良："诸侯不守约，如何是好啊？"张良说："大王放心，楚军必败矣。韩信、彭越尚未得到大王许诺的分封之地，自然不肯来。大王若能与他们共分天下，他们必来；若不能的话，则形势难料啊。"汉王点头称是，立刻派遣使者去告诉韩信、彭越说："你们出兵与汉王联手攻楚，击败楚军后，陈郡以东至海滨的地区封给韩信，睢阳以北至谷城的地区封给彭越。"韩信和彭越得令，都说："没问题，我们今天就领兵出发。"最后项羽的军队被围于垓下。

成 语 释 义

　　成语"养虎遗患"的典故见于《史记·项羽本纪》，主要讲的是刘邦和项羽划定楚河汉界之后，谋臣张良、陈平劝说刘邦乘机追击项羽。后人多用来比喻纵容坏人坏事，给自己留下麻烦。

《史记》原文选读

汉欲西归，张良、陈平说曰："汉有天下太半①，而诸侯皆附②之。楚兵罢③食尽，此天亡楚之时也，不如因其机而遂取之。今释④弗击，此所谓'养虎自遗患'也。"汉王听之。

——《史记·项羽本纪》

■ 注释：
①太半：大半。
②附：拥附，归附。
③罢：停止。
④释：释放。

历史解读

　　秦朝覆灭之后，西楚霸王项羽和汉王刘邦之间展开了一场规模空前的政权争夺大战，历史上称为"楚汉相争"。

　　楚、汉双方在荥阳城展开了长期的拉锯战，相持不下，最后双方约定以鸿沟为界，将天下一分为二，各据其一。鸿沟是中国古代的一条人工开凿的运河，连接了黄河和淮河流域。鸿沟由战国时期的魏惠王始建。秦始皇统一六国后，充分发挥鸿沟和济水等河流的运输功能，把南方的大量粮食运往北方，并在济水与黄河的分流处兴建了规模庞大的敖仓，作为中转站，后来这里成为南北运输的枢纽，是历代兵家必争之地。

99 四面楚歌

公元前 202 年，刘邦调集韩信、彭越等大军，兵分多路追击项羽。不到两个月，刘邦就与韩信、彭越、英布三路大军会师一处，在韩信的指挥下，把项羽紧紧包围在垓下。

力拔山兮气盖世，时不利兮骓不逝。骓不近兮可奈何，虞兮虞兮奈若何！

韩信调兵遣将，在垓下布下了天罗地网。项羽的兵力不多，粮草也快耗尽了。他想率领兵马冲杀出包围圈。但是，汉军和其他诸侯的军队将他团团围住，简直是密不透风。项羽带着部下，一直杀到精疲力尽，可是汉军还是不停地涌过来。项羽见无法突破重围，只得撤回到垓下大营，命令将士们小心防守。

那一夜，项羽在营帐里愁眉不展。他身边最受宠爱的美人虞姬看见他郁郁寡欢，就陪他喝酒解闷。到了半夜，只听得一阵阵歌声从四面八方传来。

项羽竖起耳朵，仔细一听，歌声是从汉军营地那边传来的，唱的却是楚地的民歌，而且唱的人还不少，歌声越来越响亮。项羽听着周围响起的楚歌，不禁黯然神伤，叹了一口气说："完了！恐怕刘邦已经攻下楚地了！否则汉军大营里怎么会有这么多楚人呢？"项羽满怀感伤，忍不住唱起悲凉的歌："力拔山兮气盖世，时不利兮骓不逝。骓不逝兮可奈何，虞兮虞兮奈若何！"项羽边唱边流下了眼泪，他身边的虞姬和随从们也都悲伤地哭了起来。

当晚，项羽骑上乌骓马，率领800名子弟兵冲出汉军的包围圈，马不停蹄地向前奔跑。天亮时，汉军发现项羽已经突围，迅速派出5000名骑兵在后面紧紧追赶。项羽一路狂奔，当他渡过淮河时，身后只剩下100余人。项羽逃到阴陵，一时迷失了方向。项羽去问路边的一个农夫，农夫骗他说："向左跑。"于是，项羽率领部下向左奔去，不料陷进了沼泽地。这时，汉军骑兵追上了他们。项羽只好带着骑兵向东奔逃，到达东城的时候，身边只剩下28人，但是后面的追兵又围了上来。项羽对跟随他的士兵说："我项羽征战八年，亲身经历了70多场战斗，从未败过，所以才能成为天下霸主。如今，我被围在这里，是上天要我灭亡，不是我打不过他们啊！"说罢，项羽大喝一声，冲了下去，汉军如草木随风倒伏般四处溃散。

项羽率领剩下的骑兵冲出包围圈，一直奔到乌江边。这时，乌江边的亭长恰巧把一只小船停在了岸边。亭长劝项羽立即渡江，说："江东虽小，但仍有方圆千余里土地，数十万人口，您过了江，仍可以在那里称王，这是江上唯一的船，希望您能尽快渡江，汉军就算到了，也没有办法过江追上您。"项羽苦笑道："这是老天爷要灭我啊，我又何必渡乌江呢？当年我在会稽起兵，带着8000子弟兵渡江西下，如今他们一个都没有回去。我若孤身一人逃回江东，即便江东父老同情我，立我为王，我又有什么颜面见他们呢？"说完，项羽跳下马来，将那匹跟随自己征战多年的乌骓马送给了亭长。跟随其后的将士也纷纷跳下马来。他们手中拿着短刀，与汉军短兵相接，展开肉搏战。虽然斩杀了数百汉军，楚军却也一个个倒了下去。最后，身受十几处伤的项羽，在乌江边拔剑自刎而亡。

成语释义

成语"四面楚歌"的典故见于《史记·项羽本纪》，主要讲的是项羽率领的楚军被韩信指挥的汉军在垓下重重围困，楚军孤军奋战。最后，项羽逃到了乌江边，走投无路，自刎而亡。该成语的原意是指四面八方唱响了楚地的民歌。后人多用来比喻四面八方被敌人围困，腹背受敌，求助无门。

《史记》原文选读

项王军壁垓下[①]，兵少食尽，汉军及诸侯兵围之数重。**夜闻汉军四面皆楚歌，项王乃大惊曰："汉皆已得楚乎？是何楚人之多也！"** 项王则夜起，饮帐中。有美人名虞，常幸从[②]；骏马名骓[③]，常骑之。于是项王乃悲歌忼慨[④]，自为诗曰："力拔山兮气盖世，时不利兮骓不逝[⑤]。骓不逝兮可奈何，虞兮虞兮奈若何！" 歌数阕[⑥]，美人和[⑦]之。项王泣数行下，左右皆泣，莫能仰视。

——《史记·项羽本纪》

■ **注释：**

①壁：安营，扎寨。垓下：地名。

②幸从：指因得宠而随从。

③骓（zhuī）：毛色苍白相杂的马。

④忼慨：通"慷慨"。

⑤逝：行，指向前进。

⑥数阕（què）：几遍。阕，作为量词使用，指歌曲或词的终了。

⑦和（hè）：跟着唱和。

历史解读

公元前 206 年，汉王刘邦从汉中出兵攻打项羽，发动了历时四年的楚汉战争。在此期间，项羽在彭城之战中击败刘邦，但项羽因分封问题而遭到诸侯的反叛，始终无法获得稳定的后方补给，粮草枯竭，最后反被刘邦消灭了。公元前 202 年，项羽被韩信指挥的 60 万大军重重包围，最后突围到乌江边，自刎而死。

项羽素有"西楚霸王"之称，勇猛无比，威震天下，为何落得这样的下场呢？司马迁在《史记·项羽本纪》中给出了自己的答案："然羽非有尺寸乘埶，起陇亩之中，三年，遂将五诸侯灭秦，分裂天下，而封王侯，政由羽出，号为'霸王'，位虽不终，近古以来未尝有也。及羽背关怀楚，放逐义帝而自立，怨王侯叛己，难矣。自矜功伐，奋其私智而不师古，谓霸王之业，

欲以力征经营天下，五年卒亡其国，身死东城，尚不觉寤而不自责，过矣。乃引'天亡我，非用兵之罪也'，岂不谬哉！"司马迁评论的前半部分充分肯定了项羽的成就和功绩，后半部分则严厉地批评他傲慢无能，不善用人，不省己过。然而，司马迁在《史记》中仍然将项羽的传记放在本纪之中，与历代帝王同列，他是少数没有帝王头衔而享有这一殊荣的人，可见司马迁对其崇敬有加。

孙中山认为，项羽失败的最直接的原因是项羽有勇无谋，完全依靠武力，缺乏政治智慧。而刘邦进入关中后，约法三章，笼络了人心。

有个伟人曾进一步指出了项羽失利的三个原因：鸿门宴不听范增的话，放走了刘邦，纵虎归山；机械遵守鸿沟协定，不知变通；建都彭城（今江苏徐州），缺乏稳固的根据地。

项羽虽英勇善战，但最终以悲剧收场。此外，他与虞姬的爱情故事也符合公众对悲剧性英雄的想象，在戏剧和创作中广受欢迎。中国传统戏曲中有许多与项羽有关的内容，如现代京剧中的著名剧目《霸王别姬》。

100 运筹帷幄

公元前202年，刘邦战胜项羽后，顺利夺取天下，刘邦兑现了之前的承诺，封韩信为楚王，封彭越为梁王。于是，韩信、彭越投桃报李，拉拢其他的诸侯王一起联名上书，请求刘邦登基称帝，刘邦一再拒绝。韩信率领诸王劝说他："大王虽然出身贫寒，却能带领天下黎民百姓铲除暴秦，诛杀不义之人，安定天下。您功绩卓著，超过了众诸侯王，您当皇帝，是众望所归啊。"刘

邦不好再推辞。就顺水推舟地说道："既然你们大家都这么想，那就照你们说的办吧！"于是，刘邦在山东定陶汜水北岸举行了隆重的登基大典，号令天下，定国号为汉，历史上称之为西汉。

刘邦成为汉朝的开国皇帝后意气飞扬。有一天，刘邦在洛阳南宫设宴款待群臣，酒兴正浓的时候，刘邦突然问群臣："我能得天下的原因是什么？项羽失天下的原因又是什么？请大家实话实说，各抒己见。"大家不知道刘邦葫芦里卖的什么药，开始低声议论起来。高起、王陵两位将军站起来回答："陛下对待身边的人傲慢，而且会侮辱别人，项羽仁慈怜恤，爱护人；可是陛下遣人攻城略地，所得土地和财宝都封赏给大家，与天下百姓共享利益，所以得到众人拥护。而项羽妒贤嫉能，疑心太重，打了胜仗，却不论功行赏，部下离心离德。所以陛下夺得了天下，项羽失去了天下。"

刘邦听了，哈哈大笑说："你们只知其一，不知其二。论运筹帷幄，决胜于千里之外，我不如张良；论安邦定国，抚恤百姓，筹措粮草，我不如萧何；

论统兵打仗，攻城略地，我不如韩信。他们三个人都是人中俊杰，却被我所用，所以我才得了天下。而项羽有一个谋士范增，却不用，所以最后注定要失败。"

群臣听后都心悦诚服。

成语释义

　　成语"运筹帷幄"的典故见于《史记·高祖本纪》，主要讲的是汉高祖刘邦战胜项羽后，举行了盛大的庆功宴会。在总结胜利原因时，刘邦称赞张良擅长谋略，可谋划天下大事。该成语原意指坐在帐幕里谋划大势，制定战略。后人多用来比喻善于排兵布阵，指挥作战。

《史记》原文选读

高祖置酒雒阳①南宫。高祖曰："列侯诸将无敢隐朕②，皆言其情。吾所以有天下者何？项氏之所以失天下者何？"高起、王陵对曰："陛下③慢而侮人，项羽仁而爱人。然陛下使人攻城略地，所降下者④因以予之，与天下⑤同利也。项羽妒贤嫉能，有功者害⑥之，贤者疑之，战胜而不予人功，得地而不予人利，此所以失天下也。"高祖曰："公知其一，未知其二。**夫运筹策帷帐之中⑦，决胜于千里之外，吾不如子房⑧**。镇国家，抚百姓，给馈饷⑨，不绝粮道，吾不如萧何。连百万之军，战必胜，攻必取，吾不如韩信。此三者，皆人杰也，吾能用之，此吾所以取天下也。项羽有一范增而不能用，此其所以为我擒也。"

——《史记·高祖本纪》

注释：

①雒阳：即洛阳。

②隐：欺瞒。朕（zhèn）：本为古人自称，从秦始皇起，为皇帝自称专用。

③陛（bì）下：本意是在帝王宫殿的台阶下，古代臣子不能与君主直接对话，由立于陛下的侍从传达，后以"陛下"为君主尊称。

④降下者：指归降和攻克的城池。

⑤天下：指刘邦的部属。

⑥害：嫉恨。

⑦运筹策帷帐之中：在营帐中定计决策。

⑧子房：张良，字子房。

⑨馈（kuì）饷：粮饷。

历史解读

刘邦是汉朝的开国皇帝，也是中国历史上第一位平民出身的皇帝。公元前202年，汉王刘邦打败了西楚霸王项羽，统一了自秦朝灭亡以来四分五裂的天下。他登基称帝，建立了汉朝。从此，中国历史进入了西汉时期。

刘邦在总结战胜项羽、一统天下的经验时，提到了张良、萧何和韩信三位重量级人物。这三个人都是汉朝的开国功臣，后人称他们为"汉初三杰"。在"汉初三杰"中，张良可谓是一位智勇双全的人。刘邦所说的"运筹策帷帐之中，决胜于千里之外，吾不如子房"就是最好的解释。司马迁高度赞扬张良，在《史记·太史公自序》中赞道："运筹帷幄之中，制胜于无形；子房计谋其事，无知名，无勇功，图难于易，为大于细。"北宋大文豪苏轼也曾为张良写过一篇题为《留侯论》的著名文章。在文章中，他赞叹张良的品德："古之所谓豪杰之士者，必有过人之节。人情有所不能忍者，匹夫见辱，

拔剑而起，挺身而斗，此不足为勇也。天下有大勇者，卒然临之而不惊，无故加之而不怒。此其所挟持者甚大，而其志甚远也。"

刘邦对大臣们说："此三者，皆人杰也，吾能用之，此吾所以取天下也。"刘邦的话似乎在赞扬这三个人的卓著功勋和出众的才能，实际上也从侧面褒奖自己的能力，也就是超乎常人的"识人"和"用人"之道。虽然他在武功和战斗上不如西楚霸王项羽，但他善于看到别人的长处，为自己所用。正如韩信所说，刘邦不能将兵，但他可以将将。在这方面，刘邦远胜项羽。

101 高屋建瓴

公元前 202 年，刘邦打败项羽，夺得天下后，就夺去了韩信的兵权，改封韩信为楚王，迁到下邳。韩信当上楚王没多久，就有人偷偷向刘邦报告，说楚王韩信要谋反。汉高祖刘邦和身边的诸将迅速商议对策，许多将领自告奋勇要去征讨韩信。

这时，张良已借口生病而退隐了，只有陈平仍是刘邦身边最重要的谋士。刘邦便问陈平，陈平起初不肯出主意，直到刘邦再三追问，并说："我打算出兵攻打韩信，你看如何？"陈平沉着地反问道："这次有人上书，举报韩信谋反，这件事还有人知道吗？"刘邦回答说："没有人知道。""那韩信自己知道吗？""也不知道。"陈平低头想了想，问道："陛下之兵，可强于韩信？"刘邦回答："未必。"陈平又问："陛下麾下众将，谁能在战场上击败韩信呢？"刘邦想了一下，说："没有人是他的对手。"陈平听了，脸色凝重地说："陛下军队的实力不如韩信，将军们也不是韩信的对手。现在你却要派兵攻打韩信。一旦开战，胜负难料。我真的很担心陛下的安危啊！"刘邦听了很着急，连忙询问有没有什么稳妥的办法。陈平上前一步，对刘邦说："古时候，皇帝经常趁着周游列国的时候接见各地的诸侯。南方有个叫云梦泽的地方，陛下可以假装到云梦泽巡游，然后在陈县会见各路诸侯。陈县就在楚国的西边，韩信若听说皇帝出巡，来到了他的领地，定然会前来拜见陛下，到时候陛下就可以一举将他擒住。这样一来，陛下就不用出兵了，只要几个武士就够了。"刘邦按照计划行事，韩信果然前来迎接刘邦，刘邦下令让埋伏好的武士将韩信捆得结结实实的，投入囚车。

听说刘邦拿下了韩信，大夫田肯去见刘邦，想给韩信说情。

"恭喜陛下！"田肯见到刘邦，满脸堆笑地向他道贺。

刘邦一愣，问道："有什么喜事值得庆贺吗？"

田肯回答说："有好几件事值得恭喜陛下呢。第一件喜事是韩信被陛下擒获了。第二件喜事是陛下已经牢牢控制了关中之地，在关中建都。秦地地势险要，四面环山，难以攻取，持戟之士百万，秦的实力是其他诸侯的一百倍。陛下占据了关中如此有利的军事要地，想要攻打诸侯，简直是易如反掌，就像是站在高高的屋檐上，居高临下地朝檐下倒水一样容易啊！而且陛下还占据了齐地，东有富庶的琅邪、即墨，南有险峻的泰山，西有奔腾的黄河，北临辽阔的渤海，这样的地势是再好不过了！齐地幅员辽阔，纵横两千里，齐的实力是其他诸侯的十倍。所以，齐地和关中两地足以让陛下如虎添翼啊！陛下，您占据了这片重要的土地，难道不值得恭喜吗？"

听了田肯的一席话，刘邦明白了，原来田肯是在变相地为韩信求情。刘邦能占据田肯所说的关中和齐地，多亏韩信立下汗马功劳，如果不是韩信领兵出征，他刘邦怎么会拥有如此关键的两地呢？

汉高祖刘邦略一沉吟，对田肯说道："你说得很对！"下令重重赏赐田肯。

随后，刘邦没有杀韩信，而是赦免了他的死罪，把他贬为淮阴侯，留居京师，不让他到外地任职，这样韩信也就不能再有所作为了。

成语释义

　　成语"高屋建瓴"的典故见于《史记·高祖本纪》，主要讲的是大夫田肯替韩信向汉高祖刘邦说情，委婉地指出韩信的两大功劳——平定关中和齐地。田肯认为关中的地势居高临下，非常险要。该成语原意是指在高高的屋顶上往下倒水的情形。后人多用来比喻居高临下、势不可挡，也可以用来比喻人对事物的看法比较全面周详、深刻透彻。

两大功劳

《史记》原文选读

　　十二月，人有上变事①告楚王信谋反，上问左右，左右争欲击之。用陈平计，乃伪游云梦②，会诸侯于陈，楚王信迎，即因执③之。是日，大赦天下。田肯贺，因说高祖曰："陛下得韩信，又治秦中④。秦，形胜之国⑤，带河山之险，县隔千里⑥，持戟百万，秦得百二⑦焉。**地势便利，其以下兵于诸侯，譬犹居高屋之上建瓴水⑧也。**夫齐，东有琅邪、即墨⑨之饶，南有泰山之固，西有浊河之限⑩，北有勃海之利⑪。地方二千里，持戟百万，县隔千里之外，齐得十二焉。故此东西秦⑫也。非亲子弟，莫可使王齐矣。"高祖曰："善。"赐黄金五百斤。

——《史记·高祖本纪》

注释：

①上变事：指揭发谋反情况的文书。

②云梦：泽名。

③执：拘捕。

④治：建都。秦中：即关中。

⑤形胜之国：形势险要，足以取胜的国度。

⑥县隔千里：县，通"悬"，指与四周相隔千里。

⑦百二：对此有很多解释，一般认为，古人以"二"为"倍"，"百二"就是"百倍"。

⑧建瓴（líng）水：倒水。建，倾倒。瓴，盛水的瓶子。

⑨琅邪（yá）：郡名。即墨：县名。

⑩浊河：即黄河。因河水浑浊故名。限：阻隔。

⑪勃海之利：勃海即渤海。指渤海产鱼盐之利。

⑫东西秦：因为齐地形胜富饶，与秦地形成东西抗衡之势。

历史解读

楚汉战争期间，汉王刘邦麾下的大将韩信立下了汗马功劳。于是，韩信有点沾沾自喜，居功自傲。在平定齐地后，韩信竟然要求刘邦封自己做"假（代）齐王"。刘邦听了非常生气，但刘邦手下的谋臣张良劝他："目前我方处境不利，楚军实力尚强，韩信又掌管着很大一部分兵权，陛下不如顺水推舟，答应他的请求。"刘邦心领神会，派特使带着王印，封韩信为齐王，韩信很高兴，答应出兵攻打项羽。

刘邦战胜项羽，建立汉朝后，担心韩信位高权重，就夺其兵权，改封韩信为楚王。韩信在西汉开国时期立下了汗马功劳，但是功高震主，引起了刘邦的猜忌。

项羽死后，刘邦想抓捕他的部将钟离眜，但钟离眜与韩信关系不错，于是钟离眜投奔了韩信。刘邦得知钟离眜逃到了韩信那里，便下令让韩信去追捕他。可是，韩信不仅违抗命令，还派兵保护钟离眜。于是有人暗告刘邦韩信谋反。刘邦用陈平的计策擒住韩信，大夫田肯面见刘邦为韩信求情，暗示刘邦两处要地"关中"和"齐地"都是韩信为汉朝攻打下来的。刘邦领会了田肯的意思，念及韩信的功劳，免了他谋反的死罪，将他降为淮阴侯。

最终，韩信被吕后以谋反的罪名在长乐宫被处死。当年，萧何月下追韩信，说服刘邦拜韩信为将，流芳千古。但是，吕后用计杀害韩信，偏偏也是由萧何诱骗韩信入宫，正所谓"成也萧何，败也萧何"。

102 多多益善

　　刘邦称帝以后，担心诸侯和大将谋权篡位，为了巩固自己的统治，开始剪除分封的异姓王侯。就在这个时候，有人密报韩信要"谋反"，刘邦运用谋臣陈平的计谋，抓住韩信，将其贬为淮阴侯，留居京城。

　　经过这次沉重的打击，韩信清楚自己功高震主，汉高祖刘邦畏惧他的才能，所以才把他软禁在京城，以后不可能再重用他了。所以韩信就常常装病，不去参加朝见或跟随出行。韩信终日在家中闷闷不乐，对于被贬为侯爵之事一直耿耿于怀，想到自己当年指挥千军万马，纵横沙场，是多么的意气风发。可是，现在竟然和绛侯周勃、颍阴侯灌婴等当年手下的将领同列，心中不禁顿感凄凉。有一天，韩信去拜访樊哙，樊哙出门迎接，行跪拜礼恭迎、恭送，并说："大王竟肯光临臣下家门，让臣下门厅生辉啊。"韩信见状，触景生情，出门后，苦笑道："没有想到我这辈子居然与樊哙之流等同列！"

　　韩信赋闲在家，刘邦也常派人召见韩信，与他饮酒坐谈。有一次，两个人谈论起各位将军才能的高下。刘邦扬扬得意地问韩信："你说说看，以寡人的才能可以统率多少兵马啊？"韩信酒喝多了，也没有多想，就实话实说了："依我看，陛下最多不过能统率十万兵马。"刘邦听后，举起酒杯，将杯中美酒一饮而尽，哈哈大笑起来，突然反问韩信说："那么，韩将军能统率多少人马呢？"韩信趁着酒兴，也没有多想，直截了当地回答说："陛下，凭微臣的才能，当然是越多越好了。"刘邦听后，放下手中的酒杯，站起身，指着韩信说："哈哈，既然你带兵是越多越好，那为什么还被朕捉住了呢？"

韩信一听，知道话中有话，心中大惊，他知道自己又说错话了，连忙拜倒在地，解释说："陛下误会了。微臣的意思是，陛下的才能不在于带多少兵马，而是善于统率手下的将领，这就是微臣被陛下捉住的原因啊。陛下的能力是

上天赋予的，像我这样的平常之人，就算再付出多少努力，也难以企及啊。"

刘邦听了，脸色缓和下来，叫韩信坐下来，端了一杯酒给他，安慰说："韩爱卿领兵打仗的能力，朕是打心底里佩服啊。现在天下安定，没有地方要用兵了，只好请你陪朕喝喝酒咯。"韩信坐起身，接过酒杯，手抖得像筛糠似的。韩信喝了几口酒，就称不胜酒力，拜辞回府了。从此，韩信每日提心吊胆，不敢出门，害怕自己又说错话、做错事，引来杀身之祸。

成 语 释 义

　　成语"多多益善"的典故见于《史记·淮阴侯列传》，主要讲的是韩信骄傲自大，在刘邦面前炫耀自己的军事才能，号称自己带的兵马越多越好。后人多用来比喻越多越好，不厌其多。

想当年呀……

《史记》原文选读

　　信知汉王畏恶其①能，常称病不朝从②。信由此日夜怨望，居常鞅鞅③，羞与绛、灌等列④。信尝过⑤樊将军哙，哙跪拜送迎，言称臣，曰："大王乃肯临⑥臣！"信出门，笑曰："生乃与哙等为伍⑦！"上常从容与信言诸将能不⑧，各有差⑨。上问曰："如我能将几何？"信曰："陛下不过能将十万。"上曰："于君何如？"曰："臣多多而益善耳。"上笑曰："**多多益善**，何为⑩为我禽？"信曰："陛下不能将兵，而善将将⑪，此乃言之所以为陛下禽也。且陛下所谓天授，非人力也。"

——《史记·淮阴侯列传》

注释：

①其：指韩信。

②朝从：朝见、跟从出行。

③居：平居，日常。鞅鞅：通"怏怏"，愁闷失意的样子。

④羞：认为羞耻。绛：指绛侯周勃。灌：指颍阴侯灌婴。

⑤过：指拜访。

⑥临：有站在高处看下面的意思，表达樊哙对韩信的敬服。

⑦生：引申为这一生。为伍：同列。

⑧从容：闲暇无事的样子。能：才能。不（fǒu）：通"否"。

⑨差（cī）：参差。

⑩何为：怎么。

⑪将将：任用将领。

韩信今天又没来上朝？

历史解读

　　"韩信将兵，多多益善"这句话，是对韩信一生辉煌战功的高度评价，韩信在中国军事史上是一个非常有名的人物，位列"武庙十哲"，在中国古代军事史上，韩信一生打了很多教科书式的经典战役，比如韩信独自开辟江北第二战场时指挥的三次战役，这三场战役分别是安邑之战、井陉之战和潍水之战，完美诠释了声东击西、背水一战、半渡而击的军事战术。韩信"明修栈道，暗度陈仓"平定关中，领导"十面埋伏"的垓下之战，真可谓战无不胜，攻无不克。韩信为刘邦征战天下，建立大汉王朝立下了汗马功劳。

　　在韩信与刘邦的这段对话中，可以明显地感受到韩信对自己领兵能力的自信和政治头脑的缺乏，尽管韩信解释说："陛下不能指挥士兵，却善于指挥将领。而且，陛下的能力是上天授予的，也不是常人所能及的。"然而，刘邦对韩信还是有所猜忌的，韩信最后之所以会有如此悲凉的结局，主要是因为他功勋卓著，功高震主。正如司马迁在《史记·淮阴侯列传》中所写，韩信在陈县被刘邦抓住后，大叫："果若人言：'狡兔死，良狗亨；高鸟尽，良弓藏；敌国破，谋臣亡。'天下已定，我固当亨！""狡兔死，良狗亨；高鸟尽，良弓藏"，这句话最早可追溯到春秋末期吴越战争中范蠡留给文仲的那句话。后世常用它来形容韩信的一生，短短的 12 个字，在韩信身上体现得真是淋漓尽致。

103 萧规曹随

　　汉惠帝即位的第二年，丞相萧何年事已高，身患重病。汉惠帝亲自去看望他，向萧何请教说："将来谁能接替相位，担任丞相呢？"萧何不愿直接发表自己的意见，就说："陛下是最了解下属的，心中一定已有合适的人选。"汉惠帝问他："你看曹参如何？"萧何长吁一口气，说："陛下果然慧眼识人，有曹参接任，我就可以放心去了。"

　　萧何死后，汉惠帝立即命曹参入长安，继任丞相。萧何在世的时候，在秦朝"六律"的基础上，增加户律、兴律、厩律，制定了《九章律》；又以

田赋、口赋、献费为主，制定了赋役、徭役制度。除此之外，他还制定了很多其他的制度。曹参担任丞相后，对这些规章制度没有做任何修改，而是全盘执行，在他担任丞相的三年时间里，没有提出任何新的建议和措施。

有些官员看到曹参这样不作为，有点担心，就去找他，想帮他出点主意。但他们一到曹参家，曹参就邀请他们一起喝酒。有人想借机向他谈点朝廷大

事，他总是岔开话题，让人开不了口，直到喝醉了，始终没有开口劝说的机会。后来，大家也习惯了。

汉惠帝认为曹参这样毫无作为是对自己的轻视，感到很不舒服，有一天，他对在朝廷担任中大夫的曹参的儿子曹窋说："你回家休假时，试着问你父亲一些话，你就说：'高祖皇帝刚死，当今皇上年轻，治国经验不足，正准备请丞相辅佐他处理国事，你身为丞相，却整日饮酒谈天，政务不向皇上请示，朝廷大事你不过问，长此以往，你如何治国安民呢？'你问完了，看你父亲如何回答，回来告诉我，可别说是我让你问他的啊。"

曹窋接受了汉惠帝的旨意，放假回家，找机会一边侍候父亲，一边按照汉惠帝的旨意与父亲聊天，并劝说曹参。曹参听了儿子的话后，大发脾气，大骂曹窋说："你懂什么国事，国家大事也轮得到你来啰唆？你怎么不回宫伺候皇上呢？"他边骂边拿起板子狠狠地抽打儿子，曹窋莫名其妙地挨了一顿打，觉得很委屈，回宫后把事情经过一五一十地都告诉了汉惠帝，汉惠帝听了很不高兴。

第二天，在朝堂上，汉惠帝对曹参说："曹窋跟你说的话，是我要他说的，你为什么要打他呢？"曹参脱下帽子，向汉惠帝谢罪说："陛下，您和高祖相比，谁更英明呢？"汉惠帝说："高祖打下了大汉的江山，肯定是他英明神武啦。"曹参又接着问："陛下，那我和萧丞相相比的话，您认为哪个能力更强呢？"汉惠帝忍不住笑了笑，说："我看还是萧丞相要强一些。"曹参点头称是，说道："陛下说得没错，陛下不如高祖，我不如萧丞相。高祖和萧丞相平定了天下，为我们制定了一套规章制度，我们只要遵守他们订下来的规定，不玩忽职守就行了啊。"

汉惠帝终于明白了这一点。曹参运用"无为而治"的理论学说，做了三年丞相。长期战乱之后，老百姓正需要安定，他的这一套方法并没有增加人民的负担，国家得以休养生息。后来，人们编了一首歌谣来歌颂他，说："萧何为法，顜若画一；曹参代之，守而勿失。载其清净，民以宁一。"

成 语 释 义

成语"萧规曹随"的典故见于《史记·曹相国世家》，主要讲的是汉朝初年，开国丞相萧何去世后，曹参接替他担任丞相，辅佐汉惠帝继续遵守萧何制定的法律法规，无为治国，休养生息。后人多用来比喻按照前人制定好的规则行事。

按萧何制定的规矩办。

《史记》原文选读

　　参子窋①为中大夫。惠帝怪相国不治事，以为"岂少朕与"？乃谓窋曰："若归，试私从容问而父曰：'高帝新弃群臣，帝富于春秋，君为相，日饮，无所请事，何以忧天下乎？'然无言吾告若也。"窋既洗沐②归，闲侍，自从其所谏参。参怒，而答窋二百，曰："趣入侍，天下事非若所当言也。"至朝时，惠帝让参曰："与③窋胡治乎？乃者④我使谏君也。"参免冠⑤谢曰："陛下自察圣武孰与高帝？"上曰："朕乃安敢望先帝乎！"曰："陛下观臣能孰与萧何贤？"上曰："君似不及也。"参曰："陛下言之是也。**且高帝与萧何定天下，法令既明，今陛下垂拱⑥，参等守职，遵而勿失，不亦可乎？**"惠帝曰："善。君休矣！"

——《史记·曹相国世家》

■ **注释：**

①参子窋（kū）：曹参的儿子曹窋。

②洗沐：又叫"休沐"，指假日。汉时规定官员每五日休息一次，用于沐浴等事，故名。

③与：对于。

④乃者：先前的事。

⑤免冠：摘下帽子。

⑥垂拱：垂衣拱手，这里指垂拱而治，常用来称颂帝王无为而治的法令。

曹参不理政事！！

历史解读

　　曹参是西汉开国功臣，汉朝的第二任丞相，史称"曹相国"。曹参是一个文武双全的英雄，他在刘邦帐下，武能当将军领兵上战场，文能当丞相治国安邦。他一生追随刘邦，参与了灭亡秦朝、楚汉争霸和平定叛军过程中的大部分战斗，立下赫赫战功。刘邦建国立汉之后，论功行赏，大封功臣，曹参的功绩名列第二。韩信被诛杀后，刘邦封长子刘肥为齐王，任命曹参为齐相。汉惠帝即位后，萧何去世，曹参继萧何之位，担任汉朝的丞相。曹参在

文武
双全

位期间，坚持"萧规曹随，休养生息"的原则，为汉朝初年的"文景之治"打下了坚实的基础。

在《史记·曹相国世家》中，司马迁高度评价曹参说："参为汉相国，清静极言合道。然百姓离秦之酷后，参与休息无为，故天下俱称其美矣。"可见曹参在治国理政上，能够顺应时代潮流，采取"无为而治"的思想。所谓"无为而治"，就是政府不要过多地干预老百姓的生活，这是黄老学说的一种治国思想，这种统治思想在秦末汉初非常流行，成为统治阶级推崇的治国之道，这种统治思想对于巩固汉朝的统治，发展社会生产产生了相当积极的影响。

104 变古乱常

　　汉高祖刘邦一统天下，建立大汉王朝之后，结合秦朝的郡县制度和周朝的分封制度，实行了郡国并行制。并且，在汉朝初年，有意识、有计划地消灭了许多异姓王，分封了不少同姓王，以加强中央集权。当中央朝廷被奸臣控制时，这些同姓王作为同姓宗室，可以帮助中央朝廷，勤王驱贼。结果，汉高祖刘邦分封了十多个诸侯国。这些诸侯都是汉的宗室后裔。到汉景帝时，这些诸侯的势力已经强大起来，占据了许多土地。例如，齐国就有70多座城，实力远超其他诸侯国。还有一些诸侯国不受朝廷的约束，几乎成为独立的王国。

　　汉景帝为太子时，汉文帝请晁错担任太子家令，教导太子刘启。晁错学识出众、能言善辩，赢得了刘启的赞赏，被称为"智囊"。公元前157年，汉景帝继位，晁错被封为内史。后来，他又被提拔为御史大夫。晁错看到诸侯国的势力越来越大，这样发展下去国家会有分裂的危险，所以他试图改变刘姓诸王割据一方、威胁中央朝廷的局面。晁错向汉景帝提出了"削藩策"，他向汉景帝建言说："吴王私自开挖铜矿铸造钱币，煮海水制取私盐，而且还不停地征募兵马。动机不是那么单纯，还是尽快削减诸侯国的封地为好，以免夜长梦多啊。"汉景帝犹豫了一下，说："恐怕削藩会引起叛乱啊。"晁错说："如果诸侯王们想要叛乱的话，就算你不削减他们的封地，他们也会照样起兵造反。现在他们的势力还不算大人，就算造反，也不成气候；如

诛晁

清君

果等他们羽翼丰满了，那可就不好办了。"汉景帝认为晁错的话很有道理，于是下定决心削减诸侯王的封地。过了一段时间后，汉景帝找了一些理由，下令削减诸侯王的封地。一些人被削去了一个郡，一些人则被削去了几个县。

正当晁错和汉景帝讨论要削减吴王刘濞的封地时，吴王刘濞首先起兵反叛了。他打着"诛晁错，清君侧"的旗号，煽动其他诸侯王一起造反。公元前154年，吴、楚、赵、胶西、胶东、菑川和济南的七个诸侯王一起发动叛乱，历史上称为"七国之乱"。叛军声势很大，进军迅速，直捣长安。汉景帝非常害怕，一时不知所措。汉景帝急忙将晁错召到宫里，讨论平叛的事情。晁错建议汉景帝御驾亲征，自己坐镇长安，为汉景帝巩固后方。这时，大臣窦婴、袁盎等人向汉景帝提出建议，说七国起兵叛乱完全是晁错的错，如果杀了他，七国自然就会退兵。汉景帝采纳了袁盎的计策，封他为太常，秘密出使吴国。后来，丞相陶青、中尉陈嘉和廷尉张欧又联名上书弹劾晁错，称晁错大逆不道，不斩不足以平民愤。无奈之下，汉景帝批准抓捕晁错，将他

在东市腰斩示众。汉景帝希望以此平息局势。就这样，一心想维护刘氏天下的晁错竟然莫名其妙地被杀了。

汉景帝杀了晁错之后，就下诏命令七国退兵。这时，吴王刘濞已经打了几场胜仗，夺取了几座城池。他听说汉景帝派人送来诏书，不禁冷笑着说："现在我也是皇帝了，凭什么要接受别人的诏书呢？"这时，汉军大营里一个叫邓公的官员到长安来向汉景帝汇报军情，汉景帝问他："你从前线大营中过来，可知道晁错已死？吴、楚两国可曾答应退兵？"邓公答道："吴王向来有谋反之心，今以削藩为借口出兵，根本就不是晁错的错。陛下如今杀了晁错，以后恐怕没有人敢为朝廷出谋划策了。"汉景帝这才知道错杀了晁错，但悔之晚矣。

汉景帝想起汉文帝临终前的嘱咐："国若乱，可让周亚夫领兵出征。"于是，就拜善于治军的周亚夫为太尉，领兵与叛军作战。好在周亚夫善于用兵，提出了两个平乱策略，一是利用梁王刘武的军队牵制住吴、楚两国叛军主力；二是伺机切断对方的补给线。周亚夫率领汉军坚持了三个月，把楚、吴两国军队打得落花流水。两个领头的诸侯国都被打败了，其他五个诸侯国的军队也很快就崩溃了。七国之乱平定后不久，汉景帝颁布了新的法令，仍旧封这七国的后裔继承王位。但是，诸侯王不能管理自己的国家，要由中央朝廷派出的官吏来治理国家，诸侯王无权干涉国家的政治事务。诸侯国的行政权和官员的任免权都收归中央，这样一来，就大大削弱了他们的权力，汉朝中央集权得以巩固。

成 语 释 义

　　成语"变古乱常"的典故见于《史记·袁盎晁错列传》，主要讲的是汉朝初年，晁错试图改变以往的分封制，建议削藩，最后导致身败名裂。后人多用来比喻改变或打乱传统的法制和准则。

《史记》原文选读

　　太史公曰：袁盎虽不好学，亦善傅会[1]，仁心为质[2]，引义慷慨。遭孝文初立，资[3]适逢世。时以[4]变易，及吴楚一说[5]，说虽行哉，然复不遂。好声矜贤，竟以名败。晁错为家令时，数言事不用；后擅权，多所变更[6]。诸侯发难，不急匡救，欲报私仇，反以亡躯。语曰："**变古乱常，不死则亡。**"岂错等谓邪！

——《史记·袁盎晁错列传》

■ **注释：**

①傅会：即附会。

②质：指本质。

③资：资质，才智。

④以：通"已"。

⑤吴楚一说：指建议汉景帝诛杀晁错以平息吴楚之乱的事。

⑥变更：这里指法令修改。

历史解读

晁错是汉初文、景两朝的重要人物，他在农业生产上主张"重农抑商"。在抵御匈奴进犯的问题上，提出了"移民实边"的战略举措，建议募民充实边塞，积极防御匈奴的进攻。在政治上，他为巩固中央集权，提出削减藩王的封地，剥夺诸侯的政治和经济特权的建议。削藩严重损害了诸侯的利益，以吴王刘濞为首的七国诸侯，以"诛晁错，清君侧"为旗号，举兵造反。汉景帝听了大臣袁盎之言，将晁错腰斩于市。

汉朝立国初年，高祖刘邦认为秦王朝之所以灭亡，是因为秦朝废除分封制，导致皇室孤立无援。于是，刘邦在不断剪除韩信等异姓功臣的同时，大封同姓诸王。结果，诸侯国势力越来越大，占据了大半个国家，而中央朝廷只保留了 15 个郡。这些诸侯王骄纵狂傲，不满于中央集权的管辖，到处和朝廷作对。汉文帝在位时，就已经感受到了同姓诸侯国的威胁。当时大夫贾谊就提出"众建诸侯而少其力"的措施，试图削弱诸侯国的实力。到了景帝即位时，御史大夫晁错向汉景帝建议加强中央集权，实行削藩政策，结果导致了"七国之乱"。

晁错意欲削藩，反而死于削藩，后人多为之嗟叹。北宋大文豪苏轼认为削藩需要三个条件："前知其当然，事至不惧，而徐为之图。"然而，晁错虽然提出了削藩的必要性，但没有讨论其可行性，也没有提出可操作的具体方案。北宋的田锡也认为晁错没有把削藩这件事考虑周全，以至于功亏一篑，但是，他的公而忘私、舍己为国的爱国主义精神千百年来一直为人们所称道。

105 桃李不言，下自成蹊

李广是汉朝初年的一位杰出的武将，他善骑射，勇猛机智，一生与匈奴征战 40 余年，历经大小 70 余场战斗，以其天下无双的盖世武功，杀敌无数，连匈奴单于都对其肃然起敬，称其为"飞将军"。

有一次，他率领麾下百余人，奉命追击匈奴神射手，不料在半路上与匈奴的一支大部队相遇，敌军有数千人之众。他的部下见敌众我寡，都惊慌失措，准备策马转身撤退。李广一声喝令，阻止部下说："我军大营离这里有数十里，如果掉头就跑，匈奴大军马上就会追上来，不如留在原地，匈奴一定会怀疑我们设有埋伏，反而不敢攻击我们。"于是，他命令所有士兵下马卸鞍，装出一副放马的悠闲自在的样子，部下们大惑不解："再不撤，可就来不及了啊！"他解释道："匈奴以为我们要逃，可是现在我们卸鞍下马休息，就是要让他们相信我们是诱敌之兵。"于是，李广命令部下或躺或坐，表现得丝毫不慌乱，其间还射杀了一名匈奴将领。匈奴人摸不清汉军的底细，不敢贸然进攻。就这样，两军僵持到了天黑，匈奴认为附近一定有埋伏，想趁夜偷袭，于是仓皇退兵而去。李广临危不乱，最终化险为夷，救下了所有士兵的性命。

李广作战的时候像下山的猛虎一样骁勇，但是在平时却沉默寡言。而且，他也是一个特别爱兵的人。李广带兵时，若遇到缺少食物和水的情况，总是先满足士兵的吃喝，士兵饿了渴了，他也跟着挨饿受渴。他和士兵吃一锅饭，睡一顶帐篷，皇帝赏赐他的财物，他也总是拿出来与部下分享。李广对士兵宽厚而不苛刻，士兵们都很爱戴他，愿意追随他征战沙场，出生入死。

李广人生中的最后一战不幸战败，他不甘受辱，饮恨自杀身亡。李广死后，所有将士都泣不成声，百姓听到这个消息，认识和不认识李广的，无论老少，无不伤心落泪。

司马迁在《史记》中记述了李广可歌可泣、史诗般的戎马生涯。他给予李广很高的评价：李将军一生生性正直，虽不善言辞，忠厚得像个乡下人，

但他死后，举国上下，都在为他默哀。俗话说："桃李不言，下自成蹊。"
这句话听起来很平常，但其实蕴含着很深刻的道理。

成 语 释 义

　　成语"桃李不言，下自成蹊"的典故见于《史记·李将军列传》，
主要讲的是司马迁称赞李广为人真诚、品德高尚，赢得人们的崇敬。该
成语原意指桃树、李树不会说话，但因其花美果美，人们纷纷前往摘取，
于是就在树下踩出了一条小路。后人多用来比喻一个人真诚正直，自然
能感召人心，得到大家的认可。

《史记》原文选读

太史公曰：《传》①曰："其身正，不令而行；其身不正，虽令不从。"其李将军之谓也？余睹李将军悛悛②如鄙人，口不能道辞。及死之日，天下知与不知，皆为尽哀。彼其忠实心诚信于士大夫也？谚曰："桃李不言，下自成蹊③。"此言虽小，可以谕④大也。

——《史记·李将军列传》

■ 注释：

①《传》：汉朝人称《诗经》《尚书》《周易》《礼记》《春秋》为"经"，称解说经书的著作为"传"。这里指《论语》。因《论语》是孔子弟子及再传弟子所记，不是孔子亲笔，因此汉朝也称为"传"。

②悛悛：老实厚道的样子。

③蹊：小路。

④谕：古同"喻"，说明，晓谕。

历史解读

李广是汉朝初年抗击匈奴的著名将领，出身武将世家，骁勇善战，智勇双全，一生与匈奴作战 70 余次，常以少胜多，险中取胜，常年镇守边疆，令匈奴人闻风丧胆，称其为"飞将军"，避之唯恐不及，数年来不敢侵犯边境。唐代诗人王昌龄有诗赞之："但使龙城飞将在，不教胡马度阴山。"然而李广一生坎坷，虽屡立战功，却未被封侯，后人也为此叹息。唐代诗人王勃在《秋日登洪府滕王阁饯别序》中叹道："嗟乎！时运不齐，命途多舛，冯唐易老，李广难封。"

司马迁高度称赞李广的军事才能和人品，他在《史记·李将军列传》中详细记述了他的事迹。据《史记·李将军列传》记载，李广身材高大，神力

武将世家

无穷，善于骑射，爱惜将士，深受将士爱戴，为人正直廉洁。据《史记·李将军列传》记载："广廉，得赏赐辄分其麾下，饮食与士共之。终广之身，为二千石四十余年，家无余财。"在《太史公自序》中，称赞李广"勇于当敌，仁爱士卒，号令不烦，师徒乡之"。司马迁用"桃李不言，下自成蹊"两句话来赞美李广，就是寓意其待人真诚，能感召人心。

对于"李广难封"的原因，有人认为是李广生不逢时，运气不好。李广崭露头角是在汉文帝时期，"以良家子从军击胡，用善骑射，杀首虏多，为汉中郎"。汉文帝称赞他："惜乎，子不遇时！如令子当高帝时，万户侯岂足道哉！"意思是说李广生错了时代，如果他出生在高祖刘邦争霸天下的时代，早就被封为万户侯了。但是，汉朝初年，天下安定，出现"文景之治"的繁荣局面，百姓休养生息，汉朝与匈奴和亲停战，李广的军事才能无法施展。到了汉武帝时，李广已是老将，锋芒已失，风头被后起之秀卫青、霍去病盖过，战功较少，也就封不了侯了。

李广在自刎之前，也不禁仰天长叹："广结发与匈奴大小70余战，今幸从大将军出接单于兵，而大将军又徙广部行回远，而又迷失道，岂非天哉！"这句岂非天哉，道出了李广心中的悲愤，天意如此啊。

106 不得要领

    汉朝初期的几位皇帝，推行轻徭薄赋、休养生息的政策，特别是到了文帝、景帝时期，帝国政治统一，中央集权进一步加强，社会经济得到进一步恢复和发展，国力相当雄厚，进入了一个繁荣昌盛的时代。但是，北方强大的游牧民族匈奴的势力越来越大，严重威胁了西汉王朝的边境安全。

    汉武帝即位后，依托雄厚的国力，一改以往"和亲"的政策，开始反击匈奴的入侵，试图从根本上解除北方边境的威胁。汉武帝听说匈奴打败了大月氏，杀害了大月氏王，还用大月氏王的头骨做了一个大酒杯。大月氏人被匈奴赶走后，对匈奴恨之入骨，他们日夜都想反攻匈奴，夺回故土家园。但是，他们得不到其他国家的帮助，势单力薄。于是，汉武帝决定联合大月氏，与其共同夹攻匈奴。但是，要到大月氏去，必须经过匈奴的领地，汉武帝招募能够出使大月氏的人。年纪轻轻的张骞满怀抱负，毅然肩负起国家和民族的重任，勇敢地踏上了征程。

    不幸的是，张骞在穿越匈奴领地

的路上被匈奴士兵抓住了，他被押送到匈奴单于那里。单于把他扣留下来，告诉他："月氏在我国领地的西北方向，你们汉人怎么能派使臣到那里去呢？如果我们要派使臣到南越国去，你们能放我们过去吗？"就这样，张骞被匈奴扣押了十几年，为了争取张骞，打消他出使大月氏的念头，匈奴单于对他进行了各种威逼利诱，甚至将匈奴女子嫁给张骞，给他生下了孩子，但张骞始终没有忘记汉武帝托付给他的使命。张骞等人在匈奴生活了十多年，始终

不忘初心，保留着汉朝交给他的符节。

后来匈奴逐渐放松了对张骞的监视，于是他找了个机会，带着随从逃了出去，向大月氏方向进发。走了几十天，来到大宛，大宛国王早就听说汉朝幅员辽阔，物产丰富，很想和汉朝交流往来，只是由于受到匈奴的阻挡，一直没能如愿。这次他居然见到了汉朝派来的使臣张骞，国王喜出望外，问他打算去哪里。张骞回答说："我是奉汉朝皇帝之命出使大月氏的使臣，半路上被匈奴堵截，遭到扣留。现在我已经逃出匈奴领地，来到了贵国，希望大王能派人送我去大月氏。如果我能顺利到达大月氏，完成使命，将来回到汉朝，我一定会向皇上禀报，赏赐您无数的宝物。"

大宛国王真心想与汉朝交好，于是欣然答应了张骞的请求，派遣向导和翻译，一路护送他到了康居。康居国王又派兵护送张骞到了大月氏。原来大月氏在被匈奴入侵，国王被杀后，大部分部族都向西迁到了这里。时间已经过去了十多年，如今大月氏国人早就重立被杀国王之子为王，又以武力征服了大夏国，在这片新的土地上定居了下来。这片新的国土，土地肥沃，物产富饶，而且远离匈奴和乌孙，大大降低了外敌入侵的风险。于是，他们也逐渐由游牧生活转向农耕定居，安心地过上了太平日子，不愿再东进与匈奴为敌。张骞向他们提出联合进攻匈奴的建议时，他们也不想再发动战争，向匈奴复仇；而且，他们觉得汉朝离大月氏太远，就算两国联合攻打匈奴，面对匈奴的直接威胁，两国也根本无力互助。张骞在大月氏滞留了一年多，始终无法说服大月氏与汉朝结盟，一起攻打匈奴。

张骞不得不启程回国复命。在归途中，张骞为避开匈奴控制的地区，改变了行进路线。他计划穿越羌人居住的地区，从而绕开匈奴的阻截。没料到的是，这时羌人也被匈奴征服，成了匈奴的附庸，张骞一行人再次被匈奴骑兵俘虏，被关押了一年多。后来，匈奴王庭内部发生内讧。军臣单于去世后，其弟左谷蠡王篡权夺位，自立为单于，起兵攻打军臣单于的太子于单，于单战败逃往汉朝。张骞趁着匈奴内乱，带着一行人，历尽千辛万苦，逃回了长安。

成语释义

　　成语"不得要领"的典故见于《史记·大宛列传》，主要讲的是汉代张骞奉汉武帝之命出使大月氏，想联合大月氏一同出兵攻打匈奴，结果张骞历经千辛万苦到达大月氏，却始终没有办法说服大月氏应允出兵。后人常用来比喻说话或写文章的时候，不能抓住要点或重点，做事情把握不住事物的关键点。

路上小心！

《史记》原文选读

居匈奴中，益宽，骞因与其属亡乡①月氏，西走数十日至大宛。大宛闻汉之饶财，欲通不得，见骞，喜，问曰："若欲何之②？"骞曰："为汉使月氏，而为匈奴所闭道③。今亡，唯王使人导送我。诚得至，反汉④，汉之赂遗⑤王财物不可胜言。"大宛以为然，遣骞，为发导绎⑥，抵康居⑦，康居传致⑧大月氏。大月氏王已为胡所杀，立其太子为王。既臣大夏⑨而居，地肥饶，少寇，志安乐，又自以远汉，殊无报胡之心。**骞从月氏至大夏，竟不能得月氏要领⑩**。

——《史记·大宛列传》

■ **注释：**

①属：随从。亡：逃跑。乡：通"向"。

②若：你。之：到……去。

③闭道：阻塞道路。

④反：通"返"。

⑤赂遗：馈赠，贿赂。

⑥发：派遣。导：向导。绎：通"译"，翻译。

⑦抵：到达。康居：西域的一国。

⑧传致：转送至。

⑨大夏：西域的一国。

⑩要领：比喻要点，关键。这里指对和汉朝共同攻击匈奴的事大月氏没有明确表态。要，通"腰"，指衣服的腰部。领，指衣服的领部。

历史解读

　　张骞是汉代鼎鼎大名的外交家、旅行家。张骞一生中两次出使西域，打通了中国与中亚、西亚地区，乃至欧洲的陆路交通。司马迁夸赞张骞出使西域为"凿空"，意思就是"开启了通向西域的大道"。自此以后，通过这条通道，中国向西域和中亚地区出口丝绸、茶叶、漆器等商品，同时又从欧洲和中亚地区进口宝石、玻璃等商品。这条通道被后人称为"丝绸之路"，张骞也被誉为"丝绸之路的开拓者"。

张骞·出使西域路线

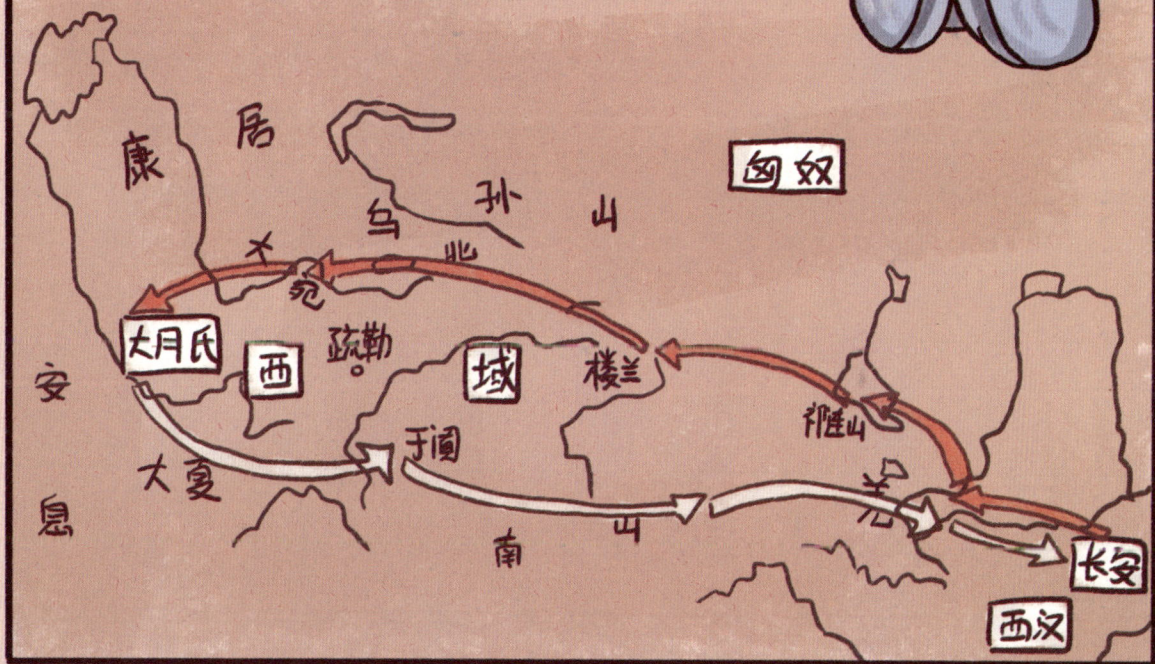

康居

乌孙山

匈奴

大宛

西

疏勒

域

楼兰

安息

大夏

于阗

祁连山

南山

长安

西汉

根据《史记》记载，张骞出使西域的目的，主要是为了贯彻落实汉武帝联合大月氏抗击北方游牧民族匈奴的战略部署。在楚汉争霸期间，匈奴的冒顿单于乘机扩张势力，征服周边部落，消灭了东胡，攻破大月氏国，控制了中国西北部的广大地区。汉朝建立以后，匈奴屡屡骚扰和掠夺中原地区。汉朝初年，为了与民休息，恢复国力，汉高祖和汉文帝、汉景皇帝采取了"联姻和亲"的政策，来稳定与匈奴的关系，保境安民。到了汉武帝时期，经过几代皇帝的休养生息，汉朝积聚了非常雄厚的物力、财力，汉武帝也改变"和亲"的政策，对匈奴的入侵进行了反击。

尽管张骞出使西域最初的动机是出于军事目的，但西域开通之后，其影响力远远超越了军事范畴。在西汉时期，从敦煌出发，出玉门关，进入新疆，连接中亚和西亚地区的道路畅通无阻。这条"丝绸之路"把中国与世界上许多国家联系起来，促进了东西方之间的政治、经济、军事和文化交流，成为世界性的人口、物品和文化流动的大动脉，至今影响深远。

107 匈奴未灭，何以家为

汉朝建立后，汉高祖刘邦亲自率领大军进攻匈奴，想一举消除匈奴对北方边境的威胁。不料，匈奴的冒顿单于在白登山设下埋伏，刘邦带领军队一进入包围圈，就遭到了伏击，40万匈奴大军，把刘邦团团围住。汉军既无粮草补给，也无援兵来救，陷入了内外交困的境地。在苦苦支撑了七天之后，汉军物资匮乏，粮草消耗殆尽。最后刘邦采用陈平的计谋，用重金贿赂匈奴阏氏，才逃出重围。摆脱白登之围后，刘邦考虑到当前的实力还无法一劳永逸地解决匈奴的威胁，于是决定采取"和亲"政策，缓和两国关系，等待时机。到了汉武帝时期，汉王朝的国力达到鼎盛，为了巩固边防，汉武帝开始出兵反击匈奴。

公元前121年，汉武帝派遣骠骑将军霍去病率领数万精锐骑兵出陇西，翻越乌鳌山，进攻活动在乌鳌山北的匈奴。霍去病首先采取了突袭战术，旗开得胜后，又马不停蹄地持续突进，一路势如破竹，迅速渡过了狐奴河，六天内转战千里，连破匈奴五国，秋风扫落叶般击溃了河西地区的匈奴军队。匈奴军队猝不及防，被打得落花流水，向北退却。

霍去病知道军队长途跋涉，士兵困顿，不敢恋战，所以他迅速作出决定，立即率领部队翻过焉支山，一直向西北急行军1000多里，意欲寻找匈奴的主力部队，进行决战。霍去病的精锐部队与敌人短兵相接，双方展开了激烈的战斗。汉军趁着此前大胜的余威，冲锋陷阵，勇猛无比，杀了折兰王，斩了卢胡王，全歼了敌军。在这场战斗中，霍去病大胜，斩首 8000 多级，俘获浑邪王的儿子、相国、都尉等，缴获休屠王的祭天金人。霍去病凯旋长安城时，汉武帝亲自出城迎接，并封他食邑 2000 户。这一年，霍去病年仅 20 岁。

汉朝消灭了匈奴在河西地区的势力后，西北边境的威胁在一定程度上得到了有效缓解，但匈奴单于仍有相当强的实力，不容小觑。公元前 119 年，汉武帝又动员了数十万大军，在大将卫青和霍去病的指挥下，组成东、西两路大军，进攻漠北地区。匈奴伊稚单于得知汉朝大军来袭，也不甘示弱，亲率几十万大军迎战。霍去病率军出代郡后，辗转北进 2000 余里，与匈奴左贤王率领的军队遭遇。霍去病的军队兵强马壮，向匈奴大军发起迅猛的攻势，匈奴大军被打得措手不及，四散奔逃，匈奴左贤王部下的精锐部队被消灭殆

尽。左贤王只能带着亲信弃军逃窜，霍去病挥师追击，直杀到狼居胥山，之后设坛祭天，得胜而归。

汉武帝看霍去病远征匈奴、驰骋疆场，立下了赫赫战功。为了犒劳封赏霍去病，汉武帝特意调派工匠给他修建了一座轩敞豪华的宅邸。建造完工后，汉武帝请霍去病先去一睹为快，看这房子是不是称心如意。然而，霍去病却再三辞谢，对汉武帝说："陛下，这匈奴还没有消灭，还不是享乐的时候啊！"这短短一句话流露出霍去病热爱祖国、舍身报国的雄心壮志，在历史上被传为千古佳话。

成 语 释 义

　　成语"匈奴未灭，何以家为"的典故见于《史记·卫将军骠骑列传》，主要讲的是汉武帝时期，骠骑将军霍去病以国家利益为重，远征匈奴，保家卫国。后人多用来比喻以国事为重，不考虑自己的私事，誓死抗击外来侵略。

《史记》原文选读

骠骑将军为人少言不泄[①]，有气敢任[②]。天子尝欲教之孙、吴兵法[③]，对曰："顾方略[④]何如耳，不至[⑤]学古兵法。"天子为治第[⑥]，令骠骑视之，对曰："匈奴未灭，无以家为[⑦]也。"由此上益重爱之。

——《史记·卫将军骠骑列传》

注释：

①少言不泄：不爱说话，也不会泄露别人的话。

②有气敢任：有气魄，敢作为。

③孙、吴兵法：指孙武、吴起的军事著作。即孙武的《孙子兵法》、吴起的《吴起兵法》。

④顾：转折语气词。方略：战略。

⑤不至：不在于。

⑥为治第：指为霍去病建造府第。

⑦无以：不用。家为：即"为家"，经营自己的家。

历史解读

霍去病是汉武帝时期抗击匈奴鼎鼎大名的将领。汉武帝总共对匈奴发动了三场著名的战役，即漠南之战、河西之战和漠北之战。霍去病连续参加了三次战役，立下赫赫战功。

公元前 124 年，汉武帝发动了漠南之战，派遣卫青将军统率十多万骑兵对匈奴单于和右贤王发动反击。霍去病第一次参加了对匈奴的战斗，当时他只有十八岁。他率领八百骑兵，追击数百里，斩杀匈奴两千多人。汉武帝论功封赏，以其军功勇冠全军，封他为冠军侯。

在漠南之战后，右贤王失去了对河西地区的控制，匈奴单于远遁到了漠北地区，河西地区的匈奴成为大漠以南对西汉王朝最大的威胁。河西地区是指今天甘肃省武威、张掖、酒泉和敦煌一带。它位于黄河以西，自古以来就

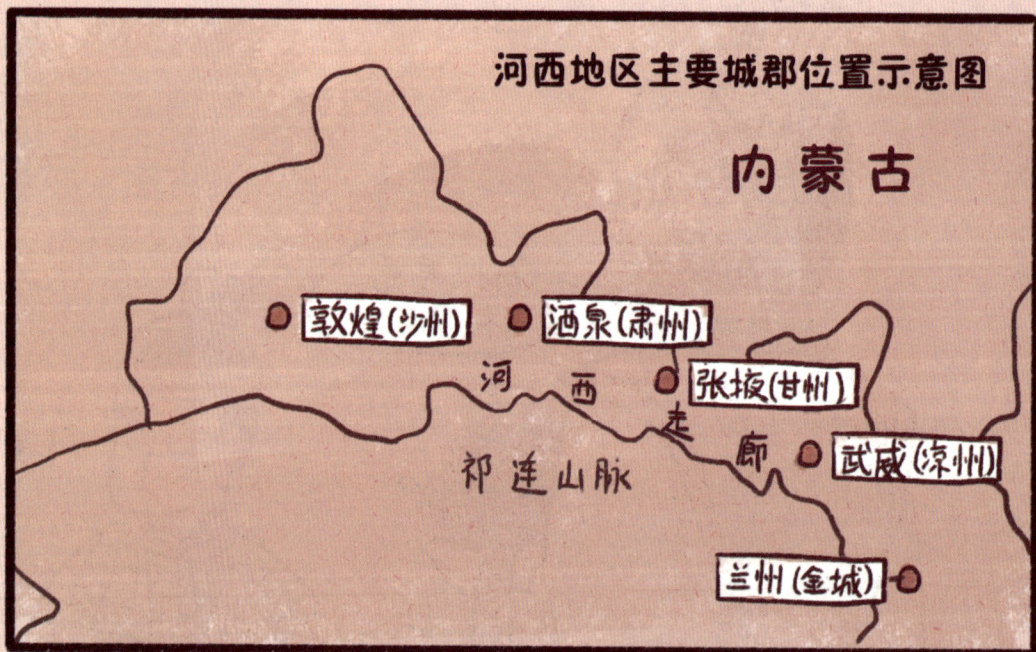

河西地区主要城郡位置示意图

内蒙古

敦煌(沙州)　酒泉(肃州)

河　西

走　张掖(甘州)

廊

祁连山脉　武威(凉州)

兰州(金城)

被称为河西。又因为它是夹在祁连山和合黎山之间一个狭长的地带，也被称为河西走廊，它是中原地区连通西域的咽喉要道。公元前 121 年，汉武帝任命霍去病为骠骑将军，在春季和夏季发起了两次河西之战。河西之战胜利后，西汉王朝完全占领了河西走廊，设置了武威、张掖、酒泉、敦煌四郡。从此，河西地区逐渐成为一个稳定的农业生产区。

接着，汉武帝又准备出兵对付匈奴左贤王和匈奴单于在漠北的势力。公元前 119 年，经过两年的休养生息和精心准备，汉武帝决定集中兵力，深入漠北，摧毁匈奴的主力。汉武帝派卫青、霍去病指挥数十万大军，分东、西两路进军漠北。在这次远征中，霍去病率领部队取得了彻底的胜利。司马迁在《史记》中记录下他的丰功伟绩"封狼居胥山，禅于姑衍，登临翰海"。这场战役结束后，匈奴单于不得不继续往西北方向逃窜，出现了"漠南无王庭"的局面，标志着匈奴势力范围的全面缩小。此后，双方暂时休战。经过这场大决战，严重威胁汉朝 100 多年的匈奴边患问题基本得到解决。

可惜的是，霍去病英年早逝，但"匈奴未灭，何以家为"这句充满爱国热情的名言，世世代代激励后人。

108 名山事业

　　在距今 2000 多年前，身形瘦弱的司马迁跪坐在一张矮桌前，摊开一卷竹简，在昏黄的灯光下，奋笔疾书，开始撰写《史记》。他花了整整 14 年，才写完这本伟大的史书，给我们中国人甚至全世界，留下了《史记》这一笔珍贵的历史财富，让我们可以通过阅读《史记》来了解距离我们很久远的历史中有哪些重要的人物，发生了什么有趣的事件。因此，司马迁被后人尊奉为中国的历史之父。

　　司马迁从小就聪明过人，10 岁的时候就能习诵古文，过目不忘。他的父亲司马谈决定好好培养他，将来接自己的班。汉武帝即位后，司马谈到长安做了太史令。当时，长安可是全国最重要的文化中心，全国最有名的学者泰斗云集于此。司马迁得以与当时的名士交游。而且，他还有机会进入藏书丰富的国家图书馆，读万卷书。

　　司马迁 20 岁的时候，遵父亲之命，开始游历天下。他先南下到江淮地区，登会稽山，探察大禹陵穴，观览九疑

山，泛舟于湘水之上。接着北渡汶水、泗水，在齐、鲁两地的旧都进行实地调研，考察孔子的遗风，学习乡射之礼。最后，又去考察当年楚汉争霸的古战场，到达彭城。后来，司马迁奉汉武帝之命出使巴蜀，远达昆明。司马迁游历大江南北，访古问今。司马迁"读万卷书，行万里路"，为撰写《史记》打下了坚实的基础。

司马迁著《史记》也是为了完成先父司马谈的遗愿。太史公司马谈临终前握着司马迁的手，泪流满面地说："我们的先祖就是周朝的太史，我们司马家的家业今天会断绝在我手里吗？我死后，你一定要接我的班，继续做太史令，接续我们祖先遗留下来的事业啊。你做了太史令之后，千万不要忘记我想要撰写的史书啊。我作为太史令，没有一天不提醒自己，要好好记录天

下古今大事，就怕断了修史传统，你可要牢记于心啊！"司马迁低下头，流着眼泪说："父亲，您放心。儿子虽然愚笨，但是，我一定不会辜负您的期望，努力整理和详述先人的历史旧闻，不敢稍有缺漏。"司马迁继承先父的志向，继续修史，延续自东周以来的史家传统。

后来，司马迁受到李陵之祸的牵连，惨遭宫刑，可即便遭到如此大的挫折，他仍忍辱负重，不愿平庸地死去。于是退隐著书立说来抒发心中的愤懑，司马迁用时十四年终于完成了《史记》，"成一家之言"，流传后世。

成 语 释 义

成语"名山事业"的典故见于《史记·太史公自序》，主要讲的是司马迁自叙本人经历和撰写《史记》的经过，阐述了自己的抱负，就是要写一部记录历史的书，"成一家之言"，流传千古。后人多用来比喻潜心研究，著书立说，学术影响深远。

《史记》原文选读

　　罔罗①天下放失旧闻，王迹所兴，原②始察终，见盛观衰，论考之行事，略推三代，录秦汉，上记轩辕，下至于兹③，著十二本纪，既科条之④矣。并时异世，年差不明，作十表。礼乐损益，律历改易，兵权山川鬼神，天人之际，承敝通变⑤，作八书。二十八宿环北辰，三十辐共一毂⑥，运行无穷，辅拂⑦股肱之臣配焉，忠信行道，以奉主上，作三十世家。扶义俶傥⑧，不令己失时，立功名于天下，作七十列传。凡百三十篇，五十二万六千五百字，为太史公书。**序略，以拾遗补艺⑨**，成一家之言，厥协六经异传⑩，整齐百家杂语，**藏之名山⑪**，副在京师，俟⑫后世圣人君子。第七十。

——《史记·太史公自序》

■ **注释：**

①罔罗：收集。罔，通"网"，捕鱼的网。罗，捕鸟的网。

②原：追寻根源。

③兹：现在，指司马迁所处的汉代。

④科条之：按类别、条目列出大纲。

⑤承敝通变：趁衰败时进行变革。承，通"乘"，趁着。敝，衰败。

⑥辐：车轮辐条。毂：车轮的中心木。

⑦辅拂（bì）：辅佐。拂，通"弼"，辅助。

⑧俶傥：潇洒，不拘小节的样子。

⑨艺：六艺"礼、乐、射、御、书、数"。

⑩异传：注释或解释经书的著作。

⑪名山：可以传承不朽的藏书之所，这里指帝王的藏书之地。

⑫俟：等。

历 史 解 读

　　《史记》是西汉著名史学家司马迁所著的一部纪传体史书，也是中国历史上第一部纪传体通史。它记录了从传说中的黄帝时代一直到汉武帝时期3000多年的历史，《史记》在"二十四史"中名列第一，在中国文学史上占有举足轻重的地位，鲁迅对该书给予了高度评价，称之为"史家之绝唱，无韵之《离骚》"。

　　司马迁开创了纪传体史书的先河，在此之前，中国史书的正史体例是编年体，按照年、月、日的顺序逐一叙述事件，但是《史记》不一样，它的纪传体体例基本上以人物为中心，这在中国史学史上起到了开创性作用，因此，司马迁创立了所谓的"五体"，也就是本纪、表、书、世家、列传。《史记》由八书、十表、十二本纪、三十世家、七十列传五部分组成，共一百三十篇。

　　《史记》在文学方面也有很大的成就，中国古代文学的文体主要有两大

类："散文"和"韵文"。一般来说，学作散文的人没有一个不读《史记》的，所以黄庭坚说"凡为文，须熟读韩退之、司马子长文"，这里说的"司马子长"就是司马迁。《史记》内容广泛，全书刻画的重要人物有上百个，从帝王将相到普通百姓、诸子百家、三教九流。《史记》中的人物各有姿态，个性特征鲜明，人物形象栩栩如生。

我们都希望通过研究历史来获得智慧，一般来说，智慧可以通过两个途径获得，一是与智者交往，向他们学习，一是阅读充满智慧和思想的书，而在信息高速发展的现代，要想找到一部充满智慧的经典来阅读十分容易。我们常说，读史使人明智，可以使人获得智慧。《史记》就是这样一本充满古人智慧的书，那么我们读《史记》这样一部历史巨著，也必然会大大增加我们的智慧。